KB247447

영혼의 자서전

영혼의 자서전 하

Report to Greco

니코스 카잔차키스 자서전   안정효 옮김

REPORT TO GRECO
by NIKOS KAZANTZAKIS (1956)

일러두기

1. 그리스 여성의 성(姓)은 남성과 어미가 다르다. 엘레니가 결혼 후 취득한 성 〈카잔차키〉
는 〈카잔차키스〉 집안의 여인임을 뜻한다. 〈알렉시우〉나 〈사미우〉도 마찬가지로, 〈알렉
시오스〉와 〈사미오스〉 집안에 속함을 뜻하는 것이다. 외국 독자들을 배려하여 여성의 성
을 남성과 일치시키는 관례는 영어판에서 흔히 찾아볼 수 있으나 여기서는 그리스식에
따랐다.

2. 그리스어의 로마자 표기와 우리말 표기는 그리스어 발음대로 적되 관용적으로 굳어진
일부 용어는 예외를 두었다. 고대 그리스, 신화상의 인명 및 지명 표기는 열린책들의 「그
리스 · 로마 신화 사전」을 따랐다.

사막 — 시나이

신이 밟았던 산 시나이는 내 마음속에서 오르기가 불가능한 산 봉우리로서 여러 해 동안 빛났었다. 〈불에 탔어도 없어지지 않은〉 숲의 꼭대기에 지은 유명한 수도원에 다다르기 전에, 신음하는 히브리 사람들이 그토록 오랜 세월을 보낸 험악하고 사나운 산들을 지나, 갈팡질팡 헷갈리는 길을 거친 다음, 낙타를 타고 사막을 건너야 하는 오랜 여행 끝에라야 홍해와 아라비아 페트라이아와 라이토의 자그마한 항구에 이른다.

전원의 우아함과, 조화를 이루는 산들과, 푸른 바다와, 자그마하고 매혹적인 호수를 갖추고, 어머니와 아들이 닮았듯 주님을 닮은 갈릴래아는 예수의 등에 업혀 미소를 지으며 기지개를 켠다. 갈릴래아는 신약의 본문 밑에 달아 놓은 간단하고 명료한 해설 같다. 갈릴래아에서는 신이 멋진 인간처럼 평화롭고, 유쾌하며, 힘겹지 않은 모습을 드러낸다.

하지만 나는 항상 내 영혼의 요구에 보다 깊이 호응하는 구약에서 감동을 느꼈다. 신이 내려온 산처럼 손이 닿기만 하면 열기를 내뿜는 책, 보복과 벼락으로 가득 찬 생생한 성경을 접할 때마다 나는 그것이 태어난 살벌한 산으로 찾아가 내 눈으로 직접 보

351

고 만지고 싶은 불타는 욕망을 느꼈다.

나는 언젠가 정원에서 어느 처녀와 벌였던 짤막하고 충동적인 토론을 절대로 잊지 못하리라.

「난 시와, 예술과, 책이라면 구역질이 나.」 내가 말했다. 「모두 다 실체가 없는 마분지처럼 느껴져. 그건 마치 굶주린 사람에게 빵과, 포도주와, 고기 대신 메뉴만 내놓아서 염소처럼 그걸 씹어 먹게 하는 격이지.」

나는 무엇 때문에 그토록 화를 냈는지 모르겠다. 아마도 내 앞에 선 처녀를 만지면 안 된다는 사실 때문이었는지도 모른다.

그녀는 창백하고, 광대뼈가 우뚝하고, 입이 큼직해서 러시아의 농촌 아가씨를 닮았다. 그녀를 쳐다보려니까 나는 점점 더 화가 났다. 나는 손에 든 장미의 꽃잎을 뜯어내기 시작했다.

「우리들의 나약해진 영혼은 굶주림을 염소처럼 그런 식으로 만족시키지!」

처녀는 장난스럽게 눈을 찡긋하더니 웃으면서 대답했다. 「나한테 화를 내면서 하는 얘기지만, 나도 네 말이 옳다고 생각해. 참된 책이라고는 오직 구약 성서뿐인데, 그것은 마분지가 아니라 살과 뼈로 이루어졌으며 피를 뚝뚝 흘리기 때문이지. 나에게는 복음이 소박하고 병든 사람을 위한 카밀레[1] 차 한 잔과 마찬가지야. 예수는 정말로 어린양이어서 부활절 무렵에 사람들이 푸른 풀밭에서 그를 죽였는데, 예수는 저항조차 하지 않고 온순하게 음매거리기만 했지. 준엄하며, 황야에서 나타난 야만인처럼 그가 죽인 짐승의 가죽을 걸치고, 허리춤에 전부(戰斧)를 찬 여호와 — 여호와가 내 신이야. 그 전부를 가지고 그는 내 가슴을 찢고는 안

1 꽃은 진통제로 쓰인다.

으로 들어오지.」

뺨이 새빨개져서 그녀는 잠깐 동안 침묵을 지켰다. 하지만 불길이 가라앉지 않자 그녀는 말을 계속했다.

「신이 인간에게 어떻게 얘기를 하는지 알아? 인간과 산들이 어떻게 신의 손아귀에서 녹아 버리고, 왕국들이 그의 발밑에서 어떻게 먹혀 버리는지 아니? 인간은 소리치고, 울고, 애원하고, 굴속에 숨고, 구덩이를 파고 들어가며 도망치려고 애쓰지. 하지만 여호와는 단검처럼 그의 가슴에 박혀서 뽑히지를 않아.」

다시 한 번 처녀는 침묵을 지켰고, 나도 그랬다. 그러나 나는 가슴 깊이 박힌 단검이 느껴졌다.

신이 사막을 지나가기 위해 터놓은 강바닥을 만지고 보려는 욕망이, 사자의 굴로 들어가려는 인간의 욕망이 처음으로 불붙은 때는 바로 그날이었다. 그리고 이제 내가 새로운 굶주림을 충족시킬 때가 드디어 왔으니, 신을 찬양해야 한다.

예루살렘에서 수에즈로, 수에즈에서 아라비아 페트래아의 항구 라이토로, 거기에서 다시 신이 밟았던 시나이로 떠나야 하는 내 여로는 덧없는 하나의 꿈, 불타는 매혹의 환상 같았다. 산들은 엷은 파란 빛깔이었고, 물은 초록빛이었으며, 항구는 넓게 트였는데, 가장 움푹 들어간 곳에는 검은 범선들이, 그리고 바닷가를 따라 허름한 오두막이 몇 채 늘어서 있었다. 한없는 고적함. 선창가에 낙타 두 마리가 나타나서 바다 쪽으로 잠깐 머리를 돌렸다가 몸을 조금 출렁이더니 율동적인 큼직한 걸음걸이로 집들 사이로 사라졌다.

하얀 돛을 올린 쪽배가 나를 태우러 왔다. 배에는 통통하고 소년 같은 수사가 타고서 나를 기다렸다. 카이로에 거주하는 시나이 성직자들이 내가 도착하리라는 소식을 보냈던 것이다.

거친 모래를 디딘 내 마음은 춤을 추었다. 이것이 모두 꿈은 아닐까? 바닷가는 커다란 조가비로 뒤덮였고, 집들은 바다에서 주워 온 돌처럼 딱딱한 나무와, 화석이 된 산호와 석면, 불가사리와 거대한 거북 껍데기로 지었다. 선창 발판에 하얀 젤라브를 걸치고 선 가무잡잡한 농부들이 반짝였고, 눈부신 빨간 옷을 입은 초콜릿 빛깔의 어린 소녀가 모래밭에서 뛰놀았다.

더 뒤쪽에는 나무로 지은 유럽식 집이 몇 채 늘어섰고, 앞마당에는 알록달록한 커다란 양산과 인형 같은 꽃병과 여기저기 버린 깡통이 보였다. 두 명의 영국 여자가 초록빛 발코니에 앉았는데, 무더운 사막에서 그들은 곧 기절이라도 할 듯 무척 창백했다.

나를 마중 나온 어린 수사는 메카에서 돌아오는 이슬람교도들의 격리가 행해진 곳이 여기 라이토였다고 설명했다. 그럴 때면 한적한 바닷가에는 수천 명의 하드지로 가득 찬다. 북과 피리 소리가 요란하고, 호드야들은 다리를 꼬고 모래밭에 앉아 큰소리로 읊조리며 코란을 읽었다.

우리들은 라이토의 시나이파 성직자들이 관리하는 경작지에 도착했다. 이곳에서 우리들은 낙타를 타고 신이 밟은 산으로 떠나게 된다. 널찍한 마당에는 몇 개의 골방과, 손님 숙소와, 사내아이들을 위한 학교와, 계집아이들을 위한 학교와, 헛간과 부엌과, 외양간들이 둘러섰다. 예배당은 한가운데 위치했다. 그러나 이곳 아라비아 사막에서 가장 놀라운 기적은 경작령의 수도원장인 테오도시우스의 온화하고 사랑으로 가득 찬 마음이었다. 황야로 찾아오는 그리스인들이 드물었기 때문에 키가 크고 열성적이며, 소아시아의 체스메스 출신인 엄숙한 헬레네 사람 테오도시우스 수도원장은 그리스 자체를 환영이라도 하듯 나를 반겨 맞아 주었다.

잼 한 숟가락, 냉수 한 잔을 곁들인 터키의 커피, 향수를 뿌린 하얀 탁상 보를 덮고 아름답게 차린 식탁, 손님을 접대하는 사람들의 얼굴에서 빛나는 기쁨 — 나에게는 너무나 낯익은 의식인 성스러운 친절의 모든 애틋한 예식이 행하여졌다.

창문을 통해 나는 반짝이는 홍해와 담뿍 빛을 받으며 멀리 윤곽을 드러내는 테바이드 산맥을 보았다. 나는 히브리 사람들이 홍해를 건넌 다음 이곳의 자그마한 마을에서 발견했다고 성서에 밝힌 〈일흔 그루의 종려나무〉에 대해서 수도원장과 얘기를 나누었다. 나는 외국에 사는 다정한 친척들의 안부를 묻듯이 〈스무 개의 샘물〉에 대해서 물었다. 그리고 나는 종려나무 숲이 아직도 그대로이며, 샘들이 마르지 않았다는 그의 얘기를 듣고 기뻐했다.

피곤한 여행 끝에 한 잔의 차가운 물, 수수하고 편한 안식처, 따뜻하게 낯선 이를 기다리며 세상의 한구석 화롯가에서 남모르게 살아가는 시원스러운 인간의 마음 — 나는 살아가면서 이와 비슷한 행복감을 자주 맛보았다. 그러다가 길거리 끝에서 낯선 이가 나타나면 마음은 인간을 발견했기에 두근거리고 기뻐한다! 사랑이나 마찬가지로 친절도 받는 자보다는 베푸는 자가 더 행복하다.

수도원장과 나는 예의바르고 상냥한 분위기의 식탁에 앉아 재회를 해서 즐거운 오랜 친구처럼 식사를 같이 했다. 이곳 사막에서 사는 그의 마음속에는 수많은 질문들이 생겨났고, 그는 내가 해답들을 주기를 갈망했다. 나는 그에게 커다란 도시들과, 현대인의 불신과 고뇌, 돈 많은 자들의 교만과 가난한 자들의 무기력, 명예로운 자들의 무감각함, 그리고 러시아에서 진행되던 대변혁에 대한 얘기를 했다.

「소련 사람들이 하느님을 믿나요?」 수도원장이 걱정스럽게 물었다.

「아뇨, 그들은 인간을 믿습니다.」

「벌레를 말입니까?」 수도원장이 코웃음을 치며 말했다.

「네, 벌레를 말입니다. 테오도시우스 신부님.」 문득 벌레를 옹호해야 한다는 필요성을 느끼며 나는 굽히지 않고 대답했다.

내 마음속에서는 사탄의 욕망이 끓어올랐다. 뱀이 지혜의 나무를 기어 올라가서 잇소리를 내었다. 수사는 열심히 귀를 기울였다.

이렇듯 온화한 은자의 마음을 유혹으로 이끌고 그의 평정을 초조함으로 바꿔 놓음으로써, 나는 친절함을 가장 훌륭한 방법으로 갚은 셈이었다.

타에마와, 만수르와, 아우아가 왔다. 여러 색으로 물들인 젤라브를 걸치고, 머리에는 낙타털로 짠 똬리 모자를 쓰고, 허리에는 야타간을 찬 그들 세 사람은 수도원으로 사흘 낮 사흘 밤 동안 가는 여행에서 나를 동반하고 위험한 일이 닥치면 보호해 주기로 되어 있는 유연하고, 다리가 가늘고, 눈은 작고 독수리 같은 베두인 낙타 몰이들이었다. 고대의 연대기를 보면 베두인족은 우리 눈이 미치는 곳보다 두 곱절 멀리 떨어진 거리를 보고, 10리나 떨어진 곳에서 냄새를 맡고도 무슨 나무를 태우는지 알고, 모래에 난 발자취를 보면 지나간 사람들이 여자인지 남자인지, 그리고 여자라면 결혼을 했는지 처녀인지, 아니면 애를 뱄는지조차 알아낸다고 했다.

그들은 아무 말도 없이 우리들을 맞으며 가슴과 입과 이마에 손을 대었다. 그들의 뒷마당에는 식량과, 담요와, 천막 따위의 여행에 필요한 짐을 산더미처럼 실은 낙타 세 마리가 보였다. 이때쯤에는 베두인들과 지내야 할 사흘 동안 가장 필수적인 빵과, 물과, 불과, 신 같은 아랍어 단어들을 알아 놓은 다음이었다.

낙타들이 무릎을 꿇었다. 그들의 반짝거리는 눈은 무척 아름다웠지만, 다정함은 전혀 없었다. 고삐는 까맣거나 오렌지 빛 털로 만든 술로 장식되었다.

「충치가 아프지 않게 낙타에게 대추야자를 몇 개씩 주어라.」
수도원장이 지시하자 젊은 수사가 두 주먹에 대추야자를 잔뜩 움
켜쥐고 뛰어나왔다.

서로 껴안은 수도원장과 나는 당장이라도 눈물이 나올 것만 같
았다.

우리들은 출발했다. 수도원의 경작령을 조금 지나자 잿빛의 고
요한 불모의 사막이 시작되었다.

자신만만하게 굽이치는 낙타의 율동을 따르면, 피와 더불어 영
혼도 그렇게 된다. 서양의 명석하고 빈틈없는 이성에 의해 모욕
적으로 토막토막 잘라진 기하학적 구분에서 시간이 스스로 해방
된다. 〈사막의 배〉가 흔들거리는 이곳에서라면 시간이 수학적이
고 단단히 구분된 폐쇄로부터 풀려 나와 나누어지지 않는 액체이
고, 가벼우며, 사상을 환상과 음악으로 바꿔 놓는 어지러운 도취
가 되어 하나의 실체를 이룬다.

낙타의 율동에 몇 시간씩 몸을 맡기다 보니 나는 왜 아나톨리
아 사람들이 낙타 등에 올라앉은 듯 몸을 앞뒤로 흔들며 코란을
읽는지 이해가 되었다. 그러면 그들은 위대한 신비의 사막인 황
홀경으로 이끌어 가는 단조로운 도취의 움직임을 영혼에 전하게
되는 것이다.

눈이 닿는 끝까지 우리들 앞에는 장밋빛 폭풍 같은 광활함이
뻗어 나갔다. 나는 그것이 바다라고 생각했다. 세 명의 베두인이
함께 모이더니 서로 귓속말을 주고받은 다음 다시 헤어졌다. 우
리들은 여행을 계속했다. 장밋빛 광활함은 바다가 아니었고, 타
오르는 모래 구름에 장미의 색깔을 뿌리는 무시무시한 폭풍이 휘
저어 놓은 사막이었다. 얼마 후에 우리들은 모래 폭풍에 둘러싸

였다. 우리들은 숨이 막혔다. 타에마는 노래를 부르다 말았고, 세 명의 베두인은 두건 달린 외투로 몸을 단단히 감싸고는 입과 콧구멍을 가렸다.

모래가 솟구쳐 우리들의 얼굴과 손을 때려 상처를 냈다. 낙타들은 더 이상 균형을 잡지 못하고 빙글빙글 돌기 시작했다. 비록 고통스러운 여행이 3시간이나 계속되었지만, 나는 무서운 사막의 회오리바람까지도 경험하게 되었기에 은근히 기뻤다.

해가 지기 시작했고, 우리들은 폭풍을 벗어났으며, 마침내 산에 가까워졌다. 사막은 점점 보랏빛으로 변하며 그림자로 덮였다. 앞장선 타에마가 멈추더니 여기서 묵자고 손짓했다. 「크르르! 크르르!」 베두인들이 목구멍을 울렸다. 낙타들이 콧소리를 냈다. 그들은 앞발을 꿇더니 무너지는 집처럼 요란한 소리를 내며 뒤쪽이 땅바닥에 주저앉았다.

우리들은 짐을 풀고 천막을 세우느라 함께 일했다. 아우아는 오는 길에 열심히 주워 모은 나무토막들을 쌓아 놓았다. 그는 불을 지폈다. 밀짚을 엮어 만든 자루에서 만수르는 찜냄비와 쌀, 버터를 꺼내 요리를 시작했고, 그동안에 타에마는 고운 옥수수 가루에 물을 섞어 가느다란 손가락으로 냄비에다 반죽을 빚어서 옥수수빵 비슷한 빈대떡을 만들었다. 그러는 동안에 육반(肉飯)[2]은 향기로운 냄새를 풍기기 시작했다. 불가에 둘러앉아 우리들은 식사를 하고, 차를 끓인 다음 담뱃대를 꺼내 담배를 피우며 꺼져 가는 불을 물끄러미 쳐다보기도 하고, 하늘에 매달린 커다랗고 반짝이는 별들도 보았다.

신비한 안락함이 내 몸과 영혼에 넘쳤다. 하지만 아라비아와,

2 쌀에 고기와 야채를 섞어 기름에 볶은 다음 쪄서 향료를 가미한 요리.

사막과, 베두인들, 모든 낭만을 나는 억제하려고 애썼으며, 너무 흥분해서 두근거리는 내 가슴을 비웃었다.

천막 안에 누워 눈을 감았더니 알아듣기 힘든 사막의 숨죽인 속삭임이 내 마음속으로 흘러들었다. 낙타들은 밖에서 새김질을 했고, 나는 그들이 우물거리는 소리를 들었다. 사막 전체가 낙타처럼 되새김질을 했다.

이튿날 동틀 녘에 우리들은 인간을 증오하고 쫓아내는, 황량하고 고독한 산들 사이로 여행을 시작했다. 시커먼 바위틈에서 가끔 잿빛 메추라기가 쉿소리를 내며 날개를 쳤고, 우리들에게서 송장 냄새가 나기 시작하면 덤벼들려고 까마귀가 원을 그리며 우리들의 머리 위로 솟아올랐다.

하루 종일 낙타의 율동과 타에마가 달래는 단조로운 노래. 태양은 불처럼 내리쬐었고, 돌멩이 위에서 대기는 아지랑거렸다.

우리들은 3천 년 전에 이집트의 풍요한 땅으로부터 히브리 사람들이 도망쳤던 길을 따라갔다. 우리들이 횡단한 황야는 이스라엘 민족이 굶주리고, 목말라 신음하며, 서서히 나아갔던 무서운 싸움터였다. 지칠 줄 모르는 눈으로 나는 바위들을 하나하나 둘러보고, 구불구불한 골짜기로 들어가 불타는 산꼭대기들을 마음에 새겼다. 나는 언젠가 그리스의 해안에서 횃불에 빨갛게 반짝이는 굵직한 종유석과 거대한 돌 남근들로 가득한 동굴 속을 몇 시간이나 들어갔던 일이 생각났다. 전에는 큰 강이었던 동굴은 수백 년에 걸쳐 강이 길을 바꾸었기 때문에 비어 버렸다. 지금 태양 아래에서 우리들이 횡단하는 골짜기에서도 똑같은 일이 일어났으리라는 생각이 내 마음을 스쳤다. 신이, 무정한 여호와가 지나가느라고 이곳의 산골짜기를 파내었다.

황야를 건너기 전에 여호와는 그의 백성을 아직 뚜렷하게 정의 내리지 못했기 때문에 자신의 신분을 뚜렷히 정의하지 못했다. 여러 엘로힘[3]은 하나가 아니었고, 저마다 이름도 없고 보이지도 않으며 공중에서 떠다니는 수많은 혼령이었다. 그들은 세상에 생명의 입김을 불어넣었고, 삶을 잉태시키고, 높은 곳에서 여인들에게 강림하고, 죽이고, 번갯불을 때리고, 천둥을 치고, 벼락으로 변장하고는 땅으로 내려왔다. 그들은 고향이 없었고, 어떤 한 사람이나 종족에 속하지도 않았다. 하지만 그들은 서서히 육체를 갖춰 거대한 바위나 높은 지대의 특정한 장소를 골라 모습을 나타냈다. 사람들은 바위에 돼지기름을 바르고, 제물을 바치며, 피를 적셨다. 인간은 은총을 받기 위해 첫아들이나 외동딸처럼 가장 소중한 것을 신에게 제물로 바쳐야만 했다.

수백 년에 걸쳐 번영과 더불어 민족은 서서히 개화하고 나약해졌다. 신 또한 개화하고 나약해졌다. 이제는 인간 대신 짐승을 제물로 바쳤고, 신은 뱀이나, 매나, 황금 송아지나, 날개 달린 스핑크스의 모습을 갖추고 손이 닿을 곳에 나타났다. 그리하여 이집트의 풍요하고 만족스러운 땅에서 히브리 사람들의 신은 노여움을 터뜨리기 시작했다. 그러나 갑자기 가혹한 파라오들이 나타나 그들의 풍요한 땅으로부터 히브리 사람들을 몰아내어 아라비아의 사막으로 쫓아 버렸다. 굶주림과 목마름과 더불어 불만과 반항이 시작되었다. 어느 날 한낮에 목마르고 굶주린 그들이 걸음을 멈추고 이렇게 외친 곳은 틀림없이 바로 이 부근에서였으리라. 「차라리 우리들이 진수성찬을 앞에 놓고 한껏 배불리 먹을 때 이집트 땅에서 주님의 손에 죽었더라면!」 그리고 격분한 모세는 두 손을 들고 절망적으로 신에게 소리쳤다. 「배은망덕한 사람들

3 히브리 사람의 신.

을 제가 어찌하겠나이까? 당장이라도 그들은 돌을 들어 나를 치려 할 터입니다!」

그리고 신은 허리를 굽혀 그의 백성이 하는 소리를 들었다. 때로는 그들에게 메추라기와 만나를 먹으라고 내려보냈고, 때로는 그들을 베어 죽일 칼을 내려보냈다. 날마다 사막으로 나아갈수록 신의 얼굴은 점점 더 험악해졌고, 더욱 사납게 신은 그들에게 가까이 갔다. 밤이면 불이 되고 낮이면 연기 기둥이 그들의 앞장을 섰다. 그는 법궤(法櫃)로 들어갔고, 레위 사람들은 두려워하며 그를 받들었고, 신을 만진 손은 재가 되었다.

그의 얼굴은 더욱 뚜렷하게 드러났다. 얼굴은 준엄해지고, 이스라엘의 사나운 용모를 갖추었다. 그는 이제 더 이상 고향도 없이 공중에 흩어진 이름 없고 보이지도 않는 한 무리의 혼령이 아니었고, 전 세계의 신도 아니었다. 그는 오직 한 민족, 곧 히브리 민족만을 위해 존재하는 매정하고, 악의에 차고, 피에 굶주린 신 여호와였다. 그는 어려운 시절을 거치며 아말렉족[4]과, 미디안족[5]과, 사막과 싸우던 터라 매정하고, 악의에 차고, 피에 굶주릴 수밖에 없었다. 그는 괴롭히고 함정을 파고 죽여서 그들을 정복하고 스스로 자신을 구해야 했다.

우리들이 횡단해야 하는 나무도 없고, 황량하고, 살벌한 골짜기는 여호와의 무서운 칼집이었다. 이곳을 신은 함성을 지르며 지나갔다.

이렇게 무시무시한 사막을 건너며 경험하지 않고서야 어찌 히브리 민족의 참된 개념을 알 수 있겠는가? 사흘 동안 쉬지 않고

---

4 에사오의 후손. 「창세기」 36장 12절 참조.
5 아브라함과 크투라의 후손으로 고대 북부 아라비아의 민족. 「창세기」 25장 2절 참조.

우리들은 낙타를 타고 사막을 건넜다. 목은 갈증으로 타올랐고, 마음은 어지러웠으며, 뱀처럼 구불거리는 미끄러운 골짜기를 고생하며 따라가려니 머릿속은 소용돌이를 쳤다. 이렇듯 끓어오르는 가마 속에서 40년 동안 구워 낸 한 민족이 어찌 멸망하겠는가? 나는 히브리 사람들의 갖가지 미덕을 탄생시킨 무서운 바위들에 환희했고, 그리고 무엇보다도 그들과 같은 불꽃과 육체로 이루어진 신에게 〈우리들한테 식량을 내려 주소서! 우리들의 적을 죽이소서! 우리들을 약속의 땅으로 인도하소서!〉라고 외친 히브리 사람들의 인내와, 의지력과, 집념과, 참을성을 보고 기뻐했다.

사막에 힘입어 유대인들은 계속 생존했고, 그들이 지닌 미덕과 악덕을 통해 세계를 지배했다. 우리들이 겪어 가는 불안한 분노, 보복, 폭력의 시대인 오늘날 유대인들은 필연성에 의해 또다시 속박의 땅으로부터 탈출exodus하도록 무서운 신에게 선택된 민족이 되었다.

그날 오후 우리들은 드디어 시나이 수도원에 다다를 터였다. 우리들은 고도가 1천5백 미터도 넘는 미디안 고원을 올랐다. 전날 우리들은 이슬람교 묘지에서 족장의 무덤 앞에 천막을 세우고 밤을 보냈다. 우리들은 새벽에 잠이 깨었다. 추위가 살을 에는 듯했고, 천막은 눈으로 덮였다. 눈부시게 하얀 평원이 눈앞에 가득 펼쳐졌다. 우리들은 묘지의 황폐한 오두막에서 지붕을 뜯어내어 불을 지폈다. 불꽃이 날름거리며 위로 솟았다. 우리 네 사람은 불가에 쭈그리고 둘러앉아 몸을 녹였다. 낙타들도 가까이 와서 우리들 위로 목을 길게 뽑았다. 우리들은 대추야자 술을 마시고 차를 끓였다. 그런 다음 베두인들은 눈 위에 멍석을 깔고, 햇빛에 그을은 갸름한 얼굴을 메카 쪽으로 향하고는 꿇어앉아 기도를 드리기 시작했다.

그들은 황홀감에 젖어 얼굴이 빛났다. 나는 굶주리고 풍파에 시달린 세 사람이 한껏 배불리 먹는 모습을 쳐다보며 굉장한 존경심도 느꼈다. 만수르와, 타에마와, 아우아는 승천을 경험했으니, 천국의 문이 열리고 그들은 안으로 들어갔다. 태양, 하얀 낙타, 푸른 초원에서 풀을 뜯는 암양들, 알록달록한 천막들, 그리고 천막 밖에 다리를 꼬고 앉아서 웃느라 머리를 젖히며, 손목과 발목에 은팔찌를 차고, 눈에는 화장 먹을 바르고 머리카락은 부처꽃으로 물들이고 뺨에는 예쁜 점을 두 개 찍은 여인들, 음식에서는 김이 무럭무럭 피어오르고, 우유와 대추야자와 하얀 빵과 찬물 한 병에 육반, 거기다가 어느 천막보다도 더 큰 세 개의 천막과, 어느 낙타보다도 빠른 서른세 마리의 낙타와, 어느 여인보다도 훨씬 황홀케 하는 삼백서른세 여인 — 타에마와 만수르와 아우아의 천막과 낙타와 여자 — 이것은 그들만의 천국, 베두인 이슬람교도의 천국이었다.

기도가 끝나고 천국의 문이 닫혔다. 베두인들은 미디안 고원으로 내려와 아무 말도 없이 불가로 와서 하찮은 세상일을 기꺼이 다시 시작했다. 이런 삶은 기껏해야 얼마나 오랫동안 계속될 것인가? 천국이 기다리니, 인간도 기다림이 상책일 것이다.

오른쪽에 앉은 타에마에게 손을 내밀며 나는 성스러운 이슬람교의 외침을 아랍어로 그에게 읊어 주었다.「신은 오직 하나이고, 무함마드가 그의 선지자이니라.」내가 그의 비밀이라도 폭로한 듯 그는 놀라서 움찔했다. 기쁨으로 얼굴이 밝아진 그는 나를 힐끗 쳐다보고 손을 꼭 잡았다.

우리들은 출발했다. 느릿느릿하고 끈기 있는 낙타의 율동을 더 이상 견디지 못하겠기에 나는 걷기로 했다. 빨갛고 초록빛인 화강암의 산들이 양쪽으로 솟았다. 가끔 까맣고 작으며, 하얗고 자그마한 반구모(反球帽)를 쓴 기수(騎手)처럼 생긴 새가 머리 위로 지나갔다. 길 끝에 낙타 행렬이 나타나자 베두인들은 환호성을 올리고 멈춰 섰다. 「살라암 알레이쿰.」[6] 서로 가까워진 두 낙타 몰이꾼들이 인사를 주고받았다. 그들은 서로 짝지어 손을 맞잡고 몸을 굽혀 뺨을 대고는 숨죽인 상냥한 목소리로 인사말을 오랫동안 계속했다. 소박하고 해묵은 인사치레가 시작되었다. 「안녕하십니까? 아내들도 안녕하시고요? 낙타들은 어떤가요? 어디서 오시는 길이죠? 어디로 가시는데요?」 〈살라암〉과 〈알라〉라는 말이 거듭거듭 그들의 입에 오르내렸고, 사막에서의 만남은 항상 인간과 인간의 만남을 특징짓는 성스럽고 고귀한 의미를 지니게 된다.

나는 이들 사막의 자손에게서 진심으로 감동을 느꼈다. 대추야자 몇 개와, 옥수수 한 줌과, 커피 한 잔만으로 그들이 살아가는 모습을 보라! 그들의 몸은 유연하고, 종아리는 암염소처럼 가냘프며, 눈은 매처럼 날카롭다. 그들은 세상에서 가장 가난하면서도 가장 온정이 많은 사람들이다. 비록 굶주려도 그들은 한껏 먹지 않고 나그네에게 줄 커피와, 설탕과, 대추야자를 조금 남겨 둔다. 라이토에서 수도원장은 나에게 설탕절임 깡통을 따서 먹기 시작하던 어느 영국 관광객을 물끄러미 쳐다보며 서 있던 자그마한 베두인 여인에 대한 얘기를 해주었다. 영국인이 한입 먹으라고 그녀에게 주었지만 자존심 때문에 거절한 다음, 그녀는 배가 고파 기절해서 땅바닥에 쓰러졌다.

베두인의 첫사랑은 낙타이다. 나는 어느 낙타가 조금이라도 신음 소리를 낼 때마다 타에마나, 만수르나, 아우아의 섬세한 귓바

6 〈당신에게 평화를 바란다〉는 뜻의 이슬람교도 인사말.

364

퀴가 초조하게 쫑긋거려지는 모습을 보았다. 그들은 멈춰 서서 안장을 바로잡고, 배와 발굽을 살펴보고, 마른 풀잎을 닥치는 대로 주워다가 먹었다. 저녁이면 그들은 안장을 내리고 털 담요를 덮어 주고는 땅바닥에 헝겊을 깔고 곡식에 섞인 불순물을 조심스럽게 골랐다.

옛 아랍 시가 베두인이 사랑하는 반려자를 찬양한다.

> 낙타가 사막을 밟고 나아간다.
> 관의 널빤지처럼 단단하고, 높다란 성문처럼 허벅지가 힘차구나.
> 옆구리 뱃대끈 자국은 말라붙어 조약돌 가득한 호수 같더라.
> 만져 보니 줄칼처럼 깔깔한데,
> 그리스의 건축가가 지어 기와를 덮은 수도관 같더라.

드디어 수도원에 도달한다는 기대감에 불타서 우리들은 서둘러 산을 올랐다. 샘터에 고인 물, 대추야자나무 몇 그루, 돌로 지은 오두막, 그리고 조금 더 가면 바위에 박아 놓은 십자가. 갑자기 타에마가 손을 들었다.

「보세요!」 그가 소리쳤다. 수도원이었다!

우리들 밑에는 높직한 두 산 사이로 노출된 땅에 높은 담들로 둘러싸인 이름난 시나이 수도원이 나타났다. 나는 이 순간을 무척 원했지만, 너무나 고생해서 얻은 결실이라 이제 소란은 떨지 않고 조용히 기뻐했다. 나는 걸음을 재촉하지도 않았다. 욕망의 과일을 섣불리 따서 맛보지 않는다는 세 곱절의 기쁨을 누리려는 생각이 머리를 스치자 나는 순간적으로 되돌아서고 싶은 충동을 느꼈다. 하지만 갑자기 훈훈한 바람에 꽃이 핀 나무들의 향기가 실려 왔다. 내 마음속의 인간이 승리해서, 나는 앞으로 나아갔다.

　나는 이제 담과 탑, 예배소, 삼나무 따위의 수도원 모습을 보다 자세히 살펴보기 시작했다. 우리들은 담벼락 밖에 위치한 수사의 과수원에 이르렀다. 울타리 꼭대기로 기어올라간 나는 올리브나무와, 오렌지나무와, 호두나무와, 전나무와, 신성한 아몬드나무들이 사막 한가운데 햇빛을 받고 빛나는 광경을 보았다. 부드러운 따뜻함, 향기, 작은 곤충들의 윙윙거리는 소리, 그곳은 천국이었다!

　나는 사람들을 사랑하고, 흙과 물과 인간의 땀이 빚어낸 유쾌한 신의 모습을 얼마 동안 즐겼다. 지난 사흘 동안 나는 온통 화강암으로만 이루어진 무섭고 꽃이 피지 않는 다른 모습을 보았었다. 나는 이것이, 타오르는 불이, 인간의 욕망으로 흠집을 내기에는 너무 단단한 화강암이 참된 신이라고 혼자 생각했었다. 하지만 지금 꽃이 만발한 과수원 울타리 너머로 몸을 내민 나는 고행자의 감동 어린 말을 되새겼다. 「신은 떨림과 부드러운 눈물입니다.」

　붓다는 말한다. 「육체의 기적과 영혼의 기적, 기적이 둘이지만 나는 영혼의 기적만 믿는다.」 시나이 수도원은 영혼의 기적이었다. 삭막한 사막의 한가운데에 지었고, 다른 종교를 내세우며 다른 언어를 사용하는 욕심 많은 부족들에게 둘러싸인 채, 수도원은 1천4백 년 동안 첨탑처럼 솟아올라 그것을 포위한 자연과 인간의 힘에 저항해 왔다. 이곳에서는 우월한 인간의 의식이 존재하고, 인간의 미덕이 사막을 정복한다는 자랑스러운 생각이 들었다.

　나는 환희를 억제하기가 무척 힘이 들었다. 이곳 성서의 산봉우리들, 구약 성서의 높은 고원 한가운데 나는 서 있다! 왼쪽에는 모세가 놋쇠 뱀을 묻은 지혜의 산이다. 그 뒤에는 아말렉족의 나라와 아모리테 산맥. 북쪽으로는 케달과 이두미아와 타이만 산맥을 거쳐 모아브 사막에 이른다. 남쪽으로는 파란 곶과 홍해. 마지막으로 서쪽으로는 모세가 신과 얘기했던 거룩한 산봉우리가 우뚝한 시나이 산맥, 그리고 더 멀리 성 카테리나 수도원. 태양과 눈 속에서 수도원의 꽃밭이 반짝였다. 올리브나무들이 조용히 바스락거렸고, 말끔한 잎사귀들 틈에서 오렌지가 빛났으며, 칠흑처럼 새까만 삼나무들이 고행자처럼 솟았다. 꽃이 만발한 아몬드나무의 향기가 신의 숨결처럼 규칙적으로 천천히 와서 콧구멍과 마음을 기쁨으로 들뜨게 했다.

봄바람의 유혹적인 입김을 수도원의 첨탑은 어떻게 저항해 왔을까? 그토록 오랜 세월에 걸쳐 첨탑이 어느 해 봄에 무너져 땅바닥으로 내려앉지 않고 어떻게 버티어 냈을까?

나는 높은 성문을 지나 수도원으로 들어갔다. 널따란 마당의 한가운데에는 예배소가, 그리고 옆에는 가느다란 뾰족탑을 갖춘 자그마한 모스크가 자리를 잡았다. 마침내 이곳에서 십자가와 초승달[7]이 서로 만났다. 바깥 울타리를 따라 눈으로 덮여 새하얗게 빛나는 골방과 손님 숙소와 광들이 늘어섰다. 세 수사들이 양지쪽에 앉아 햇볕을 쬐고 있었다. 하늘의 깊은 침묵 속에서 낭랑하게 메아리치는 그들의 말을 나는 몰두해서 들으며 한참 동안 서 있었다. 그들은 저마다 어서 얘기를 하고 안도감을 느끼고 싶어 했다. 한 수사는 미국에서 본 기적 같은 증기선과 마천루와 여자들과 밤의 찬란한 불빛 얘기를 했고, 다른 수사는 고향에서 쇠꼬챙이에 꽂아 요리한 양고기 얘기를, 세 번째 수사는 성 카테리나가 어떤 기적들을 행했고, 천사들이 그녀를 알렉산드리아에서 어떻게 이곳 산봉우리로 데리고 왔으며, 바위에 아직도 그녀의 발

7 이슬람교의 상징.

자국이 남아 있다는 얘기를 했다.

　나는 주위를 둘러보려고 탑으로 올라갔다. 창백하고 젊은 수사가 나를 보고 달려와 환영한다는 말을 했다. 알고 보니 그는 열여덟 살로, 크레타 출신이었다. 햇빛에 그을은 두텁고 곱슬거리는 뺨의 솜털은 투명한 밤색이었다. 우리들이 머나먼 고향에 대한 얘기를 나누는 동안 여든 살쯤 되는 다정하고 평화로운 노인이 숨을 헐떡이며 나타났다. 한쪽 발을 벌써 무덤에 들여놓은 듯한 그는 이제 선이나 악의 욕망을 느낄 힘이 없었고, 속은 붓다가 바라듯 텅 비었다.

　우리 세 사람은 양지쪽 긴 의자에 앉았다. 젊은 수사는 옷 속에서 아직도 체온으로 따뜻한 대추야자를 한 줌 꺼내 나에게 주었다. 노인은 내 무릎을 잡고 수도원이 어떻게 지어졌으며, 그토록 오랫동안 어떻게 버티어 왔는지를 얘기하기 시작했다. 전설적인 산들의 한가운데 앉아 있으려니까 수도원 얘기가 동화처럼 소박하고 거짓말처럼 들렸다.

　「수도원은 이드로[8]의 딸들이 물을 길러 다니던 우물 근처, 불에 타고도 없어지지 않았던 숲, 바로 거기에다 유스티니아누스 황제가 지었어요. 유스티니아누스는 폰투스와 이집트의 2백 가족을 보내 수도원 근처에 정착해서 노예가 되어 수도원을 섬기고 보호하라고 명령했죠. 백 년 후에 무함마드가 나타났어요. 그는 시나이 산을 찾아왔고, 그의 낙타가 남긴 발자국은 아직도 빨간 화강암 판석에 보존되어 있답니다. 수사들이 큰 영광으로 맞아 주었고, 뼈가 지옥의 불에나 타버려야 마땅할 무함마드는 기분이 좋았으므로 수도원에 위대한 특사장(特赦狀)을 내렸어요. 노루

---

8 공사장에서 이집트인을 죽이고 피신 중인 모세를 숨겨 준 미디안의 사제로, 나중에 모세의 장인이 되었다.

가죽에 고대 아라비아 문자로 적힌 특사장을요. 그는 물론 글을 쓸 줄 몰랐기 때문에 손바닥을 도장으로 사용했어요. 특사장에는 이런 내용이 적혔어요. 〈만일 시나이 수사가 평원이나, 사막이나, 산이나, 굴에서 은신처를 구한다면 나는 그와 함께하며 모든 고난으로부터 그를 보호하리라. 나는 땅이나 바다, 동쪽이나 서쪽, 북쪽이나 남쪽, 어디에서나 시나이 사람들을 지켜 주겠다. 그들은 공물을 바치지 않아도 되며, 징용을 당하거나 인구세를 내지 않고, 추수한 곡식의 곡물세 또한 내지 않아도 된다. 자비의 날개가 그들의 머리 위에 빛날지니……〉」

애기를 계속하는 노인의 목소리는 모든 인간관계를 초월하여, 나를 에워싼 비잔틴 벽들과 산들에게 생명을 주었고, 하늘은 성자와 순교자들로 가득했다. 내 옆에서 크레타 청년은 황홀경에 빠져 입을 벌린 채로 기적 같은 전설에 귀를 기울였다. 아래쪽 마당에서는 아랍인들이 가져온 곡식의 무게를 달아 보기 위해 골방에서 수사들이 나왔다. 부엌으로 통하는 문이 열렸고, 나는 문을 통해 빨간 바닷가재들을 잔뜩 올려놓은 기다란 식탁을 보았다. 커피 빛 담요로 몸을 감싼 창백한 수사가 커다란 바다 소라를 스케치하고 있었다.

「저 사람은 파초미오스 신부예요.」 노인이 웃으며 말했다. 「가엾은 멍텅구리, 반쯤 미쳤는데 그림을 그린답니다.」

「사도 루가도 화가였어요.」 모든 예술가를 옹호하려는 뜻에서 내가 말했다.

「그건 정말 끔찍한 유혹이랍니다. 하느님이 못 하게 말리죠. 저항을 하려면 예수의 제자 정도는 되어야겠죠.」

그의 말이 옳았으므로 나는 잠자코 있었다. 자리에서 일어선 나는 마당으로 내려갔다. 수사들은 눈을 집어 아이들처럼 가지고 놀았다. 눈이 왔고, 눈이 내리면 사막에서 풀이 나고, 양과 염소들이 먹게 되고, 사람들도 생활이 풍족해질 터이기에 그들은 기뻐했다.

노예 몇 사람이 와서 수도원 벽 앞에 앉았다. 그들은 담배를 피우고, 손짓을 하며 큰 소리로 떠들었다. 그들 가운데에는 검은 옷을 걸치고, 머리는 짐 싣는 안장의 앞머리처럼 뾰족하게 땋아서 이마 위로 넘기고, 끝에 조가비와 작은 은화들을 단 섬세한 쇠사슬로 코에서부터 아래쪽으로 얼굴을 가린 더럽고 맨발인 여자들이 몇 명 끼어 있었다. 여자들은 저마다 옷자락을 들추고는 아기를 꺼내어 앞의 돌멩이에 앉혔다. 모두들 수사들이 나타나서 날마다 배급하는 작은 빵 덩어리를 남자 한 사람에게 세 개, 여자와 아이들에게는 두 개씩 나눠 주기를 기다렸다. 본인이 직접 와서 배급을 받아야 했기 때문에 그들은 시간을 맞춰 오느라고 몇 시간 전에 천막에서 출발했다. 하지만 빵만으로는 굶주림을 면하기가 어려웠다. 그들은 메뚜기를 잡아다가 말린 후 갈아서 그 가루를 빵에 이겨 넣었다.

이들 먼 형제들을 쳐다보며 나는 깊은 감동을 받았다. 수백 년 동안 그들은 이곳 비잔틴 벽을 둘러싸고 서서 (대부분 밀기울로 만든) 작은 빵 덩이들을 돌멩이처럼 던져 주기를 기다렸다. 그들은 수도원을 위협하며 살다가 죽었다. 이드로의 시절과 똑같이 오늘날도 처녀들만이 양 떼를 돌본다. 아무도 그들을 짓궂게 괴롭히지 않는다. 두 젊은이가 사랑에 빠지면 그들은 몰래 빠져나가 밤에 산으로 간다. 총각은 피리를 불고 처녀는 노래를 부르며, 두 사람은 절대로 상대방에게 손을 대지 않는다. 나중에 총각은 처녀를 사려고 내려간다. 그는 장인이 될 사람의 천막 밖에 앉고, 처녀가 도착하면 두건 달린 외투를 덮어 그녀를 감춘다. 청년의 아버지가 족장과 함께 나타난다. 양가의 아버지가 야자 잎을 잡고 양쪽으로 당긴다. 그러면 처녀의 아버지가 말한다. 「내 딸 값으로 1천 파운드를 요구합니다.」

「1천 파운드라니!」 족장이 소리친다. 「당신 딸은 2천 파운드는 나가요. 그리고 신랑은 그만한 돈을 낼 생각이기는 하지만…… 나를 봐서 5백 파운드만 깎아 주도록 해요.」

「족장님의 뜻을 생각해서 5백은 허락하겠어요.」 처녀의 아버지가 대답한다.

그러는 동안에 여러 친척이 한 사람씩 도착해서 천막 앞에 다리를 꼬고 앉는다. 이때쯤 그들이 일어선다.

「나를 봐서 1백을 더 봐줘요.」

「그리고 1백을 더요.」 다른 사람이 말한다.

「그리고 50…….」

「그리고 또 25…….」

결국 액수는 1파운드까지 내려간다.

이때쯤 되면 구석에서 옥수수를 갈던 여자들이 킬킬거리며 웃기 시작한다.

처녀의 아버지가 일어선다.

「옥수수를 빻는 여자들을 생각해서 내 딸을 반 파운드에 내놓겠소.」

결혼식 전야에 그들은 먹고, 마시고, 춤추며 가진 것을 모두 써버린다.

이렇듯 수천 년이 지나도록 사막의 풍습은 변함없이 이어져왔다.

젊은 크레타인이 나에게로 와서 말했다. 「접대실에서 신부님들이 당신을 기다립니다. 들어가세요.」

스무 명쯤 되는 수사들이 손님을 맞는 커다란 방에 앉아서 기다렸다. 그들은 신기한 듯 나를 응시했다. 나는 그들의 손에 돌아가며 입을 맞출 생각이었지만, 사람이 너무 많아 짜증스러울 듯 싶어서 대수도원장의 손에만 키스했다. 야위고 준엄한 그는 가운데 앉아서 아무 말도 하지 않았다. 또다시 커피와, 잼 한 숟가락과, 대추야자 술 한 잔과, 케케묵은 안부의 말 — 어디서 오셨어요? 누구시죠? 잘 오셨어요!

신의 벼락으로 갈라지고 시커멓게 타버린 고목 같은 대수도원장이 나를 쳐다보았지만, 분명히 그의 눈에는 내가 보이지 않았다. 그는 시력이 흐려지기 시작했다. 그의 눈은 이제 보이는 세계를 선명하게 보지 못했고, 보이지 않는 세계만 보았다. 그는 나를 보았지만, 사실은 내 뒤에 존재하는 대도시들을, 죄악과 허영과 교만과 죽음에 허덕이는 〈세상〉을 보았다.

나는 그에게 내가 위기를 맞았으니 내 영혼이 집중된 명상을 통해서 결론을 얻게끔 수도원에서 며칠 묵게 해달라고 부탁했다.

「당신은 하느님을 찾고 싶으신가요?」 대수도원장이 물었다. 나는 이제야 그의 눈에 내가 보이는 모양이라고 생각하게 되었다.

「나는 신의 목소리를 듣고 싶어요.」 내가 대답했다. 「나는 어느 길을 따르라고 신이 얘기해 주기를 바랍니다. 이곳 사막에서만 영혼이 신의 목소리를 듣게 되니까요.」

「사막에서는 모든 목소리가 들려요.」 대수도원장이 말했다. 「그리고 서로 분간이 가지 않는 신과 악마의 목소리가 특히 잘 들리죠. 조심해야 합니다.」

새로 온 순례자와 인사를 나누기 위해 수사 두 사람이 손님 접대실로 들어왔다. 한 사람은 수염이 곱슬거리고 푸른 눈이 장난스러운 접대원으로, 낯선 이를 돌보는 일이 그의 임무였다. 짜증스러운 비웃음을 머금은 다른 수사는 키가 크고, 콧수염과 턱수염과 눈썹이 눈처럼 하얗고, 손가락이 기다란 두 손도 놀랄 만큼 새하였다. 그는 나에게 한마디도 하지 않고 눈을 깜박이며 노려보기만 했다. 웃는 것일까, 비웃는 것일까? 그때는 알 길이 없었지만, 며칠이 지난 다음에는 알게 되었다.

대수도원장이 몸을 일으켰다. 나에게 손을 내밀며 그가 말했다. 「속세에서 헛되이 추구하던 바를 사막에서 찾도록 하느님이 은총을 베풀기를 바라요.」

수사 한 사람이 뛰어가서 그에게 문을 열어 주었다. 그는 무거운 발걸음으로 천천히 걸어나가서 사라졌다.

접대원이 나에게로 왔다. 「저녁 식사 시간이에요. 식당으로 가시죠.」 그가 말했다.

대수도원장이 상석을 차지하고 수사들은 기다란 식탁에 둘러앉았다. 빵과 포도주 한 잔씩, 그리고 삶은 바닷가재와 야채를 시중드는 수사가 들어왔다. 성직자들은 식사를 시작했다. 아무도 얘기를 하지 않았다. 강론 신부가 나지막한 설교단으로 올라가 그날 공부할 〈돌아온 탕자〉에 대한 해석을 읊기 시작했다.

여러 번, 여러 수도원에서 나는 이런 저녁 식사의 예배식 절차를 경험했다. 이렇게 함으로써 식사는 위대하고 올바른 신비주의적 의미를 지니게 된다. 언젠가 어떤 랍비가 말했다. 「식사를 함으로써 덕망을 지닌 인간은 음식에서 발견되는 신을 해방시키죠.」

콜로라투라[9]로 멋을 부려 가며 강론 수사는 아버지의 집에서 멀리 떠나 탕자가 겪어야 했던 고통과 굴욕, 그리고 돼지처럼 쥐엄나무 콩을 먹고 살다가 어느 날 더 이상 견디지 못하고 아버지

---

9 성악곡의 장식적인 부분.

에게로 돌아간 얘기를 읊조렸다…….

기독교 신앙이 깊은 분위기 속에서 나는 혼자 이런 생각을 했다. 오늘날의 정신적인 불안과 반항에 보다 민감한 다른 수도원에서라면 근심스러운 현대인이 이 우화에 훨씬 잘 어울리는 멋진 결론을 읽어 주었으리라. 탕자는 지치고 패배해서 아버지의 평화로운 집으로 돌아온다. 그날 밤 그가 잠을 자려고 푹신한 침대에 누웠는데, 문이 조용히 열리더니 막내 남동생이 들어온다. 「난 떠나고 싶어요.」 그가 말한다. 「아버지의 집은 너무 답답하게 느껴져요.」 패배해서 방금 돌아온 형은 동생의 얘기를 듣고 기뻐한다. 그는 동생을 껴안고 어떻게 해야 하며 어느 방향으로 가야 되는지를 알려 주고, 자기보다 용감하고 자존심이 강해서 아버지의 〈외양간〉(그는 아버지의 집을 그렇게 불렀다)으로 돌아올 생각은 하지 말라고 충고한다. 그는 문까지 동생을 배웅하고는 악수를 하며 생각에 잠긴다. 혹시 동생은 나보다 더 강해서, 돌아오지 않을지도 모르지.

사막에 지은 신의 성에서 보낸 첫날 밤을 내가 어찌 잊을 수 있겠는가? 침묵은 유령처럼 내 주변과 위로 솟았고, 나는 캄캄하고 말라붙은 우물의 바닥으로 떨어졌다. 그러자 침묵은 갑자기 음향이 되었고, 내 영혼은 전율하기 시작했다.

「너는 이곳 내 집에서 무엇을 원하느냐? 너는 순수하지도 않고, 정직하지도 못하다. 네 시선은 갈팡질팡하는구나. 난 너를 믿지 않아. 넌 당장이라도 배반할 놈이야. 네 신앙은 거룩하지 못한 많은 신앙을 꿰어 맞춘 누더기이지. 너는 모든 길의 끝에 하느님이 앉아서 기다린다는 진실을 몰라서 항상 조급한 마음에 중간에서 용기를 잃고 다른 길로 방향을 바꾸잖아. 평범한 사람들은 세

이렌을 보거나 그 노래를 듣지 못해. 장님에 귀머거리가 된 그들은 세상에서 노예처럼 쭈그리고 앉아 노를 젓지. 하지만 보다 출중한 선장들은 그들 내면에 존재하는 세이렌인 영혼의 소리를 듣고 용감하게 그 목소리를 따라가지. 어떤 다른 요소가 과연 인생을 보람 있게 만든다고 생각해? 하지만 불쌍하고 재앙에 빠진 선장들은 세이렌 소리를 듣고도 믿지 않아. 신중함과 비겁함 뒤에 구덩이를 파고 숨어서 그들은 평생 민감한 시금(試金) 저울로 이리저리 달아 보며 살아가지. 그리고 그들은 어느 쪽으로 기울어야 할지 모르는데, 그들이 지옥을 장식하거나 천국을 더럽히는 꼴을 보기가 싫은 하느님이 그들에게 부패와 청렴의 중간쯤, 공중에 거꾸로 매달려 살아가라고 명령하지.」

목소리가 멈추었다. 부끄럽고 화가 나서 뺨이 불처럼 새빨개진 나는 기다리기만 했다. 그러자 사막으로부터였는지 어떤지는 모르겠지만, 어디에선가 나는 힘을 얻어 머리를 들고 반박했다.

「나는 끝에 도달했지만, 모든 길의 끝에는 심연뿐이었어요.」

「너는 더 나아갈 힘이 없는 자신의 무능함을 스스로 깨달았어. 우리들은 건너지 못할 대상은 무엇이나 심연이라고 불러. 심연이나 길의 끝은 없고, 자신의 용감성이나 비겁함에 따라 모든 대상을 이름짓는 인간의 영혼만 존재할 따름이야. 그리스도, 붓다, 모세는 모두 심연을 발견했어. 하지만 그들은 다리를 놓고 건너갔지. 지금까지 수백 년 동안 인간의 무리는 그들의 뒤를 따라 건너가고 있어.」

「어떤 사람들은 신의 뜻을 따라, 또 어떤 사람들은 스스로 투쟁해서 영웅이 됩니다. 나는 투쟁을 하죠.」

내 주변과 내면에서 무시무시한 웃음소리가 터져 나왔다.

「영웅이라고? 하지만 영웅이 된다는 말은 한 인간의 개인적인 양상을 초월하는 율동에 자신을 종속시킨다는 걸 의미해. 너는 아직 불안과 초조로 가득 찼어. 자신의 내면에서 혼돈을 억누르고 하나의 완전한 〈말씀〉을 창조할 능력이 없어서 너는 〈기존의 모든 형식은 너무 답답하다〉고 핑계를 대며 칭얼거려. 하지만 보다 높은 차원의 사상이나 행동을 향해서 더 나아갔더라면 너는 너와 같은 영혼이 열 명이더라도 편안하게 조화를 이루며 일하는 영웅성의 터전 언저리에 도달했을 거야. 만일 알려진 묵시적 상징으로부터 추진력을 받았다면 너는 나름대로의 종교적 실험을 밀고 나가 (추구는 하지만 아직 발견하지 못한) 현대적인 형태를 신과 인간의 오래된 정열에 부여할 수도 있었겠지.」

「당신은 옳지 않아요. 당신의 마음은 연민을 모릅니다. 갈 길을 선택하려고 갈림길에 설 때마다, 오 무정한 목소리여, 나는 당신 얘기를 들었어요.」

「그리고 넌 도망칠 때마다 앞으로도 항상 내 목소리를 듣게 되겠지.」

「난 도망친 적이 없어요. 나는 사랑하는 것들을 버리고 항상 전진하지만 마음은 갈기갈기 찢어집니다.」

「언제까지 그럴 셈이야?」

「정상에 도달할 때까지요. 그런 다음에 나는 쉬겠어요.」

「정상은 없고 언덕뿐이야. 휴식은 없으며 투쟁뿐이고. 왜 놀라? 왜 눈알이 튀어나올 정도로 나를 노려보지? 넌 아직 나를 모르나? 넌 내가 신의 목소리라고 생각하겠지? 아냐, 난 네 목소리야. 난 항상 너와 함께 여행하고, 절대로 네 곁을 떠나지 않아. 너를 한 번이라도 혼자 남겨 놓았다면 어떻게 되었을까! 언젠가 내가 화를 내며 네 배 속에서 튀어나왔을 때, 네가 나한테 이름을 지어 주었는데, 그것이 마음에 들어 지금까지 간직하고 있어. 나는 너의 여행 반려자 암호랑이야.」

목소리가 멈추었다. 그러자 나는 안심이 되었다. 왜 나는 이 암호랑이를 무서워하나? 우리들은 항상 함께 여행한다. 우리들은 모든 사물을 함께 보고 함께 즐겼다. 우리들은 외국 땅에서 함께 먹고 함께 마셨으며, 고통을 함께 나누었고, 도시와 여인과 사상을 함께 즐겼다. 전리품을 잔뜩 지고 상처투성이가 되어 조용한 우리 골방으로 돌아가면 암호랑이가 소리 없이 은신처를 제공하는 내 머리를 발톱으로 파헤치고 들어간다. 암호랑이는 내 두개골에 찰싹 달라붙어서 발톱으로 내 두뇌를 움켜잡고, 우리들은 어휘에 의존하지 않으면서 우리들이 본 모든 대상과, 아직 보기를 갈망하는 모든 대상들에 대한 깊은 생각에 잠긴다.

우리들은 보이거나 보이지 않는 모든 세계가 지성과, 욕망과, 확신으로는 이해하지 못할 불가해한 깊은 신비라는 사실에 기뻐한다. 여행 반려자 암호랑이와 나는 얘기를 나누면서, 우리들이 너무나 까다롭고 부드러우며 만족할 줄 모르기 때문에 웃는다. 비록 어느 날 저녁 흙을 한 줌 먹고 만족하게 되리라는 사실을 분명히 알면서도 우리들은 만족을 모르는 우리들의 욕망에 웃는다.

오, 인간의 영혼이여, 오, 여행 반려자 암호랑이여. 산다는 것, 대지를 사랑하고 두려움을 느끼지 않으며 죽음을 굽어보는 기쁨!

나는 사막을 거닐고 싶은 초조감 때문에 새벽에 일어났다. 샛별이 아직 머뭇거렸고, 희미한 빛이 이미 산봉우리들을 물들였다. 메추라기들은 잠이 깨었고, 여호와가 정상에 강림한 거룩한 산 전체가 시끄러워졌다. 하늘이 맑아졌고, 낮은 지역의 눈이 녹아 모래에 스며들었지만, 산꼭대기에서는 첫 햇살이 분홍빛으로 반짝였다. 목소리는 하나도 없고, 물의 흔적도 없으며, 푸른 풀밭도 없고. 모래와 신이 이룩한 싸늘한 고적함.

미치광이와 선지자, 분명히 두 종류의 사람만이 그런 사막에서의 삶을 견디어 낸다. 이성은 이곳에서 두려움이 아니라 성스러운 외경 때문에 비틀거리고, 때로는 인간적 균형을 상실해서 무너지며, 때로는 위로 솟아올라 천국으로 들어가서 신을 마주 보고, 신의 불타는 옷자락을 만져도 타지 않으며, 신의 얘기를 듣고, 신에게서 들은 말을 인간의 의식 속에 던져 넣는다. 오직 사막에서만 우리들은 신에 대항해서 봉기하고, 두려워하지 않으면서 신과 맞서며, 이성이 신과 찬란하게 일체를 이루고, 굽힐 줄 모르는 사나운 영혼들의 탄생을 보게 된다. 신은 그들의 영혼을 보면 그들 속에서 그의 입김이 헛되이 새어 나가지 않았고, 그들을 통해 신은 인간이 되는 몰락을 당하지 않았음을 알기 때문에 자랑스러움을 느낀다.

언젠가 두 선지자가 사막을 여행하다가 논쟁을 벌였다. 한 사람은 신이 불이고, 다른 사람은 신이 벌집이라고 주장했다. 서로 목이 쉴 정도로 소리를 질러 대었지만 그들은 상대방을 납득시키지 못했다.

결국 첫 번째 선지자는 화가 나서 앞에 보이는 산을 가리켰다. 「만일 내 말이 사실이라면 저 산이 흔들릴 겁니다.」

그의 말이 채 끝나기도 전에 산이 흔들리기 시작했다.

「그건 증거가 되지 못해요……」 두 번째 선지자가 코웃음을 치며 말했다.

「만일 내 말이 사실이라면 천사가 하늘에서 내려와 내 발을 씻어 줄 거예요.」

그의 말이 채 끝나기도 전에 천사가 하늘에서 내려와 쭈그리고 앉아 발을 씻어 주기 시작했다.

하지만 다른 선지자는 머리를 젓기만 할 따름이었다. 「그건 증거가 되지 못해요.」그가 말했다.

「만일 내 말이 사실이라면 신이 〈그 말이 옳다!〉고 소리칠 거예요.」

그의 말이 채 끝나기도 전에 하늘에서 목소리가 들려왔다. 「그 말이 옳다!」

하지만 두 번째 선지자는 다시 머리를 젓기만 했다. 「그건 증거가 되지 못해요.」그가 말했다.

바로 그때 엘리야가 하늘을 지나가게 되었다. 신이 웃는 모습을 보고 그가 가까이 가서 물었다. 「왜 웃으시나이까?」

신이 대답했다. 「마음이 즐겁기 때문이지, 엘리야. 저 아래 땅에서 두 사람이 하는 얘기를 들어 봤는데, 그들은 참된 내 아들들이야.」

계속해서 길을 가는 동안에 나는 줄곧 격렬한 두 선지자들에 대해 생각했는데, 아직도 그들의 발자국이 모래밭에서 생생하게 보이는 기분이 들었다. 그런 아들들을 둘 만큼 훌륭한 아버지는 행복하리라, 나는 혼자 생각했다. 신의 밀림에서 나온 그런 사자들이 걸어가는 모습을 보았기에 사막은 행복하리라.

이튿날 아가피오스 신부, 화가 파초미오스 신부와 함께 나는 모세가 신을 〈단둘이 만나서〉 얘기를 나눈, 헐벗은 성채만 남은 거룩한 정상으로 올라갔다. 멀리서 보면 무척 가파른 산등성이가 멧돼지의 갈기 같았다. 〈나머지 산들아, 잡초와 군중과 치즈로 뒤덮인 산들아, 그대들은 무슨 가치가 있느냐?〉성서가 묻는다. 〈하느님이 강림해서, 지금도 그곳에 살고 계시는 시나이 산 하나만이, 오직 그 하나만이 참된 산이더라.〉

이스라엘의 무서운 족장인 여호와는 이곳 히브리의 올림포스

꼭대기에, 자신의 정상에 불이 되어 앉아 산으로 하여금 김이 나게 했다. 아무도 신을 만지지 못하고, 아무도 신을 마주 볼 수가 없었다. 신을 본 자는 누구나 다 죽었다. 여호와는 불과 똑같았다. 그는 히브리 사람들이 불에 던지는 모든 것을 집어삼켰다. 그리고 무엇보다도 그는 아이들을 가장 즐겨 잡아먹었다.

산기슭에서 꼭대기까지 3천1백 개의 계단을 오르다가 우리들은 바위를 뚫어 만든 나지막한 둥근 문을 지났다. 사람들이 정상에 이르기를 무서워하던 시절에는 고해 신부가 이곳에 앉아서 그들의 고해를 들어 주었다. 신의 산을 오르는 사람은 누구나 손이 깨끗하고 마음이 순결해야 했으니, 그러지 않았다가는 정상에서 죽음을 당했다. 지금은 출입문이 버림을 받았다. 더러운 손과 죄 많은 마음도 이제는 정상이 죽이지 않기 때문에 마음 놓고 지나갈 수가 있다.

우리들은 지나갔다.

더 위쪽에는 선지자 엘리야가 기막힌 광경을 본 동굴이 나온다. 그가 동굴로 들어가니 우렁찬 신의 목소리가 들려왔다.「내일 하느님 앞에 나가 서거라. 힘차고 거센 바람이 불어 산들을 찢고 바위들을 산산조각 깨뜨리겠지만, 하느님은 바람 속에 있지 않느니라. 그리고 바람 다음에는 지진이 오지만, 하느님은 지진 속에 있지 않느니라. 그리고 지진 다음에는 불이 오지만, 하느님은 불 속에 있지 않느니라. 그리고 불 다음에는 부드럽고 시원한 산들바람이 오리라. 거기가 하느님이 있는 곳이니라.」

혼령은 그렇게 온다. 태풍과 지진과 불 다음에 부드럽고 서늘한 산들바람. 우리들이 사는 시대에도 그것은 그렇게 오리라. 우리들은 지진의 시기를 지나는 중이고, 불이 가까웠으며, 결국은 (언제? 몇 세대 후에?) 부드럽고 시원한 산들바람이 불어오리라.

더 위로 올라가자 파초미오스는 걸음을 멈추고 바위 턱을 가리켰다. 「히브리 사람들이 아말렉 사람들과 싸우던 날 모세가 섰던 곳이 여기예요. 그가 두 팔을 높이 치켜든 동안에는 히브리 사람들이 이겼지만, 피곤해서 팔을 내리기만 하면 히브리인들이 패주를 했어요. 그러자 두 성직자 아론과 후르는 적의 마지막 한 사람까지 〈칼날로 패주시킬〉 때까지 그의 팔을 붙들고 뎠었어요.」

파초미오스의 꾸밈없는 영혼 속에서는 이런 모든 전설이 명료한 중요성을 지니게 되어, 산속에서 돌아다니고 마음이 순수한 사람이면 누구의 눈에라도 보이는 공룡이나 거룡처럼 신성한 괴물들에 대한 얘기를 하듯, 그는 지금도 눈을 동그랗게 뜨고 빤히 쳐다보았다.

호리호리하고 앙상한 아가피오스 신부는 젊은이처럼 민첩하게 앞장서서 길을 안내했다. 그는 말을 하지 않았다. 파초미오스의 수다스러움에 불쾌해진 그는 어서 꼭대기에 다다르고 싶어 했다.

그가 거룩한 정상에 발을 올려놓자 나는 마음이 떨렸다. 그보다 더 비극적이고 놀라운 광경을 나는 일찍이 본 적이 없었다. 발밑에는 산들이 짙은 보랏빛으로 보이는 아라비아 페트래아가, 저 멀리에는 아라비아 펠릭스의 푸른 산맥과 옥처럼 반짝이는 새파란 바다. 서쪽으로는 햇빛을 받아 아른거리는 사막과, 저 멀리 뒤쪽에는 아프리카의 산맥. 자부심과 절망을 지닌 인간의 영혼이 궁극적인 행복을 찾게 되는 곳이 여기일 것이라고 나는 생각했다.

우리들은 정상의 작은 예배소로 들어갔다. 파초미오스는 고대 벽화의 흔적을 찾으려고 벽을 손톱으로 긁어대기 시작했다. 그는 창문의 왜소한 비잔틴 기둥을 의기양양하게 가리키고는 비잔틴 비둘기 두 마리가 부리를 마주 댄 성령의 상징을 보라면서 아주 자랑스러워하며 나를 불렀다. 그는 과거가 흘러가 버리기를 원하지 않았으므로, 옛 삶을 찾아내어 다시 맞춰 보려고 애썼다. 꺼질 줄 모르는 불길처럼 신이 강림한 이곳 정상에서는 고고학적 발굴 정신 따위는 나에게 짜증을 불러일으켰다. 나는 수사에게로 돌아서서 물었다. 「파초미오스 신부님, 신이 어떻게 생겼다고 생각하시죠?」

그는 당황한 표정을 지었다. 그러더니 잠깐 생각해 보고 대답했다. 「아이들을 사랑하는 아버지 같겠죠.」

「그게 무슨 말예요!」 내가 소리쳤다. 「시나이 산 꼭대기에서 신에 대해 어떻게 감히 그런 소리를 하나요? 성서를 읽지 못했어요? 하느님은 〈태워 버리는 불〉이에요!」

「왜 그런 얘기를 하죠?」

「신이 모든 것을, 과거를 태워 버리게 그냥 내버려 두라는 뜻에서죠. 신의 불을 따르고, 파초미오스, 재는 긁어모으지 말아요.」

「신의 본질에 대해서는 궁리 그만 하고 내 말이나 들어요.」 아가피오스 신부가 마침내 입을 열었다. 「화상을 입지 않게 불에 손을 대지 말아요. 눈이 멀지 않으려면 신을 볼 생각을 말고요.」

그는 등에 진 자루를 열고 구운 비둘기 한 쌍과, 바닷가재 두 마리와, 호두와, 대추야자와, 대추야자 라키를 가득 담은 나무 항아리와, 커다란 밀빵 한 덩어리를 꺼냈다.

「저녁 식사요!」

갑자기 우리들은 무척 배가 고픔을 깨달았다. 사람들의 말로는 모세의 발자국이라지만 어린아이의 관처럼 움푹 팬 돌 의자에 우리들은 음식을 늘어놓았다. 돌에 그려진 입을 맞추는 비둘기들은 거들떠보지도 않고, 파초미오스는 게걸스러운 식욕을 보이며 구운 비둘기에 정신이 팔렸다. 눈과 손과 이를 그토록 탐욕스럽게 놀리는 사람을 나는 여태껏 별로 본 적이 없었다. 그는 남은 자그마한 뼈들까지도 모아 앞에 쌓아 놓고는 빨아먹기 시작했다.

「비둘기들이 살아났어요, 파초미오스 신부님.」내가 웃으며 말했다. 「예배소에 들어가 보면 비둘기들이 없어졌을 거예요.」

「왜 웃어요?」파초미오스가 말했다. 「무엇이든 다 가능한데.」

「그럼요. 만일 성령이 비둘기였다면, 당신은 신도 먹어 치웠겠죠!」다른 수사의 탐욕을 전혀 개의치 않던 아가피오스가 말했다. 성호를 긋고 그는 사막을 물끄러미 쳐다보며 한숨을 지었다.

「왜 한숨을 지으시나요, 아가피오스 신부님?」늙기는 했어도 무척 재빠른 몸으로 산을 오른 엄격한 수사에 대해서 더 자세히 알고 싶었던 내가 물었다.

「어떻게 한숨을 짓지 않겠어요?」그가 대답했다. 「내 손과 발, 그리고 마음이 진흙투성이가 되었는데. 마침내 하느님 앞에 나아갈 때가 왔는데 ─ 손과, 발과, 얼굴은 이꼴이죠. 손은 피투성이고, 발은 흙투성이예요. 누가 나를 위해 이 손발을 깨끗이 씻어 주겠어요?」

「그리스도가 씻어 주시겠죠, 아가피오스 신부님.」그를 위로하려고 파초미오스가 말했다. 「그렇지 않고서야 주님이 무엇하러 이 땅에 강림하셨겠어요? 당신은 〈그리스도여, 내 손이 여기 있고, 내 발이 여기 있으니, 어서 씻으시오!〉라고 말해야죠.」

나는 웃었다. 그렇다면 우리들의 발이나 씻어 주는 것이 신이 하는 일인가?

파초미오스는 기분이 나빠졌다. 「왜 웃어요?」그가 물었다.

「허락해 주신다면 우화로 대답을 해드리겠어요, 파초미오스 신부님.」내가 대답했다. 「옛날 옛적 아라비아에 아주아주 교활한 왕이 살았답니다. 아침마다 그는 동트기 전에 노예들을 한데 모아 놓고는 해더러 뜨라고 자기가 명령하기 전에는 일을 시작하지 못하게 했답니다. 어느 날 백발의 현인이 그를 찾아가서 말했어요. 〈태양이 당신 명령을 기다리지 않는다는 사실을 모르시나요?〉 〈압니다, 알아요, 스승님. 하지만 내 도구가 되지 못한다면 그런 신이 무슨 소용이겠습니까?〉 …… 이젠 이해를 하시겠어요, 파초미오스 신부님?」

내가 얘기를 하는 동안 파초미오스는 살점이 조금 붙은 작은 뼈를 찾아내었다. 그는 그것을 잘근잘근 씹느라고 대답이 없었다.

나는 화제를 바꾸려고 아가피오스에게로 시선을 돌렸다.

「어쩌다 수사가 되셨나요, 아가피오스 신부님?」

「어쩌다 수사가 되었느냐고요? 그건 내 뜻이 아니라 신의 뜻이었어요. 스무 살이 되었을 때 나는 수사복을 입고 싶은 굉장한 열망에 사로잡혔죠. 하지만 내가 가려고 하는 길에 악마가 장애물들을 만들어 놓았어요. 무슨 장애물이냐고 물으시겠죠. 그러니까 이거예요, 일이 잘 돌아가서 난 돈을 벌었죠. 그런데 돈을 잘 번다는 건 무엇을 뜻하나요? 그건 신을 잊는다는 의미입니다. 나는 청부업자여서 다리와 길을 놓고, 집을 짓고, 돈을 잔뜩 벌었어요. 돈만 없어지면 당장 수사가 되겠다고 나는 자꾸만 혼자 다짐했죠. 그랬더니 하느님이 날 불쌍히 여겼어요. 난 주식 장난을 하다가 돈을 몽땅 날렸답니다. 〈주님, 감사합니다〉라고 난 말했어요. 난 줄을 끊고 떠났습니다. 비행선의 줄을 끊으면 하늘로 솟아오르는 거 아시죠? 난 바로 그렇게 속세를 떠났어요.」

그의 창백한 얼굴이 빨개졌다. 그는 속세에서 자신을 스스로 구했음을 의식하며 행복감을 느꼈다.

「그래서 난 이곳으로 왔어요. 난 어디로 가야 할지를 몰랐는데, 무한한 은총을 베푸는 신이 내 손을 잡고 이곳으로 데리고 왔어요. 오기는 했지만 난 아직 젊고 까다로웠죠. 지금의 나를 보지는 말아요. 난 늙고, 녹아 버리고, 건포도처럼 쪼그라들었어요. 하지만 젊은 시절에는 난 아직 피가 끓었어요. 나는 팔짱을 끼고 멀거니 앉아 있지를 못했죠. 기도를 해도 마음이 풀리지 않아 나는 일을 시작했어요. 나는 길을 닦았죠. 우리들이 거쳐 온 길들은 모두 내가 닦아 놓은 거예요. 이곳에서 내가 맡은 일은 길을 내는 것이고, 그게 내 천직이죠. 만일 천국으로 간다면, 난 내가 닦아 놓은 길로 갈 겁니다.」

스스로 자신의 희망을 조롱하듯 그는 웃었다. 「흥! 천국이라니! 인간이 그런 방법으로 어떻게 천국으로 들어간단 말인가?」

과식을 해서 졸린 파초미오스는 두툼한 담요로 몸을 감싸고 반쯤 잠이 들었다. 그는 아가피오스의 마지막 얘기를 듣고는 눈을 떴다.

「당신은 들어갈 거예요, 아가피오스.」 그는 다정한 목소리로 말했다. 「당신은 들어갈 테니까…… 걱정할 필요가 없어요.」

아가피오스가 킬킬거리며 웃었다. 「당신은 확실히 만사가 잘 되겠죠. 두려울 게 없어요. 당신은 붓과 물감을 가지고 있으니까 천국을 그려 놓고 들어가면 그만이죠. 하지만 난 어떤가요? 난, 어휴! 자꾸만 닦고, 닦고, 또 닦아 나가야 해요. 난 천국의 문턱까지 길을 닦지 않았다가는 들어갈 수가 없어요. 저마다 닦아 놓은 은공이 있어야죠.」

그는 나를 쳐다보았다. 「당신은 어떤가요?」

「나요? 난 벌써 들어와 있어요. 마음속에서 나는 정상에 작은 예배소를 지어 놓은 높은 산을 천국이라고 봅니다. 그리고 예배소 밖에는 돌 의자가 놓였고, 의자에는 대추야자 라키가 한 병, 구운 비둘기가 두 마리, 호두와 대추야자가 좀 마련되었으며, 훌륭한 두 사람이 내 벗이고, 우리들은 천국 얘기를 나눈답니다.」

하지만 파초미오스는 몸을 떨었다. 담요를 더욱 단단히 여미면서 그가 일어섰다. 그의 입술이 새파래졌다. 그는 허리를 굽혀 병을 집어서 남은 라키를 조금 마셨다.

「이젠 그만 돌아갑시다. 여기서 어물거리다가는 얼어 죽겠어요.」 이렇게 말하고 그는 내려가기 시작했다.

그날 밤, 골방에 혼자 남은 나는 사막의 환상을 마음속 깊이 간직하며 구약 성서를 뒤적이기 시작했다. 사막에는 분명히 아무도 살지 않았으며, 용서하지도 않고, 미소짓지도 않고, 동정하지도 않는 자만이 존재했다. 전율이나, 목마름이나, 굶주림이나, 피곤함, 그리고 굶주린 사자나 죽음은 사막의 지배자가 아니다. 지배자는 신이다.

불이 붙어도 타서 없어지지 않는 숲인 구약 성서를 읽어 가면서 나는 여호와가 지나가려고 산들 사이로 파낸 무서운 골짜기로 다시 들어간다는 상상을 했다. 나에게는 성서가 갈기갈기 찢어진 누더기를 걸치고 아우성치며 선지자들이 밧줄에 묶여 내려오는, 산봉우리가 많은 산맥처럼 여겨졌다.

그리고 성서에 몰두해서 책장을 넘기며 이 산봉우리에서 저 산봉우리로 뛰어다니던 나는 사람들의 반대에도 불구하고 신이 왕으로 선택한 〈얼굴이 아름답고〉 혈색이 발그레한 청년에 대해서 무척 감격 어린 목소리로 언젠가 얘기해 주었던 젊은 여자가 머리에 떠올랐다. 반발했다가 신의 두 손에 동댕이질을 당한 백발의 선지자 사무엘을 생각하니 마음이 슬퍼졌다. 나는 마음을 달래려고 종이를 가져다가 글을 쓰기 시작했다. 내 슬픔을 쫓아 버리기 위해서 벌써부터 도피하던 비겁한 방법이 바로 이렇듯 글을 쓰는 것이었다.

「사무엘아!」

여기저기 기운 누더기에 가죽 허리띠를 두른 백발의 선지자는 물끄러미 도시를 내려다보느라고 하느님이 부르는 소리를 듣지 못했다. 태양은 지평선 바로 위에 걸렸다. 칼처럼 곧은 종려나무와 가시 돋고 무르익은 야생 무화과들과, 카르멜의 붉은 바위들 사이로 저 멀리 아래쪽에 처박힌 죄 많은 길갈[10]은 시끄러웠다.

「사무엘아!」 신의 목소리가 다시 한 번 울려 나왔다. 「내 충성스러운 종 사무엘아, 너는 늙었구나. 내 목소리가 들리지 않느냐?」

사무엘은 부르르 몸을 떨었다. 그의 짙은 눈썹이 분노로 일그러졌고, 길고 갈라진 수염은 격렬하게 흩날렸으며, 귀는 소라처럼 되울렸다. 마구 날뛰는 암말처럼 저주가 그의 몸속에서 울부짖었다.

「나의 저주를 받으라.」 그는 고함을 치며 웃고, 노래하고, 말벌 둥지처럼 시끄러운 도시 위로 앙상한 팔을 뻗쳤다. 「모든 웃는 자와, 천국의 얼굴을 흐려 놓는 옳지 못한 제물과, 자갈길에 나막신을 딸가닥거리는 여인은 내 저주를 받으라!

주여, 주여, 당신이 청동 손바닥에 움켜쥔 벼락은 불이 꺼졌나이까? 우리 왕의 거룩한 몸에 성스러운 질병의 입김을 불어넣어서 왕은 달팽이처럼 거품을 물고 거북처럼 헉헉거리며 땅바닥으로 쓰러집니다. 왜요? 왜요? 그가 당신에게 무슨 잘못을 저질렀나이까? 당신에게 묻노니, 대답해 주시오! 만일 의로우시다면 모든 사람들에게 고루 질병을 뿌리시고, 사타구니에서 남자들의 정충을 잡아뜯어 돌에다 짓이기소서!」

「사무엘아!」 하느님이 세 번째로 우렁차게 소리쳤다. 「조용히

---

10 〈돌로 두른 곳〉이라는 뜻으로, 사울의 시대에는 군사 및 종교의 중심지였다.

하고 내 말에 귀를 기울여라, 사무엘아!」

선지자의 몸이 떨리기 시작했다. 그리고 전능한 신의 제물들이
죽어 피투성이가 된 바위에 몸을 기댄 그는 신의 세 차례 외침을
한꺼번에 다 들었다. 두 팔을 높이 들고 그가 소리쳤다.「주여, 저
는 여기 있나이다.」

「사무엘아, 물주전자에 예언의 기름을 가득 채우고 베들레헴으
로 가거라.」

「하지만 베들레헴은 머나먼 곳입니다. 당신을 섬기느라 백 년
동안 땅을 밟아 제 발은 이제 다 썩었나이다. 저는 능력이 없으
니, 다른 사람을 보내십시오.」

「나는 육신에게 얘기하는 것이 아니로다. 나는 육신을 혐오하
여 만지지도 않는다. 나는 사무엘에게 얘기하느니라.」

「말하소서, 주여. 저는 여기 있나이다.」

「사무엘아, 물주전자에 예언의 기름을 가득 채우고 베들레헴으
로 가거라. 입도 열지 말고, 아무도 동반하지 말고, 이새[11]의 집
문을 두드려라.」

「저는 베들레헴에 가본 적이 없나이다. 어찌 이새의 문을 알겠
습니까?」

「피의 지문으로 내가 문에다 표시를 해놓았느니라. 그의 일곱
아들 가운데 하나를 선택하라.」

「주여, 누구를 말입니까? 저는 눈이 희미해서 잘 보지 못합니다.」

「그를 보는 순간에 네 마음은 송아지처럼 고함치리라. 네가 선
택할 자는 그 사람이니라. 그의 머리카락을 헤치고 머리 정수리
를 찾아 그를 이스라엘의 왕으로 정해 기름을 바르거라…… 내가

11 다윗 왕의 아버지.

할 말은 그것이니라!」

「하지만 사울이 알아낼 것입니다. 제가 돌아가면 그는 함정을 파놓고 기다렸다가 저를 잡아 죽일 것입니다.」

「내가 알 게 뭐냐? 나는 내 종들의 생명을 한 번도 소중히 여기지 않았느니라. 가거라!」

「싫습니다, 저는 거부합니다!」

「얼굴에서 땀을 닦아라, 사무엘아. 떨리지 않게 입을 다물고, 주에게, 나에게 얘기하라. 너는 주저하는구나, 사무엘아. 똑똑히 얘기하라!」

「저는 주저하지 않았나이다. 저는 가지 않겠다고 분명하게 말했습니다.」

「좀 조용히 말하라. 너는 겁이 난 듯 소리를 지르는구나. 너는 왜 가기를 거부하느냐? 나는 사무엘이 겸손하게 대답하리라고 믿는다. 너는 두려우냐?」

「아닙니다, 저는 두렵지 않습니다. 사랑 때문에 저는 갈 수가 없나이다. 이스라엘의 왕 사울에게 기름을 부어 준 사람은 저입니다. 저는 그를 제 아들보다도 사랑했나이다. 저는 그의 파리한 입술에 제 영혼을 불어넣었고, 그를 이름나게 한 것은 제 혼, 예언의 혼이었습니다. 그는 제 육체와 영혼이니, 저는 그를 배반하지 않겠나이다!」

「너는 왜 말문이 막히느냐? 사무엘의 마음은 그렇게 빨리 속이 비어 버리느냐?」

「주여, 당신은 전능하나이다. 저를 희롱하지 마옵소서. 저를 죽여 주소서! 당신은 저를 죽여야만 하겠나이다!」

사무엘의 두 눈에 피가 가득 찼다. 그는 바위를 움켜잡고 기다렸다.

「저를 죽여 주소서!」 그의 마음이 속에서 다시금 외쳤다. 「저를 죽여 주소서!」

「사무엘아……」 신의 목소리는 이제 애원하듯 부드러워졌다. 그러나 백발의 선지자는 점점 더 거칠어졌다.

「저를 죽여 주소서! 저를 죽여 주소서! 다른 선택은 없습니다.」 대답이 없었다. 한낮이 지나고 해가 기울었다. 거무스레한 맨발의 소년이 나타났다. 그는 길을 올라와서 절벽의 끝으로 다가가듯 무서워하며 선지자에게로 가까이 갔다. 선지자가 먹을 대추야자와, 꿀과, 빵과, 물 한 항아리를 바위 밑에 놓고 그는 숨을 죽이고 황급하게 도시로 내려가 초라한 오두막 안으로 들어가 버렸다. 어머니가 몸을 내밀어 그를 안아 주었다.

「아직도 그대로이더냐?」 그녀는 떨리는 목소리로 물었다. 「아직도?」

「그래요.」 소년이 대답했다. 「아직도 주님과 싸우고 있어요.」

해가 산 너머로 떨어졌다. 저녁 별이 나타나 죄 많은 도시 위에서 불씨처럼 깜박거렸다. 미늘 살창문 뒤에서 별을 본 창백한 여자가 소리쳤다. 「저 별이 떨어져서 세상을 불태워 버릴 거예요!」

선지자의 기다란 머리 위에서 별들이 장난스럽게 흐르며 보이지 않는 바퀴에 박혀 반짝이면서 돌아갔다. 그가 한가운데 서서 떨고 있는 동안 별들은 그의 머리카락 속으로 파고들어 굵직한 우박처럼 관자놀이를 때렸다.

「주여…… 주여……」 그는 동트는 하늘을 향해 소리쳤다. 그러고는 아무 소리도 나오지 않았다.

그는 항아리를 꺼내 예언의 기름을 가득 채우고는 꼬불꼬불한 지팡이를 집어 들고 내려가기 시작했다. 그의 발에는 날개가 돋았고, 하얀 수염에서는 이슬방울들이 별처럼 반짝였다. 첫 번째 집 문간에서 놀던 두 아이는 선지자가 걸친 누덕누덕 기운 옷과 초록빛 똬리 모자를 보자마자 뿔뿔이 도망쳤다.

「그 사람이 온다, 그 사람이 온다.」 그들은 소리치기 시작했다.

개들이 다리 사이로 꼬리를 감추며 구석으로 도망갔고, 어린 암소 한 마리는 땅바닥에 머리를 질질 끌며 울었으며, 세찬 바람이 한쪽 끝에서 다른 쪽 끝까지 도시를 휩쓸었다. 문들이 닫히고 어머니들은 길거리의 아이들을 불러 안으로 들여보냈다. 지팡이로 돌멩이들을 치면서 사무엘은 성큼성큼 지나갔다. 「나는 사람들의 목전에 다가온 전쟁, 전염병, 신이 된 듯한 기분을 느낀다!」 그가 중얼거렸다.

기다란 지팡이를 든 양치기 두 사람이 길에 나타났다. 그들은 선지자를 보자마자 땅바닥에 엎드렸다.

「주여, 저들의 머리통을 부수라고 명령하소서. 준비가 되었으니 내 마음에게 명령하소서.」

그러나 마음을 불안케 할 목소리는 들려오지 않았고, 그는 인간의 씨앗에 대한 저주를 읊으며 지나갔다.

태양은 이글거렸고, 발밑에서 먼지가 올라 구름처럼 그를 에워쌌다. 갑자기 갈증을 느끼며 그가 소리쳤다. 「주여, 마실 물을 주시옵소서!」

「마셔라!」 졸졸 흐르는 물 같은 조용한 목소리가 그의 옆에서 대답했다. 눈을 돌린 그는 바위 턱의 틈바구니에서 똑똑 떨어져 움푹한 곳에 고이는 물을 보았다. 그는 허리를 굽히고, 수염을 헤치고는 입을 물에 가져다 댔다. 시원함에 발끝까지 짜릿했고 늙은 뼈가 우두둑거렸다.

그는 다시 걷기 시작했다. 해가 기울었다. 그는 종려나무 밑에 길게 누워 오른손으로 턱을 괴고는 잠이 들었다. 자칼들이 그의 주위로 모여들었다. 그의 체취를 맡더니 그들은 무서워서 도망쳤다. 별들이 칼처럼 그의 머리 위로 늘어졌다. 그는 새벽에 일어나다시 길을 나섰다. 사흘째 되던 날 산들 사이의 통로로 평원이 나타났고, 가운데에는 배가 불러 천천히 움직이는 초록빛 비늘의뱀처럼 요르단 강이 반짝였다. 또 사흘이 지났고, 갑자기 베들레헴의 집들이 대추야자나무들 뒤에서 새하얗게 빛났다.

비둘기 한 무리가 선지자의 머리 위로 지나가다가 잠깐 머뭇거리더니 무서워서 순식간에 마을 쪽으로 달아났다.

군중의 지독한 악취가 났고, 문둥이와 장님들이 빵을 구걸하는커다란 북쪽 성문에는 장로들이 서서 선지자를 기다렸다. 벌벌떨면서 그들은 자기들끼리 중얼거렸다.

「문둥병이 우리 마을에 오리라! 하느님은 인간 세계를 황폐케하려고 내려올 따름이다.」

가장 나이 많은 장로가 마음을 단단히 먹고 한 발자국 앞으로나섰다. 「내가 얘기를 해보지.」 그가 말했다.

먼지 구름을 끌고 갈기갈기 찢어진 싸움터의 깃발처럼 누더기를 펄럭이며 선지자가 도착했다.

「평화와 살육, 어떤 것을 가지고 오셨습니까?」

「평화요.」 손을 내밀며 선지자가 대답했다. 「길을 비우고 집으로 가시오. 나는 혼자 지나가고 싶소.」

길거리가 텅 비고 문들은 빗장을 질렀다. 마을로 뚜벅뚜벅 걸어 들어가며 사무엘은 모든 문들을 손가락으로 만져 보고 자세히살폈다. 마을의 언저리 마지막 집에서 그는 어렴풋한 피의 지문을 찾아냈다. 그는 문을 두드렸다. 집 전체가 흔들렸고, 늙은 이새가 겁에 질려 일어나서 문을 열었다.

「집안이 안녕하고, 일곱 아들이 건강하며, 며느리들이 아들 낳기를 바랍니다. 이새. 하느님의 가호가 함께하기를!」

「주님의 뜻대로 이루어지이다!」아래턱을 떨며 이새가 대답했다.

문간이 가득하게 한 남자가 나타났다. 사무엘이 돌아서서 그를 보니 마음이 흡족했다. 남자는 검은 곱슬머리에 털이 난 가슴은 딱 벌어졌고, 다리는 청동 기둥처럼 힘찬 거인이었다.

「내 큰아들 엘리압올시다.」이새가 자랑스럽게 말했다.

사무엘은 마음이 소리 지르기를 기다리며 아무 말도 하지 않았다. 틀림없이 이 사람일 텐데, 그는 마음속으로 자꾸만 생각했다. 분명히 이 사람이 맞을 텐데. 주여, 왜 말이 없나이까?

그는 오랫동안 기다렸다. 그러자 갑자기 그의 머릿속에서 무시무시한 목소리가 터져 나왔다. 「왜 그렇게 투덜거리느냐? 네 영혼이 그에게 반한 모양이구나. 그래도 나는 그를 원하지 않는다. 나는 그를 원하지 않는다. 나는 마음을 검토해 보고, 사타구니를 조사하고, 뼈의 골수를 저울로 달아 보는데…… 나는 그를 원하지 않는다!」

「둘째 아들을 데려오시오.」사무엘이 명했다. 그는 입술이 새파랗게 변했다.

둘째 아들이 왔지만 선지자의 마음은 그대로였고, 내장은 꼼짝도 하지 않았다.

「이 사람이 아니다! 아냐! 아니다!」그는 여섯 아들을 차례로 이마와, 눈썹과, 입을 살펴보고, 등과, 무릎과, 몸통과, 이빨을 암양과 마찬가지 방법으로 살펴보고는 아니라고 소리를 질렀다.

완전히 지쳐서 그는 문간에 털썩 주저앉았다.

「주여, 당신은 나를 속였습니다.」그는 고뇌에 차서 소리쳤다. 「당신은 항상 교활하고 무자비하며, 인간을 동정하지 아니합니다. 나타나소서! 당신을 부르는 자는 이 몸 사무엘입니다…… 어찌 말이 없나이까?」

걱정이 된 이새가 그에게로 왔다.

「아직 막내 다윗이 남았어요.」 그가 말했다. 「양 떼를 돌보러 나갔지만요.」

「어서 불러와요!」

「엘리압아.」 아버지가 말했다. 「가서 동생을 불러오너라.」

엘리압이 얼굴을 찌푸리자 겁이 난 아버지는 둘째 아들에게 말했다. 「아비나답아, 가서 동생을 불러오너라.」

하지만 둘째 아들도 역시 거절했다. 그들은 모두 거절했다.

사무엘이 문간에서 몸을 일으켰다. 「문을 열어요. 내가 직접 갈 테니까.」

「당신이 찾기 쉽도록 어떻게 생겼는지 얘기해 줄까요?」 노인이 물었다.

「아닙니다. 나는 친부모보다도 더 빨리 그를 알아볼 테니까요!」

돌멩이에 발이 걸려 고꾸라지고 투덜거리면서 그는 언덕을 올라갔다. 「난 싫어, 난 싫어.」

떠오르는 햇살처럼 빛나는 새빨간 머리의 청년이 양 떼 가운데 서 있는 모습을 보자 그는 걸음을 멈추었다. 그의 가슴이 송아지처럼 소리를 질렀다.

「이리 와요, 다윗.」 그는 명령조로 불렀다.

「당신이 이리 오시오!」 다윗이 대답했다. 「난 양 떼를 떠나면 안 되니까요.」

「이 사람이다. 이 사람이야.」 화가 잔뜩 나서 앞으로 나아가며 사무엘이 소리쳤다.

가까이 간 그는 다윗의 어깨를 움켜잡고, 손으로 등을 더듬어 정강이를 만져 보고는 다시 머리를 만졌다.

청년은 화를 내며 머리를 젖혔다. 「당신 누구예요? 왜 나를 더 듣어 대죠?」

「나는 주님의 종 사무엘이오. 주님이 가라기에 나는 왔고, 주님이 소리를 치라기에 나는 소리쳤소. 나는 주님의 발이요 입이니까요. 주님의 손이요 그림자예요……. 머리를 숙여요!」

청년의 정수리를 찾아낸 그는 성스러운 기름을 부었다.

「나는 당신을 증오하고, 당신을 원하지 않으며, 다른 사람을 사랑하오. 하지만 주님의 바람이 내 머리 위로 지나갔고, 보다시피 나는 마음이 내키지 않아도 손을 들어 예언의 기름을 당신 머리에 붓고 있소.

다윗은 이스라엘의 왕! 다윗은 이스라엘의 왕이 되었소! 다윗은 이스라엘의 왕이 되었소!」

그는 성스러운 병을 바위에 던져 깨뜨려 버렸다.

「주여, 당신은 제 마음을 저렇게 깨뜨려 버렸나이다. 나는 이제 더 이상 살고 싶지 않습니다!」

하늘에서 까마귀 일곱 마리가 나타나 머리 위에서 빙빙 돌며 기다렸다. 선지자는 초록빛 똬리 모자를 풀어 수의처럼 땅바닥에 펴놓았다. 용기를 얻은 까마귀들이 더 가까이 왔다. 선지자는 누덕누덕 기운 옷으로 얼굴을 가렸고, 다시는 움직이지 않았다.

헛되이 신을 거역하려던 사람에 대한 환상과 더불어 졸음에 정신이 흐려진 나는 보이지 않는 손에 몸을 맡겼다. 그리하여 그토록 내가 두려워했던 밤은 꿈도 없이 즐겁게 지나갔다.

푹 쉬고 난 다음 나는 동틀 녘에 마당으로 내려갔다. 희미한 빛 속에서 유령처럼 돌아다니던 수사들이 예배소 안으로 한 사람씩 사라졌다. 성상대 앞에서 타오르던 두 개의 쇠초롱 이외에는 다른 불빛이 없었지만, 희미함 속에서 나는 그리스도의 꾸밈없는 모습과, 다정하고 고뇌에 찬 성모의 얼굴을 겨우 알아보았다. 밀랍과 달콤한 향 냄새가 풍겼다. 돌을 깐 바닥에는 아직도 유월절 월계수들이 흩어져 있었다.

어떤 행복감이, 어떤 고적감이 여기에 있는가, 나는 혼자 생각했다. 비틀거리고 아우성치는 세상은 얼마나 멀리 떨어져 있는가! 그리스도의 날갯죽지 밑에서 도망쳐 어디로 가겠는가? 왜 하찮은 근심과 하찮은 기쁨에 빠져 허우적거리는가? 위대한 진주를 머금은 조개가, 진주조개가 여기 있다. 나는 내 육체를 지배하고, 내 영혼을 지배하고, 머리의 힘을 빨아먹는 잔가지들을 모두 잘라 버려서, 머리만 남은 다음에 솟아오르리라. 내 앞에는 위대한 투쟁자가 있다. 나는 신을 따르리라. 그는 험한 산을 오르니 나도 그와 함께 오르리라.

나는 쇠초롱의 부드러운 불빛 속에서 그리스도의 힘차고 금욕적인 얼굴을 물끄러미 쳐다보았다. 혼돈으로 떨어지지 않도록 세계를 힘차게 잡은 가느다란 두 손을 보고 나는, 이곳 땅 위에서 그리스도는 우리들에게 평생 닻을 내리기 위한 항구가 아니라, 앞바다로 나가서 거칠고도 광포한 파도를 만나 신의 품 안에서 닻을 내리기 위해 평생 투쟁하려고 그곳을 떠나야 하는 항구라는 사실을 깨달았다. 그리스도는 끝이 아니라 시작이었다. 그는 어서 오라고 환영하지 않고 잘 가라며 배웅했다. 그는 보드라운 구름 속에 편안히 물러나 앉지 않고, 우리들과 마찬가지로 저 높이 북극성을 응시하며 뱃전을 꽉 움켜잡고 서서 파도에 시달렸다. 그렇기 때문에 나는 그를 좋아했고, 그렇기 때문에 나는 그를 따르리라.

내 마음을 매혹시키고 나에게 무엇보다도 더 많은 용기를 주었던 것은 자신이 그리스도임을 깨달은 인간이 어떻게 벅찬 투쟁과 만용과 미친 듯한 희망을 품고 신에 도달해서, 신과 한 덩어리 한 몸이 되려고 노력했느냐 하는 사실이었다. 신에게 이르는 길은 이것뿐이었다. 그리스도의 피투성이 발자취를 따라 우리들은 우리 내면의 인간을 혼으로 바꿔 놓아 신과 한 몸이 되도록 해야 한다.

그리스도의 이러한 이중성은 항상 불가해하고 깊은 신비처럼 여겨졌는데, 특히 인간 그리스도가 신에 이르려는, 보다 정확히 얘기하자면 신에게로 돌아가 똑같아지려는 그토록 인간적인, 그토록 초인적인 갈망이 그랬다. 신비하면서도 너무나 현실적인 이 향수(鄉愁)는 내 마음속에서 큰 상처들을, 또한 넘치는 샘들을 터 놓았다.

젊은 시절부터 나의 가장 큰 고민과, 모든 기쁨과 슬픔의 샘은 정신과 육체의 끊임없고 무자비한 싸움이었다.

나의 내면에는 인간이나 인간 존재 이전의 〈악한 자〉가 지닌 어두운 태곳적 힘이 존재했었고, 또한 인간이나 인간 존재 이전의 신이 지닌 밝은 힘도 존재했었는데, 내 영혼은 이들 두 군대가 만나 싸우는 격전장이었다.

고뇌는 격렬했다. 나는 내 육체를 사랑해서 그것이 사멸하기를 바라지 않았고, 영혼을 사랑해서 그것이 썩지 않기를 바랐다. 나는 맞서 싸우고, 세계를 창조하는 두 힘을 화해시켜, 그들은 적이 아니라 동지들이므로 조화에서 기쁨을 얻고, 따라서 나도 그들과 함께 기쁨을 누리게 해달라고 납득시키기 위해 노력했다.

인간은 누구나 반은 신이고 반은 인간이어서, 정신과 육체를 모두 다 지녔다. 그렇기 때문에 그리스도의 신비는 단순히 특정한 교의(敎義)를 위한 신비가 아니라 보편적인 개념이다. 신과 인간 사이의 투쟁은 타협에 대한 갈망과 더불어 모든 사람의 내면에서 벌어진다. 이 투쟁은 대부분 무의식적이고 잠시 동안만 계속된다. 나약한 영혼은 오랫동안 육체에 항거할 인내력이 없다. 영혼은 무거워져서 육체가 되고, 대결은 끝난다. 하지만 숭고한 의무를 밤낮으로 의식하고 책임감을 지닌 사람들에게는 육체와 정신 사이의 분쟁이 무자비하게 터져 죽을 때까지 계속되기도 한다.

영혼과 육체가 강할수록 투쟁은 그만큼 수확이 많고, 최후의 조화는 더욱 풍요하다. 신은 나약한 영혼이나 흐물흐물한 육체를 사랑하지 않는다. 정신은 힘차고 저항력이 넘치는 육체와 씨름하기를 원한다. 그것은 항상 배가 고픈 맹금(猛禽)이고, 육체를 먹어 치워 한 몸이 되어서 사라지게 한다.

육체와 정신의 투쟁, 반발과 저항, 타협과 순종, 그리고 결국은 투쟁의 숭고한 목적인 신과의 결합, 이것이 그리스도가 행했고, 그의 피투성이 발자취를 따라 우리들이 행하기를 바라는 오름〔上昇〕이다.

구원의 첫아들로 태어난 그리스도가 이르렀던 높은 산봉우리를 향해 길을 나서는 행위 — 이것이 투쟁하는 인간의 숭고한 의무이다. 우리들은 어떻게 출발해야 하나?

만일 그를 따를 힘을 갖추려면, 우리들은 그의 갈등을 깊이 이해할 수 있어야 하고, 그의 고뇌를 겪어야 하며, 지상의 화려한 함정을 이겨 낸 그의 승리와, 그가 희생해야 했던 인간의 크고 작은 기쁨, 희생을 거듭하며 순교의 정상인 십자가에 오르는 길을 이해하고 겪어야 한다.

나는 예루살렘과, 갈릴래아와, 사해에서 보낸 낮과 밤처럼 그토록 깊이 고뇌하며 그리스도의 처참한 골고타 길을 따랐던 적이 없고, 그토록 깊은 이해와 사랑으로 그의 삶과 수난을 실감했던 적은 없었다. 그토록 감미롭고 고통스럽게 한 방울 한 방울 내 마음에 떨어지는 그리스도의 피를 나는 한 번도 느껴 본 적이 없었다.

그랬던 까닭은 희생의 정상인 십자가로, 그리고 영적 정상인 신에게로 오르기 위해서 그리스도는 투쟁적인 인간이 거쳐 가는 모든 단계를 겪었기 때문이었다. 그렇기 때문에 그의 고통이 우리들에게 그토록 친밀하고, 우리들은 그와 공감하고, 그의 마지막 승리가 우리들 자신이 미래에 얻을 승리처럼 여겨진다. 무척이나 인간적인 그리스도의 그런 본질이 우리들로 하여금 그를 이해하고, 그를 사랑하고, 우리들 자신의 고난처럼 그의 수난을 따르도록 도와준다. 만일 이렇게 따스한 인간적인 면을 지니지 않았더라면 그는 그토록 부드럽고 자신 있게 우리 마음에 와닿지 않았을 터이고, 그는 우리 삶의 본보기가 되지 못했으리라. 우리들은 투쟁하고, 그가 투쟁하는 모습을 보고 힘을 얻는다. 그가 우리 편에서 싸우므로 우리들은 세상에 우리들만 홀로 있지 않음을 안다.

그리스도는 모든 순간에 갈등하고 승리한다. 그는 인간의 단순한 쾌락들이 지닌 매혹을 정복했고, 모든 유혹을 정복했으며, 육체를 끊임없이 정신으로 변형시켰고, 승천했다. 그가 가는 길의 모든 장애물은 보다 큰 승리의 기회가, 승리의 이정표가 되었다. 이제 우리들 앞에는 길을 열어 주고 힘을 부여하는 본보기가 존재한다.

위대한 함성이 ── 우리들이 신이라 일컫는 거대한 숨결이 ── 하늘과, 땅과, 우리 마음속에서 불어온다. 식물은 고인 물 옆에서 꼼짝 않고 잠만 자려 하지만, 함성이 속에서 솟구치며 뿌리를 마구 뒤흔든다. 「가라, 땅을 버리고 걸어라!」 생각하고 판단할 능력을 갖추었다면 나무는 이렇게 말했으리라. 「난 싫어요. 나더러 어떻게 하라는 건가요! 당신은 불가능한 걸 요구해요!」 하지만 무자비한 함성은 자꾸만 뿌리를 뒤흔들며 소리친다. 「가라. 땅을 버리고 걸어라!」

영겁에 걸쳐 이렇게 외쳤고, 보라! 열망과 투쟁의 결과로, 꼼짝 않는 나무로부터 벗어난 삶은 해방되었다.

동물들이, 벌레들이 나타나서 물과 흙 속에 집을 지었다. 「여기라면 좋습니다.」 그들이 말했다. 「우린 평화와 안정을 찾았으니, 여기 눌러 붙어 살겠어요!」

하지만 무서운 함성은 그들의 사타구니를 무자비하게 두들겨 팼다. 「흙을 떠나고 일어서서 더 훌륭하게 되어라!」

「우린 싫어요! 우린 그럴 능력이 없어요.」

「너희들은 능력이 없지만, 나에게는 있다. 일어서라!」

그리고 보라! 영겁이 흐른 후에 아직도 더러운 두 다리를 떨며 인간이 나타났다.

인간은 켄타우로스여서, 말굽은 땅을 밟지만 몸의 가슴부터 머리까지는 무자비한 함성에게 속박되어 고통을 당한다. 그는 동물적인 칼집에서 칼처럼 자신을 뽑아내려고 또다시 영겁에 걸쳐 투쟁해 왔다. 그는 또한 인간의 칼집에서 자신을 뽑아내려는 새로운 투쟁도 벌였다. 인간이 절망적으로 소리친다. 「나는 어디로 가나요? 나는 정상에 이르렀고, 그 너머는 나락입니다.」 그리고 함성이 대답한다. 「그 너머에서는 내가 기다린다. 일어서라!」 모두가 켄타우로스이다. 그렇지 않다면 세상은 썩어 불모와 타성으로 몰락한다.

내가 수도원 주변의 사막을 몇 시간씩이나 거닐면, 신은 성직자들로부터 점점 벗어나기 시작한다. 거기서부터는 함성이 나의 하느님이었다.

신성한 고적함 속에서 하루하루가 흘러가는 사이에 내 마음은 차분해졌다. 해답들이 마음속에 가득 차는 듯싶었다. 확신을 얻은 나는 질문을 하지 않았다. 우리들이 어디에서 왔고, 어디로 가며, 땅에서의 우리 목적이 무엇인지, 모든 것이 신이 거닐었던 고적한 곳에서 지극히 단순하고 확실해졌다. 내 피는 점점 더 신의 맥박을 지니게 되었다. 아침 기도와, 성찬식과, 만과(晩課)와, 성가 영창과, 아침에 솟아오르고 저녁에 지는 태양과, 수도원 위에 밤마다 샹들리에처럼 매달리는 성좌, 모두가 영원한 법칙에 따라 왔다가 가고, 왔다가 갔으며, 인간의 피에 똑같이 평온한 맥박을 베풀었다. 세상이란 나무 한 그루 —— 거대한 포플러이며, 나 자신은 가느다란 줄기에 매달린 하나의 초록빛 잎사귀라고 나는 생각했다. 신의 바람이 불면 나는 나무 전체와 더불어 뛰고 춤추었다.

나는 고뇌에 차서 내 영혼에게 자꾸만 물었다. 너는 믿느냐? 너는 자신을 남김없이 주겠느냐? 너는 각오가 되었느냐?

내가 원하던 바는 준엄한 맥박에 호응하고, 숭고한 희망을 성취하려고 나서는 군대에 입대해서, 절제하고, 빈곤하고, 순결한 영웅들을 태운 기독교의 아르고를 타고, 빨간 돛을 부풀게 하고, 큰 돛대에는 성체(聖體)의 신비한 넝쿨이 돋아나고, 해적들처럼 항해를 해서 신이 어깨에 얹은 불멸성의 황금 양털을 훔쳐 오는 것이었다. 내가 원하던 바는 나 또한 미천함과, 쾌락과, 죽음을 이겨 보자는 것이었다.

나는 날마다 몇 시간씩 사막을 방황하며, 아직 섣불리 이름을 밝히지 않으려는 비밀의 결심이 서서히 마음속에서 무르익어 감을 의식했다. 저녁에 돌아가면 나는 골방 밖으로 나온 수사들을 만났다. 낮의 무더움이 가라앉자 그들은 다가오는 저녁의 시원함을 호흡했다.

위대한 정열로 불타지 못하는 영혼에게는 고독감이 치명적이다. 만일 고독 속에서 신을 미친 듯 사랑하지 않는다면, 수사는 저주를 받는다. 수사 몇 사람의 영혼은 갈팡질팡했다. 그들은 갈구하는 바도, 생각하는 바도 없었다. 반쯤 눈을 감고 그들은 마당에 한 줄로 늘어앉아 예배소와, 식당과, 골방에 들어갈 시간만 기다릴 뿐이었다. 그들은 기억력이 어두워졌고, 이가 빠졌으며, 사타구니는 쑤셨다. 그들은 인간도 아니었고, 그렇다고 해서 동물도 아니었다. 그리고 아직 천사도 아니었다. 그들은 남자도 아니고 여자도 아니었으며, 살지도 않고 죽지도 않았다. 멍하니 팔짱을 끼고 그들은 헐벗은 줄기들이 봄을 기다리듯 죽음을 기다렸다.

그들 가운데 한 사람은 자꾸만 아내를 회상하며 쉴 새 없이 침을 뱉었다. 또 어떤 수사는 옷 속에 공책과 색연필 한 꾸러미를 넣어 가지고 다니다가 걸핏하면 꺼내어 젖이 달린 그리스도가 성모에게 젖을 먹이는 똑같은 그림만 그렸다. 세 번째 수사는 아침마다 일어나자마자 마당으로 내려가 샘터에서 몸을 씻었는데, 밤새껏 꾼 꿈의 더러움을 지우려고 미친 듯이 살갗을 벗겼다. 그리고 첫날 접대원과 함께 대수도원장의 숙소로 찾아왔던 이상한 수사는 덮은 책을 무릎에 놓고 마당에서 항상 똑같은 자리에 앉았다. 그는 누구에게도 절대로 얘기를 하지 않았으며, 마당에 들어설 때마다 눈을 들어 나를 살펴보고는 친절함 같기도 하고 조롱 같기도 한 미소를 지었다. 내가 그의 앞을 지나칠 때, 몇 차례 그는 몸을 일으켜 나에게 말을 걸려고 했지만 언제나 다시 앉았고, 그의 입에서는 미소가 사라졌다.

나는 신성한 고독감을 7일 동안 즐겼다. 7일째 되던 날 항상 그렇듯 유쾌한 접대원이 내 골방으로 찾아왔다.

「당신의 영혼이 어떤 자세이며, 어떤 결심을 내렸는지 물어보라고 대수도원장님이 나를 보냈어요.」

「고맙군요.」 내가 대답했다.

「난 대답을 하기 전에 고해를 하고 싶어요.」

접대원은 잠깐 동안 말이 없었다.

「우리들과 같이 지내시겠어요?」 그가 마침내 물었다.

「나는 신과 함께 지내고 싶으며, 이곳 사막에서 나는 그 어느 곳에서보다 그를 훨씬 가깝게 느낍니다. 하지만 나를 속세에 묶어 놓은 뿌리들이 아직 다 뽑히지 않은 듯싶어요. 내가 고해를 하면 대수도원장님이 판단을 내리시겠죠.」

「조심하세요! 대수도원장님은 사람들에게 기대가 대단하니까요.」

「나도 나 자신에게 기대하는 바가 대단히 큽니다, 신부님. 그래서 난 자꾸만 몸과 마음을 도사리죠.」

그는 나가려고 문을 열려다가 머뭇거렸다.

「요아힘 신부가 말을 전해 달라더군요. 당신을 만나고 싶답니다.」

「요아힘 신부라뇨?」

「당신을 맞으려고 나와 함께 접대실로 갔던 노인 말예요.」

나는 기분이 좋아졌다. 드디어 나는 이상하고도 과묵한 수사의 정체를 알게 되었다.

「언제요?」 내가 물었다.

「오늘 밤에 그의 골방에서 만나자더군요.」

「좋아요. 가겠다고 하세요.」

「그는 고귀한 분이었어요. 그는 아무하고도 사귀지 않고, 오직 하느님하고만 얘기를 해요. 당신 이름을 듣고는 만나고 싶어 하더군요. 공손하게 대하세요.」 이렇게 말하고는 대답도 기다리지 않고 그는 문턱을 지나 뚜벅뚜벅 걸어 나갔다.

나는 밤이 깊어져서 수사들이 잠들기를 기다리며 서성거렸다. 골방의 불들이 하나 둘씩 꺼졌다. 나는 발돋움을 하고 기다란 주랑을 내려가서 요아힘 신부의 골방에 이르렀다. 뛰어오기라도 한 듯 숨이 차서 나는 숨을 돌리려고 걸음을 멈추었다. 그의 방에는 불이 켜져 있었다. 나는 문에 뺨을 대고 가만히 귀를 기울였다. 침묵. 문을 두드리려고 손을 들자, 골방 문이 열리고 요아힘 신부가 나타났다. 그는 머리에 아무것도 쓰지 않아서 하얀 머리카락이 어깨로 흘러내렸다. 허리에는 매듭을 지은 끈을 둘렀고, 맨발이었다.

「어서 와요.」 그가 말했다. 「당신이 오는 걸 아무도 보지 못했기를 바랍니다. 들어오시죠.」

벽들은 썰렁했다. 한쪽 구석에는 성상 받침대를 괸 좁다란 밀짚 깔개가 놓여 있었다. 둥글 의자 두 개, 작은 탁자 하나, 벽의 움푹진 곳에는 항아리. 탁자에는 틀림없이 성서로 보이는 두툼한 책. 맞은편 벽에는 십자가에 매달린 모습이 아니라 부활한 그리스도를 그린 큼직한 나무 십자가. 서까래에는 묶주로 묶은 사과가 줄줄이 매달렸고, 골방 안은 온통 썩은 과일 냄새로 가득했다.

요아힘 신부가 두 팔을 뻗었다. 골방은 너무 좁아서 그의 손이 양쪽 벽에 닿을 지경이었다. 「여기가 내 고치 속이랍니다.」 미소를 지으며 그가 말했다. 「나는 애벌레처럼 이 속에 스스로 갇혀삽니다. 나는 나비가 될 날을 기다리죠.」

그는 머리를 저었다. 기다랗고 쪼그라진 그의 얼굴을 비추는 등불 옆에 서서 그가 얄팍하고 썩어 가는 입술을 깨무는 것이 보였다. 그의 목소리는 이제 조롱과 아픔으로 가득했다.

「불쌍한 애벌레가 또 무슨 꿈을 꾸겠어요? 날개죠!」

그는 잠잠해졌다. 그는 얼굴을 돌려 나를 쳐다보았다. 조롱이 사라졌고, 그의 눈길은 도움이 필요한 사람처럼 보였다.

「어떻게 생각해요? 왜 애벌레가 날개를 꿈꿀까요? 그건 소박한 순진함이 아닐까요? 아니면 뻔뻔스러움인가요? 아니면 돋아나려는 날개 때문에 어깻죽지가 근질근질한 건가요?」

그는 지우개를 들고 무엇을 지우는 듯 빠른 동작으로 팔을 움직였다.

「거기서 그만이에요!」 그가 소리쳤다. 「우린 아주 빨리 깊은 물에 빠졌는데…… 그만둡시다! 의자에 앉아요. 당신을 부른 건 다른 얘기를 하기 위해서였죠……. 어서 앉아요. 난 앉지를 못하니까 나한테는 신경 쓰지 말아요.」

그가 웃었다.

「〈항상 서 있으라〉고 하는 이교가 있어요. 어릴 적부터 오랫동안 나는 그 이교를 공부했답니다.」

「신부님, 난 〈항상 불안하다〉는 다른 이교에 속합니다. 나는 어릴 적부터 줄곧 싸움을 해왔어요.」

「누구와 싸웠나요?」

나는 주저했다. 갑자기 나는 공포에 사로잡혔다.

「누구하고요?」 수사가 되풀이해서 말했다. 그러더니 나에게로 몸을 수그리며 목소리를 낮춰서 물었다. 「신하고요?」

「네.」

노인은 아무 말도 않고 나를 뚫어져라 쳐다보았다.

「이것은 병일까요, 신부님? 나는 어찌해야 병이 나을까요?」

「영원히 병이 낫지 않기를 기구합니다!」

그는 나를 축복하려고, 또는 저주하려고 두 손을 쳐들었다.

「동등하거나 열등한 상대와 싸운다면 화가 미칠지어다. 하지만 신과 싸우다니, 그런 병이 낫는다면 화가 미칠지어다.」

그는 잠깐 동안 침묵을 지키더니 말했다. 「이곳 사막에서는 유혹이 우리들을 무척 자주 찾아와요. 어느 날 밤 나는 꿈속에서 이상한 유혹을 받았어요. 나는 예루살렘의 위대한 현인이 되었죠. 나는 수많은 병들을 고칠 줄 알았는데, 무엇보다도 신들린 사람에게서 악마를 몰아낼 능력이 있었어요. 팔레스타인 각처에서 사람들이 나에게 환자를 데려왔고, 어느 날 요셉의 아내 마리아가 열두 살 난 아들 예수를 데리고 찾아왔어요. 내 발밑에 꿇어앉아 그녀는 눈물을 흘리며 외쳤죠. 〈오, 훌륭한 현인이여, 나를 긍휼히 여겨 내 아들을 고쳐 주세요. 그의 몸속에 악마가 들끓고 있답니다.〉

나는 부모를 밖으로 내보냈어요. 예수와 단둘이 남게 되자 나는 그의 손을 잡고 물었어요. 〈얘야, 왜 그러느냐? 어디가 아프지?〉

〈여기요, 여깁니다……〉 가슴을 가리키며 그가 대답했어요.

〈그래, 어떻게 이상하지?〉

〈난 잠이 안 오고, 식사나 일도 못 합니다. 난 길거리를 방황하며 싸웁니다.〉

〈누구하고 싸우는데?〉

〈하느님하고요. 그럼 내가 누구하고 싸우는 줄 알았어요!〉

나는 그를 한 달 동안 곁에 두고, 다정하게 얘기를 해주며, 잠이 오는 약초를 주었어요. 나는 기술을 배우라고 그를 목수 집에 보냈죠. 우리들은 함께 산책을 나갔고, 나는 그에게 하느님이 마치 친구나 이웃 같아서 저녁이면 문 앞에 나란히 앉아서 함께 잡담을 나누는 그런 존재처럼 얘기를 해주었어요. 그런 얘기는 새롭거나 어려울 게 하나도 없었죠. 우리들은 날씨와 밀밭과 포도원이나, 물을 길러 가는 젊은 처녀들 얘기도 했어요……

한 달이 지나자 예수는 완전히 병이 다 나았어요. 그는 이제 하느님과 싸우지 않고, 남들처럼 인간이 되었습니다. 그는 갈릴래아로 떠났고, 나중에 소문을 들으니 나자렛에서 가장 훌륭한 목수가 되었다더군요.」

수사는 나를 힐끗 쳐다보았다.

「아시겠어요?」 그가 물었다. 「예수는 병이 나았어요. 세상을 구하는 대신, 그는 나자렛에서 가장 훌륭한 목수가 되었답니다! 그렇다면 〈병〉과 〈건강〉의 의미는 무엇인가요? …… 좋아요, 그만둡시다…… 화제를 바꾸죠! 당신, 피곤해 보이는군요. 앉아요.」

나는 성상 밑의 동글 의자에 앉았다. 나는 돌바닥을 딛고 선 수사의 맨발과, 섬세한 골격과, 여린 발목과, 길고 귀족적인 발가락을 물끄러미 쳐다보았다. 등불에 비친 그의 발은 햇빛으로 불그스름하게 변한 옛날 대리석처럼 반짝였다.

그는 두 발자국 물러섰다가 돌아와서 내 앞에 서더니 가슴에 두 팔을 포갰다.

「눈을 들어요.」 어린아이에게 얘기하듯 다정한 목소리로 그가 말했다. 「나를 잘 봐요. 내가 누군지 기억나지 않아요?」

「난 여태껏 당신을 한 번도 본 적이 없는데요.」 나는 놀라서 대답했다.

「어린아이의 마음에서는 아무것도 희미해지지 않는 법이에요. 당신 기억의 어딘가 깊은 구석에는 틀림없이 아직도 내 얼굴이 남았을 텐데요. 늙고 쪼글쪼글한 지금 얼굴이 아니라, 미남이고 ����꿋하고 남자다운 얼굴이요. 들어 봐요. 당신이 채 다섯 살도 안 되었을 때 난 크레타에서 한여름을 보냈죠. 그 무렵에 난 불수감(佛手柑)과, 쥐엄나무 콩과, 건포도를 파는 도매업자였어요. 당신 아버지도 나한테 물건을 대주던 분이었죠. 그분 아직 살아 계신가요?」

「네. 하지만 이제는 늙고, 허리가 굽고, 이빨도 없어요. 하루 종일 긴 의자에 앉아 기도서를 읽기만 하죠.」

「정말 안타깝군요!」 두 손을 들며 수사가 소리쳤다. 「그분 같은 몸은 절대로 노쇠하면 안 되고, 땅을 으스러뜨리면서 걸어 다니다가 갑자기 쓰러져 죽어야 옳아요. 죽음이란 신의 뜻이어서 인간에게 마음대로 행하지만, 육체적인 노쇠는 악마의 부당하고 악질적인 장난입니다…… 미할리스 대장이 늙고 노쇠했다니 말이나 돼요?」

그는 얼마 동안 침묵을 지켰다. 그의 눈이 사나워졌다. 하지만 곧 숨을 쉬더니 그는 얘기를 계속했다.

「당신 아버지는 가끔 나를 위해 불수감과, 쥐엄나무 콩과, 건포도를 사주었어요. 나는 그걸 배에 실어 트리에스테로 보냈죠. 나는 아주 잘 살았고, 돈도 잘 벌었고 쓰기도 잘 했어요. 나는 지칠 줄 모르며 먹고 마시고 간통질을 하는 거친 야수였어요. 나는 악마에게 영혼을 팔아 버렸고, 육체는 주인도 없이 멋대로 날뛰었어요. 나는 신을 비웃었고, 신이란 정원에서 바보 같은 참새들이 곡식을 쪼아 먹지 못하게 겁을 주어 쫓아 버리기나 하는 허수아비라고 했어요. 일을 마치면 저녁마다 나는 몰염치한 짓이나 하고 돌아다니며 날을 밝혔어요.

그럼 어디 기억을 더듬어 봐요. 어느 날 아침 일찍 당신이 아버지의 가게 앞에 서 있을 때, 갑자기 노랫소리와 웃음소리와 함께 미친 듯이 달려가는 마차 소리가 났어요. 당신이 머리를 돌려 보니, 거리의 사람들에게 호두와 무화과를 던지며 모두들 목청껏 소리를 지르고 웃어 대는 술 취한 여자들이, 술집의 가수들이 대여섯 명 눈에 띄었죠. 번쩍거리는 높은 모자를 쓴 위풍당당한 사람이 미친 듯 채찍을 휘두르고, 말들은 흥분해서 힝힝거리며 내

408

달렸어요. 그러자 당신은 말들이 곧장 자기한테로 오는 줄 알고 무서워서 비명을 지르며 아버지에게로 도망쳐 앞치마 뒤에 숨었어요······. 기억이 나요? 이제는 생각이 나죠? 그때 술에 취해서 말을 몰던 사람이 나예요. 나는 〈난로 연통〉이라고 불리던 높은 모자를 썼고, 놀려 줄 생각으로 채찍을 곧장 당신을 향해 휘둘렀어요······. 이제는 생각이 나죠?」

그는 허리를 굽혀 내 어깨를 잡고는 흔들었다.

「생각이 나요?」

나는 눈을 감았다. 그의 애기를 듣는 동안 나는 어린 시절을 덮은 추억들을 한 겹 한 겹 벗겨 나가느라 애를 썼다. 어둠이 조금씩 엷어졌고, 갑자기 네 마리의 말과, 〈가수〉들과, 무시무시한 높은 모자와, 머리 위에서 바람을 가르던 채찍 소리가 내 기억력의 깊은 곳으로부터 되살아나서 모두 튀어나왔다.

「그래요, 그래요.」 내가 소리쳤다. 「기억이 나요! 그럼 바로 그 사람이 당신이었나요, 신부님! 당신이었어요?」

하지만 늙은 수사는 내 말을 듣지 못했다. 그는 벽에 몸을 기대고 눈을 감았다. 그렇게 눈을 내리깔고 그는 애기를 계속했다.

「어느 날 아침에 난 이제 신물이 난다는 생각이 들었어요. 육체의 방황은 멀리 가지 못하므로 곧 끝장이 나죠. 먹고 마시고 입 맞추고, 또 먹고 마시고 입 맞추고······ 그러고는 더 갈 곳이 없어요. 결국 난 신물이 나고 말았답니다. 내 영혼을 생각해서 나는 마차를 타고 아토스 산의 수도원으로 갔어요. 난 석 달 동안 그곳에 머물렀죠. 기도와, 단식과, 새벽 예배와, 성찬식과, 잡일과, 보리빵과, 퀴퀴한 기름과, 구운 콩······ 난 곧 그곳의 모든 것이 역겨워졌어요. 나는 다시 사람을 보내 마부를 불러 떠나 버렸죠. 하지만 이제 세상에 나가서 내가 뭘 하겠어요? 세상은 내가 맛보지 못한 죄악이나 기쁨을 하나도 제공할 수 없었어요. 나는 수도원으로 돌아갔지만, 혹시 내가 부를지 모르니까 가장 가까운 마을에서 기다리고 있으라고 마부에게 지시를 했어요. 아닌 게 아니라 얼마 안 가서 나는 또 그를 부르게 되었어요. 또다시 나는 수도원으로부터 도망쳤지요.

내 삶은 참지 못할 정도로 타락했습니다. 나는 하늘과 땅 사이에 떠서, 양쪽으로부터 거부를 당해 오락가락 쫓겨 다녔어요. 나는 수도원으로부터 멀리 떨어진 절벽의 바다 위로 튀어나온 바위에 뚫린 굴속에서 사는 늙은 고행자를 찾아가 고해를 했어요.

〈신부님, 나는 어찌해야 합니까? 충고를 좀 해주십시오.〉

늙은 고행자가 내 머리를 손으로 짚더군요. 〈서두르지 말고, 참고 기다려라. 조급함은 악마의 함정이니라. 믿음을 간직하고 차분히 기다려라.〉

〈얼마나 오랫동안요?〉

〈네 마음속에서 구원이 무르익을 때까지. 시큼한 포도가 꿀맛을 내게 될 때까지 기다려라.〉

〈그런데 신부님, 시큼한 포도가 언제 꿀맛을 내게 되는지 어떻게 압니까?〉

〈어느 날 아침에 잠이 깨면 세상이 달라졌음을 알게 되리라. 하지만 달라진 건 세상이 아니라 너란다. 구원이 네 마음속에서 무르익었을 테니까. 그 순간에 하느님께 몸을 바치고, 절대로 신을 배반하지 말지어다.〉

바로 그런 일이 벌어졌어요. 어느 날 아침 나는 창문을 열었어요. 동이 트려던 참이었고, 하늘에는 샛별이 아직 반짝였어요. 잔잔한 바다가 가볍게 한숨을 짓고 바닷가에서 파도가 조용히 부서졌어요. 아직 한겨울이었는데도 창 앞의 모과나무에는 꽃이 피었고, 향기가 꿀처럼 달콤했죠. 밤새도록 비가 내려서 잎사귀에는 물방울이 뚝뚝 떨어졌고, 온 세상이 기분 좋게 반짝였어요. 〈주여, 오, 주여, 이것은 벅찬 기적입니다.〉 나는 흐느껴 울기 시작했어요. 그제야 나는 구원이 왔음을 깨달았어요. 나는 이곳 사막으로 찾아와 초라한 침대와, 물 한 주전자와, 작은 의자 두 개뿐인 골방 속에 파묻혀 살게 되었어요. 지금 나는 기다립니다. 무엇을 기다리냐고요? 하느님의 용서를 바랍니다만, 난 사실 잘 모르겠어요. 하지만 그건 걱정이 되지 않아요. 무슨 일이 닥쳐도 다 좋습니다. 어떤 일이 일어나도 난 이겨 낼 수 있을 것 같아요. 만일 내세가 정말로 존재한다면, 난 마지막 순간에 회개를 하게 되겠죠. (죽음 직전이라도 회개를 하면 구원해 주시겠다고 그리스도가 약속을 하지 않았던가요?) 하지만 만일 내세가 존재하지 않는다면, 적어도 난 삶을 즐겼고, 단물을 다 빨아먹고는 삶을 레몬의 속씨처럼 내버렸어요…… 아시겠어요? 무슨 생각을 하죠?」

「오늘 밤 왜 저를 찾으셨는지 궁금하군요, 신부님. 뭔가 틀림없이 하고 싶은 얘기가 따로 있었을 텐데요.」

그는 주전자를 기울여 컵에 물을 채우고는 천천히 마셨다. 그토록 오랜만에 처음으로 긴 얘기를 했기 때문인지 그는 목이 타는 듯싶었다.

「물론 다른 얘기를 하고 싶었지만, 우선 내가 누구인지 알려 줘야 했어요. 그래야만 당신은 내가 하려는 얘기를 이해하고, 그런 얘기를 해줄 권리가 나한테 있다는 걸 깨닫게 되겠죠.」

그는 잠깐 동안 침묵을 지킨 다음, 곰곰이 따져 가며 감정이 격한 목소리로 덧붙였다. 「단순한 권리가 아니라 의무죠!」

나는 눈을 들어 그를 쳐다보았다. 그는 기둥처럼 골방 한가운데 뻣뻣하게 우뚝 섰다. 나는 그를 보고 감탄했다. 이 사람은 엄청난 기쁨과 엄청난 모욕을 맛보았고, 전능한 신에 도전하는 교만을 과시했다. 섣불리 과거를 잊어버리지 않고, 줄줄이 늘어선 죄악을 이끌고 용감하게 신을 향해 나아가기 위해 사막으로 찾아온 그에게 나는 저절로 감탄하게 되었다.

그는 내 기분을 상하게 하지 않으면서 어떻게, 어떤 얘기를 할지 마음을 잡으려고 애쓰면서 말없이 서서 기다렸다. 동글 의자에 앉아 초조하게 몸을 비트는 내 모습을 보았기 때문에 그랬던 모양이었다.

「난 이 얘기를 꼭 해야겠어요.」 마침내 그가 말을 꺼냈다. 「저주받을 일이지만, 그토록 많은 세상의 기쁨들 가운데 젊음이 가장 소중하다고 난 생각합니다. 위험에 빠진 젊은이를 보면 나는 신의 선봉자가, 실로 삶 전체가 위험에 빠진 셈이라고 생각해요. 나는 젊은이가 멸망하지 않게, 그러니까 길을 잃어 꽃이 지고 때를 놓치지 않도록 도와주려고 힘껏 달려가죠. 내가 오늘 밤 당신을 이곳으로 부른 이유는 그거예요.」

나는 흠칫했다.

「그럼 내가 위기를 맞았나요?」 화를 내야 할지 웃음을 터뜨려야 할지 모르겠다는 심정으로 내가 물었다.

노인은 나를 진정시키려고 천천히 손을 저었다.

「화를 내거나 웃거나 마음대로 해도 좋지만, 잘 들어요. 나는 쓰라린 경험을 했기에 이런 얘기를 하니까, 당신한테는 꼭 들어야 할 의무가 있어요. 한 주일 동안 나는 불나방처럼 신의 불꽃 주위를 맴도는 당신을 지켜보았어요. 난 당신이 타 없어지기를 바라지 않아요. 다시 얘기하지만, 당신이 아니라 젊음 말예요. 난 아직도 솜털로 뒤덮인 당신의 두 뺨과, 입맞춤이나 욕설로 아직 더럽혀지지 않은 입술과, 불빛만 보이면 타 죽으려고 달려 나가

412

는 순박한 영혼이 불쌍하다고 생각해요. 나는 그냥 내버려 둘 수가 없어요. 당신은 심연의 언저리에 이르렀어요. 난 당신이 떨어지게 내버려 둘 수가 없어요.」

「누구의 심연 말인가요?」

「신요.」

그가 꺼낸 끔찍한 말에 골방이 삐걱거렸다. 보이지 않는 어떤 존재가 안으로 들어왔다. 내가 그토록 자주 모욕적으로 입에 올렸던 말이 그처럼 심한 두려움을 자아냈던 적은 한 번도 없었다. 어릴 적부터 〈학살〉이라는 말이 자아낸 바와 똑같은 두려움이, 어두운 동굴에서 울려 나오는 우렁찬 〈여호와〉라는 말을 들었을 때 느꼈던 어린 시절의 공포가 다시금 내 마음속에서 되살아났다.

나는 의자에서 일어나 구석으로 가서 엉거주춤하게 섰다.

「얘기를 멈추지 말아요, 신부님.」 내가 중얼거렸다. 「잘 들을 테니까요.」

「당신 마음속에는 굉장한 걱정이 도사리고 있어요. 당신의 불타는 눈과, 끊임없이 떨리는 눈썹에서, 장님이 되어 눈에 보이지 않는 듯, 그러니까 진공으로 이루어진 물체여서 만져지지 않는 무엇을 더듬거리는 듯한 당신 손에서 나는 그걸 느껴요. 조심해야 합니다. 이런 불안감은 당신을 광증이나 완전성으로 이끌어 가니까요.」

나는 그의 눈초리가 내 몸속으로 파고드는 기분을 느꼈다.

「어떤 불안감요? 어떤 불안을 의미하시는지 모르겠군요, 신부님.」

「성직자의 삶에 대한 불안요. 겁내지 말아요. 당신은 그것을 겪는 중이기 때문에 직접 의식하지는 못하죠. 내가 왜 당신한테 이런 얘기를 할까요? 그건 당신이 어떤 길을 택했는지를, 어떤 방항을 선택했는지를 깨닫게 하기 위해서죠. 당신이 방황하지 않게 하려고요. 비록 가장 힘든 오름길에 나서기는 했어도 당신은 꼭대기에 이르려고 너무 조급한 나머지, 날개 달린 독수리라도 된 듯 산기슭과 등성이는 거치지도 않고 곧장 목적을 달성하려고 합니다. 하지만 당신이 인간이라는 사실을 잊지 말아요. 더 낫지도 않고, 더 못하지도 않은 인간일 뿐이에요. 당신에게는 날개가 아니라 다리가 달렸어요. 그래요, 인간의 궁극적 욕망이 성스러움이라는 건 나도 알아요. 다 좋습니다만, 우린 우선 모든 작은 욕망들부터 채운 다음에라야, 육체와 권력과 황금과 반항에 대한 열망을 경멸하는 길을 터득해야 해요. 내 얘긴, 우리들이 젊음과 남자다운 모든 욕정의 삶을 한껏 살아 보고, 모든 우상들을 때려 부숨으로써 그것들이 바람과 꺼풀로만 가득 찼음을 알아내고, 되돌아보아도 절대로 유혹받지 않을 만큼 우선 속을 비우고 깨끗해져야 한다는 거죠. 그런 다음, 그런 다음에야 우리들은 신 앞에 나서게 되는데…… 참된 투쟁자는 그렇게 행동해야 합니다.」

「난 신과의 싸움을 멈추고 싶지 않아요.」내가 대답했다.「나는 신 앞에 나서는 마지막 순간까지 싸움을 계속하겠습니다. 난 그것이 내 숙명이라고 믿어요. 영원히 불가능한 일이라서 목적지에 도달하려는 욕심은 부리지 않고, 투쟁만 계속할 따름이죠.」

그는 가까이 다가와서 내 어깨를 다정하게 두드렸다.

「신과의 싸움을 절대로 중단하지 말아요. 그보다 더 훌륭한 수련은 없으니까요. 하지만 더 자신감을 가지고 싸우겠다며 마음속의 검은 뿌리인 본능을 뽑아버릴 생각은 집어치워요. 당신은 여자를 보기만 해도 죽을 지경으로 겁이 나죠. 당신은 그것이 사탄이라고 생각해서〈사탄아, 물러가라!〉고 말합니다. 그래요, 그건 사탄이지만, 유혹을 정복할 방법은 하나뿐이니 그것을 껴안고,

414

맛보고, 경멸할 줄 알게 되어야 해요. 그러면 그것은 다시는 유혹을 하지 않아요. 그러지 않으면, 백 년을 산다고 해도 여자들을 즐기지 못하면, 그들은 당신이 잠들었거나 깨었거나 언제라도 찾아와 꿈과 영혼을 더럽히죠. 벌써 했던 얘기이지만 다시 하겠는데, 본능의 뿌리를 뽑으면 힘을 뽑아버리는 셈이니 ── 시간과 포만과 수련은 이런 어두운 힘을 정신력으로 바꿔 놓는답니다.」

그는 누가 엿듣지 않을까 겁이 나는 듯 주위를 둘러보고는 창문으로 갔다. 그러더니 나에게로 와서 숨죽인 목소리로 속삭였다.「아직도 할 얘기가 남았어요. 우리들뿐이니까 아무도 듣지 못해요.」

「하느님이 듣죠.」내가 말했다.

「난 신이 아니라 인간을 두려워해요. 신은 이해하고 용서하지만, 인간은 그렇지 못하고 ── 무슨 일이 벌어지더라도 나는 이곳 사막에서 발견한 평온을 잃고 싶지 않아요……. 그러니까 내가 하는 얘기를 잘 듣고 마음에 새겨 둬요. 틀림없이 당신한테 도움이 되리라고 믿으니까요.」

그는 잠깐 말을 멈추고, 눈을 반쯤 감고는 뜸을 들이려는 듯 실눈으로 나를 쳐다보았다.

「당신이 이런 얘길 납득할지 모르겠어요.」그가 중얼거렸다.

「난 무슨 얘기라도 납득해요.」내가 짜증스럽게 대답했다.「마음 놓고 얘기하세요, 신부님.」

그는 더욱 목소리를 낮추었다.

「천사는 고상해진 악마에 지나지 않아요, 아시겠어요? 인간이 그런 사실을 이해하게 될 날이 올 텐데, 그러면…… 그런 날을 보게 될 때까지 살면 얼마나 좋을까요!」

그는 내 귓가로 몸을 기울였다. 그의 목소리가 처음으로 떨렸다.

「……그러면 그리스도의 종교는 이 땅에서 또다시 도약하게 되죠. 그리스도의 종교는 지금처럼 반쪽인 영혼만 받아들이지 않고, 인간 전체를 받아들일 테니까요. 그리스도의 자비심이 더 넓어지죠. 그리스도의 종교는 영혼뿐 아니라 육체도 받아들여 신성화하고, 육체와 영혼은 적이 아니라 동지임을 깨닫게끔 그렇게 가르칠 거예요. 그런데 지금은 어떤가요? 악마는 우리들에게 영혼을 거부하라고 설득하며, 신은 육체를 거부하라고 합니다. 영혼뿐 아니라 육체도 긍휼히 여기고, 그리스도의 마음이 두 야수를 화해시킬 만큼 언제 넓어질까요?」

나는 깊은 감동을 받았다.

「저한테 주신 선물 무척 고맙게 생각합니다, 신부님.」

「지금까지 나는 죽기 전에 마음 놓고 이런 얘기를 해줄 젊은이를 찾고 있었어요. 이제야 당신이 찾아왔군요. 받아요. 그건 육체와 정신의 수련을 통해 얻은 결실이니까요.」

「당신은 평생 가꿔 온 불길을 나한테 내주시는군요. 내가 그것을 더 키워 빛으로 바꿀 능력이 있을까요?」

「성공 여부는 묻지 말아요. 가장 중요한 건 성공 여부가 아니죠. 그것을 더 키우겠다는 당신의 투쟁 의지가 훨씬 중요해요. 신은 우리들에게서 투쟁 이외에는 아무것도 바라지 않아요. 우리들이 이기느냐 지느냐 하는 건 신이 따질 일이지, 우리 일이 아니에요.」

우리들은 상당히 오랫동안 말이 없었다. 골방의 작은 창문 밖에서 사막의 밤은 수많은 초조한 소리와 더불어 흘러갔다. 멀리서 자칼들이 울부짖는 소리가 들려왔는데, 그들 또한 사랑이나 배고픔의 고통에 시달리는 중이었다.

「사막의 소리죠.」 성호를 그으며 노인이 중얼거렸다. 「자칼과

쏙독새, 그리고 더 멀리에는 사자들이 돌아다닙니다. 수도원 안에서는 수사들이 잠을 자며 꿈을 꿉니다. 하늘에는 별들이 빛나고요. 신은 어디에나 존재해요.」

그가 손을 내밀었다. 「이제는 할 얘기가 없어요.」

가벼운 발걸음으로 나는 — 마음이 맑아지고 심장은 조용히 고동치며 — 내 골방으로 돌아왔다. 나는 목이 말랐고, 요아힘 신부의 말은 한 잔의 시원한 물이었다. 시원함이 내 척추의 골수로 퍼져 나갔다.

나는 짐을 챙겨 묶은 다음 짊어졌다. 문을 열었다. 하늘이 희뿌염해지고 작은 별들이 희미해진 것을 보니 날이 샌 모양이었다. 골짜기에서 메추라기가 찌륵거리기 시작했다.

신성해진 새벽을 숨 쉬며 나는 성호를 긋고 중얼거렸다. 「하느님의 이름으로.」

나는 또다시 수도원 벽을 따라 걸었다. 노인의 골방에서는 아직 불이 꺼지지 않았다. 나는 문을 두드렸다. 돌바닥을 스치는 그의 발자국 소리를 들었다. 그는 문을 열고 나를 쳐다보았다. 등에 걸머진 내 보퉁이를 보자 그는 미소를 지었다.

「떠나겠어요, 신부님.」 그의 손에 입을 맞추려고 몸을 숙이며 말했다. 「축복을 내려 주세요.」

그는 내 머리에 손을 얹었다.

「축복이 내리길 빌어요. 신이 함께할 터이니, 어서 가요!」

크레타

나는 피곤해졌다. 여전히 나는 젊었고, 젊음의 끝없는 욕구가 부담스러워졌다. 젊음은 인간의 한계를 인정할 만큼 겸손하지 않고, 능력은 적지만 추구하는 바가 많다. 한계에 다다를 때까지 노력했고, 그래서 투쟁에 지친 나는 조상들의 땅으로 돌아왔다. 나는 우리들의 산을 마주 보고, 페스 모를 비스듬히 쓰고 한껏 웃어 대는 나이 먹은 지도자들을 만나, 다시 한 번 전쟁과 자유에 대한 얘기를 듣고 싶었다. 나는 고향 땅을 밟아 기운을 얻고 싶었다.

「어디서 오는 길이냐?」 아버지가 나에게 물었다.

「아주 먼 곳에서요.」 여태까지 겪은 모험과 시나이에서 선서를 할 뻔했던 얘기는 한마디도 꺼내지 않고 내가 대답했다.

성직자가 되려던 나의 두 번째 시도는 실패로 돌아갔다. 독자도 기억하겠지만, 첫 번째는 어릴 적에 항구로 가서 닻을 내리는 선장에게 수사가 되려고 하니 아토스 산으로 데려가 달라고 부탁했을 때였다. 선장은 허리를 잡고 웃었다. 「집으로 가거라, 집으로 가!」 그가 소리를 질렀다. 내가 병아리이기라도 한 듯 그는 손뼉을 치며 나를 쫓아 버렸다. 그런 일이 또다시 벌어졌다. 「속세로 돌아가요.」 요아힘 신부가 소리쳤다. 「지금은 속세가 수도원이니, 그곳에서 성자가 되어야 해요.」

　나는 도약의 계기를 마련하기 위해서 고향 땅으로 돌아갔다. 카스트로를 떠나서 나는 마을로 나가 양치기와 농부들과 어울려 먹고 마셨다. 홍수와 가뭄이 아니라면 가난과 질병, 또는 터키인들과 끊임없이 싸우던 이곳, 크레타 땅 전체가 게으르고 거짓된 수도원의 삶과 얼마나 대조적인지를 깨닫고 나는 수치심을 느꼈다. 그런데 나는 대지의 뜻을 거역하고 수사가 되어 배반하려 했다니! 요아힘 신부의 말이 옳았다. 속세가 우리들의 수도원이었고, 흙을 만지며 신과 함께 일하는 사람들과 더불어 이곳에 사는 자가 참된 수사였다. 여기에서는 신이 구름 위의 왕좌에 올라앉지 않았다. 그는 우리들과 더불어 이곳 대지에서 투쟁한다. 투쟁하는 인간의 길은 이제 고독이 아니며, 신의 집으로 곧장 뻗어 나간 길로 이끄는 기도, 참된 기도는 숭고한 행위이다. 지금은 참된 용사란 그렇게 기도한다.

　언젠가 어느 크레타인이 나에게 말했다. 「천국의 문 앞에 네가 나타났는데도 문이 열리지 않으면, 문을 두드리지 마라. 어깨에서 총을 내려 쏘아 버려.」

　「정말 신이 겁을 내고 문을 열어 주리라 믿으세요?」

　「아냐, 애야, 신은 겁을 내지 않아. 하지만 네가 싸움터에서 돌아오는 길이라는 사실을 깨닫고는 문을 열게 되지.」

　농부들에게서, 특히 투쟁을 끝마친 노인들에게서 들었던 그토록 심오한 얘기들을 나는 교육받은 사람에게서는 들어 본 적이 없었다. 그들의 정열은 내면에서 가라앉았고, 이제 그들은 죽음의 문턱에 서서 마지막으로 조용히 뒤를 돌아다보았다.

　어느 날 오후에 나는 산등성이에서 한 노인을 만났다. 그는 주름 지고 야위었으며, 머리카락은 새하얗고, 누덕누덕 기운 통바지에 구멍투성이의 장화를 신었다. 크레타 양치기들의 습관대로 그는 지팡이를 어깨에 가로질러 메었다. 그는 돌을 하나하나 밟으며 계속해서 천천히 산을 올랐는데, 자주 걸음을 멈추고는 주변의 산과, 저 멀리 아래쪽의 평야와 골짜기 사이로 아득히 보이는 바다를 머뭇거리며 물끄러미 쳐다보았다.

「안녕하세요, 할아버지.」 나는 먼발치서 그를 불렀다. 「여기서 혼자 뭘 하고 계세요?」

「작별을, 작별을 고한단다…….」

「이렇게 버림받은 곳에서요? 아무도 눈에 띄지 않는데, 누구에게 작별을 고하시나요?」

노인은 화를 내며 머리를 젖혔다. 「어디가 버림받은 곳이란 말이냐? 산과 바다가 보이지도 않아? 눈은 두었다 어디에 쓰겠다는 거야? 하늘의 새들이 노래하는 소리가 들리지 않아? 하느님이 우리들에게 왜 귀를 주었겠어? 넌 이곳이 버림을 받았다고 생각하느냐? 이것들이 내 친구야. 우리들은 서로 얘기를 나누고, 내가 부르면 그들이 대답해. 난 양치기야. 나는 두 세대에 걸쳐 그들을 벗 삼았어. 하지만 이제는 이별의 시간이 되었지. 벌써 저녁이 되었으니까.」

「하지만 아직 이른 오후예요, 할아버지.」 늙어서 그의 시력이 희미해졌다는 생각이 들어 내가 말했다. 「아직 저녁이 아니에요.」

그는 머리를 저었다. 「난 다 알고 하는 얘기란다. 저녁이라고 내가 그랬잖아……. 안녕.」

「당신은 카론을 때려눕힐 힘이 남았어요, 할아버지.」 그를 격려하려고 내가 말했다.

그가 웃었다. 「그건 벌써 다 해봤어! 그래, 내가 멋지게 때려눕혔지. 어떻게 그랬냐고? 그를 두려워하지 않음으로써 물리친 거

420

야! ……안녕. 젊은이, 내 축복을 받고 너도 죽음을 물리치거라.」

나는 그를 그냥 보내고 싶지 않았다.

「이름을 가르쳐 주세요, 할아버지. 전 당신을 잊고 싶지 않아요.」

「그렇다면 허리를 굽혀 돌을 하나 집어라. 물어보면 그들이 대답할 거야. 카브로호리에서 온 마누소스라고 너에게 얘기해 주겠지…… 좋아, 그만하면 됐어! 실례하겠다. 보다시피 난 바쁘니까……. 어서 가거라!」

그렇게 말하고는 시력이 나빠 비틀거리면서 그는 다시 산을 오르기 시작했다.

우리들이 죽음을 정복하기가 불가능하다는 말은 사실이지만, 죽음에 대한 두려움은 정복이 가능하다. 늙은 산사람은 차분히 종말을 맞았다. 언덕들이 둘러싸서 그의 영혼을 보호했고, 그는 카론의 앞에 무릎을 꿇으려 하지 않았다. 그가 죽음에게서 바라던 바는 다만 옛 친구들인 신선한 공기와, 백리향과, 돌멩이들과 작별을 하는 데 필요한 만큼의 시간적인 유예가 전부였다.

그러나 어느 날 메사라의 비옥한 평원 아래쪽 파이스토스 근처를 걸어가던 나는 백 살이 넘은 또 다른 노인을 만났다. 그는 초라한 오두막의 문간에 앉아 햇볕을 쬐었다. 그의 눈은 두 개의 시뻘건 상처 같았고, 콧물이 줄줄 흘렀으며, 입에서는 침이 흘렀고, 담배와 오줌 냄새가 났다.

마을에 들어서자 노인의 손자 한 사람이 웃으면서 할아버지 얘기를 했다. 그는 할아버지가 다시 아기가 되었으며, 저녁마다 마을의 우물가에 앉아 처녀들이 물을 길러 오기를 기다린다고 말했다. 「할아버지는 반쯤 눈이 멀어서 처녀들을 알아보지 못하기 때문에 손을 내밀며 소리를 지르죠. 〈애야, 넌 누구냐? 내 축복을

받고 싶으면 이리 오너라. 누구인지 보게 이리 가까이 오너라.〉

처녀는 웃으면서 할아버지에게로 가고, 그러면 할아버지는 그녀의 얼굴로 손을 내밀죠. 할아버지는 집어삼키려는 듯 코와, 입과, 턱을 한없이 주무르고는 목덜미로 손을 가져가려고 해요. 하지만 처녀가 가만히 있지 않지요. 그녀는 비명을 지르고 깔깔대며 도망칩니다. 할아버지는 손을 내민 채 한숨을 지어요.

할아버지의 한숨 소리가 정말 대단하죠! 직접 들어 봐야 한숨이 어느 정도인지를 알게 돼요. 물소 소리 같으니까요. 언젠가 내가 물었어요. 〈왜 한숨을 짓나요, 할아버지? 왜 그러세요?〉 그랬더니 눈물을 흘리며 할아버지가 대답했어요. 〈내가 왜 이러는지 몰라서 묻는 거냐? 넌 눈도 없니? 난 그토록 예쁜 처녀들을 남겨두고 무덤으로 가야 해! 오, 만일 내가 왕이어서 그들을 모두 죽여 같이 데리고 간다면 얼마나 좋을까!〉

그러고는 미안한 생각이 드는지 할아버지는 숨죽인 목소리로 항상 똑같은 연가를 노래한답니다.

슬프구나! 세월은 흘렀으니, 슬프구나! 시간이 그토록 소중하도다.

오, 1년에 하루씩이라도 다시 누리게만 된다면 얼마나 좋으랴.」

손자의 얘기를 들으니 나는 어서 백 살이나 먹었다는 고목을 찾아가 만나고 싶었다. 그의 오두막으로 찾아가니, 그는 양지쪽에 앉아서 햇볕을 쬐고 있었다. 나는 그에게로 다가가서 물었다. 「할아버지, 얘기를 들으니 백 년을 사셨다더군요. 백 년을 살고 보니 인생이 어떻던가요?」

그는 눈썹이 없는 불타는 눈으로 나를 올려다보았다.

「애야, 인생이란 냉수 한 그릇과 같더구나.」

「아직도 목이 마르신가요, 할아버지?」

그는 저주를 내리려는 듯 손을 높이 들었다. 「세상에 그렇지 않은 사람이 어디 있겠니!」 그가 말했다.

나는 리비아 해를 굽어보는 수도원에서 사흘을 보냈다. 나는 수사들이 교활하거나 졸음에 겨운 눈에, 포식했거나 굶주린 배로 호미나 삽을 쥐었다가 곧 성배(聖杯)나 성반(聖盤)을 들고, 고대의 맥박으로부터 지배를 받는 수도원의 시대착오적인 삶을 항상 좋아했다. 나는 향 냄새와, 동틀 녘 예배와, 예배가 끝난 다음 쾨쾨한 올리브기름과 찌꺼기의 악취가 나는 식당, 말구유로 나아가는 행렬을 항상 좋아했다. 그리고 수도원 앞마당에서의 숨죽인 저녁 대화와, 세상의 머나먼 메아리로 가득 찬 답답한 침묵을. 우리들은 그리스도 얘기를 가끔 한마디씩만 했다. 그리스도는 종들이 염치없이 식품실로 들어가 포도주 지하 창고로 내려가서 고양이가 없는 동안 춤을 추며 푹신한 침대에 길게 눕도록 내버려 두고 천국으로 가버려 자리를 비운 엄격한 주인이나 마찬가지였다. 아, 하지만 그는 불쑥 문간에 나타나 탁자를 뒤집어엎고, 수사복을 입은 추종자들이 비명을 지르고 신의 활줄이 요란히 튕기리라!

어느 날 한 수사와 함께 수도원의 앞마당에 나가 앉아서 나는 내가 무척 좋아했던 성자인 아시시의 프란체스코 얘기를 꺼냈다. 수사는 그에 대한 얘기를 전혀 몰랐다. (프란체스코는 이교도인 가톨릭 성자였기 때문에) 그는 쓸쓸한 표정을 지었다. 하지만 그리스인의 호기심이 결국 그를 사로잡았다.

「좋아요, 들을 테니 얘기를 해봐요.」 그는 내가 하려는 모든 애기를 비방할 각오로 아랫배에 성호를 그었다.

「성자는 신에게 이렇게 기도를 드렸어요.」 나는 얘기를 시작했다. 「〈주여, 지옥이 존재한다는 사실을 알면서 제가 어찌 천국을 즐기겠습니까. 주여, 저주받은 자들을 불쌍히 여겨 천국으로 들여보내든가, 아니면 저를 지옥으로 보내 고통받는 자들을 위로하게 하소서. 저는 지옥으로 내려가 저주받은 자들을 위로할 질서를 세우겠나이다. 그리고 만일 그들의 고통을 덜어 줄 수 없다면, 저희들은 지옥에 남아 그들과 고통을 나누겠습니다.〉」

수사는 웃음을 터뜨렸다. 「그럼 이번에는 내가 멋진 얘기를 하나 하죠.」 그가 말했다. 「옛날 어느 파샤[1]가 거지를 만찬에 초대했어요. 그는 거지 앞에 올리브 한 접시와 캐비아 한 그릇을 내놓았죠. 거지는 올리브를 거들떠보지도 않고 당장 캐비아에 달려들어 몽땅 먹어 치웠어요. 〈올리브를 좀 들어요.〉 파샤가 그에게 말했어요. 〈왜요, 파샤님?〉 거지가 물었어요. 〈캐비아가 어디가 어때서요?〉

아시겠어요? 천국은 캐비아예요. 미안합니다만, 내 생각에는 당신 친구인 프란체스코인가 뭔가 하는 사람은 멍청이 같은 또 하나의 가톨릭교도에 지나지 않아요.」

떠나는 날 나는 동트기 전에 일어나 고대의 믿는 자들이 신에게 날이 밝기 전에 인사를 드리느라, 〈하느님, 나의 하느님이여, 아침에 나는 그대를 찾아왔나이다. 내 영혼은 당신을 갈구하고 육체는 물이 없는 땅에서 메말라 목마르게 당신을 그리워하나이다……〉라면서 참회가 넘치는 감격스러운 기도를 드리는 단조롭고 떨리는 목소리를 듣고 싶어서 새벽 기도에 나갔다. 나는 외양

---

1 터키 고관에 대한 명칭.

간 옆의 창가에 서서, 저 아래 아득히 아침 안개 속에서 아직도 하얀 빛깔로 아프리카의 따스한 모래밭까지 한없이 펼쳐진 리비아 해를 내다보았다. 수사들과 함께 잠이 깬 새들이 빛을 맞이하느라 노래를 시작했다. 마당 한가운데 선 삼나무 꼭대기는 벌써 빛을 받아 반짝였고, 옆의 오렌지나무 잎사귀는 짙은 초록빛의 희미함 속에 잠겼다. 목탁을 치는 수사가 다른 수사들을 깨우느라 골방들을 따라 한 바퀴 돌았고, 희미하게 불을 밝힌 예배소에 들어가며 그는 나부끼는 검은 두건을 벗고, 목탁을 문 옆에 걸었다. 문간에 그림자를 드리우며 선 그의 곱슬거리는 새까만 수염과 머리카락은 찬란한 광채를 내며 어깨 위로 늘어졌다. 키가 크고 혈색이 거무스레한 그는 젊음이 넘쳤다. 그처럼 훌륭한 육체가 여인을 껴안고 아이들을 낳지 못하다니, 얼마나 수치스러운 운명이었던가. 그의 아들딸들은 세상을 아름답게 만들었으리라.

세상의 손실이 얼마나 자주 신에게 혜택을 가져다주지 못했느냐 하는 명상에 잠겨 있으려니까, 검은 두건을 두른 여인이 아기를 안고 문간에 나타났다. 근처 마을에서 갓 결혼한 여자가 새로 태어난 아기에게 축복을 내려 달라고 찾아오더라도 놀라지 말라고 전날 대수도원장이 교활한 미소를 지으며 나한테 경고했었다. 그녀는 악마로부터 아기가 보호받기를 바랐는데, 지극히 아름다웠던 아기를 음흉한 악마가 탐을 내지 않을 리 없을 듯싶었다. 문 옆에 멈춰 선 그녀는 머리를 숙이고 새벽 기도가 끝나 대수도원장이 성수기를 들고 나타나기를 기다렸다. 분위기가 달라지는 듯싶었고, 수사의 묵직한 숨결이 여인의 숨결과 뒤섞였으며, 예배소는 갓 감은 여인의 머리에서 나는 월계수 기름과 젖 냄새를 풍겼다. 대수도원장의 느릿느릿한 목소리는 기쁨에 찬 찬송을 읊는 순간에 새로운 생명력을 얻었다. 「주님이 우리들에게 밝혔듯이,

주님의 이름으로 찾아오는 이는 축복받을지어다……」성직자석
에서 수사들이 몸을 내밀고 문간 쪽으로 곁눈질을 했으며, 두세
명은 기침을 하기 시작했다. 목탁을 치던 수사가 여인에게로 가
더니 뭐라고 귓속말을 했다. 머리를 수그린 채로 그녀는 두 발자
국 앞으로 나서며 문에서 가장 가까운 좌석에 앉았다. 모두들 평
정을 잃었다는 분위기가 역력했고, 이제 모든 수사들과 나는 어
서 새벽 기도가 끝나기를 기다렸다.

그러는 동안에 해가 떴다. 마당은 빛으로 가득했고, 광선이 비
스듬히 예배소로 흘러들어 성상들과 수사들의 얼굴과 손을 환히
비추었다. 수사들이 모두 성직자석에서 내려서며 한숨을 지었다.
「주님을 찬양합시다, 주님을 찬양합시다.」예배가 끝났다.

대수도원장은 제의(祭衣)를 입고 성수기를 집어 들었다. 목탁
을 치던 수사는 성수가 담긴 성합을 들고 그의 뒤에 섰다. 여인은
온몸에 빛을 받으며 문가에 자리를 잡았다. 그녀는 검은 두건을
벗고 얼굴을 드러냈다. 그녀가 눈을 들어 보니 대수도원장은 아
기의 자그마한 머리에 손을 얹고 축복을 내리기 시작했다. 다음
에 그녀는 목탁을 치는 수사에게 눈을 고정시켰다. 형언하기 어
려운 다정함이 담긴 그녀의 크고 검고 구슬픈 눈은 이비론 수도
원에서 보았던 포르타이티사의 다정하고, 아들에 대한 고뇌로 넘
치던 눈을 연상시켰다.

갑자기 아기가 작은 발로 발길질을 하며 울기 시작했다. 아기
를 달래느라고 어머니는 조끼 단추를 풀고 젖을 꺼냈다. 아기는
젖꼭지를 움켜잡고 잠잠해졌다. 갓 결혼한 여인의 통통한 젖가슴
이 새하얗게 반짝이고, 아까보다도 더 강렬하게 젖과 땀 냄새가
조금, 그리고 여인의 어깨 너머 저 아래로 이제는 새파랗게 펼쳐
진 리비아 해의 냄새가 풍기던 순간을 나는 절대로 잊지 못하리

라. 대수도원장은 어안이 벙벙해졌지만, 그것은 잠시뿐이었다. 신이 재빨리 그를 정복했고, 그는 점잖게 기도를 끝마쳤다.

악마의 충동을 받아 나는 목탁을 치던 수사에게 말을 걸었다. 무슨 얘기를 해야 할지도 모르면서 나는 마당에서 그에게 다가 갔다.

「니코데모스 신부님……」내가 얘기를 꺼냈다.

하지만 그는 걸음을 서둘러 골방으로 들어갔다.

1시간 후에 나는 항상 즐기듯, 걸어서 여행을 계속했다.

그 후 몇 넌이나 흘렀을까? 40년? 50년? 수도원은 내 기억 속 에서 희미해졌고, 대신 어머니의 둥글고 하얀 불멸의 젖가슴만이 리비아의 바다 위에서 빛났다.

이튿날 어느 마을에 가까이 갔을 무렵 날이 저물었다. 나는 바 위투성이 불모지를 하루 종일 걸었으므로 배가 고프고 피곤했으 며, 마을의 이름조차 모르던 그곳에는 아는 사람이 아무도 없었 지만, 그래도 나는 마음이 놓였다. 음식을 대접받고, 집에서 제일 훌륭한 이부자리를 얻어 잠을 자게 될 터였다. 크레타에서는 나 그네가 아직도 미지의 신이었다. 그의 앞에서 사람들은 모든 문 과 마음을 열어 주었다.

마을에 들어서니 벌써 밤이 깊어지던 참이었다. 문은 모두 닫혔 고, 마당에서는 개들이 나그네의 냄새를 맡기 시작했다. 나는 어 디로 가서 어느 집의 문을 두드려야 하나? 모든 나그네가 안식처 를 찾는 성직자의 집. 우리 마을의 성직자들은 교양이 없었고, 교 육도 제대로 받지 못했으며, 기독교 교리에 대한 토론을 벌일 능 력조차 없었다. 하지만 그들의 마음속에서는 그리스도가 살았고, 전쟁에서 희생된 사람들의 임종이나 봄철 꽃이 만발한 아몬드나무 밑에 앉아 있는 동안 그들은 직접 그리스도를 보기도 했다.

어느 집의 문이 열렸다. 키가 작고 늙은 여자가 그런 시간에 마을을 찾아온 나그네가 누구인지 보려고 등불을 들고 나왔다. 나는 걸음을 멈추었다. 「만수무강을 빕니다, 부인.」 무서워하지 말라고 다정한 목소리로 내가 말했다. 「나는 잘 곳이 없는 나그네랍니다. 미안하지만 성직자의 집으로 찾아가는 길을 가르쳐 주시겠어요?」

「그럼요. 돌부리에 발이 채지 않게 내가 불을 밝혀 주겠어요. 축복받은 이름의 하느님께서 어떤 사람에게는 흙을 주고, 어떤 사람에게는 돌멩이를 주시죠. 우리들은 돌멩이를 받을 운명이랍니다. 길을 조심해서 살펴보며 나를 따라오세요.」

그녀는 등불을 들고 길을 안내했다. 우리들은 길모퉁이를 돌아 둥근 문에 이르렀다. 바깥에 등잔이 걸렸다.

「여기가 성직자의 집이에요.」 노부인이 말했다.

등불을 들어 내 얼굴을 비춰 보더니 그녀는 한숨을 지었다. 그녀는 무슨 말을 하려다가 그만두었다.

「감사합니다.」 내가 말했다. 「폐를 끼쳐 드려서 죄송해요. 안녕히 가세요.」

그녀는 가지 않고 자꾸만 나를 쳐다보았다.

「집이 초라해도 괜찮다면 우리 집에 가서 묵으셔도 되는데요.」

하지만 내가 이미 성직자의 집 문을 두드린 후였다. 나는 마당의 묵직한 발걸음 소리를 들었다. 문이 열렸다. 수염이 새하얗고 머리카락이 어깨 위로 치렁치렁 늘어진 노인이 내 앞에 나타났다. 내가 누구이며 무엇을 원하는지 물어보지도 않고 그는 손을 내밀었다.

「어서 와요. 나그네시군요? 들어와요.」

안으로 들어가던 나는 사람들의 목소리를 들었다. 문들이 열렸다 닫혔고, 몇 명의 여자들이 황급히 옆방으로 들어가 자취를 감추었다. 성직자는 나더러 긴 의자에 앉으라고 했다.

「내 아내는 몸이 좀 불편하니까 양해하시기 바라요. 하지만 내가 요리를 하고, 저녁상을 차리고, 당신의 잠자리를 마련하겠어요.」

그의 목소리는 무겁고 근심에 찼다. 나는 그를 쳐다보았다. 그는 무척 창백했고, 울기라도 한 듯 눈은 충혈되고 퉁퉁 부었다. 하지만 나는 불길한 생각은 들지 않았다. 나는 식사를 하고 잠을 잤으며, 아침에 성직자는 나에게 빵과 치즈와 우유를 쟁반에 담아 가져다주었다. 나는 손을 내밀고, 고맙다는 말을 하고는 작별인사를 했다.

「하느님의 가호가 있기를 바라요.」 그가 말했다. 「그리스도가 함께하기를.」

나는 떠났다. 마을 언저리에서 노인이 한 사람 나타났다. 가슴에 손을 얹고 그는 나에게 인사를 했다.

「어디서 밤을 지냈나요?」 그가 물었다.

「성직자의 집에서요.」

노인은 한숨을 지었다. 「아, 가엾은 양반. 한데 뭐 이상한 낌새를 눈치 채지 못했어요?」

「이상한 낌새라뇨?」

「어제 아침에 그 집 아들이 죽었죠. 외아들이오. 여자들이 곡하는 소릴 못 들었어요?」

「아무것도 못 들었어요. 아무것도요.」

「내실에 시체를 눕혀 두었죠. 당신이 듣고 당황해할까 봐 울음소리를 참았던 모양이군요…… 즐거운 여행을 하세요!」

내 눈에는 눈물이 가득 고였다.

「왜 울어요!」 노인이 놀라서 물었다. 「아, 알겠어요, 당신은 젊으니까 아직 죽음에 익숙하지 못하죠. 여행이 즐겁기를 빌어요!」

힘이 생길 때까지는 크레타에 머물러도 즐겁다. 그러나 몇 달만에 나는 또다시 압박감을 느꼈다. 길들이 좁아졌고, 집이 답답해졌으며, 마당의 박하나무와 금잔화는 향기를 잃었다. 옛 친구들이 눌러앉아 살아가는 모습을 보고 나는 두려움에 사로잡혔다. 나는 사무실의 네 벽 안에 절대로 갇히지 않고, 편안한 삶과 절대로 타협하지 않고, 필요성과 절대로 계약하지 않겠다고 결심했다. 나는 자주 항구로 내려가 바다를 보았다. 바다는 자유의 문 같았다. 오, 그 문을 열고 뛰쳐나가자!

나는 말없이 음울하게 집 안에서 서성거렸다. 아버지는 나를 보고 얼굴을 찌푸렸다. 어느 날 나는 아버지가 어머니에게 하는 얘기를 엿들었다. 「아들 녀석이 어떻게 된 노릇인지 모르겠어. 뭐가 못마땅해서 그러지? 눈앞에 보이는 건 잡으려고 하지도 않고, 손에 닿지 않는 것들만 쳐다본단 말야. 숲 속의 새 두 마리가 손에 잡은 새 한 마리보다 좋아 보이는 모양이야. 꼭 젊음의 샘을 찾겠다며 세상의 끝까지 찾아가는, 동화에 나오는 미친놈 같아.」

하지만 그래 봤자 소용이 없었다. 아버지는 내가 사무실을 열고, 나를 의회로 선출해 보낼 친구들을 얻기 위해 세례식과 결혼식을 주선하며, 지방 신문에 글을 쓰고, 세상이 난장판이 되었으니 새로운 사람들이 나서서 주도권을 잡아야 한다는 선전 책자를 찍어 냈으면 하고 바랐다.

더 이상 참기 힘들어진 어느 날 아버지가 물었다. 「넌 왜 빈둥거리며 놀기만 하냐? 언제 사무실을 차리고 일을 손에 잡을 생각이지?」

「전 아직 준비가 되지 않았어요.」

「뭐가 모자라서 그래?」

나는 모자라는 것이 없으면서도 모든 것이 모자랐다. 나는 아직도 젊음의 탐욕과 오만에 시달렸고, 여행을 해서 세상을 넓혔던 위대한 항해자들과, 절대성을 추구하던 테바이의 은자들이 (아직까지도 그렇지만) 내 마음속에서 충동질을 했다.

용기를 내어 나는 다시 말했다. 「전 아직 준비가 되지 않았어요. 아테네 대학교로는 충분하지가 않습니다. 전 더 훌륭한 무엇을 배우고 싶어요.」

「그게 무슨 소리지?」

나는 주저했다. 아버지는 마당 쪽 창문 옆, 으레 앉는 긴 의자에 앉았다. 아버지는 나를 쳐다보지 않으면서 담배를 말았다 폈다 했다. 일요일 오후였고, 창문으로 들어온 빛이 햇볕에 그을은 아버지의 엄격한 얼굴과, 무성한 콧수염과, 틀림없이 터키인의 칼에 다쳐서 생겼을 상처를 비추었다.

「그게 무슨 소리냐?」 머리를 들어 나를 힐끗 쳐다보며 아버지가 다시 물었다. 「외국으로 나가고 싶어서 그래?」

「네.」

「어디로?」

내 목소리가 떨렸었다고 생각된다. 「파리로요.」

아버지는 잠시 침묵을 지켰다.

「좋아.」 마침내 아버지가 말했다. 「가거라.」

아버지는 거칠고 교육을 받지 못했지만, 내 지성의 발전을 위한 일이라면 그 무엇도 거절하지 않았다. 언젠가 나는 아버지가 기분이 좋았을 때 친구에게 하는 얘기를 우연히 들었다. 「거지 같은 포도원이나, 건포도나, 포도주나, 올리브기름이 다 뭐야! 내 아들을 위해서라면 내가 거둔 모든 수확이 종이와 잉크가 되었으면 좋겠어! 난 그 애를 믿으니까.」내가 구원을 받으면 아버지도 구원을 받고, 하찮은 가문도 마찬가지로 구원을 받을 터여서, 자신의 구원에 대한 모든 희망을 걸었던 듯싶은 아버지는 온갖 희생을 감수했다.

아직 어렸을 때 나는 구약의 원본을 읽고 싶어서 히브리어를 배우겠다고 언젠가 말했었다. 당시 메갈로카스트로에는 유대인들도 살았는데, 아버지는 랍비를 불렀고, 내가 1주일에 세 번씩 히브리어 교습을 받도록 합의를 보았다. 하지만 그 얘기를 듣자마자 친구들과 친척들이 노발대발해서 아버지에게로 달려왔다. 「무슨 짓이에요!」그들은 소리를 질렀다. 「아들에 대해서 아무런 정도 없어요? 십자가에 매달아 처형한 자들이 예수의 수난일에 쇠못을 박은 구유에 기독교 아이들을 처넣고 그들의 피를 마셨다는 걸 모르나요?」그들의 아우성과 어머니의 울음에 아버지는 마침내 짜증이 났다. 「입장이 정말 난처하게 되었구나.」어느 날 아버지는 나에게 말했다. 「히브리어는 잊어버려. 어른이 되면 배울 날이 올 테니까.」

내가 외국어를 배우고 싶다는 얘기를 꺼낼 때마다 아버지는 말했다. 「좋아, 어서 배우거라. 하지만 한 가지 조건이 있는데, 속옷을 하나 더 입어야 해.」내가 여물어 보여서 아버지는 걱정이 되었던 듯싶다. 크레타를 떠나기 전에 나는 세 가지 외국어를 배웠고, 속옷을 더 껴입어야 했다. 아테네 대학교에 갔을 때 나는 그 옷들을 벗어 버렸다.

「좋아, 가거라.」아버지가 다시 말했다.

나는 기쁜 마음을 억누를 길이 없었다. 나는 허리를 굽혀 아버지의 손을 꽉 잡고 입을 맞추려 했지만, 그럴 줄 미리 알았던 아버지는 손을 뺐다.

「난 성직자가 아냐!」 아버지가 소리쳤다.

이튿날 나는 어머니의 손에 입을 맞추었다. 어머니는 허리를 굽혀 나에게 축복을 내리고는, 진정으로 신을 사랑한다면 가톨릭 교도가 되지 말라고 일렀다. 그러더니 어머니는 내 목에 부적을 걸어 주었다. 〈참된 십자가〉 조각을 새겨 넣은 부적이었다. 그것을 전쟁 동안 몸에 지니고 다녔기 때문에 할아버지는 총알을 하나도 맞지 않았다고 했다.

아버지는 불안하고 신기한 듯 가끔 나에게 곁눈질을 해가며 항구까지 데려다 주었다. 아버지는 내가 누구이며, 무엇을 원하고, 크레타에 정착하지 않고 어째서 이리저리 방황하는지를 이해하지 못했다.

「보아하니 할아버지를 닮은 모양이야.」 부둣가에 다다르자 아버지가 불쑥 말했다. 「외할아버지 말고, 해적이었던 우리 아버지 말이다.」

잠깐 침묵을 지키고 나서 아버지는 말을 이었다. 「하지만 할아버지는 배들을 쳐부수고, 죽이고, 재물을 빼앗아 재산을 모았지. 넌 뭐야! 넌 무슨 배를 쳐부술 생각이냐?」

우리들은 항구에 도착했다. 아버지는 내 손을 꼭 쥐었다.

「잘 가거라, 몸조심하고. 그리고 정신 똑바로 차려!」 외아들에게 전혀 만족하지 못한 아버지는 머리를 설레설레 흔들었다.

그렇다, 나는 무슨 배를 쳐부술 생각이었나?

파리 — 위대한 순교자 니체

새벽. 보슬비가 내렸다. 나는 마차의 창문에 얼굴을 대고 투명한 빗발 속에서 눈물을 흘리며 웃고, 나를 환영하며 지나가는 파리를 내다보았다. 나는 지나가는 다리들과 숯검정처럼 시커먼 여러 층짜리 건물들과, 공원과, 성당과, 잎이 진 헐벗은 밤나무들과, 넓고 반짝이는 길거리를 걸어가는 사람들을 보았다. 빗발이 드리운 엷은 장막을 통해 나는 베틀 뒤에서 옷감을 짜는 사람을 실들 사이로 얼핏 보듯, 미소지으며 희미하게 빛나는 파리의 장난스럽고 매혹적인 얼굴을 구경했다.

오랫동안 갈망하던 도시에서 무엇이 기다리고 있을까를 혼자 생각하며, 나는 1시간도 앞을 내다보지 못하는 인간의 미래를 예언할 능력이 없는 영혼을 생각해 보았다. 앞을 내다보기 위해서 영혼은 태어나지 않을 무엇이 태어나기만을 기다려야 하는가? 육체와 마찬가지로 영혼은 초라하고 연약한가? 나는 위대한 도시에서 내가 추구하던 바를 찾게 되는지 궁금했다. 하지만 나는 무엇을 추구하는가? 나는 무엇을 찾길 원했던가? 돌멩이와 핏자국으로만 이루어진 산의 높다란 정상을 향한 이정표처럼 어디엔가 서서 길을 안내하는 길잡이, 가시 면류관을 쓴 길잡이만으로는 부족했던가? 아니면 기쁨과 고통과 죄악을 경험하고, 그다음에는 구원을 받기 위해 기쁨과 고통과 죄악을 초월하고 싶다면, 속세의 모든 지옥과 연옥을 거쳐야 한다고 설득하던 요아힘 신부의 말이 옳았던가?

빛이 조금 머리를 들었고, 안개와 울적함과 형언하기 어려운 부드러움으로 이루어진 이상한 하늘에는 반들반들한 태양이 걸렸다. 이곳 낯선 땅에서 머리를 길게 기른 그리스의 전사(戰士)는 얼마나 어색했던가! 머나먼 고향 땅에서라면 그는 제멋대로 모든 옷을 벗어던지고 다시 걸치면서, 영혼으로 하여금 육체처럼 숨김 없이 모습을 드러내고 찬란히 빛나게 했으리라. 그곳에서는 악마들이 어두운 땅속에서 나타났고, 빛은 그들의 검은 뼛속까지 스며들어 인간처럼 꾸밈없고 다정한 존재로 바꿔 놓았다. 하지만 이곳에서는 태양이 달라서 땅의 얼굴과 영혼도 달랐다. 사람들은 빛이 반쯤 비춘 새로운 아름다움을 지닌 얼굴, 점잖은 미소, 그리고 숨은 의미를 사랑하는 방법을 배워야 한다.

나무와 집들, 마스카라를 한 여인들, 음울한 성당들을 열심히 둘러보며 나는 이것이 신의 새로운 얼굴이라고 생각했다. 이것이 신의 새로운 얼굴이로구나. 나는 엎드려 신의 은총에 경배한다!

새롭고 속된 얼굴과의 첫 접촉이 가져다준 도취는 여러 날, 여러 주일 동안 지속되었다. 길거리와, 공원과, 도서관과, 미술관과, 고딕 성당들과, 극장과 길거리의 남자와 여자들, 내리기 시작한 보드라운 눈…… 취해서 환희에 찬 내 영혼 앞에서 모두가 비틀거리더니 결국은 정신을 차렸고, 세상은 다시금 몸을 가누어 안정을 찾았다.

어느 날 생트주느비에브 도서관에서 독서에 몰두했던 나에게 한 소녀가 다가왔다. 그녀는 어떤 남자의 사진이 실린 책을 손에 들었는데, 밑에 적힌 이름이 보이지 않게끔 손으로 가린 채였다. 허리를 굽히고 경이에 찬 눈으로 나를 물끄러미 쳐다보며 그녀는 사진을 가리켰다.

「이 사람이 누군지 아세요?」 그녀가 물었다.

나는 머리를 저었다. 「그걸 내가 어떻게 알아요?」

「하지만 이건 당신이에요 — 아주 똑같아요! 이마와 짙은 눈썹, 푹 들어간 눈을 봐요. 이 사람은 큼직한 콧수염이 축 늘어졌는데 당신은 수염이 없다는 점만 달라요.」

나는 깜짝 놀라서 사진을 보았다.

「그럼, 이 사람이 누구죠?」 이름을 보려고 소녀의 손을 밀어내려 하며 내가 물었다.

「보면 몰라요? 이 사람 처음 보세요? 니체예요!」

니체라니! 얘기는 들었지만 나는 아직 그가 쓴 책을 한 권도 읽은 적이 없었다.

「『비극의 탄생』이나 『차라투스트라』도 안 읽어 봤어요? 영원회귀(永遠回歸)나 초인에 대해서도요?」

「하나도 못 읽었어요, 하나도.」 나는 창피함을 느끼며 대답했다.

「잠깐 기다려요!」라고 소리치더니 그녀는 잽싸게 달아났다.

잠시 후에 그녀는 『차라투스트라』를 가지고 돌아왔다.

「여기 보세요.」 그녀가 웃으며 말했다. 「당신에게 두뇌가 있기나 한지, 그리고 그 두뇌가 굶주렸는지 어떤지는 모르겠지만, 이건 당신의 두뇌를 위한 견실하고 용맹한 양식이에요!」

그것은 내 삶에서 가장 결정적인 순간들 가운데 하나였다. 미지의 대학생이 끼어들었던 덕택에 내 운명은 생트주느비에브 도서관에서 기습을 당했다. 그곳에서는 온통 피투성이의 모습으로, 위대하고 격렬한 투사인 그리스도의 적이 나를 기다렸다.

처음에 그는 나를 완전히 공포로 몰아넣었다. 교만과 뻔뻔스러움, 굽힐 줄 모르는 이성, 파괴하려는 광포한 분노, 냉소와 비웃음, 사악한 웃음은 물론이고, 악마의 발톱과 독아, 날개도 뚜렷하게 그는 무엇이나 다 갖추어졌다. 하지만 나는 그의 격렬함과 자부심에 비틀거렸고, 위기에 도취했으며, 마치 굶주린 맹수와 어지러운 난초들이 가득 찬 시끄러운 밀림으로 들어가듯, 두려움과 열망을 느끼며 그의 작품에 탐닉했다.

날마다 나는 소르본의 수업이 어서 끝나고 밤이 되기를 기다렸다. 나는 빨리 집으로 돌아가 집주인이 와서 불을 지핀 다음, 내 책상에 잔뜩 쌓인 책들을 펼치고 니체의 투쟁을 함께 나누고 싶었다. 나는 그의 목소리와, 격한 숨결과, 고통의 외침에 점점 익숙해졌다. 나는 그리스도 못지않게 그리스도의 적이 투쟁하고 괴로워하며, 때로는 절망의 순간에 그들의 얼굴이 똑같아 보인다는 사실을 여태껏 모르고 살다가, 이제야 깨닫게 되었다.

그의 말은 불손한 모독이요, 초인은 신의 암살자처럼 여겨졌다. 그러나 이 반항아는 신비한 매력을 지녔다. 그의 말은 어지럽게 도취시키는 유혹의 마술이어서, 심장이 뛰게 만들었다. 정말로 그의 사상은 인간과 초인의 비극에서 가장 절망적인 순간에 의기양양하게 울려 퍼지는 찬가 같은 디오니소스의 춤이었다. 나도 모르는 사이에 나는 그의 시련과, 혈기와, 순수성을 숭배했고, 그리스도의 적이었던 그 역시 가시 면류관을 쓰기라도 한 듯, 그의 이마에 흩뿌린 핏방울을 숭배했다.

비록 내가 뚜렷하게 의식하지는 못했을지언정, 그리스도와 그리스도의 적은 서서히 내 머릿속에서 하나가 되었다. 그렇다면 사탄은 신의 적이 아니요, 그들은 영원한 적이 아니라는 말이 정말이었던가? 결국 악은 선을 섬기고 함께 일을 하게 되는가? 신과 맞서는 선지자의 저서를 공부하며 시간이 흐르는 동안에 나는 한 발자국 한 발자국 무모하고도 신비한 결합으로 다가갔다. 성숙의 첫 단계에서는 선과 악이 적이었다. 훨씬 가볍고 경쾌한 두 번째 단계에서는 선과 악이 동일했다. 이 단계에서 나는 걸음을 멈추었고, 함께 모욕하자며 모욕의 성자가 나를 충동질하는지도 모른다는 무서운 의혹이 머리를 스쳤을 때 전율했다!

  나는 이러한 싸움에 빠져 한겨울을 다 보냈다. 시간이 흐름에 따라 싸움은 더욱 끈질기고 숨가빴으며, 나는 점점 좁아지는 거리에서 깊은 고뇌에 헐떡이는 적의 숨결을 호흡했고, 급기야는 증오가 모습을 바꾸어서 나도 모르는 사이에 투쟁은 포옹이 되었다. 나는 이해와, 자비와, 공감을 차례로 거치는 사이에 증오가 사랑으로 변한다는 놀라운 사실을 그토록 실감나게 경험했던 적이 없었다. 선과 악이 싸울 때도 같은 일이 벌어진다고 나는 생각했다. 그것은 마치 선과 악이 전에는 한 몸이었다가 갈라졌고, 이제는 다시 만나려고 투쟁하는 것처럼 여겨졌다. 하지만 완전한 화해의 순간은 아직 오지 않았다. 그러나 내 경험으로 미루어 보아 그런 시기가 틀림없이 올 것이니, 적을 인정하고 또한 〈코스모스(調和)〉라 일컫는 위대한 종합에 스스로 참여했음을 인정할 날이 틀림없이 오리라.

  나를 가장 감동시켰던 것은, 오 위대한 순교자여, 그대의 거룩하고 비극적인 삶이었다. 질병은 그대의 위대한 적이며 또한 가장 위대한 친구이고, 죽을 때까지 그대에게 변함없이 충실했던 유일자(唯一者)였다. 그것은 절대로 그대가 마음을 놓거나, 제자리에 머물게 내버려 두지 않았고, 여기라면 편하니까 더 가지 않겠다는 말을 하도록 절대로 용납하지 않았다. 그대는 불꽃이어서 활활 타오르고, 꺼져서는 잿더미만 남기며 떠났다.

그렇다, 내가 어디서 왔는지를 나는 안다.
불꽃처럼 지칠 줄 모르고
나는 타올라 소모된다.
무엇이나 내가 닿으면 빛이 되고
무엇이나 내가 떠나면 숯이 된다.
분명히 나는 불꽃이니라.

봄이 되고 날씨가 좀 따뜻해지자 나는 그대의 영웅적인 투쟁과 순교의 오름길에 온통 뿌려진, 아직도 뜨거운 핏방울을 찾아내고 따르려는 순례의 길에 나섰다.

비가 내리던 어느 날 아침, 나는 안개 속을 배회하며 그대가 태어난 마을의 좁고 진흙투성이인 길에서 그대를 찾아 헤맸다. 그런 다음에 나는 훌륭한 고딕 성당이 있는 이웃의 작은 도시에서 그대의 어머니가 살던 집을 찾아냈다. 그대는 열병이 심할 때면 마음의 평화를 얻고 다시 어린아이가 되기 위해 그곳으로 자주 찾아갔다. 다음에는 그대가 바다와, 하늘의 다정함과, 겸손한 사람들에게서 그토록 많은 기쁨을 누렸던 제네바 부둣가의 신성한 길거리였다. 그대는 너무나 상냥하고 온순했으며, 너무나 가난했고, 너무나 명랑했기 때문에 이웃의 늙고 작은 여인들은 그대를 성자라고 불렀다. 그리고 기억하겠지만, 그대는 지극히 소박하고 조용한 삶을 시작하겠다고 결심했다. 「나는 아무에게도 불쾌하지 않게 독립하고, 조용한 비밀의 자부심을 간직하고, 근심이나 걱정 없이 잠들고, 술을 피하고, 초라한 음식을 스스로 장만하고, 별나거나 귀찮은 친구는 사귀지 않고, 여자들을 쳐다보거나 신문을 읽거나 명예를 찾지 않을 터이며, 가장 훌륭한 인간들하고만 사귀고, 훌륭한 자를 찾지 못한다면 평범한 사람들을 벗삼기로 마음먹었다.」

실스마리아와 실바플라나 사이의 엥가딘에서 봄의 햇살을 받으며 그대가 처음 영원 회귀의 환상에 감격했던 피라미드 같은 바위를 찾으며 나는 얼마나 감동했던가! 그대는 통곡과 탄식의 한가운데서 소리쳤다. 「내 삶이 비록 고통스럽고 견디기 힘들지언정, 그래도 삶이 거듭거듭 수없이 되돌아오기를 비노라.」 그것은 그대가 하찮은 자들의 눈에는 순교로 여겨지는 기쁨을, 영웅들의 쓰라린 기쁨을 맛보며, 앞에 놓인 심연을 보고도 두려움을 느끼지 않고 나아갔기 때문이었다.

주변의 산봉우리들에서는 햇빛을 받아 푸르스름한 아지랑이가 피어올랐다. 멀리서 무슨 소리가 들리더니 산더미 같은 눈이 갑자기 무너졌다. 나는 친구가 그대에게 써보냈던 글이 생각났다. 〈당신 책에서는 멀리서 떨어지는 폭포 소리가 들려오는 것 같더군요.〉

실스마리아로 들어가는 길에 나는 오른쪽으로 방향을 바꿔 전율을 느끼며 초라한 공동묘지 옆의 작은 인도교를 건넜는데, 무서웠던 까닭은 차라투스트라가 곁에 있다고 그대가 불현듯 느꼈듯이, 밑을 내려다보니 내 그림자가 둘로 갈라졌고, 그대가 내 옆에서 나란히 걷는다는 사실을 깨달았기 때문이었다.

오, 위대한 순교자여, 그대의 모든 시련과 공훈이 내 마음속에서 솟구친다. 아직도 젊음과 정열이 넘치던 그대는 마음을 진정시킬 자를 골라내기 위해 끈질기게 모든 영웅을 심문했다. 그러던 어느 날 그대는 북부의 브라만 쇼펜하우어를 만나게 되었다. 그의 발치에 앉은 그대는 삶의 영웅적이고 절망적인 면모를 찾아냈으니 — 세상은 내가 창조했으며, 눈에 보이거나 보이지 않는

440

만물은 거짓된 꿈이다. 맹목적이고, 시작이나 끝도 없으며, 목적도 없고, 무관심하며, 합리적이거나 비합리적이지도 않은 의지 이외에는 아무것도 존재하지 않는다. 이성도 없이 괴이하고. 시간과 장소에 쑤셔 넣으면 의지는 수많은 형태로 무너진다. 의지는 이런 형태들을 없애 버린다. 그런 다음에 새로운 형식들을 창조했다가 다시 때려 부수고, 그렇게 영원히 계속된다. 발전이란 존재하지 않고, 운명은 이성의 지배를 받지 않으며, 종교와 도덕과 위대한 사상은 비겁한 자나 백치들에게나 어울리는 무가치한 위안이다. 강한 자는 이런 사실을 알기 때문에 차분하게 세상의 목적 없는 주마등 같은 광경을 맞고, 다수의 형식을, 마야의 덧없는 베일을 벗기며 기뻐한다.

오, 초인의 선지자가 될 이여, 그대가 이미 예측했던 바가 모두 지금 빈틈없는 이론을 이룩해서 영웅적 통찰력으로 섬김을 받는다. 그대의 마음속에 존재하는 시인, 철학자, 무사는 형제들이 되었다. 음악과, 고독과, 오랜 산책에서 젊은 고행자는 얼마 동안 행복감을 즐겼다.

언젠가 산에서 폭우를 만났을 때, 그대는 이렇게 썼다. 〈이래라저래라 하는 도덕적 가르침에 대해서 무슨 관심이 생기겠는가? 도덕적 가르침을 지니지 않은 자유로운 힘인 번개와 폭풍과 우박은 얼마나 다른가! 사고(思考)의 방해를 받지 않는 이런 힘들은 얼마나 행복하고 우렁찬가!〉

한창 젊음이 꽃피던 어느 날, 쇼펜하우어 다음으로 길잡이 노릇을 했고, 그대의 평생에서 가장 가혹한 기쁨을 가져다주었던 바그너를 만나게 되었을 때, 그대의 영혼은 영웅적 아픔으로 넘쳤다.

그것은 위대한 순간이었다. 그대는 스물다섯 살로 정열적이고 내성적이었으며, 몸가짐은 무척 얌전했고, 두 눈은 푹 들어갔는데, 바그너는 쉰아홉 살로 능력의 절정기를 맞아 꿈과 모험이 가득했고, 젊은 세대를 향해 자연스러운 힘을 폭발시켰다. 「나는 자유롭게 창조할 무대를 원한다! 와서 그것을 나에게 달라!」 그는 젊은이들에게 외쳤다. 「나는 나를 이해할 백성이 필요하다. 그대들은 내 백성이 되어라! 나를 돕는 일 — 그것이 그대들의 의무이다. 나를 도우면 나는 그대들을 영광되게 하리라!」

예술만이 유일한 구원이었다. 바그너는 루이 2세에게 편지를 썼다. 〈예술은 삶을 재현시키는 과정에서 삶의 가장 무서운 양상들을 아름다운 그림으로 바꿔 놓음으로써 우리들에게 위안과 환희를 줍니다.〉

그대는 스승의 말을 열심히 들어 피와 살로 바꿔 놓았고, 그의 곁에서 싸웠다. 그대는 소크라테스 이전의 철학자들에게 눈길을 던졌다. 갑자기 위대하고 영웅적인 시대가, 유쾌한 신화로 덮어 심연을 정복한 비극적 영혼들과, 놀라운 통찰력의 섬광과, 무시무시한 전설과, 비극적 사상으로 가득 찬 시대가 그대 앞에 불쑥 모습을 드러냈다. 이곳은 이제 선생들이 우리들에게 그려 준 목가적인 그리스가 아니었으며, 소박하고 차분한 미소를 지으면서 삶과 죽음을 맞는 자유분방하고 균형 잡힌 땅이 아니었다. 평온함은 마지막에 왔으니, 시들기 시작한 정열의 나무가 맺은 열매였다. 고요함이 오기 전 그리스 야수들의 마음속에서는 혼돈이 고함쳤다. 제멋대로 날뛰는 신 디오니소스는 산과 동굴에서 남자들과 여자들을 이끌고 미친 듯이 춤을 추었고, 그리스 전체가 마이나데스[1]처럼 춤을 추었다.

비극적 지혜의 열병에 걸린 그대는 이제 통찰력의 조각들을 하

---

1 디오니소스를 섬긴 여사제들로 〈신들린 여자들〉이란 뜻이다.

나로 짜맞추려고 노력했다. 아폴론과 디오니소스는 비극을 탄생시킨 성스러운 한 쌍이었다. 아폴론은 세상의 조화와 아름다움을 꿈꾸고, 초연한 형태로 그것들을 이해한다. 개체성으로 몸을 숨기며 그는 현상들의 광포한 바다 한가운데 꼼짝 않고 조용히 자신 있게 서서, 꿈속에서 열망했던 큰 놀음을 즐긴다. 그의 얼굴은 빛으로 가득해서, 심지어 슬픔과 분노가 밀어닥쳐도 신성한 평정은 깨어지지 않는다.

디오니소스는 개체성을 파괴하고, 현상들의 바다에 몸을 던져 무섭고도 현란한 물결을 따른다. 인간과 짐승은 형제가 되고, 죽음 자체도 삶의 한 가면으로 보이며, 온갖 형태를 지닌 착각의 거짓된 장막이 둘로 갈라지고, 우리들은 진리와 밀착하게 된다. 어떤 진리인가? 우리들은 모두 하나이며, 우리들은 다 함께 힘을 모아 신을 창조하고, 신은 인간의 조상이 아니라 후손이라는 진실.

처음에 그리스인들은 아폴론의 요새에 몸을 감추고 그리스 땅을 공격하기 위해 땅과 바다의 모든 통로를 따라 몰려오던 막강한 디오니소스의 군대를 막을 울타리를 쌓아 올리려고 애썼다. 하지만 그들은 디오니소스를 완전히 길들일 능력이 없었다. 두 신이 싸움터에서 만났지만, 아무도 상대방을 굴복시키지 못했다. 그러다가 그들은 친구가 되어 함께 비극을 탄생시켰다.

디오니소스의 술잔치가 야만성을 과시했고, 꿈의 억제된 부드러움이 술잔치에 찬란함을 부여했다. 그러나 비극의 유일한 주인공은 어디까지나 디오니소스였다. 비극의 모든 남녀 주인공들은 신의 가면에 지나지 않아서, 조용한 미소와 눈물은 아폴론의 자비로움을 받으며 빛난다.

하지만 그리스의 비극은 갑자기 사라졌다. 그것은 논리적 분석에게 죽임을 당했다. 소크라테스는 변증법으로 아폴론의 맑은 정신과 디오니소스의 취한 정신을 죽였다. 에우리피데스의 손에서 비극은 신적이라기보다는 인간적인 정열로, 새로운 사상을 선전하려는 궤변적 설교로 몰락했다. 그것은 비극의 본질을 상실하고 사멸했다.

하지만 디오니소스의 도취가 되살아나 인간의 환희라는 위대한 순간들과 비교(秘敎) 속에 영원한 존재로 남았다. 그것이 다시 신성한 예술의 육체를 지니게 되는지 그대는 궁금해했다. 소크라테스적인 정신, 그러니까 학문은 디오니소스를 영원히 쇠사슬로 묶어 놓을까? 아니면 인간의 이성이 스스로 한계점을 인정한 지금, 마침내 음악을 터득하게 된 소크라테스를 상징으로 삼는 새로운 문명이 나타날까?

지금까지 우리 문명의 이상은 알렉산드리아의 학자였다. 하지만 학문의 머리에 얹힌 왕관은 흔들리기 시작했고, 디오니소스의 정신은 끊임없이 다시금 머리를 들었다. 바흐에서 바그너에 이르는 독일 음악은 디오니소스 정신의 도래를 선언했다. 새로운 〈비극의 문명〉이 밝아 오니, 비극은 르네상스를 겪는 중이었다. 환각의 세계, 쇼펜하우어의 어두운 사막이 엄청난 변화를 일으켰다. 독일 평론계의 소용돌이 속에서 죽었거나 가만히 앉아서 숨죽이던 모든 힘이 솟구쳤다! 「그렇다, 친구들이여.」 젊은 선지자가 외쳤다. 「디오니소스적인 삶을, 그리고 디오니소스적인 비극의 르네상스를 내가 믿듯이, 그대들 또한 믿도록 하라. 소크라테스의 시대는 끝났다! 티르소스[2]를 손에 들고 담쟁이 관을 머리에 쓰고, 비극적 존재가 되어, 위대한 투쟁을 위한 준비를 하고, 그대의 신 디오니소스를 믿어라!」

2 디오니소스의 지팡이.

오, 니체여, 우주를 탄생시키려고 바그너의 작품에 그대가 걸었던 희망은 그러했다. 새로운 비극의 문명이 독일에서 태어날 참이었다. 새로운 아에스킬로스[3]가 살아나 그대 눈앞에서 싸웠다. 그는 창조하며 우리들이 돕기를 바랐다.

하지만 그대의 예언은 아무런 반응도 불러일으키지 못했다. 학자들은 그대를 비웃었고, 젊은 세대는 감동을 받지 않았다. 그대는 냉소적이 되었고, 회의를 느꼈으며, 동시대 인간이 숭고해질 능력을 갖추었는지 자신이 없었다. 그대는 병이 들었고, 대학교에서는 학생들이 그대를 저버렸다.

가슴 아픈 고뇌. 그대 마음속의 시인은 예술의 꽃으로 심연을 덮었지만, 그대 내면의 철학자는 어떤 대가를 치르더라도 배우고 싶어서 모든 안락함을, 심지어 예술의 아늑함조차도 비웃었다. 시인은 창조하고 안식을 찾았지만, 철학자는 분석하고 분류하고 절망을 발견했다. 그대의 비판적인 지성은 우상들을 때려 부수었다. 바그너의 예술은 어떤 가치를 지녔던가? 그대는 자꾸만 자신에게 물었다. 그것은 형식과 신념을 지니지 못해서, 에우리피데스의 예술과 마찬가지로 성스러운 도취와 숭고함이 결핍된 숨찬 수사학에 지나지 않았으며, 신경질적인 귀부인들과 위선자들과 불구자들에게나 좋았다. 그대의 신격화된 영웅은 이제 위선자로 몰락했다. 그는 그대를 속였고, 약속을 지키지 못했다. 이제 그는 기독교적인 주제를 가지고 「파르지팔」을 작곡했다. 새로운 신화를 창조하고 디오니소스의 전차를 표범으로 끌겠다고 약속했던 바로 그 영웅은 패배해서 십자가 밑에 쓰러졌다.

예술은 무서운 진실을 아름다운 그림으로 덮어 놓으므로 비겁

3 Aeschylus(B.C. 525?~B.C. 456?). 그리스의 비극 작가.

한 자들을 위한 위안이다. 이것이 그대의 새로운 외침이었다. 세상이 비록 도중에 멸망할지언정 우리들은 진실을 찾아내자!

새로운 외침은 첫 번째 외침에 대한 반(反)이었다. 그대 내면의 비평가는 시인을, 그리고 진리는 아름다움을 이겼다. 하지만 이제 쇼펜하우어까지도 그대 이성의 격정적인 욕구를 충족시키지 못했다. 삶은 살려는 의지뿐 아니라, 그보다 강렬하게 지배하려는 의지이다. 삶은 자신의 존속에 만족하지 않고 뻗어 나가 무엇인가를 차지하려고 했다.

예술은 이제 삶의 목적이 아니라, 삶을 위한 투쟁에서의 짤막한 유예이다. 지식이 시보다 높았으며, 아이스킬로스보다 소크라테스가 위대했다. 치명적이라 할지라도 진리는 한껏 찬란하고 기름진 거짓보다 우월했다.

가슴이 찢어진 그대는 병들어 이곳저곳을 방황했다. 열기에 마비가 되고, 눈[雪]에 눈을 상하고, 바람에 신경이 너덜너덜해졌다. 잠을 이루지 못해서 그대는 안정제를 복용하기 시작했다. 그대는 불도 때지 않은 방에서 불편하고 궁핍하게 살았다. 하지만 병든 사람은 삶을 저주할 권리가 없노라고 자존심이 강한 그대는 자주 스스로에게 타일렀다. 삶과 죽음의 송가가 굽힐 줄 모르고 고통으로부터 맑게 흘러나왔다.

그대는 배 속에서 위대한 씨앗이 영글어 창자를 집어삼키고 있음을 느꼈다. 어느 날 엥가딘을 산책하던 그대는 갑자기 걸음을 멈추었다. 시간은 무한하지만 물질은 유한하다는 생각이 머리에 떠오르자 그대는 공포에 사로잡혔다. 따라서 필연성에 의해 물질의 모든 조합이 과거와 똑같은 모습으로 다시 태어날 새로운 순간이 오리라. 앞으로 수천 세기가 지나면 그대와 같은 사람이, 정말로 그대와 똑같은 사람이, 똑같은 바위에 다시금 올라서고, 똑같은 사상을 재발견하리라. 그것도 한 번이 아니라 무수히 여러 번. 그러므로 보다 훌륭한 미래에 대한 희망은 없었고, 구원도 없었다. 우리들은 시간의 수레바퀴에서 변함없이, 똑같이 회귀한다. 따라서 가장 덧없는 사물들까지도 영원성을 얻었고, 가장 무의미한 우리의 행동들은 가늠하기 불가능한 중요성을 지니게 되었다.

그대는 고뇌의 황홀경으로 몰입했다. 이 모든 현상이 그대의 고통은 끝이 없으며 세상의 고통은 구제할 길이 없음을 뜻했다. 그러나 고행자다운 그대의 자부심은 기뻐하며 그대로 하여금 순교를 맞게 했다.

그대는 스스로에게 말했다. 새로운 작품이 창조되어야 하고, 인류에게 새로운 복음을 전파하기 위해 창조할 의무가 나에게 부여되었다. 하지만 어떤 형태로? 철학적인 체계? 아니다. 사상은 시적으로 쏟아 놓아야 한다. 서사시? 예언서? 갑자기 차라투스트라의 모습이 그대의 머릿속을 스쳤다.

이렇듯 한참 기쁨의 고뇌를 겪고 있던 그대를 루 살로메가 보았다. 흥분과 호기심으로 가득 차고 날카로운 이성을 지닌 정열의 슬라브 여인은 그대 앞에 머리를 조아렸고, 위대한 순교자여, 지칠 줄 모르며 귀를 기울였다. 그대는 그녀에게 영혼을 아낌없이 쏟아 부었고, 조금도 만족하지 못한 그녀는 미소를 지으며 그대의 영혼을 마지막 한 방울까지 짜냈다. 그대가 그토록 믿으면서 마음을 털어놓고, 여자들이 자극하는 열정과 혼돈과 창조력을 누리며, 묵직한 갑옷 밑에서 부드럽게 마음이 녹아내림을 느끼는 것이 얼마 만이었던가! 그날 저녁 고행자의 방으로 들어갔을 때 삶의 공기는 여인의 향기로 인해 처음으로 향기로웠으며, 그대는 그 공기를 깊이 들이마셨다.

오, 고행자여. 지극히 감미로웠던 홍분은 그대가 은둔해 버린 산속까지 그대를 따라갔다. 조바심을 치며 그대는 여인의 편지를 기다렸다. 어느 날 그녀는 여덟 줄의 시구를 보내왔다. 그대의 가슴은 스무 살 난 젊은이처럼 두근거렸고, 그대는 고적한 전나무 밑에서 시구를 낭독했다.

열렬한 눈 돌려 당신이 잡으면
누가 감히 뿌리치리오?
당신에게 잡히면 나는 영원히 날지 않고
당신은 파괴만 할 뿐이라곤 믿지도 않으려오.

세상의 모든 것 당신이 거쳐 가니
당신이 손대지 않은 것 세상에 없다오.
당신이 없으면 삶이 아름답겠지만
당신 또한 살아갈 가치가 있다오.

곧 뒤이어 이별이라는 치명적인 나날이 계속되었다. 그대는 여인으로 하여금 두려워하게 만들었다. 그대는 밤이 찾아온 숲 같아서, 그대의 어둠 속에서 그녀는 손가락을 입에 물고 자기에게 미소짓는 어린 신을 보지 못했다. 병들고, 버림받고, 침묵하는 그대의 순교가 다시금 시작되었다. 그대는 열매가 무거워 축 늘어진 나무처럼 느꼈고, 누가 와서 과일을 거두어 가기를 갈망했다. 비록 길의 끝에 나가 서서 저 아래 사람들의 도시를 물끄러미 쳐다봐도 찾아오는 이가 아무도 없었다. 나를 사랑할 사람은 아무도 없는가? 그대는 고독을 느끼며 소리쳤다. 나를 비웃거나 모욕할 사람이 하나도 없는가? 저주를 퍼부을 교회는 무엇하는가?

내 머리를 앗아 갈 국가는 어디인가? 나는 소리치고 또 소리치는
데 ── 아무도 듣지 못하는가?

오, 이 고독감, 사랑하는 사람과의 결별! 그렇다, 이런 순간들
을 나는 절대로, 절대로 다시는 경험하지 않으리라, 그대는 속으
로 다짐했다. 나는 영원 회귀의 폐쇄된 순환 속에서 구원의 문을
열어야만 한다.

새로운 희망이, 새로운 씨앗이, 초인이 그대의 몸속에서 솟구
쳤다. 초인은 세상의 목적을 형성했다. 현대인이 숭고해질 능력
을 갖추었느냐는 그대의 옛 질문에 대답을 마련하고, 손에는 구
원을 들었던 자가 초인이었다. 그렇다, 그는 그럴 능력을 갖추었
다. 당시에 배교자 바그너가 그의 새로운 작품에서 시도했듯이,
그리스도의 힘으로서가 아니라 새로운 귀족 사회의 미덕과 투쟁
의 힘으로, 인간 자신의 힘으로. 인간은 초인을 잉태할 능력을 갖
추었다. 영원 회귀가 그대의 목을 조였다. 초인은 삶의 공포를 쫓
아 버릴 새로운 키마이라[4]였다. 이제는 예술이 아니라 동력(動
力)이었다. 오, 돈키호테여, 그대는 신을 풍차인 줄 알고 그를 쓰
러뜨렸다.

「신은 죽었노라.」 심연의 언저리로 우리들을 끌고 가서 그대가
말했다. 희망은 오직 하나, 인간은 자신의 본질을 초월하여 초인
을 창조해야 한다. 그러면 우주를 다스리는 일이 모두 그의 어깨
에 떨어지고, 그는 그런 책임을 수행할 권세를 얻으리라. 신은 죽
었고, 그의 왕좌는 비었으니, 우리들은 스스로 신의 자리에 앉으
리라. 그러면 세상에는 우리들만 남는가? 주인은 죽었는가? 그렇
다면 더욱 좋다! 이제부터 우리들은 신이 명령했기 때문이 아니

---

4 머리는 사자에 몸은 염소이고 꼬리는 뱀이며 불을 뿜는 괴물.

라, 두렵거나 희망에 찼기 때문이 아니라, 스스로 일하고 싶기 때문에 일하리라.

영원 회귀는 희망을 지니지 못했고, 초인이 위대한 희망이다. 이렇게 상충하는 두 가지 세계관은 어떻게 타협이 가능할까? 말 못할 고뇌. 그때부터 그대의 영혼은 광기의 심연 위에서 날개를 쳤다. 차라투스트라는 겨우 함성에 지나지 않았다. 비극적인 시를 반쯤 완성한 형태에서 던져 버리고, 그대는 이제 삶의 본질이 권력의 의지임을 과학적으로 증명하기 위해 투쟁했다.

유럽은 멸망할 것이라고 그대는 외쳤다. 유럽은 지도자들의 엄격한 기강을 따라야 했다. 오늘날의 통치 철학은 노예들 판이어서, 강한 자와 싸우는 약한 자가, 양치기에 대항하는 양 떼가 꾸민 음모였다. 교활한 이기심에서 노예들은 가치관을 뒤엎어, 강한 자는 악하고, 나약하고 병든 자는 선했다. 박애주의자, 기독교인, 사회주의자인 노예들은 고통을 견디지 못했다. 스스로 엄격하게 행동하는 초인만이 새로운 계명을 세워 민중에게 새롭고 우월한 목표를 부여하게 되었다.

이런 목적들의 본질, 특권 계급과 군중의 올바른 조직, 유럽 역사상 새로운 비극적 시대에서 전쟁이 맡은 역할, 이러한 문제들이 정신 이상을 일으키기 전 마지막 몇 년 동안 그대를 괴롭혔다. 해답을 찾지 못해 이성이 갈팡질팡하던 때 그대는 과거의 디오니소스적 시에 다시 탐닉하여, 가장 가슴 아프고 불길한 백조의 마지막 노래를 불렀다.

해가 진다.

오, 불타는 내 마음이여,

너는 이제 목마르지 않으리.
대기는 신선하니,
미지의 입에서 흘러오는 숨결 느껴지고
벅찬 차가움이 오누나……

대기는 낯설고 순수하다.
이 밤은 나에게
심술궂고 유혹적인
눈길을 던지지 않았던가?
오, 용감한 내 마음이여, 힘세어라!
이유는 묻지 마라.

내 삶의 마지막 밤!
해가 진다.

그대는 인간이 보지 못함을 알았고, 시력을 빼앗겼으며, 심연의 언저리에서 인간의 인내력을 초월하여 춤을 추었고, 심연 속으로 뛰어들었다.

어둠이 재빨리 그대의 이성을 집어삼켰다. 어둠은 그대가 죽을 때까지 11년 동안 계속되었다. 때때로 그대는 책을 손에 들고 물었다. 「나도 훌륭한 책을 쓰지 않았던가?」 그런 다음에 바그너의 사진을 보고 그대는 말했다. 「나는 이 사람을 무척 좋아했다.」

인간의 마음에서 그보다 더 가슴을 찢는 외침이 울려 나온 적은 없었다. 그리고 나는 어릴 적 성자들의 전기를 읽을 때에도 그토록 정열을 느끼며 성자의 삶을 살았던 적이 없었다. 나는 새로운 골고타로의 순례가 끝났다고 생각되었을 때 파리로 왔고, 내 감정은 (이성보다도 더 많이) 달라졌다. 위대한 무신론자인 순교자의 고뇌에 너무나 깊이 공감했고, 옛 상처들이 너무나 심하게 쑤시기 시작하여 나는 그의 피투성이 발자취를 따랐으며, 이미 건너온 다리들을 감히 파괴해 버리고는 지루한 절망과 용맹성의 터전으로 완전히 홀로 들어가지 못하는 비겁하고, 질서 정연하고, 차분한 삶에 대해서 수치를 느꼈다. 선지자는 무엇을 했는가? 그는 무엇을 하라고 우리들에게 말했는가? 그는 우리들에게 신과 조국과 도덕과 진리를 모두 부정하고, 따로 홀로 떨어져 오직 우리들의 힘만으로 우리 마음을 부끄럽게 하지 않을 만한 세계를 이룩하라고 말했다. 무엇이 가장 위험한 길인가? 나는 그것을 원한다! 심연은 어디에 존재하는가? 나는 그곳을 향해서 간다. 무엇이 가장 용감한 기쁨인가? 철저한 책임감에 대한 의식!

때때로 나는 파리의 밤나무들 밑이나 유명한 강가를 거닐 때면 내 옆에서 서성거리는 그의 그림자를 불현듯 느꼈다. 우리들은 해가 질 때까지 말없이 나란히 걸었다. 그는 항상 숨이 찼고, 헐떡이는 숨결에서는 유황 냄새가 났다. 나는 그가 지옥에서 돌아왔다는 생각이 들었고, 나도 목구멍이 막혀 숨을 몰아쉬기 시작했다. 그러나 우리들은 이제 싸우지 않고 친구가 되었다. 그는 나를 쳐다보았고, 그의 눈동자 속에서 나는 내 모습을 찾아냈다. 하지만 고뇌는 전염이 된다. 그는 나에게 자신의 모든 고민을 주었다. 그와 함께 나는 짝짓기가 불가능한 짝을 짓게 하고, 가장 높은 희망을 가장 깊은 절망과 타협시키고, 합리성과 확실성을 초월하는 문을 열기 위해 투쟁했다.

어느 날 저녁 해가 지고 헤어질 시간이 되었을 때, 그는 처음으로 나에게 얘기를 했다. 「나는 십자가에 못 박힌 디오니소스랍니다.」 그의 목소리는 시기심과 증오, 그리고 사랑으로 넘쳤다.

다음날 베르그송의 마술적 목소리를 들으러 가기만 하면 나는 다시 마음이 가라앉았다. 그의 말은 필연성의 내면으로 통하는 작은 문을 열고 빛을 쏟아 넣는 마력이 있었다. 하지만 젊음에게는 너무나 매혹적인 상처와 피 그리고 깊은 한숨 따위의 모든 요소는 거기에 없었으며, 나는 상처를 주는 자를 만나기 위해 또다시 밤나무 밑으로 산책하러 나갔다.

그 무렵에는 상처가 내 마음속을 깊이 파고든 적이 없었다. 나는 그의 아픔을 피상적으로만 나누었다. 성 프란체스코와 마찬가지로 나는 격렬한 선지자가 상처를 낸 곳마다 성흔(聖痕)[5]이 찍혔고, 내 살갗은 시퍼렇게 될 뿐이었다. 내 상처들이 터지기 시작한 것은 나중에, 그가 상상했던 계시적인 천사들이 마침내 인류에게로 내려왔을 때였다. 내가 기억하기로는 여러 해가 지난 다음 런던에서의 일이었다. 다시 가을이 왔고, 나는 어느 공원의 벤치에 앉았다. 대기는 공포로 가득 찼다. 어디에선가 초인이 태어났고, 어디에선가 피에 굶주린 호랑이가 자신이 초인이라고 상상했다. 이제는 제 굴이 좁아진 호랑이가 지배하려는 광기에 사로잡혔다. 칭기즈 칸의 쇠 반지에는 두 단어가 새겨졌다 — *Rastí Roustí*(힘이 정의다). 우리들의 시대도 그와 똑같은 반지를 끼었다. 우리 시대의 악마는 열두 명의 여자와, 열두 명의 가수와, 스물네 자루의 포도주를 가지고 가장 높은 탑으로 올라갔다는 아프리카의 전설적인 왕과 같았다. 그는 첨탑처럼 키가 컸고, 기름져서 통통하며, 온몸이 털로 뒤덮였다. 도시 전체가 춤과 노래로 흥청거렸고, 낡은 오두막들이 무너졌다. 처음에는 왕이 춤을 추었

5 성인 등의 몸에 나타나는 십자가에 못 박힌 예수상 비슷한 상처.

다. 얼마 후 피곤해진 그는 돌멩이에 앉아 웃기 시작했다. 다음에는 웃기에도 지쳐 하품을 하기 시작했고, 시간을 보내기 위해 처음에는 여자들을, 다음에는 가수들을, 그러고는 빈 포도주 자루를 탑에서 집어던졌다. 하지만 마음의 안식을 얻지 못한 그는 왕들이 겪는 주체하지 못할 고통에 대해 통곡하기 시작했다……

최근의 전쟁 소식을 큰소리로 알리며 신문팔이가 왔다. 심장의 고동이 멈추기라도 한 듯, 사람들은 길거리에서 우뚝 걸음을 멈추었다. 어떤 사람들은 아이들이 아직 살아 있는지 걱정이라도 되는 듯 집으로 곧장 달려갔다.

그림자 하나가 벤치로 와서 내 곁에 앉았다. 얼굴을 돌린 나는 전율했다. 그였다. 삶의 본질이 뻗어 나가고 지배하려는 열망이며, 권력만이 권리를 누린다고 선언한 사람은 누구였던가? 초인을 예언하고, 예언으로써 초인을 도래케 했던 사람은 누구였던가? 초인이 도착했고, 그의 겁 많은 선지자가 여기 가을의 나무 뒤에 숨으려고 애를 쓴다!

그에 대해서 그토록 비극적인 공감을 느끼기는 이때가 처음이었다. 그것은 우리 모두가 어떤 보이지 않는 양치기의 갈대 피리이며, 양치기가 부는 대로 아무 곡이나 불지만 우리들이 좋아하는 곡은 불지 못함을 내가 그토록 뚜렷하게 깨닫기는 그때가 처음이었기 때문이다.

나는 그의 푹 들어간 눈과, 경사가 빠른 이마와, 축 늘어진 콧수염을 물끄러미 쳐다보았다.

「초인이 도래했어요.」 나는 속삭였다. 「당신이 원하던 바가 이것이었나요?」

그는 쫓기고 상처받은 짐승이 숨으려고 애쓰듯 더욱 몸을 도사렸다. 건너편 둑에서 자랑스럽고 구슬픈 그의 목소리가 들려왔다.「그래요!」

나는 그의 마음이 찢어짐을 느꼈다.

「당신은 씨를 뿌렸습니다. 한데 무엇을 거두었는지 보세요. 이것이 만족스러운가요?」

건너편 둑에서 가슴이 찢어질 듯한 절망스러운 외침이 또다시 들려왔다.「그래요!」

다시 홀로 남은 나는 자리를 뜨려고 공원 벤치에서 몸을 일으켰다. 바로 그때 등화관제가 된 도시 위로 폭격기가 요란하게 날아갔다. 높은 산봉우리에서 눈을 실어다가 시원하게 도시에 뿌리는 착한 인공적인 새를 만들겠다며 레오나르도 다빈치가 발명한 비행기가 이제는 폭탄을 잔뜩 싣고 머리 위로 날아갔다.

마찬가지로, 새벽녘에 종달새처럼 인간의 두뇌에서 솟아 나온 사상은 인간의 탐욕스러운 눈길이 닿자마자 육체를 뜯어먹는 굶주린 독수리로 변했다. 불행한 스승은 소리치고, 절망해서 항의한다.「그것은 내가 바라던 바가 아니다! 그것은 내가 바라던 바가 아니다!」하지만 독수리들은 시끄럽게 머리 위로 지나가며 그를 욕했다.

나의 젊은 시절 중 가장 중대하고, 가장 굶주린 순간에 니체는 나에게 견실하고 용맹한 자양분을 주었다. 나는 푸짐하게 기름을 발랐고, 인간이 스스로 몰락한 상태와 인간에 의해 몰락한 그리스도의 상태에 대해서 너무나 답답함을 느꼈다. 비겁한 자와, 노예가 된 자와, 서러움을 받는 자로 하여금 위안을 얻어 주인 앞에 참고 머리를 조아리며 (우리들이 유일하게 확신하는) 현세의 삶을 인내하게끔 만들기 위해 내세의 보상과 벌을 심어 놓은 종교는 얼마나 교활한가. 나는 격분해서 소리쳤다. 현재의 삶에서는 하찮은 것을 내놓으면서 내세에서의 불멸이라는 재산을 주도록 알랑하게 계산하는 주님의 계획서 같은 종교는 얼마나 약삭빠른가! 얼마나 단순하고, 얼마나 간악하며, 얼마나 인색한가! 그렇다, 천국을 바라거나 지옥을 두려워하는 사람은 자유로울 리가 없다. 희망의 술집이나 공포의 지하 술 창고에서 취하는 우리들은 부끄러운 존재이다. 이것을 깨닫지 못하며 나는 얼마나 오랫동안 살아왔던가! 격렬한 선지자가 나타나 나로 하여금 눈을 뜨게 했다는 사실은 필연이었다!

지금까지 우리들은 세상의 모든 통치를 신에게 맡겨 왔다. 인간이 책임을 맡게 될 차례가, 이마에 땀을 흘리며 우리 자신의 세계를 창조할 차례가 왔는가? 악마적인 교만의 산들바람이 내 이마를 스쳤다. 인간이 모든 투쟁과 모든 희망을 받아들이고, 신의 도움을 기대하지 않으며 혼돈에서 질서를 끌어내어, 그것을 인간이 조화로 변형시킬 때가 왔다고 나는 불손하게 선언했다. 우리들이 모호한 외침들을 단순하고 참된 복음으로 바꿔 놓는 순간, 현대의 전 세계적인 혼수상태 한가운데서 꿋꿋하게 일어서게끔 인간은 인간으로서의 독립성을 유지해야 한다.

나는 봄의 첫 숨결처럼, 아득한 새소리처럼 마음속에서 울려 나오는 복음을 들었다. 내 마음은 아몬드나무를 닮았다. 겨울이 한창이고 하늘이 온통 어두울지라도 이미 봄철의 명령을 받은 나무는 냉랭한 바람 속에 서서 떨면서도 1월에 우리 눈앞에서 꽃을 만발하게 한다. 그렇듯 꽃이 만발한 내 마음 또한 홀로 서서 떨었다. 강한 바람이 불어 헐벗게 만들지라도 별 상관이 없다. 할 바를 다했고, 봄이 왔음을 마음이 큰소리로 알렸다.

어느 날 밤 나는 꿈을 꾸었다. 평생 동안 꿈은 나에게 항상 틀림없는 길잡이였다. 단순하고 확실한 해결을 찾으려고 헛되이 바라며 뒤틀고 또 뒤틀리면서 깨어나는 내 이성을 괴롭히는 모든 문제들이 꿈속에서 정화되었다. 문제들은 모든 피상적 꺼풀을 벗어던지고 지극히 단순한 본체가 되며, 본체는 자유가 된다. 그동안 나는 줄곧 성 세바스티아누스처럼 영원 회귀의 비극적 선지자가 나에게 쏜 화살에 거듭거듭 찔리곤 했다. 내 마음은 우리 모두를 둘러싸고 질식시키는 죽음의 한가운데서 인간의 의무를 형성하는 무엇을 발견하려고 헛되이 노력했다. 그러던 어느 날 밤 나는 꿈을 꾸었다. 나는 바닷가에 서서 멀리 내다보았다. 시커먼 바다는 분노에 넘쳐 들끓었으며, 하늘도 마찬가지로 시커멓고 무겁고 음산했다. 하늘은 점점 더 내려앉아서, 당장이라도 바다에 닿을 기세였다. 바람 한 점 없었고, 침묵과 정적은 무서웠다. 하늘은 숨을 못 쉬고 질식했다. 아직 하늘과 바다 사이에 벌어진 좁다란 틈바구니에서 갑자기 하얗고 투명한 돛이 번개처럼 나타났다. 터질 지경으로 돛이 부풀어 나오고, 스스로 빛을 내는 작은 쪽배가 숨 막히는 고요함 속에서 빠른 속도로 내리지르는 두 어둠 사이로 모습을 드러냈다. 그쪽으로 팔을 벌리며 〈내 마음이로구나!〉라고 소리를 지르다가 나는 잠이 깼다.

그날의 꿈은 평생 동안 나에게 도움이 되었다. 희망을 잃고 절망하는 희망의 아버지에게로 달려가 잠 속에서 나에게 전해진 숨은 뜻을 알려 줄 길이 없었던 나는 부끄러웠다. 그의 모든 걱정에 대한 해결은 이것이 아니었을까? 철저한 절망 속에서 그는 스스로 바람을 일으켜 항해하고, 스스로 빛을 내며, 어느 누구의 도움도 필요로 하지 않는 대담한 쪽배를 불러내지 않았을까?

가장 소중한 친구들과, 다짐받았던 희망이 나를 저버려 어려운 순간들에 직면할 때면 나는 얼마나 자주 눈을 감고 이 쪽배를 상상하곤 했던가? 그러면 내 마음은 항상 용기를 얻어 벌떡 일어나 〈투구를 쓰고, 겁내지 마라〉고 외치며 어둠을 뚫고 나갔다!

니체가 나에게 준 상처들은 깊고 신성해서, 베르그송의 신비주의적 위안으로는 치료가 되지 않았다. 잠깐 아물기는 했지만 상처는 곧 다시 터져 피가 났으니, 젊었을 적에 내가 항상 바라던 바는 치료가 아니라 상처였기 때문이다.

보이지 않는 존재와 나의 싸움이 의식적이고 무자비진 때는 이 무렵이었다.

초기에는 분노가 나를 지배했다. 나는 삶이 한순간 불붙어 온갖 빛깔의 광채를 내다가 순식간에 모두 사라지는 인간 존재의 불꽃놀이를 견디지 못했다. 누가 그 불을 붙였는가? 그토록 기막힌 매혹과 아름다움을 부여했다가 갑자기 무자비하게 꺼버린 자는 누구인가? 「아니다.」 나는 소리쳤다. 「나는 그것을 받아들이거나 추종하지 않고, 삶이 꺼지지 않도록 하는 무슨 방법을 찾아내겠다.」 그것은 인간의 영혼을 불쌍히 여겼고, 영혼이 이룩한 일에 감탄했기 때문이다. 하찮은 누에가 그토록 멋진 비단실을 배 속에서 어떻게 뽑아냈을까?

누에는 가장 야심이 큰 벌레이다. 그것은 입과 배만 달린 몸을 끌고 다니며 먹고, 똥을 누고, 또 먹는, 구멍만 둘 달린 더러운 대롱이다. 그러다가 갑자기 먹은 것이 모두 비단실이 된다. 인간도 마찬가지이다. 천국과 지상이 빛나고, 인간이 고귀한 비단을 입힌 사상도 역시 빛나는데, 갑자기 거대한 발이 나타나 기적을 행하는 벌레를 짓밟아 버린다.

어린 시절의 순박한 안락함과 고지식함은 영원히 가버렸다. 이제 나는 천국이 침묵과 무관심으로만 가득 찬 암흑의 혼돈임을 깨달았고, 무덤으로 내려갈 때 젊음과 아름다움이 어떻게 되는지를 보았으며, 내 영혼은 더 이상 비겁하고 즐거운 희망이 제공하는 위안을 섣불리 받아들이지 않았다.

자신 없는 걸음으로 서서히 나는 심연으로 다가갔다. 하지만 내 시야는 아직 수련이 되지 않았고, 마주 쳐다볼 용기가 없었다. 내 영혼은 아직도 불안하게 들끓기만 했다. 때때로 그것은 일어서서 유치한 위세로 인간의 운명에 도전했고, 또 어떤 때는 낭만적 우울증에 위압을 당해 주춤주춤 물러섰다.

나중에, 훨씬 뒤에, 나는 절벽의 언저리에 꿋꿋하게 서서 교만함의 기미도 없고 두려움도 없이 심연을 내려다보았다.

고향으로부터 멀리 떨어진 작은 방에서, 밤이면 걱정도 없이 나는 얼마나 기분 좋게 일하고 공부했던가! 때로는 아래 길거리에서 웃음과 고함 소리가 들려왔고, 자정에는 사랑의 노래가 들려왔으며, 때로는 하얀 눈이 지붕에 평화롭게 내렸다. 밤늦게까지 등불을 켜놓고, 벽난로에는 불을 지피면서, 나는 책에 몰두하여 인류의 지적인 향연을 맛보았다.

젊은이의 두드러진 속성일 뿐 아니라 성숙함의 두드러진 속성이기도 한 몰입 속에서 나는 몇 해를 파리에서 보냈다. 집주인은 수상한 생각이 들어 점점 불안해했다. 그녀는 못마땅하게 곁눈질을 하며 나에게 건성으로 인사를 했다. 어느 날 그녀는 더 이상 참지 못하고 물었다.

「도대체 이런 일이 언제까지 계속될지 딱 한 번만 물어볼게요.」 그녀가 소리쳤다.

「무슨 일 말예요?」

「무슨 일이라뇨! 봐요, 당신은 저녁마다 일찍 집으로 돌아오는데도 손님이라고는 찾아오는 적이 없고, 자정이 넘도록 불을 켜놓더군요. 아마 그게 정상적이라고 생각하시는 모양이죠.」

「하지만 난 하루 종일 대학에서 강의를 받아야 하기 때문에 공부하고 글을 쓰는 일은 밤에 하죠. 그러면 안 됩니까?」

「그래요, 안 돼요. 다른 입주자들한테서 불평을 좀 들었어요. 당신이 뭔가 숨기는 모양이라고요. 여자는커녕, 맙소사! 친구도 없이 그렇게 고지식하고, 말도 없고, 혼자만 지내다니! 당신은 틀림없이 병자예요. 그래요, 당신은 병자이거나, 아니면 아무리 잘 봐준다고 해도 뭔가 꿍꿍이수작을 꾸미는 인물이겠죠. 미안하지만 이런 일은 그냥 넘어가면 안 되겠어요.」

처음에 나는 화를 내려고 했지만, 집주인의 말이 옳음을 곧 깨달았다. 부도덕하고 시끄럽고 어지러운 사회에서 어떤 사람이 질서 있고 조용하게만 살아간다면, 남자와 여자를 방으로 맞아들이지 않는다면, 그는 규칙을 어기는 셈이다. 그는 용납이 될 수 없고, 용납이 되어서도 안 된다. 나는 평생 동안 줄곧 그것을 느껴왔다. 내 삶이 항상 지나치게 단순했기 때문에 사람들은 그것을 위험할 만큼 복잡하다고 생각했다. 내가 무슨 말과 행동을 하든지 그들은 거기에 다른 의미를 부여하고는 드러나지 않은 숨겨진 측면을 추측해 내려고 애썼다.

나중에는 가장 친한 친구들까지도 처음에는 그런 단순함을 믿지 않았고, 결국 믿게 되었을 때조차도 그것을 못 견뎌 했다. 어느 날 밤 나는 마당에 앉아 별들을 쳐다보았다. 나에게는 별이 총총한 하늘이 항상 가장 가슴이 찢어지고 마음을 어지럽히는 광경이었다. 그것은 두려움 이외에는 아무런 기쁨도 주지 못했고, 하늘을 보기만 하면 전율이 가슴속으로 스며들었다. 친구가 마당으로 나왔다. 「여기서 뭘 해?」 놀라서 그가 물었다. 「아, 얘기를 하기가 싫은 모양이군. 왜 그래?」 가까이 온 그는 허리를 굽혀 내 눈에서 흘러내리는 커다란 눈물방울을 보았다. 그는 웃음을 터뜨렸다. 「거짓말쟁이! 위선자!」 그가 소리쳤다. 「별을 보니 너무 감격스러워 운다고 말하고 싶겠지. 하지만 난 못 속여. 교활한 자식! 자넨 틀림없이 자네 주위에서 꼬리를 치고 아양을 떠는 어떤 여자를 생각하고 있었겠지!」

그리고 그 후 또 언젠가는 러시아에서 파나이트 이스트라티[6]와 알게 되어 함께 그리스로 돌아가는 길이었는데, 파나이트는 여행을 하는 동안 줄곧 나를 빤히 쳐다보았다. 그는 자꾸 나를 살펴보았지만, 어떤 결론을 내려야 할지 갈피를 잡지 못했다. 아테네에서 그가 나에 대해 물어봤을 때, 어느 기자가 이렇게 대답했다. 「뭐라고 해야 될까요? 그냥 부자연스러운 사람이죠.」 「무얼 하는 사람인데요?」 잔뜩 걱정이 된 가엾은 파나이트가 물었다. 「바로 그게 문제랍니다. 아무것도 안 하니까요. 담배조차 피우지 않는다는군요.」

파리에서의 3년 동안 나는 그렇게 살았으니 — 평화롭고 정열적이며, 행동적인 모험은 하나도 없었고, 학생다운 폭주도 없었으며, 정치적이거나 지적인 음모도 없었다. 결국은 집주인까지도 나에게 익숙해지게 되었다. 내 비밀을 파헤쳤다고 믿은 그녀는 마침내 전에는 그토록 이해하지 못했던 내 삶의 순수성과 허세를 용서하기에 이르렀다.

「아마 자기 나라의 무슨 종교 교파에 가입했나 봐요.」 나는 아침저녁으로 불안한 눈으로 나를 살펴보던 이웃에 사는 어느 여자에게 집주인이 하는 얘기를 들었다. 「하고는 싶겠지만, 가엾은 양반, 생각은 굴뚝같아도 용납이 안 되나 봐요.」

「그런 교파라면 왜 나와 버리지 않을까요?」 짜증스럽게 이웃 여자가 물었다.

---

6 Panait Istrati(1884~1935). 프랑스어로 작품 활동을 한 19세기 루마니아 소설가.

「아 그야 다 제멋에 그러는 건데요, 뭘.」 집주인이 짓궂게 대답했다.

내가 짐을 꾸리고 떠날 준비를 끝냈을 때, 그녀는 딸 수잔을 데리고 들어왔다.

「떠나시기 전에 내 딸에게 키스나 해줘요.」 나를 유혹하고 싶어서 어쩔 줄을 모르며 어머니가 말했다.

「이마는 말고요.」 다가서는 나를 보고 딸이 말했다. 「이마가 아니에요.」

「그럼 어디에 해요?」

「마음대로 아무 데나 하세요.」

「입에다 말예요, 얼간이 같으니라고!」 마구 웃어 대면서 어머니가 소리를 질렀다.

나는 몸을 숙여 그녀의 뺨에 입을 맞추었다.

파리를 떠나기 전 어느 날, 나는 오후 늦게 노트르담 성당에 작별을 고하러 찾아갔다. 나는 처음으로 성당을 보았을 때 받은 감격을 영원히 고맙게 생각할 터이다. 우리나라 성당들의 둥근 천장은 유한성과 무한성, 인간과 신의 조화를 우아하게 이룩한다는 인상을 준다. 신전은 하늘에 닿으려는 듯 치솟다가, 경건한 겸손함을 보이며 성스러운 〈규범〉에 갑자기 추진력을 종속시켜 얌전하게 절을 하며 물러나, 다다르지 못할 무한성의 면전에서 안으로 굽어들어 원형 천장을 이루고, 판토크라토르[7]를 천정(天頂, *vertex*)으로 내린다.

고딕 성당의 성급한 열망은 훨씬 자부심이 넘쳐 보였다. 노트

---

7 전능한 우주의 지배자를 이르는 말로, 전형적인 비잔틴 성화상에서는 그리스도를 천상의 왕좌에 앉힌다.

르담은 땅의 모든 돌멩이들을 동원해서 훈련시켜 번갯불처럼 하늘을 찌르는 날카롭고 용맹한 화살로 만들려는 듯 땅에서 솟아나온다. 이제는 인간과 신의 합리적인 맹약을 수립하고 아름다움과 필요성의 균형을 완벽하게 이루며 무질서에다 인간의 질서를 부여하는 그리스 형식의 직선적이고 정사각형적인 논리는 없어졌고, 대신 갑자기 인간을 끌고 가서 위대한 섬광인 신을 지상으로 끌어내리기 위해 위험하고 푸른 황야에 대항하라고 공격을 재촉하는 광포함, 신의 영감을 받았고 비이성적이며 열광적인 어떤 광포함이 두드러질 따름이다.

누가 아는가? 아마도 인간의 영혼과 기도(祈禱) 또한 이와 같은지를. 인간적인 희망과 공포를 우리들은 다다르지 못할 초인적인 언덕을 향해 화살처럼 쏘아야 한다. 인간의 영혼은 추진력이요 자부심이고, 참지 못할 만큼 비겁한 침묵 한가운데서 울리는 외침이며, 하늘이 우리들의 머리 위로 내려앉지 못하도록 꼿꼿하게 서서 휘지 않고 버티는 창(槍)이다.

두려움도 없이 하늘로 솟아오르는 화살을 응시하며 나는 내 영혼이 단단해지고 길어져서 화살로 변하는 기분이었다.

갑자기 나는 환희의 함성을 질렀다. 니체의 함성도 이렇지 않았던가? 그의 함성 또한 하늘로 치닫는 화살이요, 신을 잡아 왕좌에서 끌어내리려고 결심한 피뢰침이었다.

해가 지는 시간에, 투명한 여러 빛깔의 장식창 격자와, 돌과, 성상과, 눈에는 보이지 않고 신의 환희에 찬 풍금의 깊은 진동으로 이루어진 차라투스트라의 영혼에 잠겨, 높다란 고딕 반달문 밑으로 이렇게 거닐고 있으니 얼마나 행복한가!

미칠 듯한 절망과 희망 그리고 의문으로 마음이 가득 찬 나는 이렇게 천천히 파리에 작별을 고했다.

마음은 확신과 평화로움을 잃고 떠날 터이다. 어느 고행자가 말했던가? 「가만히 앉아 있으면 마음이 조용하지만, 새가 노래라도 하면 마음은 평화를 잃는다.」 그렇다면 나는 — 야수적인 독수리가 날카롭게 외치는 소리를 들은 나는?

나는 파리를 떠날 터였다. 십자가에 매달리느라 생긴 손과 발과 옆구리의 상처들은 모두 아물었지만, 온통 피투성이에 반항심이 가득 찬 영혼이 대신 가슴속에서 솟구쳐 나를 무섭게 괴롭힌다.

어떤 확실성에 이를 때마다 항상 나에게는 자신감과 휴식이 곧 끝나 버린다. 새로운 불안과 회의가 재빨리 확실성에서 파생되고, 나는 마지못해 과거의 확실성으로부터 나 자신을 해방시키고 새로운 확실성을 찾아내어, 결국은 새로운 확실성이 성숙하고 다시금 불확실성으로 바뀔 때까지 투쟁을 계속하는데……. 그렇다면 우리들은 불확실성을 어떻게 정의해야 하는가? 불확실성은 새로운 확실성의 어머니이다.

니체는 나에게 모든 낙관적인 이론을 불신하라고 가르쳤다. 인간의 여자 같은 마음은 끊임없이 위안을 필요로 하며, 지극히 날카롭고 궤변적인 이성이 언제라도 그 욕구를 열심히 충족시키려 한다는 사실을 나는 알았다. 나는 인간의 욕망들을 충족시키는 모든 종교가 단순히 겁 많고 참된 인간답지 못한 자들의 도피처라고 느끼기 시작했다. 나는 그리스도의 길이 인간을 구원으로 이끄는 길인지, 아니면 천국이란 우리가 지닌 열망의 되비침에 지나지 않는다는 사실을 믿는 자들로 하여금 영원히 눈치 채거나 깨닫지 못하게끔 굉장한 약삭빠름과 기교를 발휘하여 불멸성과 천국을 약속하면서, 잘 꾸며낸 동화에 불과한지도 모른다는 의혹을 품었다. 천국에 관한 진실은 우리들이 죽은 다음에야 판단하게 될 텐데, 죽은 자의 나라에서 돌아와 우리에게 진실을 얘기해 줄 사람이 아무도 없기 때문이다.

따라서 우리들은 가장 희망 없는 세계관을 선택해야 하고, 혹시 어쩌다가 우리들이 자기 기만을 할 따름이기 때문에 희망이란 존재하지도 않는다면 더욱 좋다. 어떤 경우라고 하더라도 이렇게 해서 인간의 영혼은 모욕을 받지 않아도 되고, 신과 악마 둘 다 영혼이 대마초를 피우는 사람처럼 취해서 심연을 가리고 숨기기 위해 순진함과 비겁함으로 상상의 천국을 지어냈다는 말을 함으로써 절대로 인간을 비웃을 수 없으리라. 희망이 가장 결핍된 신앙은 나에게 — 비록 가장 참되지는 않을지 몰라도 — 분명히 가장 용감한 신앙으로 여겨졌다. 형이상학적인 희망이란 참된 인간들이 섣불리 물지 않는 기만의 미끼라고 나는 생각했다. 나는 무엇이나 가장 어려운 대상을, 그러니까 가장 인간다운 대상, 칭얼거리거나 애원하거나 구걸하며 돌아다니지 않아도 되는 인간다운 대상을 원했다. 그렇다, 내가 원하던 바는 그것이었다. 신을 죽여 버린 니체를 위해 만세를 부른다. 내가 원하던 바는 그것이라고 말할 용기를 나에게 주었던 사람은 그였다!

성직자들이 가꾸어 온 그리스도의 교회가 나에게는 갑자기 겁에 질린 수천 마리의 양 떼가 밤낮으로 울부짖으며 서로 몸을 기대고 그들을 쳐죽이려는 칼과 손을 핥으려고 목을 내미는 울타리처럼 여겨졌다. 어떤 양들은 격렬히 타오르는 불길 속에서 영원히 꼬챙이에 꿰어 매달릴까 봐 무서워 떨었고, 또 어떤 양들은 영원한 봄철 풀밭에서 풀을 뜯기 위해 어서 죽음을 당하기를 기다렸다.

하지만 참된 인간은 양이 아니다. 그렇다고 해서 양을 지키는 개나 늑대나 목자도 아니다. 그는 왕국을 이끌고 나아가는 왕이다. 가야 할 곳을 잘 알기 때문에 그는 심연의 가장자리에 이르러

골판지 왕관을 머리에서 벗어 던져 버렸다. 그런 다음 그는 왕국을 떨쳐 버리고, 잠수를 하는 사람처럼 완전히 발가벗고는 두 손과 발을 모으고 머리부터 거꾸로 몸을 던져 곧장 혼돈으로 사라진다. 나는 차분하고 떨리지 않는 눈길로 과연 언제 심연에 맞설 용기를 얻을 수 있을지 알 길이 없었다.

나는 희망을 보고 비웃을 만큼 자부심이 넘치는 외침을 이 땅에서 한 번이라도 듣게 될 수 있을지 궁금했다. 니체까지도 공포에 굴복했던 순간을 겪었다. 영원 회귀가 그에게는 끝없이 이어지는 순교로 생각되었으며, 두려움에서 그는 위대한 희망을, 미래의 구세주를, 초인을 만들어 냈다. 하지만 초인은 또 하나의 천국, 가엾고 불행한 인간을 기만하고 그로 하여금 삶과 죽음을 견디게 만드는 또 하나의 신기루일 따름이었다.

빈 — 나의 병

육체는 너무 피로하고 영혼은 초긴장 상태였기 때문에, 나는 기차에서 지나가는 시골 풍경을 구경하기 위해 눈을 뜨지도 못할 지경이어서, 그냥 감은 채로 여행했다. 하나의 신전에서 다른 신전을 연결지으려고 활을 너무나 당겼기 때문에, 내 마음속에서는 끊어질 정도로 팽팽해진 활줄이 울렸다.

관자놀이가 지끈거리고, 목의 핏줄이 맥박 치며, 나는 두뇌와 사타구니와 발목에서 힘이 쏟아져 나와 사라짐을 느꼈다. 따뜻한 목욕탕에 들어가 혈관을 자르듯 차분하고 지극히 자비롭고 — 죽음이란 이렇겠구나, 나는 속으로 생각했다. 아기를 품에 안은 여자가 문을 열고는 내가 혼자 길게 누운 객실로 들어왔다. 나를 보자마자 그녀는 겁이 나서 문을 닫고 도망쳤다. 아마 내 얼굴이 해골 같아서 여자가 도망을 친 모양이라고 나는 생각했다. 그래도 죽음이 이성까지 때려눕히지는 않아서 그나마 다행이었다.

빈에 도착하자 나는 겨우 기운을 차려 기차에서 내렸고, 승강장 건너편의 매점에서 신문을 샀다. 하지만 발이 미끄러져 쇠기둥에 부딪혀 의식을 잃고는 땅바닥에 쓰러졌다.

다음 일은 하나도 기억이 나지 않는다. 눈을 떠보니 침대들이 줄줄이 늘어선 커다란 병동 안이었다. 밤이어서인지 머리 위에 작고 파란 불을 켜놓았다. 내 머리에는 거즈와 붕대가 둘러졌다. 양쪽 관자놀이에 하나씩 커다랗고 하얀 두 날개가 달린 하얀 그림자가 침대들 사이로 가볍게 돌아다녔다. 하얀 그림자가 나에게로 오더니 시원하고 부드러운 손으로 맥을 짚어 보고는 미소를 지었다.

「주무세요.」 상냥한 목소리가 말했다.

눈을 감았더니 짙고 이상한 잠이 나를 감쌌다. 영혼의 두 날개가 서로 달라붙었고, 손과 발은 너무 무거워 움직이지 않았으며, 나는 미지근하게 녹인 납 속에 가라앉은 기분이었다.

병상에 누워 지내는 동안 줄곧 나는 깊은 잠에 빠져 들었다. 며칠씩이나 나는 입을 열거나 먹으려 하지 않았다. 나는 녹아 버려서 몸을 들거나 움직일 힘이 없었다. 날마다 나는 처음에는 허리까지, 다음에는 가슴까지, 그러고는 목까지 썩은 잎사귀 냄새가 나는 미지근하고 물컹물컹한 수렁 속으로 점점 더 빠져 들어가는 듯한 기분을 느꼈다. 나는 그것이 틀림없이 죽음이라고 생각했다.

가끔 나는 혼수상태에서 머리를 들었다. 다시 정신을 차리게 된 나는 간호사를 불렀다. 양쪽 관자놀이에 날개가 달린 그녀가 알겠다는 듯 글을 쓸 준비를 갖춰 종이와 연필을 들고 왔다. 이성이 육체와 함께 수렁에 빠지지 않도록 저항하고 애를 쓰는 동안에 나는 간호사와 친해졌고, 나는 혼돈 속에서 떠오르는 짤막한 시구 따위를 그녀더러 받아쓰라고 시켰다. 어떤 시구들은 하찮은 상념이었고, 다른 글들은 죽음의 수렁에서 빠져나온 다음에 내가 쓴 저서에 삽입되었다.

「준비되었어요.」 내 손을 잡고 미소를 지으며 수녀가 말했다.

그녀는 항상 종이를 무릎에 놓고 썼으며, 나는 그녀의 가느다랗고 새하얀 손이 생각나곤 한다. 눈을 감고 내가 불러 주었다.

「〈여봐라, 다리가 둘이고 털 뽑힌 수탉아! 누가 뭐라고 하든 네가 울기 전에는 해가 뜨지 않는다는 말은 사실이다.〉」

간호사가 웃었다. 「열이 올랐을 땐 별의별 생각을 다 하는군요!」그녀가 말했다.

「받아써요 — 〈벌레가 신의 마음속에서 잠자며 신이 존재하지 않는다는 꿈을 꾸는구나.〉

받아써요 — 〈내 마음을 열면 가파른 금단의 산을 홀로 오르는 인간을 만나리라.〉

그리고 이것도 받아써요 — 《만일 한겨울에 꽃이 피면, 어리석은 아몬드나무야, 눈이 와서 너를 흩어 버리리라.》《마음대로 해보라지!》봄이 올 때마다 아몬드나무가 대답한다〉.」

「그만 해요! 오늘은 이 정도면 됐어요.」창백해지는 내 얼굴을 보고 수녀가 말했다.

「아녜요, 아녜요, 이것도 적어요 — 〈이성이 천국의 문을 두드리고 애걸하면 신이 문을 열어 주지 않고 빵 한 조각을 내밀어 주는 장면을 나는 즐겨 상상한다〉.」

「그만 해요, 그만 해요!」간호사가 고집스럽게 말했다.

「아녜요, 아녜요, 내가 죽더라도 그리스 사람들이 알아야 하니까 이것도 써둬요 — 〈어디를 가나, 어디에 머물거나, 나는 월계수 잎사귀처럼 그리스를 이빨로 물고 살았다〉.」

머릿속이 텅 비어 버리자 나는 눈을 감았다.

〈수녀님, 난 피곤해요……〉라고 중얼거리며 나는 다시 수렁으로 빠져 들어갔다.

내 삶의 기쁨과 흥망성쇠, 내가 사랑했던 사람들, 내가 본 나라들, 모두가 구름들처럼 머릿속에 떠올라 잠깐 멈추었다가는 순식간에 흩어져 사라졌고, 이어서 바람이 부는 방향에 따라 다른 구름들이 왼쪽 관자놀이나 오른쪽 관자놀이에서 떠올랐다.

한창 열이 심하던 어느 날 나는 리비아 해 위로 튀어나온 크레타의 수도원 〈황금 계단의 성모〉가 머리에 떠올랐다. 얼마나 멋진 날이었고, 봄의 태양은 얼마나 다정했으며, 바다는 북아프리카 해안을 뻗어 나가면서 얼마나 현란하게 반짝였던가! 그리고 땅딸막하고 옆으로 퍼졌지만 몸을 잘 가꾼 기름진 노인으로, 하얀 수염이 갈라지고 콧수염은 군인처럼 꼬아 올린 대수도원장은 얼마나 유쾌한 사람이었고, 그의 이성은 얼마나 재치로 번득였던가! 그는 나를 데리고 수도원 묘지를 구경시키러 산책을 나가서 바다 위 바위를 파고 묻은 수사들의 무덤을 보여 주었다. 폭풍이 불어올 때마다 검은 나무 십자가에 바닷물이 흩뿌렸고, 거기에 새긴 이름들은 모두 지워졌다. 무덤 사이로 돌아다니면 기분이 지극히 불쾌해지리라는 사실을 알았던 터라 나는 돌아서려고 했다. 하지만 대수도원장은 아플 정도로 내 팔을 꽉 움켜잡았다. 「왜 이래요, 용감한 청년이.」 그가 웃으며 말했다. 「무서워하지 말아요. 인간은 죽음을 생각하는 동물이란 얘기를 들어 봤을 텐데요. 하지만 난 그렇게 생각하지 않아요. 아니죠, 인간은 영원한 삶을 생각하는 동물이에요. 와서 봐요!」 그는 속이 빈 열어 놓은 무덤 앞에서 걸음을 멈추었다. 「봐요, 이건 내 무덤이죠. 무서워하지 말아요. 가까이 와요. 아직 속이 비었지만, 나중에 채워 넣을 겁니다.」 그는 웃음을 터뜨렸다. 그는 스스로 곡괭이를 가지고 자신의 무덤을 팠고, 비석도 준비했다. 「내가 뭐라고 새겼는지 보세요.」 그가 나에게 소리쳐 말했다. 「그래요, 자세히 들여다보지 그래요? 무서워하지 말라고 했잖아요!」 그는 무릎을 꿇고, 새긴 글자들 위에 덮인 흙을 씻어 내며 읽었다. 「〈이봐, 죽음아, 난 네가 무섭지 않다!〉」 그는 입이 찢어질 정도로 웃으며 나를 힐끗 쳐다보았다. 「그까짓 늙은 사기꾼 같은 죽음을 내가 왜 두려워하겠어요! 죽음은 노새나 마찬가지이니까, 내가 타고 신에게 데려다 달라고 하겠어요.」

인간에게는 가장 풍요하거나, 자유롭거나, 시간과 장소와 합리성으로부터 가장 완전하게 해방된 시간이란 열병에 걸린 시간이다.

5월이 되어서야 나는 마침내 퇴원하여 햇빛을 보게 되었다. 공원에는 라일락이 피었고, 여자들은 꽃무늬를 그린 투명한 옷차림이었으며, 젊은 남녀는 대단한 비밀이라도 주고받는 듯 잎이 새로 돋은 나무 밑에서 귓속말을 나누었다. 내가 병원을 나서던 날 오후에는 여자들의 머리카락 향기와 분을 바른 얼굴의 향기가 부드러운 산들바람에 실려 왔다. 나는 여기가 지구요, 위 세상이라는 생각을 자꾸 했다. 세상에 들어오는 다섯 문인 다섯 가지 감각이 모두 살아 기능을 다하는 기쁨. 세상이 좋다는 말을 하게 되었으니 얼마나 좋은가.

햇빛에 씻긴 대지는 마음속에서 부드러운 감흥을 불러일으키며 나를 무척 감동시켰다. 나는 갓 태어나서 잠깐 동안 아랫세상으로 내려가 지옥의 공포를 보고는 뛰쳐 올라와, 눈을 뜨고 다시 한 번 신성하고 낯익은 빛을 발견하고, 나무 밑을 걸으며 인간의 웃음과 얘기 소리를 듣는 기분이었다.

나는 천천히 걸었다. 아직 무릎이 떨렸고, 아침 안개처럼 감미롭고 부드러운 현란한 어지러움이 내 이성을 에워쌌으며, 나는 반쯤은 단단하고 반쯤은 꿈으로 이루어진 세상을 안개 뒤에서 보았다. 나는 어딘지 기억이 나지 않지만 어느 성당에서 언젠가 보았던 성상이 생각났다. 그림은 두 층으로 나뉘었다. 아래쪽에는 당장이라도 잡아먹을 듯이 주홍빛 입을 벌리고 몸부림치며 거품을 머금은 무시무시한 용을 창으로 찌르며 미친 듯이 말을 타는 힘센 금발의 성 게오르기우스를 그려 놓았다. 위쪽에서는 성 게오르기우스와 말과 용이 당장이라도 흩어져 사라질 듯한 구름처럼 보인다는 점만 다를 뿐, 똑같은 투쟁을 그려 놓았다. 빈의 거리를 기운 없이 거닐던 나는 세상을 그린 이 그림의 위쪽에서 본 광경이 눈에 보이는 듯싶었고, 바람이 불어와서 눈앞의 장면을 흩어 버릴까 봐 겁이 났다.

며칠 후에 정말로 바람이 불어와 그것을 흩어 버릴 줄이야 내가 어찌 알았겠는가!

빈은 매력적이고 유혹적인 도시여서, 사람들은 항상 빈을 사랑스러운 여인으로 기억한다. 아름답고, 손에 잡히지 않으며, 귀여운 여인 빈은 어떻게 옷을 입었다가 벗고, 어떻게 아낌없이 몸을 바치고, 증오나 사랑 때문이 아니라 장난삼아서 어떻게 배반해야 하는지도 안다. 그녀는 걷는 대신 춤추고, 소리쳐 부르는 대신 노래한다. 그녀는 도나우 강둑에 길게 눕는다. 비가 그녀를 촉촉이 적시고, 눈이 그녀를 덮고, 햇살이 그녀를 따뜻하게 해준다. 아무것도 숨기지 않는 그녀를 보고 너는 소리친다 — 탈리아,[1] 아글라이아,[2] 에우프로시네,[3] 그리고 빈이 곧 네 가지 아치(雅致)더라!

다시 삶으로 돌아온 다음 며칠 동안 나는 빛과, 대지의 향기와, 남자들의 대화와, 무엇보다도 시원한 물과, 맛 좋은 빵과, 과일을 베풀어 주던 즐거운 도시 빈을 누렸다. 나는 자주 내 방의 발코니에서 눈을 감고 소란한 세상에 귀를 기울였다. 세상은 일벌과, 소

---

1 전원시(田園詩)의 무사이.
2 〈빛〉이라는 이름의 우아전미(優雅典美) 여신.
3 희열의 우아전미 여신.

음과, 꿀과, 부드럽고 시원한 손처럼 내 얼굴에 닿는 봄바람을 가득 머금은 벌집처럼 여겨졌다.

하지만 육체에 생기가 돌고 영혼이 고삐를 잡게 되자 모든 기쁨은 다시금 서서히 지극히 얄팍하고 천박하게 느껴져서, 내 깊은 욕구는 만족을 하지 못했다. 이곳의 모든 남녀를 누가 간지러움을 태우는 듯싶었으니, 그들이 자꾸만 웃어 대는 까닭은 그렇게밖에는 설명이 되지 않았다. 하지만 나는, 적어도 그 무렵에는 인간이 형이상학적인 동물이라고 생각했다. 웃음과, 태평함과, 노래는 교만과 반역처럼 느껴졌다. 나는 이유를 설명하지 못하면서도 웃음을 오만의 한 형태라고 여겼던 아버지의 생각을 물려받았다. 하지만 나는 그들이 웃는 이유를 알았고, 그런 점에서는 아들이 아버지보다 한 걸음 앞선 셈이었다.

내가 사랑했던 비극적 선지자의 준엄하고 무자비한 목소리는 점점 더 뚜렷하게 내 마음속에서 얘기했다. 「부끄럽도다!」 내면의 목소리가 외쳤다. 「내가 너에게 심어 준 견실하고 용맹한 이성이 이것이었던가? 위안(慰安)에 굴복하지 말라고 내가 가르치지 않았더냐? 노예와 겁쟁이들만 희망을 간직한다는 사실을 받아들여야 한다. 세상은 사탄이 파놓은 함정이고, 신이 파놓은 함정이다. 미끼를 물지 마라. 차라리 굶어 죽어라!」 그리고는 보다 다정한 목소리로 은근하게, 「나는 비겁해졌기 때문에 실패했다. 너는 성공하라!」

또 어떤 때에는 그의 목소리가 이를 악물거나 비꼬는 투였다. 「무엇이나 가장 힘든 목표를 추구할 터이며 감언이설에 넘어가지 않겠다고 한편으로 장담하면서도, 몰래 빠져나가 희망의 술집에서 취하고, 교회에서 나자렛 예수 앞에 머리를 조아려 섬기고, 〈주여, 손을 뻗어 이 몸을 구하소서!〉라고 애원하는 건 또 무슨 수작이냐. 혼자 길을 나서라! 나아가라! 끝에 다다르면 너는 심연을 발견할지니라. 공포에 떨지 말고 심연을 보라는 것, 오직 그것만을 나는 너에게 요구한다. 나 자신도 그랬지만, 나의 이성이 무너졌다. 너는 마음을 단단히, 흔들리지 않게 하라. 나를 앞질러라.」

인간의 마음은 어둡고 굴복할 줄 모르는 신비이다. 그것은 영원히 입을 벌리기만 하는 구멍 뚫린 독이니, 지상의 모든 강물을 부어 넣어도 그냥 비어 목이 마르다. 가장 큰 희망도 그것을 채우지 못했다. 그렇다면 가장 큰 절망으로는 채워질 수 있을까?

무자비한 목소리는 나를 이렇게 휘몰아 갔다. 머뭇거리거나 서두르지도 않고, 위엄을 지키며 점잖게 앞장서서, 주저하지 않고 꿋꿋하게 앞장을 서서, 심연으로 나를 이끌어 가는 발자국이 누구의 발자취인지를 나는 깨달았다.「그는 최후의 구세주이다.」목소리가 거듭거듭 나에게 말했다.「그는 인간을 희망과 두려움과 신들로부터 해방시킨다. 그를 따르라! 나는 나를 위해 위대한 희망을 가지고 초인이 나타났고, 나는 길을 벗어났기 때문에 늦어 버리기 전에 그를 따르는 데 실패했노라. 나는 그를 밀어제칠 틈이 없었다. 하지만 너는 네 초인인 나자렛인을 밀어제치고, 내가 성취할 기회가 없었던 최고의 자유를 얻어라.」

거친 목소리가 이렇듯 무자비하게 나를 계속해서 재촉했으며, 절대적이고 총체적인 구원의 선지자가 소리 없이 나의 내면에서 조금씩 몸을 일으켰다. 나의 내면은, 발바닥에 신비의 바퀴를 두 개 새기고, 손가락은 묘하게 꼬며, 미간에는 제3의 눈처럼 까만 나선을 그린 선지자가 올라앉아 연꽃이 되었다. 불안하고 장난스러운 그의 미소는 얇은 입술에서 괴이하게 큰 귀로, 그러고는 다시 입술로 퍼져 나가, 높다란 절벽에서 온몸으로 흘러내리는 꿀처럼 미끄러져, 어서 떠나려고 초조한 듯 두 바퀴가 움직이는 발바닥에 이르렀다.

붓다로다! 나는 여러 해 전에 그의 생애에 대한 얘기와 자랑스러운 절망의 교훈을 읽었었지만 모두 까맣게 잊고 살아왔다. 분명히 나는 성숙하지 않아서 주의를 게을리했었다. 그때 그의 목소리는 뱀과 어지러운 난초들로 가득 찬 어두운 숲에서, 아시아의 깊은 곳에서 울려 나오는 매혹적이고 이국적인 소리처럼 들렸다. 하지만 나는 어지러워하지 않았다. 지극히 다정하고 친근한 또 다른 목소리가 자꾸만 마음속에서 나를 불렀고, 나는 그것을 맞으러 자신 있게 나아갔다. 하지만 이제 이곳 도시의 거침없는 웃음소리 한가운데서 매혹적이고 이국적인 피리 소리가 다시 들려왔다! 그것을 맞으려고 나는 눈을 꼭 감았다. 목소리는 내 마음속에서 전혀 잠잠해지지 않았고, 최후의 심판날에 울리는 기독교의 나팔 소리에 가려졌을 뿐이어서, 이제는 훨씬 더 귀에 익은 소리가 되었다.

나는 울긋불긋한 가리개로 심연을 덮으려던 시도를 부끄럽게 생각하게 되었기 때문에, 악마적 선지자의 용맹한 양식(糧食)으로 인해서 분명히 힘을 얻었다. 나는 벌거벗고 역겨운 상태 그대로 그것을 정면에서 감히 맞설 용기가 아직 나지 않았다. 자비롭게 두 팔을 내민 그리스도는 심연을 가로막고 서서, 내가 그것을 보고 두려움을 느끼지 않게 도와주었다.

나는 내 영혼을 일깨우고 괴롭히기 시작했다. 비록 영혼이 육체와 뒤엉켜 세상을 만지고 접(接)할 입과 손을 얻기를 원했고, 비록 영혼은 바깥을 둘러싼 육체를 이제는 적으로 여기지 않으며 차라리 친구가 되어 무덤에 다다르기 전까지는 헤어지지 않고 함께 여행하기를 원했어도, 나는 이런 모든 영혼의 갈망을 가로막았다. 어느 〈나〉였을까? 내 마음속의 악마, 새로운 악마 — 붓다였다. 욕망은 불꽃이요, 사랑도 불꽃이요, 미덕과 희망과 〈나〉와 〈너〉, 그리고 천국과 지옥 또한 불꽃이라고 이 악마는 자꾸만 소리쳤다. 하나, 오직 하나, 불꽃의 포기만이 빛이었다. 너를 태워 버리는 불꽃을 잡아 빛으로 바꿔 놓아라. 그런 다음에 빛을 불어서 꺼버려라!

인도에서는 하루의 일이 마침내 끝나고 지붕과, 마을의 골목과, 사람들의 가슴에 그림자가 드리우면, 나이 먹은 기도사가 오두막을 나서서 마을을 한 바퀴 돌아다닌다. 그는 마술의 갈대 피리를 입에 물고 이 집 저 집을 찾아다니며 영혼을 달래는 주문처럼 감미롭고 살랑이는 곡을 불어 준다. 그것은 하루의 상처를 아물게 하는, 이른바 〈호랑이 곡〉이다. 그것은 내가 분명히 듣고 싶었던 선율이어서, 나는 방 안에 틀어박혀 두툼한 입문서를 밤낮으로 파고들며, 붓다의 설법과 가르침을 공부했다.

〈내 곱슬머리가 검고 젊음이 꽃피던 시절에, 남자다운 힘의 첫 자부심을 느끼던 젊은 시절의 만족한 기쁨을 누리던 전성기에, 나는 머리를 빡빡 깎고, 누런 승복을 걸치고, 문을 열고 나와 사막으로 들어갔다……〉

그는 고행의 수련이라는 투쟁을 시작했다. 〈내 팔은 말라 버린 갈대처럼 변했다. 영양분이라고는 해 뜰 녘부터 해 질 녘까지 쌀한 톨만 먹었는데, 그때라고 해서 쌀알이 지금보다 조금이라도 컸느냐 하면 그렇지 않았다. 내 하체는 낙타의 다리 같았고, 척추는 염주 같았으며, 뼈는 반쯤만 통나무로 지은 낡아 빠진 오두막의 골격 같아졌다. 깊은 우물 바닥에서 물이 반짝이듯 내 눈이 반짝였다. 내 머리는 햇볕에 말라 바가지처럼 갈라졌다.〉

하지만 고행의 수련이라는 험한 길에서도 구원은 오지 않았다. 마을로 돌아간 붓다는 먹고 마셨으며, 나무 밑에 평화롭게 앉아

476

슬프지도 않고 기쁘지도 않게 말했다. 「나는 구원을 찾기 전에는 나무 밑에서 일어나지 않으리라, 나무 밑에서 일어나지 않으리라, 나무 밑에서 일어나지 않으리라.」

정신이 순수해지고 시력이 맑아진 그는 허영을 보았고, 지상에서 나타났다 사라지는 삶을 보았고, 하늘에서 구름처럼 흩어지는 신들을 보았고, 전체적인 순환을 보았으며, 나무에 몸을 기대었다. 그러는 사이에 나무의 꽃이 그의 머리와 무릎에 떨어졌고, 위대한 가르침이 그의 마음을 찾아왔다.

그는 왼쪽과 오른쪽, 앞과 뒤를 둘러보았다. 야수들 속에서 소리치고, 인간과 신 속에서 소리치는 존재가 자기 자신임을 그는 깨달았다. 온 세상에 흩어져서 투쟁하는 자신에 대한 사랑과 슬픔이 그를 사로잡았다. 지상의 모든 고통이, 하늘의 모든 고통이 그의 고통이었다. 「이 누추한 육체 속에서, 피와 뼈와 골과 살과 진물과 정충과 땀과 눈물과 배설물의 덩어리 속에서 어찌 행복할 사람이 있겠는가? 시기와, 증오와, 거짓과, 두려움과, 고뇌와, 굶주림과, 갈증과, 질병과, 늙음과, 죽음이 지배하는 육체 속에서 어찌 행복할 사람이 있겠는가? 식물과, 곤충과, 짐승과, 인간 — 모든 것이 멸망을 향해 나아간다. 이제는 존재하지 않는 자들을 뒤돌아보고, 아직 태어나지 않은 자들을 미리 내다보라. 인간은 곡식처럼 영글고, 곡식처럼 떨어지며, 다시금 싹이 튼다. 가없는 바다가 말라붙고, 산들이 무너져 내리고, 북극성이 기울고, 신들이 사라진다…….」

연민 — 붓다의 나그네 길에서는 그것이 훌륭한 안내자이다. 연민을 통해서 우리들은 육체로부터 스스로 해방되고, 울타리를 무너뜨리고, 무(無)와 하나가 된다. 「우리들은 모두 하나이니, 고통받는 자를 구원해야 한다. 한 방울의 떨리는 물방울이 고통을 받으면 나도 고통을 받는다.

〈네 가지 숭고한 진리〉가 내 머리에 어렴풋이 떠오른다. 세상은 우리들을 잡아 가둔 그물, 우리들은 다시 태어날 터이니 죽음은 우리를 구원하지 못한다. 목마름을 이겨 내고, 욕망을 뿌리째 뽑아버리고, 뱃속을 비우기로 하자! 〈나는 죽기를 원한다〉거나 〈나는 죽기를 원하지 않는다〉는 말은 하지 마라. 〈나는 아무것도 원하지 않는다〉고 말하라. 마음을 욕망이나 희망보다 높이면 세상에서 살아가는 동안 무존재의 극락을 누리리라. 그대는 재생의 수레바퀴를 손으로 잡아 멈추리라.」

붓다가 그토록 찬란한 빛을 받으며 내 앞에 우뚝 섰던 적은 없었다. 열반(涅槃)과 불멸성이 똑같다고 생각했던 과거에 나는 붓다의 존재를 밀려오는 세상의 힘을 맞아 군사를 이끌고 싸우러 나아가는 희망의 장군들 가운데 하나에 지나지 않는다고 생각했었다. 이제 와서야 나는 인간이 죽음에 동의하고, 불가항력을 사랑하며, 우주의 흐름과 마음을 조화시키고, 물질과 이성이 서로 뒤쫓으며, 합치고, 잉태하고, 사라짐을 깨닫고는 〈내가 원하는 바가 그것이다〉라고 말하게끔 붓다가 이끌어 간다는 사실을 깨달았다.

지상에서 태어난 모든 사람들 가운데 절대적으로 순수한 혼(魂)인 붓다가 정상에 찬연하게 선다. 두려움이나 슬픔 없이 선(善)한 판단과 자비로 넘치던 그는, 손을 뻗어 엄숙하게 미소를 지으며 구원으로 통하는 길을 열었다. 모든 존재들이 맹렬히 그의 뒤를 따른다. 불가항력에 아무렇게나 몸을 내맡기고 그들은 젖을 빨러 가는 염소 새끼들처럼 뛰어간다. 인간뿐 아니라 모든 짐승이, 사람들과 짐승들과 나무들이. 그리스도와는 달리 붓다는 인간들만 골라내지 않고, 만물을 불쌍히 여기며, 만물을 구원한다.

마음속에서 그는 보이지 않는 힘들의 도움을 받지 않고 혼자서 형성되고 사라지는 우주를 의식한다. 햇빛에 그을은 그의 머릿속 에서 대기가 응결되어 성운을 이루고, 성운은 별들이 되며, 별은 씨앗처럼 지각(地殼)을 형성해서 나무와 짐승과 인간과 신들을 만들어 내고, 다음에는 불이 그의 머릿속으로 들어가 모든 것을 연기로 바꿔 놓고는 꺼졌다.

나는 이렇듯 새로운 모험에 탐닉해서 여러 날 주일을 보냈다. 인간의 마음이란 얼마나 깊은 심연인가! 심장의 고동이 맥박치며 예기치 않던 방향으로 나아가지 않는가! 그렇다면 불멸성에 대한 나의 모든 갈망과 정열은 절대적으로 죽어야 할 운명으로 나를 이끌어 갔던가? 아니면 죽을 운명과 불멸성은 똑같은 개념일까?

구원을 추구하느라 7년 동안 투쟁했던 나무 밑에서 몸을 일으 킨 붓다는 이제 구원이 되어 커다란 도시의 광장으로 가서 다리 를 포개고 앉았다. 그곳에서 그는 주위에 모여든 영주들과, 상인 들과, 투사들에게 구원을 설법하기 시작했다. 처음에는 믿지 않 는 모든 자들이 그를 조롱했지만, 그들은 점점 속이 비면서 욕망 이 쫓겨남을 느꼈고, 그들의 하얗고 빨갛고 파란 화려한 옷들은 붓다의 승복처럼 누렇게 변했다. 마찬가지로 나도 속이 비었으 며, 이성은 누런 옷을 걸쳤다.

어느 날 밤 빈의 넓은 공원인 프라터로 잠깐 산책을 나갔더니, 화장을 짙게 한 젊은 여자가 나무 밑에서 나에게 접근해 왔다. 겁 이 난 나는 걸음을 재촉했지만 그녀가 따라와서 내 팔을 잡았다. 그녀는 짙은 오랑캐꽃 향기를 풍겼고, 환한 곳으로 나가니 푸른 눈과, 화장을 한 입술과, 반쯤 노출된 젖가슴이 보였다.

「나하고 같이 가요……」 눈을 찡긋하며 그녀가 속삭였다.

「아니에요! 안 돼요!」 위기라도 맞은 듯 내가 소리쳤다.

그녀는 내 팔을 놓았다. 「왜 안 돼요?」 그녀가 물었다.

「미안하지만 시간이 없어요.」

「당신 미쳤어요?」 불쌍하다는 듯 나를 힐끗 쳐다보며 여자가 말했다. 「당신 뭐예요, 수도사예요? 아무도 보는 사람이 없는데.」

붓다가 본다는 말이 나올 뻔했지만, 나는 자제했다. 그러는 사이에 여자는 혼자 거니는 다른 남자를 발견하고는 그에게 달려가 인사했다. 나는 안도의 한숨을 쉬었다. 굉장한 위기라도 벗어난 듯 나는 황급히 내 방으로 돌아갔다.

나는 붓다에 탐닉했었다. 내 마음은 노란 해바라기요 태양은 붓다였으며, 나는 떠오르고 정상에 이르렀다가 사라지는 그를 지켜보았다. 「물은 잠들지만, 영혼은 잠들지 않아.」 언젠가 어느 늙은 루멜리아[4] 사람이 나에게 말했다. 하지만 그 무렵에는 내 영혼이 불교의 평온함에 잠겨 행복에 넘치는 잠에 빠져 지내던 터였다. 꿈을 꾸면서 그 꿈을 의식할 때 그러듯이, 좋거나 나쁘거나 꿈속에서 보는 모든 상황은 잠이 깨면 달아나 버린다는 사실을 알기 때문에 기쁨이나 슬픔이나 두려움을 자극하지 않듯이, 평온한 마음으로 기쁨이나 두려움을 느끼지 않으며 나는 주마등처럼 눈앞을 스쳐 지나가는 세상을 구경했다.

환상이 너무 빨리 흩어지지 않도록 막으려고, 영혼이 완전한 구원을 실질적으로 느끼게끔 어휘로 굳건히 잡아 두기 위해서, 나는 붓다와 사랑하는 제자 아난다가 나눈 대화를 적기 시작했다.

*

야만인들이 산에서 내려와 도시를 봉쇄했다. 붓다는 미소를 지으며 꽃 핀 나무 밑에 다리를 꼬고 앉았다. 아난다는 세상의 주마

---

4 오스만투르크 제국의 일부 지역.

등이 그의 생각을 빗나가게 하지 않으려고 머리를 붓다의 무릎에 얹고는 눈을 감았다. 그들 주변에는 제자가 되려는 청중이 잔뜩 모여 있었는데, 그들은 구원의 말을 듣길 원했지만, 야만인들이 전쟁을 걸어 온다는 소식을 듣고는 당장 격분했다.

「스승이여, 일어나소서.」 그들이 소리쳤다. 「야만인들을 쫓아 버리게 우리들을 인도하소서. 구원의 비밀은 나중에 얘기해 주셔도 됩니다.」

붓다는 머리를 저었다. 「아니다, 난 가지 않겠다.」

「피곤하십니까?」 다른 사람들은 화가 나서 소리쳤다. 「아니면 두려우신가요?」

「나는 여행을 끝냈다.」 피로와 두려움, 애국심을 초월한 목소리로 붓다가 대답했다.

「그렇다면 우리들끼리 가서 조상의 땅을 지킵시다!」 도시 쪽으로 돌아서며 나머지 모든 사람이 외쳤다.

「내 강복을 가지고 가거라.」 그들을 축복하기 위해 머리를 들며 붓다가 말했다. 「나는 그대들이 가는 곳을 벌써 갔다가 돌아왔노라. 나는 그대들 또한 돌아오기를 여기 꽃 피는 나무 밑에 앉아 기다리겠다. 같은 꽃 피는 나무 밑에 우리들이 모두 함께 앉은 다음에야 내가 얘기하고 그대들이 얘기하는 말 한마디 한마디가 우리 모두에게 똑같은 의미를 갖게 될 터이다. 아직도 때가 너무 이르다. 내가 이렇게 얘기하면 너희들은 저런 얘기로 알아듣는다. 우리들은 같은 언어를 쓰지 않는다. 그러니 여행이 즐겁기를 바란다! ……그럼 다시 만날 때까지!」

「이해를 못 하겠습니다, 스승님.」 사리푸트라가 말했다. 「또 우화로 말씀하시는 건가요?」

「네가 돌아올 때쯤이면 이해하게 될 것이다, 사리푸트라. 조금

전에 말했지만 아직은 때가 너무 이르다. 오랜 세월에 걸쳐 나는 인류의 삶과 고통을 살아왔고, 오랜 세월에 걸쳐 나는 속이 차고 무르익었다. 전에는 이토록 완전한 자유를 한 번도 얻지 못했었 노라. 그럼 나는 어째서 이런 자유를 얻었던가? 그것은 내가 커 다란 결심을 했기 때문이다.」

「커다란 결심이라고요?」 아난다가 물었다. 머리를 들어 절을 하며 그는 붓다의 성스러운 발바닥에 입을 맞추었다. 「어떤 결심 이었나요, 스승님?」

「나는 신에게, 그대들이 신이라 일컫는 대상에게 내 영혼을 팔 고 싶지 않으며, 나는 악마에게, 그대들이 악마라 일컫는 대상에 게 내 영혼을 팔고 싶지 않다. 나는 누구에게도 나 자신을 팔고 싶지 않다. 나는 자유로다! 신과 악마의 발톱을 벗어난 자들은 행 복할지어다. 오직 그만이 구원을 받는다.」

「무엇으로부터 구원을 받나요?」 이마에서 땀을 방울방울 흘리 며 사리푸트라가 물었다. 「무엇으로부터 구원을 받습니까? 어떤 말들은 당신의 입술에서 떨어지지 않는군요, 스승님. 그러다가 타버리시겠습니다.」

「아니다, 사리푸트라. 어휘들은 나를 태우지 않고, 오히려 식혀 준단다. 이런 말을 해서 미안하다만, 내 얘기를 듣고 네가 겁에 질리지는 않을지, 내 얘기를 끝까지 들을 만한 인내심이 너에게 있을지, 나로서는 모르겠구나.」

「스승이시여.」 사리푸트라가 말했다. 「우리들은 싸움터로 가서 다시는 돌아오지 못하고, 다시는 당신을 만나지 못할지도 모릅니 다. 그러니 마지막 말을 하소서……. 무엇으로부터 구원을 받나 요?」

천천히, 무겁게, 심연으로 떨어지는 시체처럼 붓다의 꽉 다문 입술에서 말이 흘러나왔다. 「구원으로부터.」

「구원으로부터라뇨!」 사리푸트라가 외쳤다. 「구원으로부터 구원을 받아요? 스승님, 전 이해가 안 갑니다.」

「그러면 더욱 좋다, 사리푸트라, 이해를 하면 넌 무서워하리라. 그렇기는 해도 이것이 내가 생각하는 자유의 형태임을 알아주기 바란다. 나는 구원으로부터 구원을 받았다!」

그는 잠잠해졌다. 하지만 이제 그는 더 이상 자제할 수가 없어졌다.

「다른 모든 형태의 자유는 노예성임을 알기 바란다. 만일 다시 태어난다면 나는 구원으로부터의 구원이라는 위대한 자유를 얻으려고 싸우리라. ……하지만 얘기는 그만 하자. 아직도 얘기를 하기에는 너무 이르구나. 너희들이 싸움터에서 돌아온 다음에 모든 얘기를 하도록 하자. 잘 가거라!」

그는 심호흡을 했다. 제자들이 머뭇거리는 모습을 보고 그는 미소를 지었다. 「왜 가지 않느냐?」 그가 물었다. 「전쟁은 아직 너희들의 의무이다. 그러니 가서 싸워라. 잘 가거라!」

「다시 만날 때까지 안녕히 계십시오, 스승님.」 사리푸트라가 말했다……. 「자, 가세!」

아난다는 움직이지 않았다. 붓다는 곁눈으로 만족스럽게 그를 살펴보았다.

「당신과 함께 저는 여기 남겠습니다, 스승님.」 얼굴이 새빨개지면서 제자가 말했다.

「무서워서 그러느냐, 아난다야?」

「사랑하기 때문입니다, 스승님.」

「이젠 사랑만으로는 모자란다.」

「그건 압니다, 스승님. 얘기를 하는 동안 스승님의 입술에서 날

름거리는 불꽃을 보았나이다.」

「그건 불꽃이 아니라 내 말이었느니라, 아난다야. 젊고 충실한 내 친구야, 초인의 얘기를 너는 이해하겠더냐?」

「이해할 듯싶습니다. 그렇기 때문에 저는 당신과 남았습니다.」

「너는 무엇을 이해하느냐?」

「구원이 존재한다고 말하는 사람은 누구나 모든 순간에 그의 말과 행동이 지닌 가치를 계산하기 때문에 노예입니다. 〈나는 구원을 받을까, 아니면 저주를 받을까?〉 그는 떨면서 묻습니다. 〈나는 천국으로 가는가, 아니면 지옥으로 가는가?〉 ……희망을 간직하는 영혼이 어찌 자유로울 수 있겠나이까? 희망을 간직한 자는 현세의 삶과 내세를 모두 다 두려워하고, 공중에 애매하게 매달려 행운이나 신의 자비를 기다립니다.」

붓다는 아난다의 검은 머리에 손바닥을 얹었다.

「머물거라.」 그가 말했다.

그들은 꽃 피는 나무 밑에서 얼마 동안 가만히 앉아 침묵을 지켰고, 붓다는 천천히 자비롭게 사랑하는 제자의 머리를 쓰다듬었다.

「구원이란 모든 구세주들로부터의 해방을 의미한다. 그것은 지고하며 숭고한 자유이니, 인간은 거기에 이르면 숨이 찬다. 너는 인내하겠느냐?」

아난다는 머리를 끄덕였다. 그는 말을 하지 않았다.

「그러니까 이제 너는 누가 완전한 구세주인 줄을 알겠구나……」

그는 잠깐 잠잠했지만, 나무에서 떨어진 꽃송이를 손가락에 끼고 비틀며 말했다. 「인류를 구원으로부터 해방시키는 자가 구세주이니라.」

(나의 유일한 돌과 콘크리트인) 스물녀 자의 글자로 나는 구원으로 뻗어 나간 새 길을 닦았다. 이제 나는 알았고, 이제는 속지 않을 터여서, 나는 두려워하지 않으며 차분하게 세상을 관조했다. 나는 창에서 몸을 내밀고 남자들과 여자들과 자동차들, 그리고 고기와 채소와 음료수와 과일과 책이 잔뜩 쌓인 상점들을 보고는 미소를 지었다. 이 모두가 겉모습만 달리한 구름에 지나지 않아서, 산들바람이 불어오기만 해도 산산이 흩어진다. 사탄의 힘이 그것들을 차지했었고, 이제는 산들바람이 불어와 흩어 버릴 때까지 인간의 배고픔과 갈증이 한두 시간이라도 붙잡고 매달렸다.

나는 길거리로 나가 무척 서두르며 어디론가 달려가는 사람들의 물결에 섞여 들었다. 이제는 두려울 대상이 하나도 없었던 나는 그들과 함께 달렸다. 사람들이 이슬방울로 이루어진 안개나 유령 같다는 생각이 들었다. 무엇 때문에 그들을 두려워한단 말인가? 함께 가서 그들이 무엇을 하는지 확인해 보면 어떨까? 빨갛고, 파랗고, 초록빛 전등을 켠 영화관에 이르자 우리들은 안으로 들어가 벨벳을 씌운 좌석에 앉았다. 한쪽 끝의 환한 영사막에서는 그림자들이 바삐 지나다녔다. 그들은 무엇을 하는가? 입 맞추고, 죽이고, 죽고. 내 옆에는 젊은 여자가 앉았다. 그녀의 숨결에서는 계피 냄새가 났다. 나는 숨을 쉬느라고 들먹이는 그녀의 젖가슴을 의식했다. 가끔 그녀의 무릎이 내 무릎에 닿았다. 나는 떨렸지만 다리를 치우지는 않았다. 그녀는 얼굴을 돌려 나를 힐끗 쳐다보았는데, 어둑어둑한 속에서 미소를 짓는 듯싶었다.

나는 그림자를 구경하는 데 곧 싫증이 나서 나가려고 일어섰다. 여자도 일어섰다. 출구에서 그녀는 다시 돌아다보며 나에게 미소를 지었다. 우리들은 얘기를 시작했다. 달빛을 받으며 우리들은 공원으로 가서 작은 벤치에 앉았다. 여름철이었고, 밤은 꿈처럼 달콤했으며, 라일락은 향기로웠다. 사람들이 짝을 지어 지나다니고, 포옹하고, 잔디밭에 누웠다. 라일락 숲에 깊이 숨은 지빠귀가 머리 위에서 노래를 부르기 시작했고, 나는 심장이 멎는 듯했다. 그것은 새가 아니라 무슨 교활한 유령이었으리라. 나는 전에 프실로리티를 오르다가 똑같은 소리를 들었고, 그것이 무슨 얘기를 하는지 알았다. 나는 여자의 머리에 손을 얹었다.

「이름이 뭐예요?」 나는 그녀에게 물었다.

「프리다예요.」 그녀는 웃으며 대답했다. 「왜 물어요? 내 이름은 〈여자〉인데.」

그러자 순간적으로 끔찍한 말이 내 입에서 새어 나왔다. 그것은 내가 한 말이 아니었고, 여자들을 경멸했던 아버지의 말도 아니었지만 어느 조상이 한 말임이 분명했다. 말을 꺼내는 순간 나는 공포에 사로잡혔다. 하지만 때는 이미 늦었다.

「프리다, 나하고 같이 밤을 보내겠어요?」

여자는 침착하게 대답했다. 「오늘 밤은 안 돼요. 내일 그러죠.」

안도감을 느끼며 나는 황급히 자리에서 일어섰다. 우리들은 헤어졌다. 나는 서둘러 내 방으로 돌아갔다.

그러고는 믿어지지 않는 어떤 일이, 지금 생각해도 소름이 끼치는 일이 벌어졌다. 인간의 영혼은 정말로 파괴하기가 힘들고, 정말로 고상하고 존엄하지만, 마음속에는 날마다 점점 부패하는 육체가 억눌린 채로 들어앉았다. 집으로 돌아가는 길에 나는 머리로 치솟아 오르는 피의 소리를 들었다. 내 영혼은 격노했다. 육체가 죄를 범하려 함을 의식한 영혼은 두 발을 꽉 묶어 놓고, 분노와 경멸을 느끼며 허락하지 않았다. 피가 계속해서 위로 흘러

응어리를 지었고, 나는 입술과 뺨과 이마가 부풀어 오름을 의식했다. 내 눈은 곧 작아지더니 찢어진 구멍만 남았고, 무엇을 보기가 무척 힘들었다.

자꾸만 고꾸라지며 나는 걸음을 서둘러 내가 어떤 꼴이 되었는지 거울에 비춰 보려고 초조하게 집으로 뛰어갔다.

마침내 집에 이르러 불을 켜고 얼굴을 본 나는 공포의 비명을 질렀다. 얼굴 전체가 부어올라 무섭게 뒤틀렸고, 눈은 잔뜩 통통해져서 보이지 않을 지경이었으며, 입은 네모진 구멍이 되어 열리지 않았다. 갑자기 나는 프리다가 생각났다. 그렇게 흉측한 꼴로 이튿날 어떻게 그녀를 만나겠는가? 나는 전보 문안을 썼다. 〈내일 못 가고 모레 가겠음.〉 그러고는 절망을 느끼며 침대에 쓰러졌다. 이것은 과연 무슨 병일까? 나는 궁금했다. 나병인가? 어릴 적에 크레타에서 시뻘겋게 부어오른 얼굴이 끊임없이 벗겨지는 문둥이들을 보았는데, 그들이 어찌나 무서웠던지 어느 날 나는 이렇게 말했었다. 「만일 내가 왕이라면, 문둥이들을 모두 붙잡아다 목에 바위를 매달아 바다에 던지리라.」 보이지 않는 존재가 비정한 내 말을 기억했다가 벌로 이렇게 무서운 병을 내렸을까?

그날 밤 나는 한숨도 자지 못했다. 아침이 되면 혹시 이런 걱정거리가 사라질지도 모를 터여서 날이 밝기를 초조하게 기다리며, 나는 부은 얼굴이 혹시 가라앉지 않았는지 자꾸만 만져 보았다. 동틀 녘에 나는 침대에서 뛰어나와 거울로 달려갔다. 끔찍한 살의 가면이 얼굴을 덮었고, 피부가 터져 누르스름한 진물이 흘러나왔다. 나는 인간이 아니라 악마였다.

나는 전보를 전해 주기 위해 하녀를 불렀다. 그녀는 문을 열고 나를 보자마자 비명을 지르며 얼굴을 손으로 가렸다. 그녀는 감히 가까이 오지 못하고 전보를 낚아채더니 도망쳤다. 하루가 지났고, 이틀, 사흘, 1주일, 2주일. 프리다가 방으로 찾아와 나를 보면 어쩌나 싶어 겁이 난 나는 날마다 똑같은 전보를 보냈다. 〈오늘 못 가니 내일 가겠음.〉 나는 전혀 고통을 느끼지 않았지만, 입이 벌어지지 않아서 먹지를 못했으며, 영양분이라고는 밀짚 대롱으로 빨아먹는 우유와 레몬수뿐이었다. 마침내 더 이상 견딜 수가 없었다. 나는 프로이트의 유명한 제자 빌헬름 슈테켈이 쓴 정신 분석학 책을 몇 권 읽었었는데, 그를 찾아가기로 작정했다. 이유는 알 길이 없었지만, 분명히 정신적인 무엇이 이런 질병을 일으켰으리라는 생각에서였다. 정신적인 병이라는 것 정도는 나도 쉽게 짐작할 수 있었다.

박식한 교수는 내 고백을 들었다. 나는 사춘기 시절부터 구원의 길을 추구했다는 둥, 여러 해 동안 그리스도를 따랐지만 최근에 그의 종교가 너무 단순하고 너무 낙관적이어서 붓다의 길을 따르기 위해 그를 버렸다는 둥, 내 삶의 얘기를 털어놓았다……

교수는 미소를 지었다.

「세계의 시작을 찾으려던 추구의 끝은 병이로군요.」 그가 나에게 말했다. 「정상적인 사람은 살고, 투쟁하고, 기쁨과 슬픔을 경험하고, 결혼하고, 아이를 낳고, 어디서 어디로 왜 따위를 묻느라 시간을 낭비하지는 않아요. 하지만 당신 얘기는 끝나지 않았어요. 당신은 아직 뭔가 숨기고 있어요. 다 고백하시죠.」

나는 프리다를 만나서 밀회를 약속했던 얘기를 했다.

교수는 날카롭고 비꼬는 듯한 웃음을 터뜨렸다. 나는 신경질적으로 그를 쳐다보았다. 뻔뻔스러운 확대경으로 내 비밀을 살펴보며, 빗장을 질러서 잠가 놓은 내 마음속의 모든 문을 억지로 열려고 하던 그를 나는 벌써 미워하게 되었다.

「됐어요! 됐어요!」 다시 비웃듯 키득거리며 그가 말했다. 「당신이 빈에서 머무는 한 이 가면은 사라지지 않아요. 당신이 걸린 건 성자의 병이라고 부르죠. 요즈음 세상에서는 영혼에 순종하는 육체란 없으니까, 이건 지극히 희귀한 병이에요. 성자들의 전기를 혹시 읽어 봤나요? 갑자기 색욕의 악마가 씌워져서 여자와 자야 되겠다는 욕구를 느껴 테바이의 사막을 떠나 가장 가까운 도시로 달려간 고행자 얘기 아시죠? 그는 달리고 또 달렸지만 성문을 지나가려다 몸을 내려다보니 문둥병이 번지는 중이었어요. 하지만 그건 나병이 아니라 지금 당신이 걸린 것과 똑같은 병이었지요. 그런 끔찍한 꼴로 어떻게 여자 앞에 나타나겠어요? 어떤 여자가 감히 그를 만지겠어요? 그래서 그는 사막의 암자로 뛰어 돌아가서는 죄악에서 건져 준 신에게 감사를 드렸고, 전설에 의하면 신은 그를 용서하고 문둥병을 긁어 벗겨 버렸다더군요……. 이젠 알겠어요? 보아하니 불교적 세계관에 빠진 당신의 영혼, 이른바 영혼이라는 것은 여자와 자는 걸 대죄(大罪)라고 믿죠. 그런 까닭에 그것은 육체가 죄를 범하지 못하게 막아요. 육체에 그토록 심한 영향을 끼치는 영혼은 우리 시대에는 희귀하죠. 여태껏 나는 이런 환자를 꼭 한 사람 더 만났었는데, 그는 지극히 고지식하고 지극히 독실한 빈의 귀부인이었어요. 그녀는 남편을 무척 사랑했지만 남편은 멀리 전선으로 나가 버렸고, 그러다가 우연히 젊은 남자를 만나 사랑에 빠지게 되었답니다. 어느 날 밤 그녀는 몸을 바칠 생각이었지만, 갑자기 영혼이 일어나 반발했어요. 그녀의 얼굴은 지금 당신처럼 흉측하게 부어올랐죠. 절망적이 된 그녀는 나를 찾아왔어요. 나는 그녀에게 안심을 시켰어요. 〈전쟁터에서 남편이 돌아오고 나면 괜찮아질 겁니다.〉 남편이 돌아오자마자, 그러니까 죄악의 위기가 사라지자마자, 그녀의 얼굴은 아름다운 본래의 모습을 되찾았어요. 당신의 경우도 마찬가지죠. 프리다를 떼어 놓고 빈을 떠나기만 하면 당장 나을 병이에요.」

나는 그의 말을 믿지 않았다. 과학적인 동화일 뿐이라고 고집하면서 격분을 느끼며 나는 혼자 생각했다. 빈에 머물러도 낫겠지……. 나는 한 달을 더 머물렀지만, 가면은 녹아 버리지 않았다. 나는 계속해서 프리다에게 날마다 전보를 보냈다. 〈오늘 못 가니 내일 가겠음.〉 그러나 내일은 끝내 오지 않았다. 이런 모든 일에 짜증이 난 어느 날 아침 나는 떠나기로 굳게 결심하고 침대에서 나왔다. 나는 가방을 들고 계단을 내려가 길거리로 나가서 정거장으로 향했다. 이른 아침이었고, 시원한 산들바람이 불었다. 남녀 노동자들이 아직도 빵을 우물우물 씹으며, 즐겁게 떼를 지어 일터로 달려갔다. 햇빛은 아직 길거리를 비추지 않았다. 창문이 몇 개 열리고 도시는 잠이 깨었다. 나는 기분 좋게 가벼운 발걸음으로 걸었고, 도시와 더불어 잠이 깨었다. 나는 걷는 동안 얼굴에서 답답함이 가심을 느꼈다. 눈은 자유로워져 이제 마음 놓고 뜰 수가 있었다. 부어오른 입술이 가라앉기 시작했고, 나는 어린아이처럼 휘파람을 불었다. 서늘한 바람이 자비로운 손처럼 내 얼굴을 쓰다듬듯 스쳤다. 마침내 정거장에 도착하여 호주머니에서 거울을 꺼내 보았을 때의 기쁨과 감격이란! 부어오른 얼굴은 완전히 가라앉았고, 코와 입과 뺨은 본래의 모습을 되찾았다. 악마는 도망쳤고, 나는 다시 인간이 되었다.

그날 이후로 나는 인간의 영혼이 무섭고 위험한 용수철임을 깨달았다. 의식하지도 못하는 사이에 우리들은 모두 살과 비계 속에 굉장한 폭발물을 담고 다닌다. 더욱 나쁜 일은, 우리들이 그런 사실을 알고 싶어 하지 않는다는 점인데, 만일 진실을 알게 되면 인간은 사악함과, 비겁함과, 거짓의 정당성을 상실할 터이고, 따라서 인간이 지녔다고 여겨지는 무감각과 초라한 무능력 뒤에 더 이상 숨지 못하게 되며, 비록 전능한 힘을 내면에 갖추었더라도 그것이 우리들을 파멸시킬까 봐 두려워서 섣불리 그런 힘을 사용하지 못하므로, 만일 우리들이 악한이나 비겁자나 거짓말쟁이라면 그에 대한 비난을 감수해야만 한다. 그러나 우리들은 편안하고 쉽게 빠져나갈 길을 택하고, 그러한 길 또한 살과 기름기만 남은 상태로 몰락할 때까지 조금씩조금씩 기운을 잃게 내버려 둔다. 이러한 힘을 우리들이 갖추었다는 사실을 모르다니, 얼마나 끔찍한 일인가! 만일 알기만 했더라면 우리들은 영혼을 자랑스럽게 여겼으리라. 하늘과 땅 어디에서나 인간의 영혼만큼 신을 닮은 것은 다시없다.

베를린

　빈에서 나는 베를린으로 옮겨 갔다. 정신적인 갈증을 많이 해 갈시키기는 했어도, 붓다는 가능한 한 여러 나라와 여러 바다를 보려는 내 갈증을 풀어 주지 못했다. 그는 나에게 만물을 처음 보 듯 반가이 맞으며, 만사를 마지막으로 보듯 작별을 고하는 능력 을 부여했다.

　나는 세상이 허깨비이며, 사람들은 유령이요 이슬의 덧없는 자 식과 같은 존재라는 생각을 자주 했다. 검은 태양인 붓다가 떠오 르면 그들은 스러져 없어진다. 하지만 연민이, 사랑과 연민이 내 영혼을 휘어잡았다. 조금만 더 헛것들을 내 환상의 언저리에 붙 잡아 두어 꺼지지 않게 했었더라면! 내 마음 구석구석이 모두 누 런 승복으로 감싸이지는 않았다는 생각이 들었다. 시뻘건 심장의 고동이 그대로 남았고, 그것은 끈질기게 맥박치며 붓다가 나를 완전히 차지하지 못하게 막았다. 내 마음속에서는 크레타인이 반 란의 손을 들고 평화로운 정복자에게 동전 한 닢도 공물로 바치 지 않겠다고 거부했다.

　나는 이 모든 진실을 베를린에서 깨달았다. (붓다를 따르는 자 에게 대죄로 여겨졌던) 못마땅한 도시 베를린에서 저질렀던 내

죄들을 눈을 감고 회상해 보면, 웃음과 격렬한 대화, 잠을 잘 생각도 하지 않으며 보낸 멋지고 따스한 밤들, 꽃 피는 밤나무와 벚나무, 만족을 모르는 유대인의 눈, 시큼한 냄새가 나는 여자의 겨드랑이로 내 추억은 가득 넘치고, 나는 제대로 정리조차 하기가 어렵다.

나는 어떤 사건이 먼저이고 어느 일이 나중이며, 우리들이 어떤 맹세를 나누었고, 어쩌다 헤어지게 되었는지 기억해 내려고 빛깔이 바랜 공책을 뒤적인다⋯⋯ 글자의 힘이란 참으로 위대해서, 스물넷의 자그마한 병사들은 절벽의 언저리에 버티고 서서 붓다의 검고 한없이 깊은 눈 속으로 떨어져 빠져 죽지 않도록 잠시나마 인간의 마음을 지켜 준다!

10월 2일. 벌써 나는 사흘째 베를린의 끝없고 단조로운 거리들을 방황한다. 밤나무들은 잎이 졌고, 냉랭한 바람이 불어 마음은 얼음이 되었다. 오늘 나는 〈교육 개혁 대회장〉이라는 큼직한 글씨로 쓴 간판이 걸린 커다란 문을 지나치게 되었다. 눈이 내렸고 추웠기 때문에 나는 안으로 들어갔다. 강당은 남녀 선생들이 굉장히 많이 모여 꽉 들어찼다. 나는 앉을 자리를 찾았다. 언뜻 나는 회색이나 검정 양복 저고리들 사이에서 반짝이는 오렌지 빛 블라우스를 입은 여자에게 이끌렸다. 나는 그녀의 옆 빈자리에 앉았다. 선생 한 사람이 정신이라도 나간 듯 손짓해 가며 목이 쉬도록 고함을 지르고, 물을 조금 마시고, 약간 침착해졌다가 다시 열을 올리며 자기가 교과 과정을 바꾸어 삶과 죽음을 다 같이 초개처럼 생각하는 독일의 새로운 세대를 키워 낼 계획이라는 얘기를 장황하게 늘어놓았다. 여기에 또 하나의 구세주가 나타났으니, 그는 세계를 정복함으로써 구원하려고 투쟁했다.

나는 옆 사람에게 눈을 돌렸다. 머리카락은 암청색이고, 검은 눈은 아몬드처럼 생겼으며, 코는 약간 휘었다. 피부는 오래된 호박(琥珀)처럼 거무스레했고, 얼굴에는 반점이 약간 보였다. 나는 몸을 그녀 쪽으로 기울이며 물었다. 「난 어디서 온 사람 같습니까?」

「태양의 나라에서요.」 얼굴을 붉히며 그녀가 대답했다.

「맞아요, 태양의 나라에서 왔죠. 이 안에서는 숨이 막힙니다. 밖으로 나가 산책이라도 좀 할까요?」

「네, 그러죠.」

일단 밖으로 나서자 그녀는 새 장난감을 받은 아이처럼 깡충거리며 웃고, 소리를 질렀다.

「내 이름은 사리타이고, 유대인이고, 시를 써요.」

우리들은 공원으로 들어갔다. 땅바닥에 쌓인 노란 잎사귀들이 발밑에서 아스러졌다. 그녀의 머리카락에 손을 얹으니 비단처럼 부드럽고 따스했다. 아무 말도 없이 그녀는 걸음을 멈추고 무슨 얘기를 열심히 듣는 듯 목을 길게 뽑았다.

「당신 손이 힘을 주는군요.」 그녀가 말했다. 「나는 샘터에서 물이 채워지는 항아리 같은 기분이에요.」

정오가 가까웠다. 「가서 식사나 하죠.」 내가 제안했다. 「맛있고 따끈하고 걸쭉한 수프를 먹고 몸이나 녹이게요.」

「오늘은 유대교 축일이에요. 먹는 건 죄악이죠. 나도 당신 못지않게 춥고 배가 고프지만, 그건 죄악이에요.」

「그렇다면 우선 죄를 짓고, 나중에 회개해서 당신이 섬기는 무시무시한 신 여호와에게 용서를 받읍시다.」

그녀는 자기가 믿는 신에 대해서 이렇게 농담삼아 하는 말을 듣고는 짜증이 난 듯싶었다.

「그럼 당신이 섬기는 신은 누구죠?」

이 말에 나는 흠칫했다. 나는 순간적으로 나 또한 내가 섬기는 신에게 죄를 범한다는 것을 의식했다. 나는 줄곧 그녀의 눈과, 머리카락과, 호박 빛깔의 피부가 헛것에 지나지 않는데도 그것을 불어 꺼버리지 않고, 그러려고 하지도 않았다.

　「디오니소스요?」 그녀는 웃으며 물었다. 「지독한 주정뱅이 말예요?」

　「아뇨, 아니에요. 당신의 여호와보다 훨씬 더 무서운 다른 신인데…… 묻지 말아요!」

　나는 당장 자리에서 일어나 가버렸어야 했지만, 내 육체와 그녀의 육체를 불쌍히 여겨 그냥 머물렀다.

　「당신이 쓴 시 하나 들려줘요.」 나는 다른 곳에 신경을 쓰고 싶어서 말했다.

　그녀의 얼굴이 환해졌다. 그녀의 목소리는 지극히 포근하고 애달팠다.

　　유형(流刑)이 고향인 줄
　　아직 몰랐던 유형자들.
　　낯선 도시에서 활개치며 걸어도
　　고향은 머릿속에서 떠나지 않누나.

　　쫓겨난 우리 마음속에
　　웃음이 허락되어
　　노래가 시작되어야 함을
　　아직 깨닫지 못한 유형자들.

　그녀의 눈에는 눈물이 가득 고였다.

「우는가 봐요?」 나는 가까이 몸을 기대며 그녀에게 물었다.

「사람들이 어디를 만지든지 유대인은 항상 상처를 받게 마련이에요.」 그녀가 대답했다.

10월 3일. 인간이 정말로 도취감을 간직할 능력만 갖추었다면 얼마나 좋으랴. 만일 디오니소스가 전능한 신이기만 했더라면! 하지만 도취는 곧 깨고, 이성은 맑아지며, 따뜻하고 단단한 살은 다시금 유령이 된다. 이튿날 내 두뇌는 눈을 떴다. 준엄한 혐오의 눈으로 나를 흘기며 그것은 〈이단자, 배반자, 줏대 없는 반역자!〉라고 소리쳤다. 〈나는 너와 함께 살고 길을 가기가 창피하다. 붓다는 너를 용서할지 모르지만 나는 그러지 않겠다. 오렌지 빛 함정에 다시는 빠지지 마라.〉

하지만 아침이 되자 나는 똑같은 길을 따라 대회장으로 갔다. 둘러보았지만 오렌지 빛은 어디에도 없었다. 나는 기뻐하고 싶었지만 그러지 못했다. 또다시 나는 큰소리치는 열변을 들었다. 많은 청중들은 배고픔을 이기려고 사과를 먹었으며, 어떤 사람들은 허리를 굽힌 채 한마디도 빼놓지 않고 연설 내용을 기록했다. 갑자기 나는 뒤에서 따스한 숨결을 느꼈고, 나를 찾아내어 응시하는 눈초리를 의식했다. 얼굴을 돌린 나는 강당의 한쪽 끝에서 그녀를 찾아냈다. 그녀는 강당이 추워서인지 짙은 올리브 빛깔의 허름한 머릿수건을 두르고 닳아빠진 털옷의 깃을 세웠다. 그녀는 햇빛을 받아 반짝이는 대리석 조각처럼 나에게 미소를 지었다.

나는 그녀를 보기 위해 다시 눈길을 돌리지는 않았다. 나는 빠져나가려고 했지만, 그녀가 복도에서 따라오더니 자기가 쓴 얄팍한 시집을 주었다. 어제의 도취가 가시지 않아 그녀는 웃고 까불었다. 하지만 나는 어서 그녀와 헤어지고 싶었다. 손을 내밀려던 순간, 나는 두려움이 깔린 눈으로 의아한 듯 영문을 몰라 쳐다보는 그녀의 표정을 보았다. 그녀의 몸은 더욱 작아지고 등이 굽었으며, 속으로 오그라들었다. 불쌍해서 가슴이 아팠으므로 나는 그녀의 잔등 위쪽을 잡고 앙상한 어깨를 더듬었다. 그녀는 만족하면서도 고통스러워 소리를 질렀다.

「왜 나를 아프게 해요?」 몸을 빼려고 하면서 그녀가 물었다.

「당신은 다른 흙으로 빚어졌기 때문이고, 당신은 다른 신을 섬기기 때문이고, 밤새도록 난 당신 생각만 했기 때문이죠. 난 당신한테 뭘 좀 묻고 싶었는데 — 사실대로 대답해 줘야 합니다.」

「솔직하게 얘기 못 할 것도 없겠죠? 난 두렵지 않아요. 난 유대인이에요.」

「당신의 신은 무엇을 하라고 명령하며, 어떤 의무를 당신에게 부여하고? 더 얘기를 하기 전에 그것부터 알아야겠어요.」

「증오 — 그것이 우선적인 의무죠. 만족했어요?」

그녀의 얼굴이 갑자기 뒤틀렸다. 두툼한 입술은 더 이상 얘기를 하지 않았지만 아직도 떨렸다. 거무스레하고 아름다운 얼굴 뒤에서 암사자의 누런 두 눈과 벌린 입이 보였다.

「만족했어요?」 그녀는 약을 올리듯 다시 이를 악물고 말했다.

나는 붓다의 말이 생각났다. 〈증오에 증오로 응하면 세상은 영원히 증오에서 해방되지 못하느니라.〉

「증오란 앞장서서 걸어가며 주인님이 지나가도록 길을 청소하는 하인이죠.」 내가 대답했다.

「그럼 누가 주인님인데요?」

「사랑요.」

유대 여자가 못마땅하게 웃었다. 「당신의 그리스도는 그런 시시한 소리를 하겠죠. 우리들의 여호와는 누가 네 이빨을 하나 부러뜨리면 상대방의 이빨을 몽땅 다 부러뜨리라고 명령해요. 당신은 어린양이고, 나는 상처를 입은 암늑대여서, 우린 절대로 어울리지가 않아요. 우리는 입술을 맞대기 전에 그걸 이해하는 게 좋겠어요.」

「세상에 대해서 뭐가 불만이죠? 왜 세상을 파괴하려고 해요?」

「당신은 굶어 본 적이 없겠죠. 아뇨, 당신은 안 그랬겠죠. 당신은 다리 밑에서 자거나, 어머니가 학살된 적이 없어요. 간단히 얘기하면, 당신은 물어볼 권리가 없죠. 세상은, 당신들의 세상은 부당하고 타락했지만, 우리 마음은 그렇지 않아요. 나는 동지들이 세계를 파괴하고, 우리 마음을 부끄럽게 하지 않을 새로운 세계를 세우도록 돕고 싶어요.」

우리들은 헐벗은 나무들 밑을 거닐었다. 꼭대기에는 잎사귀가 아직 몇 잎 매달렸지만, 싸늘한 바람이 우리의 머리와 어깨로 떨어져 앉았다. 장갑은 구멍투성이이고, 블라우스는 무명으로 지었으며, 발뒤꿈치에 솜털을 깐 구두는 다 닳아서, 유대 여자는 덜덜 떨었다. 잠깐 그녀에게 곁눈질을 한 나는 증오로 가득 찬 눈길을 보고는 겁이 났다.

저토록 증오에 차서 얘기하다니, 이 여자는 얼마나 심한 고생을 했을까! 아마도 그녀는 적진(敵陣)의 남자와 사랑에 빠질까 봐 잠깐 동안 겁이 났는지도 모른다.

그녀의 입술은 추워서 새파래졌고, 이는 덜덜 떨렸다. 부끄러운 생각이 들어 나는 털외투를 벗어서 그녀가 미처 몸을 피하기 전에 재빨리 어깨에 걸쳐 주었다. 그녀는 화가 나서 외투를 벗어 버리려고 했지만, 나는 꽉 붙잡고는 그냥 걸치라고 애원했다.

숨이 차는지 그녀는 걸음을 멈추었다. 그녀는 저항을 멈추었다. 나는 내 몸의 열기가 외투에서 그녀의 몸으로 천천히, 깊이 스며든다고 느꼈다. 그녀의 입술이 다시 붉어졌고, 얼굴은 조금씩 아름다움을 되찾았다. 그녀는 나에게 매달렸다. 그녀의 무릎은 마비가 된 듯싶었다.

「따뜻하니까 좋아요.」 그녀가 중얼거렸다. 「인생이 달라지는 기분이에요.」

눈물을 글썽이며 나는 생각했다. 약간의 따뜻함, 약간의 빵, 몸을 의지할 지붕, 친절한 말 한마디에 증오는 사라지고…….

우리들은 그녀의 집에 이르렀다.

「언제 다시 만날까요?」 나는 그녀에게 물었다.

「외투는 가져가세요.」 그녀가 말했다. 「난 털외투를 입은 사람들이 왜 누구나 다 당신하고 똑같은 얘기를 하는지 방금 깨달았어요. 난 심장이 터져 나갈 기분이니까, 이걸 가져가요.」

「터져 나오려고 하는 건 당신 심장이 아니에요, 사리타. 증오죠.」

「마찬가지 얘기예요. 추위와 굶주림은 신의 은총이에요. 춥고 배고프지 않았다면 난 안락함에 휘말렸겠죠. 안락함이란 죽어서 — 송장이란 말예요. 안녕히 가세요!」

그녀는 손을 내밀지 않았다. 손지갑을 열더니 그녀는 열쇠를 꺼내 문을 땄다.

「언제 다시 만날까요?」 내가 다시 물었다.

하지만 그녀의 얼굴은 또다시 증오의 누런 가면이 되었다. 대답도 없이 그녀는 문을 열고 어둠 속으로 사라졌다.

나는 그녀를 다시는 만나지 못했다.

나는 방 안에 틀어박혀 지냈다. 내 마음은 송충이가 가득 찬 자루 속 같았다. 갑자기 세상에는 다시 살과 뼈가 붙었고, 정말로 존재하는 듯싶었다. 내 몸속에서 다섯 가지 목마름이 생겨나더니 악마를 쫓아내라며 붓다를 부르기 시작했다. 옛날에 40년 동안이나 고행의 수도를 하고도 아직 신에 다다르지 못했던 위대한 성자가 살았다. 무엇인가 도중에서 그를 가로막았다. 40년이 지난 다음에야 그는 깨달았다. 그것은 마실 물을 담으면 식혀 주기 때문에 그가 굉장히 좋아했던 작은 항아리였다. 그는 항아리를 깨뜨리고 당장 신과 하나가 되었다.

내 경우 작은 항아리란 자그마하고 뿌리치기 어려운 젊은 여자의 육체임을 알았다. 나도 신과 하나가 되려면 길을 가로막는 여인의 육체를 없애 버려야 한다. 꿀을 훔치러 말벌이 벌통으로 침입하면 일벌들이 달려들어 향기로운 밀랍으로 온몸을 감싸서 질식시켜 죽인다. 나를 뒤덮은 밀랍은 단어와, 시구와, 운율로 이루어졌다. 그렇게 감겨드는 성스러운 헝겊으로 나는 사리타를 싸서 내 꿀을 훔치지 못하게 막는다.

내 관자놀이에서 핏발이 뛰기 시작했다. 나는 산산이 흩어진 생각들을 주워 모으고, 한 몸, 한 목소리, 만족할 줄 모르는 검은 두 눈에 내 힘을 집중시키려고 애썼다. 나는 붓다로부터 나를 갈라놓으려는 힘들을 쫓아 버리고 싶었다.

단어를 동원해서 나는 그것들을 밟고 일어서서 전쟁을 개시했다. 나는 글을 썼지만, 쓰면 쓸수록 내 목적은 자꾸 조금씩 달라졌고 내 열망은 깊어졌다. 사리타는 점점 더 뒤로 처져서 작아지더니 결국은 사라졌고, 단숨에 휘갈긴 간단한 상형 문자처럼 빨간 흔적이 있는 바위투성이 오름길과 산을 기어오르는 인간의 모습이 섬광처럼 눈앞을 스쳤다. 나는 그것이 내 삶임을 깨달았다. 나의 삶을 살펴보니, 내가 얼마나 순진하게 그리고 얼마나 많은 희망을 품고 출발했었는지 깨닫게 되었으며, 숨을 돌리고 새 추진력을 얻기 위해 잠깐 동안 멈추었던 여러 중간 정거장인 자아와 민족과 인류와 신을, 그러고는 갑자기 머리 위에 치솟아 오른 침묵의 최고봉 붓다를 인식하게 된 과정을 보았다. 마침내 나는 마음속에서 끓어오르기 시작한 갈망을, 지상이나 천국의 모든 기만으로부터 스스로 떨어져 나와 삭막하고 인적이 드문 정상에 다다르려는 열망을 보았다……. 마룻바닥에 흩어진, 내가 쓴 원고들을 집어서 읽어 본 나는 공포에 사로잡혔다. 나는 사리타를 지워 버리려는 주문(呪文)을 써보려고 했지만, 그 대신 우주 전체를 없애려는 주문을 써놓았던 것이다! 붓다는 꼼짝 않고 의젓하게 정상에 앉아 오름길의 밑에서 바둥거리는 나를 지켜보며 자비롭고 인자하게 미소를 지었다.

케케묵은 의문들을 다스리는 질서를 이룩했고, 어휘를 찾아 해답을 굳힌 나는 마음이 놓였다. 여러 날 방 안에 파묻혀 지내는 동안 누적된 무료함을 떨쳐 버리려고 나는 자리에서 일어나 밖으로 나갔다. 밤이 되었으니, 사람들은 이미 저녁 식사를 끝냈으리라. 비나 눈이 내리지 않았으므로 그들은 길거리로 쏟아져 나왔다. 나는 커다란 출입문의 화려한 불빛과 〈자바Java의 춤〉이라고 쓴 알록달록한 간판을 보았다. 안에서 정열이 넘치는 음악 소리가 흘러나왔다. 남자들과 여자들이 안으로 들어갔다. 나도 들어갔다.

평생 동안 본 모든 광경 가운데 별들이 총총한 하늘과 무도회가 항상 가장 훌륭했다. 이 두 가지만큼 몸과 마음과 영혼을 완전히 열광케 한 술이나, 여자나, 사상은 없었다. 그토록 여러 날을 고행자의 금욕 속에서 지내고 난 다음인 그날 밤, 나는 육체뿐 아니라 같은 길을 가는 반려자들인 마음과 영혼까지도 나른함을 떨쳐 버리며 환희한다고 느꼈다.

안으로 들어가니 무도회는 벌써부터 벌어지는 중이었다. 어떤 머나먼 동양의 바다 밑바닥처럼 무대를 비추는 신비하고 푸르스름한 조명등만 남기고 불이 모두 꺼졌다. 여름 발정기의 수컷 곤충처럼 이상하고 야찔한 장신구와 황금빛을 띤 초록색 의상을 몸에 걸친 거무튀튀하고 몸집이 섬세한 젊은이가 가무잡잡하고 뼈대가 가느다란 작은 여자의 앞에서 춤을 추었다. 여자가 꼼짝 않고 서서 기다리는 동안 그는 춤을 추고 또 추며 여자에게 그가 지닌 유연성과 힘과 우아함을 과시하면서, 오직 자기만이 선택되어 그녀와 교미하여 아들을 낳아 자신의 유연성과 힘과 우아함의 미덕을 소멸시키지 않고 아들에게 전할 잠재성을 지녔다고 뽐내었다. 암컷은 꼼짝 않고 서서 그를 보고 결정을 내리기 위해 가늠했다. 갑자기 결정을 내린 그녀는 몸을 던져 춤을 추었다. 겁이 난 남자는 옆으로 물러섰고, 이번에는 그가 꼼짝 않고 서서 황홀하게 여자를 지켜보았다. 그녀는 겁에 질린 남자 앞에서 춤을 추고 또 추며 팔을 벌리고 몸이 푸르스름하게 잠깐 빛나다가 다음 순간에는 사라지듯 베일을 밀어젖혔다. 그녀는 그의 품에 안기려는 척하며 그에게 다가갔다. 그는 의기양양하게 소리치고 팔을 벌렸지만, 그럴 때마다 그녀는 코웃음을 치며 몸을 피해 그의 손이 닿지 않는 곳으로 춤을 추며 나아갔다.

짐승인지, 새인지, 인간인지 모르겠지만, 맴을 돌며 춤을 출 때마다 순간적인 가면을 던져 버리면 속에서는 항상 똑같은 영원한 사랑의 얼굴이 나타났다. 한 쌍의 자바인을 지켜보면서 나는 사랑의 춤이 끝난 다음 신의 춤이 휘돌며 마찬가지로 사랑의 가면을 벗어던지지 않을까 궁금하게 생각했다. 그렇다면 어떤 무시무시한 얼굴이 나타날까? 나는 모든 가면 뒤에 숨은 최후의 얼굴을 파악하려고 했지만, 뜻대로 되지 않았다. 그것은, 붓다의 얼굴은 텅 빈 공간일까? ……춤을 추던 남녀가 이번에는 한데 엉켜 황홀경에 빠져서 서로 팔을 끼고 춤추며 공중으로 뛰어올랐다가 내려오고, 다시 높이 솟아오르면서, 인간의 한계를 넘기 위한 욕망으로 헐떡였다.

그곳을 나와서 나는 자정이 넘을 때까지 길거리를 방황했다. 타오르는 내 입술을 시원하게 적시며 드문드문 떨어지는 눈송이를 나는 안도감을 느끼며 반겨 맞았다. 새로운 의문들이 내 마음속에서 머리를 들었다. 그날 저녁의 춤은 내가 억눌렀던 옛 샘을 터뜨렸다. 나는 크레타인의 내면은 쉽게 비워지지 않음을 깨달았다. 내 몸속에서는 한껏 고기를 먹거나 술을 마시지 못했고, 원하는 만큼 많은 여자들과 접하지 못한 무서운 조상들이 이제 나를, 그리고 그들 자신을 죽지 않게 막으려고 맹렬히 날뛰었다. 사실 붓다가 크레타와 무슨 상관이며, 무엇을 바라겠는가?

나는 가로등 불빛 속에서 휘몰아치는 눈송이를 물끄러미 쳐다보았는데, 눈송이는 그날 저녁에 본 자바의 남녀와 추구와 투쟁, 그리고 욕망의 춤을 추며 결국 한 몸이 되어 불멸성을 이룩하려는 수많은 남녀를 연상시켰다. 불멸성에 대한 갈망은 죽음에 대한 갈망보다 훨씬 물리치기가 힘들다.

완전히 지쳐 버린 나는 잠을 자기 위해 자리에 누웠다. 벗어날 길을 찾지 못해서 의문이 내 마음을 괴롭힐 때면 다행히도 자주 그렇듯이, 세상만사를 단순하게 바꿔 하찮은 얘기로 변형시키는 잠이 찾아왔다. 잠재한 진리가 꽃이 피면 그렇게 된다.

나는 산에 오르는 꿈을 꾸었다. 나는 크레타의 양치기처럼 어깨에 지팡이를 걸치고 노래를 불렀다. 그것은 내가 무척 좋아하던 민요였다.

나는 마르가로의 입술에 후추 씨를 심었네.
무성히 자라 거대한 나무가 되니 ―

그리스인들이 가꾸고, 터키인들이 자르고
말 탄 마르가로가 털었네.

동굴에서 노인이 불쑥 튀어나왔다. 소매를 걷어붙인 그의 손은 진흙투성이였다. 조용히 하라고 입에 손을 대더니 그는 엄격한 목소리로 명령했다.

「노래는 그만 해요! 내가 일하는 게 보이지 않아요?」(그러면서 그는 두 손을 내보였다.)

「무얼 빚으시나요?」내가 물었다.

「보면 몰라요? 동굴 안에서 난 구원받은 자들을 빚어낸답니다.」

「구원받은 자들요? 누가 구원을 받았어요?」이렇게 외치는 내 가슴속에서는 옛 상처들이 다시 터졌다.

「전체성을 파악하고, 사랑하고, 살아가는 사람이죠!」서둘러 다시 동굴로 들어가며 노인이 대답했다.

「전체성을 파악하고, 사랑하고, 살아가는 사람이라……」꿈속에서 들었던 이 말을 이튿날 하루 종일 되뇌었어도 나는 싫증이 나지 않았다. 이것은 따지기 좋아하는 두뇌가 마침내 입을 다무는 밤에만 들려오는 신의 목소리일까? 나는 어둠의 시간이 전하는 충고를 항상 믿어 왔다. 분명히 밤은 멍청한 낮보다 훨씬 심오하고 거룩했다. 밤은 인간을 불쌍히 여긴다.

며칠이 지나갔다. 살아가는 동안 자주 그랬듯이 잠들지 않는 두 악마 〈예〉와 〈아니오〉는 내 마음속에서 다투고 싸웠다. 나를 괴롭히는 의문에 대한 답을 찾을 때마다 나는 항상 어김없이 해답은 새로운 의문을 낳으리라는 사실을 알기 때문에 불안해하면서 그것을 받아들이고는 했었다. 그러므로 내 마음속에서 두 악마가 벌이는 추적은 끊이지 않았다. 모든 해답은 일시적인 확실성의 접힌 주름 속에 미래의 의문을 항상 감추고 다니는 듯싶었다. 그래서 나는 해답을 항상 안도감이 아니라 남모르는 불만을 느끼며 받아들였다.

그리스도는 붓다의 씨앗을 깊은 곳에 감추어 두었다. 그렇다면 붓다가 누런 승복 깊숙이 싸서 감춘 씨앗은 무엇일까?

비가 내리는 어느 일요일에 나는 박물관 안을 느릿느릿 거닐면서 나무와, 가죽과, 인간의 두개골로 만든 아프리카의 무서운 가면들을 구경했다. 가면들의 신비를 풀려고 애쓰며 나는 혼자 생각했다 — 가면은 우리들의 참된 얼굴이니, 우리들은 입이 피투성이이고, 입술이 축 늘어지고, 눈이 무시무시한 이런 괴물들이다. 우리들이 사랑하는 여인의 아름다운 모습 뒤에서는 역겨운 가면이, 눈에 보이는 세계의 뒤에서는 혼돈이, 그리스도의 상냥한 얼굴 뒤에서는 붓다가 고함친다. 때로는 사랑이나, 죽음이나, 증오의 끔찍한 순간에 거짓된 매혹이 사라지고, 우리들은 진실의 무서운 얼굴을 본다. 전율을 느끼며 나는 크레타 산꼭대기 작은 예배소 안의 에이레 아가씨를 회상했다. 내 입술이 그녀의 입에 닿자 그녀의 얼굴은 썩고 흐물흐물해져서 역겨움과 두려움만 느끼게 하는 무섭고, 괴로워하고, 기절하는 원숭이의 모습을 드러내었다. 그날 이후로 나는 사랑과, 예절과, 상호간의 이해가 사라질까 봐 두려워서 힘들기는 했지만, 인류의 참된 얼굴을 벗겨 내지 않으려고 자제했다. 나는 인간의 얼굴을 믿는 척함으로써 다른 인간들과 함께 겨우 살아가게 되었다.

아침마다 동이 트기 전에 가면을 조각하던 토착민들은 가장 가까운 언덕으로 달려 올라가서, 혹시 다시는 떠오르지 않을까 봐 떨면서 태양이 나타나기를 애원해 불렀다. 그들에게는 땅으로 내려와 과일을 풍성히 맺게 해주는 비가 남성 혼령들로 가득 찼으며, 번갯불은 보이지 않는 추장의 격노한 눈흘김으로 여겨졌다. 나무의 잎사귀들은 인간의 입처럼 얘기를 했으며, 늙은 여자들 몇몇은 잎사귀의 말을 알아들었다. 토착민들이 건너면 강이 몰려 들어 빠뜨려 죽이려고 했지만, 그들은 추진력을 모아 가장 빠른 속도로 격류를 헤쳐 나가 건너편 둑에 이르고는 무사히 넘어왔다고 실컷 웃어 대었다. 만물이 얘기하고, 배고파 하고, 듣고, 번식하고, 짝을 지었다. 하늘은 죽은 자들의 혼령으로 가득했으며, 그들을 밀어젖히려고 사람들은 걸어가면서 헤엄을 치듯 팔을 벌려 허우적거렸다. 따라서 그들은 피상적인 사물 뒤에 숨은 참된 모습을 뚜렷이 보았고, 순간적인 얼굴을 벗겨 영원한 가면을 노출시켰다.

한 젊은 여자가 오더니 내 옆에 서서 가면들을 구경했다. 나는 혼자서 무엇을 보다가 감동할 때쯤 누가 와서 그것을 함께 보면 항상 짜증을 느끼던 터여서 당장 자리를 뜨려고 했다. 그녀는 키가 작고 통통했으며, 젖가슴이 우뚝하고, 턱이 튼튼한데다 매부리코에 눈썹이 짙었다.

그녀는 나도 역시 가면이라는 듯 시선을 돌려 오랫동안 자세히 나를 뜯어보았다.

「당신 아프리카 사람이에요?」 그녀가 나에게 물었다.

나는 웃었다.

「꼭 그렇지는 않아요.」 내가 대답했다. 「마음만 그렇죠.」

「얼굴도 그래요.」 그녀가 말했다. 「그리고 손도…… 난 유대인이에요.」

「무서운 민족이죠.」 나는 놀리느라고 그녀에게 말했다. 「위험하고, 보아하니 세상을 구하려고 열심이죠…… 아직도 당신들은 메시아를 기다리나요?」

「아뇨, 그는 왔어요.」

「메시아요?」

「네, 메시아요.」

나는 다시 웃었다. 「언제요? 어디서요? 그분의 이름은 무엇인가요?」

「레닌이에요.」

그녀는 갑자기 목소리가 차분하게 가라앉고, 눈에는 우울한 빛이 감돌았다.

레닌이라니! 한순간 내 앞에서 모든 가면이 흔들리는 듯싶더니 요란한 소리를 내면서 입들이 딱 벌어졌다. 아무 말도 하지 않으면서 그녀는 창밖의 컴컴해진 하늘을 내다보았다.

그렇다, 레닌은 또 하나의 새로운 구세주라고 나는 생각했으니 ─ 그는 인류의 절망과 희망을 위한 또 하나의 새로운 가면이요, 노예 생활과 굶주림과 핍박을 견디어 내기 위해서 노예들과 굶주린 자들과 핍박받는 사람들이 창조한 또 하나의 새로운 구세주였다.

「나는 인간을 굶주림과 그리고 또한 포만으로부터, 불의뿐 아니라 정의로부터 해방시켜 주는 또 다른 메시아를 알아요. 그리고 더욱 중요한 일은, 모든 메시아들로부터 해방을 시키죠.」

「그럼 그의 이름은…….」

「붓다예요!」

그녀는 경멸의 미소를 짓더니 격분한 목소리로 말했다. 「붓다라는 사람 얘기는 들었어요. 그는 유령이죠. 우리의 메시아는 피와 살로 이루어졌어요.」

그녀는 얼굴을 붉혔다. 땀에 젖은 그녀의 몸에서 나는 퀴퀴한 냄새가 풀어헤친 블라우스를 통해 올라왔다. 잠깐 동안 나는 눈이 납덩이처럼 무거워졌다.

「화내지 말아요.」 그녀의 팔을 잡으며 내가 말했다. 「당신은 여자이고 나는 남자이니까 서로 이해하게 되겠죠.」

그녀는 이마에서 경련을 일으키며 반쯤 감은 눈으로 나를 노려보았다.

「여긴 무덤이에요.」 사방에 진열된 가면과, 나무로 만든 귀신들과, 이상하고 낯선 갑옷을 쳐다보며 그녀가 말했다. 「무덤요. 여긴 숨이 막혀요. 바깥에는 비가 내리죠. 좀 젖어 볼까요!」

우리들은 커다란 공원의 나무 밑을 걸으며 몇 시간을 보냈다. 그녀는 며칠 전에 러시아에서 돌아왔고, 온통 사랑과 야수적인 증오로 들끓었다. 그녀의 이름은 이트카였다.

나는 그녀의 얘기를 들었다. 처음에는 반박하려 했지만, 인간의 머리보다 높은 단계에서 신념이 지배하기 때문에 이성이 그것을 건드리지 못한다는 사실을 나는 곧 깨달았다. 그래서 나는 세상을 무너뜨리고 다시 일으켜 세우려는 그녀를 그냥 내버려 두었다.

저녁이 되었다. 길거리에는 사람들이 차츰 드물어지고 불들이 켜졌다. 집들과 사람들과 나무들은 불빛이 비친 빗발 속에서 목욕을 하는 듯 보였다.

「난 피곤해요.」 내 팔에 기대면서 그녀가 말했다. 「내 방으로 가요.」

공원을 나선 우리들은 좁은 골목들을 지나 노동자들이 사는 지역에 이르렀다.

「내 친구 세 사람을 소개시켜 줄게요. 오늘 밤에 우리 모두 만나 차를 마시기로 했으니까요. 하나는 화가예요. 그 애는 그림물감과 씨름을 해서 무얼 만들었다가는 찢어 버리죠. 그 애는 추구

508

하지만 무엇을 추구하는지는 알지 못해요. 〈그것을 찾고 나면 내가 무엇을 추구했었는지 알게 되겠지〉 그러더군요. 이름은 디나이고 유대계예요. 다른 아이는 여배우예요. 디나와 마찬가지로 추구하고 있답니다. 그 애는 자기가 맡은 모든 주인공에 몰입하지만, 다시 나오면서 다 갈기갈기 찢어 버리죠. 이름이 리아인데, 역시 유대계예요. 세 번째 아이는 무척 아름답고, 무척 잘난 체하고, 버릇이 나빠요. 아버지가 돈이 많아서 그 애는 가운을 맞춰 입고, 향수를 사고, 원하는 남자들을 골라 가며 같이 잠을 자요. 이름은 로사이고, 유대인이 아니라 빈 여자예요. 난 그 애가 좋은데, 이유는 모르겠어요……」

그녀는 잠깐 침묵을 지키더니 말을 이었다. 「아마 나도 그 애처럼 되고 싶기 때문인가 봐요. 누가 알아요?」

나는 못 들은 체하려고 했지만, 마음속으로는 모든 사상과, 세계를 파괴하고 다시 세우려는 모든 이론들을 초월하는 영원한 여자의 목소리를 듣고 은근히 기뻐했다.

친구들은 벌써 와서 기다렸다. 로사는 단것과 과일을 가져왔다. 식탁을 준비해 놓고 기다리면서 로사는 긴 의자에 누워 립스틱을 발랐고, 다른 두 여자는 앞에 펼쳐 놓은 신문을 열심히 읽었다. 세계가 들떴고, 사람들은 다시 들끓는 중이었다.

네 명의 야수 같은 영혼을 둘러보며 나는 기독교인들보다 훨씬 나에게 어울리는 유대인들과 자리를 같이 하게 된 운명을 고맙게 생각했다.

우리들이 들어서자 세 여자는 소리를 질렀다. 그들은 남자가 오리라고는 예상하지 않았던 것이다.

「난 이 남자 이름도 몰라.」 이트카가 웃으며 말했다. 「인종학 박물관에서 만났지. 이 사람은 가면이야.」

로사가 자세를 바꾸자 방 안에 향기가 가득 찼다. 따뜻한 숨결과 초조한 젊음의 향내에 나는 불안감을 느꼈다. 이유는 모르겠지만 나는 그렇게 많은 여자의 젖가슴과, 애타는 눈과, 화장한 입술의 한가운데서 부끄러움과 두려움을 느꼈다. 나는 자리를 뜨고 싶었지만 차가 들어왔고, 우리들은 서로 무릎을 맞대며 마룻바닥에 베개를 깔고 앉았다. 그토록 오랜 세월이 흐른 지금 나는 내 삶에서 그토록 큰 비중을 차지했던 그날 밤의 일이라고는 모스크바에 대해서 이트카가 열심히 떠들어 대던 얘기와, 깔깔거리며 차를 마시느라 지워진 입술을 다시 그리던 로사의 모습과, 부지런히 눈치를 살피며 아무 얘기도 않던 다른 두 여자 이외에는 기억하는 바가 전혀 없다.

밤이 되었다. 세 여자가 가려고 일어섰다. 나도 몸을 일으켰지만 이트카가 내 팔을 잡으며 자고 가라는 눈짓을 했다. 나는 머물렀다. 그날 밤 붓다는 내 마음속에서 빛을 잃기 시작했다. 그날 밤 나는 세상이 허깨비가 아니고, 여인의 육체는 따스하고, 단단하고, 불멸성의 물로 가득 찼으며, 죽음은 존재하지 않음을 깨달았다.

나는 그녀와 여러 밤을 같이 지냈다. 그녀는 사랑에 대한 얘기는 한마디도 입에 올리지 않았으며, 한숨과 맹세로 이루어진 신성한 알몸의 놀이를 마음이 감히 훼방 놓지 못했다. 우리들은 동물들처럼 몸으로만 싸우다가 지치고 즐거워하며 깊은 잠이 들었다. 아, 붓다여, 붓다여! 나는 웃었다.

육체가 정신적인 걱정으로 고뇌하지 않고, 동물처럼 순수하고 더럽혀지지 않은 채 지상에 그대로 남았으니, 얼마나 마음이 편한가! 기독교는 죄악이라고 오명을 씌움으로써 남자와 여자의 결합을 더럽혔다. 전에는 신의 뜻에 따른 환희의 순종이며 거룩한 행위였던 결합은 공포에 떠는 기독교의 영혼 속에서 죄로 몰락했다. 그리스도 이전에는 결합이 빨간 사과였는데, 그리스도가 오더니 벌레가 사과 속으로 들어가 파먹기 시작했다.

나는 불타오르는 여자를 감탄의 눈으로 물끄러미 지켜보았다. 밤새도록 그녀는, 낮 동안에는 지극히 순수한 불꽃이었던 영혼이 하나도 남김없이 육체로 바뀌어 수컷을 잡아먹는 탐욕스러운 짐승이 되었다. 그녀는 마찬가지로 온통 육체뿐이거나 온통 영혼뿐이던 이상한 여인 성녀 테레사를 연상시켰다. 수도원에서 함께 지내던 수녀들은 어느 날 구운 메추라기를 게걸스럽게 먹어 치우는 그녀를 보았다. 순진한 수녀들은 놀랐지만 성녀 테레사는 웃었다. 「기도 시간에는 기도를 해요.」 그녀가 말했다. 「메추라기 시간에는 메추라기를 먹고요.」 그녀는 육체와 영혼에 양분을 공급하는 두 행위에 똑같은 열성을 보이며 충실했다.

이트카는 밤이 새도록 나와 희롱했지만, 날이 밝으면 이맛살을 찌푸리며 증오의 눈으로 나를 쳐다보았다. 「편안하게 잘 사는 자신이 부끄럽지 않아요?」 그녀는 자주 나에게 물었다. 「배도 고프지 않고, 겨울철에 추위에 떨지도 않으며, 닳아서 구멍 뚫린 구두도 신어 보지 않고요. 길거리를 산책하며 〈나는 세상이 마음에 든다〉고 혼잣말을 하는 자신이 부끄럽지 않아요?」

「난 〈세상이 마음에 든다〉는 소리를 하지 않아요. 난 이렇게 말하죠 ── 〈세상은 주마등이다. 굶주림, 추위, (구멍이 뚫렸거나 안 뚫린) 구두는 환각이다. 바람이 불어오면 그것들은 모두 사라지리라!〉 난 그런 말만 해요!」

그녀는 미친 듯 나에게 달려들어 손바닥으로 내 입을 막았다.

「그만둬요! 그만둬요! 그렇다면 풍족하게 살아가는 당신들은 누구나 자비를 느끼는 마음이 없다는 말이 사실인가요? 당신들은 눈이 없어서 보지 못하나요? 가서 봐요!」

그녀는 나를 이끌고 빈한한 사람들이 사는 구역으로 갔다. 누구나 다 그녀를 알았다. 초라한 오두막으로 기어들어가서 그녀는 나에게 굶주린 아이들과, 흐느껴 우는 어머니들과, 입술을 깨물며 말없이 앉아 있는 무직자들을 보여 주었다. 내가 질문을 하면 그들은 나를 머리끝부터 발끝까지 뜯어보고는 얼굴을 돌렸다.

「왜 얘기들을 안 하죠?」 나는 이트카에게 물었다. 「왜요?」

「그들은 얘기를 하고 고함을 치지만, 당신 같은 사람에게는 그런 소리가 들릴 리 없죠. 하지만 염려 말아요. 언젠가 잘 들릴 날이 올 테니까요!」 그녀는 인류의 고통이 스며들었기를 바라면서 나를 빤히 쳐다보았다.

하지만 나는 비꼬아 대답했다. 「입 냄새를 향기롭게 하기 위해 맛 좋은 인류의 사탕발림 예술품인 신이나, 조국이나, 당신이 좋아하는 카를 마르크스 따위의 알사탕을 나도 빨아 보지 못했다는 사실이 정말로 부끄럽군요. 언젠가 나는 세상에서 가장 행복한 사람을 만났는데, 그는 그리스도와 마르크스, 두 개의 알사탕을 한꺼번에 빨아 댔어요. 광신적인 기독교인에 광신적인 공산주의자가 됨으로써 그는 지상이나 천국의 모든 인간적인 문제들을 해결했어요.」

나는 농담삼아 말을 꺼냈지만, 얘기를 계속하다 보니 내 영혼을 짓누르는 연민과 괴로움이 느껴졌다. 하지만 쓸데없는 자존심 때문에 나는 그런 심정을 털어놓고 싶지 않아서 그녀의 얘기에 계속해서 반박을 하고, 알사탕을 빨아서 위안을 얻는 행위를 거부하는 데 대해 자부심을 느꼈다.

「난 그런 위안은 하나도 필요 없어요. 대가와 희망을 약속하는 모든 신앙은 나약한 자들과, 늙은이와, 허약한 자들이나 좋아하는 비겁한 도피처예요.」

「나는 늙은이도 아니고, 병신이나 허약자도 아니에요.」그녀가 격분해서 반박했다. 「잘난 체는 그만 하세요. 당신의 붓다도 알고 보면 알사탕에 지나지 않으니까요. 그리고 이제 당신 얘기는 다시 듣고 싶지도 않고, 만나고 싶지도 않아요!」

그녀는 화가 나서 머리를 젖히며 내 팔을 놓더니 첫 번째 골목에서 가버렸다.

하지만 저녁이 되면 그녀의 두툼한 유대인 입술은 미소를 짓는다. 「낮에 한 얘기는 모두 — 칼로 물 베기죠.」그녀는 웃으며 말했다. 「지금은 밤이고요.」

우리들은 아침이면 헤어졌다. 그녀는 근무하는 공장으로 출근했고, 나는 빈민가를 어슬렁거리는 버릇이 생겼다. 함께 있으면 자존심이 머리를 들어 자꾸만 마음을 폐쇄시켰기 때문에 이제는 이트카와 함께 그런 곳에 가기가 싫었다. 하지만 혼자일 때는 인간의 고통은 주마등이 아니었다. 그것은 이제 그림자가 아니라 울부짖고 피를 흘리는 참되고 굶주린 실체였다.

신이여, 인간의 고통을 극한까지 몰고 가지 마소서! 나는 세상에 그토록 많은 고통과, 그토록 많은 굶주림과 불의가 존재하는 줄은 전혀 알지 못했었다. 그때까지 나는 궁핍의 무서운 얼굴을 그토록 가까이서 본 적이 없었다. 이곳에서는 증오를 최고의 의무로 내세우고, 새로운 법의 체계가 힘을 발휘했다. 이곳에서는 십계명이 달라져야 했고, 이미 달라졌다. 사랑과, 증오와, 전쟁과 숙명적인 죽음은 새로운 의미를 지니게 되었다. 어느 날 나는 길바닥에 누운 앙상한 젊은 여자를 보았다. 누더기 옷이 점잖지 못하게 말려 올라가 그녀의 몸을 드러냈다. 가엾은 생각이 들어 나는 걸음을 멈추고 그녀에게 옷을 끌어내리라고 말했다. 「점잖지 못하군요.」내가 말했다. 그녀는 어깨를 추스렸고, 냉소가 입술에 번졌다.「굶주린 사람에게 점잖은 게 다 뭐예요. 예의는 돈 많은 사람들이나 찾는 사치예요.」

굶어서 두 뺨이 움푹 꺼지고, 누런 가죽과 뼈뿐인 앙상한 종아리에, 배는 푸르뎅뎅하게 부어오른 어린아이들이 쓰레기통에서 먹을 것을 찾으려고 오물을 파헤치고 — 나는 그토록 심한 공포를 견디기가 힘들었다. 어떤 아이들은 일어설 힘이 없어 목발을 짚었고, 어떤 사람들 젖내 나는 뺨에서 수염이 자랐다.

더 이상 참을 수가 없어서 나는 보지 않으려고 — 부끄러움을 느꼈기 때문에 — 눈길을 돌렸다.

이것을 나는 잘 기억한다 — 인류를 동정하기에 앞서서 나는 내적인 부끄러움을 느꼈다. 모든 공포를 덧없고 헛된 환각으로 변모시키려고 애쓰는 한편으로, 인류의 고통을 보고 나는 부끄러움을 느꼈다. 나는 이것이 전혀 진실이 아니라고 속으로 다짐했다. 나는 단순하고 순진한 사람처럼 잘못 설득당하면 안 된다. 그렇다, 굶주림과 포만, 기쁨과 슬픔, 삶과 죽음 — 모두가 환상이다! 나는 거듭거듭 그렇게 말했지만, 굶주려 우는 아이들과 뺨이 움푹 꺼지고 증오와 고통이 눈에 넘치는 여자들을 보면 마음이 서서히 녹아 버리기 시작했다. 내 마음속에서 벌어지는 예기치 않았던 이런 변화를 나는 감정이 격해서 관찰했다. 처음에는 수치심이, 나중에는 연민이 내 가슴속에서 맥박 쳤고, 나는 다른 사람들의 고통을 나 자신의 고통처럼 느끼기 시작했다. 다음에는 분노가, 그다음에는 정의에 대한 갈망이, 그리고 무엇보다도 강한 책임감이 뒤따랐다. 세상의 모든 굶주림과 불의는 내 탓이고, 내 책임이라고 생각했다.

나는 어떻게 해야 하나? 나는 내 의무가 달라졌음을 알았다. 세상은 넓어지고, 필연성은 손아귀를 벗어나며, 의무는 하나의 작은 육체, 하나의 작은 영혼 속에 갇혀 질식당한다고 느꼈다. 나는 어찌해야 하나, 나는 어느 방향으로 가야 하는가? 마음속 깊이 나는 무엇을 해야 할지 이미 알았지만, 섣불리 그것을 드러내지 못했다. 이 길은 내 본성에 맞지 않는 듯싶었고, 사랑과 노력으로 인간이 자신의 자연스러운 본성을 초월한다는 것이 가능하기나 한지 자신이 없었다. 하지만 나는 이 문제를 깊이 생각해 보았다. 인간은 그토록 많은 창조력을 지녔을까? 만일 그렇다면, 결정적인 순간에 태만해서 그의 한계성을 때려 부수지 못했을 때는 아무런 정당한 구실도 찾지 못하리라.

역겨운 자아를 초월하여 인간의 고통을 해소시키기 위해 내 본체와 싸움을 벌이던 어려운 시기에 희생과 사랑의 놀라울 만큼 숭고한 길잡이가 내 마음속에 나타났는데, 그는 나에게 길을 안내하려는 것 같았다. 어느 날 그가 한 말이 생각난다. 「우리들은 항상 도움을 청하는 사람이 부르는 소리를 들어 줘야 해요.」

이탈리아 순례 기간 동안 처음 아시시의 좁다란 골목에 들어서서 자그마한 성 클라라 수녀원과 하느님의 가난한 사람 성 프란체스코 성당의 종루에서 (저녁 기도 시간에) 유쾌하게 울리는 종소리를 들었을 때, 나는 형언하기 어려운 행복감을 느꼈다. 나이 많은 에리체타 백작 부인의 저택에 묵게 된 나는 거룩한 도시를 떠나고 싶지 않아 여러 달을 머물렀다. 영혼이 조금 더 높이 솟으려고 투쟁하는 어려운 시기에 내 마음이 열려 아시시로 달렸다. 이렇게 결정적인 시기에 누더기를 걸치고 맨발인 베르나르도네의 아들이 빛으로 솟구쳐 앞장을 서더니, 내가 가야 할 길을 손으로 가리켰다. 그것은 길이 아니라 가파른 바위투성이의 산비탈이었다. 그러나 사방의 대기에는 성자의 향기가 그윽했다.

나는 프란체스코의 순교와 영광의 산인 델라 베르나를 오르던 흐린 날을 기억한다. 강하고 차가운 바람이 불었고, 거무튀튀한 바위들은 풀이 없어 헐벗었으며, 불모의 나무들은 온통 시커멓기만 한 산이었다. 가난과, 헐벗음과, 황폐함뿐인 산은 괴롭고 거칠었으며, 음산하게 울부짖었다. 어둠이 다가왔고, 빛은 희박하고 윤기가 없었으며, 산꼭대기는 아직도 드높이 모습을 부옇게 드러냈다. 이곳 황야에서 머지않아 밤을 맞으려면 굶주리고 얼어붙은 몸을 가누어야 한다는 공포에, 나는 헛되이 열망(熱望)을 집중해서 모든 힘을 모으려고 애썼다. 그러자 갑자기 기적이 일어났다. 꽃이 피지 않던 주변의 비인간적이고 삭막한 지대는 자리를 옮겨서, 모든 현실이 오르기를 남모르게 갈망하는 신비한 단계로 올라선 듯싶었고, 나는 육체에 대해서 가혹하고, 인간의 아늑한 거처와 게으르고 지극히 퇴폐적인 쾌락에 대해서 무자비한 프란체스코의 가난을 주변에서 한껏 의식했다.

그것은 육체를 억제하고, 감각의 쾌락을 거부하며, 탐욕의 내적인 악마가 턱을 핥는다고 느껴지면 음식에 재를 뿌렸던 바로 그 성자였다. 그는 한겨울에 차가운 개울에 뛰어들고, 밤을 새우고, 춥고 배고프게 지내며 흙으로 빚어진 몸을 너무 지나치게 괴롭힌 나머지, 임종할 때는 자신의 몸이 불쌍하다고 생각되어 이렇게 말했다. 「내가 너무 괴롭혀서 미안하네, 바보 같은 형제여.」

하지만 그러한 궁핍은 프란체스코적이어서, 스스로 지닌 풍요함과, 속에 숨겨 가며 준비하는 신비로운 봄과, 과일이 풍성하고 더운 여름을 굳게 믿었다. 갑자기 베르나의 삭막하고 헐벗은 산이 그날 저녁 내 머릿속에 뚜렷이 떠올라, 푸르고 향기롭고 어디에나 벌과 나비들이 잔뜩 날아다니는 우리들 내면의 오묘한 경치

516

를 이루었고, 나는 다시 변모한 산을 오르기 시작하며 소리쳤다. 「라 베르나 수녀여, 축복받을지어다! 가난의 성녀여!」

봄이 왔다. 내가 어찌 감히 떠나겠는가? 나는 작은 성 클라라 수녀원 맞은편, 프란체스코적 기쁨과 은총으로 넘치는 에리체타 백작 부인의 저택에서 행복하게 지냈다. 가난, 순결, 순종이라는 프란체스코의 세 가지 위대한 교훈 가운데, 순결이라는 위대한 봄철 교훈이 프란체스코의 순수하고 영원히 부활하는 영혼과 가장 철저히 조화를 이루었으므로, 나는 봄과 성 프란체스코의 동일성을 그토록 깊이 경험했던 적이 없었다. 어느 다른 지역에서도 봄은 향수에 젖고 마술에 걸린 인간의 영혼으로 하여금 젊은 시절의 추억과, 사랑했던 여인과, 어린 딸을 회상케 했을 터이며, 인간은 젊음을 되찾는 것이 불가능한데 자연은 어째서 재생하는가 하는 회한을 일깨웠으리라. 그것은 〈죽음을 기다리지 않고, 늙음을 알지 못하는〉 산과 계곡을 인간의 영혼이 질투하게 만들었으리라. 하지만 아시시의 봄은 필연적으로 기꺼이 프란체스코의 형태를 갖춘다. 그토록 풍성한 과일을 맺는 행운을 받은 움브리아의 흙은 더 넓어지고 풍요해져서, 어떤 경우에도 행복한 운명을 상실함 없이 모든 아시시의 꽃이 인간의 만발하는 영혼을 상징하는 성스러운 단계로 승화하도록 봄을 두 겹 세 겹으로 맞아들인다.

중세의 불화가 파헤친 겨울에서 처음으로 솟아 나온 지고(至高)한 꽃이 프란체스코였다. 그의 마음은 소박하고 행복하고 순결했으며, 눈은 아이들이나 위대한 시인들처럼 항상 새롭게 세상을 보았다. 프란체스코는 틀림없이 곤충과, 수수한 꽃과, 샘터를 자주 물끄러미 보며 눈에 눈물이 가득 고였으리라. 꽃과 물과 곤충들! 얼마나 훌륭한 광경이요 기쁨이고 신비인가, 라고 그는 가끔 생각했으리라. 수백 년이 지났지만, 프란체스코는 세상을 항상 새로운 눈으로 보는 첫 사람이었다. 중세의 무겁고 부자유스러운 학문의 갑옷을 모두 벗어던지고, 육체와 영혼은 발가벗은 채로 봄의 모든 떨림을 전해 주었다.

나는 멀리 떠날 수가 없어서 몇 달 후에 두 번째로 아시시를 찾아갔다. 포도원과, 무화과 농장과, 올리브나무 숲이 즐비한 움브리아 평원은 이제 과일이 풍성하게 맺혔다. 나는 그곳을 가로질러 다시 한 번 혼자서 이 마을에서 저 마을로 돌아다니며 고요한 침묵 속의 눈부시게 풍성한 흙을 즐겼고, 말없이 얌전하게 삽과 쟁기의 고통을 참아 내어 이제는 허벅지에 과일을 잔뜩 담고 편안하게 만족스러워하며 길게 누워 휴식하는 비옥한 대지를 즐겼다. 대지는 책임을 다했기 때문에 만족감과 조용함을 누렸다. 영원한 법칙에 따라 명상과 고통의 모든 과정을 확신과 인내로 거쳐 그것은 스스로의 힘으로 풍성한 가을의 수확을 이루었다.

전혀 의식적으로 애를 쓰지 않았어도 나는 다시금 프란체스코의 기본적인 교훈 가운데 세 번째인 순종의 심오한 의미를 경험하게 되었다. 준엄한 손짓에 순종하고, 보이거나 보이지 않는 주변과 내면의 높은 힘에 확신을 지니고 몸을 맡기며, 그런 힘들은 모든 것을 알지만 우리들은 아무것도 모른다는 굳은 신념 — 이것이 비옥한 땅으로 인도하는 단 하나뿐인 길이었다. 다른 모든 길은 어느 곳으로도 이끌어 가지 못하고, 다만 헛되고 주제넘은 방황 끝에 초라하고 저주받은 자아로 되돌아오게 할 뿐이어서 거짓된 불모지이다.

그리하여 그토록 숭배받던 땅에서 프란체스코는 다시 소생했다. 나는 태양과, 불과, 물을 찬양하는 노래를 읊으면서 성 클라라 수녀원 정원의 땅바닥에 누워 죽어 가던 그를 탁발 수사들이 발견했을 때와 똑같은 모습으로, 그날 새벽 땅바닥에 누운 그를 보았다. 그는 행복했다. 그는 영원한 법칙에 스스로 속박되어 훌륭한 일꾼처럼 두 손에 과일을 잔뜩 들고 신에게로 돌아가는 중이었다.

그 무렵에 나는 아시시의 골목과 외떨어진 들판을 방황했고, 〈가난한 사람〉의 대궁전에서 그림을 구경했는데, 가능하다면 나도 그런 봄과 가을을 경험하려고 자꾸만 애를 썼던 기억이 난다. 얼마나 만족할 줄 모르고 굴복하지 않던 젊은 시절이었던가! 아침마다 환희하고 절망하며 나는 동틀 녘에 밖으로 나가 성스러운 지역을 배회했다. 나는 옷 속 맨살에 여우를 품어 넣고는 고통을 받으면서도 괴로움을 정복하는 데 성공했다는 사실에 자부심을 느껴 살이 찢기면서도 비명을 지르거나 얘기를 하지 않았던 스파르타 청년이 느꼈을 감정을 모든 젊은이가 느껴야 한다고 생각했다.

하지만 나도 모르는 사이에 내 투쟁과 고통이 뚜렷하게 얼굴에 나타난 모양이어서, 어느 날 아침 성 클라라 문을 지나 도시를 벗어나려는 나를 금발이 허옇게 변하기 시작한 호리호리하고 키가 큰 남자가 붙잡아 세웠다. 순례자들이 무척 많이 찾아오는 이곳에서 나처럼 홀로 방황하는 그를 여러 번 보기는 했어도, 우리들은 전혀 얘기를 나눈 적이 없었다. 우리들은 길에서 만나면 공손하게 서로 미소만 짓고는 말도 걸지 않고, 마치 상대방의 고독감과 평온함을 어지럽히고 싶지 않다는 듯 훨씬 가벼운 발걸음으로 가던 길을 계속해서 가곤 했다.

하지만 그날 아침에는 미지의 낯선 이가 걸음을 멈추더니 나를 쳐다보고 잠시 머뭇거린 다음 물었다. 「잠깐 함께 걸으실까요?」

「네, 그러죠.」

몇 발자국 걸은 후에 내가 말했다. 「난 그리스에서 왔어요. 난 아시시에 와서 성 프란체스코와 사랑에 빠졌죠.」

「난 유럽의 다른 쪽 끝에서 왔습니다.」 낯선 이가 대답했다. 「덴마크에서요. 나도 역시 성 프란체스코와 사랑에 빠졌어요. 난 그를 떠날 수가 없어서 이곳 아시시에서 몇 년째 살았어요. 내 이름은 요르겐센입니다.」

나는 깜짝 놀랐다. 「프란체스코에 대해 훌륭한 책을 쓰신 분 아닙니까?」

요르겐센은 씁쓸히 미소짓고는 머리를 끄덕였다. 「성 프란체스코에 대해서 제대로 글을 쓸 사람이 어디 있겠어요? 단테라도 안 돼요. 「천국편」의 제11칸토를 아십니까?」

나는 기뻤다. 바로 얼마 전에 나는 바로 그 칸토에 대해서 벅찬 사랑을 느끼게 되었고, 아시시의 길거리나 주변의 시골로 혼자 산책을 나가면 자주 첫 구절을 읊곤 했다.

오, 인간의 어리석은 근심 걱정이여,
그대의 날개를 내리치게 하는
아귀다툼은 얼마나 거짓되던가!

우리들은 빼어난 이탈리아인의 작품을 암송하기 시작했고, 시의 거대한 날개 밑에서 갑자기 형제가 되었다. 우리들은 울창한 포도원과 올리브나무 숲이 펼쳐진 골짜기 위쪽으로 뻗어 나간 높은 길로 나섰다. 태양이 떠올라 기다랗게 늘어진 그림자로 세상을 가득 채우며 비추었다. 우리들은 꽤 오랫동안 침묵을 지켰다. 마침내 그는 나를 쳐다보고 물었다. 「왜 성 프란체스코를 좋아하시나요?」

하지만 그는 자기가 한 말을 당장 후회했다. 「죄송합니다.」 그가 말했다. 「실례를 했어요.」

「두 가지 이유에서 나는 그를 사랑하죠.」 내가 대답했다. 「첫째, 그는 르네상스 이전의 가장 위대한 시인들 가운데 한 사람이었어요. 신의 가장 하찮은 피조물들에게까지도 그는 허리를 굽혀 귀를 기울이고는 그들이 지닌 불멸성을 노래로 들었어요.」

「그럼 두 번째는요?」 요르겐센이 물었다.

「둘째로는 사랑과 고행의 수련을 통해서 굶주림과, 추위와, 질병과, 비웃음과, 불의와, 추악함 따위의 (날개가 없는 인간들이 현실이라 일컫는) 현실을 자신의 영혼으로 정복했고, 현실을 진리보다도 더욱 참된 현실적이고 기쁜 꿈으로 변형시키는 데 성공했기 때문에 그를 사랑합니다. 그는 중세의 연금술사들이 그토록 찾으려고 애썼던 비결을, 가장 천한 금속까지도 순금으로 만들어 놓는 방법을 발견했죠. 왜냐고요? 그 까닭은 프란체스코에게는 〈현자의 돌〉[1]이란 인간이 구하기 어려운 외적인 어떤 요소이기 때문에 자연 법칙을 어겨야만 구해지는 것이 아니라, 자신의 마음이었기 때문이죠. 그리하여 신비한 연금술의 기적을 통해 그는 현실을 안정시키고, 인류를 필연성으로부터 해방시키고, 내적으로는 그의 육체를 모두 혼으로 바꾸었어요. 나에게는 성 프란체스코가 인간의 무리를 무조건 승리로 이끄는 위대한 장군입니다.」

「그게 전부인가요?」

「무엇을 묻고 싶어 하시는지 난 알아요.」 내가 대답했다. 「그래요, 그게 전부죠. 장군과 시인 — 그게 전부예요.」

우리들은 다시 입을 다물었지만, 곧 요르겐센이 말했다. 「그걸로는 부족해요.」 퉁명스러운 말을 해서 미안하다고 내 어깨를 만지려는 듯 손을 높이 들어 올리려던 그는 공중에서 멈추더니 이

---

1 보통 금속을 금으로 만드는 힘을 지녔다고 믿어서 연금술사들이 애써 찾던 돌.

번에는 더욱 단호하게 되풀이해서 말했다. 「그래요, 그걸로는 부족해요.」

나는 대답을 하려다가 혹시 내 입에서 무슨 불손한 말이라도 나올까 봐 자제했다.

「그렇기 때문에 당신 얼굴이 그렇게 걱정스러워 보이는 겁니다.」 조용히 사색을 계속하는 어조로 요르겐센이 말했다. 「당신은 아직도 투쟁하지만 구원을 얻지 못했고, 날마다 계속되는 투쟁은 당신을 지치게 만들어요. 그래서 난 오늘 아침 당신을 불러 세우고 얘기를 하게 되었답니다.」

「그렇다면 당신은 내 투쟁에서 나를 도와주겠다는 얘긴가요?」 나도 모르게 약이 올라 비꼬는 듯한 목소리로 물었다.

나는 부끄러움을 느꼈다. 때때로 우리들은 영혼이 미처 육체를 다스릴 틈을 주지 않고 얘기해 버린다.

「이러지 말아요.」 요르겐센이 말했다. 「난 당신을 돕지 못해요. 사람은 저마다 스스로 길을 찾아 자신을 구원해야 합니다. 무엇으로부터냐고요? 덧없는 것으로부터죠. 덧없음에서 자신을 구원하고 영원한 대상을 찾아야 해요.」

아직도 화가 나서 내가 말했다. 「차분한 얼굴과, 침착하고 자신만만한 걸음걸이와, 변함없이 부드러운 목소리로 미루어 보아 당신은 벌써 길을 찾으신 모양이로군요. 틀림없이 당신은 아직도 투쟁을 벌이는 우리들을 동정하며, 심지어는 겸양을 보이면서 굽어보고 있어요. 아마도 당신은 균형을 이룬 감각이라는 특권을 가지고 태어나서 투쟁이라고는 하나도 겪지 않았던 모양이로군요.」

요르겐센은 걸음을 멈추고 잠깐 동안 나를 쳐다보았다. 「나도 한때는 젊었었으니까 알아요. 당신은 참을성이 없고, 아직도 겸손할 줄 모르며, 섣불리 도움을 청할 생각이 없겠죠. 한마디 해두겠는데, 난 특권을 지니고 태어나지 않았어요. 나는 고뇌와, 투쟁과, 오만의 의미를 지극히 잘 압니다. 당신처럼 젊었을 때 나에게도 위대한 악마적 야심들이 있었어요. 나는 관능과, 정열과, 해학이 가득 찬 소설을 썼어요. 그러다가 시간이 지남에 따라 예술은 나를 너무 구속한다고 느꼈어요. 과학으로 관심을 돌린 나는 진화론과 온갖 반기독교적인 사상의 광신적 주창자가 되었죠. 나는 교회와 국가와 도덕 — 모든 속박을 때려 부수고 싶었어요. 나는 자신을 삶의 한가운데에 위치한 왕좌에 앉혔죠. 나는 〈케케묵은 적에 대한 선전 포고〉를 선언했습니다. 케케묵은 적이란 내가 신에게 붙여 준 이름이었죠. 나는 글을 쓰고, 여기저기서 연설을 하며, 손에는 깃발을 든 채 뛰고 또 뛰었어요. 하지만 갑자기 나는 걸음을 멈추고 입을 다물었습니다. 예기치 않았던 불가사의한 불안감이 내 마음을 어지럽히기 시작했습니다. 나는 어째서, 왜 그런 불안을 느꼈는지 알지 못했는데 — 아마 옛날부터 내 마음속에 도사리고 있으면서 때가 오기만을 기다렸는지도 모르는 일이죠. 친구들과 옛 생활을 벗어나려고 덴마크를 떠난 나는 독일을 여행한 다음 이탈리아로 와서 아시시에 이르렀어요.」

그는 미소를 지었다.

「30년 전 일이었죠. 지난 30년을 나는 이곳 아시시에서, 프란체스코의 그늘 밑에서 살았어요.」

「그래서요?」 깊은 감동을 받은 내가 말했다. 「난 당신이 쓴 책이라고는 『성 프란체스코』 말고는 하나도 읽지 못했는데요.」

「그런 편이 훨씬 좋아요. 나는 성과, 성당과, 그림의 고대 도시들을 보고 느낀 감정을 제대로 얘기(했다기보다는, 서투르게나마 얘기하려고 노력)한 『기행문』을 발표했어요…… 그러기에 앞서서 나는 베네딕트 수도원으로 갔었지만, 겁이 나서 이튿날 아침 당장 떠났죠. 비록 수도사들의 차분하고 기쁨에 넘치는 삶이 무척 감미롭고 마음이 끌리며 그때까지 살아왔던 내 삶과 완전히 반대였고, 비록 나로 하여금 행복으로 가는 길을 처음으로 보게 해주었어도, 나는 그 길을 택하기를 주저했어요……」

요르겐센은 돌아서더니 요새처럼 거대하고 3단으로 지은 성 프란체스코 성당과, 고대의 성벽과, 붕괴해 가는 성채 로카 그란데가 늘어선 거룩한 아시시를 들뜬 기쁨을 보이며 손가락으로 가리켰다.

「돌아가서 그곳을 볼까요?」 그가 물었다.

우리들은 아시시로 돌아가는 길로 나섰다. 야위고 눈이 이글거리는 농부들이 무거운 멍에를 지고, 뒤틀린 뿔에는 익은 곡식의 이삭을 꽂은 채 무거운 걸음걸이로 짝지어 터벅거리며, 온통 하얗고 이름난 움브리아의 소들을 앞세우고 지나갔다. 머리카락이 새까만 어린 농촌 소녀가 은방울 같은 목소리로 명랑하게 우리들한테 인사했다.

「*Pax et bonum*![2]」 요르겐센은 〈안녕하세요〉라는 대답을 프란체스코 수도회 식으로 했다.

그는 아시시의 언저리에 이르자 거대한 바실리카[3]를 가리켰다. 바실리카 안에는 프란체스코의 자그마한 교회당인 포르티운쿨라가 들어앉았다. 그가 말했다. 「저 포르티운쿨라 속에서 몸이 다섯 군데 상처를 입은 성자를 보고 나도 모르게 처음으로 무릎을 꿇었어요. 하지만 나는 창피해져서 화를 내며 몸을 일으켜 나와 버렸죠. 왜 나는 무릎을 꿇었고, 도대체 그게 무슨 짓인가, 하고 혼자 생각했어요. 하지만 동시에 형언하기 어려운 평화로움이

2 〈평화와 즐거움〉이란 뜻.
3 법정이나 교회 따위로 쓰이던 옛 로마의 장방형 회당.

524

내 마음속 깊이 스며들었어요. 왜, 어째서 그런 안도감을 느낄까? 나는 다시 자신에게 물었죠. 그리고 정말로 그것은 그때까지 내가 맛본 어느 행복보다도 벅찬 행복감이었어요. 하지만 그러면서도 내 마음속의 무엇인가는 믿지 않으려고 했어요. 그것은 모든 초자연적인 사물을 비웃고, 오직 하나 인간의 지성, 인간 지성이 얘기하는 것만 믿었어요. 그것이 내 마음의 문간을 가로막고 기적이 들어오지 못하게 막았죠.」

「그래서…… 그래서요?」 그가 다시 입을 다물자 나는 초조하게 물었다. 「어떻게 구원이 당신을 찾아왔나요?」

「거의 언제나 그렇듯 차분하게 소리 없이 왔죠. 과일이 무르익어 달콤한 즙을 만들어 내듯, 내 마음이 무르익어 달콤해졌어요. 갑자기 나에게는 모든 사물이 간단하고 분명해졌습니다. 고뇌와, 주저와, 싸움이 모두 끝났죠. 나는 프란체스코의 발밑에 앉아 천국으로 들어갔어요. 프란체스코, 바로 프란체스코가 나에게 문을 열어 준 사람이었죠.」

마침내 우리들은 아시시에 가까워졌다. 핏빛으로 물든 반쯤 무너진 도시의 성채 위로 태양이 비추었고, 성 클라라 수녀원의 작은 은방울 같은 종소리가 고원의 메추라기처럼 유쾌하게 울렸다.

「내 얘기만 너무 많이 늘어놓아서 미안하군요.」 요르겐센이 말했다. 「이건 고백이라고 생각하세요. 나는 당신보다 나이가 많기도 하지만, 도움이 될 고백은 그런 형태의 고백뿐이기 때문에 아랫사람에게 고백하기를 좋아합니다.」

감정을 숨기려고 웃으며 내가 말했다. 「아, 프란체스코가 정말로 천국의 수문장이라면 얼마나 좋겠어요! 그는 성자와 죄인들, 믿는 자와 이단자들, 심지어는 백만장자들도 들여보내겠죠. 그래요, 가장 흉측한 동물인 쥐와, 지렁이와, 하이에나까지도요.」

「그건 무질서해요.」 웃지도 않으면서 요르겐센이 말했다. 「무질서할 뿐 아니라 부당하죠.」

우리들은 성문을 지나갔다. 성 클라라 수녀원은 왼쪽, 내가 머물던 집은 오른쪽이었다.

「당신하고 잠깐 들러 백작 부인에게 인사를 드리고 가겠어요.」 그가 말했다. 「처음 왔을 때 한 번 만났었는데, 아시시에서 가장 아름다운 귀부인이었어요. 젊은 나이에 미망인이 되었지만 재혼을 하지 않았죠. 하얀 말을 타고 그녀의 소유인 올리브 밭과 포도원을 돌아보던 모습이 기억납니다. 성 프란체스코와 같은 시대에 살았더라면 그녀는 성 클라라가 되었을지도 몰라요.」

「그녀와 당신이 종교적으로 같은 대상을 믿는지 궁금하군요.」

「그녀의 얼굴을 아시죠?」 요르겐센이 대답했다. 「광채가 나요!」

우리들은 계단을 올라갔다. 거대하고 텅 빈 저택 안은 싸늘했고, 백작 부인의 방에는 불을 피워 놓았다. 하녀 에르멜린다가 작고 나지막한 식탁을 차려 놓고 여주인에게 커피와, 우유와, 밀빵을 가져다주는 중이었다. 우리들을 보고 그녀는 잔을 더 내놓았다. 우리들은 자리에 앉았다.

그렇다, 나이 들고 귀족적인 그녀의 얼굴에서는 정말로 광채가 났고, 벨벳처럼 까맣고 커다란 눈에는 지나간 세월의 자취가 없었다. 정원으로 통하는 문이 열리고, 만발한 장미 덤불이 햇빛을 받아 빛났다.

「아침 일찍 두 사람은 어딜 갔었나요?」 백작 부인이 물었다. 「보나마나 성 프란체스코 얘기를 나누었겠군요.」

「어떻게 알았죠?」 미소를 지으며 나를 힐끗 쳐다보고 요르겐센이 말했다.

백작 부인이 웃었다. 「조금 아까 정원으로 나갔다가 멀리서 이

쪽으로 오는 두 사람을 보았는데, 둘 다 불꽃으로 감싸인 것처럼 보이더군요!」

　아시시의 그 시절이 하나도 빠짐없이 얼마나 생생하게 내 머릿속에서 되살아났던가! 나는 프란체스코에게 도움을 청하지 않았지만, 그는 달려와서 나에게 길을 알려 주었다. 내가 힘을 얻기만 한다면! 문둥이들을 포옹하는 그를 멀리서 보았을 때 나는 공포와 구역질이 북받쳐 올라왔으며, 사람들이 야유하고 때리고 돌멩이를 던지는데도 얼굴은 행복감으로 빛나며 맨발로 설교를 하고 다니는 모습을 보았을 때, 내 마음은 일어나 저항했다. 다 좋지만 저것만은! 갑작스런 순교를 당해 얼른 죽어 버리는 편이 낫지…… 날마다 저렇게 야유와 조롱을 당한다면 나로서는 견디지 못하리라.
　나는 사람들과의 직접적인 접촉을 항상 거북하게 생각해 왔다. 나는 힘이 자라는 데까지 그들을 돕고 싶었지만, 멀찌감치 떨어져서 그러고 싶었다. 나는 그들을 모두 사랑하고 연민을 느꼈지만, 멀찌감치서만 그럼으로써 큰 기쁨을 얻었다. 가까이 가기만 하면 나는 오랫동안 그들을 견딜 길이 없었고, 그들도 마찬가지여서 우리들은 헤어졌다. 나는 침묵과 고독을 무척 사랑해서, 불이나 바다를 몇 시간씩이나 물끄러미 쳐다보더라도 다른 벗이 필요하다고 전혀 느끼지 않았다. 불과 바다, 그 두 가지만이 가장 충실하고 사랑하는 동지들이어서, 어떤 여자나 사상과 사랑에 빠지게 되면 언제나 그들에게서 불과 바다의 요소를 찾아냈기 때문이었다.
　그리고 더구나 하느님의 가난한 사람[4]이, 똑같이 꾸밈없는 소

---

4 성 프란체스코를 뜻한다.

박함과 순수성과 사랑을 지닌 또 하나의 뛰어난 돈키호테가 어찌 — 그런 인간이 어찌 — 우리들이 사는 황금 만능주의와 재물의 시대에, 세상에서 다시 나타난다는 말인가? (나는 프란체스코의 오름길을 따르지 못하는 내 무능력을 이렇게 정당화했다.)

나는 스스로 위안을 얻으려고 자꾸만 그런 생각을 했다. 나는 새로운 신의 가련한 인간이 이미 지상에 출현했음을 알지 못했으니, 그를 둘러싼 문둥이들은 흑인이었다. 나를 불교의 나태함으로부터 혁명적인 행동으로 끌어내리려고 재촉하던 베를린에서의 결정적이고 과도기적인 시기에 그를 알기만 했더라면 나는 자신의 비겁함에 대해 더욱 수치를 느꼈으리라. 나는 나중에, 무척 나중에, 이제는 내 삶을 바꾸는 것이 불가능해지고 그러는 것이 바람직하기에도 너무 늦은 다음에, 내 의무를 수행하기 위해서 완전히 다른 길을 이미 선택한 다음에야 그를 알게 되었다.

나는 알자스 숲의 군스바흐라는 자그마한 마을로 뻗어 나간 좁다란 길을 따라갔던 8월의 어느 날 오후에 벅찬 감격을 느꼈다. 내가 문을 두드리니 우리 시대의 성 프란체스코가 손수 문을 열고는 손을 내밀었다. 그의 목소리는 굵고 평화로웠으며, 그는 나를 쳐다보며 허옇고 무성한 콧수염 밑에서 미소를 지었다. 나는 인자함과 불굴의 의지로 가득 찬 그와 똑같은 늙은 크레타의 투사들을 보았었다.

그것은 운명이 미소를 짓던 순간이었다. 우리들은 서로 마음을 터놓았다. 우리들은 밤이 될 때까지 같이 시간을 보내며 그리스도와, 호메로스와, 아프리카와, 나환자들과, 바흐를 얘기했다. 오후 늦게 우리들은 마을의 작은 교회로 갔다.

「침묵을 지킵시다.」 까끌까끌한 얼굴에 깊은 감정이 담긴 그는 나에게 말했다.

그는 바흐를 연주하려고 풍금이 놓인 곳으로 갔다. 그는 자리에 앉았다……. 내 생애에서는 그때가 가장 행복한 순간들 가운데 하나였다고 나는 믿는다.

돌아오던 길에 나는 길가에 핀 들꽃이 눈에 띄자 그것을 꺾으려고 걸음을 멈추었다.

「그러지 말아요!」 그가 내 손을 막으며 말했다. 「그 꽃은 살았어요. 삶의 외경(畏敬)을 마음에 지녀야 합니다.」

작은 개미 한 마리가 그의 저고리의 옷깃을 따라 기어갔다. 그는 보기 드문 다정함을 보이며 그것을 집더니 사람들이 밟지 않을 만한 길섶 땅바닥에 놓아주었다. 비록 입조차 열지 않았지만, 아시시의 조상들이 쓰던 다정한 인사말처럼 〈개미 형제〉라는 말이 그의 혀 끝에 감돌았으리라고 나는 생각한다.

밤이 되자 우리들은 마침내 헤어졌다. 나는 고독으로 되돌아갔지만, 8월의 그날은 내 마음의 수평선 밑으로 가라앉지 않았다. 꿋꿋한 확신을 지니고 투쟁자는 내 옆에서 씩씩하고 단호한 걸음으로 갈 길을 나아갔다. 그의 길이 비록 내 길은 아니었지만, 그토록 신념과 집념을 가지고 그의 오름길을 올라가는 모습에서 나는 준엄한 교훈과 커다란 위안을 얻었다. 그날 이후로 나는 성 프란체스코의 생애는 동화가 아님을 확신했고, 따라서 인간은 아직도 기적을 지상에서 행한다고 굳게 믿었다. 나는 그의 기적을 보았고, 만졌고, 함께 얘기했으며, 우리들은 함께 웃고 침묵했다.

그날 이후로 흘러가는 시간으로부터 아주 멀리 떨어져서, 영원 속에서, 신의 품 안에서 너무나 밀착되었으며 깊이 마음이 끌리는 두 인물을 나는 다시는 따로 분간할 수 없게 되었다. 아시시의 성 프란체스코와 알베르트 슈바이처, 그들은 형제처럼 너무나 비슷했다.

자연에 대한 똑같이 다정하고 정열적인 사랑. 태양과, 달과, 바다와, 불에 대한 송가가 밤낮으로 그들의 마음속에서 메아리친다. 두 사람 다 나뭇잎을 손가락으로 잡고 햇살에 비춰 보면서 창조된 우주 전체의 기적을 거기에서 발견한다.

사람과 뱀과 개미, 살아 숨 쉬는 모든 생물에 대한 똑같이 다정하고 외경적인 감정. 두 사람 다 삶을 성스럽게 여기고, 살아가는 만물의 눈을 굽어보며 그곳에 투영된 창조주의 완전한 모습을 찾아낸다.

고통을 받는 모든 존재에 대한 (행동으로 표현된) 똑같은 자비와 연민. 한 사람은 백인 나환자를, 다른 사람은 아프리카의 흑인 나환자를, 둘 다 추악함과 고통의 가장 끔찍한 상징인 문둥이들을 선택했다. 자비와 연민이라고 했는데, 사실은 〈메타*Metta*〉라고 했어야 옳을 노릇이지만, 인간의 고통이 이들 두 형제의 마음속에 심어 준 감정을 제대로 표현할 만한 표현은 오직 그 불교 용어뿐이다. 자비와 연민에는 고통받는 자, 그리고 고통을 함께 받는 자, 이렇게 둘이 존재한다. 그런가 하면 메타에는 절대적 동일성이 존재한다. 문둥이를 보면 나 자신이 문둥이가 된다. 9세기의 이슬람 신비주의자 사리-알-사카디Sari-al-Sakadi가 더할 나위 없는 정의를 내렸다. 「완전한 사랑은 서로 〈오, 나 자신이여!〉라고 불러도 되는 두 사람 사이에만 존재한다.」

삶의 기쁨을 저버리고, 〈위대한 진주〉를 얻기 위해 작은 진주들을 희생하고, 쉬운 행복으로 뻗어 나간 평탄한 길을 버리고 거룩한 광기(狂氣)를 향해 두 벼랑 사이의 험악하고 가파른 길을 오르는 똑같이 신성한 광기. 불가능을 자유롭게 선택하는 광기.

자비로운 마음의 깊은 곳으로부터 터져 나오는 웃음, 풍요함으로 넘쳐흐르는 영혼의 소중하고 사랑스러운 딸인 기쁨, 평범한 현실의 얼굴을 이해와 다정함으로 보고 받아들이는 힘 —— 똑같이 꾸밈없는 성품이 두 사람에게서 다 발견된다. 웃음을 모르던 스파르타 사람들은 웃음의 신을 섬기는 제단을 세웠고, 깊은 영혼으로 하여금 삶을 인내하도록 돕는 유일한 방법인 웃음을 지극한 준엄함이 계속해서 깨웠다…… 이들 두 형제에게 신은 즐거운 마음을 부여했고, 그랬기 때문에 그들은 고난의 정상으로, 신에게로 기쁘게 나아갔다.

음악에 대한 똑같이 정열적인 사랑. 첼라노의 토마가 한 사람에 대해서 한 말은 다른 사람에게도 적용된다.「지극히 얇은 칸막이가 프란체스코를 영원성으로부터 갈라놓았다. 연약한 울타리를 통해 그는 항상 신의 노래를 듣는다.」이 노래를 듣고 두 사람 다 황홀경에 가까운 환희를 느낀다.「꿈속에서 현을 타던 천사들이 활을 줄 위로 한 번만 더 스쳤더라면 내 영혼이 저절로 육체로부터 떨어져 나갈 정도로 행복감에 벅찼다.」한 사람이 그렇게 말했고, 나는 두 번째 사람이 바흐를 연주할 때 똑같이 지극한 기쁨을 느꼈으리라고 믿는다.

두 사람 다 가장 볼품없는 금속을 황금으로, 황금을 정신적 본질로 변형시키는 〈현자의 돌〉을 손아귀에 쥐었다. 그들은 질병, 굶주림, 추위, 불의(不義), 추악함 따위의 가장 끔찍한 현실을 영혼의 바람이 불어오는 보다 참된 현실로 바꿔 놓는다. 아니, 영혼이 아니라 사랑의 바람이다. 그리고 그들의 가슴속에서는 거대한 제국의 태양처럼, 사랑이 절대로 기울지 않는다.

하지만 이 모든 진리를 나는 너무 늦게서야 깨달았으니, 베를린에서의 중대한 시기에는 아직 알지 못했다. 알자스의 작은 마을에서 인간의 기적을 본 내 손가락들은 벌써 잉크로 얼룩졌고,

인생을 어휘와 비유와 운율로 바꿔 놓으려는 신성 모독적인 광증에 휩쓸려 (아직도 어찌 된 일인지 모르겠지만) 나는 글쟁이로 몰락했다. 나에게 벌어진 일은 내가 가장 비웃었던 바였으며, 나는 고픈 배를 암염소처럼 종이로 채웠다.

신의 불쌍한 이 두 하인은 인간이란 선택한 길의 한계점까지 도달할 능력과 의무가 있음을 나에게 알려 주었다는 더없이 귀중한 오직 한 면에서만 나를 도왔다. (온갖 종류의 투쟁자들이 길의 끝에서 모두 다 함께 만나려는지 혹시 누가 알겠는가.) 따라서 그들은 집념과, 인내와, 희망의 숭고한 본보기가 되었다. 희망을 통해서만 희망 너머의 무엇인가를 성취하게 된다고 나에게 가르쳐 준 두 영웅에게 신의 축복이 내리기를 바란다.

그들에게서 용기를 얻은 나는 내 본성을 정복하려는 시도를 했고, 이트카의 연민과 분노와 뼈아픈 말이 나에게 일깨워 준 길을 따라갔다. 나는 꽤 오랫동안 그랬으며, 그것을 후회하지 않는다. 본디 길로 되돌아왔을 때 내 마음은 인간의 고통으로 가득했고, 자신을 구원하는 길이란 오직 남들을 구원하는 길뿐임을 알았다. 아니면 다른 사람들을 구원하려는 투쟁만으로도 충분했으리라. 나는 또한 세상은 헛것이 아니라 실재하며, 인간의 영혼은 붓다가 주장하듯 바람이 아니라 살의 옷을 입었다는 진실도 깨달았다.

하지만 결정을 내리려고 애를 쓰는 동안에 나의 두뇌는 엄청난 저항을 벌였다. 그것은 아직도 붓다의 누런 옷을 걸친 상태였다. 네가 뜻하는 바는 헛되다고 그것은 자꾸만 내 마음에게 말했다. 네가 탐하는 세계, 굶주림과 추위와 불의에 시달리는 사람이 아무도 없는 세계란 존재하지 않으며, 영원히 존재하지 않으리라. 하지만 나는 마음속 깊은 곳에서 대답하는 소리를 들었다 ─ 비록 그것이 존재하지 않더라도, 내가 존재하기를 원하므로 존재할 것이다. 나는 심장이 고동칠 때마다 그것이 존재하기를 욕망한다. 나는 존재하지 않는 세계를 믿고, 그렇게 믿음으로써 그 세계를 창조한다. 우리들은 충분한 힘을 들여 욕망하지 않았던 모든 대상을 〈비존재(非存在)〉라 일컫는다.

마음의 응답을 듣고 나는 혼란 속으로 빠져 들었다. 만일 그 말이 모두 진실이라면 세상의 모든 불의와 치욕에 대해 인간이 져야 할 책임은 얼마나 엄청난가!

마침내 내 영혼이 준비가 되어서였던지 며칠 만에 일들은 급진전되었다. 사건들이 꼬리에 꼬리를 물고 일어나서 나를 밀어냈다. 전에는 그것들을 단순한 환상이라고 생각했었지만, 이제는 내 몸의 살처럼 여겨졌다.

어느 날 아침 우리들이 자리에서 일어나기 전에, 도살장으로 끌려가는 소 떼가 멀리서 목의 붉은 띠를 벌써 느끼고는 울어 대기 시작한 듯, 아득하고 희미하게 계속되는 소음이 들려왔다.

이트카는 침대에서 뛰쳐나와 닳아빠진 외투로 몸을 감싸더니 나를 뒤돌아보지도 않고 층계를 달려 내려갔다. 아우성 소리가 점점 가까워졌다. 나는 뛰어가서 창문을 열었다. 바깥에서는 가벼운 눈송이들이 흩날렸다. 그리스라면 아침 햇살에 산과 바닷가들이 빛나겠지만, 이곳에서는 눈 덮인 아스팔트에 깔린 빛이 병적이고 지저분했다.

사람 하나, 개 한 마리 없이 길거리는 정말로 한산했다. 멀리서, 사방에서 울부짖음이 점점 가까워졌다. 나는 기다렸다. 조금씩 조금씩 길거리가 밝아 왔다. 까마귀 두 마리가 와서 얼음이 껍질을 이룬 나무에 앉아 아무 소리도 내지 않았다. 그들도 기다렸다.

갑자기 키가 크고 앙상하게 야윈 여자가 머리카락을 아무렇게나 나부끼며 길거리 저쪽 끝에 나타났다. 그녀는 걷지 않고, 머리 위로 까만 깃발을 휘두르며 춤추듯 뛰었다. 곧 그녀의 뒤로 남자와 여자와 아이들의 무리가 나타나서, 네 줄로 질서 정연하게 대열을 이루며 눈을 밟고 앞으로 나아갔다. 지저분한 빛이 그들을 비추었다. 눈이 멀고 벌레가 파먹은 해골들의 군대가 무덤에서 나온 듯, 눈알이 박혔을 자리에 시커먼 구멍이 뚫린 창백하고 분노한 얼굴들만 보였다.

이제는 날이 좀 더 밝아 와서, 훨씬 분명하게 잘 보였다. 길 건너의 상점 주인 몇 사람이 가게를 열기 위해 열쇠를 꺼냈다가 야만적인 무리를 보자마자 열쇠를 다시 호주머니에 넣고는 벽에 달라붙었다. 여자가 그들을 보았다. 보도를 뚜벅뚜벅 건넌 그녀는 그들에게로 가서 검은 깃발을 머리 위로 펄럭거렸다. 거친 목소리가 대기를 찢었다.

「우리들은 배고프다!」

동시에 그녀는 내가 몸을 내민 창문을 올려다보고는 입을 열었다. 그녀가 무슨 말을 하려는지 짐작이 갔던 나는 겁이 나서 나도 모르게 소리치기 시작했다. 「조용히 해요! 조용히!」

나는 창문을 쾅 닫고 상점 주인들과 마찬가지로 방 벽에 몸을 밀착시켰다. 완전히 불안해진 나는 중얼거렸다. 「그들은 굶주렸다…… 그들은 굶주렸다. 〈굶주림의 집단〉…….」

굶주림의 검은 깃발을 든 여자와 혹시 마주칠까 봐 겁이 나서 나는 하루 종일 감히 밖으로 나가지 못했다. 다시 마주친다면 이번에는 그녀가 때를 놓치지 않고 한없이 애달픈 얘기를 나에게 퍼부으리라. 나는 그것이 무슨 얘기일는지 알았기 때문에 두려움과 수치를 느꼈다.

이트카는 숨이 차서 창백해진 얼굴로 점심때 돌아왔다. 닳아빠진 외투를 마룻바닥에 집어던지고 그녀는 좁은 방 안에서 오락가락 서성였다. 나는 구석에 쪼그리고 서서 기다렸다. 그녀의 무거운 숨소리만 들렸다. 갑자기 돌아선 그녀는 나를 가리켰다.

「당신들 탓이에요! 당신요!」 그녀가 소리를 질렀다. 「당신 그리고 당신과 똑같은 모든 사람, 고상하고 잘 먹고 무관심한 사람들 말예요. 굶주림과 추위를 알고, 춥고 배고픈 아이들을 기르고, 일을 하고 싶어도 거절당하는 심정을 당신은 알아야 해요. 내가 당신에게서 기대했던 바는 그것이지, 이 도시에서 저 도시로 어슬렁거리며 돌아다니고, 박물관과 낡아 빠진 성당에서 멍청하게 입이나 벌리고, 별들이 너무나 예쁘거나 무섭다고 하늘을 쳐다보며 우는 짓이 아니었어요. 한심한 멍텅구리 같으니라고, 시선을 조금 낮추기만 하면 당신 발밑에서 죽어 가는 아이가 보일 텐데요!」

그녀는 잠깐 동안 침묵을 지키다가 말을 이었다. 「당신은 시를 쓰죠. 당신은 당신 나름대로 뻔뻔스럽게도 가난과, 압박과, 악행에 대한 얘기를 늘어놓아요. 우리들의 고통을 아름다움으로 변형시켜 놓고 나서 당신은 다 잊어버리죠. 인간의 고통을 잊게 만드는 그까짓 아름다움이 뭐예요!」

눈물이 두 가닥 그녀의 눈에서 흘러내렸다. 나는 그녀를 붙잡고, 머리에 손을 얹으며, 안심시켜 주기 위해 가까이 다가갔다. 하지만 그녀는 몸을 도사리며 나를 밀쳐 버리고는 소리쳤다. 「나한테 손대지 말아요!」

나를 쳐다보는 그녀의 눈길은 회한과 경멸뿐 아니라 증오로 가득했다.

나는 피가 머리로 치솟았다.

「나더러 어떻게 하라는 말예요?」 나는 화가 나서 소리쳤다.

「내가 무슨 능력이 있다고요? ……날 괴롭히지 말고 그냥 내버려 둬요!」

「아니에요, 귀찮게 괴롭혀야겠어요! 내가 괴롭히지 않으면 당신은 도피를 계속하겠죠. 그래서 난 가만히 있지 못하겠어요. 당신은 증오할 능력이 없죠? 좋아요, 내가 가르쳐 주겠어요. 당신은 싸우지 못하죠! 내가 가르쳐 주겠어요.」

그녀는 웃으려고 했던 모양이지만, 얼굴은 일그러지기만 했다. 그것은 웃음이 아니라 주체하지 못할 경련이었다. 그녀는 나에게 가까이 다가섰다.

「〈호랑이 등에 한번 올라탔다 하면 내리지 못한다〉는 동양 속담을 알아요? 당신은 호랑이인 나를 탔고, 난 절대로 당신을 내려 주지 않겠어요!」

작은 찬장을 열고 그녀는 빵과 버터와, 사과 몇 개를 꺼냈다. 그녀는 석유곤로에 불을 붙이고 차를 준비했다. 한마디 말도 없이 우리들은 (방 안에 들여놓은 것이라고는 두 개뿐인) 둥글 의자에 앉아 작고 썰렁한 식탁을 끌어당겨 식사를 시작했다. 나는 그녀의 떨리는 눈썹을 보았다. 그녀는 마시기 위해 잔을 자꾸 집었다가 얼이 빠져 멍하니 들고 그냥 쳐다보기만 했다. 그녀의 마음은 딴 곳에 가 있었고, 무슨 생각엔가 시달리는 중이었다. 나는 굉장히 수치스러운 생각이 들어 머리를 숙이고 음식만 씹어 댔다. 그녀가 나보다 강하다는 사실을 의식했기 때문이다.

우리들은 식사를 끝냈다. 그녀는 머리를 들고 나를 쳐다보았다. 그제야 그녀는 눈을 깜박거렸고, 입술에는 핏기가 돌았다.

「너무 심한 소리를 해서 미안하지만 ── 굶주림의 집단에서 방금 돌아온 참이라 그랬어요.」

몸을 일으킨 그녀는 창문으로 가서 너덜너덜해진 커튼을 닫았다. 아늑하고 자비로운 빛이 방 안을 가득 채웠다. 그녀는 자리를 마련하려고 작은 식탁을 한 쪽으로 몰아 놓았다. 그러더니 그녀는 긴 의자로 가서 이불을 펼쳤다. 나는 곁눈질로 그녀를 지켜보았다. 블라우스의 단추를 풀며 그녀는 돌아서서 나를 힐끗 쳐다보았다.

「졸려요?」 웃으면서 내가 물었다.

「아뇨.」 그녀가 대답했다. 그녀의 목소리는 탁해졌다. 「이리 와요!」

이튿날 그녀는 동트기 전에 일어나서 서둘러 작은 가방을 꾸렸다. 긴 의자로 와서 그녀는 나를 깨웠다. 「나 가겠어요.」 그녀가 말했다.

나는 몸을 떨었다. 「가다니? 어딜 가요?」

「멀리요. 묻지 마세요. 다시 만날 때까지 안녕히 지내세요.」

「언제 다시 만나는데요?」

그녀는 머리를 저었다. 머리를 스카프로 단단히 여미고 그녀는 몸을 굽혀 작은 가방을 집었다. 그러더니 나를 쳐다보았다. 그녀의 푸른 눈은 냉정하고, 눈물로 젖지도 않았으며, 두툼한 입술은 미소를 지었다.

「함께 지낸 수많은 밤, 고마웠어요.」 그녀가 말했다. 「우린 육체에 대한 의무를 아주 철저하게 수행했죠. 우리들이 몰아냈으니까 붓다는 끝장이 났어요…… 왜 그런 눈으로 쳐다봐요? 후회하세요?」

나는 아무 말도 하지 않았다. 가장 쓰라린 감미로움이 내 국부에 침전되었다. 많은 밤낮들이 한데 엉켜 내 뱃속을 기쁨과 고뇌로 가득 채웠다.

「후회하세요?」 그녀가 다시 물었다.

그녀는 문으로 가서 열기 위해 손을 내밀었다.

「그래요, 후회해요.」 나는 짜증스럽게 대답했다. 「당신은 나에게서 붓다를 무너뜨렸고, 내 마음은 허전해요.」

「그러니까 당신은 섬길 주인이 필요하다는 얘기군요?」 그녀는 냉정하게 웃었다.

「그래요, 난 필요해요. 무정부주의보다는 주인을 섬기는 편이 낫죠. 붓다는 내 삶에 맥박을, 목적을 부여했어요. 그는 내 속의 악마들에게 재갈을 물렸어요. 하지만 이제는……」

그녀는 미간을 찌푸렸다. 그녀는 더 이상 웃지 않았다.

「당신 마음은 텅 비고 깨끗해졌으니, 준비를 갖춘 셈이에요. 그건 내가 바라던 바예요. 난 당신을 믿으니까 — 화가 났을 때 내가 한 얘기는 흘려 버리세요. 당신은 정직하고, 불안한 남자예요. 난 당신을 믿어요……」

그녀는 잠깐 생각에 잠겼다가 말을 덧붙였다. 「아뇨, 당신이 아니라 우리 시대의 함성 말예요. 조용히 귀를 기울이면 함성이 들릴 거예요. 안녕.」

그녀는 문을 열었다. 나는 그녀가 서둘러 층계를 내려가는 소리에 귀를 기울였다.

「조용히 귀를 기울이면 함성이 들릴 거예요!」 이트카가 한 말이 여러 날 밤낮으로 내 발길을 이끌었다. 입을 다물고 침묵을 지키며 나는 무슨 얘기인지 들어 보려고 열심히 귀를 기울였다. 나는 러시아에 우호적인 친구들이 개최하는 여러 강연에 참석했고, 그들의 책과 선전 책자를 읽었으며, 밤늦게 베를린 노동자들이 사는 지역을 돌아다녔다. 나는 가난과 헐벗음을 보았고, 음흉한 얘기들을 들었으며, 분노가 가득 찬 분위기를 숨 쉬었다. 처음에는 슬픔과 연민이, 다음에는 분노가, 그리고 결국은 나 자신에게 책임이 있으며 불같은 유대인 여자의 말이 옳았다는 확신이 나를 사로잡았다. 그것은 내 잘못이었다! 어째서? 내가 일어나 소리치지 않았기 때문에, 내가 보고 동정하고 당장 잊어버렸기 때문에, 내가 노천에서 자는 사람들은 생각도 하지 않으며 밤이면 따뜻한 침대에 누워 잤기 때문에.

아시시의 프란체스코를 따르던 제자 한 사람은 한겨울 밤에 발가벗고 떨면서 걸어가는 스승을 보았다. 「이렇게 추운데 왜 발가벗고 가십니까, 프란체스코 신부님?」 놀라서 제자가 말했다. 「그 까닭은, 지금 이 순간에 추위하는 형제와 자매들이 수천 명이나 되기 때문이란다. 나는 그들에게 따뜻하게 지내라고 줄 담요가 없으니까, 추위라도 같이 나누려는 생각이다.」

나는 하느님의 가난한 사람이 한 말이 생각났지만, 그들과 추위를 나누는 정도로는 부족하다는 진실을 지금 와서야 깨달았다. 사람들은 이렇게 외쳐야 한다. 〈배고픈 자여, 추위에 떠는 자여, 모두들 함께 나아가자. 남아돌아 가는 담요가 수십 장이나 된다. 그것을 빼앗아 우리들의 벌거벗은 몸을 덮기로 하자!〉

러시아의 광활한 땅에서, 러시아의 가없는 영혼 속에서 진행되는 처참한 실험이 지닌 범인류적이고 총체적인 의미를 나는 조금씩 조금씩 헤아리기 시작했다. 전에는 지극히 유치하고 이상향적이라고만 여겨졌던 혁명의 구호들을 나의 이성은 점차 이해하고 받아들이기 시작했다. 굶주린 얼굴들과, 푹 꺼진 뺨들과, 불끈 움켜쥔 주먹들을 둘러보면서 나는 인간이 지닌 신적인 양상의 전조를 보게 되었으니, 신화를 믿고 그것을 갈망함으로써, (눈물만으로는 충분하지 않고, 피나 땀만으로도 부족하니) 피와 땀과 눈물을 모두 흘려 더럽힘으로써, 인간은 신화를 현실로 바꿔 놓는다.

나는 겁이 났다. 창조적인 인간의 간섭이 어떠하며, 그의 책임이 얼마나 큰지를 나는 생전 처음으로 깨달았다. 우리들이 갈망하는 형태를 현실이 취하지 않는다면, 그것은 인간의 탓이 된다. 우리들이 갈망하면서도 충분한 힘을 들이지 않았던 대상은 〈비존재〉라고 사람들은 말한다. 원하는 대상을 우리들의 피와 땀과 눈물로 범벅을 하면 그것은 형체를 갖추게 된다. 현실이란 우리들의 욕망과 고난에 종속되는 망상에 지나지 않는다.

굶주리고 압박받는 사람들을 위해서 내 심장이 힘차게 뛰기 시작했다. 그들의 인내심은 고갈되었고, 그래서 그들은 공격을 시작했다. 나의 모든 크레타인 피는 혁명의 냄새를 맡고 끓어오르는 듯싶었다. 나는 영원한 적 자유와 노예가 다시 내 눈앞에 선 모습을 보았고 — 나의 내면에서는 크레타가 솟아올라 함성을 질렀다.

이 외침은 내가 듣고 싶어서 기다렸던 소리였는가? 그럴지도 모른다. 내 삶에서 결정적인 순간일 때면 크레타는 꼭 나의 내면에서 솟구쳐 함성을 지르곤 했었다.

어느 날 저녁 나는 책상에 웅크리고 앉아, 이른 아침부터 돌아다니며 보고 듣고 괴로워했던 끔찍한 모든 광경을 잊기 위해 르네상스 미술에 관한 책을 뒤적이기 시작했다. 술이나 사랑, 그리고 사상보다는 못하더라도, 예술은 인간을 달래고 망각하게 만드는 힘을 지녔다. 예술은 의무를 대신해서 덧없는 대상을 영원한 무엇으로 바꿔 놓고, 인간의 고뇌를 아름다움으로 변형시키기 위해 싸운다. 트로이아가 잿더미로 바뀌고, 프리아모스와 그의 아들들이 죽었다고 해서 무슨 상관이겠는가? 만일 트로이아가 계속해서 행복한 삶을 영위했다면, 그리고 만일 호메로스가 나타나서 살육을 불멸의 시로 바꿔 놓지 않았다면, 세상은 어떤 혜택을 누렸겠으며, 인간의 영혼은 얼마나 빈곤해졌을 터인가? 하나의 동상, 시 한 구절, 한 편의 비극, 한 폭의 그림 — 이러한 것들은 인간이 땅에다 세운 숭고한 기념비이다.

숭고하지만 평범한 인간의 고통에 대해서는 가장 위험한 기념비이다. 예술은 우리들로 하여금 식량에 대한 하찮은 걱정에 대해서, 심지어는 정의에 대해서까지도 비웃도록 만들고, 그래서 우리들은 사소한 평범함이 영양분을 전해 주어 불멸의 꽃이 피게 하는 뿌리임을 망각한다.

초기 기독교인들이 화가들에게 성화에서 성모를 아름답게 그리기를 원하지 않았던 것은 옳은 일이었다. 그녀의 아름다움에 홀리면 우리들은 그녀가 신의 어머니임을 망각한다.

갑자기 문을 두드리는 소리가 들렸다. 나는 문을 열었다. 모스크바에서 온 전보! 나는 믿어지지 않아서 눈을 비비며 그것을 읽고 또 읽었다. 나는 등불로 가지고 가서, 마치 무슨 결심을 하기에 앞서 내가 불빛에 비춰 찾아내려고 하는 위험한 비밀이 거기에 숨겨져 있기라도 한 듯, 전보를 치켜들고 자세히 살펴보았다. 이 작은 종잇조각은 내 인생을 바꿔 놓기 위해서 운명이 보낸 전갈인지도 모른다고 나는 생각했다. 좋은 쪽으로 바뀌려나, 아니면 나쁜 쪽인가? 운명을 어떻게 믿는다는 말인가? 운명은 눈이 멀지 않았고, 인간의 눈을 멀게 할 뿐이다.

나는 가야 하나, 말아야 하나? 전보는 위대한 혁명의 10주년 기념 행사에 그리스의 지성인들을 대표하여 나더러 모스크바로 와서 참석해 달라고 초청하는 내용이었다. 전 세계의 순례자들이 서둘러 붉은 메카로 모여드는 중이라고 했다. 누가 내 이름을 언급해서 이런 초청을 받게 만들었을까? 왜 내가 선택되었을까? 사흘이 지난 다음에야 나는 이해가 되었다. 나는 모스크바에서 온

짤막한 편지를 받았다. 그것은 이트카가 장난을 치면서 나를 부르는 소환장이었다.

포만감에 시달리는 사이비 불교 신자여, 장난삼아 고통에 시달리는 귀족적인 인간이여, 정말로 반갑습니다. 지금까지 당신은 신의 얼굴을 찾아 헤맨답시고, 하나의 거짓된 신을 찾기 위해 다른 거짓된 신을 버리고는 했습니다. 이리로 와서, 불쌍한 나의 친구여, 참된 신의 얼굴을, 인간의 얼굴을 찾도록 하세요. 구원을 받고 싶다면 꼭 와야 합니다. 우리들이 건설하는 세상은 이제 겨우 뼈대만 완성되었습니다. 당신 차례가 되었으니, 돌을 하나 더 얹고 건설해야 합니다. 붓다도 좋지만 ── 붓다는 백발 할아버지들이나 추구하는 대상이랍니다.

어느새 밤이 되었다. 나는 몸을 일으켜 창문을 열었다. 바깥은 모든 것이 평화로웠다. 내리던 눈도 멎었다. 어디선가 종탑으로부터 냉랭한 대기 속에서 시간을 알리는 감미로운 소리가 울렸다. 저 아래 거리에서는 고드름이 주렁주렁 달린 가로수들이 반짝였다. 그리고 내 시야가 밤안개 속에서 흐려지는가 싶더니 광활하고, 백설 속에 하얗게 파묻히고, 이스바[5]들이 따스하게 불을 켜놓고, 썰매들이 눈 위로 미끄러지는 러시아의 풍경이 갑자기 눈앞에 펼쳐졌다. 말의 콧구멍에서 김이 나고, 심지어 작은 종들이 말의 목에서 경쾌하게 짤랑 대는 소리도 들렸다. 그 너머 설경(雪景)의 언저리에서는 금박을 입혀 눈부시게 빛나는 둥근 지붕들 꼭대기에 십자가가 아니라 붉은 깃발들이 성좌처럼 반짝였다.

5 러시아의 통나무집.

나는 반쯤 정신 나간 아토스 산의 수사가 나한테 가끔 했던 말이 생각났다. 「모든 인간과 모든 사물은 한 무더기 불꽃의 모자를 쓰고 다닙니다. 이 불꽃이 꺼지면 인간과 사물은 멸합니다.」 그의 말이 옳았다. 러시아도 역시 불꽃 무더기의 왕관을 머리에 썼다고 나는 생각했다. 그 불꽃들이 꺼지면 러시아도 멸할 터였다.

　나는 서둘러 창문을 닫았다. 나는 모스크바로 떠나기로 결심했다.

러시아

기적은 현실을 들이받아 구멍을 뚫어 놓은 다음 안으로 파고 들어간다. 시기가 적절히 무르익자 레닌은 그의 누더기들을 주워 모았고, 그가 쓴 원고들을 두툼하게 한 꾸러미 챙겼으며, 세상에서 그가 소유한 모든 재산을 한 보따리 묶은 다음, 스위스에서 자신의 집 방 한 칸을 세주었던 구두장이 주인에게 작별 인사를 했다.

「어디로 가려고 그래요, 블라디미르 일리치?」레닌의 손을 잡고 가엾다는 표정으로 쳐다보면서 집주인이 말했다. 「러시아로 돌아가다니, 도대체 제정신으로 하는 소리인가요? 거기 가서 뭘 하겠단 말예요? 러시아에 가면 방 한 칸이라도, 그리고 일자리라도 정말로 구할 희망이 보이나요? 내 말을 들어요, 블라디미르 일리치, 여기서 그냥 편안하게 살아요.」

「난 꼭 가야 해요, 가야 한다고요.」레닌이 대답했다.

「꼭 가야 하다뇨? 왜요?」

「가야 하니까요.」레닌이 차분하게 대답했다.

「하지만 당신은 방세를 다 냈고, 아직 한 달이 차지도 않았어요. 나머지 돈을 내가 되돌려 주지 않으리라는 건 물론 잘 알 텐데요.」

「상관없습니다.」레닌이 그에게 대답했다. 「그냥 가지세요. 난 떠나야 하니까요.」

그리고 그는 떠났다. 작은 모자를 쓰고, 낡았지만 깨끗한 셔츠와 초라한 외투를 걸치고, 수염이 텁수룩하고 핏기가 없는 얼굴에, 무장조차 하지 않은 1인의 군대로서, 그는 러시아 땅을 밟았다. 그가 맞서야 할 현실은 끝없이 펼쳐진 러시아의 대지와, 짐승처럼 시달려 음흉해진 무지크,[1] 시끄럽게 퍼마셔 대는 귀족, 막강한 권력을 장악한 성직자, 튼튼한 요새, 궁전, 감옥, 군대 막사, 낡은 법, 낡은 도덕, 그리고 태형(笞刑)질이었다. 빈틈없이 단단하게 무장한 무서운 제국. 작은 모자를 쓰고 그곳에 서서, 작은 몽골인 눈으로 하늘을 뚫어져라 노려보던 그의 내면에서는, 춤추고 휘파람을 불던 악마가 이를 악물고 이렇게 말했다.

「이것을 모두 네가 가져라, 블라디미르 일리치. 내가 너한테 공짜로 그냥 주겠노라! 다만 한마디 말만, 그토록 오랫동안 내가 가르쳐 준 마술적인 말 한마디만 하면 된다. 〈전 세계의 노동자들이여, 단결하라!〉 그렇게 외치기만 하면, 황제들은 물론이요 황금띠를 두르고 염소수염을 기른 성직자들과 화려한 옷차림에 기름기가 번질거리는 뚱뚱보들은 입김 한 번만 불어도 모두 벌렁 나자빠지고 말리라. 그들의 송장을 밟고 넘어서 진군하라, 블라디미르 일리치. 나아가라, 젊은이여, 그들의 시체를 밟고 넘어 올라가라. 크렘린 궁전에 붉은 깃발을 달아라. 망치로 그들의 머리통을 깨부수고, 낫으로 그들의 목을 베어라!」

「당신은 누구인가요?」 그의 내면에서 소리치는 악마의 소리에 귀를 기울이며 주먹을 불끈 쥔 레닌이 거듭해서 물었다. 「당신 이름이 무엇인지 말하시오. 난 당신이 누구인지 알고 싶습니다.」

---

1 제정 러시아 시대의 농민을 이르는 말.

「나는 〈기적〉이니라.」 악마가 대답하고는 러시아를 그의 두 뿔로 들이받았다.

지금까지는 빛과 그늘이 워낙 많아서 다양한 모습을 하나의 통일된 면모로 보기 어려웠기 때문에 선명하고 편견이 없는 눈으로 러시아를 보았던 사람이 무척 드물었다. 슬라브의 영혼과 서양의 영혼 사이에는 거대한 간격이 벌어졌다. 유럽인의 합리성으로는 모순되는 내적인 반발들을 러시아인은 조화시킬 줄 안다. 유럽인은 합리적 가치관의 저울이 지배하는 명확한 추론에 다른 모든 가치를 종속시킨다. 러시아인은 합리성을 넘어 난폭하고 무책임한 정열로 인간을 밀어내는 어둡고, 풍요하고, 상충하고, 섬세한 힘인 영혼을 모든 가치의 위에 놓는다. 러시아인은 맹목적인 창조력이 아직 이성의 체계로 순화되지 못했다. 러시아인은 아직도 흙에 바싹 달라붙어 살아가고, 그의 마음은 대지와 세계를 잉태하는 어둠으로 가득하다.

나는 고집스러운 이성이 짓이기기 시작한 검은 반죽을 — 무지크라는 반죽을 — 보았다. 나는 원시부터의 무자비한 두 적이며 친구인 정신과 물질이 크렘린의 폐쇄되고 처절한 전투장에서 벌이는 싸움을 보고 싶은 열망이 점점 강렬해짐을 느꼈다.

눈이 펑펑 쏟아져서 경작을 하려고 파헤친 들판 전체를 뒤덮었다. 뿌려 놓은 밀알들이 눈 밑에서 영양분을 취했다. 농민들은 서두르지 않고 한없이, 소리 없이 움직였다. 가끔 새까만 까마귀가 먹이를 찾으려고 사람들이 사는 곳으로 조용히 날아갔다.

몽골인의 얼굴들과, 비뚜름한 얼굴들과, 참외 씨 껍질이 잔뜩 달라붙은 수염들과, 카드를 툭툭 집어던지는 두 명의 점쟁이 여자들과, 작은 접시에 차를 부어 짐승 같은 즐거움을 나타내며 시끄럽게 빨아 마시는 나이 많은 농민과, 더러운 처네를 두르고 아기를 캥거루처럼 등이나 목에 묶어 매단 중국인 어머니들…… 땀을 흘리고 악취를 풍기는 따스한 인간의 무리에 둘러싸여 나는 몇 시간이나 기차를 기다렸다. 사방에서 외양간 냄새가 났는데, 어쩌면 베들레헴의 외양간인지도 모를 일이었다.

한낮이 되고, 날이 저물었으며, 우리들은 기다렸다. 내 주변의 얼굴들은 엄숙하고 평화로웠다. 기차가 오는지 보려고 뛰어나가는 사람은 아무도 없었다. 오늘 아니면 내일 틀림없이 기차가 나타나겠거니 믿으며 모두들 기다렸다. 그들은 시계로 시간을 헤아리지 않았다. 그들은 시간이 고귀한 귀족임을 알았고, 그에게 반항하기가 두려웠다.

새벽녘에 멀리서 기적 소리가 들려왔다. 사람들은 모두 일어서서 이번에도 전혀 서두르지 않으며 짐들을 챙겼다. 내 옆에 누워 밤새도록 코를 골던 수염이 희끗희끗한 노인은 그제야 나를 쳐다보고 의기양양하게 눈을 찡긋하는 표정이 이런 말을 하고 싶은 듯했다 ── 어때요. 기차가 오지 않는다고 잔뜩 끌탕을 하며 밤새도록 잠 한숨 못 자다니 얼마나 한심한 짓인가요. 저걸 보라고요. 기차가 왔잖아요!

다시 눈이 내리고. 촌락들과 초록빛 둥근 지붕이 뾰족한 교회, 지붕 위에서 꼼짝 않는 연기. 까마귀들, 축 늘어진 하늘, 눈. 나는 보고 또 보았으며, 내 눈은 끝없는 평원에서 사는 모든 사람들처럼 아득하고 푸르스름한 공간을 삼켰다. 멀리 암회색 하늘을 배경으로 금빛으로 칠한 둥근 지붕이 희미하게 우뚝 나타났다.

때는 정오경이었고, 우리들은 모스크바에 거의 다다랐다.

이트카는 역에서 나를 기다렸다. 나를 보더니 그녀는 웃었다. 「당신은 함정에 빠졌지만 무서워하지는 말아요. 커다란 함정이라 아무리 돌아다녀도 철창은 없을 테니까요. 자유란 바로 그런 것이랍니다. 잘 왔어요!」

    나는 새벽부터 해 질 녘까지 돌아다니며 지칠 줄 모르는 눈으로 온갖 빛깔에 온갖 가능성을 지닌 혼돈의 도시 모스크바를 둘러본다. 동양 전체가 눈 위로 쏟아져 나온다. 묵직한 똬리 모자를 쓴 아나톨리아 행상인들, 나무와 종이로 만든 작은 장난감들과 혁대를 팔러 나온 살갗이 질기고 원숭이 같은 중국 사람들. 길거리에는 과일과 훈제 물고기와 아기들의 턱받이와 내장을 빼낸 닭을 시끄럽게 소리치며 파는 남녀들과, 어디를 가나 레닌의 동상으로 넘쳐흐른다. 어린 계집아이들이 입에 담배를 문 채 신문을 팔고, 빨간 머릿수건을 두른 여성 노동자들이 지나간다. 광대뼈와 눈이 몽골인 같은 뚱뚱하고 볼품없는 여자들. 둥그런 아스트라한 털모자를 쓰고 몸은 벌거벗다시피 한 아이들. 사람이 지나갈 때마다 손을 내밀고 몸을 질질 끌며 아양을 떠는 불구자들. 오렌지 빛 가죽 옷을 걸치고 무성한 수염은 옥수수처럼 뒤엉킨 농민들이 지나가면 그들 주변에서는 온통 소 떼가 지나가는 냄새로 가득 찬다.

    초록이나 황금빛 둥근 지붕의 성당들. 마천루들. 성당 건물들과 전차와 길거리 여기저기에 나붙은 표어는 〈세계의 노동자들이여, 단결하라!〉이고, 거대한 성당 벽에는 붉은 페인트로 〈종교는 민중의 아편이다!〉라고 쓰여 있다. 저녁이 가까워지면 이 모든 무질서한 소음을 이겨 내며, 둔중한 러시아 종소리가 끈질기게 살아남은 저녁 기도를 알리느라고 지극히 감미롭게 갑자기 울린다…… 혼돈 — 모스크바의 첫인상은 그것이다.

    두 번째는 두려움이다. 세상의 어느 도시에서도 이처럼 경직되고 단호하고 음울한 얼굴과, 불타는 눈과, 꽉 다문 입술과, 긴장과, 격렬한 열기를 찾아보기 어렵다. 적이 가까워 오는 동안에 막아 놓은 문 뒤에서 기사들이 갑옷을 입고, 성채와 탑들이 잔뜩 솟은 음울한 중세 도시로 들어온 기분이다. 온통 전쟁을 준비하는 야만적 분위기로 가득하다. 거대한 위협과 거대한 희망이 하늘에 감돈다. 두려움을 자극하는 무엇이 대기 속에서 꿈틀거린다. 눈을 부릅뜨고 칼을 움켜쥔 사나운 아기 천사 하나가 크렘린 탑들 꼭대기에 앉아서, 고딕 종루에 올라앉은 중세의 키마이라처럼 잠도 자지 않으면서 천 개의 눈과 천 개의 칼로 모스크바를 감시한다.

붉은 병사들 한 무리가 사납고 미친 듯한 얼굴로 길모퉁이에서 거리로 갑자기 뛰어나왔다. 도로가 뒤흔들리면서 사람들은 길을 비켜 주려고 달아났고, 사과 한 바구니를 든 통통하고 키가 작은 여자가 무서워서 비명을 질렀으며, 눈부시게 새빨간 사과가 쏟아져 눈 위에서 뒹굴었다. 몽골인처럼 뾰족한 모자를 쓰고, 발까지 내려오는 회색의 긴 외투를 입은 병사들이 무거운 발걸음으로 행진했다. 앞장선 장교가 먼저 노래를 부르기 시작했다. 나는 내 앞을 지나가는 그를 보았다. 그의 입은 간질병 환자처럼 경련을 일으켰고, 목의 핏줄은 터질 지경으로 부풀어 올랐으며, 뺨으로는 땀이 흘러내렸다. 얼마 동안 그는 혼자서 노래를 불렀는데, 행군하는 모습을 보니 그는 춤을 추다시피 했으며, 몸의 율동은 주체하기 힘든 황홀경에 빠진 듯싶었다. 그 혼자서만 노래를 부르더니, 갑자기 다른 병사들이 따라 했고, 얼어붙은 거리는 사방에서 불꽃이 터지는 전쟁터 같았다. 나는 등골이 오싹해졌다. 어찌 될지 아무도 모르는 미래의 현실이 번갯불의 섬광처럼 나를 찔렀다. 러시아 군대가 런던이나 파리일지도 모르는 어느 대도시에 나타나서 약탈을 시작했다. 세상에서 가장 피에 굶주리고 육식성인 야수는 무엇인가? 하나의 새로운 신앙. 가장 채식성인 야수는 무엇인가? 낡아 버린 신념. 우리들은 이제 새로운 신앙의 목구멍으로 들어섰다.

바로 그날 저녁에 나는 농민 시인들 가운데 가장 신비하고 육감적인 니콜라이 클류예프를 만났다. 성기고 노란 수염에 이마가 벗겨진 그는 마흔 살이었지만 일흔 살처럼 보였다. 그의 목소리는 조용하고 포근했다.

「나는 정치와 대포 얘기로 분주한 그런 러시아 시인이 아닙니다.」 그는 은근히 자랑하며 말했다. 「나는 동화와 성상을 만드는 황금 광맥의 한 부분이죠. 참된 러시아는 나 같은 사람들에게 의존합니다.」

그는 너무 솔직하게 얘기했음을 후회하는지 말을 멈추었다. 하지만 그는 마음속의 자부심에 휘말렸다. 자제하지 못하고 그는 얘기를 계속했다. 「들소와 곰은 운명의 문을 부수지 못하지만, 비둘기의 마음은 그걸 연답니다.」

그는 자신의 잔에 보드카를 가득 채우고는, 만족스럽게 입 맛을 다셔 가며 천천히 마시기 시작했다. 또다시 그는 자기가 한 말을 후회했다. 반쯤 눈을 감고 그는 나를 쳐다보았다.

「내 말을 듣지 말아요. 난 내가 무슨 얘기를 하는지 모르겠어요. 난 시인이에요.」

위대한 날의 전야, 러시아 혁명은 피투성이 탄생을 축하했다. 백색, 흑색, 황색 인종의 순례자들이 전 세계로부터 찾아왔다. 다른 시대였다면 피부가 검은 동양 인종들이 마찬가지로 메카에 모여들었을 것이며, 황색 인종들은 마찬가지로 말없이 개미 떼처럼 베나레스[2]로 모여들었으리라. 지구의 중심지들이 자꾸만 바뀐다. 오늘은 친구이거나 적들의 모든 시선이 원하든 원하지 않든 간에,

사랑으로 인해서 또는 증오로 인해서 모스크바에 고정되었다.

붉은 광장의 중앙에 마련된 새로운 예루살렘의 현대판 성묘는 백설로 덮였다. 수천 명의 순례자들, 운집한 군중은 네 줄로 늘어서서 나지막한 문이 열리기를 기다렸다. 지하에서 완전히 생존한 모습으로 누워 기다리는 붉은 황제를 만나 보고 경배를 드리기 위해서 남자들과 여자들, 아기들이 세상의 끝에서부터 찾아왔다. 나도 그들과 함께 왔다. 아무도 입을 열지 않았다. 우리들은 추위에 떨며 눈을 맞으면서, 영묘에서 눈을 떼지 않으며 몇 시간이나 기다렸다. 덩치 큰 남자가 나지막한 문 앞에서 갑자기 움직였고, 붉은 위병은 무덤을 열었다.

네 명씩 천천히 침묵을 지키며, 군중은 검은 입구로 들어가 사라졌다. 나도 그들과 함께 사라졌다. 우리들은 조금씩 땅 밑으로 내려갔고, 사람들의 입김과 악취로 공기가 탁해졌다. 내 앞에서 나아가던 두 무지크의 둔하고 지저분하던 얼굴이 갑자기 지하의 태양으로부터 빛을 받기라도 한 듯 환해졌다. 나는 목을 길게 뽑았다. 저 아래, 대형 유리 덮개 밑에 안치된 거룩한 유해가 드디어 눈에 들어왔는데, 대머리가 벗겨진 레닌의 창백한 납빛 이마가 광채를 냈다.

회색 노동복 상의에, 허리부터 하반신은 붉은 깃발로 덮고, 오른손은 불끈 주먹을 쥐고 왼손은 펴서 가슴에 얹고 누운 그는, 완전히 살아 움직이는 모습이었다. 짧은 수염이 대단히 노란 빛깔인 그의 미소지은 얼굴은 발그레했다. 난방을 한 높다란 유리 덮개 속은 장엄한 분위기가 가득했다. 러시아의 민중은 몇 해 전 금박을 입힌 십자가상(十字架像)에 담긴 금발 예수의 발그레한 얼

2 힌두교 순례지로서 유명한 인도 북동부 도시 바라나시의 옛 이름.

굴을 보았을 때와 똑같은 시선으로, 열렬한 시선으로 그를 응시했다. 이 사람도 역시 그리스도, 붉은 그리스도였다. 희망과 두려움으로 이루어진 본질, 인류의 영원한 본질, 본질은 똑같았다. 이름 이외에는 아무것도 달라진 바가 없었다.

　명상의 분위기에 젖어서 나는 눈이 뒤덮은 광장으로 올라왔다. 이 남자는 얼마나 벅찬 투쟁을 전개했던가, 나는 한없이 감탄하며 생각했다. 가난, 배반 그리고 비방 — 망명 생활을 하면서 그는 얼마나 많이 인내했던가. 그의 신념과 집요함에 대해 두려움을 느껴서, 가장 가까웠던 친구들까지도 그를 버렸다. 수정 덮개 밑에서 내가 보았던 대머리가 벗겨진 이마 속에서, 이제는 빛이 사라진 작은 두 눈의 뒤에서, 작은 마을들과 큰 도시들 그리고 끝없는 평원과 천천히 흐르는 강, 황량한 툰드라로 이루어진 러시아는 자유를 달라고 외쳤다.

　러시아에서 가장 강력한 인물이었고, 그렇기 때문에 가장 책임감도 강한 영혼을 지녔던 그는, 조국을 구하라는 의무를 자신에게 부여하면서 러시아가 그를 부른다고 믿었다. 끔찍하고도 숙명적인 과업을 행하기 위해서가 아니었다면, 도대체 왜 러시아는 피와 눈물과 투쟁으로 이렇게 강력한 영혼을 빚어냈단 말인가?

　깊은 생각에 잠겨 붉은 광장에서 바장이려니까, 나를 안내하는 책임을 맡았던 이트카는 나에게 쉴 새 없이 얘기를 계속했고, 나는 그녀의 젊음과 신념에 감탄했다. 얘기를 하는 동안 그녀의 온몸은 엘 그레코가 그린 성자들처럼 불꽃으로 변했다.

　「레닌에 대해서는 나한테 질문하지 말아요.」 그녀가 항변했다. 「내가 감히 무슨 얘기를 한단 말예요? 무슨 말부터 시작하고요? 그는 이제 인간이 아니라 하나의 표어랍니다. 그는 인간의 속성들을 잃었고, 전설이 되었어요. 혁명 기간 동안에 태어난 아이들은 〈레닌의 자식들〉이라고 부르며, 한 해의 마지막 날 밤이 되면 선물을 잔뜩 가지고 와서 아이들에게 나눠 주는 신비한 할아버지는 더 이상 성 니콜라스[3]나 성 바실리우스가 아니라 레닌이에요. 민중을 구성하는 힘없고 늙은 여인들과 무지크는 모두 어떤 보호자를, 위안을 주는 초인을 필요로 하고, 여자들은 그들의 새로운 성상대에다 거룩한 레닌의 형상을 모시고는 그를 위해 불을 밝힙니다. 북극해에서부터 중앙 아시아의 열대 정착지에 이르기까지 모든 곳에서, 러시아의 가장 동떨어진 작은 마을들에서 어부와 농부와 양치기 같은 소박한 사람들이 얘기를 나누며 웃고 한숨을 지을 때마저도, 레닌의 형상을 조각하며 밤을 보낸답니다. 여자들은 비단에 그의 모습을 수놓고, 남자들은 나무를 깎아 그의 형상을 만들고, 아이들은 숯 동강으로 벽에다 그의 모습을 그립니다. 언젠가 그는 우크라이나의 어느 작은 마을에서 보낸 초상화를 받았는데, 밀알로 모자이크를 했고 입술은 빨간 고추로 칠했다더군요.

레닌은 교육을 받았거나 받지 못한 우리 모두의 표어가 되었어요. 우리들에게는 민중이 탄생시킨 위대한 인간은 대중의 머리 위에 높이 떠서 살아가는 존재가 아니어서, 그는 인민의 뱃속으로부터 튀어나오며, 유일한 차이라고는 민중이 더듬더듬 외치려 하는 문제점들을 레닌은 조리 있는 하나의 개념으로 정돈한다는 점이죠. 이렇게 하나의 개념이 이루어지고 나면, 그것은 더 이상 흩어지거나 사라질 어떤 가능성도 없어진답니다. 그건 하나의 표어가 되니까요. 그리고 표어는 행동을 의미합니다!」

「스탈린은 어떻고요?」 내가 이런 질문을 했던 까닭은 굼뜬 네

---

3 산타클로스를 말한다.

모꼴 몸집에, 눈은 교활하기 짝이 없고, 계산에 따른 묵직한 몸동작을 구사하며, 콧수염을 텁수룩하게 기른 야만적인 그 인물에 대해서 알아보고 싶었기 때문이었다. 스탈린은 과연 어떤 종류의 거룩한 괴물이었을까?

이트카는 마치 자기도 모르는 사이에 실수로 단 한마디라도 더 입 밖에 낼까 봐 걱정이 되어서 자신이 하려는 말의 어휘 수를 헤아려 보기라도 하는 듯, 잠시 침묵을 지켰다. 그녀가 금지된 영역으로 들어섰다는 기미가 역력했다. 마침내 그녀는 할 말이 무엇인지 결정했다는 듯 입을 열었다.

「레닌은 빛이고, 트로츠키는 불꽃이지만, 스탈린은 흙, 러시아의 비옥한 흙이에요. 그는 하나의 밀알을, 씨앗을 받았어요. 그러니까 무슨 일이 일어난다 하더라도, 비나 눈이 많이 내리더라도, 비나 눈이 내리지 않는다고 하더라도, 그는 씨앗을 쥐고 버리지 않을 터이며, 결국 그것을 하나의 이삭으로 가꾸어 놓을 거예요. 그는 인내심이 강하고 집요하고 자신만만하며, 믿을 수 없을 정도로 잘 견디어 냅니다. 그가 티빌리시에서 일하는 노동자였던 젊은 시절에 일어난 사건 한 가지만 얘기해 주면, 당신은 내가 왜 그런 말을 했는지 저절로 이해하게 되겠죠.

(지금 우리들이 이런 얘기를 들으면 동화처럼 여겨지기는 하지만) 그때 그 시절 러시아의 황태자들은 술이 취하면 사냥터에다 무지크들을 줄지어 세워 놓고 과녁으로 삼아 사격 연습을 했답니다. 하지만 노동자들은 조직을 만들기 시작했고, 황제의 경찰은 걸핏하면 노동 계급의 지도자들을 체포해서 감옥에 가두거나, 시베리아로 유형을 보내거나, 죽여 버렸어요. 티빌리시에서 화물차의 짐을 내리는 노동자들이 어느 날 파업을 선언했어요. 우리들이 인간답게 살 수 있도록 생활 여건을 개선해 주지 않으면 일을

하지 않겠다고 그들이 말했어요. 경찰이 그들을 덮쳐서 50명가량을 체포하여 티빌리시 외곽의 들판에다 줄지어 정렬시켰죠. 황제의 군대가 못이 잔뜩 박힌 매[4]를 저마다 하나씩 들고, 그들 앞에 늘어섰어요.

윗도리를 벗겨 잔등을 드러낸 노동자들이 줄지어 선 병사들 앞으로 지나갔고, 그러면 병사들은 저마다 힘껏 매를 내리쳤어요. 피가 뿜어 나오고, 고통은 참을 수 없을 정도였으며, 줄이 끝나는 곳까지 이르지 못하고 견디다 못해 쓰러진 사람이 여럿이었어요.

노동자들의 지도자가 당할 차례가 되었죠. 그는 스스로 저고리를 벗어던져 알몸인 상반신을 드러냈으며, 시련이 시작되기 전에 땅으로 허리를 굽혀 풀잎 하나를 따서 잇새에 물었어요. 그런 다음에 그는 꼿꼿한 자세를 잃지 않고 천천히 줄지어 선 병사들의 앞으로 지나갔어요. 매가 미친 듯이 그를 내리쳤고, 여기저기 상처에서 피가 뿜어져 나왔지만, 그는 입을 열지 않았고, 소리 한마디 내지 않았답니다. 화가 난 병사들은 그를 굴복시키겠다는 각오로 다시 한 차례씩, 그러고는 세 번째로 매질을 했어요. 하지만 그는 전혀 소리를 지르지 않았어요. 그는 몸을 움츠리지도 않고, 신음하지도 않았으며, 줄이 끝나는 곳까지 가서는 마지막 병사 앞에 다다르자 입에 물었던 풀잎을 주었어요. 〈이걸 가지고 가서 볼 때마다 내 생각을 하시오.〉 그가 말했어요. 〈보시오, 난 잎을 깨물지도 않았습니다. 내 이름은 스탈린이라고 하오!〉」

나를 힐끗 쳐다보며 이트카는 미소를 지었다.

「모든 러시아인은 지금까지 여러 해 동안 풀잎을 이빨로 물고는 그것을 깨물지 않으려고 투쟁했어요……. 그럼 이해가 되나요?」

4 옛 러시아에서 가죽을 묶어서 만든 형구.

「그래요.」나는 전율을 느끼며 대답했다. 「삶은 격렬하죠. 극도로 격렬해요……」

「하지만 인간의 영혼은 훨씬 더 격렬해요.」이트카가 말하고는, 마치 나에게 용기를 주려는 듯 팔을 꼭 잡았다.

나는 이트카의 열렬한 얘기를 들으면서 당당하게 머리를 높이 들었다. 아득하고도 맹렬한 시베리아 대초원의 숨결이 나에게로 불어오는 기분이 들었다. 파괴와 창조를 가득 머금은 동풍으로 인해서 내 마음은 소용돌이를 일으켰다.

나를 가장 감동시켰으며, 하루하루가 지나면서 점점 더 감동이 깊어지게 했던 바는, 눈에 보이지 않는 어떤 대상을 이곳 러시아의 광활한 설원(雪原)과 시끄러운 도시에서처럼 분명하게 본 적이 예전에는 전혀 없었다는 사실이었다. 내가 얘기하는 〈보이지 않는 대상〉이란 성직자가 신에 대해서 얘기하는 온갖 양상이나, 형이상학적인 의식이나, 절대적으로 완벽한 존재를 뜻하지는 않으며, 그보다는 오히려 사람들을 (그리고 사람에 앞서서는 동물과 식물과 광물을) 이용해서 짐을 나르게 하고, 어떤 뚜렷한 목적에 따라 그리고 어떤 특정한 길을 따라 서둘러 나아가는 신비한 힘을 의미한다. 여기에서는 빛과 풍경을 창조하는 맹목적인 힘들이 우리를 에워싼 듯한 기분이 느껴진다.

모든 이론을 넘어서, 현학적인 논쟁을 넘어서, 경제적인 필요성과 정치적인 계획들을 넘어서, 소비에트인들과 인민위원들보다 위에서, 이곳에서는 우리 시대의 정신이, 술에 취하고 음울하고 무자비한 우리 시대의 정신이 활동하고 지시한다. 가장 야수같은 무지크에서부터 레닌이라는 거룩한 인물에 이르기까지, 모두가 지배하는 정신에 의식적으로 또는 무의식적으로 따르고 협동한다. 이 정신은 정책보다 높고, 지도자들보다 높으며, 러시아보다도 높다. 정신은 이들보다 위에서 나부끼고, 그들을 남겨 두고 떠나며, 세계를 동원한다.

이곳 무서운 실험실로 찾아왔을 때 나는 새로운 러시아를 건설하는 데 충성을 바치는 사람들에게 철학적인 문제들을 제시했다. 배가 부르도록 먹고, 토론을 벌이거나 놀면서 보낼 시간적인 여유를 누리는 도시인의 점잖고 무익한 걱정거리들로부터 나는 아직도 지배를 받았다. 나는 눈에 보이는 세상을 보지 못했고, 그러면서도 보이지 않는 대상을 보려고 갈망했다. 보아하니 나는 수선화로 뒤덮인 붓다의 초원에서 온 사람인 모양이었다.

전해지는 얘기에 의하면, 어느 날 아침 늙은 소크라테스가 그의 영혼을 가져갈 젊은 남자를 만나 대화를 나누려는 생각으로 아고라[5]에서 산책을 하며 첫 번째 젊은이가 나타나기를 기다렸다고 한다. 하지만 그날 아침에 그는 젊은 남자가 아니라 동양에서 온 나이 많은 인도 현인을 보았다. 현인은 소크라테스를 만나기 위해 여러 해에 걸쳐 걸어서 여기까지 온 것이었다. 소크라테스를 찾아낸 순간 인도 현인은 그의 발치에 몸을 던지고는 두 무릎을 껴안고 말했다. 「붓다여, 오, 세속으로부터 해방된 현자여, 삶과 변화를 정복하고 제신을 다스리는 분이시여, 허영이라는 기만적이고 집요한 맹목성을 짓밟아 뭉개 버리는 흰 코끼리시여, 시각과 청각을 초월하고 후각과 미각과 촉각을 초월한 육신이시여, 당신이 손에 든 동냥 바구니를 기울여 저를 무존재의 바다에 한 방울의 물처럼 쏟아 버리소서. 스승이시여, 당신의 손을 뻗어 저한테 영원한 재앙의 길을 가르쳐 주소서.」

그러자 소크라테스는 이런 야만적인 어휘들 때문에 저절로 떠

5 옛 그리스의 집회 장소.

오르던 신랄한 미소를 점잖게 감추면서 대답했다. 「낯선 이여, 혹시 내가 말뜻을 제대로 알아들었다면, 당신은 영원성을 지닌 제신들에 대한 애기를 하는 모양이로군요. 그렇다면 내 친구인 엘레우시스의 도사[6]를 내가 당신에게 데려다 주겠소. 세상이 어떻게 존재하게 되었으며, 우리들이 어디에서 왔고, 인간이 어디로 가는지, 그리고 별들이 펠로폰네소스보다 크다는 사실까지도 그는 다 압니다. 그뿐 아니라 그는 신이 에레보스[幽暗][7]에서 반짝이는 알이라는 사실도 알고, 그대에게 하얀 삼나무의 마력도 가르쳐 주리라고 믿소…… 하지만 나 같은 사람은, 미안합니다만, 현세와 인간밖에는 관심이 없다오.」

만일 이튿날 내가 크렘린 궁에 들어가서 늙은 인도인과 같은 질문들을 했다면 스탈린은 얼마나 웃었을까!

동틀 녘. 나는 창밖으로 몸을 내민다. 괴이한 성좌들처럼 갖가지 빛깔의 전구들이 희미해지는 새벽빛 속에서 망치와 낫과 붉은 깃발을 인광으로 그려 놓는다. 거리들을 따라 띠를 이룬 붉은 문장들의 글자들을 읽어 보려고 애를 쓴다. 빛이 점점 밝아지면서 나는 글자들을 조금씩 알아본다. 〈노동자들…… 7시간 …… 레닌…… 전 세계에 걸친 혁명…….〉

나는 서둘러 옷을 입는다. 한 층 한 층 내려가며 호텔 복도에서 초청을 받은 수많은 노동자들, 정신 노동자들과 육체 노동자들, 인류의 모든 인종을 만난다. 일본 작가들, 페르시아와 아프가니스탄의 사절단, 아라비아에서 온 두 명의 호자 *hodja*, 세 명의 젊은 인도 대학생, 오렌지 빛깔의 캐시미어 머릿수건을 두른 매력

---

6 고대 그리스에서 신비 의식을 맡았던 사제.
7 하데스로 내려가기 전에 거쳐야 하는 지하의 캄캄한 곳.

적인 두 명의 인도 여자를 만나서 나는 깍듯하게 절을 한다. 1층에서 몸집이 큰 두 명의 몽골인과 몸집이 작고 나약하기 그지없는 세 명의 중국 장군과 인사말을 주고받으며, 아시아에서 위험하게 끓어오르는 모든 동요를 나는 그들의 어휘와 눈에서 감지한다.

우리들은 기념식 시간에 맞춰 도착하기 위해 달려간다. 지독한 추위, 잿빛 하늘, 콧구멍과 입에서 나오는 김. 붉은 광장은 이미 만원이다. 레닌의 성묘 위에는 정부 관리들이 한 줄로 정렬해 늘어서고, 그들의 맞은편에는 원형 극장 식으로 층층이 늘어놓은 긴 의자에 전 세계에서 초대받아 온 내빈들이 자리를 잡았다. 정렬해 늘어선 군인들은 꼼짝도 하지 않고, 그들 뒤에 모인 군중은 멀리서 지하의 지진이 울리는 듯 둔탁하고 집단적인 소리를 낸다. 발밑에서 땅이 흔들린다. 뒤켠으로는 갖가지 빛깔로 치장하고 둥근 지붕이 여럿인 유명한 이반 뇌제 성당이 유령처럼 아침 안개 속에서 모습을 은은하게 드러낸다.

훈장을 가슴에 주렁주렁 매단 몸집이 작은 중국의 장군들이 내 주위에 잔뜩 몰려섰다. 인도 남자와 여자가 몇 사람, 일본 지성인들, 귀에는 황금 귀고리를 달고 몸집이 어마어마하게 큰 흑인 남자도 한 명. 우리들은 다정한 눈길을 주고받으며 미소를 짓고, 은근한 목소리로 애정을 표현한다. 일본 시인이 내 손을 꼭 잡는다. 내가 아는 일본말이라고는 〈마음〉을 뜻하는 〈고코로〉뿐이다. 그래서 내가 손을 가슴에 얹고 그의 귓전으로 몸을 숙이고는 〈고코로!〉라고 외치자, 그는 기뻐서 소리치고는 내 품으로 뛰어든다.

갑자기 울리는 군대 나팔. 우리들은 모두 미소를 짓는 얼굴로 벌떡 일어선다. 체르케스, 카프카스, 몽골, 칼미크의 기병대가 줄지어 지나가는데, 칼을 뽑아 높이 치켜든 지휘관이 앞장을 서고,

알록달록한 깃발과 창을 들고 민족 고유의 의상 차림인 기병들이 뒤따른다. 그들은 레닌의 무덤에 경례를 하고는 사라진다. 촘촘한 파도처럼 서로 바싹 달라붙어 무리를 지어서, 발트 해와 흑해의 해군과, 보병과, 포병과, 공군과, 모스크바 경비대와, 게페우와, 가죽 옷 차림에 짤막한 소총을 든 노동자들과, 빨간 머릿수건을 두르고 어깨에는 소총을 둘러멘 여성 노동자들이 온다. 다음에는 놀랍게도, 끝없는 인민의 행렬이다. 거대한 광장의 세 방향으로부터 세 개의 붉은 강물이 천천히 흘러나온다. 학생들이 지나간 데 이어 개척자들, 청년 공산당원들, 농민들, 낙타를 탄 아시아인들, 입이 열리고 닫히는 어마어마한 헝겊 용을 들고 나온 중국인들도 지나간다. 사람들이 메고 가는 이동 무대 위에서는 커다란 지구본을 칭칭 감은 쇠사슬을 어느 아이가 망치로 쳐서 끊어 내고, 뒤따르는 여러 이동 무대 위에서는 참전 부상병들이 목발을 하늘 높이 휘두르며 환호한다. 어머니들이 아기들을 안고 지나간다. 몇 시간이 흘러가고, 갑자기 태양이 안개를 뚫고 나와 무수한 얼굴들이 빛나고, 눈들이 반짝인다. 행진하는 사람들의 묵직한 발소리와 환호성으로 광장 전체가 진동한다. 내 앞에 선 인도인들이 오렌지 빛 머릿수건을 벗어 들고 머리 위로 휘둘러 댄다.

나는 주위를 둘러본다. 모두들 흐느껴 운다. 다시 둘러보니, 모든 사람과 마찬가지로 나도 눈물이 앞을 가려 아무것도 보이지 않는다. 옆에 선 가냘픈 중국인 장군에게로 엎어지듯 나는 그를 힘껏 포옹하고, 우리 두 사람은 함께 흐느껴 운다. 흑인이 달려 나와 우리 두 사람을 한꺼번에 왈칵 껴안는다. 흑인도 역시 흐느껴 울고, 웃어 대기도 한다…… 이토록 거룩한 도취감이 몇 시간이나 계속되었던가? 몇 세기 동안이나? 이것은 내 생애에서 두 번째로 위대한 날이었고, 가장 숭고한 날이었다. 첫 번째 위대한 날은 순수한 그리스인들의 게오르기오스 왕자가 크레타의 땅을 밟던 날이었다. 흑인이 우리 두 사람을 꼭 껴안는 동안, 중국인 장군을 내 품 안에 꼭 껴안으면서 나는 울타리들이 무너지고, 국가와 인종과 이름이 사라지는 기분을 느꼈다. 흐느껴 울고, 웃어대고, 포옹하면서, 인간은 인간과 하나가 되었다. 번갯불과 같은 섬광이 그들의 마음을 비추자 사람들은 모든 인간이 형제라는 진리를 깨달았다!

끝없이 펼쳐진 러시아의 대지처럼 나의 작은 마음이 외치는 소리를 나도 역시 의식했다. 내 인생이 마침내 목적의 단일성을 취하게 되리라고, 수많은 형태의 노예 생활로부터 나 자신을 해방시키리라고, 두려움과 거짓과 싸워 이기리라고, 그리고 다른 사람들이 두려움과 거짓과 싸워 이기도록 내가 도와주리라고 나는 맹세했다. 인간은 너무나 오랫동안 불의를 저질러 왔으며, 나는 더 이상 그것을 용납하지 않으리라. 대지의 모든 아이들에게는 깨끗한 공기와 장난감과 교육을, 여자들에게는 자유와 따뜻한 정을, 남자들에게는 친절과 예우를, 그리고 꼬리를 치는 쇠약한 말과 같은 인간의 마음에게는 한 알의 밀알을 우리들이 마련해 줘야 한다.

이것이 러시아의 목소리라고 나는 자신에게 말했으며, 나는 죽을 때까지 그것을 따르겠다고 다짐했다.

사랑에 빠진 한 남자의 맹세. 내가 했던 말은 진심이었고, 나는 내 인생을 포기할 각오를 했었다. 하나의 사상을 지키기 위해서 남들이 던지는 돌에 맞고, 화형을 당하고, 십자가에 못 박힌 사람들이 어떤 기쁨을 느꼈을지 나는 처음으로 이해했다. 동지애(同志愛)의 의미, 〈모든 사람은 하나다〉라는 말의 의미를 내가 그토록 깊이 체험하기는 이때가 처음이었다. 나는 삶보다도 숭고한 선물이 존재하며, 죽음을 정복하는 힘이 존재한다는 진리를 깨달았다.

나는 파나이트 이스트라티가 살아온 시련의 영웅적인 생애를 알았고, 동양적인 매혹으로 가득 찬 그의 작품들을 읽었지만, 아직까지 그를 만난 적은 한 번도 없었다. 어느 날 나는 구겨지고, 얼룩지고, 서둘러 쓴 큼직한 글씨로 뒤덮인 종이 쪽지를 받았다. 〈나를 찾아오세요. 우리 아버지는 그리스인이고 어머니는 루마니아 사람이죠. 난 파나이트 이스트라티입니다.〉

나는 모스크바의 호텔에서 묵던 그의 방으로 찾아가 문을 두드렸다. 나는 투쟁의 의미를 아는 사람을 만나게 된다는 기대감으로 인해 정말로 기뻤다. 나는 새로 사람을 사귀는 문제에 부딪칠 때마다 나를 짓누르는 불신감을 정복하고는, 자신감에 넘쳐 이스트라티를 만나러 찾아갔다. 그는 병들어 침대에 누워서 기다리고 있었다. 나를 보자마자 그는 일어나 앉더니 기뻐서 그리스어로 소리쳤다. 「만나게 되어 반가워요. 정말 반갑군요!」

결정적인 최초의 만남은 정중했다. 우리들은 더듬이로 서로를 탐색하는 개미들처럼 무엇인가 알아내려는 듯 상대방을 관찰했다. 세파를 많이 겪은 이스트라티의 얼굴은 갸름하고 주름살이 깊었다. 그의 윤기 흐르는 백발은 어린아이처럼 이마 위로 헝클어져 내려왔다. 다정함과 장난기가 넘치는 눈이 빛났고, 호색적인 입술은 육감적으로 늘어졌다.

「난 지난번 모임에서 당신이 발표한 연설문을 읽었어요.」 그가 말했다. 「마음에 들더군요. 당신은 그들에게 속시원한 소리를 했습니다. 멍청한 서양인들! 그들은 하찮은 평화주의자 글쟁이들이 전쟁을 막아 주리라고 생각하죠! 그런데도 혹시 전쟁이 터진다면, 그들은 노동자들이 반란을 일으키고 무기를 버릴 것이라고 생각해요. 한심한 소리! 노동자들이라면 내가 너무나 잘 알아요! 그들은 또다시 살육의 현장으로 떨어져 죽이기 시작하겠죠. 그래요, 당신 참 말 잘했어요. 우리들이 원하든 말든, 또다시 세계 대전이 터질 테고, 그러니 우린 준비를 해야 됩니다!」

내 눈을 빤히 쳐다보면서 그는 앙상한 손을 내밀어 내 무릎을 잡았다.

「듣자 하니 당신은 신비주의자 같더군요.」 그가 웃으며 말했다. 「하지만 내가 보기에 당신 눈은 세상을 알아서, 배 속에 바람만 가득하지는 않겠어요. 신비주의자는 그렇다면서요? 하기야 내가 뭘 그런 걸 알겠어요? 말, 말뿐이죠! 손을 이리 줘요.」

우리 두 사람 다 웃으면서 손을 꽉 잡았다. 그는 침대에서 훌쩍 뛰어나왔다. 그의 갑작스럽고 유연한 동작과, 탐욕스러운 눈과, 사나운 우아함에는 어딘가 살쾡이 같은 면이 엿보였다. 그는 석유곤로에 불을 붙이고 그 위에다 브리키[8]를 얹어 놓았다.

「달짝지근한 걸로 한 잔!」 그는 노래를 부르는 듯한 웨이터의 목소리를 흉내 내었다.

그의 마음속에서는 그리스의 추억이 되살아났고, 머리에서는 피가 끓어올랐다. 그는 브라일라의 그리스인 지역에서 들은 옛 노래를 부르기 시작했다.

오, 나비가 되어
그대에게 날아가리……

---

8 터키 커피를 끓이는 특별한 주전자.

그의 머릿속에서 그리스가 깨어났다. 탕자는 이제 조상들의 땅으로 돌아가기를 갈망했다. 갑자기 그는 정열에 넘쳐 결심했다. 「난 그리스로 돌아가겠어요!」

그는 피곤함을 느꼈다. 기침을 하며 그는 침대로 돌아가서 천천히 커피를 마셨다.

침대에 일어나 앉아 줄담배를 피우며 그는 정열적으로 두서없이 러시아와, 그의 작품과, 평생 동안 친구를 찾아다니지만 하나도 얻지 못해서 고뇌하는 작품의 주인공인 아드리안 조그라피에 대해서 얘기했다. 그의 욕망은 제멋대로였고, 마음은 반항적이며, 이성은 혼돈을 정리할 능력이 없었다.

나는 깊은 사랑과 연민을 느끼며 이스트라티를 지켜보았다. 나는 그의 삶이 결정적인 변화를 겪고 있지만 아직도 어느 길을 선택해야 할지 결정을 내리지 못했다고 느꼈다. 그는 내 도움을 구하려는 듯 작고 불타는 눈으로 자꾸만 쳐다보았다.

「당신 책들의 주인공인 아드리안은 당신이죠.」 나는 웃으면서 말했다. 「똑같아요! 당신은 스스로 생각하는 정도로 혁명주의자는 아니고, 그냥 *homme révolté*[9]예요! 혁명가는 행동에서 체계와 질서와 일관성이 보이고, 마음은 고삐를 채웠죠. 당신은 반항아여서 한 가지 사상에 끝까지 충실하기가 어려워요. 당신은 마음속에서 질서를 잡고 결심을 해야 해요. 당신은 그래야 할 의무가 있어요.」

「날 그냥 내버려 둬요!」 나에게 멱살이라도 잡힌 듯 그는 소리쳤다. 하지만 잠시 후에 고뇌가 서린 어조로 물었다. 「정말 그렇게 믿어요?」

9 프랑스어로 〈반항아〉라는 뜻.

나는 이스트라티의 앙상한 팔을 잡고 위로를 하려는 듯 말했다. 「파나이트, 당신은 브라일라의 좁은 지역을 벗어날 때가 되었어요. 세상의 불안과 희망은 광범위해졌고, 아드리안도 마찬가지로 폭이 넓어졌어요. 결국은 일관성과 신념을 얻게끔 그의 개인적이고 무질서한 삶의 맥박을 세계의 맥박과 맞추도록 하세요.」

「그만 해요!」 화를 내며 이스트라티가 말했다. 「그만 해요! 도대체 무엇이 당신을 이곳으로 데려왔죠? 당신이 한 모든 얘기에 관해서 난 침대에 누워 밤낮으로 생각했어요. 당신은 나더러 〈뛰라〉고 소리치지만, 〈뛸 힘이 있느냐?〉고는 묻지 않았어요.」

「두고 보세요. 파나이타키.[10]」 내가 대답했다. 「흥분하지 마세요. 뛰어 보면 얼마나 멀리 갈지 저절로 알게 될 테니까요.」

「맙소사, 이건 유희가 아니에요! 어떻게 그런 소리를 하죠? 그건 삶과 죽음의 문제예요.」

「삶은 유희이고, 죽음도 그래요.」 몸을 일으키며 내가 말했다. 「유희 — 그리고 이기느냐 지느냐 하는 건 지금과 같은 순간이 좌우하죠.」

「왜 일어서죠?」

「난 가야겠어요. 나 때문에 피곤하신 모양이에요.」

「당신은 아무 데도 가면 안 돼요! 여기 머물면서 식사를 한 후 오후에는 나하고 함께 어딜 가야 해요.」

「어디를요?」

「고리키를 만나러요. 편지를 보냈는데, 날 기다리고 있어요. 오늘 난 처음으로 이 유명한 유럽의 이스트라티를 만나야 되겠다고요.」

10 파나이트의 애칭.

그의 쓸쓸한 목소리는 위대한 선구자에 대한 어린애 같은 부러움을 드러냈다.

그는 침대에서 나와 혼자 옷을 입었다. 우리들은 밖으로 나갔다. 그는 내 팔을 꽉 잡았다.

「우린 친구가 되어야 해요.」 그는 자꾸만 나에게 말했다. 「그래요, 난 벌써부터 당신 콧등을 쥐어박고 싶은 생각이 드니까 우린 친구가 되어야 해요. 나는 주먹다짐 없이는 우정을 느끼지 못한다는 걸 알아 두는 게 좋겠어요. 우린 가끔 머리가 터져라 다퉈야 해요 — 알았죠? 그것이 사랑의 의미이니까요.」

우리들은 식당으로 들어가 자리를 잡았다. 그는 부적처럼 목에 걸었던 작은 올리브기름 병을 꺼내 걸쭉한 고기 수프에 부었다. 다음에는 조끼 주머니에서 꺼낸 작은 상자의 후추를 수프에 잔뜩 뿌렸다.

「기름과 후추!」 입 맛을 다시며 그가 말했다. 「브라일라 그대로구먼!」

우리들은 재미있게 떠들며 먹었다. 이스트라티는 그리스어가 조금씩 기억났고, 머릿속에서 단어가 떠오를 때마다 어린아이처럼 손뼉을 쳤다.

「잘 있었나!」 그는 모든 단어에 소리쳤다. 「잘 있었나! 그래, 오늘은 어떤가?」

하지만 그는 멀쩡한 정신이어서 몇 분에 한 번씩 시계를 보았다. 그는 불쑥 일어섰다. 「시간이 되었어요. 갑시다.」 그가 말했다.

그는 웨이터를 불러 고급 아르메니아 포도주를 네 병 사고, 외투 호주머니에는 작은 안주 꾸러미를 쑤셔 넣었으며, 담뱃갑은 넘칠 만큼 채웠고, 우리들은 식당을 나왔다.

위대한 고리키를 처음 만나게 된 이스트라티는 흥분했다. 보나마나 그는 포옹과, 식탁에 가득한 음식과, 눈물과, 웃음과, 꼬리를 무는 대화와, 다음에는 포옹과 또다시 끝없는 포옹을 기대했다.

「흥분하셨군요, 파나이트.」 나는 그에게 말했다.

대답이 없었다. 짜증을 내며 그는 걸음을 서둘렀다.

우리들은 커다란 건물에 다다랐고, 층계를 올라갔다. 나는 곁눈질로 그를 자꾸 쳐다보았는데, 그의 날씬하고 호리호리한 몸집과, 고생을 무척 많이 한 노동자의 손과, 만족할 줄 모르는 눈을 지켜보는 것이 재미있었다.

「이제 고리키를 만나게 될 텐데 좀 침착해질 수 있겠어요?」 나는 그에게 물었다. 「왈칵 덤벼들어 포옹을 하거나 소리를 지르지 않고 참을 수 있겠어요?」

「아뇨!」 그는 화를 내며 대답했다. 「내가 뭐 영국 사람인 줄 알아요? 내가 케팔로니아 출신의 그리스인이라는 소릴 몇 번이나 해야 되겠어요. 난 소리를 지르고, 포옹하고, 속을 털어놓죠. 원한다면 당신은 영국인처럼 존경심을 표현해도 좋아요……. 그리고 이왕 내친 김에 한마디 하겠는데, 난 혼자여야 더 편해요.」 그는 잠깐 입을 다물었다가 말을 덧붙였다. 「당신과 같이 있으니까 짜증이 나는군요.」

그의 말이 채 끝나기도 전에 담배꽁초를 입에 문 고리키가 층계참에 불쑥 나타났다. 그는 몸집이 크고 뼈마디가 굵었으며, 턱이 내려앉고 광대뼈가 우뚝하고, 작고 푸른 눈은 초조하고 고뇌에 찼으며, 입은 벅찬 괴로움을 나타냈다. 그토록 많은 아픔을 나는 인간의 입에서 한 번도 본 적이 없었다.

이스트라티는 그를 보자마자 한꺼번에 세 계단씩 층계를 올라가더니 손을 움켜잡았다.

「파나이트 이스트라티올시다!」 당장이라도 고리키의 널찍한 품에 안기려는 듯 그가 소리쳤다.

고리키는 입을 열지 않고 차분하게 손을 내밀었다. 그는 기쁨이나 호기심을 조금도 드러내지 않는 표정으로 이스트라티를 살펴보았다.

잠시 후에 그가 말했다. 「들어와요.」

그는 침착한 걸음걸이로 앞장섰고, 호주머니가 포도주 네 병과 안주로 불룩한 이스트라티가 초조하게 뒤따라갔다.

우리들은 사람들이 잔뜩 모인 작은 사무실로 들어가 앉았다. 고리키는 러시아 말로만 얘기했고, 대화를 시작하기가 힘들었다. 이스트라티는 굉장히 흥분해서 어쩌고저쩌고 떠들어 대기 시작했다. 그가 무슨 얘기를 했는지는 기억나지 않지만, 그의 말투와 열의와 큼직한 손짓과 불타는 눈을 나는 절대로 잊지 못하리라.

고리키는 쉴 새 없이 담배에 불을 붙이며 상냥하게 다듬은 목소리로 차분하고 간략하게 대답했다. 그의 씁쓸한 미소는 평화로운 얘기에 집중된 비극의 분위기를 부여했다. 그에게서는 많이 인내했으며 앞으로도 많이 인내할 인간을, 끔찍한 장면을 너무 많이 보았기에 아무것도, 심지어는 그가 누린 명예와 영광까지도 그것을 지워 버리지 못할 인간의 인내가 느껴졌다. 그의 푸른 눈에서는 차분하고 치유가 불가능한 슬픔이 넘쳐흘렀다.

「나의 가장 위대한 스승은 발자크였습니다.」 그가 말했다. 「그의 작품을 읽고 나면 나는 책을 들고 쳐다보며 이렇게 경탄했죠. 〈인간이 어디서 이런 힘을 찾아낼까? 이렇게 위대한 비밀을 그는 어디서 찾았을까?〉」

「도스토예프스키와 고골리는 어때요?」 내가 물었다.

「아뇨, 아니에요. 러시아에는 레스코프[11] 한 사람뿐이죠.」

그는 잠깐 동안 입을 다물었다.

「하지만 무엇보다도 — 삶이죠. 나는 굉장히 괴로워했고, 괴로워하는 모든 사람들을 무척 사랑하게 되었어요. 그것뿐입니다.」

반쯤 감은 눈으로 담배 연기를 지켜보며 그는 잠잠해졌다.

파나이트는 술병을 꺼내 책상에 놓고는 안주 꾸러미도 꺼냈다. 하지만 그는 병을 딸 용기가 없었다. 그것이 어울리지 않는 행동임을 그는 깨달았다. 그가 기대하던 분위기는 이루어지지 않았다. 그는 뭔가 상당히 다른 상황을 예상했었다. 그는 시련에 괴로워하는 두 영웅이 술을 마시며 소리치고, 굉장한 얘기들을 늘어놓으면서 지축이 뒤흔들릴 때까지 춤추고 노래를 하리라고 생각했었다. 하지만 고리키는 아직도 시련에 빠져 헤어날 희망이 거의 없는 상태였다.

그가 일어섰다. 그곳에 참석했던 젊은이 몇 사람이 그를 불렀고, 그는 그들과 옆 사무실로 들어가더니 문을 닫았다.

「자, 파나이트.」 그가 나간 다음에 내가 물었다. 「대가(大家)를 어떻게 생각하시죠?」

이스트라티는 발작적인 동작으로 병을 하나 열었다.

「잔이 없는데.」 그가 말했다. 「병째로 마시겠어요?」

「네.」 나는 포도주를 받았다.

「듭시다!」 내가 말했다. 「인간이란 버림받은 짐승이에요, 파나이트. 모든 사람은 저마다 바다에 둘러싸였는데, 다리는 어디에도 없죠. 화내지 말아요, 파나이타키. 이럴 줄 모르셨나요?」

「나도 한 모금 들게 어서 마셔요.」 역겹다는 듯 그가 말했다. 「난 갈증이 나요.」 그는 입술을 닦았다. 「알기는 했었죠. 하지만

---

11 Nikolai Semyonovich Leskov(1831∼1895). 소설 『수도원의 사람들』의 작가.

자꾸 잊어버려요.」

「그게 당신의 큰 장점이에요, 파나이트. 알지 못했더라면 당신은 백치였겠죠. 그리고 알면서도 자꾸 잊지 않았다면 당신은 냉정하고 무감각해졌을 테고요. 따라서 당신은 따스하고, 부조리로 가득하며, 희망과 실망이 헝클어진 실타래처럼 죽을 때까지 참된 인간입니다.」

「하기야 우린 고리키를 만나기는 했어요. 그만하면 됐죠!」그는 술병을 호주머니에 도로 넣고 꾸러미들을 챙겼으며, 우리들은 그곳을 나왔다.

길에서 그가 말했다. 「난 고리키가 지극히 냉정하다고 생각했어요. 당신은요?」

「지극히 슬픈 사람 같더군요. 위로를 해도 소용이 없을 정도로요.」

「그는 소리를 지르고, 취하고, 실컷 울어서 마음의 부담을 덜었어야 해요!」파나이트는 화를 내며 으르렁거렸다.

「옛날에 어느 이슬람 나라의 토후(土侯)가 아끼던 사람이 전쟁에 나가서 죽었을 때, 토후는 부족 사람들에게 이런 명령을 내렸어요. 〈그랬다가는 너희들의 슬픔이 가벼워질지 모르니까, 울거나 소리를 지르지 마라!〉슬픔을 참는 그런 행위는 인간이 스스로 짊어지는 가장 자랑스러운 수련이에요, 파나이트. 그렇기 때문에 난 고리키를 그토록 좋아했죠.」

이튿날 나는 모스크바 대성당을 지나다가 안으로 들어가 보았다. 제정 러시아의 자랑거리였던 거창한 신전은 텅 비었고, 불도 켜지 않고 난방도 하지 않았으며, 금빛 후광을 두르고 줄줄이 늘어선 알록달록한 성자들은 삭막한 겨울의 어둠 속에서 얼어붙었다. 단 1코페이카도 담겨 있지 않은 빈 접시가 놓인 헌금 탁자를 지키는 늙고 키가 작은 여자의 입과 콧구멍에서 나오는 김으로서는 추위에 떠는 성자의 무리를 따뜻하게 해주기에 전혀 충분하지 못했다.

갑자기 나는 높직한 여신도석에서 남자와 여자들이 찬송가를 부르는, 천사처럼 감미로운 목소리를 들었다. 두리번거리던 나는 나선형 대리석 층계를 찾아내어 올라가기 시작했다. 머리 위 컴컴한 곳에서 남녀 노인 두세 사람이 보였다. 머릿수건을 쓴 그들도 숨을 몰아쉬며 층계를 올라갔다.

층계 꼭대기에 다다른 나는 온통 금박을 입히고, 촛불을 밝히고, 사람들이 무릎을 꿇고 있는 예배소인 따스한 구석방과 황금빛과 비단옷을 입은 부제(副祭)들과, 신부들과, 고위 성직자들이 잔뜩 모인 성단을 발견했다.

나는 그곳 구석방의 따스함과 감미로움을 잊지 않으리라. 남자들은 대부분 늙었고 구레나룻을 길렀으며, 귀족이었거나 귀족 집의 문지기들이었던 듯싶었다. 여자들은 새하얀 두건을 머리에 썼다. 잘 먹어 혈색이 불그레하고, 가슴에는 은이나 금으로 만든 사람의 손과, 눈과, 심장 따위의 장식들을 주렁주렁 매단 그리스도가 성상대에서 반짝였다.

나는 무릎을 꿇은 사람들 한가운데 섰다. 나는 감정을 억제하기 어려웠다. 이 모임은 지극히 사랑하는 사람이 멀고 위험한 여행을 떠나고 친구들이 배웅하듯, 가슴이 찢어지는 이별처럼 여겨졌…… 최후의 신자들이 사랑하는 신으로부터 떠나려고 쓰라린 작별을 고하는 중이었다…… 우리들은 옛 종교가 죽어 가는 중대하고 무자비한 순간에 산다.

우리들이 떠나보내는, 그리고 우리 아이들과 손자들이 살아야 할 더욱 무서운 시대는 힘든 시련이다. 하지만 어려움이란 갑자기 우리들 앞에 솟아오른 장애물을 뛰어넘기 위해서, 좋고 나쁜 우리들의 모든 충동을 일깨워 몰아대는 삶의 자극제이다. 따라서 우리들은 다른 때라면 그냥 잠들었거나 마지못해 아무렇게나 움직였을 힘을 모두 동원하여, 때로는 바라던 것보다도 훨씬 더 멀리까지 다다르게 된다. 그 까닭은 동원된 힘이 단순히 우리 자신이나 인간의 속성에서 그치지 않기 때문이다. 뛰어넘기 위해 준비하는 전진을 위한 추진력으로 인해 우리들 속에서 분출하는 힘은 인간적이고, 범인간적이고, 전(前) 인간적인 세 요소의 총체이다. 뛰어오르려고 용수철처럼 인간이 몸을 움츠리는 순간에 우리들 속에서는 지구 전체의 삶이 동시에 움츠러들어 추진력을 일으킨다. 그런 일이 이루어지는 순간이란, 인간은 불멸하지 않으며, 그래서 불멸한 어떤 존재나 대상을 섬긴다는 진실을, 그러니까 가장 단순하면서도 편안하고 안락한 불모의 순간에는 자주 망각하는 사실을 분명하게 의식하는 순간이다.

성찬식이 끝나고 마지막 신자들이 천천히 대리석 층계를 내려가는 동안 창백하고 기운 없어 보이는 젊은이가 나에게로 다가왔다. 노란 수염을 짧게 기른 그의 푸른 눈은 지쳐 보였고, 기침을 자꾸 했다. 그는 나에게 말을 걸었다.

「당신도 우리들하고 마음이 같은가요?」 그는 흥분해서 물었다. 「당신은 그리스도를 배반하지 않았죠?」

「나를 배반하지 않는다면 나는 그를 배반하지 않아요.」 내가 대답했다.

「그리스도는 절대로 배반하지 않습니다.」 내 얘기에 놀란 젊은이가 말했다. 「그는 배반을 당할 따름이지, 절대로 배반을 하지는 않아요. 그건 그렇고, 바깥이 추우니까 우리 집으로 가서 따끈한 차라도 함께 듭시다.」

그의 아버지는 귀족이었으므로 커다란 저택을 소유했지만, 이제는 비좁은 두 방만 사용하고 나머지는 노동자 가족들이 들어찼다. 노동자들과는 달리 귀족 집안에는 어린애들이 없었고, 노동자들의 어린아이들은 햇볕을 받아야 한다는 원칙에 따라 그는 해가 가장 안 드는 방들을 배당받았다. 젊은이는 시인으로, 먹고 살기 위해 공장에서 일했지만 틈이 조금이라도 나면 항상 시를 썼다.

「지금 난 아주 긴 시를 쓰는 중이에요.」 그가 말했다. 「노동자와 얘기하는 그리스도의 대화죠. 아침이어서 공장의 경적이 울리고, 바깥은 눈이 내려 무척 추워요. 남녀들이 노동으로 불구가 된 몸을 이끌고 떨면서 공장으로 달려갑니다. 내 작품의 주인공 노동자는 그리스도의 손을 잡고 공장과 탄광과 항구를 안내하며 돌아다녀요. 그리스도가 한숨을 짓습니다.

〈어찌 저주받은 자들이 이토록 많더냐? 그들은 무슨 짓을 했지?〉

〈모르겠습니다.〉 노동자가 대답하죠. 〈아시면 가르쳐 주십시오.〉

다음에 그는 그리스도를 아궁이에는 불이 꺼지고 아이들은 배고파 우는 눅눅한 움막집으로 안내합니다. 노동자는 문을 닫고, 그리스도의 팔을 움켜잡고는 소리치죠. 〈랍비여, 카이사르에게 우린 어떻게 해야 하나요? 우리들이 그에게 줘야 할 그의 소유물은 무엇이며, 우리들이 그에게서 빼앗아도 좋은 우리들의 것은 무엇인가요〉!」

젊은이는 숨이 차서 걸음을 멈추었다. 그는 초조하고 마음이 들떠서 손을 자꾸만 앞뒤로 흔들었다.

「그래서요?」 내가 물었다. 「그리스도의 대답은 무엇이었나요?」

「모르겠어요.」 무서워서 사방을 둘러보며 최후의 신자가 말했다. 「아직은 모르겠고…… 정확히 얘기한다면, 이제는 모르겠어요.」

젊은이는 속이 터져 나온 안락의자에 털썩 주저앉더니 두 손으로 얼굴을 가렸다. 「왜죠? 왜냐고요?」 그는 신음했다.

그 또한 묻지만 해답을 얻지 못했다고 나는 생각했다. 그리스도가 대답을 하려는지는 의문이었다. 왜 그는 레닌에게 물어보지 않는가?

「레닌에게 물어보지 그래요?」 내가 물었다. 자신도 모르게 나는 언성을 높였다.

「물어봤어요.」

「그랬더니 뭐라고 대답하던가요?」

「〈세계의 노동자들이여, 단결하라!〉고요. 나는 격분해서 벌떡 일어섰죠. 〈하지만 난 영혼에 대해서, 블라디미르 일리치, 신에 대해서, 영원에 대해서 물었어요!〉」

「그랬더니요?」

「레닌은 고개를 설레설레 저으며 웃더군요. 〈부르주아란……〉 그는 중얼거리면서 담배꽁초를 발뒤꿈치로 짓눌렀어요.」

숲은 크고, 바람은 옳다.
활을 들고 나아가라, 베코우!
이쪽이다, 저쪽이야, 이쪽이다, 저쪽이야!
멧돼지다! 누가 멧돼지를 죽이나,
오, 우리 베코우가? 베코우가!
하지만 누가 그걸 먹나, 우리 베코우」
어서 토막토막 잘라라. 내장은 네가 먹어라.
쿵! 코끼리가 땅바닥에 쓰러진다!
누가 죽었나? 베코우.

소중한 상아는 누가 가질까, 오, 우리 베코우」
참아라, 베코우. 너한테는 꼬리를 줄 테니까.

— 피그미 노래

　하루하루 날짜가 더 흘러갈수록 나는 러시아의 신비한 매혹이
점점 더 내 마음 깊숙이 파고드는 느낌을 받았다. 나를 매혹시킨
요소는 극북(極北)의 겨울이 보여 준 이국적인 경치나 사람들과,
궁전과, 성당과, 트로이카와, 발랄라이카와, 사방에서 벌어지던
무도회 따위의 슬라브적 삶과의 첫 접촉이 아니었다. 다른 무엇
이, 보다 신비하고 심오한 무엇이 존재했다. 이곳 러시아의 대기
속에서 나는 세계를 창조하는 두 원시적인 힘이 드러내 놓고, 거
의 눈에 보일 정도로 충돌하고 있음을 느꼈다. 주변의 전쟁 분위
기는 어찌나 깊이 파고들었던지 싫든 좋든 사람들은 세계를 창조
하는 그 두 힘 가운데 한쪽에 서서 함께 싸우거나, 아니면 다른 편
에 서서 대항해야만 했다. 나 자신의 미미한 존재 속에서 그토록
예리하게 겪었던 바를 나는 러시아의 광활한 땅 위에서 무섭고 무
자비한 모습으로 다시 보았다. 그것은 똑같은 빛과 어둠이라는 영
원한 적들이 벌이는 똑같은 투쟁, 완전히 동일한 싸움이었다. 이
렇듯 나 자신의 투쟁은 러시아의 투쟁과 하나가 되었다. 빛은 하
나뿐이어서 나누기가 불가능하고, 그것이 어디에서 승리하거나
패배한다면 나의 내면에서도 똑같은 승리나 패배가 되풀이될 터
여서, 러시아의 구원은 곧 나 자신의 구원이기도 했다.
　내가 내적으로 마침내 이런 동일시(同一視)에 이른 순간부터
러시아의 운명은 나의 운명이 되었다. 나는 러시아와 나란히 투
쟁하고 고뇌했다. 모스크바에서 지내다가 너무 답답하게 느껴지
자 나는 광활한 투쟁의 터전을 모두 —— 북극의 무르만스크에서

부하라와 사마르칸트까지, 레닌그라드에서 블라디보스토크까지, 원시의 친구들과 적들이 싸우는 모습을 직접 — 보기 위해 길을 떠났다.

모든 인간은 저마다 십자가를 지며, 민족도 마찬가지이다. 대부분 죽을 때까지 그들을 십자가에 못 박을 자가 없기 때문에 그들은 그것을 어깨에 메고 한없이 가기만 한다. 십자가에 못 박힌 자는 부활할지니, 오직 그만이 행복하다. 러시아는 십자가에 못 박히는 중이었다. 여러 공화국들과 마을들을 돌아다니며 나는 거룩한 경외감으로 전율했다. 그런 투쟁을, 십자가에 매달리는 그런 고뇌를, 그토록 많은 희망을 나는 일찍이 본 적이 없었다. 인간이 오래된 습성을, 과거의 신을, 과거의 사랑을 정복하기 위해서 한 발자국 앞으로 나아가겠다는 결정을 내리기가 얼마나 힘든지를 나는 처음으로 깨달았다. 비록 이 모든 대상이 한때는 인간으로 하여금 높이 오르도록 부추기는 정신이기도 했었지만, 그것들은 시간이 흐르는 사이에 납덩이처럼 무거운 짐이 되어 길을 반쯤 가다가 주저앉게 했다. 이제 그들은 새로운 창조의 숨결이 지나가지 못하도록 붙잡고 매달렸다.

수백만의 농민이 저항했다. 그들은 이해하지 못했고, 구원받기를 원하지 않았다. 그들은 〈어머니〉에게 뿌리를 박았다. 몇 세대에 걸쳐 흙에서 일했던 그들은 흙이 되었고, 불꽃을 싫어했다. 온통 불꽃뿐이며 굶주리고 상처받은 노동자들은, 때로는 얌전히 달래고 때로는 폭력을 써서, 구원의 길을 함께 가자고 미숙한 민중을 선동하는 중이었다.

그리고 빛과 어둠이 전투를 벌이는 러시아의 격전장 주변에는 잘 먹고 신중한 세계의 민족들이 둘러섰다. 「끝났어! 러시아는 끝났다고!」 그들이 이렇게 웃어 댄 까닭은, 배가 부르고 신중한 사람들로서는 십자가에 매달림으로써 생겨나는 부활이라는 눈에 보이지 않는 힘을 이해할 능력이 전혀 없기 때문이었다. 하지만 그리스도가 말했듯이, 한 알의 밀알이 이삭으로 되기 위해서는 땅에 떨어져 죽어야 한다. 러시아는 한 알의 밀알처럼, 하나의 위대한 사상처럼, 비슷한 고통을 거치는 중이었다.

출처가 확실하지 않은 어느 복음서를 보면 사랑하는 제자 요한이 십자가에 못 박힌 자의 앞에 서서 흐느껴 울다가 보았던 놀라운 환상에 관한 얘기가 나온다. 십자가는 나무가 아니라 빛으로 만들어졌으며, 십자가에 매달린 자는 남자 한 사람이 아니라 저마다 신음하며 죽어 가는 수천 명의 남자와 여자와 아이들이었다. 수많은 형상 가운데 하나라도 붙잡아 고정시키기가 불가능했기 때문에 사랑하는 제자는 겁을 내며 떨었다. 모든 형상이 자꾸만 바뀌고, 달려가고, 사라졌으며, 몇몇은 다시 나타나기도 했다. 갑자기 모든 형상이 사라지고, 십자가에는 못 박힌 도시 이외에 아무것도 남지 않았다.

이런 환상은 오늘날에도 우리들의 눈앞에서 꿈틀거린다. 하지만 오늘날의 구세주는 한 사람이 아니라 민족 전체이다. 러시아 전체가, 수백만의 남자와 여자와 아이들이 십자가에 못 박혀 고통을 받는다. 그들이 사라지고 흘러가지만, 사람들은 그들 가운데 하나의 형상도 확실하게 구분해 내지 못하는데, 그래도 이렇듯 무수한 죽음에서 틀림없이 〈외침〉은 남을 터였다.

세상이 새롭게 구원을 받게 되는 길이 이런 방법이기 때문에, 다른 것은 전혀 필요가 없었다. 〈구원을 받게 되는〉이란 무엇을 의미하는가? 낡은 설명은 힘이 빠져서 인간의 지적 체계를 더 이상 지탱하지 못하기 때문에 그것은 삶을 위한 새로운 정당성을 찾아야 한다는 뜻이다. (시대마다 나름대로의 〈외침〉이 따로 마련되기 때문에) 자신이 살아가는 시대의 외침을 듣고 그것에 따라 노력하는 인간은 행복하다. 오직 그만이 구원을 받는다.

우리들은 우리 자신의 시대를 살아가며, 결과적으로 인간은 자기가 사는 시대를 보지 못한다. 그러나 만일 오늘 십자가에 못 박히는 새로운 사상이 때가 되어 정말로 세상의 불을 새롭게 밝힌다면, 우리들은 이미 불의 첫 순환에 접어든 셈이다. 몇백 년이 지난 다음에 우리들의 시대는 르네상스가 아니라 중세라고 불릴지도 모른다. 중세 — 다시 말하면 과도기적 공백 기간이다. 하나의 문명이 쇠진하여 창조력을 잃고 무너지면, 새로운 인간 계층의 〈입김〉이 새로운 문명을 창조하기 위해 사랑과, 신념과, 집념을 가지고 노력한다.

이 새로운 문명의 창조는 보장되지 않았고, 창조의 행위에서는 아무것도 미리 보장을 받지 못한다. 미래는 철저한 파멸일지도 모르고, 무기력한 타협이 될지도 모른다. 하지만 그것은 창조적인 〈입김〉의 승리일지도 모른다. 그런 경우에는 우리들이 사는 과도기란 탄생하려는 문명을 위해 격심한 진통을 겪는 시대인지도 모른다.

모두가 불확실하다. 그렇기 때문에 모든 인간은 특성이 없는 불확실한 시대에서는 어느 때보다도 더 큰 책임감을 가져야 한다. 어느 민족이나 개인이 공헌하는 바가 측정이 불가능한 가치를 지니게 되는 것은 이처럼 불확실하고 가능성이 가득한 시대 때문이다.

그렇다면 우리들의 의무는 무엇인가? 그것은 우리들이 사는 역사상의 순간을 조심스럽게 식별해서 어느 특정한 싸움터에 우리들의 작은 활력을 의식적으로 불어넣는 일이다. 길을 인도하는 흐름에 더 많이 동조하면 할수록, 우리들은 인간이 구원을 향해서 힘들고, 불확실하고, 위험이 산재한 길을 오를 수 있도록 그만큼 더 많이 도와주는 셈이다.

순례를 모두 끝내고 휴식을 취하기 위해 며칠 부하라에 머물던 나는 시베리아의 비정한 혹한 후에 마침내 내 등과 영혼을 따스하게 비추는 햇살의 다정함을 느꼈다. 나는 정오 조금 전에 도착했다. 더위에 숨이 막혔지만 길거리에는 물이 뿌려졌고, 하늘에서는 재스민 냄새가 났다. 알록달록한 똬리 모자를 쓴 이슬람교도들이 밀짚을 엮어 만든 차양 밑에 앉아 시원한 설탕물을 마셔댔다. 셔츠 앞자락을 풀어헤친 통통한 아이들이 카페의 높다란 동글 의자에 올라 앉아서 동양의 정열적인 연가를 불렀다. 무척 배가 고프고 목이 말랐던 나는 참외를 사서 이름난 코쿠바 모스크 그늘로 가서 앉았다. 나는 참외를 무릎에 놓고 조각조각 잘라 먹기 시작했다. 향기와 단맛이 뼛속까지 스며들었다. 나는 여리고의 시든 장미 같았으며, 참외의 시원함으로 뛰어들어 다시 소생했다.

일곱 살쯤 되는 어린 계집아이가 악마의 눈을 쫓기 위해, 여러 가닥으로 작게 땋은 머리에 조가비와, 터키옥(玉)과, 청동으로 만든 반달을 매달고 지나갔다. 내 앞을 지나가면서 그녀는 엉덩이를 성숙한 여인처럼 흔들었고, 주변에서는 사향노루 냄새가 났다.

정오에는 초록빛 똬리 모자를 쓴 수염이 하얀 무에진[12]이 내가 앉은 맞은편 뾰족탑으로 기어 올라가 두 귀에 손바닥을 대고는 하늘을 올려다보며 달콤하고 낭랑한 목소리로 신자들을 부르기

12 이슬람 사원의 기도 시간을 알리는 사람.

시작했다. 그가 부르는 동안 황새 한 마리가 뜨거운 하늘을 가로 질러 날아와서 뾰족탑의 꼭대기로 가더니 한 다리로 섰다.

나는 귀를 열고 앉아서 들었으며, 눈을 뜨고 보았다. 나는 사탕보다도 달고 향기가 짙은 과일의 맛을 즐겼다. 나는 행복했다. 나는 눈을 감았지만 혹시 잠이 들어 모든 행복을 상실할까 봐 다시 떴다. 부하라의 유명한 레기스탄 광장은 한적했다. 옛날에는 봄이 오기만 하면 모든 이슬람 땅에서 순례자들이 미칠 듯이 이 도시로 내려와서 부당하게 살해된 알리의 두 아들 하산과 호사인을 통곡해 불렀다. 향료와, 사과와, 대추야자와, 성스러운 창녀들을 잔뜩 싣고 대상들이 도착했으며, 젊은 청년들은 하얀 말을 타고 하얀 비둘기를 손에 얹고 면도로 밀어 버린 머리에는 잿가루와 겨를 바르고 왔으며, 눈부시게 하얀 젤라브를 걸치고 수염과 하얀 옷과 꼬아 올린 콧수염에까지 핏방울이 튈 정도로 자신의 머리를 야타간으로 두드리며 광신적인 신자들이 대상 행렬의 뒤를 따랐다. 그들은 40일 동안 밤낮으로 통곡하며 「하산! 호사인! 하산! 호사인!」이라고 소리쳤다. 나중에는 피투성이가 되어 아직도 통곡을 하며 그들은 꽃 핀 나무 밑에 누워서 성스러운 창녀들과 관계를 했다.

하지만 이제 레기스탄 광장은 버림을 받았으며, 멋지고 아름다운 모스크는 폐허가 되다시피 했다. 그것들은 아침닭이 울면 사라져 버리는 유령이었다.

인간은 무엇을 위해 모든 신성한 광증을 부리고 통곡하며 소란을 떨었던가? 무슨 목적 때문에 그랬을까?

내 영혼은 못 견딜 정도로 고통스러웠다. 나는 죽은 것을 부활시키는 데 싫증이 났다. 나는 잠들어 도피하려고 눈을 감았다. 나는 꿈을 꾸었다. 격정적인 두 입술이, 여인의 입술이, 얼굴도 없이 허공에 매달렸다. 입술이 움직였고 나는 목소리를 들었다. 「당신의 신은 누구인가요?」「붓다요.」 나는 주저하지 않고 대답했다. 하지만 입술이 다시 움직였다. 「아니, 아니에요. 에파포스랍니다.」

나는 벌떡 일어섰다. 내 마음의 지하실 속에서 지난 석 달 동안 진행되던 비밀의 진통이, 모든 진실이 드러났다. 내 배 속으로 통하는 뚜껑 문이 열렸고, 나는 보았다. 여태까지 줄곧 나는 가시덤불 속의 뱀처럼 껍질을 벗어 버리고 새 옷을 입으려고 투쟁하며 고뇌했다. 나는 이유도 모르면서 고통을 받았다. 그러다가 이런 꿈을 꾸었으니, 붓다는 낡은 옷이요 에파포스는 새 옷이었다.

환상보다는 육체를 더 좋아하고, 속담에 나오는 늑대처럼 배를 채우는 문제라면 남들의 약속은 믿지 않는 촉감의 신 에파포스. 그는 눈이나 귀를 믿지 않고, 인간과 흙을 만지고 움켜쥐기를, 그것들의 따스함이 자신의 체온과 뒤섞여 하나가 되기를 바란다. 심지어 그는 만지기 쉽게끔 영혼까지도 육체로 바꾸고 싶어 한다. 땅 위를 걷고, 땅을 사랑하고, 〈자신의 모습을 따서 그대로〉 땅을 다시 만들어 놓기를 바라는 가장 믿음직하고 부지런한 신 — 그것이 나의 신이었다.

러시아는 아무 말도 없이, 소리 없이 기적을 행하여 왔다. 아직 새 껍질이 제대로 자라지 않아 추워서 몸을 따스하게 데우려고 양지쪽으로 기어가는 뱀처럼, 내 영혼은 새로운 태양 속으로 파고들었다. 잠이 깬 나는 과거에는 몰랐어도 이제는 알게 되었기 때문에 완전히 새사람이 되었다. 나는 꿈이 어떻게 인생을 바꿔 놓는지 궁금해서 늘 나 자신에게 묻고는 했었다. 그것은 삶을 바꿔 놓지 않고 변화가 일어났음을 그냥 알려 줄 따름이라고 나는 대답했다.

무엇을 위해서 인간은 충동을 받아 미친 듯이 애를 쓰는가? 그렇게 노력하는 목적은 무엇인가? 전 같으면 나는 행복에 넘쳐 미소를 지으며 대답했으리라. 「주마등 같다. 세상은 존재하지 않는다. 불의와, 굶주림과, 기쁨과, 슬픔과, 고생은 존재하지 않는다. 모두가 환영이다. 바람이 불면 모두 다 쫓겨 가리라.」

하지만 이제 나는 안도감을 느끼며 벌떡 일어섰다. 레기스탄 광장에 어둠이 내리기 시작했다. 나는 머리를 들었다. 「목적이 무엇이냐고? 묻지 마라. 신도 우리들과 함께 나아가고, 신도 또한 추구하며 위기를 맞고, 신도 또한 투쟁에 휘말리니 아무도, 신조차도 알지 못한다. 짙은 어둠이나 마찬가지로 굶주림과 불의는 마음속에 존재한다. 네 눈에 보이는 만물은 허깨비가 아니어서, 아무리 바람이 불어도 쫓겨 가지 않으리라. 그것들은 뼈와 살이다. 만져 보라, 존재할 테니까. 하늘에서 외치는 소리가 들리지 않느냐? 그들은 부르짖는다. 그들은 무엇이라고 외치는가? 도와 달라고! 그들은 누구를 부르는가? 너를! 모든 인간, 너를. 일어서라. 우리 임무는 질문을 하는 대신, 주먹을 불끈 쥐고 오름길을 올라가는 것이다.」

그렇게 3개월이 지나고 다시 베를린에 들렀다가 그리스로 돌아가는 길에 빈에 들렀을 때는 세상이 달라졌다. 아니, 세상이 아니라 내 눈이. 뻔뻔스러운 춤, 야만적인 현대 음악, 마스카라를 한 여자들, 마스카라를 한 남자들, 칼로 찌르듯 냉소적인 미소, 황금에 대한 욕망, 그리고 입맞춤…… 전에는 무척 이상하고 유혹적이던 모든 현상들이 이제는 나에게 구역질과 공포를 불러일으켰다. 나는 그것들이 종말의 징조임을 알았다. 세상이 썩는 듯 답답한 냄새가 사방에서 났다. 소돔과 고모라도 똑같은 냄새가 났으리라. 잿더미로 변하기 직전의 폼페이도 그랬으리라. 어느 날 밤 여자들과 웃음소리로 넘치는, 환하게 불을 밝힌 빈 길거리를 배회하던 내 머릿속에 불현듯 저주받은 쾌락의 도시가 떠올랐다. 처음 폼페이를 보았을 때 나는 무척 젊었으므로, 그곳이 우리들에 대해 지니는 두려운 의미를 발견하지 못했다. 나는 교훈을 찾으려고 하지도 않았다. 당시에는 우리들의 운명도 언젠가는 폼페이의 운명과 똑같으리라는 생각이 전혀 들지 않았다. 그때 나에게는 세상이 아직도 아늑하고 안전하게 그리스도의 품에 안긴 듯싶었다. 하지만 지금은? ……나는 폼페이를 다시 보기 위해 약간 돌아가기로 작정했다.

하늘에는 구름이 조금 끼었고, 문턱과 마당은 봄의 풀들로 뒤덮였으며, 길거리는 내가 좋아할 만큼 한산했다. 휘파람을 불며 나는 텅 빈 도시를 혼자 거닐었다.

집들은 개방되었는데, 문도 없고 주인도 없었다. 술집과, 신전과, 극장과, 목욕탕 ― 모두 버림을 받았다. 벌거벗은 무희들과, 바보처럼 보이는 큐피드와, 닭과, 개와, 그리고 인간과 동물이 교미를 하는 몰염치한 그림들이 색깔은 바랬어도 아직 벽에 그대로 남았다.

어떤 목소리가 갑자기 내 귓전에서 울렸다. 「나의 신도 마찬가지로, 파리와 런던을 걸어 다니며 나로 하여금 동지들에게 러시아어로 말하게끔 도와주소서!」 불길하고 무서운 예감이 내 등줄기를 타고 흘러내렸으며, 나는 두려워서 떨었다.

폼페이의 지도자들은 배가 불렀고, 여자들은 뻔뻔스럽고 갓 목욕을 한 모습이었으며, 남자들은 신앙이 없고 냉소적이고 지쳤다. 신을 부정하는 그리스와, 아프리카와, 아시아의 모든 신들이 쭈뼛쭈뼛 모여들어 악의 무리를 이루었다. 교활하게 미소지으며 그들은 제물과 사람들을 갈라놓았다. 관심도 없이 껄껄거리는 베수비오의 기슭에 도시 전체가 느긋하게 펼쳐졌다.

나는 언덕에 올라서 보았다. 그토록 오랜 세월과 많은 투쟁을 거친 지금, 나는 이해했다. 온 세상이 폭발하기 직전의 폼페이임을 알려 준 죄악의 도시는 축복을 받을지어다! 여자들은 뻔뻔스럽고, 남자들은 믿음직하지 못하며, 악과 불의와 질병으로 이루어진 세계가 무슨 쓸모가 있는가? 모든 약삭빠른 장사꾼들과, 식인종 살인자들과, 신을 싼값으로 팔아 치우는 성직자들과, 뚜쟁이들과 내시들 — 그들은 왜 살아야 하는가? 술집과, 공장과, 매음굴에서 부모가 차지했던 자리를 왜 어린아이들이 자라서 메워야 하는가? 이런 모든 문제가 길을 가로막아 혼(魂)이 통과하지 못한다. 그나마 세상이 한때 지녔던 혼마저 사상과, 종교와, 예술과 공예, 과학, 법률 따위의 찬란한 문명을 창조하느라고 소모되었다. 이제 세계는 기운이 빠졌다. 야만인들로 하여금 와서 막힌 길을 치우고, 혼이 지나갈 강바닥을 다지게 하라.

나는 압박당하고 굶주린 군중이 과음 과식한 주인들이 멍청하게 둘러앉은 묵직한 식탁으로 쳐들어가는 장면을 본다. 키마이라는 공격하는 자들을 자극하고, 자리에 앉은 자들도 갑자기 소음을 듣는다. 그들은 시선을 돌린다. 처음에 그들은 웃다가, 다음에는 얼굴이 파랗게 질려 초조하게 눈을 내리깔고, 그들의 노예들과 하녀들과 소작인들과 일꾼들이 맨발로 봉기했음을 깨닫는다. 성스러운 순간이다! 인간이 거침없이 상승하는 이런 순간에 사상과, 예술과, 행동의 가장 위대한 업적들이 이룩되었다.

주인들도 단합하여 저항한다. 하지만 우리 시대 전체가 그들에게 불리하다. 그들은 먹고, 마시고, 문명을 창조하고, 생명력을 상실했다. 그들이 마지막 형태의 의무를 치를 순간이 왔으니, 그들은 사라져야 한다.

새 식탁이 무거워지자마자 이번에는 노예들이 살찌고 멍청해지기 시작한다. 굶주림과 키마이라 같은 영혼의 장군들이 또다시 앞장을 서고, 억눌린 다른 군중이 흙에서 봉기한다. 그리고 이렇게 규칙적인 순환은 쉬지 않고 영원히 계속되리라.

이것은 법칙이며, 이렇게 삶은 스스로 새로워지며 전진한다. (사상과 문명도 생명체인데) 모든 생명체는 주변의 모든 것을 붙잡아 차지해서 동화시키고, 가능하다면 세계를 지배하려는 억누르지 못할 필요성을, 그리고 나아가서는 의무감을 느낀다. 새로운 사상이란 가장 굶주리고 움켜잡는 힘이 센 짐승이다.

하지만 또 다른 법이 활동하기 시작하면, 생명체가 널리 뻗어나가 다스리는 의무를 아무리 열심히 실천한다고 해도, 그가 실천하는 만큼 몰락에도 가까워진다는 또 하나의 비정한 법칙도 동시에 힘을 발휘한다. 우주의 조화가 죽음이라고 여겨서 용서하지 않는 유일한 죄악은 아마도 지나친 오만함뿐이리라. 생명체가 권력을 축적하면 멸망을 낳게 된다.

또한 생명체는 맡은 의무를 다했기 때문에 제거된다는 불가해한 사실도 존재한다. 의무를 완수하지 못했더라면 그것은 남들을 괴롭히거나 자신이 괴롭힘을 당하지 않으며 훨씬 더 오랫동안 멍청히 살았으리라.

이러한 재앙의 의무는 생명체의 마음속에 깔려 있다가 위로 오르고 정복하는 사명을 일단 완수하고 나면, 다음번에 세계를 지배하고 싶어서 손을 들고 봉기하는 다른 생명체에게 방해가 되지 않으려고 사라져 버린다. 삶의 모든 분자(分子)는 굉장히 폭발적인 엘랑[13]을 지녔으며, 그런 분자는 삶의 추진력을 통째로 응축시

13 élan. 〈비약(飛躍)〉을 뜻하는 프랑스어.

켜 담아서, 조금만 충격을 주면 당장이라도 터져 버릴지 모른다. 삶은 이렇게 내적인 갈망을 해방시키며 나아간다.

이런 법칙은 처음에는 부당하게 여겨지기 때문에 우리들을 격분시킨다. 하지만 더 자세히 살펴보면 우리들은 감격하게 된다. 이 법칙 덕분에 야만적인 힘은 전능함을 상실한다. 이러한 조화의 법칙이 한편으로는 권리를 최대한으로 확대시키도록 충동질하면서도, 다른 한편으로는 〈전체〉를 섬기기 위해 전진할 때마다 그것이 자신의 개인적인 파멸을 향한 전진임을 상기시키기 때문에, 강자(强者)는 교만과 뻔뻔스러움으로 불균형하게 비대해지지 않는다.

볼셰비키 지도자들은 이 사실을 알지 못한다. 운명은 어디로 가는지 보지 못하게 그들의 눈을 가린다. 만일 그들이 보았다면 엘랑은 감소하리라.

나는 인간 활동의 순환 전체를 능력껏 모두 파악하고, 인류의 모든 파도를 어떤 바람이 치솟게 하는지 알아내려고 노력한다. 나는 작아서 눈에 띄지도 않는 거대한 원의 한 조각인 내가 사는 시대를 살펴보고, 오늘날의 의무를 명확히 파악하기 위해 투쟁한다. 그가 살아가는 하루살이 삶 동안에 인간이 어떤 불멸성을 이룩할 방법은, 아마도 불멸의 흐름을 따르려고 노력함으로써 불멸해지는 길뿐인지도 모른다.

나는 투쟁에 몸을 던진 인간은 광물에서 식물로, 식물에서 동물로, 동물에서 인간으로 상승하고, 다음에는 자유를 위해 싸운다고 깊이 믿는다. 투쟁자는 모든 결정적인 시대에 새로운 모습을 지닌다. 그는 「정의! 행복! 자유!」라고 소리치면서 동지들에게 외칠 표어를 나눠 주고 격려하지만, 정의와 행복과 자유는 그럴수록 점점 더 멀어진다는 무서운 비밀은 아무도 모른다.

하지만 이상을 실현하려고 투쟁하는 모든 사람이 그의 이상을 이룩할 터이며, 그렇게만 되면 세계는 행복으로 넘칠 것이라고 믿는 현상은 옳기도 하려니와 도움이 된다. 이렇게 되면 혼은 꿋 꿋한 마음과, 끝없는 상승을 위한 용기를 얻는다. 마차꾼이 말의 입 앞에다 건초를 한 줌 달아 놓는 셈이다. 무거운 짐을 실은 수 레를 끌면서 말은 목을 길게 내뽑아 한입 먹어 보지만, 건초는 점 점 더 멀어지기만 한다. 말은 건초에 닿으려고 애를 쓰면서 앞으로 나아가고 비탈을 오른다.

나는 벅찬 존경심을 느낀다. 이들 시커먼 군중 속에서 나는 비 탈을 오르면서, 인류로 하여금 함께 오르자고 재촉하는 〈눈에 보이지 않는 도시〉를 똑똑히 보기 때문이다. 다른 시대에 살았더라 면 나는 당시에 상승하던 귀족과 공민(公民)과 제조업자와 상인 들의 집단에서 이 〈도시〉를 찾아내고는, 그들과 함께 어울렸으리 라. 사람들은 그들보다 높은 목표를 향한 투쟁에 항상 얽매이기 때문에 위로 밀고 올라가지만, 결국 지치고 나면 투쟁은 그들을 버리고 활력을 잃지 않은 다른 대상을 찾아 달려간다.

우리들은 우리 자신의 시대가 벌이는 영원한 공격을 돕고, 함 께 일해야 할 의무를 따라야 한다. 오늘날 투쟁을 떠맡은 자들은 굶주리고 노예로 일하던 군중이다. 군중은 이렇게 비정한 〈공격〉 의 본질을 이해하지 못한다. 그들은 자신의 하찮은 지성이 이해 하고, 평범한 필요성에 도움이 되게끔 투쟁에 자그마한 명칭을 붙인다.

그들은 그것을 행복이니, 평등이니, 평화라고 부른다. 하지만 모습을 감춘 투쟁자는 민중을 격려하기 위해 이런 미끼를 던져 놓고는, 이성과 육체를 뚫고 들어가 분노와 굶주림의 모든 현대 적인 외침들로부터 자유라는 의미를 창조해 내려고 가혹하고 무자비하게 싸운다.

가까이 다가가서 자세히 살펴보는 일은 매우 위험하다. 투쟁자는 인간에게 관심이 없고, 사람들에게 불을 붙이는 불길에만 신경을 쓴다는 끔찍한 비밀을 알아내고 사람들은 공포에 사로잡힐지도 모른다. 그가 가는 길은 해골로 엮은 묵주처럼 인간을 꿰뚫고 지나가는 붉은 줄이다. 나는 붉은 줄을 따라가는데, 비록 내 두개골을 깨뜨리고 때려 부수더라도 세상의 모든 현상 가운데 오직 그것만이 내 관심을 끈다. 자유로운 의지에 따라 나는 필연성을 받아들인다.

하지만 우리들은 인간의 한계점 내에서 일하고 의무를 수행해 나가도록 하자. 언저리에 이르면 입을 벌린 심연이 무서워 피가 얼어붙을지도 모르므로, 우리들은 한계점을 넘어가지 말아야 한다. 언저리에는 세상을 불어 사라지게 하는 위대한 마술사인 붓다가 차분하면서도 독을 품은 미소를 머금고 서서 기다린다. 하지만 우리들은 세상이 사라지기를 바라지 않고, 그리스도가 세상을 어깨에 메고 천국으로 옮겨 놓기를 바라지도 않는다. 우리들은 그것이 여기에서 우리들과 함께 살고 투쟁하기를 원한다. 우리들은 도예가가 진흙을 사랑하고 탐하듯 세상을 사랑한다. 우리들에게는 가지고 일할 다른 재료가 없고, 씨 뿌려 거둘 혼돈 말고는 단단한 다른 밭이 없다.

카프카스

나는 아직 이탈리아에 머물 때 아테네의 사회복지부로부터 총무국장의 직책을 맡고, 10만 명 이상의 그리스인들이 위기를 맞은 카프카스로부터 떠나게 하는 특별 임무를 받아들이겠느냐는 전보를 받았다. 나는 그들을 그리스로 송환시켜 구해 줄 방법을 찾아내야 할 처지였다.

이론이나 사상, 그리스도나 붓다와의 투쟁 대신에 살아 숨 쉬는 피와 살로 이루어진 사람들과 함께 싸우며 행동에 참여할 기회를 나는 평생 처음으로 얻게 된 셈이었다. 나는 기뻤다. 나는 의문을 품고 이곳저곳 떠돌아다니며 해답은 찾지 못하고 그림자와의 싸움을 벌이는 데 싫증이 났다. 질문들은 끊임없이 새로워졌으며, 해답은 자꾸만 달라졌다. 뱀과 뱀처럼 질문이 질문의 꼬리를 물었고, 칭칭 감아 나를 질식시켰다. 풀어지지 않는 추측의 매듭을 칼로 베어 자른다는 행동만이 해답을 찾는 길인지를 실험할 때가 무르익었다.

나는 또 다른 이유 때문에도 동의했는데, 프로메테우스의 산맥인 카프카스에서 또다시 위기를 맞아 영원히 십자가에 못 박히려는 내 민족에 대해 동정심을 느꼈던 것이다. 국가와 폭력은 또다시 프로메테우스 대신 그리스를 카프카스에 못 박아 놓았다. 이것은 그리스의 십자가였으며, 그리스는 구원해 달라면서 신들이 아니라 인간을, 자식들을 소리쳐 불렀다. 그리하여 오늘날의 역경을 그리스의 영구한 고통과 동일시하고, 현대의 비극적 흥망성쇠를 상징으로 승화시키며, 나는 임무를 맡기로 동의했다.

나는 이탈리아를 떠나 아테네에 들러 (대부분 크레타인들인) 열 명의 동료를 선발하고는 수천 명의 사람들을 어떻게 구해 내야 좋을지 직접 알아보기 위해 카프카스로 떠났다. 남쪽에서는 쿠르드인들이 그리스인을 잡기만 하면 발에다 편자를 박았고, 북쪽에서는 볼셰비키들이 불과 도끼로 공격했다. 바투미와, 수후미와, 티빌리시와, 카르스의 헐벗고 굶주리고 병든 그리스인들은 목의 끈이 점점 조여드는 사이에 한가운데서 죽음을 기다렸다. 영원한 동지인 국가와 폭력이 또다시 손을 잡았다.

정직하고 열성을 지닌 동료들에게 둘러싸여 힘든 목적을 달성하기 위해 함께 떠나는 벅찬 기쁨. 우리들은 그리스 해안을 뒤로 하고 떠났으며, 어느 날 아침 어스름한 수평선 위로 콘스탄티노플이 희미하게 나타났다.

부슬비가 내렸고, 하얀 첨탑과 검은 삼나무가 침몰한 도시의 돛대처럼 안개를 뚫고 치솟았다. 성 소피아 대성당과, 궁전과, 반쯤 무너진 제국의 성벽이 조용하고 음울한 비 속에서 길을 잃었다. 뱃머리에 모두 몰려서서 우리들은 짙은 안개를 뚫고 도시를 보려고 애썼다.

동료 한 사람이 욕을 했다. 「갈보나 마찬가지야! 터키인들하고 잠자리를 같이 하는 갈보!」 그는 눈물을 글썽거렸다.

「세월이 지나 때가 오면 다시 한 번 우리들의 도시가 되겠지.」 다른 사람이 중얼거렸다.

하지만 나는 마음의 동요를 일으키지 않았다. 다른 계기로 이 신비한 바다를 건넜더라면 내 마음은 동화와 민요, 강렬한 욕망으로 마구 타올랐을 것이며, 성모의 성상에서 내 손바닥으로 떨어지는 따스하고 커다란 눈물방울들을 느꼈으리라. 하지만 그날은 전설적인 도시 전체가 지극히 아득하게 느껴졌고, 안개와 환상으로 만들어 낸 존재처럼 지극히 불합리한 욕망의 그림자라고 여겨졌다.

이틀 동안 우리들은 멀리서 콘스탄티노플을 쳐다보며 출발해도 좋을 만큼 바다가 잔잔해지기를 기다렸다. 나는 비가 계속 내린 덕택에 도시가 보이지 않아서 기뻤고, 덩치가 큰 터키 경비원들이 배로 올라와 우리들에게 거룩하고 터키화한 땅에 발을 내려놓지 말라고 금지시킨 것도 기뻤다. 모두가 내 영혼의 고집스럽고 통렬한 기질과, 고통을 드러내지 않으려던 바보 같은 거짓된 마음을 편하게 했다.

비가 더 내렸다. 콘스탄티노플은 계속해서 가라앉았다. 하지만 나중에 바다는 밝은 초록빛이 되었고, 파도가 점점 수그러 들었으며, 마침내 사흘째 되던 날 아침에 우리들은 출발했다. 우리들은 보스포루스를 통과했다. 무성한 과수원들이 점점 드물어졌고, 집들의 숫자가 줄어들었으며, 왼쪽의 유럽과 오른쪽의 아시아 해안이 훨씬 황량한 면모를 드러냈다. 우리들은 무서운 흑해로 들어갔다. 또다시 강한 바람과, 찝찔한 바다의 소금 냄새. 파도가 앞으로 달려 나가며 호메로스의 백마처럼 허리를 굽히고, 거품을 뿜고, 울부짖었다. 내 선실에 모여서 우리들은 수천의 상처를 입고 세파를 많이 겪은 불멸의 그리스와, 우리들이 찾아가는 머나먼 곳에서 조국을 부끄럽게 하지 않아야 할 의무에 대해서 얘기했다.

나는 여기에서 우리 임무의 성공과 실패에 대한 보고를 할 생각은 없다. 우리들은 그리스인들이 흩어져 사는 도시와 마을을 한 달 동안 찾아다녔다. 우리들은 그루지야를 지나 아르메니아로 들어갔다. 바로 얼마 전에 쿠르드인들이 그리스인 세 사람을 또 다시 잡아다가 노새처럼 발에 징을 박았다고 했다. 그들은 카르스 지역에 이르렀고, 밤낮으로 그들이 쏘아대는 대포 소리가 들려왔다.

「우리들 가운데 한 사람은 카르스에 남아서 남자, 여자, 어린아이 가리지 말고 모든 그리스인은 물론이요 가축과 세간까지 모두 모아서 바투미 항구로 이동시켜야 해요.」 내가 말했다. 「난 미리 보고서를 보냈고, 식량과, 옷과, 의약품을 실은 배들을 보내 달라고 요청했어요. 보급선들은 돌아가는 길에 사람들을 태우고 가게 될 것입니다. 누가 카르스에 머물겠어요? 위험한 임무라는 사실을 잊지 말아야 해요.」

카르스의 그리스인 유지들이 우리 주변에 모여들어 애기를 들으며 사람들의 눈치를 살폈다.

동료 열 사람은 너도나도 남겠다며 모두 앞으로 나섰다. 나는 내가 가장 좋아했던 동창생이자 전쟁에서 부상을 입었던 사람을 골랐다. 그는 배짱과 여유가 만만하고 건장했으며, 위험과 장난을 즐겼다.

「자네가 머물게, 헤라클레스.」 내가 말했다. 「그리스의 신이 함께하기를!」

「내가 잘못되더라도 모두들 용서해 주기를 바라오.」 그는 웃으며 대답했다. 「그리고 신께서도 용서해 주셔야 하고!」

우리들은 악수를 나누고 그와 헤어졌다. 몇 주일 후에 그는 숯처럼 새까맣게 먼지를 뒤집어쓰고 옷은 갈기갈기 찢어진 모습으로 바투미에 나타났다. 그가 앞장을 서서 걸었고, 뒤에는 소와 말과 가재도구를 가지고 카르스의 그리스인들이 커다란 무리를 지어 따라왔으며, 그들의 한가운데에는 은박 장정을 한 교회 성서를 든 성직자들과 성상을 품에 안은 장로들이 끼어 있었다. 그들은 뿌리를 뽑아 자유로운 그리스 땅에 새로 박기 위해 마침내 떠난 것이다.

그러는 동안에 우리들은 그루지야의 모든 그리스인을 모았다. 어느 날 아침 나는 비명과, 기뻐하는 함성과, 총성을 들었다. 나는 항구로 달려갔다. 사람들을 데려가기 위해 그리스 배들이 나타났던 것이다.

그것은 힘겨운 투쟁이었다. 우리들은 피로와, 걱정과, 수면 부족으로 야위었다. 가끔 나는 거칠고 전설적인 산맥과 조용한 평원에 잠깐씩 눈길을 주었고, 커다랗고 동양적인 눈동자에 불굴의 다정함을 담고 살아가며 자유분방하게 웃어 대는 멋진 사람들의 집단을 남몰래 둘러보기도 했다. 그들은 마시고 춤을 추었으며, 알록달록한 곤충들처럼 입을 맞추고 서로 축복을 주고받았다.

나는 우리들을 이곳으로 오게 한 중대한 의무를 잊고 다른 일에 신경 쓸 틈이 없었다. 나는 내 주변으로 모여들어 눈치를 살피는 굶주리고 절망적인 사람들과 어린아이들을 보았다. 그들은 내가 구원을 가져다주기를 기다렸다. 내가 어찌 그들을 배반하겠는가? 「형제들이여, 두려워하지 말아요.」 나는 그들에게 거듭해서 말했다. 「우린 모두 같은 운명이니까 나는 여러분과 더불어 구원을 받거나 버림을 받을 겁니다!」 가끔 나는 그들에게 굶주림과, 가난과, 지진과, 분쟁과, 야만인들에게 몇백 년 동안이나 시달렸던 민족에 대한 얘기를 해주었다. 그런 시련들이 한 민족을 말살시키려고 했지만, 그들은 불멸했다. 수천 년 동안 그들이 꿋꿋하게 살아오며 얼마나 번창했는지를 보라! ……그리스를 머릿속에

새기며 불쌍한 영혼들은 참고 견디었다.

꼭 한 번, 어느 날 저녁에 나는 자칫하면 그들을 배반할 뻔했다. 당시를 생각하면 수치를 느낄 일이지만…… 바투미의 바닷가에서, 올망졸망한 진홍빛 꽃들이 핀 등나무로 둘러싸였고, 거칠고 하얀 자갈이 깔린 은밀한 정원에서 벌어진 일이었다. 그 무렵 나는 견디기 힘든 초조감에 시달렸다. 선박이 더 도착할 기미가 전혀 보이지 않았다. 배들은 올 것인가, 오지 않을 것인가? 내 목에 매달린 이곳의 모든 영혼은 구원을 받을 수 있을까? 며칠 전에 나는 그루지야 여인 바르바라 니콜라예브나와 인사를 나누었는데, 그녀는 내가 얼마나 고민하는지를 알고 불쌍한 생각이 들었는지 그날 저녁에 나를 은밀한 정원으로 불러냈다. 그녀는 내가 만난 여자들 가운데 가장 아름다웠다. 아니 아름다운 정도가 아니라, 말로는 표현하기 어려울 지경이어서 ── 눈은 초록빛으로 뱀처럼 매혹시켰으며, 약간 쉰 듯한 목소리는 약속과 거절과 감미로움으로 넘쳤다. 그녀를 쳐다보고 앉았으면 내 마음은 흐려졌고, 사타구니에서는 인간 이전의 신음 소리가 났으며, 마음속에서는 깊고 컴컴한 동굴이 열려 바르바라 니콜라예브나를 노려보며 고함치는 원시적인 털투성이 조상들의 모습이 드러났다.

나는 그녀를 지켜보며 이런 순간은 다시 돌아오지 않을 것이며, 이런 여인은 다시 만나지 못하리라고 속으로 생각했다. 여자와 남자 한 쌍이 태어나 등꽃이 만발한 정원에서 이렇게 만나, 카프카스 바닷가에서 교미를 하게끔 수많은 우연과, 운명과, 위험이 수백만 년 동안 공을 들였으리라. 우리들은 이토록 신성한 순간을 그냥 보내 버려도 되는가?

여인은 눈을 반쯤 감으며 시선을 돌렸다. 「니콜라이 미하일로비치, 나를 데려가려고 오셨나요?」

나는 겁이 났다. 여자는 내가 하고 싶어도 감히 꺼내지 못했던 말을 꺼냈다.

「당신을 데려가다뇨? 어디로요?」

「여기서 멀리 떨어진 곳으로요. 난 남편한테 싫증이 났어요. 여기서 난 숨이 막혀 시들어 간답니다. 난 내 육체가 불쌍해요. 어서 날 데리고 가요.」

나는 깔고 앉은 의자를 꽉 움켜잡았다. 우리 앞에 범선 한 척이 닻을 내렸고, 나는 벌떡 일어나 그녀의 허리를 껴안고 배에 태워 도망을 치게 될까 봐 걱정이 되었다. 나는 저항하기 위해 싸웠다.

「내가 구해 주기를 기다리는 수천 명의 사람들에 대한 내 의무는 어쩌고요, 바르바라 니콜라예브나?」

재빠른 동작으로 여인이 머리에 두른 비단 끈을 풀자 파르스름한 머리카락이 그녀의 어깨로 쏟아져 내렸다. 화가 나서 입술을 깨물며 그녀는 비꼬는 투로 소리쳤다. 「의무라고요! 의무라고는 단 하나밖에 없답니다. 단 하나, 행복이 도망치지 못하게 머리채를 휘어잡아야 하는 의무요. 내 머리카락을 휘어잡아요, 니콜라이 미하일로비치! 아무도 보는 사람이 없잖아요.」

나는 바다를 물끄러미 쳐다보았다. 내 마음속에서는 온갖 악마들이 싸움을 벌였고, 천사는 하나도 없었다. 운명이 내 앞에 서서 기다렸다. 오랜 시간이 흘러갔다. 갑자기 여인은 격분해서 벌떡 일어섰다.

「너무 늦었어요!」 그녀가 말했다. 「당신은 즉석에서 수락하지 못했고, 내 머리채를 휘어잡지도 않았어요. 당신은 이득과 손실을 고지식하게 따져 보았죠. 너무 늦었어요! 이제는 당신이 수락하더라도 내가 허락 못 해요! 건강하시기 바랍니다, 니콜라이 미하일로비치! 브라보! 당신은 이른바 사회의 참된 기둥인 순진하고 어린 못난이예요. 건강하고 행복하시길 빌겠어요.」

이렇게 말한 다음 그녀는 시큼한 아르메니아 포도주 한 잔을 쭉 들이켰다.

수천 년이 지나 초라하게 늙어 버린 지금, 눈을 감으면 등꽃이 다시 피어오르고, 흑해가 관자놀이를 치고, 바르바라 니콜라예브나가 나타나서 내 앞에, 이번에는 의자가 아니라 하얀 자갈 위에 다리를 꼬고 앉는다. 나는 그녀를 쳐다보며 생각한다. 그렇게 신성한 순간에 머리채를 휘어잡지 못한 내가 잘못이었을까?

나는 한숨을 짓고 대답한다. 아니다. 그리고 나는 그것을 후회하지 않는다.

2주일 후에 나는 카프카스를 떠났다. 마지막 나날은 지극히 괴로웠다. 사람들을 잔뜩 싣고 배들이 떠나기는 했다. 나는 행동으로 내가 거둔 결실을 보았으며, 야만인들의 발에 짓밟혀서 황폐해진 우리의 옛 땅 마케도니아와 트라케에 도착하여 뿌리를 내리게 될 부지런한 그리스인들이 벌써 눈에 선했다. 그들은 그곳의 땅을 밀과, 담배와, 어린 그리스인들로 뒤덮으리라. 나는 만족할 만했다. 하지만 벌레가 숨어들어서 내 심장에 서서히 구멍을 뚫어 놓았다. 그러나 나는 내가 느꼈던 새로운 불안의 면모를 전혀 뚜렷하게 파악하지 못했고, 오직 아픔만 느낄 따름이었다.

배를 타려고 하는데, 폰투스에서 온 노인이 나에게로 다가왔다.
「얘기를 들으니까 당신은 공부를 많이 했다더군요, 선생님. 상관없으시다면 하나 묻고 싶은데요. 트로이아 전쟁에서 싸운 리디아Lydia 사람들 말예요. 그들은 그리스인이었나요?」

나는 어안이 벙벙해졌다. 하필이면 그런 문제로 괴로워할 사람

596

이 있으리라고는 나는 꿈에도 생각지 못했던 터였다.

「그리스인요?」 내가 대답했다. 「어림도 없죠. 그들은 소아시아에서 온 리디아인들이었어요.」

노인은 머리를 저었다. 「그렇다면 우리 민족의 전통을 당신이 저버렸다고 말하던 사람들의 얘기가 맞는군요. 잘 가세요!」

그것이 카프카스에서 내가 마지막으로 들은 목소리였다.

그 후 나는 폰투스에서 온 노인 생각을 자주 했다. 차츰차츰 나는 크든 작든 간에 무슨 문제가 우리들을 괴롭히는지는 별 상관이 없고, 다만 우리들이 고통을 받으며 괴로움을 당할 근거가 존재한다는 사실이 중요함을 깨닫게 되었다. 그러니까 우리들은 백치가 되지 않도록 확실히 하려고 이성을 활용하며, 앞에 나타나는 닫힌 문을 모조리 열려고 투쟁한다는 뜻이었다. 〈나는 확실성 없이는 살지 못한다〉라고 말하는 사람은 정착하기 위해 서두르며, 딛고 설 단단한 땅을 찾고, 자기가 삼켜 버리는 음식을 필요로 하는 수많은 굶주린 다른 입을 보려고 하지도 않으면서 먹어 대기만 한다. 〈나는 불확실성 없이는 살고 싶지 않고, 살지도 못한다〉고 외치는 사람은 양심의 가책을 받지 않으면서 편안하게 먹지 못하고, 잠만 들면 악몽을 꾸며, 또한 이런 말도 하지 않는다 — 세상은 결점이 하나도 없으니 영원히 이대로 존속되어야 한다! 은총을 받아 마땅한 다른 사람들은 하느님의 소금이므로, 그들은 영혼이 썩지 않게 지켜 준다. 나는 우스꽝스러운 고민을 지닌 폰투스의 노인이 하는 얘기를 듣고는 웃고 조롱했다. 하지만 지금은, 형제여, 함께 투쟁하는 동지여, 다시 만나게 된다면 나는 당신의 품에 안기리라!

배는 자신들의 땅에서 뿌리가 뽑힌 인간들로 가득했으며, 나는 그들을 그리스에 심으러 가는 길이었다. 사람들, 말, 소, 쟁기, 요람, 이부자리, 성상, 성서, 곡괭이, 삽…… 모두가 볼셰비키와 쿠르드인들로부터 도망쳐 자유의 그리스로 여행하는 중이었다. 내가 깊은 감동을 받았다는 얘기를 하면서 나는 조금도 부끄럽다고 느끼지 않는다. 나는 마치 내가 켄타우로스이며, 거대한 집단을 태운 배는 내 몸의 아랫부분이라고 느꼈다.

흑해의 물결이 조금 높이 일었고, 시커먼 쪽빛 파도에서는 수박 냄새가 났다. 왼쪽에는 옛날 우리 소유였던 폰투스 산맥과 해안이 있었고, 오른쪽은 광활하게 반짝이는 바다였다. 카프카스는 빛 속으로 사라졌지만, 등을 돌리고 선미에 앉은 노인들은 사랑하는 수평선에서 눈을 떼지 못했다. 카프카스는 밀려난 환상이므로 사라졌지만, 노인들의 깊은 눈동자 속에서는 그들에게 낯익은 산맥이 지워지지 않고 그대로 남았다. 고향 땅으로부터, 산과 바다 그리고 사랑하던 사람들과 초라하고 작지만 사랑하던 집으로부터 영혼이 완전히 물러서기는 지극히 어려운 일이었다. 영혼은 낙지이고, 이들 모두가 흡반이다.

나는 뱃머리에 밧줄 꾸러미를 깔고 앉았다. 내 주변에는 카르스에서 왔거나 수후미에서 왔고, 또는 타이간에서 박해를 당하던 그리스인들이 모였다. 그들의 고뇌는 끝이 없었고, 그들은 저마다 겪은 얘기를 털어놓음으로써 마음이 가벼워지길 원했다. 그들은 사랑하던 사람들이 죽어 가고, 집이 불타서 없어지고, 굶주림과 공포에 시달렸던 지나간 나날에 대해 한참 동안 탄식을 하다가도, 어떤 사람이 불쑥 점잖지 못한 농담을 하면 모든 재앙은 사라지고 사람들은 다시 머리를 높이 치켜들었으니, 나는 그리스 민족의 참을성에 대해서 은근히 감탄하며 귀를 기울이지 않을 수 없었다.

죽음을 당한 남편을 애도하는 통통하고 젊은 여자를 보자 새까만 수염이 축 늘어진 거인이 큼직한 손을 내밀어 그녀의 어깨를 토닥거려 주었다.

「그만 울어요, 마리오리차.」 그가 말했다. 「온 세상에 오직 두 사람만이, 이를테면 당신하고 나만 남더라도 그리스 땅은 다시 아이들로 가득 찰 테니까요!」

그는 갑판을 둘러보았다.

「여러분, 세계의 희망이 어디에 담겨 있는지 알아요? 머릿속이라고 하시겠어요? 아뇨, 훨씬 아래쪽이에요! 가슴속이라고 하시겠어요? 아뇨, 아니에요, 더 아래, 훨씬 아래쪽이에요!」

그는 재빨리 여자 쪽을 힐끗 쳐다보았다.

「자, 하느님의 이름으로 맹세컨대, 세계의 희망이 어디에 담겼는지를 여자들 앞에서 보여 준다고 해도 난 창피할 일이 없으니까, 당장 보여 줘도 상관없어요! 그러니까 그만 울란 말예요!」

여자들은 얼굴을 붉혔고, 남자들은 웃었다.

「토도리스, 아무도 자네를 따라갈 사람이 없어.」 그들은 소리쳤다. 「우리들을 웃겨 줘서 고맙네.」

꼭 한 사람만이 따로 앉아 얘기에 끼어들지 않았다. 이 남자는 웃지도 않고, 고민을 털어놓지도 않고, 부담을 덜고 싶지도 않은 듯싶었다. 그는 몸집이 거대했고, 목은 들소 같았으며, 길고 커다란 손은 무릎까지 닿았다. 풀어헤친 웃옷의 앞자락 사이로 털투성이 가슴이 드러났다. 그렇게 곰과 비슷한 사람을 나는 본 적이 없었다.

다른 사람들이 모두 흩어져서 누더기를 깔고 누워 잠이 든 다음에도 남자는 목을 앞으로 길게 내뽑고 바다만 응시했다. 꼼짝 않는 남자의 몸집에서 불안한 힘이 솟아 나옴을 의식하며 나는 그에게로 다가갔다.

「당신은 얘기를 하지 않더군요.」 내가 말을 걸었다.

그는 시선을 돌려 나를 보더니 손을 내밀었다. 그의 뼈마디가
우두둑거렸다.

「얘기요? 무슨 얘기요? 내 고민을 털어놓고 마음이 가벼워지
자고 말입니까? 난 마음의 평화를 구하지는 않아요.」

입을 다물고 자리를 뜨려는 듯 일어서던 그가 다시 앉았다. 나
는 그가 내적으로 갈등을 겪고 있음을 눈치 챘다. 그는 얘기를 하
고 싶지 않았지만 가슴은 터질 지경이었다. 더구나 밤이었고, 우
리 두 사람뿐이었다. 그는 조금 누그러졌다.

「당신은 카프카스의 산과 숲을 보았겠죠? 나는 몇 년 동안 그
곳을 홀로 방황했어요. 나는 아무하고도 사귀지 않았기 때문에
산돼지라는 별명이 붙었죠. 나는 술집이나 성당에 절대로 가지
않았어요. 말씀드렸듯이, 나는 산과 숲을 혼자 헤매었습니다. 나
는 돌멩이 하나도 남기지 않고 산을 구석구석 다 집어삼켰어요.
나는 채석장 인부에, 나무를 벌채하고, 숯도 구었는데 — 헐벗고
가난했지만 젊고 기운이 황소처럼 세어서, 어느 누구의 도움도
필요가 없었어요. 그러던 어느 날 나는 산을 오르다가 기운이 뻗
쳐 숨이 막히는 기분이었고, 속이 터져 나갈 것만 같아서 기운을
빼기 위해 산꼭대기에서 제일 커다란 소나무들을 베어 집을 짓기
시작했어요. 나는 문과, 창문과, 모든 것을 제대로 갖춘 집을 샘
터 옆에 지었어요. 집을 거의 다 지어 놓았을 때였죠. 근처 마을
에서 사람들이 구경하러 왔어요. 그들은 음식과 술을 가져왔습니
다. 하지만 나는 그냥 바위에 앉아 그걸 쳐다보기만 했어요. 어느
처녀가 내 옆에 와서 앉더군요. 그녀도 집을 쳐다봤어요. 그리고
같이 쳐다보는 동안에 나는 머리가 어지러워졌어요. 이튿날 아침

에 보니 나는 결혼한 남자가 되어 있더군요.」

그는 한숨을 지었다.

「나는 결혼을 해버렸어요. 현기증이 가셨죠. 높은 산에서 내 이
성이 다시 돌아왔어요.

〈우린 무얼 먹고 살지?〉 나는 여자에게 말했어요. 〈나 한 입도
제대로 못 먹이는 주제에 내가 어떻게 두 입을 먹이지? 그리고
아이들은 어쩌고?〉

〈걱정 마세요.〉 그녀가 말했죠. 〈성당으로 갑시다.〉

〈내가 성당에 가서 뭘 하게? 난 안 가겠어.〉

〈가자니까요.〉

우리들은 갔습니다. 우리들은 성호를 긋고 용기를 얻었어요.

〈이제는 밭으로 나가 일해요.〉 아내가 말했어요.

〈밭이라니? 무슨 밭 말이야, 멍충이 같으니라고? 돌밭 얘기로
구먼!〉

〈우린 돌멩이를 깨뜨리고 갈아서 흙으로 만들 거예요.〉

우리들은 갔습니다. 우리들은 돌멩이를 깨뜨려 흙으로 만들고
는 곡식을 심었어요.

〈그럼 가서 올리브나무의 가지를 쳐주어야죠.〉 아내가 말하더
군요.

〈무슨 올리브나무 얘기야? 말라비틀어진 막대기 말이지?〉

〈가자니까요.〉

우리들은 갔습니다. 우린 말라비틀어진 나뭇가지를 쳐주었죠.
우린 심고, 가지를 쳐주었고, 빵과 올리브기름으로 배를 채웠어
요. 할아버지의 말이 옳았어요. 〈아내만 훌륭하면 가난하고 헐벗
어도 두려워할 필요가 없느니라.〉 할아버지가 자주 그러셨어요.」

다시 그는 입을 다물었다. 밧줄의 한쪽 끝을 잡은 그는 살쾡이

처럼 그것을 손톱으로 풀기 시작했다. 나는 어둠 속에서 그가 이를 가는 소리를 들었다.

「그래서 다음에는요, 그다음에는 어떻게 되었죠?」 나는 궁금해서 물었다.

「그만둡시다! 다른 사람들처럼 나도 푸념을 늘어놓기를 바라나요?」

「아내는 어떻게 되었어요?」

「그만두자고 했잖아요!」

그는 무릎 사이에 머리를 파묻고 다시는 입을 열지 않았다.

「인간이 흘린 눈물로 세상의 모든 물방아를 돌릴 수 있지만, 신의 방앗간은 돌리지 못한다.」 나는 언젠가 마케도니아의 어느 마을에서 초라한 오두막의 문간에 앉아 햇볕을 쬐던 백 살 먹은 노인에게서 이런 얘기를 들었다. 사랑과 자비는 신이 아니라 인간의 딸들이다. 내가 탔던 배는 얼마나 엄청난 고통을 그리스로 실어 갔던가! 하지만 다행히도 세월이 우리들을 긍휼히 여긴다. 세월은 지우개처럼 고통을 지워 버린다. 봄의 새잎이 무덤의 비석을 덮고, 삶은 숨을 몰아쉬며 다시 상승을 시작한다.

하늘에는 별이 총총했다. 꼬리가 꼬부라지고 눈이 빨간, 내가 좋아하는 성좌 전갈자리는 바다로부터 분노를 토하며 솟아올랐다. 내 둘레에는 인간의 고통이, 위에는 소리 없고 비정하며 음험한 기운이 감도는 하늘에 별이 가득했다. 모든 광채나는 점(点)은 틀림없이 저마다 비밀스러운 의미를 지녔으리라. 눈이 천 개인 아르고스는 틀림없이 무시무시한 비밀을 간직했으리라. 하지만 어떤 비밀일까? 나는 알지 못했다. 내가 마음속 깊이 느꼈던 바는 이 비밀이 인간의 마음과 조금도 관계가 없다는 사실이다. 인

602

간의 왕국과 신의 왕국, 즉 우주에는 두 개의 다른 왕국이 존재하는 듯싶었다.

그런 대화와 그런 명상과 더불어 우리들은 흑해를 건넜다. 이 번에는 햇살을 담뿍 받고, 과수원과 첨탑과 폐허로 가득 찬 콘스탄티노플을 우리들은 다시 멀리서 보았다. 같이 항해하던 사람들은 감정이 벅차 성호를 긋고 도시에게 인사를 했으며, 한 사람은 뱃머리에서 몸을 내밀고 소리쳤다. 「용기를 내요, 어머니, 용기를 요!」 그리스의 해안 맞은편에 도착하자 우리들과 함께 여행하던 수후미의 성직자가 일어서서 제의를 걸치더니 하늘을 향해 늙은 손을 들었다. 「주여, 주여.」 그는 신에게 들릴 만큼 큰소리로 외쳤다. 「당신의 백성을 구원하여 새 땅에 뿌리를 내리고, 돌멩이와 나무를 성당과 학교로 바꿔 놓아, 당신이 사랑하는 말로 당신의 이름을 영광되게 하도록 도와주소서!」

우리들은 트라케와 마케도니아의 해안과, 풍파에 시달린 거룩한 산을 돌아 테살로니키 항구로 들어갔다. 내가 맡은 일은 11개월 동안이나 계속되었다. 사람과 가축을 잔뜩 실은 선박들이 계속해서 카프카스로부터 도착했고, 그리스의 핏줄에는 새 피가 스며들게 되었다. 나는 터키인들이 떠나며 남겨 둔 밭과 마을들을 찾아 마케도니아와 트라케를 돌아다녔다. 새 주인들이 들어가 밭을 갈고, 심고, 짓기 시작했다. 나는 노력을 하고, 자신의 노력이 맺은 결실을 보는 순간이 인간에게는 가장 보람찬 기쁨이라고 믿는다. 언젠가 러시아의 경종학자(耕種學者)가 이스트라티와 나를 아스트라한 부근의 사막으로 안내했다. 그는 팔을 벌리고 가없는 모래밭을 의기양양하게 포옹했다. 「나에게는 일꾼이 수천 명이나 됩니다.」 그가 말했다. 「그들은 뿌리가 길어서 빗물과 흙을 놓아 주지 않는 그런 종류의 풀을 심어요. 몇 년만 지나면 사막은 몽땅

과수원이 될 것입니다.」그의 눈이 빛났다.「봐요! 마을과, 과수원과, 물이 어디에서나 다 보이지 않아요?」「어디에서 말예요?」이스트라티가 놀라서 물었다.「어디 말예요? 난 아무것도 안 보이는데요.」경종학자는 미소를 지었다.「몇 년 지나면 보일 겁니다.」선서를 하듯 지팡이를 모래밭에 박으며 그가 말했다.

이제 나는 그의 말이 옳았음을 깨달았다. 같이 항해한 사람들이 서로 나누어 갖게 될 황폐한 땅을 둘러보니 내 눈에는 사람과, 과수원과, 물이 풍족한 광경이 선하게 보였다. 그리고 나는 미래의 성당에서 울리는 종과, 운동장에서 뛰놀며 웃는 아이들의 소리를 들었고…… 내 앞에는 아몬드나무 꽃이 피었으니, 손을 뻗으면 만발한 가지를 하나 꺾을 수도 있으리라. 아직 존재하지 않는 무엇을 믿음으로써 우리들은 그것을 창조하게 되기 때문이다. 존재하지 않는 대상이란 우리들이 충분히 갈구하지 않았으며, 비존재의 음산한 문턱을 지나 전진하기에 충분할 만큼 우리들의 피를 쏟아 붓지 못한 무엇이다.

드디어 모든 일이 끝난 후, 나는 얼마나 지쳤는지를 갑자기 깨달았다. 나는 일어서서 버틸 힘도 없고, 먹거나 자거나 책을 읽을 기운도 없을 만큼 피곤했다. 나는 중대한 위기가 계속되는 동안 모든 힘을 동원했고, 육체는 영혼이 받쳐 주는 힘으로 쓰러지지 않고 버티었다. 하지만 싸움이 끝나자마자 내적인 긴장은 풀어졌으며, 육체는 방어력을 잃고 쓰러졌다. 하지만 나에게 맡겨진 사명을 완수하기 전에는 쓰러지지 않았다. 이제 나는 자유였다. 나는 사직서를 제출하고 당장 크레타로 시선을 돌렸다. 나는 그곳의 흙을 밟고, 산들을 다시 만져 봄으로써 기운을 얻고 싶었다.

탕자 돌아오다

외국에서 여러 해 동안 방황하고 투쟁한 다음 남자가 고향으로 돌아가 조상들의 바위에 몸을 기대고는 토착 혼령들과, 어릴 적 추억과, 젊은 시절의 갈망이 짙게 깔린 낯익은 땅을 둘러보면 식은땀이 나게 마련이다.

조상들의 땅으로 돌아가면 마음이 설렌다. 그것은 마치 외국에서 머무는 동안 새롭고 금지된 땅에서 차마 입에 올리기 어려운 짓들을 하다가, 갑자기 마음의 부담을 느껴 돌아오는 듯한 기분이다. 이곳에서 도토리나 주워 먹는 돼지들과 나는 무슨 상관이란 말인가? 우리들은 두고 온 땅을 뒤돌아보며 한숨짓는다. 따뜻함과, 평화와, 안락한 삶을 기억하며, 우리들은 탕자처럼 어머니의 품으로 돌아간다. 내 마음속에서는 이런 돌아옴이 죽음을 미리 맛보는 듯한 전율을 느끼게 했다. 나는 삶의 방탕과 모험을 겪은 다음 오랫동안 그리워하던 조상의 땅으로 돌아오는 기분이었으며, 피할 길이 없는 지하의 음흉한 군대가 한 남자에게 특수한 공격 임무를 맡겼다가, 돌아오는 그를 보고는 땅이 통째로 울리는 우렁찬 목소리로 이렇게 묻는 듯싶었다. 너는 공격을 수행했느냐? 네가 해놓은 일을 보고하라!

이 땅의 자궁은 스스로 낳은 아이들이 하나하나 어느 만큼 훌륭한지를 확실히 알고, 훌륭하게 빚은 영혼일수록 어려운 계명을 내려서, 영혼 자체나 민족이나 세계를 구원하라고 요구한다. 인간의 영혼은 이렇게 부여된 계명의 차원에 따라 첫째, 둘째, 셋째로 분류된다.

영혼이 따라야 할 오름길이 자기가 태어난 땅에 가장 깊이 새겨졌음은 당연한 일이다. 우리들을 빚어낸 흙과 우리의 영혼 사이에는 신비한 접촉과 이해가 존재한다. 존재 이유를 정당화하고 여행의 목적지에 다다르기 위해 뿌리가 나무에 비밀의 질서를 올려 보내 꽃이 피고 열매를 맺게 하듯, 조상의 땅은 그것이 잉태한 영혼들에게 힘든 계명을 내린다. 흙과 영혼은 같은 물질로 이루어졌고, 같은 공격을 수행하지만, 영혼은 다만 최대한의 승리일 따름이다.

더할 나위 없이 늙을 때까지 자신의 젊음을 믿지 않으려는 마음을 거부하며, 꽃피는 사춘기를 과일이 풍성하게 맺히는 나무로 키우기 위해서 평생 투쟁을 계속하려는 자세 ── 나는 그것이 충만한 인간의 길이라고 믿는다.

(자주 잊어버리는 척하기는 해도) 영혼은 아버지다운 대지에 보고를 해야만 한다는 사실을 잘 안다. 나는 〈조국〉이라 하지 않고 〈아버지다운 대지〉라 부르고 싶다. 아버지다운 대지는 훨씬 깊고, 보다 겸손하며, 보다 듬직하고, 해묵어 가루가 된 뼈로 이루어졌다.

이것은 아직 살아 숨 쉬는 동안 우리들의 삶을 검토하는 지상의 독특한 〈최후의 심판〉이다. 우리는 조상의 땅에서 솟아오르는 준엄하고 올바르게 심판하는 목소리를 듣고 떤다. 너는 어떤 해답을 하겠는가? 너는 입술을 깨물고 생각한다 ── 오, 다시 한 번

살아 볼 수만 있다면! 하지만 너무 늦었다. 영원한 시간에서 우리에게 기회는 한 번, 오직 한 번밖에 주어지지 않는다. 다시는 안된다.

여기저기서 나타나는 어린 시절의 추억은 고통을 더욱 깊게 할 뿐이다. 위로 분출하려는 우리의 영혼을 두꺼운 껍질이 둘러싸서 꼼짝 못하게 하니, 우리들은 허리가 굽고, 주름지고, 초라한 모습이 된다. 세계를 정복하려는 젊음의 강렬한 불꽃에 떨며 열망했고, 사춘기라는 찬란한 성 속에 갇혀 지내기가 너무 답답하다고 느꼈던 영혼은 이제 잔뜩 쪼글쪼글하고 질겨진 몸의 한쪽 구석에 앉아 떨기만 한다. 고대와 현대의 지혜는 헛되이 영혼에게 필연성의 법칙에 이해와 인내를 보이며 순종하라고 꾸짖는다. 지혜는 식물과, 짐승과, 신들이 다 같이 앞으로 달려 나가 정복하고, 정복당하며, 똑같은 방법으로 멸망한다는 비겁한 위로의 말을 통해 필연성을 설명한다. 하지만 빈틈없는 영혼은 그런 위안을 섣불리 받아들이려고 하지 않는다. 왜 그러겠는가? 영혼은 필연성의 법칙에 선전 포고를 하려고 태어났기 때문이다.

우리들의 귀국은 획기적인 사건이었다. 편안하고 반역적인 껍질이 터져 나가고, 뚜껑 문이 열리며, 한때 가능했었지만 우리들이 죽여 버린 모든 요소가 ─ 태만과, 불운과, 비겁함 때문에 더 훌륭해지지 못한 우리 자신의 요소들이 ─ 달갑지 않은 유령처럼 되살아나서 우리의 의식 속으로 파고든다.

이런 시련이 더욱 못 견디게 느껴지는 까닭은 한 사람의 아버지다운 대지가 고집스럽고 요지부동일 때여서, 단 한순간이나마 인간이 마음 놓고 편안함이나 감미로운 만족을 느끼게끔 산과 바다 그리고 바위와 바닷물로 빚어낸 영혼들이 〈그만하면 됐다!〉라는 말을 좀처럼 하지 않기 때문이다. 크레타는 어딘가 비정할 만큼 잔인한 면을 지녔다. 크레타가 대지의 자식들을 사랑하기 때문에 그만큼 고생을 시키는지는 잘 모르겠지만, 피가 흐를 때까지 매질을 한다는 사실만은 나도 안다.

언젠가 하라사의 아들 글라일란 족장이 질문을 받았다. 「아랍인들이 멸망하지 않으려면 어떻게 해야 되나요?」 그가 대답했다. 「머리에 똬리 모자를 쓰고 손에 칼을 들고 말을 달려 앞으로 나아가는 한 그들은 별일이 없을지니라.」 크레타의 공기를 호흡하고 크레타인들을 물끄러미 쳐다보면, 나는 자랑스러운 아라비아의 계명을 세상에서 크레타인들보다 더 충실하게 따른 민족이 없음을 깨닫는다.

젊은이가 앞에 열린 수많은 가능성들 가운데 오직 하나만 선택해서 그것이 운명이라고 여기며 성인의 세계로 들어서는 삶의 가장 결정적인 순간에, 바로 그 순간에 크레타에서 일어났던 세 가지 사건이 내 영혼을 구해 주었다. (아니, 구해 주지는 않았지만 구하려고 시도는 했었다.) 아마도 다른 영혼이라면 구원할지 모르기 때문에 나는 그 사건들에 관한 얘기를 여기에 해두고 싶다. 이 얘기들은 무척 소박하고, 두꺼운 농민의 껍질로 덮였지만, 껍질을 깨뜨리기만 한다면 누구나 단단하고 용맹한 두뇌 세 모금을 맛보게 되리라.

*

1. 프실로리티의 측면에 위치한 험하고 바위투성이인 마을 아노그히아 출신의 어느 양치기는 메갈로카스트로에 대해서 다른 마을 사람들이 하는 신기하고 별난 얘기를 몇 가지 들었다. 그곳에 가면 세상의 모든 물건을 구하기가 쉬운데, 국자로 퍼주는 누에콩과, 자루에 담은 절인 대구와, 정어리와 훈제 청어를 담은 나

무통과, 굄목에 빽빽하게 늘어놓은 구두와, 총과 화약과 단검과 주머니칼을 마음대로 얼마든지 살 수 있는 상점들과, 흰 빵을 길고 가느다랗게 아침마다 줄줄이 만들어 내는 가게도 많다는 얘기였다. 그뿐 아니라 밤이 되면, 길고 가느다란 빵처럼 살이 하얗고 맛도 좋은 여자들을 만지더라도 크레타 처녀처럼 죽이겠다고 덤벼들지 않는다고도 했다.

이런 기적 같은 얘기를 듣고 양치기는 입에서 군침이 돌았으며, 메갈로카스트로는 그의 상상 속에서 대구codfish와, 총과, 여자들이 가득한 크레타의 천국이 되어 빛났다. 그는 이런 얘기를 듣고 또 듣다가 어느 날 오후 더 이상 참을 수가 없어서 널찍한 허리띠를 몸에 꽉 조이고, 수를 놓은 제일 좋은 식량 자루를 어깨에 둘러메고, 양치기 지팡이를 집어 들고는 프실로리티를 달려 내려갔다. 몇 시간 후에 그는 카스트로에 이르렀다. 아직 낮이었고, 성문은 열려 있었다. 양치기는 문 앞에서 걸음을 멈추었다. 한 걸음만 넘어서면 그는 천국으로 들어갈 터였다. 하지만 갑자기 그의 영혼이 불끈했다. 영혼은 욕망에 눌려 이제는 자유롭지 못하고, 뜻대로 할 수 없으리라는 기분이 들었다. 부끄러워진 크레타인은 얼굴을 찌푸렸다. 그는 자존심을 지키고 싶었다.

「난 들어가고 싶으면 들어가고, 들어가기 싫으면 안 들어간다.」 그가 말했다. 「난 들어가지 않겠다!」

메갈로카스트로에 등을 돌리고 그는 다시 산을 향했다.

2. 하얀 산의 어느 다른 크레타 마을에서 미남이고 건장한 청년이 죽었다. 그의 가장 친한 친구 네 사람이 일어서서 말했다. 「우리들이 들어가서 밤샘을 하고, 여자들은 쉬게 해줄까?」

「그러지.」 그들은 모두 목멘 소리로 대답했다.

그는 마을에서 가장 훌륭한 팔리카리[1]였는데 스무 살에 죽다니, 그의 죽음은 그들의 가슴에 비수를 꽂은 셈이었다.

「누가 오늘 나한테 술을 가져다주었어.」 친구 한 사람이 말했다. 「딸기술인데, 그걸 마시면 죽었던 사람도 살아서 벌떡 일어날 정도지! 여보게들, 어떤가, 한 병 담아 가지고 올까?」

「우리 어머니가 오늘 빵을 구웠어. 보리빵 두어 개 가져올까?」

「우리 집에 소시지가 좀 남았어. 한 줄 가져올까?」

「잔은 내가 가져오지.」 네 번째 사람이 말했다. 「그리고 신선한 오이도 두어 개 가져오고.」

그들은 저마다 먹을거리를 두껍고 거친 양치기의 짧은 외투 밑에 쑤셔 넣었다. 밤이 되자 네 사람은 상가로 들어갔다.

박하나무와 마저럼으로 치장한 시체는 집 한가운데 버팀대 위에 놓인 관에 안치되어 있었다. 발을 문 쪽으로 뻗은 그의 둘레에서 여자들이 장송곡을 불렀다.

「가서 잠들 좀 자요.」 저녁 인사를 하며 친구들이 말했다. 「밤샘은 우리들이 하겠어요.」

여자들은 내실로 들어가 문에 빗장을 질렀다. 친구들은 동글의자로 가서 술과 안주를 발밑에 놓고 눈물을 글썽이며 죽은 사람을 쳐다보았다. 그들은 입을 열지 않았다. 반 시간이 지나고 한 시간이 흘러갔다. 마침내 한 사람이 시체에서 눈을 떼었다.

「어때, 여보게들, 한잔 할까?」

「그거 좋지!」 그들은 이구동성으로 대답했다. 「우리가 뻗은 건 아니잖아? 술이나 마시자!」

그들은 몸을 굽혀 음식을 집었다. 한 사람이 종이로 불을 지펴

---

1 〈진짜 사나이〉라는 뜻.

소시지를 끓였다. 향기로운 냄새가 시체를 안치한 방으로 스며들었다. 그들은 술을 채우고 소리가 나지 않게 손으로 감싸고는 힘차게 잔을 부딪쳤다.

「하느님이 그를 용서하기를…… 우리 차례를 위해서!」

「우리 차례를 위해서! 신이 그를 용서하기를!」

그들은 술을 한 잔 두 잔 석 잔 들이켜고, 안주를 먹고, 술병이 바닥이 나자 기분이 좋아졌다.

그들은 다시 시체를 쳐다보았다. 갑자기 한 사람이 벌떡 일어섰다.

「어떤가, 여보게들.」 그는 시체에게 곁눈질을 했다. 「시체를 넘어 볼 생각 없어?」

「그거 좋지!」

그들은 넓고 헐렁헐렁한 바지를 허리띠로 묶어 뛰는 데 방해가 되지 않도록 했다. 그러더니 그들은 관을 문간으로 끌어다 놓고는 마당으로 통하는 문을 열었다.

퉤! 퉤! 그들은 손바닥에 침을 뱉고는 냅다 달려가서 시체를 뛰어넘기 시작했다.

3. 그리고 이것이 마지막 사건인데 ─.

부활절 일요일, 동트기 직전, 크레타의 산에서 카프하토스 신부는 성직자가 자기 한 사람뿐인데 동트기 전에 모든 마을에서 부활제를 행해야 하기 때문에 번개 같은 속도로 이 마을에서 저 마을로 뛰어다니며 그리스도를 부활시켜야 했다. 제의를 걸친 그는 은박 장정의 성서가 무거워 헉헉거리며, 소매를 걷어붙이고 바늘금작화가 뒤덮인 바위투성이 산들을 기어오르고, 숨을 헐떡이면서 성야(聖夜)가 다 가도록 뛰어다녔으며, 한 마을에 도착하면 〈크리스토스 아네스티*Christos anesti*〉[2]라고 소리치고는 혓바닥이 빠질 지경으로 다음 마을로 달려가야 했다.

마지막의 바위 골짜기 사이에 긴 작은 마을에서 사람들은 자그마한 교회에 모였다. 그들은 쇠초롱에 불을 밝히고, 성상과 문에는 계곡에서 따온 월계수와 은매화를 장식했다. 손에 든 초에는 불을 붙이지 않고, 그들은 〈위대한 말씀〉이 도착해 촛불을 켜게될 시간을 기다렸다.

바로 그때, 그들은 말이 서둘러 산등성이를 올라오느라 돌멩이들이 마구 쏟아져 내리는 듯, 자갈이 침묵 속에 으스러지는 소리를 들었다.

「오신다! 오신다!」

그들은 모두 바깥으로 달려 나갔다. 동녘은 벌써 불그레해졌고, 하늘이 웃었다. 숨을 몰아쉬는 소리가 들렸고, 양을 지키는 개들이 기뻐서 짖어 대자 불쑥 상의를 풀어헤치고, 땀에 흠뻑 젖고, 뛰어오느라 얼굴이 붉어지고, 부활시킨 많은 그리스도에 정신이 팔린 늙고 거무튀튀하고 난쟁이 같은 카프하토스 신부가 머리카락을 휘날리며 참나무 뒤에서 뛰어나왔다.

산봉우리 뒤에서는 태양이 막 솟아 나오려던 참이었다. 성직자는 단숨에 뛰어 마을 사람들 앞에 서더니 두 팔을 벌렸다.

「여러분, 크리스토스 아네스타카스[3]!」 그가 소리쳤다.

그는 흔하고 하찮은 *anesti*라는 단어가 갑자기 시시하고 값싸고 초라하게 느껴져서 위대한 소식을 전하기에 부족하다고 생각했다. 그 말은 성직자의 입을 통해서 더 광범위해지고 불어났다. 언어학의 법칙은 영혼의 거대한 추진력에게 자리를 비켜 주고 깨

---

2 〈그리스도께서 소생하셨도다〉라는 뜻.
3 *anéstakas*는 *anesti*의 최상급 높임말.

어졌으며, 새로운 법칙들이 창조되었는데, 보라! 그날 아침 새로운 단어를 지어냄으로써 늙은 크레타인은 처음으로 그리스도의 위대한 존재를 조금도 남김없이 참되게 부활시킨 셈이었다.

*

자유를 사랑하기 때문에 천국과 바꿔 준다고 하더라도 영혼의 종속을 용납하지 않으려는 거부, 사랑과 고통 그리고 죽음을 초월하는 험난한 승부, 더 이상 수용력이 없어지면 아무리 지성(至聖)하더라도 옛 형태를 때려 부수기 — 이것이 크레타의 세 가지 위대한 외침이다.

세 가지 사건을 통해서 영혼이 순수하고 꾸밈없는 환희로 가득 차는 까닭은, 여기에서 얘기한 사람들이 모든 위험으로부터 멀리 벗어난 한가한 시간에 어렵고 고상한 이론들을 만들어 내고 퍼뜨리는 철학자들이나 도덕자들이 아니기 때문이다. 그런 사람들 대신에 여기에서 얘기를 전한 소박한 크레타 농민들은 뱃속의 본능을 따르고, 인간이 오르는 가장 높은 정상인 자유와, 죽음에 대한 경멸 그리고 새로운 법칙의 창조를 힘들이지 않고 성취하는 능력을 갖추었다. 우리들의 눈에는 드러나지 않지만 인간의 숭고한 원천이 여기에 있으니, 지적인 길을 따르지 않고도 어떻게 다리가 둘 달린 짐승이 인간으로 발전하는지를 우리들은 생생하게 보았다. 그리하여 숙명적인 지성의 골고타로 가는 우리들의 길은, 우리들이 인간적이 되지 못하면 그 잘못은 오직 우리들 탓임을 크레타인들을 통해 깨달았기 때문에, 더욱 무거운 책임을 요구한다. 숭고한 인간이 땅에 나타나 존재하기 때문에 이제는 어떤 비겁함이나 타락도 정당화되지 않는다.

크레타에서는 자기 자신이나 타인을 감히 기만하려 하지 않는 사람은 아무에게도 편애를 베풀지 않고, 신이나 인간 어느 누구의 발밑에도 꿇어앉지 않으며, 젖가슴이 하나뿐인 〈책임감〉의 여신 아마존과, 어디에서도 찾아보기 어려운 그런 차원에서 정면으로 대결한다.

여러 날 동안, 나는 젊은 시절을 보냈던 사랑하는 옛 터전을 방황했다. 바닷가의 산책. 저녁이면 검은 빛깔이었던 내 머리카락을 스치던 똑같은 시원한 바람이 불어왔고, 석양이 진 다음 문을 열어 놓고 마당에서 처녀들이 화분에 물을 주기 시작할 때 내가 지나가던 좁은 골목에서 풍겨 오던 똑같은 재스민과, 박하나무와, 마저럼의 향내가 났다.

산들바람, 향기, 바다는 영원한 젊음을 지녔고, 집들과 옛 친구들만이 나이를 먹었다. 나는 많은 친구들을 알아보지 못했고, 나를 알아보지 못하는 사람들도 많았다. 어디서 본 듯싶지만 생각이 나지 않아 그들은 잠깐 동안 나를 응시했다. 기억을 더듬는 것이 귀찮아지면 그들은 그냥 지나가 버렸다. 나를 보고 놀라 걸음을 멈추며 팔을 벌린 사람은 하나뿐이었다.

「이거 자네 아냐?」 그가 소리쳤다. 「자네 어쩐 일이야!」

그는 동지회를 발기했던 세 번째 회원인 단짝 친구였다. 그는 혈색이 좋았으며, 냄새만 맡음으로써 자신을 속여 담배를 끊으려고 빈 담뱃대를 들고 다녔다. 그는 나를 자세히 살펴보더니 왈칵 껴안았다.

「뼈만 앙상하게 남고 얼굴은 까매졌구먼! 뺨이 움푹 꺼지고, 이마에는 주름살만 깊어졌고, 눈썹은 가시덤불처럼 무성하고, 눈에서는 불꽃이 튀는걸. 어떻게 된 거지? 언제까지 불타오르며 세계를 방황할 셈이야?」

「목숨이 붙어 있는 한 —— 더 이상 변할 여지가 없어 죽은 몸이나 마찬가지로 시복(諡福)을 받고, 불을 붙이지 않은 담뱃대나 물고서 삶과 희롱하게 될 때까지.」

「나 늙었지? 난 죽었을까?」 조롱하듯 목쉰 웃음을 터뜨리며 친구가 말했다.

나는 아무 말도 하지 않았다. 옛 친구를 생각하니 갑자기 슬픔과 분노가 끓어올랐다. 나는 그를 얼마나 사랑했었던가! 새벽까지 카스트로의 길거리를 헤매고, 젊음의 신성하고 우스꽝스러운 교만을 가꾸던 시절에, 우리들은 세계를 부숴 버리고 새로 세우려는 정열과 신념이 얼마나 대단했었던가! 우리들은 작은 도시의 성벽이 답답했고, 선생들에게서 배운 사상들이 답답했으며, 일상적인 인간의 기쁨과 야망에 쉽사리 지배를 받으려고 하지 않았다. 〈울타리를 때려 부수자〉고 우리들은 항상 말했었다. 어떤 울타리인지는 알지 못했다. 우리들은 다만 숨이 막혀 자꾸만 팔을 벌릴 따름이었다.

이제 친구는 팔을 내렸고, 숨을 쉬는 데 어려움을 느끼지 않았다. 혹시 엉뚱한 욕망이 남았다면, 그것은 빈 담뱃대를 빨아 없애 버리려고 애를 쓰던 투쟁이었다.

「러시아에는 왜, 무얼 하려고 갔었지?」 내가 도착하던 날 밤에 아버지가 물었다.

아버지는 억지로 분노를 참으면서 내 눈치를 살폈다. 오랫동안 아버지는 내가 사무실을 차리고, 세례식과 결혼식에 참석하기 위해 여러 마을을 돌아다니며 살기를 기대했었다. 친구가 늘어나고, 그러면 나는 입후보할 뜻을 밝히고 당선되어 의회로 진출하리라. 하지만 그러기는커녕 나는 세계를 방황하기만 했다. 더구나 아버지는 내가 글을 쓴다는 소문까지 들었다. 지난번에 만났을 때 아버지가 말했었다. 「무슨 글이냐? 동화냐, 연애 편지냐, 사랑의 노래냐? 창피하구나! 글이란 내시나 승려들이 쓰는 거야. 이제는 자리를 잡고 남자다운 일을 해야지.」

지금 아버지는 나에게 곁눈질을 하며 말했다. 「아마 넌 볼셰비키가 된 모양이구나? 신도 없고, 나라도 없고, 명예도 없고, 〈개새끼들아, 거칠 것이 없으니 전진하라〉 이런 식이냐?」

나는 속으로, 러시아에서 어떤 일이 벌어지는지, 그리고 어떤 새로운 세계가 그곳에 건설되는지를 설명하기에 지금이 좋은 때라고 판단했다. 그래서 러시아에는 이제 더 이상 부자와 가난뱅이가 왜 존재하지 않게 되었는지를 나는 쉬운 말로 얘기하기 시작했다. 모든 사람이 일하고, 모든 사람이 먹고 살았으며, 이제는 주인과 농노가 따로 없고, 모두가 저마다 주인이었다. 그곳에는 새로운 인간애가 생겨났으며, 보다 명예로운 명예와 새로운 가족 관계가 존재했다. 러시아가 앞장서서 본보기를 제시했고, 전 세계가 뒤를 따랐으며, 그래서 마침내 행복과 정의가 다스리는 세상이 도래할 터였다.

나는 열을 올리며 설교하기 시작했다. 아버지는 잠자코 귀를 기울였다. 아버지는 피우지도 않으면서 자꾸만 담배를 말았다가, 풀었다가, 다시 말았다. 나는 혼자 생각했다 — 다행히도 아버지가 이해를 하시는구나. 갑자기 아버지가 화를 내며 손을 들자 나는 입을 다물었다.

「입은 정말 잘 놀리는구나.」 머리를 저으며 아버지가 말했다. 「하지만 정말로 그렇게 된다고 한들, 그게 어쨌다는 거냐?」

그것은 다시 말하면 이런 뜻이었다 — 좋아. 그렇게 떠들고 싶다면 어디 실컷 떠들어 보려무나. 기껏해야 허튼수작이니까 해는 없겠지. 하지만 이 녀석아, 그런 얘길 행동으로 옮길 생각일랑 말아라!

그 수작을 정말 행동으로 옮길 가능성만 있었다면 얼마나 좋았으랴! 하지만 그러지 못할 듯싶었다. 내 민족의 사나운 힘은 내 마음속에서 없어졌고, 증조부의 해적선은 침몰했고, 행동은 어휘로 피는 잉크로 몰락했으며, 창을 들고 전쟁을 벌이는 대신 나는 작은 펜을 들고 글을 썼다. 사람들과의 접촉은 짜증스러웠고, 내 힘과 사랑을 감소시켰다. 홀로 인간의 운명을 명상할 때만 내 마음은 연민과 사랑이 넘쳤다.

하지만 세상을 탄생시키는 소비에트 실험실에서 돌아올 때, 나는 용기를 얻었다. 나는 속으로 생각했다. 인간은 자신의 무능함과 불완전성을 정복하게 되었다. 그렇지 않은가? 물론 그럴 능력을 인간은 얻었다! 그렇다면 가만히 앉아서 자연이 나에게 준 것만 받아들이는 자신이 부끄럽다. 나는 반항하리라!

그리고 내가 필요로 하던 바로 그 무렵, 돈 많은 어느 삼촌이 찾아와서는 정처 없이 세계를 방황하는 짓은 그만두고, 열심히 내 할 일을 하며 법률 사무소를 열어 의회에 진출하고, 어쩌다가 재수가 좋으면 장관이라도 되어 조상의 이름을 빛내라고 말하면서 돈을 내놓았다. 뭐니 뭐니 해도 우리 집안에서는 교육을 받고, 책을 펴서 읽어 보기는 내가 처음이었다. 그러니까 나는 완수해야 할 의무를 스스로 짊어진 셈이었다.

나는 그 얘기를 곰곰이 따져 보았다. 아니다, 나는 아직 숨이 막히는 사무실 안에 틀어박혀 살아가고 싶지 않았다. 나는 현실적인 삶이 참여하는 다른 방법을 찾으리라. 하지만 무슨 방법을? 나는 전혀 알 길이 없었다. 나는 함께 일하게 될 사람들을 상상해 보았다. 우리들은 한 가지 일에 함께 매달리고, 똑같은 음식을 먹고, 똑같은 옷을 입으리라. 상관과 직원이 따로 없겠고, 근로자들은 근로자가 아니라, 나 자신과 마찬가지로 똑같은 권리를 누리는 동료들이 되리라.

러시아에서 방금 돌아왔던 나는 역시 상아탑에서 나와 인간들과 함께 일하려는 미미한 시도를 해보고 싶기는 했다.

바로 그때, 운명이 장난이라도 치고 싶었던지, 나는 늙은 광부 알렉시스 조르바를 알게 되었다.

조르바

내 삶에 가장 큰 은혜를 베푼 요소는 여행과 꿈이었다. 죽었거
나 살았거나, 내 투쟁에 도움이 된 사람은 극히 드물다. 하지만
내 영혼에 가장 깊은 자취를 남긴 사람들의 이름을 대라면 나는
아마 호메로스와, 붓다와, 니체와, 베르그송과, 조르바를 꼽으리
라. 첫 번째 인물은 — 내가 생각하기에는 — 기운을 되찾게 하
는 광채로 우주 전체를 비추고 태양처럼 평화롭고 찬란하게 빛나
는 눈[眼]이었으며, 붓다는 세상 사람들이 빠졌다가 구원을 받는
한없이 깊은 새까만 눈이었다. 베르그송은 젊은 시절에 해답을
얻지 못했던 나를 괴롭히는 철학의 온갖 문제들로부터 해방시켜
주었으며, 니체는 새로운 고뇌로 나를 살찌게 했고, 불운과 괴로
움과 불확실성을 자부심으로 바꾸도록 가르쳤으며, 조르바는 삶
을 사랑하고 죽음을 두려워하지 말라고 가르쳤다.

힌두교에서는 이른바 구루[導師]라고 일컫고, 아토스 산의 수
사들이 〈아버지〉라고 부르는 삶의 길잡이를 선택해야 하는 문제
가 주어졌다면, 나는 틀림없이 조르바를 택했으리라. 그 까닭은
글쓰는 사람이 구원을 위해 필요로 하는 바로 그것을 그가 갖추
었으니, 화살처럼 허공에서 힘을 포착하는 원시적인 관찰력과,

마치 만물을 항상 처음 보듯 대기와 바다와 불과 여인과 빵 따위의 영구한 일상적 요소에 처녀성을 부여하게끔 해주며 아침마다 다시 새로워지는 창조적 단순성과, 영혼보다 우월한 힘을 내면에 지닌 듯 자신의 영혼을 멋대로 조종하는 대담성과, 신선한 마음과 분명한 행동력, 그리고 마지막으로 초라한 한 조각의 삶을 안전하게 더듬거리며 살아가기 위해 하찮은 겁쟁이 인간이 주변에 세워 놓은 도덕이나, 종교나, 고향 따위의 모든 울타리를 때려 부수려고 조르바의 나이 먹은 마음에서 회생의 힘을 분출해야 하던 결정적 순간마다 인간의 뱃속보다도 더 깊고 깊은 샘에서 쏟아져 나오는 야수적인 웃음을 그가 지녔기 때문이었다.

굶주린 영혼을 만족시키기 위해 오랜 세월에 걸쳐 책과 선생들에게서 받아들인 영양분과, 겨우 몇 달 사이에 조르바에게서 얻은 꿋꿋하고 용맹한 두뇌를 돌이켜보면 나는 격분과 쓰라린 마음을 견디기가 힘들다. 그가 나에게 한 말과, 나를 위해 그가 추었던 춤과, 갈탄을 찾는답시고 수많은 노동자들과 크레타 해안에서 여섯 달 동안 땅을 파며 지내던 무렵 그가 나를 위해 연주한 산투르를 회상하면서, 내가 어찌 가슴 벅찬 흥분을 느끼지 않을 수 있겠는가? 우리 두 사람 다 현실적인 목표란 세상 사람들의 눈을 속이기 위한 먼지일 따름이라는 사실을 잘 알고 있었다. 우리들은 어서 해가 지고 일꾼들이 일을 끝마쳐서, 우리 두 사람이 바닷가에 저녁상을 차려 놓고, 맛 좋은 시골 음식을 먹고, 시큼한 크레타 포도주를 마시며 얘기를 시작할 시간만 기다렸다.

나는 거의 입을 열지 않았다. 〈지적 능력〉이 귀신 같은 사람에게 무슨 말을 하겠는가? 나는 올림포스 산 옆에 있었다던 그의 마을과, 눈과, 늑대와, 비밀 혁명 당원들과, 성녀 소피아와, 갈탄과, 여자와, 신과, 애국심과, 죽음에 대해서 그가 하는 얘기를 들었고, 얘기만으로는 답답하고 숨이 막히는 기분이 들면 그는 벌떡 일어나 바닷가의 울퉁불퉁한 자갈밭에서 춤을 추었다. 듬직하고 힘차고 크고 꼿꼿한 몸에, 눈은 새처럼 작고 동그란 그는 머리를 한쪽으로 기울이고 춤추면서, 소리를 지르고 큼직한 발로 바닷가를 구르다가, 내 얼굴에 바닷물을 끼얹기도 했다.

그의 목소리, 아니 목소리가 아니라 외침에 귀를 기울이면, 내 삶은 가치를 지니게 되었다. 지금 내가 대마초를 피우는 사람처럼 생각에 잠겨 종이와 잉크로 결실을 얻으려는 바를 나는 피와, 살과, 뼈로 직접 경험할 수도 있었으리라. 하지만 나는 감히 그럴 용기가 나지 않았다. 나는 조르바가 한밤중에 춤추고 소리를 지르며, 나에게 관습과 신중함의 편안한 안식처를 뛰쳐나와 자신과 함께 돌아오지 않을 위대한 항해를 떠나자고 부르는 소리를 들으면서 꼼짝 않고 앉아 떨었다.

나는 최상의 어리석음이라고 여겨지던 삶의 본체가 나에게 실천하라고 소리치는 바를 감히 하지 못하는 내 영혼을 수치스러워했던 적이 무척 많았다. 하지만 나는 조르바의 앞에서보다 내 영혼에 대해서 더 수치를 느꼈던 적은 없었다.

갈탄 사업은 엉망이 되었다. 웃고, 놀고, 얘기를 나누며, 조르바와 나는 파탄에 이르기 위해 있는 힘을 다한 셈이었다. 우리들은 갈탄을 캐내려고 땅을 파지는 않았으니, 그것은 조르바가 항상 웃음을 터뜨리며 말했듯이, 갈탄 채취란 〈그들이 우리들에게 레몬 찌꺼기 세례를 하지 못하게 막기 위해〉 순진하고 신중한 사람들에게 보이려는 핑계에 지나지 않는 짓이었다. 「우리들에게는 말씀입죠, 왕초님(그는 나를 걸핏하면 왕초라고 부르며 웃었다) 커다란 다른 목적이 있어요.」

「그게 뭔데, 조르바?」 내가 물었다.

「보아하니 우린 마음속에 어떤 악마들이 묻혔는지를 캐보려는 모양이에요.」

사무실을 차리겠거니 해서 착하신 우리 삼촌이 나에게 준 돈을 우리들은 별로 많은 시간도 걸리지 않고 없애 버렸다. 일꾼들을 해고하고 나서 우리들은 양고기를 굽고, 작은 나무통에 포도주를 가득 채우고, 채석장 터로 쓰던 물가에 음식을 차려 놓고는 먹고 마시기 시작했다. 조르바는 산투르를 집어 들었다. 늙어 주름진 목을 길게 뽑고 그는 아마네[1]를 한 곡 부르기 시작했다. 우리는 먹고 마셨다. 나는 그렇게 기분이 좋았던 적이 없었다. 「작고하신 우리 사업을 신께서 용서하소서.」 우리들은 소리를 질렀다. 「그리고 우리들은 만수무강하기를! 갈탄은 가셨도다!」

우리들은 새벽에 헤어졌다. 달리 이름을 지을 길이 없으므로 그냥 〈혼(魂)〉이라 일컫고 싶은 작살에 찍혀 치료가 불가능한 상처를 받은 나는 다시 종이와 잉크로 돌아갔고, 그는 북쪽으로 가서 스콥제 부근의 세르비아에 자리를 잡고, 보아하니 풍부한 마그네사이트 광맥을 찾아낸 모양이어서 여러 유지들을 끌어들이고 연장을 사들여 일꾼들을 모집하고는, 또다시 갱도를 파들어가기 시작했다. 그는 바위를 폭파하고, 길을 뚫고, 물을 끌어 오고, 집을 짓고, 정력적인 노인답게 예쁘고 놀기 좋아하는 류바라는 과부와 결혼해서 아이를 낳았다.

그러던 어느 날 나는 전보를 받았다. 〈정말 아름다운 초록빛 보석 발견. 당장 오시오. 조르바.〉 그것은 이미 세상을 뒤흔들기 시작한 제2차 세계 대전이 멀리서 휘몰아치던 무렵의 일이었다. 다가올 굶주림과, 살육과, 광증을 예견하고 수백만 명이 공포에 떨

---

[1] 정열적인 사랑의 노래.

었다. 인간의 마음속에서는 모든 악마들이 피에 굶주려 머리를 들었다.

그렇게 독기가 서린 시절에 나는 조르바의 전보를 받았다. 처음에는 화가 났다. 세계는 파멸하는 중이어서, 명예와 인간의 영혼과 삶 자체가 위기에 처했는데, 하필이면 아름다운 초록빛 보석을 찾았으니 나더러 수천 킬로미터를 여행해서 구경 오라는 전보를 받게 되었으니 말이다! 아름다움이 어쨌다는 말인가! 아름다움은 비정해서, 인간의 고통은 아랑곳하지 않는다.

하지만 나는 갑자기 두려워졌다. 분노는 이미 사라졌고, 나는 조르바의 비인간적인 외침에 내 존재 속의 또 다른 외침이 응답하고 있음을 느꼈다. 내 마음속의 야수적인 독수리가 날아가려고 날개를 퍼득였다. 하지만 또다시 용기가 나지 않아 나는 떠나지 않았다. 나는 여행을 떠나지 않았고, 신성하고 야수 같은 외침을 따르지 않았으며, 과감하고 어리석은 행위를 하지 않았다. 이성의 냉정한 인간적 목소리를 따라 나는 펜을 들어 조르바에게 설명하는 편지를 썼다…….

그가 답장을 보냈다. 〈이런 말을 해서 미안합니다만, 왕초님, 당신은 글쟁이에 지나지 않아요. 이곳에 왔더라면 아름다운 초록빛 보석을 구경할 평생에 단 한 번뿐인 기회를 얻었을 텐데, 못 보게 되었군요. 가끔 나는 별로 할 일이 없으면 혼자 앉아서 지옥이 있나 없나 궁리를 해보죠. 하지만 어제 편지를 받고 보니 어떤 글쟁이들은 진짜로 지옥에서 살아간다는 생각이 들었어요!〉

시대가 충격을 받아 미쳐 버리는 듯싶었던 길고 무서운 세월이, 지리적인 경계선이 춤추고 국가들이 손풍금처럼 늘어났다 줄어드는 시절이 여러 해 흘러갔다. 조르바와 나는 태풍 속에서 서로를 잃어버렸다. 가끔 나는 세르비아에서 보낸 조르바의 짤막한 엽서를 받았다. 〈난 아직 살아 있습니다. 여긴 거지같이 추운 곳이라 결혼을 했죠. 뒷장을 보면 여편네의 조그만 상판이 나옵니다. 쓸 만합죠? 벌써 어린 조르바드하기를 낳아 주려고 배가 약간 불렀어요. 이름은 류바랍니다. 목에 여우털이 달린 내 외투는 마누라가 혼수감으로 가져왔고요. 묘한 집안 출신이라 새끼를 일곱 마리 밴 암퇘지도 지참금으로 가져왔어요! 홀아비였던 알렉시스 조르바가 사랑과 인사말을 보냅니다!〉

또 언젠가 그는 수놓은 세르비아의 몬테네그로 모자도 나에게 보내왔다. 모자의 방울 술에는 은으로 만든 종이 달렸다. 〈써봐요, 두목.〉 그가 편지에 썼다. 〈꼴같잖은 글을 쓸 때 쓰세요. 나도 일할 때 똑같은 모자를 씁니다. 사람들이 웃죠. 《자네 미쳤어, 조르바?》 그들이 물어요. 《종을 왜 머리에 달고 다니지?》 하지만 난 웃기만 하고 대답을 하지 않아요. 두목, 종을 머리에 달았다는 건 우리 두 사람만 아는 비밀입니다.〉

그동안에 나는 원고와 잉크에 얽매어 지냈다. 나는 조르바를 너무 늦게 알았다. 이 무렵 나에게는 더 이상 구원이 없었으며, 나는 구제받지 못할 글쟁이로 몰락한 다음이었다.

나는 글을 쓰기 시작했다. 하지만 시나 희곡이나 소설, 무엇을 쓰더라도 모든 작품은 항상 나도 모르는 사이에 서로 반발하는 힘과, 투쟁과, 분노와, 반발과, 상실한 평정의 추구로 가득 차고, 다가오는 태풍의 불꽃과 전조가 넘치는 극적인 엘랑의 형태를 갖추었다. 쓰려는 작품에 아무리 균형 잡힌 형태를 부여하려고 애써도, 그것은 당장 열띤 극적 흐름을 드러냈다. 그럴 마음이 없었음에도 불구하고, 원하던 평화로운 소리는 어느새 외침으로 바뀌었다. 그렇기 때문에 나는 한 작품을 끝내면 마음이 풀리지 않아서, 항상 전쟁 상태인 빛과 어둠의 힘을 묶어 미래의 조화가 어떤 형태를 취하는지 알아보려는 희망을 품고 새 작품을 시작하고는 했다.

희곡의 형태는 창작이라는 작업을 통해 우리들이 살아가는 시대와 인간의 영혼이 지닌 자유분방한 힘을 작품에 등장하는 투쟁적인 주인공들로 재현함으로써 정립한다. 나는 한껏 정성을 들이고 충실하게 내가 우연히 태어난 중대한 시대를 경험하려고 노력했다.

중국인들 사이에는 〈중요한 시대에 태어나는 저주를 받으라〉고 하는 이상한 악담이 오고 간다. 우리들은 과거에처럼 선과 악 사이에서뿐 아니라 ─ 무엇보다도 비극적인 일이지만 ─ 여러 미덕 사이에서 벌어지는 현란한 실험과, 모험과, 충돌로 가득 찬 중대한 시기에 태어났다. 낡은 기존의 미덕은 권위를 상실하기 시작했고, 이제는 현대인의 종교적·도덕적·지적·사회적 요구를 충족시키지 못한다. 인간의 영혼은 더 커진 듯싶고, 이제는 옛날의 틀에 맞지 않는다. 힘은 모두 소모되었지만 조금 더 오래 우리 삶을 다스리려고 결사적으로 싸우는 과거의 전능했던 신화와, 아직은 엉성하고 조직도 없지만 우리 영혼을 지배하려고 싸우는 새로운 신화 사이에 내란이 일어났으니, 시대를 따르려는 모든 사람이 내면에서 의식을 하든 못하든 간에, 우리 시대의 심장부에서 무자비한 내분이 벌어졌다. 그렇기 때문에 생존하는 모든 인간은 오늘날 시대의 극적인 운명에 고문을 당한다.

그리고 무엇보다도 창조자가 중요하다. 어떤 민감한 입술과 손끝은, 마치 수천 개의 바늘이 쑤셔 대기라도 하는 듯, 다가오는 태풍에서 미리 아픔을 느낀다. 창조자의 입술과 손끝이 그러하다. 우리들에게 밀어닥칠 태풍에 대해서 그토록 자신 있게 창조자가 얘기를 한다면, 그것은 상상이 아니라 이미 태풍의 첫 불꽃을 감지한 입술과 손끝이 그런 얘기를 하기 때문이다. 평화와, 자유분방한 환희와, 이른바 행복이라는 개념은 우리 시대가 아니라 과거이건 미래이건 다른 시대에 속한다는 현실과 우리들은 영웅적으로 타협해야만 한다. 우리 시대는 오래전부터 고뇌의 자리로 들어섰다.

하지만 고뇌를 파악하는 과정에서, 나는 그것을 초월하여 구원의 형태를 발견(또는 창조)하기 위해 무의식적으로 싸웠다. 내가 쓴 작품에서 나는 옛 시대와 전설에서 자주 주제를 찾았지만, 내용은 오늘날의 고민에 시달리며 살아가는 현대의 문제를 다루었다.

하지만 내가 고통과 유혹을 받았던 까닭은 이런 고민 때문이라기보다는, 그것이 지닌 양상을 확정지으려고 투쟁했던 아직 불확실하고 망설이는 희망 때문이었으며, 우리들로 하여금 태풍 너머로 인간의 운명을 자신 있게 응시하며 아직 꿋꿋하게 버티게끔 도와주는 위대한 희망 때문이었다.

나는 붕괴되는 상태의 현재 인간보다는 형성되고 잉태되는 상태의 미래 인간에 대해서 훨씬 고민을 하였다. 만일 오늘날의 창조적인 예술가가 가장 깊은 내적인 예감을 성실하게 밝혔다면, 미래 인간이 1시간 먼저 그리고 조금쯤은 보다 순수하게 태어나도록 도움을 주었으리라고 나는 생각했다.

나는 점점 분명히 창조자의 책임을 의식하게 되었다. 현실이 인간과 분리되어 완전한 상태로 존재하지는 못하며, 인간과 더불어 인간의 가치에 부응하며 존재한다고 생각했다. 만일 우리들이 글이나 행동으로 물줄기를 터놓는다면 현실은 그 물길로, 그러니까 우리들이 간섭하지 않았더라면 흘러들지 않았을 길로 들어섰을지도 모른다. 물론 우리들은 전적인 책임은 지지 않지만 커다란 역할을 담당한다.

글쓰기는 평온한 다른 시대라면 재미있는 놀이였을지도 모른다. 오늘날은 그것이 중대한 의무이다. 글쓰기의 목적은 동화로 이성을 즐겁게 해서 현실을 망각하도록 돕는 일이 아니라, 우리들의 과도기에 아직 살아남은 빛나는 모든 힘에 대해서 동원령을 선포하여 사람들로 하여금 짐승의 차원을 초월하도록 최선을 다하게 만드는 것이다.

고대 그리스 비극의 주인공들은 디오니소스에게서 잘려져 나가 자기들끼리 서로 충돌하는 팔다리였다. 그들은 파편이기에 서로 싸웠다. 그들은 저마다 신성(神性)에서 오직 한 부분만을 대표했으며, 하나의 전체적인 신이 아니었다. 하나의 전체적인 신이었던 디오니소스는 비극의 한가운데 서서 이야기의 탄생과, 발전과, 종결을 다스렸다. 깨우친 관객이 보기에는, 비록 신의 흩어진 팔다리가 서로 싸우기는 했어도 이미 남몰래 합쳐져 조화를 이루었다. 그것들은 신의 완전한 몸을 이루고 하나의 조화를 형성했다.

나는 항상 바로 그런 식으로 미래의 조화가 오늘날의 비극에서 승화하여 시기심과 싸움을 초월하고, 갈라져서 맞서는 주인공들 사이에서 하나가 되어야만 한다고 생각했다. 이것은 지극히 힘든 일이므로, 어쩌면 아직 성취 불가능한지도 모른다. 우리들은 가장 용감한 개인적인 시도까지도 대부분의 경우 실패할 운명인, 그러한 전체적인 파괴와 창조의 순간에 처했다. 하지만 이런 실패는 우리들이 아니라 뒤에 올 사람들을 위한 밑거름이 된다. 그것은 길을 열어 주어 미래가 들어서도록 돕는다.

평화로운 집에서 글쓰기에 몰두한 나는 이토록 무서운 책임감이 머릿속에서 한 번도 떠나지 않았다. 분명히 태초에는 말씀이 있었다. 행동 이전에 말이다. 보이거나 보이지 않는 세계를 창조하는 잉태의 말이, 신의 아들이, 독생자가 존재했다.

서서히 환희에 젖어 나는 잉크에 빠져 들어갔다. 내 마음의 깊은 곳에서는 위대한 유령들이 몰려들어 배교자 율리아누스와, 니키포로스 포카스와, 콘스탄티누스 팔라이올로구스와, 프로메테우스에게 다시 생명을 주기 위해 마실 따뜻한 피를 찾아 헤매었다. 살아가는 동안 지극히 괴로워하고 사랑했으며, 교만하게 신과 운명에 도전하고 고뇌했던 위대한 영혼들. 나는 살아 있는 인간들 앞에서 그들의 고통과 투쟁을, 인류의 고통과 투쟁을 영광되게 하기 위해서 그들을 하데스로부터 끌어올리려고 싸웠다. 나자신이 용기를 얻기 위해서.

나는 예술의 한계를 초월하기 위해 의도적으로 투쟁하고, 그럼으로써 아름다움의 본체인 조화가 무너지리라는 사실을 알기 때문에, 나의 글쓰기가 절대로 예술적인 완벽성을 달성하지 못하리라고 믿는다.

글을 더 많이 쓰면 쓸수록 나는 작품에서 내가 아름다움이 아니라 구원을 위해 투쟁한다는 사실을 점점 더 깊이 깨달았다. 진실한 작가와는 달리 나는 구원을 추구하며 고통스럽게 투쟁하는 인간이어서, 미사여구를 지어내거나 멋진 운을 맞추려는 데서는 기쁨을 얻지 못했으며, 나 자신의 내적인 암흑으로부터 해방되어 암흑을 빛으로 바꿔 놓고, 내면에서 고함치는 무서운 조상을 인간으로 바꿔 놓고 싶었다. 나는 모든 역경을 이겨 내는 인간 영혼의 능력을 보며 용기를 얻으려 했고, 그런 까닭에 가장 숭고하고 힘든 시련을 성공적으로 치러 낸 위대한 인물들을 소생시키기를 원했다. 어렸을 적에 내 눈앞에서 벌어졌던 바로 그런 싸움이 아직도 끊임없이 내 마음속에서 벌어지고, 또한 쉴 새 없이 전 세계에서도 터져 나온다는 현실…… 나는 그것을 보았고, 그것을 알았다. 그것은 내 삶의 꺼지지 않는 주제였다. 그렇기 때문에 내 모든 작품에서는 두 명의 투쟁자가 항상 주인공이었다. 내가 글을 썼다면, 투쟁을 돕는 유일한 수단이 그것이었기 때문이다. 크레타와 터키, 선과 악, 빛과 암흑은 내 아픔 속에서 한없이 싸웠고, 처음에는 의식하지 못했지만 나중에는 의식하게 된 내 글쓰기의 목적은 크레타와, 선과, 빛을 최선을 다해 도와서 이기게 만들자는 것이었다. 내 작품의 목적은 아름다움이 아니라 구원이었다.

어쩌다 보니 나는 이러한 투쟁이 어찌나 심했던지, 그리고 도움의 필요성이 어찌나 뚜렷했던지, 나의 개인적인 투쟁과 현대 세계의 투쟁을 곧 동일시하게 된 시대에 태어났다. 세계는 과거의 사악한 세상으로부터, 그리고 나는 어둠의 조상들로부터, 이렇게 세계와 나 둘 다 똑같이 암흑으로부터 해방되기 위해 투쟁했다.

제2차 세계 대전이 터졌고, 온 세계가 미쳐 버렸다. 나는 모든 시대에 저마다 악마가 존재함을 분명히 깨달았다. 우리들이 아니라 악마가 다스린다. 세계가 부패하여 사라져야 할 때 항상 그렇듯이, 우리 시대의 악마는 피에 굶주린 야수였다. 비인간적이고 초인간적인 〈이성〉이 혼(魂)을 도와 부패하는 인간으로부터 스스로 해방되어 승화하게 돕는 듯싶었고, 세계가 방해를 하면 이성이 세계를 멸망시키기 위해 흉측한 악마를 보내어 피에 젖은 길을 항상 터놓을 것만 같았다.

이제 나는 주변의 세계가 끊임없이 멸망하는 과정을 보고 들었다. 세계의 멸망은 모든 사람이 보았다. 가장 순수한 영혼들은 저항하려고 시도했지만, 악마가 입김을 불어넣자 그들은 날개를 잃었다.

전쟁이 터지자 나는 평화나 위안을 얻기 위해서가 아니라, 하찮은 존재가 되지 않으려면 어려운 시절에 인간이 필요로 하는 자부심을 찾아야 하겠기에, 다시 크레타의 산으로 갔다. 언젠가 나는 일요일 예배가 끝난 다음 성당 입구의 계단에 앉아서 남자다운 용감성을 찾는 방법에 대해 젊은이들에게 얘기하는 늙은 노병을 보았다. 「가능하다면 두려움을 부릅뜬 눈으로 빤히 보아라.」 그가 말했다. 「그러면 두려움은 겁이 나서 도망칠 테니까.」 그래서 나는 지팡이를 들고, 어깨에 배낭을 메고 산으로 갔다. 독일군이 노르웨이로 쳐들어가 정복하려고 싸우던 무렵이었다.

어느 날 대낮에 프실로리티 기슭을 건너가려니까 사나운 목소리가 높은 곳에서 들려왔다. 「어이, 여봐요, 잠깐 기다려요! 하나 물어봅시다!」

머리를 들어 보니 어떤 남자가 커다란 바위에서 뒤로 물러나 고꾸라지듯 내려왔다. 그는 바위에서 바위로 성큼성큼 내려왔고, 그의 발밑에는 돌멩이들이 굴러 요란한 소리가 나서 산 전체가 그와 함께 무너지는 듯싶었다. 그가 늙고 덩치가 큰 양치기라는 사실을 이제 나는 확실히 알게 되었다. 나는 걸음을 멈추고 그를 기다렸다. 무얼 알고 싶어서 저렇게 극성일까? 나는 궁금했다.

그가 가까이 와서 바위 위에 섰다. 겉으로 드러난 가슴은 털이 나고 김이 피어올랐다.

「이봐요, 노르웨이는 어떻게 되어 갑니까?」 그는 숨을 헐떡이며 물었다. 그는 어느 나라가 곧 정복되리라는 얘기를 들었다. 그는 노르웨이가 어떤 나라이고, 어디에 위치했으며, 어떤 사람들이 사는 곳인지 전혀 몰랐다. 그가 분명히 알았던 사실이라고는 자유가 위기에 처했다는 것이었다.

「상황이 좋아졌어요, 영감님, 좋아졌어요. 걱정할 필요는 없어요.」 내가 대답했다.

「다행이구먼.」 성호를 그으면서 늙은 양치기가 큰소리로 말했다.

「담배 태우시겠어요?」 내가 물었다.

「제기랄! 내가 뭣하러 담배를 피워요? 난 아무것도 필요 없어요. 노르웨이만 별일 없다면 그만이지!」

그 말을 하고 그는 지팡이를 휘두르며 양 떼를 찾아 기어올라갔다.

그리스의 공기는 정말로 신성하고, 자유는 틀림없이 여기서 탄생했으리라고 나는 생각했다. 나는 세계의 어느 농부나 양치기도 자유를 위해 싸우는 미지의 머나먼 나라의 시련에 대해서 그토록 고민하고 실감나게 의식하지는 못하리라고 생각했다. 자유란 자기가 낳은 딸이나 마찬가지여서, 노르웨이의 투쟁은 그 그리스 양치기의 투쟁이기도 했다.

영원한 싸움터에서의 내 역할을 치르며 평화로운 집에서 글을 쓰던 나는 그런 전투적인 의무감을 느꼈다. 하지만 가끔 원고지와 잉크를 버려두고 크노소스로 가는 올리브나무와 포도나무가 줄지어 선 길로 나섰다. 예기치 못한 크레타의 기적이 처음으로 땅에서 샘물처럼 솟아올랐을 때, 돌층계와 기둥과 마당과 벽화를 처음 보았을 때, 모든 인간의 업적이 그렇듯 멸망해서 한 순간 빛 속에서 나타났다가 영원히 혼돈 속으로 사라져 버린 놀라운 세계에 대한 형언할 수 없는 기쁨과 슬픔으로 나는 가슴이 벅찼다. 왕궁이 다시 복원된 만큼 반쯤 무너진 벽의 그림에서, 크레타의 햇빛을 받으며, 솟아오른 젖가슴을 드러내고 입술에는 칠을 하고 머리는 제멋대로 땋아 내린 여자들과 투우의 모습이 희미하게 드러났고, 그리고 그만큼 최후의 심판도 내 눈앞에서 모습을 드러냈으니, 남자들은 말이 없거나 유쾌하고 교활했으며, 여자들은 하늘의 별과 바다의 별과 땅의 꽃을 수놓은 치마를 입고 품에 안은 신의 독사를 어루만졌고, 미지의 옛 조상들이 이렇게 흙에서 솟아났다.

그러던 어느 날 다시 푸릇푸릇한 길로 나서 최후의 심판이 이루어지는 성스러운 언덕에 이르러 무너져 가는 기적들 사이로 몇 시간 동안 거닐던 나는 한 그림을 보고 특히 놀랐다. 이 벽화는 처음 보는 것 같았다. 내 영혼이 현재 느끼고 있던 걱정과 희망이 그대로 담긴 그림의 의미를 나는 그날 처음으로 깨닫게 되었다. 수많은 물고기가 꼬리를 들고 장난치며 즐겁게 물속에서 돌아다니는데, 한가운데서 날치 한 마리가 갑자기 작은 지느러미를 펼치고는 공기를 마시려고 바다에서 펄쩍 뛰어올랐다. 노예적인 물고기에 비하면 날치의 본성은 너무나 컸고, 평생 물속에서 살기에는 너무나 컸기 때문이다. 그것은 갑자기 숙명을 뛰어넘고, 자유로운 공기를 숨 쉬고, 견딜 수 있는 한 짧막한 순간이나마 새가 되고 싶었기 때문이다. 하지만 그 정도로도 충분했으니, 짧막한 한순간은 곧 영원이었다.

나는 수천 년 전에 지은 궁전 벽화에서 본 물고기가 나 자신의 영혼이기라도 한 듯 굉장한 흥분과 우애를 느끼며 쳐다보았다. 「필연성을 초월하여 자유를 숨 쉬려고 뛰어오르는 물고기, 이것은 크레타의 성스러운 물고기이다.」 나는 혼자 중얼거렸다. *ICHTHYS*[2] 그리스도는 똑같은 대상을 추구하느라고 인간의 숙명을 초월하여 신과, 그러니까 완전한 자유와 결합하려 하지 않았던가? 투쟁하는 모든 영혼은 울타리를 부숴 버리려는 똑같은 목적을 추구하지 않는가? 자유를 위해 싸우고 죽은 영혼을 나타내는 이러한 상징의 탄생이 크레타에서 처음 이루어졌을지도 모른다는 생각에 나는 기뻤다. 날아가는 물고기 ── 투쟁하는 불굴의 인간 영혼을

---

2 고대에는 다산(多産)을 바라는 부적으로 사용된 물고기를 상징하기도 했고, 그리스어에서 하느님의 아들 구세주 예수 그리스도를 뜻하는 Iésous Christos theou hyios sótér의 머리글자들을 모은 단어이기도 하다. 머빈 리로이가 감독한 영화 「쿠오 바디스」에도 이런 설명이 나온다.

보라!

나는 물에서 목숨을 걸고 결사적으로 뛰쳐나오는 날치의 모험을 보았고, 돌멩이로 포장한 경기장에서 소와 즐겁게 노는 미끈하고 허리가 잘록한 남자와 여자를 보았고, 백합 들판에서 평화롭게 잠든 암사자를 보았으며, 그들의 그림 속에 숨은 의미를 찾으려고 노력했다. 그런 용맹과 기쁨의 원천은 무엇일까? 여인의 의기양양한 두 팔은 어떤 기도를, 검은 뱀들이 칭칭 감은 벌거숭이 팔들은 누구에게 기도를 드리는가? 삶에 대한 파괴하지 못할 갈망 그리고 위기와 죽음의 면전에서 두려움 없이 영웅적으로 짓는 미소는 조상의 숙명적이고 호쾌한 모험을 내 마음속에서 일깨웠으며, 오랫동안 바라던 죽음과의 만남이 이루어졌다. 소와 인간, 죽음과 영혼은 친구 사이여서 둘 다 발가벗고, 둘 다 운동선수처럼 향기로운 기름을 바르고, 한두 시간 해가 질 때까지 함께 놀았다. 흥분하고 어지러워진 나는 크레타와 혼돈이 맞선 무서운 순간의 여기, 이곳이 바로 크레타의 비밀을 숨겨 놓은 곳이라고 생각했다. 나는 그 비밀을 찾아내야만 했다.

그리스도와, 붓다와, 레닌은 빛을 잃었고, 나는 크레타의 흙에 휩쓸려 들어갔다. 이제는 뒤를 돌아다보지 않으며 나는 그리움과 두려움이 담긴 눈을 들어 아직 구름에 파묻혀 보이지 않는 산봉우리를, (내가 불길하게 생각하기로는) 벼락과 준엄한 계명으로 무장한 나의 신이 거처하는 시나이의 신이 디뎠던 산봉우리를 응시했다.

나는 새로운 힘, 새로운 책임감이 핏줄 속에서 용솟음친다고 느꼈다. 내 영혼은 크레타의 흙과 더불어 풍요해져서, 오랜 웃음과 눈물로 빚어진 듯싶었다. 흙이 영혼과의 접촉에서 어떤 비밀스러운 확신을 얼마나 강렬히 느끼는지를 나는 다시 한 번 깨달았다. 그와 마찬가지로, 위로 솟아올라 향기와 빛깔을 만들어 내기 위해 뿌리를 내려야 하는 꽃은 흙에 대해서 틀림없이 내적인 의식을 지니리라.

나는 축소판 크레타처럼 영혼이 내 핏속에서 팽창함을 느꼈다. 그것은 세대박이 범선과 형태가 같아서, 같은 세기와 같은 공포와 같은 기쁨을 살아가며, 성스러운 아시아와 정열적인 아프리카와 이성적인 유럽 세 대륙의 격렬한 가능성을 지닌 세 바람 속을 항해했다. 오랫동안 의식적이거나 무의식적으로 내가 간직해 온 열망이, 근본적으로 다른 세 가지 욕망과 추진력을 조화시켜 성스러운 삼실체성 단자(三實體性單子)라는 종합인 최고의 업적을 달성하려는 열망이, 이제는 내 마음속에서 훨씬 더 뚜렷해졌다.

나에게는 전 세계적인 종교적 상징인 삼위일체가 보다 상징적인 다른 차원에서 존재했다. 그것은 절박하게 불타는 현실, 눈앞에 닥친 최고의 의무였다. 〈이것이 아니라면 다 필요 없다!〉 황홀경의 순간에 나는 속으로 맹세했다. 삼위일체는 완전한 형태로 위에서 내려 주는 그 무엇이 아니어서, 나 자신이 창조해야만 했다. 그것만이, 오직 그것만이 내 의무였다! 아무런 의미도 없이 크레타가 세 위대한 〈입김〉의 한가운데 위치하지는 않았으며, 아무런 목적도 없이 내 영혼이 크레타의 형태와 운명을 그대로 취하지는 않았으리라고 나는 스스로 다짐했다. 사람과 산과 거품이 이는 바다에 에워싸인 채로, 잠들거나 깨어 있는 시간에, 수백 년에 걸쳐 크레타가 영혼과 육체로 외치는 바를 이어받아, 그것을 완전한 어떤 의미로 변형시키는 일이 나의 타고난 의무였다. 나는 크레타의 아들이 아니던가? 나는 크레타의 흙이 아니던가? 가장 오래된 크레타의 찬란함을 내가 마주했을 때, 크레타가 그토록 오랜 세월에 걸쳐 외쳐 온 이유와, 인류에게 전하려고 애쓰던 크레타만의 말이 무엇인지를 찾으라고 나에게 명령한 것은 크레타가 아니었던가?

나는 집으로 돌아가는 길로 들어섰다. 올리브나무 숲과 포도원을 언제 지나서 나는 메갈로카스트로에 들어가 집에 이르렀던가? 나는 아무것도 보지 못했다. 필사적으로 나는 듯한 물고기가 눈 앞에서 자꾸만 뛰어올랐다. 단 한순간이라도 인간의 한계성을 깨뜨리고 뛰어오르며, 단 한순간이라도 기쁨과 슬픔과 사상과 신들을 벗어나 더럽혀지지 않은 맑은 공기를 숨쉴 영혼을 빚어낼 능력이 나에게 있을까!

집에서는 애도의 뜻을 표하는 띠를 두른 편지 한 통이 나를 기다렸다. 그것은 세르비아의 우표가 붙었고, 나는 얼핏 짐작이 갔다. 나는 떨리는 손으로 편지를 집어 들었다. 무엇하러 뜯어보나? 나는 어떤 슬픈 소식이 편지에 담겼는지를 당장 알아챘다. 「그는 죽었다, 그는 죽었어.」 눈앞이 캄캄해지면서 나는 중얼거렸다.

오랫동안 나는 창가에서 날이 어두워지는 바깥을 내다보았다. 마당의 화분들은 저녁에 물을 주었는지, 흙 냄새가 향기로웠다. 아카시아의 가시 돋은 나뭇가지에 이슬방울처럼 저녁 별이 맺혔다. 저녁은 아름다웠고, 삶은 무척 감미롭게 느껴졌다. 잠깐 동안 나는 손에 쥔 슬픈 편지를 잊었다.

불현듯 나는 세상의 아름다움을 쳐다보면서 죽음을 망각하려 했음을 깨달았다. 부끄럽게 생각하며 나는 격렬한 동작으로 봉투를 찢어 열었다. 글자들이 처음에는 출렁이다가 서서히 꼼짝 않고 자리를 잡아서, 내가 읽도록 얌전히 기다렸다.

나는 이곳 마을 학교의 교장입니다. 이곳에서 마그네시아 광산을 운영하던 알렉시스 조르바가 지난 일요일 저녁 6시에 돌아가셨다는 슬픈 소식을 알려 드리려고 편지를 씁니다. 그는 임종의 고통을 겪는 중에 나를 불러 말했습니다. 「이리 와요, 선생님. 내 친구 한 사람이 그리스에서 살아요. 내가 죽은 다음에 그에게 편지를 써서, 내가 죽었으며, 마지막 순간까지 나는 정신이 멀쩡했고, 끝까지 그를 생각했다고 전해 주세요. 그리고 내가 한 어떤 행동에 대해서도 후회하지 않는다고요. 그가 잘 지내기를 바라며, 이제는 정신 좀 차리라는 얘기도 하세요……. 그리고 혹시 어느 신부가 와서 나를 고해시키고 영성체를 주려고 하면, 저주나 내리고 꺼져 버리라고 해요! 나는 살아가며 별의별 짓을 다 해보았지만, 사실은 별로 한 것이 없어요! 나 같은 사람은 천 년을 살아야 하죠. 안녕히 주무세요!

나는 눈을 감았고, 뺨으로 천천히 뜨겁게 눈물이 흘러내림을 느꼈다.

「그가 죽었다, 죽었다, 죽었다……」 나는 중얼거렸다. 「조르바는 영원히, 영원히 가버렸다. 웃음이 죽고, 노래가 끊기고, 산투르가 부서지고, 바닷가 자갈밭의 춤이 중단되고, 벅찬 갈망을 느끼며 질문하던 탐욕스러운 입에는 이제 흙이 가득 찼고, 그토록 다정하고 성숙했던 손은 바위와, 바다와, 빵과, 여인을 다시는 어루만지지 못하리라……」

나는 슬픔이 아니라 분노 때문에 이성을 잃었다. 「옳지 않아! 옳지 않아!」 나는 소리쳤다. 「그런 영혼은 죽어서는 안 돼. 흙과 물과 불이 어우러져 새로운 조르바를 또다시 빚어내는 우연이 가능할까?」

몇 달 동안 그에게서 소식을 듣지 못해도 나는 걱정하지 않았었다. 마치 그는 불멸하다고 믿었던 모양이었다. 그런 샘물이 언제 말라붙는다는 말인가? 나는 생각했다. 그런 교활한 악당을 카론이 어떻게 거꾸러뜨린다는 말인가? 마지막 순간에 그는 웃음과, 춤과, 꾀로 카론을 자빠뜨리고 도망치지 않겠는가?

그날 밤 나는 전혀 눈을 붙이지 못했다. 조르바가 조각조각 흩어져 버리지 못하게 땅과 하늘에서 그를 주워 모으고 싶은 듯 추억들이 꼬리에 꼬리를 물고 초조하게 숨을 헐떡이며 내 머릿속으로 몰려들었다. 그와 관계된 가장 하찮은 사건들까지도 투명한 여름철 바닷물 속의 현란한 물고기들처럼 기억 속에서 소중하고 깨끗하게 빛나며 빠른 동작으로 헤엄쳤다. 그와의 추억은 내 마음속에서 하나도 죽지 않았다. 조르바의 손이 닿은 모든 사물은 무엇이나 불멸해진 듯싶었다.

밤새도록 나는 생각했다. 죽음을, 그의 죽음을 몰아내려면 나는 어떻게 해야 하나?

내 마음의 뚜껑 문이 열리고 분노한 추억들이 뛰쳐나와 나를 서둘러 둘러싸려고 서로 밀치며 싸웠다. 그들은 땅과, 바다와, 대기에서 조르바를 불러다가 다시 살려 놓으라고 아우성을 쳤다. 그것이 마음의 의무가 아니었던가? 사랑하는 이들을 부활시키고, 그들을 다시 살려 놓으라는 바로 그 목적을 위해 신은 우리들에게 마음을 주지 않았을까?

그를 부활시켜야 한다!

인간의 마음은 틀림없이 깊고, 폐쇄되고, 피가 가득 찬 심연이다. 그것이 열리면 우리들이 사랑했던 목마르고 슬픈 그림자들이 모두 마시고 다시 살아나려고 달려 나와서, 점점 더 우리들 주변을 빽빽하게 둘러싸고 대기를 어둡게 한다. 그들은 왜 우리 마음의 피를 마시려고 달려오는가? 그것은 다른 부활이 존재하지 않음을 그들이 알기 때문이다. 그날 조르바는 평생 사랑했던 사람들 가운데에서도 내가 자기를 가장 사랑했음을 알았기 때문에 다른 유령들을 밀어제치고 뚜벅뚜벅 걸어 나와 맨 앞으로 나섰다.

아침이 되자 나는 결심했다. 마치 내 마음속에서 이미 부활이 시작되었고, 마치 내 마음은 부활의 무덤으로 달려가는 막달라 여자 마리아인 듯, 내 마음이 갑자기 차분하게 가라앉았다.

나는 보통 때보다 늦게까지 침대에 누워 시간을 보냈다. 즐거운 봄 햇살이 내 방으로 들어와서 침대 위에 걸린 소중한 얄은 돋을새김을 비추었다. 아버지는 어디선가 조각품을 구해서 내가 어릴 적에 머리맡에 걸어 놓았다. 나는 우연의 일치를 믿지 않지만, 운명은 믿는다. 조각품은 놀랄 만큼 간단하게 내 삶이, 그리고 아마도 조르바의 삶이 지닌 비밀을 보여 준다. 그것은 어느 고대 비석의 복제품이었다. 죽은 다음에도 투구를 버리지 않은 벌거벗은 무사가 오른쪽 무릎을 꿇고, 두 손으로 가슴을 누르는데, 꼭 다문 입에는 조용한 미소가 스친다. 힘찬 육체의 우아한 동작은 그것이 춤인지 죽음인지를 구별하기 어렵게 한다. 아니면 그것은 춤과 죽음 두 가지 모두 다였던가?

비록 죽음이라 하더라도 우리들은 그것을 춤으로 바꿔 놓으리라. 무사를 비춰 생명을 가져다주는 즐거운 햇빛에 용기를 얻어 나는 스스로 다짐했다. 마음이여, 너와 나는, 우리들은 그에게 피를 주어 삶을 되찾게 할 터이며, 먹고 마시고 말처럼 일하고 여자를 쫓아다니는 놀라운 뜨내기가, 춤을 추면서 싸우는 자가, 내가 평생 알았던 사람들 가운데 가장 영혼이 널리 트이고, 육체는 자신감이 넘치고, 가장 자유롭게 외치던 자가 조금이라도 더 오래 살게끔 하자.

『오디세이아』의 싹이
내 안에서 열매를 맺을 때

조르바의 신화가 무르익기 시작했다. 처음에 그것은 대동맥에서 피가 더 빨라지기 시작하는 듯싶은 새로운 장단에 맞춘 음악적 흥분이었다. 마치 원하지 않는 어떤 외적인 실체가 내 혈관으로 들어온 듯, 나는 풀기 어려운 기쁨과 분노가 뒤섞인 감정을, 현기증과 열기를 느꼈다. 내 몸 전체가 그것을 몰아내려고 공격했지만 외적인 요소는 저항하고, 애원하고, 뿌리를 뻗고, 기관들을 하나씩 장악하면서, 좀처럼 나아가려 하지 않았다. 그것은 단단한 하나의 밀알이 씨앗이 되었으며, 속에 든 곡식과 빵이 위기에 처했다고 느껴서인지 그것이 죽지 않게 하려고 결사적으로 싸웠다.

나는 들판으로 나가 몇 시간씩 거닐었고, 바다에서 헤엄을 쳤으며, 거듭거듭 크노소스로 돌아갔다. 몸에 붙은 악착 같은 말파리를 쫓으려고 애쓰며 흔들어 대는 말처럼 나는 몸을 흔들고 발버둥을 쳤다. 헛된 일이었다. 씨앗은 끊임없이 새 뿌리를 뻗고 자리를 잡았다.

이 무렵, 두 번째 비밀의 과정이 내 마음속에서 시작되었다. 피로 씨앗에 영양분과 물을 주어 내 생명의 한 부분으로 만들고 동화합으로써 나는 그것을 누그러뜨렸다. 그것만이 나에게는 해방의 희망이었다. 정복자로서의 나에게 들어온 씨앗은 나와 결합되어, 우리들은 둘 다 승리자요 패배자가 되어야 했다.

어휘와, 운율과, 비유가 침투한 씨앗 둘레를 당장 맴돌고, 둘러싸고, 태아처럼 영양분을 주기 시작했다. 희미한 추억들이 되살아났고, 잠겼던 기쁨과 슬픔과 웃음과 격한 대화가 모두 떠올랐다. 우리들이 함께 지낸 수많은 나날이 우아하고 하얀 비둘기처럼 요란하게 끼룩거리며 내 앞을 지나갔다. 추억은 진실보다 한 층 높이, 거짓보다 두 층 높이 올라갔다. 조르바는 서서히 변신하여 전설이 되었다.

밤이면 나는 침대로 갈 용기가 나지 않았고, 잠 속에서도 씨앗이 꿈틀댄다고 느꼈다. 밤의 성스러운 침묵 속에서 나는 비단실을 만들기 위해 누에가 먹어 대듯 그것이 내 마음의 잎사귀를 씹어 대는 소리를 들었다.

나는 밤에 카스트로의 좁은 길거리를 배회했다. 어느 구석에서나 옛 추억들이 튀어나왔다. 나는 다른 아이들과 놀기 싫어서 혼자 거닐던 어린 시절의 나를, 다음에는 바다 위의 성벽을 따라 친구들과 산책하던 사춘기 시절의 나를 만났는데 — 날이 저물 시간이었고, 바다의 소금기와, 옆집 작은 꽃밭의 재스민과, 우리들이 시선을 돌려 쳐다보기를 은근히 바라면서 웃고 장난치며 나란히 산책하던 소녀들의 향수…… 이런 갖가지 냄새를 싣고 산들바람이 불어왔어도 우리들은 신과 영혼이 불멸한지 아닌지 토론에만 열중했다. 그리고 보름달이 차서 밝아질 때마다, 깊고도 매혹적인 도취감이 나를 사로잡았다. 집들의 지붕과 기와도 역시 흥에 취했다. 돌멩이와, 숲과, 분수대와 종탑들이 묵직한 몸집을 털어 버리고, 낮 동안 무겁게 짓누르던 부담에서 풀려났다. 이제 그들의 영혼은 달빛을 받으며 발가벗고 빛났다.

첫 가을비가 내렸다. 하늘이 땅으로 내려왔고, 밭이랑에서는 씨앗들이 머리를 들고 즐겁게 위를 올려다보았다. 집이 너무 답답하게 느껴져서 나는 친구의 소유인 작은 빈집으로 혼자 찾아갔다. 집은 교외의 물가에 위치했고, 높직한 담으로 둘러싸인 네모난 마당에는 레몬나무 두 그루와, 삼나무와 박하나무와 마저럼을 심은 화분 몇 개가 놓였으며, 요새의 성문처럼 세 겹의 널빤지로 묵직하게 만든 길거리로 난 문은 들어올리기도 힘들 정도로 큼직한 빗장을 질러 놓아서 두 손으로 힘껏 잡아당겨야만 겨우 열렸다. 빗장을 끌어당겨 문을 잠가 나의 고적감을 아무도 방해하지 못하게 해놓고서 혼자 남았을 때의 깊은 행복감!「나는 천국에 들어갈 때 너를 겨드랑이에 꼭 끼고 함께 들어가리라.」고마움을 느끼는 눈으로 빗장을 쳐다보며 내가 말했다. 죽음의 순간에 어떤 사람들은 먹고 살기 위해 사용했던 연장들을 들고, 어떤 사람들은 싸울 때 쓰던 창을 들고, 어떤 사람들은 글을 쓰던 펜을 들고, 어떤 사람들은 애인의 손을 잡으리라. 나는 이 빗장을 들겠다.

혼자 문턱 너머에서 한숨짓는 바다 소리를 들으면서, 마당의 레몬나무와 삼나무에는 첫 비가 내리는데, 몸속 한가운데서 씨앗이 자라는 느낌이 주는 엄청난 기쁨!

딱딱하고 투명한 껍질 속에 담긴 유충처럼 조르바는 내 속에서 휴식을 취했다. 그는 꼼짝도 하지 않았다. 하지만 나는 조용한 유충 속에서 소리 없이 남모르게 밤낮으로 계속되는 무척 신비하고 불가해한 과정을 의식했다. 끊어진 핏줄들이 서서히 이어지고, 쪼그라 붙은 살이 말랑말랑해지고 ── 어깨의 딱딱한 껍질이 당장이라도 갈라져서 아직 덜 자라고 꼬부라져서 무능력한 날개가 돋을 터였다. 유충 속에는 신의 갑작스러운 광증에 밀려나기는 했지만 나비가 되어 나오기를 원하는 벌레가 들어 있었다. 그리고 나는, 나는 첫 빗소리를 들었고, 땅이 갈라져 쏟아지는 물을 삼키는 소리를 들었으며, 땅속에서 밀의 씨앗들이 물을 마시며 살찌는 소리를 들었고, 흙 속으로 파고들기 위해 힘찬 초록빛 갈고랑쇠를 던져 대다가 나중에는 땅을 밀어 올리며 빛으로 나와서, 사람들이 먹고 살게 하고 신이 죽지 않게 할 밀과 빵이 되는 소리를 들었다. 열심히 귀를 기울여 나는 작은 풀잎마다 지켜 주며 그것이 자라서 지상에서의 의무를 수행하도록 도와주는 혼의 소리를 들었다. 이곳의 깨뜨리지 못할 고적함 속에서 나는 한 알의 밀이나 지렁이나 개미 따위의 지극히 하찮은 신의 피조물들까지도 갑자기 그것이 지닌 신성한 기원을 기억해 내고, 신이 자극한 광증에 사로잡혀 하느님을 만져 보기 위해 한 발자국씩 올라가기를 원해서 밀과 지렁이와 개미는 신을 만지고, 천사나 대천사가 되어 그의 옆에 나란히 서기를 바란다는 사실을 깨달았다.

조르바가 아직 땅에 그림자를 던지던 시절에 만나서, 그를 담기에는 육체나 노래나 심지어 춤까지도 너무 작다는 사실을 깨달았던 터라, 나는 때를 맞아 지금 꼼짝 못하게 묶어 놓은 투명한 끈을 끊어 버리고 그가 내 몸속에서 어떤 야수의 모습으로 튀어나올지 굉장한 기대를 품고 기다렸다. 어떤 짐승이, 어떤 만족할 줄 모르는 고독감이, 어떤 긴장하고 바라지 않는 불꽃이 나타날까? 벌레도 —— 아무 쓸모도 없는 벌레조차 —— 나비가 되기를 원하는데, 조르바라면 무엇이 되기를 원할까?

거룩한 명상으로 이어지던 잊지 못할 나날이었다. 비가 내렸고, 구름이 녹았으며, 시원하게 목욕을 한 태양이 나타났다. 레몬꽃들이 열매를 맺었고, 성스러운 초록빛 레몬이 나무에서 반짝였다. 밤에는 별들이 떠올라 하늘에서 한 바퀴 돌고는 서쪽으로 기울었다. 시간이 영원한 물처럼 흘렀고, 나는 온갖 종류의 씨앗과, 동물과, 새와, 인간과, 황금을 잔뜩 실은 방주처럼 자신만만하게 내 머리가 시간 위로 떠가는 듯 느꼈다. 기억을 모두 동원하고, 다시금 모든 여행을 하고, 평생 동안 내가 촛불을 밝혀 숭배했던 모든 위대한 영혼들을 돌이켜 보고, 내 마음속의 씨앗에 나의 피를 거듭거듭 먹여 주며 나는 기다렸다. 나는 가장 향기롭거나 독한 꽃들로부터 평생 동안 빨아내어 모은 소중한 꿀을 이 씨앗에게 먹였다. 처음으로 나는 어버이 사랑의 참된 의미를 맛보았고, 아들이 영원의 샘이라는 진실을 깊이 깨달았다. 진주조개에게는 진주가 병이면서도 가장 숭고한 업적이듯이, 내 핏속에서 열병처럼 소용돌이를 일으키던 진주는 나를 잉태했던 ── 머지않아 나를 잉태하게 될 ── 심오한 원천으로부터, 내 생애에서 가장 결정적인 순간에 나한테 전해지는 비밀스러운 말씀이라고 느꼈다. 이 씨앗, 이 아들을 바탕 삼아 내 운명은 결정되리라.

가을이 지나고 겨울이 시작되었다. 나는 은둔처 주변의 파헤친 밭들을 거닐면서 풀 한 포기도 없는 대지가 씨앗을 그대로 품고 봄이 오기를 자신 있게 기다리는 참을성에 감탄했다. 흙과 더불어 나 또한 끈기 있게 기다렸다. 나는 성(性)이 바뀌어 대지처럼 여자가 되어, 씨앗에게 〈말씀〉의 젖을 먹이며 기다리는 기분이었다. 나는 속으로 생각했다 ── 오, 만일 내가 〈말씀〉 속에 모든 고뇌와 희망을 담아, 대지의 문을 열고 떠나야 할 때 뒤에 〈말씀〉의 아들을 남기게만 된다면 얼마나 좋으랴!

나는 언젠가 아토스 산에서 만났던 고행자가 생각났다. 그는 포플러 잎사귀를 햇빛에 비춰 보면서 눈물을 흘렸다. 나는 놀라서 걸음을 멈추고 그에게 물었다. 「잎사귀에서 무엇을 보았기에 눈물을 흘리십니까?」

「십자가에 못 박힌 그리스도가 보입니다.」 그가 대답했다. 그러더니 그는 잎사귀를 뒤집어 보고는 기쁨으로 얼굴이 밝아졌다.

「지금은 무엇이 보이기에 그렇게 기뻐하십니까?」 내가 물었다.

「부활한 그리스도가 보여요.」

만일 작가가 자신의 고뇌와 희망뿐 아니라 우주 전체의, 그리고 세상에서 지극히 하찮은 존재인 곤충이나 조가비나 물 한 방울의 고뇌와 희망도 그렇게 보이기만 한다면! 그리고 심장이 고동칠 때마다 십자가에 못 박힌 인간과 부활한 인간을 보고, 개미와 별과 유령과 사상이 모두 우리들과 같은 모체에서 태어났음을 깨닫고, 우리들이 눈을 떠서 모두가 하나임을 보게 되어 구원의 날이 오기를 바라며 모두가 괴로움에 다 같이 시달린다는 사실을 깨닫게만 된다면!

나는 신비로운 기다림의 몇 달을 절대로 잊지 못한다. 레몬 잎사귀들이 바스락거리고, 벌이 한 마리 날아가고, 바다는 잔잔해지지 않고 자꾸만 한숨지으며 내 문을 두드리고, 까마귀가 지붕 위로 날아가고 — 내 육체가 어떤 신에게 매질을 당했기 때문에 바람의 숨결조차 견디지 못할 정도로 온통 아프게만 느껴져서 나는 비명을 질렀다.

그러다가 마침내 어느 날 나는 더 이상 참지 못할 정도가 되었다. 내가 심한 고통이나 기쁨으로부터 벗어나 자유를 되찾는 유일한 길은, 어휘의 마력으로 고통과 기쁨을 홀리는 것임을 나는 여러 해 전부터 잘 알았었다. 적도 지역에서는 지극히 가늘고 실처럼 생긴 벌레가 인간의 피부를 뚫고 들어가 살을 파먹는다. 그러면 무당을 부른다. 그가 마술 피리를 불면 벌레가 홀려서 조금씩 몸을 펴면서 밖으로 나온다. 예술의 피리도 그러하다.

불쌍하고 가련한 바닷새들이 마음 놓고 알을 낳아 바위에 얹어 놓으라고 신과 그의 무한한 선(善)이 겨울의 심장으로 스며드는 때인 1월, 햇살 가득한 평화로운 계절이 왔다. 어느 날 아침 나는 바다로 뛰어들어 헤엄을 쳐서 열을 내고는 밖으로 나와 햇빛에 몸을 말렸다. 그런 육체적인 안도감과 정신적인 환희를 나는 평생 동안 그다지 자주 맛보지 못했다. 나는 집으로 돌아가서 (내 피리인) 펜을 들고 조용히 떨면서 원고지 위로 몸을 수그렸다.

나는 글을 썼고, 지웠다. 나는 적당한 어휘들을 찾기가 힘들었다. 때로는 따분하거나 영혼이 결핍되었으며, 때로는 점잖지 못하게 화려했고, 또 어떤 때에는 따스한 체취가 없이 추상적이고 속이 비었다. 시작할 때는 무슨 얘기를 해야 할지 알았지만, 제멋대로 떠오르는 어휘들이 나를 다른 곳으로 이끌어 가기도 했다. 내 계획은 고리타분한 화려함으로 만발했고, 내가 뜻했던 범주를 넘쳐 벗어나 뻔뻔스럽게 다른 공간과 시간을 침범했다. 글은 달라지고, 또 달라졌으며, 나는 윤곽을 바로잡을 능력이 없었다. 그리고 내 영혼도 그에 따라 변하고, 또 변했으며, 그것 또한 나는 걷잡을 능력이 없었다.

나는 내 감정을 쓸데없이 화려하게 꾸며 비틀어 버리지 않을 어휘를, 누덕누덕 장식품을 주워 모으지 않은 간결한 어휘를 찾으려고 헛되이 애를 썼다. 물을 길어 마시려고 우물로 두레박을 내려보낸 목마른 이슬람교도 신비주의자는 누구였던가? 그는 두레박을 끌어올렸다. 거기에는 황금이 가득했다. 그는 황금을 쏟아 버렸다. 「신이여, 당신이 보물을 잔뜩 소유했다는 사실은 저도 압니다.」 그가 말했다. 「하지만 마실 물만 주십시오. 저는 목이 마릅니다.」 그는 다시 두레박을 내려 물을 길어 마셨다. 〈말씀〉은 그런 것, 장식이 없어야 한다.

아직 때가 되지 않았고, 씨앗 속의 변신이 아직 마무리되지 못했음을 깨닫고 나는 중단했다.

언젠가 올리브나무에서 유충을 떼어 손바닥에 놓았던 기억이 난다. 투명한 꺼풀 속에서 살아 숨 쉬는 생명체가 보였다. 그것이 움직였다. 비밀스러운 과정은 틀림없이 마무리 단계에 이르러서, 미래의 나비는 아직 갇힌 채로 껍질을 뚫고 햇빛으로 나올 성스러운 시간을 조용히 떨며 기다렸다. 그 나비는 서두르지 않았다. 신의 영원한 법칙과, 따스한 공기와, 빛을 자신 있게 믿고 기다렸다.

하지만 나는 조급했다. 어서 빨리 기적이 내 눈앞에서 벌어지기를 바랐고, 육체가 무덤에서 나와 어떻게 영혼이 되는지 보고 싶었다. 웅크리고 앉아서 나는 유충에 따스한 입김을 불어 주기 시작했고…… 보라! 유충의 등이 곧 저절로 찢어지더니 껍질 전체가 꼭대기에서 밑까지 서서히 갈라지고, 날개가 비틀리고 다리는 배에 달라붙어 한 덩어리로 뭉친 채 아직 덜 자란 연둣빛 나비가 나타났다. 그것은 얌전히 꼼지락거리며 따스하고 끊임없이 불어 주는 내 입김을 받아 점점 더 살아났다. 움트는 포플러 잎사귀처럼 파리한 한쪽 날개가 몸에서 저절로 떨어지더니, 길게 펼치려고 경련을 일으켰지만 소용이 없었다. 날개는 반쯤 펼쳐진 채로 쭈그러졌다. 곧 다른 쪽 날개도 움직여서 펼쳐 보려고 했지만 뜻대로 되지 않자, 반쯤만 펴진 채로 떨렸다. 인간의 뻔뻔스러움을 지닌 나는 몸을 쭈그리고 계속해서 따스한 입김을 찌그러진 날개에 불어 주었지만, 이제는 돌멩이처럼 뻣뻣하고 맥없이 축 늘어지더니 움직이지 않았다.

나는 속이 뒤집혔다. 내가 서둘렀기 때문에, 영원한 법칙을 감히 어겼기 때문에, 나는 나비를 죽였다. 내 손에는 시체만 남았다. 오랜 세월이 흘렀지만 나비의 시체는 그 후 줄곧 내 양심을 무겁게 짓눌렀다.

인간은 서두르지만 신은 그렇지 않다. 그렇기 때문에 인간의 작품은 불확실하고 불완전하지만, 신의 작품은 결점이 없고 확실하다. 눈물을 글썽이며 나는 영원한 법칙을 다시는 어기지 않으리라 맹세했다. 나무처럼 나는 바람에 시달리고, 태양과 비를 마음 놓고 기다릴지니, 오랫동안 기다리던 꽃과 열매의 시간이 마침내 오리라.

하지만 보라. 바로 그 순간에 나는 맹세를 어기던 참이었다. 조르바의 유충이 아직 다 자라지 않았는데도 나는 서둘러 껍질을 벗기려고 했다. 스스로 수치를 느낀 나는 원고지에 긁적거린 모든 글을 찢어 버리고 밖으로 나가 바닷가에 누웠다.

언젠가 조르바가 나에게 했던 말이 생각났다. 「난 마치 불멸하는 존재처럼 항상 행동하죠.」 그것은 신에게나 어울리는 행위였지만, 죽을 운명을 타고난 우리 인간 또한 교만이나 과대망상증에서가 아니라, 위에 존재하는 무엇에 대해서 영혼이 느끼는 불굴의 열망으로 그 길을 따라야 한다. 신을 흉내 내려는 시도야말로 (나는 물고기를 기억하겠지만) 단 한순간이나마, 털끝만큼이라도, 인간의 범주를 초월하는 유일한 방법이다. 육체 속에 갇혀 살아가는 한, 우리들이 유충으로 남는 한, 신이 우리들에게 내려 준 가장 고귀한 명령은 이것이다 — 인내하라, 명상하라, 믿어라.

나는 지는 해를 지켜보았고, 앞의 무인도는 입맞춤을 받은 뺨처럼 기분 좋게 장밋빛으로 변했다. 나는 하루 종일 사냥하고 노래하느라고 지쳐 잠을 자기 위해 피곤하게 둥지로 돌아가는 작은 새들이 지저귀는 소리를 들었다. 곧 별들이 떠올라 하나씩 하나씩 자리를 잡고, 밤의 수레바퀴가 돌기 시작하리라. 한밤이 오고, 새벽이 오고, 태양이 어김없이 떠오르고, 낮의 수레바퀴가 돌아갈 차례가 된다.

　신성한 흐름. 땅속의 씨앗, 새, 별 — 모두가 순종한다. 인간만이 손을 들고 반항하여 법칙을 어기고 순종을 자유로 바꾸려 한다. 그렇기 때문에 신의 피조물들 가운데 오직 인간만이 죄를 범할 능력을 부여받았다. 죄를 범한다 — 그것은 무엇을 의미하는가? 그것은 조화의 파괴를 뜻한다.

　여행을 하면 기다리는 참을성이 생기리라는 생각에 나는 우아한 에게 해의 산토리니, 낙소스, 파로스, 미코노스 섬을 순회하는 범선에 몸을 실었다. 세상에서 인간에게 주어지는 가장 큰 기쁨 중 하나는 부드러운 산들바람이 부는 봄철에 에게 해를 항해하는 즐거움이라고 나는 새삼스럽게 느꼈다. 나는 천국이 어느 면에서도 그보다 더 훌륭하리라고는 생각되지 않는다. 어떤 천국이나 지상의 기쁨이 인간의 육체와 영혼보다 더 완벽한 조화를 이룰 수 있겠는가? 이런 기쁨은 환희에 다다르지만, 그 이상은 넘지 않으므로 사랑스럽고 눈에 보이는 세계가 사라지지 않는다. 오히려 보이지 않는 사물이 보이고, 우리들이 신과 영원과 지복이라 이름지은 개념들은 범선을 타고 우리들과 함께 항해한다. 죽음이라는 무서운 순간에 눈을 감았는데, 만일 산토리니와 낙소스와 파로스와 미코노스가 눈에 보인다면, 우리들은 흙의 방해를 받지 않고 곧장 천국으로 들어가리라. 풀과 바위와 시원한 폭풍으로 이루어진 그리스의 영원성에 비하면 아브라함의 품과 기독교 천국의 비물질적인 생령(生靈)[1]이 그 무엇이랴?

　나는 인간임을, 인간이며 그리스인임을 기뻐했고, 따라서 추상

---

1 사람이 죽기 직전에 나타난다고 한다.

적인 개념의 왜곡된 방해 없이 본능적으로 에게 해를 나 자신의 소유, 내 조상의 유물이라고 느꼈으며, 영혼의 범주를 벗어나지 않으면서도 계속되는 행복감에 젖어 이 섬에서 저 섬으로 항해를 했다. 신성한 섬들은 보드라운 메추라기의 가슴처럼 빛나며, 모든 순간에 그림자와 빛 속에서 때로는 암갈색으로, 때로는 황금 가루를 뿌린 듯 빛깔을 바꿔 가며 장난을 쳐서, 아침에는 장미를, 낮에는 티 없는 백합을, 해가 지는 시간에는 포근한 제비꽃을 빽빽하게 심어 놓은 듯싶었다.

밀월여행 같은 항해가 2주일 동안 계속되었다. 바닷가의 작은 집으로 돌아왔을 때 내 이성은 자리를 잡았고, 마음은 차분하게 고동쳤다. 내 삶의 위대하고 사랑스러운 해적 그리스도와 붓다는 사라지지 않았고, 환희에 찬 의미를 지니고 장식적인 상형 문자들처럼 기억의 여명 속에서 빛났다.

여행을 하는 동안 지적인 고민이 한 번도 내 마음을 어지럽히지 않았고, 해결해야 하지만 능력이 없다는 창조의 고뇌를 지녔음을 일깨우려는 꿈이 단 한 번도 내 잠을 설치게 하지 않았다. 마치 내 영혼 또한 육체가 되어 안락한 상태에서 세상을 보고, 듣고, 냄새를 맡았듯이, 나는 자유로운 소박함 속에서 세계를 보고, 듣고, 냄새 맡았다.

눈에 보이는 세계를 누가 가장 충실하게 그려 내는지 경쟁을 벌였던 옛적의 두 화가는 누구였던가? 「내가 최고라는 사실을 증명하지.」 자기가 그린 휘장을 보여 주며 첫 번째 사람이 말했다. 「그래, 휘장을 열어 봐.」 상대방이 말했다. 「그림을 보게 말일세.」 「휘장이 그림이라네.」 첫 번째 사람이 웃으며 대답했다.

에게 해를 항해하는 동안 줄곧 나는 휘장이 정말로 그림이라는 사실을 깊이 깨달았다. 그림을 보려고 휘장을 찢는 자에게 화가 미칠지어다. 그는 혼돈밖에 아무것도 보지 못하리라.

나는 여러 날 동안 고독의 침묵 속에 잠겼다. 봄철이어서 나는 마당의 꽃 핀 레몬나무 밑에 앉아 아토스 산에서 들었던 시를 마음속으로 즐겁게 되새겼다 ─ 〈누이여, 신의 얘기를 해다오.〉 아몬드나무에 꽃이 피었다.

꽃과 새와 사람을 수놓은 휘장 ─ 정말로 그것이 신이리라. 내가 한때 믿었듯이 세상은 신이 몸에 걸친 의상이 아니라, 그것은 신 자신이다. 형태와 실체는 동일하다. 나는 이런 확신을, 이 값진 전시품을 가지고 에게 해 순례에서 돌아왔다. 조르바는 그 진실을 알았지만 말로 표현할 줄 몰랐었다. 그는 춤으로 얘기했다. 나는 혼자 생각했다 ─ 만일 춤을 어휘로 옮길 방법만 알았더라면 얼마나 좋으랴!

그리고 그런 생각을 하는 사이에 나는 머리가 맑아졌다. 나는 마치 약혼반지를 잃어버렸다고 생각해서 초조하게 여기저기 찾아보지만 손가락에 끼었기 때문에 찾지 못하는 약혼자처럼, 바로 내 앞에 있는 줄은 꿈에도 모르면서 오랜 세월에 걸쳐 신을 찾아다녔음을 깨달았다. 고독과, 침묵과, 에게 해는 남모르게, 열심히 나와 함께 일을 했다. 나와 함께 일하던 시간 또한 내 위로 흘러갔고, 내 몸속의 씨앗이 영글었다. 새와 별들과 더불어 나는 영원한 수레바퀴에 몸을 묶었고, 평생 처음으로 무엇이 참된 자유인지를 알았으니, 그것은 신의 밑에서, 그러니까 조화의 밑에서 스스로 멍에를 지는 의무였다.

사랑이나 마찬가지로 창조는 불확실성과 두근거림으로 가득 찬 유혹의 추구였다. 이렇게 신비로운 추구를 위해 아침마다 밖으로 나가면 내 마음은 고뇌와, 호기심과, (어떻게 또는 왜 그런지는 모르겠지만) 말 못 할 깊은 겸손함과 비슷한 이상하고 악마적인 교만함으로 두근거렸다. 나는 내가 쫓던 보이지 않는 새가, 아마도 존재하지 않는 새가 무엇인지를 처음부터 의식했기 때문에 두려워했는지도 모른다. 산에는 메추라기들이, 산길에는 호도애들이, 호수에는 들오리들이 많았다. 하지만 이런 맛있는 새들의 고기를 코웃음치며 지나쳐 버리고, 나는 내 마음속에서 가끔 한 번씩 날개를 치는 소리가 들리기는 하지만 잡지는 못할 새를, 날개로만 이루어진 새를 찾아다녔다. 나는 그 새를 손으로 잡아 보기 위해서 단단한 육체를 부여하려고 투쟁했다.

이름은 영혼을 가두고, 한 어휘 속에 맞게끔 조이며, 다른 무엇으로도 대치하기 불가능하며 지극히 소중한 모든 요소들은 받아들이면서도 주어진 이름의 범주 바깥 요소들은 버리게끔 강요한다는 사실을 알았기 때문에, 나는 처음에는 새에게 이름을 지어주지 못했다.

하지만 그런 무명성(無名性)이 사냥을 훨씬 더 어렵게 한다는 사실을 곧 깨달았다. 나는 사냥감의 위치를 알아내어 덫을 놓을 수가 없었다. 보이지 않는 존재는 하늘의 어디에서나 날아다녔고, 어디에도 없었다. 절대적인 자유는 혼돈으로 이끌어 가기 때문에 인간은 그런 자유를 옹호할 수가 없다. 만일 인간이 절대적인 자유를 지니고 태어난다면, 그리고 만일 그가 세상에서 쓸모 있는 존재가 되기를 원한다면, 그의 첫 의무는 부여받은 자유를 한계짓는 일이다. 인간은 한정되고 지정된 싸움터에서 하는 일만 치러 낼 능력을 지닌다. 인간의 이런 무능력을 초월하고 싶다면 나는 그러한 인간적인 무능함을 받아들여야만 했다. 따라서 내 욕망을 스스로 좁혀 들어간다는 쓰라린 의식을 철저하게 간직하며, 나는 내가 사냥하려고 길을 나선 신비한 새에게 가능한 한 한계가 유동적이고 울타리가 투명하여 뒤와 주변에서 어떤 일이 일어나는지 희미하게나마 보이는 그런 이름을 지어 줄 필요성을 느꼈다.

이 필요성이 밤낮으로 내 마음속에서 머리를 들었다. 다행히도 이성이 의식하지 못했기 때문에 그 과정은 모두 모르는 채 지나갔다. 어느 날 아침 잠에서 깨어났더니 예기치 않던 새의 이름이 공중에서 무섭게 반짝였다. 그것은 새가 아니라 무수히 많은 입들이 외치는 소리였다. 나는 당장 그것을 알아보았다. 내가 찾아다니던 새는 미래의 외침, 바로 그것이었다. 나는 그것을 위해 나 자신을 괴롭혔고 투쟁을 벌였으며, 그것을 위해 내가 태어났다. 기쁨과 슬픔, 여행, 미덕과 악, 나의 다른 모든 존재는 그 외침을 향해서 전진하는 과정에 지나지 않았다. 그리스도와 붓다는 도중의 정거장이었다. 나는 정거장들을 거쳐야 했고, 그런 과정은 숨은 새가 지나간 자취였으며, 내가 외침을 끌어내도록 도와주는 조수 역할을 했다.

그렇다면 아무것도 헛되이 낭비되지 않은 셈인가? 따로따로 살펴보면, 내 지적인 방황과 빗겨난 샛길들은 저마다 영글지 못하고 무질서한 이성이 남겨 놓은 산물로서, 낭비된 시간처럼 여겨진다. 하지만 다 함께 연결지어 보면, 낭비된 시간들이란 샛길을 거쳐야만 울퉁불퉁한 땅을 지나 전진이 가능하다는 현실을 잘 알게 되었고, 샛길들이 모두 이어져야 곧고 어김없는 직선을 이룬다는 사실도 이제 나는 알게 되었다. 그리고 완전히 매혹되었다가 환멸을 느끼게 된 다음 저버린 위대한 사상들에 대한 나의 불성실함은 본질에 대한 흔들리지 않는 신념을 형성했다. (행운이 아니라 운명이랄까, 뭐라고 이름지어야 할지 모르겠지만) 행운은 시각(視角)과 자비를 지닌 듯싶었으며, 내 손을 잡고 이끌었다. 이제 와서야 나는 그것이 나를 어디로 안내했으며 내가 무엇을 하길 기대하는지 이해하게 되었다. 그것은 내가 미래의 외침을 듣고, 외침의 원하는 바가 무엇이며, 왜 그것이 부르고, 우리들을 어디로 부르는지 파악하려고 온갖 노력을 기울이기를 기대했다.

온통 기쁨으로 부글거리며 피가 내 머리로 끓어올랐다. 펜을 들어 나는 원고지의 꼭대기에다 내가 시작하려는 최후의 결정적인 작품의 주제를 써넣었다 ─ .

〈다리가 둘이고 털 뽑힌 작은 수탉과 같은 인간에게 인사를 드린다! (다른 사람들이 무슨 소리를 하든지 간에) 아침에 네가 울지 않으면 해가 뜨지 않는다는 말은 정말로 옳다!〉

내 머리에 앉은 시원하고 장난스러운 불꽃이 산들바람에 나부끼는 빨간 깃털처럼 느껴졌다. 그것은 투사의 사나움과 희망을 북돋우는 마술적인 힘을 지닌 무서운 투구요, 신비한 새의 지저귐이었다. 초조하게 두근거리는 내 마음은 추진력을 얻었지만, 앞에 놓인 구렁텅이(구렁텅이인가? 신인가?)를 보자 겁이 났다. 초라한 육체는 전혀 모험심이 없었다. 레몬나무와, 바다와, 묵직한 빗장을 지른 평화롭고 작은 집에 편안히 들어앉은 마음은 자꾸만 물러서며 비명을 질렀다. 하지만 나의 참된 육체보다 더 참되고 높은 찬란함이, 눈에 보이지 않는 찬란함이 머리 위에서 휘몰아 대며 나를 지배했다. 나는 배가 되어 항해를 떠날 준비를 했다. 내 뱃머리에는 한 손은 젖가슴에 얹고, 다른 손은 명령을 내리듯 앞을 가리키는 인어가 달렸다. 그녀는 니케가 아니라 위대한 함성이었으며, 하늘과 바다 사이로 내가 나아갈 길을 가리켰다.

내가 아는 모든 어휘와, 얘기와, 농담이 배에 함께 탔다. 나는 가장 친한 친구들과, 내 상상력이 만들어 냈으며 전혀 공통점이 없는 건장한 사나이들을 배에 태웠고, 또한 많은 식량과, 포도주를 담은 많은 염소 가죽 자루와, 시간을 보내는 데 도움이 되도록 하기 위해 나무로 아무렇게나 조각한 고대의 제신(諸神)들도 상당히 많이 실었다. 돛이 부풀어올랐고, 우리들은 바다로 나갔다.

우리들은 어디로 방향을 잡아야 하는가? 나는 아무런 작정이 없었고, 바람은 사방에서 똑같은 힘으로 불어왔다. 내 손에는 미래를 빚을 흙 한 덩어리가 쥐어졌다. 나는 그것을 짓이겨 인간과, 신과, 악마의 형상을 만들었다가 다시 파괴하고는 다른 형상을 빚었다. 형상들은 내 손가락 끝에서 달아나 공중에서 잠깐 동안 굳어졌다가 다시 혼돈으로 빠져 들어갔다. 나에게 장난삼아 그랬다고 탓해서는 안 될 노릇이, 나는 장난을 치지 않았고, 내 영혼의 모습을 진흙에 부여하려고 애쓰며 고뇌했을 따름이다.

내 영혼의 모습이 무엇이며, 어떻게 생겼는지 확실한 개념을 전혀 알지 못했기 때문에 투쟁은 힘들고도 절망적이었다. 나는 진흙을 빚기 위해 그 모습을 찾으려고 투쟁했다. 겨우 육체만을, 육체의 뚜렷한 윤곽만을 분간할 따름인 이성을 나는 믿지 않았다. 그것은 육체의 둘레에서 어른거리기만 하고, 두개골에서 솟아올라 바람에 깃발처럼 펄럭이는 불길은 보지 못한다. 그것이, 바로 그것이 영혼이다. 따라서 나는 신비주의적인 힘만이 내 손가락을 이끌어 가게 용납했다.

탁발승처럼 말없이 꼼짝 않고 앉아서 사흘 동안 정신을 집중하며 나는 내 삶을 되새겼다. 아무것도 사라지지 않았다. 칼라마타 부근에서 꽃 핀 석류나무와, 두 팔로도 안기가 어려울 만큼 컸던 향기로운 산토리니의 참외와, 나폴리에서 재스민을 팔던 가무잡잡한 어린 소녀와, 자기 집 마당에서 열린 결혼식에서 춤추던 과부의 나막신이 즐겁고 의기양양하게 울리던 소리와, 모스크바에서 만난 체르케스[2] 여인의 두 개의 반달문 같던 눈썹 따위, 지극히 하찮은 상(像)들이 모두 기억의 뚜껑 문에서 솟아 나와 내 사타구니를 행복감으로 가득 채웠다. 밤에 잠자리에 들면 나는 잠속에서 여행을 계속했는데, 밤하늘에 펼쳐지던 꿈의 여행들이 다른 점이라면, 진실의 무게를 벗어나서 보다 가볍고 훨씬 귀중한 물질로만 이루어졌다는 것뿐이었다.

진리보다 더 진실된 무엇이 존재할까? 그렇다, 전설이다. 전설은 덧없는 진실에 영원한 의미를 부여한다. 내 모든 방황이 이제 한데 어울려 조화를 이루고, 어디에서 시작되었으며, 어째서 어디로 가는지를 잘 아는 단 하나의 소중하디소중한 여행으로 집약된다. 모든 멈추는 지점은 저마다 무의미한 우연의 장난이 아니라 운명의 계획이 그대로 실천됨을 뜻한다. 내 모든 여행은 인간으로부터 시작되어 희망의 숭고한 정상인 신에 이르기 위해 오르는 하나의 붉은 줄이 되었다.

나흘째 되던 날, 상승을 나타내는 붉은 줄이 지금까지 얼마나 올라갔는지 보려고 애쓰던 나는 갑자기 성스러운 경악에 사로잡혔다. 붉은 줄은 내 피가 남긴 자취가 아니었고, 다른 사람이 오르고 있었으며, 다른 사람의 피가 상처에서 흘러내려 땅과 바다에 붉은 궤적을 남기는데 ── 그는 나와 비교가 안 될 만큼 큰 거인 같은 조상이었고, 바다의 용사이며, 산사람이었다. 나는 그를 따르는 충실한 그림자에 지나지 않았다. 나는 그를 파악하지 못했고, 다만 그의 한숨 소리나 요란한 웃음소리만 가끔 들을 따름이었다. 그런 소리를 들으면 나는 사방을 둘러보지만 아무도 눈에 띄지 않는다. 하지만 나는 위에서 묵직하게 내려오는 어마어마한 숨결을 느꼈다.

눈앞에서 그의 존재를 한가득 의식하며 나는 원고지 위로 몸을 수그렸다. 하지만 이제 원고지는 전처럼 내 얼굴을 반사하는 거울이 아니었다. 나는 위대한 항해 반려자의 얼굴을 처음으로 보았는데, 한눈에 그가 누구인지를 알아보았다. 뾰족한 선원 모자를 쓰고, 눈초리는 독수리처럼 날카롭고, 수염은 짧은 데다 곱슬거렸고, 자그마하고 재빨리 번득이는 눈은 뱀처럼 교활했으며, 훔치고 싶은 암염소가 눈에 띄어 어쩔까 골똘히 궁리라도 하는 듯, 바다에서 불쑥 솟아 나온 바람을 머금은 구름을 살펴보듯, 용기와 계략을 과시하는 것이 자신에게 도움이 될지 어떨지 결정짓기 전에 신들의 힘과 자신의 힘을 신중히 비교하듯, 이맛살을 조금 찌푸렸다.

당장이라도 덤벼들 기세로 말없이 꼼짝 않는 그의 얼굴에서 힘이 내비쳤다. 그는 죽음을 흠모해서 소리를 지르거나 욕설을 퍼붓지 않고 빤히 마주 쳐다보며, 조심스럽게 기술을 발휘하면서 죽음과 씨름을 하는 운동선수이다. 둘 다 몸에 기름을 바르고 발가벗은 채로 전투의 복잡한 규칙들을 준수하며 그들은 밝은 곳에서 싸웠다. 위대한 항해 반려자는 상대방이 누구인지 잘 알면서도 전율의 포로가 되지는 않는다. 눈을 들어 그가 살펴보는 죽음의 얼굴은 물처럼 흘러가며 수많은 모습을 취해서, 때로는 모래밭 언덕에서 젖가슴을 쥐고 노래하는 여인이 되고, 때로는 폭풍을 일으켜 그를 물에 빠뜨려 죽이려고 하는 신이 되며, 또 때로는 지붕 위로 가늘게 피어오르는 연기가 되기도 한다. 입 맛을 다시며 그는 죽음의 모든 얼굴을 즐기고, 그것들과 씨름을 하며 마구 끌어안는다.

그것은 당신 ─ 바로 당신이었다! 오, 그리스의 선장, 할아버지, 사랑하는 조상이여, 어찌하여 나는 당신을 한눈에 알아보지 못했던가! 당신과 그 뾰족한 모자, 신화를 창조하며 거짓말을 예술 작품이라고 음미하는 날카롭고 만족을 모르는 이성, 그리스라는 배에 올라 꼿꼿하고 자랑스럽게 버티고 서서, 이미 흘러간 수천 년과 앞으로 다가올 수천 년 동안 키를 놓지 않고, 인간의 겸손과 신의 허세를 멋지게 고루 갖춘 미련퉁이 불한당!

나는 사방에서 당신을 보고, 머리가 어지럽다. 때로는 당신은 백 살 난 족장 같고, 때로는 푸른 곱슬머리에 바다 소금이 성긴 건장한 청년 같으며, 또 때로는 땅과 바다 두 젖가슴을 움켜쥐고 빨아 대는 아기 같기도 하다. 나는 사방에서 당신을 보고, 당신을 한 단어로 압축시키며, 당신의 얼굴을 고정시키고는 〈이제 잡았으니 도망은 어림도 없다!〉고 선언하기 위해 투쟁한다. 하지만 (절대로 어휘의 울타리 안에 갇힐 리가 없는) 당신은 어휘를 때려 부수고 내 손아귀에서 빠져나가니, 공중에서는 당신의 웃음소리가 들린다.

당신을 잡기 위해 나는 얼마나 수많은 이름으로 덫을 놓았던가! 나는 당신을 신에게 사기를 치는 자, 신과 싸우는 자, 신을 파괴하는 자, 신을 기만하는 자, 일곱 번의 생, 수많은 이성, 속임수에 능한 이성, 여우 같은 머리, 엇갈리는 마음, 수많은 정상의 머리, 오락가락하는 이성, 마음을 속이는 자, 마음과 싸우는 자, 마음을 아는 자, 집안을 망치는 자, 영혼을 잡아가는 자, 영혼의 길잡이, 아크리테,[3] 세계의 여행자, 세계를 거두는 자, 탄력 있는 이성, 성벽을 쌓는 자, 성벽을 무너뜨리는 자, 바다와 싸우는 자, 대양(大洋)의 마음, 돌고래, 마음이 다섯인 인간, 이중·삼중의 벽, 지도자, 단독자, 새 사냥꾼, 돛대가 셋인 웅장한 희망의 돛배라고

---

3 비잔티움 시대에 야만인들로부터 변경을 지키던 용사들로서 서사시와 노래를 통해 초인적인 불멸의 인간으로 과장되었다.

불렀다!

그리고 아주 아주 오래전, 내가 당신을 알지 못하던 무렵, 나는 당신이 멀리 가지 못하도록 가장 기막힌 함정이라고 생각되던 이타케[4]를 당신이 지나가는 길에 내놓았다. 하지만 당신은 웃음을 터뜨리고, 심호흡을 했고, 이타케는 산산조각이 나버렸다. 그제야 나는 고향을 파괴하는 자인 당신 덕택에 이타케가 존재하지 않음을 깨달았다. 존재하는 것이라고는 바다와 이성을 선장으로 삼고 인간의 몸만큼이나 자그마한 세대박이 돛대뿐이다. 선장은 뼈로 만든 선실 안에 우뚝 선다. 남자이면서도 여자인 그는 씨 뿌려 생명을 낳으니, 세상의 슬픔과 기쁨, 아름다움, 미덕, 모험, 모든 처참하고 사랑스러운 환상을 낳는다. 그는 작은 세대박이 돛배를 끌어당기는 폭포, 지칠 줄 모르고 땅과 바다로 굶주린 다섯 촉수를 뻗어 내는 죽음의 폭포 쪽에 시선을 고정시키고는 꼼짝도 하지 않는다. 「시간이 얼마나 남았는지 모르겠고, 시원한 물 한 잔인지, 이마에 닿는 산들바람인지, 아니면 여인의 따스한 젖가슴이나 사상, 도대체 무엇이 닥칠지는 모르겠지만, 빨리 행동만 한다면 우린 패배할 리가 없다!」그가 소리쳤다.

나는 평생 삶에 새로운 의미를 부여하고, 죽음에도 새로운 의미를 주며, 인간에게 평화를 가져올 위대한 사상을 이룩하려고, 찌걱거리다 못해 찢어질 정도로 내 이성을 잡아늘이기 위해 투쟁했다.

그런데 이제 보라! 시간과, 고독과, 꽃 피는 레몬나무의 도움을 받아 사상은 이제 하나의 이야기로 변했다. 그 기쁨이란! 축복의 시간이 왔으니, 벌레는 나비가 되었다.

---

4 오딧세우스가 다스리던 작은 섬.

고대의 랍비 나흐만은 내가 입을 열어 얘기하고, 펜을 들어 글을 쓸 때가 과연 되었는지를 어떻게 알아내는지에 대해 여러 해 전에 나에게 가르쳐 주었다. 그는 소박하고 명랑하고 훗날 성자가 될 인물이었는데, 제자들에게 그들 또한 소박하고 명랑하고 성자가 되라고 일러 주었다. 그러나 어느 날 그들은 모두 그의 발밑에 꿇어 엎드려 불평을 늘어놓았다. 「존경하는 랍비여, 당신은 어찌하여 랍비 자디그처럼 얘기하시지 않고, 사람들이 입을 멍청하게 벌리고 얼이 빠져 귀를 기울이게끔 위대한 사상들을 열거하며 위대한 이론들을 수립하시지 않습니까? 기껏해야 할머니처럼 쉬운 말을 써가면서 옛날 얘기밖에 못 하시나요?」

마음 착한 랍비가 미소를 지었다. 한참 시간이 흐른 다음에야 그는 대답했다. 마침내 그가 입을 열었다.

「어느 날 쐐기풀이 장미넝쿨에게 물었느니라. 〈장미넝쿨 부인, 당신의 비결을 우리들에게 알려 주시지 않겠어요? 어떻게 장미꽃을 만들어 내죠?〉 그래서 장미넝쿨이 대답했지. 〈내 비밀은 아주 간단하답니다, 쐐기풀 아가씨. 겨우내 나는 참을성 있게 믿으면서 사랑을 지니고 흙을 일구는데, 머릿속으로는 장미꽃 한 가지만을 생각해요. 빗발이 나를 후려치고, 바람이 잎사귀를 벗기고, 눈이 쌓여 무겁게 짓눌러도, 내 마음속에는 장미꽃에 대한 생각뿐이랍니다. 그것이 내 비결이에요, 쐐기풀 아가씨!〉」

「무슨 소린지 모르겠습니다, 스승님.」 제자들이 말했다.

랍비가 웃었다. 「사실은 나도 잘 이해를 못 하겠어.」

「그럼 뭐예요, 스승님?」

「아마 난 이런 얘기를 하고 싶었나 봐 — 어떤 생각이 떠오르면 나는 오랫동안 말없이 끈기 있게, 믿음과 사랑을 가지고 그것을 다듬고 가꾸지. 그러다가 내가 입을 열면 (애들아, 정말 희한

하기도 하지!) 생각은 옛날얘기가 되어 버려.」

그는 한 번 더 웃었다.

「우리 인간들은 그걸 옛날얘기라 부르지만, 장미넝쿨은 그걸 장미꽃이라고 부른단다.」 그가 말했다.

나는 부드러운 감정으로 아버지를 대했던 적이 한 번도 없었다. 아버지가 나에게 불러일으켰던 두려움이 어찌나 심했던지, 사랑과 존경과 친근감 따위의 다른 모든 감정은 사라져 버렸다. 아버지의 얘기는 준엄했고, 침묵은 더욱 준엄했다. 아버지는 별로 얘기를 하지 않았으며, 어쩌다 입을 열면 앞뒤를 재고 신중히 따져 본 다음에 하는 얘기인지라 전혀 반박할 여지가 없었다. 아버지의 말이 항상 옳았고, 그래서 아버지는 약점이 없었다. 나는 자주 이런 생각을 했다 — 아, 단 한 번이라도 잘못을 범했다면 아마 난 용기를 내어 아버지의 말에 반박을 해보았으리라. 하지만 아버지는 그럴 만한 기회를 한 번도 주지 않았고, 어떤 사람들은 그런 면을 절대로 용서하지 않는다. 아버지는 밑둥이 단단하고, 잎사귀가 거칠며, 열매가 쓰고, 꽃이 피지 않는 떡갈나무였다. 아버지는 주변의 모든 힘을 삼키고, 그의 그늘에서는 다른 모든 나무가 말라죽었다. 나도 마찬가지로 아버지의 그늘에서 시들었다. 나는 아버지의 입김을 받으며 살아가기가 싫었다. 어릴 적에 내 마음속에서는 미칠 듯한 반발이 터졌고, 당장 위험한 모험을 벌이려고도 했지만, 그럴 때마다 아버지를 생각하면 내 마음은 겁쟁이가 되었다. 그렇게 아버지에 대한 두려움 때문에, 나는 행동의 터전에서 위대한 투쟁자가 되는 대신, 하고 싶었던 모든 것을 글로 써놓을 도리밖에 없었다. 내 피를 잉크로 바꿔 놓은 사람은 아버지였다.

사흘 후 바닷가의 작은 집으로 돌아간 나는 형언하기 어려운 신성 모독적인 안도감을 느꼈다. 나를 짓누르던 무거운 짐이, 유령의 그림자가 사라졌다. 순종과 두려움에 나를 묶어 두었던 신비하고 눈에 보이지 않는 끈이 끊어졌다. 이제 나는 원하는 대로 얘기하고 글로 써도 괜찮았으며, 이제는 누구에게도 신세를 질 필요가 없었다. 보호자는 가버렸고, 감시하면서 절대로 용서하지 않던 눈이 감겼으며, 노예 계약서는 찢어 버린 다음이었다. 나는 이제 자유였고, 해방되었다.

하지만 너무 늦었다. 나는 이미 어떤 하나의 길로 들어섰다. 내가 길을 선택한 것이 아니라, 길이 나를 선택했다. 내 앞뒤의 모든 다른 길은 막혔다. 나는 고정된 습관과, 고정된 공감과 반발에 익숙해졌고, 이제 불쑥 돌아가서 싸움터를 바꾸기에는 너무 늦었다. 나는 들어선 길을 따라 끝까지 가야만 했다. 그뿐이었다. 하지만 이제 나는 상당히 유리했다. 나는 짐을 벗었고, 드디어 마음 놓고 내가 바라던 대로 노래하고, 웃고, 쉬고, 놀면서 가도 상관이 없었다. 나는 누구 앞에서도 더 이상 수치나 두려움을 느끼지 않았다. 나는 평생에서 오직 한 사람, 아버지만을 두려워했었다. 이제 내가 두려워할 사람들은 누구인가? 어렸을 때 눈을 들어 보면 그는 거인처럼 느껴졌다. 자라는 동안에 내 주변의 사람들과, 집과, 나무들 그리고 모든 사물이 줄어들었다. 아버지만이 어릴 적에 본 그대로 항상 거인으로 남았다. 내 앞에 우뚝 솟은 아버지는 내가 받을 몫의 햇빛을 막아섰다. 나는 아버지의 집에서, 사자의 굴에서 살지 않으려고 애썼지만 소용이 없었다. 비록 내가 갈팡질팡하고, 떠돌아다니고, 힘든 지적인 모험에 몸을 던져도, 아버지의 그림자는 항상 나와 빛 사이를 막아섰다. 나는 영원히 끝나지 않는 일식(日蝕) 밑에서 항해했다.

나의 내면에는 많은 어둠이, 많은 부분의 아버지가 존재한다. 이 어둠을 빛으로, 한 방울의 빛으로 바꿔 보려고 나는 평생 결사적으로 싸웠다. 그것은 연민이나 휴식도 없는 가혹한 투쟁이었다. 단 한순간이나마 잔혹성이 중단되게 내버려 두었더라면 나는 파멸했으리라. 그리고 어쩌다가 승리를 거두더라도 뒤따르는 고민과 상처는 얼마나 괴로웠던가! 나는 순수하게 태어나지 않았지만 순수해지려고 싸웠다. 나에게는 미덕이 내 본성의 열매가 아니라 투쟁의 열매였다. 신은 그것을 나에게 그냥 주지 않았고, 나는 그것을 칼로 정복하기 위해 고생을 해야만 했다. 나에게는 미덕의 꽃이란 변형된 똥 무더기였다.

이런 전쟁은 절대로 끝이 나지 않았다. 나는 지금까지 완전히 패배를 당하지도 않았고, 완전한 승리를 거두지도 못했다. 나는 끊임없이 투쟁한다. 당장이라도 나는 전체가 파멸할 터이며, 당장이라도 나는 전체가 구원을 받으리라. 아직도 나는 심연 위의 〈아슬아슬한 다리〉를 건너는 중이다.

나는 옷을 벗고 바다로 뛰어들어 헤엄을 쳤다. 그날 나는 죽음이 없는 소박함 속에서 세례를 받는 기분이었으며, 어째서 그토록 많은 종교들이 물과 목욕을, 그러니까 개종자가 세례를 새 삶을 시작하기 전의 상태에 불가결하고 전제적인 요소라고 간주하는지 이해하게 되었다. 물의 시원함은 뼛속까지, 곧장 골수까지 파고들며, 그것이 찾아낸 영혼은 물을 보면 어린 바다갈매기처럼 즐겁게 날개를 치고, 몸을 씻고, 환희하고, 새로워진다. 흔하고 단순한 물은 변형되어 영원한 삶의 물이 되어서, 인간을 새롭게 한다. 물에서 나온 개종자에게는 세상이 달라 보인다. 그러나 세상은 달라지지 않았으니, 항상 신기하고 무서우며, 간악하면서도 아름다움이 넘친다. 하지만 영세를 받고 난 지금, 세상을 보는 눈이 달라졌다.

바닷물에서 나오니 해가 지는 중이었다. 앞에서는 날이 밝아오는 듯 두 개의 무인도가 분홍빛이 되었다. 하얀 자갈밭에서 부드러운 파도가 속삭였으며, 옛 바닷가 전체가 만족스럽게 미소를 지었다. 고기잡이배가 지나가면서 반짝이는 삿대가 황금빛 물결을 일으켰다. 배 안에서 어부가 깊은 한숨을 지었고, 불만과 육체적인 욕망이 가득 찬 그의 한숨은 저녁의 침묵 속에서 되울렸다. 보아하니 젊어도 짝이 없었던 그는 바다의 아름다움에 어찌나 견디기 힘들었던지 〈아!〉라는 감탄만이 그것을 억제하는 힘이었다.

작은 섬들이 이제는 보랏빛이 되었고 바다는 컴컴해졌다. 밤의 감미로움을 눈꺼풀에서 느끼며, 밤새들은 배가 고파서 눈을 떴다. 먹이를 쫓아 주둥이를 벌리고 박쥐 두 마리가 머리 위로 소리 없이 날아갔다. (전문가들은 몰라도 농부들은 다 아는 사실이었지만) 박쥐는 한때 생쥐들이었지만 성당에 들어가서 그리스도의 몸인 영성체를 먹고 날개가 돋아났다. 컴컴한 속에서 쥐 같은 그들의 몸을 쳐다보며 나는 세상의 비밀스러운 조화에 대해서 또다시 감탄했다. 인간과 동물은 지극히 단순하고 똑같은 법칙의 지배를 받는다. 인간 영혼과 박쥐의 모험은 똑같다. 인간의 영혼도 한때는 생쥐였다. 그것은 그리스도의 육체를 먹고, 성찬식을 신과 함께 나누며, 날개를 키웠다.

나는 생쥐보다 더 역겨운 짐승이나, 박쥐보다 더 역겨운 새를 알지 못하며, 인간의 육체보다 더 역겨운 살과, 털과, 뼈 조직은 없다. 하지만 모든 똥이 날개를 키우는 씨앗인 신을 몸속에 심으면 어떻게 변형되고 신성해지는지를 생각해 보라.

집으로 돌아온 나는 그런 생각을 하니 밤새도록 마음이 편했다. 동틀 녘에 아버지가 꿈속에서 부드러움과 미소가 넘치는 얼굴로 나를 찾아왔다. 아버지는 푸르른 초원의 한가운데에, 구름으로 이루어진 듯 놀랄 만큼 투명하고 우뚝하게 내 앞에 섰다. 그리고 아버지를 쳐다보며 살아 계실 때는 한 번도 입 밖에 꺼내지 못했던 그런 말을 기쁜 마음으로 하려고 내가 입을 여는 찰나에 부드러운 산들바람(이었는지 아니면 혹시 내 입김이었는지?)이 불어왔고, 구름이 흩어져 엷어지더니 사람의 형태가 사라지면서 아침 서리처럼 풀밭 어디에선가 녹아 버렸다.

잠이 깬 나는 침대에 가득 쏟아지는 햇빛을 보았다. 창문으로 내다보려고 팔꿈치를 괸 나는 웃어 대는 바다를, 따스한 햇살이 어루만지도록 자그마한 젖가슴을 추켜올리는 바다를 보았다. 또다시 신성하고 아름다운 날이 왔다. 세상은 아침마다 처녀성을 되찾아서, 방금 신의 손으로부터 새로이 나온 듯하다. 어쨌든 세상은 기억이 없으니, 그렇기 때문에 얼굴에는 절대로 주름살이 지지 않는다. 세상은 어제 무엇을 했는지 회상하지 않고, 내일은 무엇을 해야 할지 초조해하지 않는다. 그것은 현재의 순간을 영원으로 경험한다. 다른 순간들은 존재하지 않으니, 지금 순간의 앞과 뒤에는 아무것도 없다.

햇빛을 마주 받으려고 창 앞에 다가앉은 나는 원고지 위로 몸을 수그렸다. 그것은 백지가 아니라 내 얼굴이 보이는 거울이었다. 나는 내가 쓰는 모든 글은 고백이 되리라고 믿었다. 이것은 중대한 시간, 최후의 심판이었다. 보이지 않는 심판자 앞에 서면 마음은 스스로 지은 죄를 부끄러워하지도 않으며 떠들어 대기 시작한다 ─ 나는 훔쳤고, 살인했고, 거짓말을 했고, 이웃의 아내를 탐했고, 수많은 신들을 지어내어 섬기다가는 때려 부수고 또다시 지어냈다. 나는 건방지게도 인간성을 초월하여 당신이 못하

664

거나 하기 싫어하는 일들을 하려고 했다. 나는 당신을 당신의 왕좌에서 몰아내고, 내가 그 자리를 차지해서는 불의와 굶주림이 적어지고, 따스한 미덕과 격렬한 사랑이 더 많은 세계의 새로운 질서를 수립하기 위해 온갖 밝고 어두운 힘들과 결탁했다.

나는 내면에서 마음의 외침을 의식했다. 내 마음은 불만이 많았고, 신과 충돌했으며, 이제는 주저하지 않고, 분노와 고통에 대해서 신에게 바칠 보고서를 준비할 시간이 되었다. 어쨌든 세월이 흘러갔고, 나도 세월과 더불어 흘렀으니, 얘기를 다 하기 전에 흙이 내 입을 막지는 못할 것이다. 모든 사람에게는 죽기 전에 하늘에 대고 외칠 소리가 있으니, 중간에 방해받지 않게 시간을 낭비하지 말자. 나의 외침이 공중에서 쓸데없이 흩어질지도 모르고, 아래 땅이나 위 천국에는 그 소리를 들을 귀가 없을지도 모른다. 상관없다. 너는 양이 아니라 인간이니, 그것은 속박되지 않고 소리치는 존재를 의미한다. 자, 그렇다면…… 소리쳐라!

겁쟁이가 되지 말고, 덧없는 동물이니까 네가 우주의 통치에 간섭할 자격이 없다는 소리도 하지 말라고 나는 스스로에게 다짐했다. 슬프도다! 만일 자신의 힘을 알기만 했더라면 너는 이미 인간의 한계성을 넘어섰으리라.

봄이 왔지만 나는 아직도 어휘라는 야생 암말을 길들이려고 싸우며 고생했다. 인간의 첫새벽 이후로 수천 년, 수백만 년이 흘렀지만, 보이지 않는 대상을 유혹해서 끌어내는 기술은 영원히 그대로이고, 사냥의 규칙은 조금도 달라지지 않았다. 우리들은 아직도 똑같은 책략과 변함없이 이기적인 기도(祈禱)를 사용하며, 영혼은 육체가 너무 무거워 자유롭게 날개를 펼칠 힘이 없어서 육체의 길을 걸어서 따라가야만 하는 까닭에, 우리들은 변함없고 세련되지 못한 계략으로 보이지 않는 자를 상대로 위협하고, 애원하고, 습격한다.

동굴에 살던 원시인은 그들이 잡기를 갈망하던 야생 동물을 그림으로 그려 놓으려고 애썼다. 그들은 배가 고프기 때문에 그랬고, 예술품이나 보수가 수반되지 않는 아름다움을 창조하려던 의도는 전혀 없었다. 물감으로 또는 바위를 쪼아 묘사한 짐승의 윤곽이 그들에게는 마력을 지닌 부적이었고, 짐승이 이끌려 들어가 잡히는 함정이었다. 사냥할 짐승이 훨씬 쉽게 속도록 유도해야 했기 때문에 가능한 한 충실하게 그리는 기술이 절대적으로 필요했다.

마찬가지로 나는 자꾸만 나를 앞서가며 붙잡히지 않으려는 외침을 잡기 위해 갖은 술책을 다 부리면서 어휘로 함정을 파놓았다.

탐험과 노력을 갈라놓았던 벽이 갑자기 소리 없이 무너졌다. 그들을 괴롭히던 신이나 악마의 이름을 알아낸 야만인들이 신이나 악마를 올라타고 앉아서 박차를 질러 가고 싶은 곳으로 타고 가듯, 내 주인공에게 이름을 부여함으로써 나 또한 말의 힘이 말을 탄 사람에게 전해지는 것처럼 그의 힘이 나에게 전해짐을 느꼈고, 맹렬히 앞으로 달려 나가기 시작했다.

육체를 형성하기 위해 나에게 피를 달라고 울부짖는 공허한 유령들과, 전쟁과, 학살과, 불길과, 사랑과, 위대한 영혼들과의 신비한 만남과, 그리고 마침내는 여행이 끝나는 마지막에 나타난 길고 좁다란 관처럼 생긴 쪽배와, 배에 탄 두 늙은 사공이, 내 주인공과 카론이, 건장한 두 노인이…… 모든 것이 내 눈앞에서 펼쳐졌다. 그리고 바다 한가운데서 출렁이고 햇빛 속에서 번득이며 웃어 대는 크레타의 파도가 줄지어 굽이치고 떼를 지어 바닷가 자갈밭에 요란히 깨어졌으니, 소리는 팔보격(八輔格, *octameter*)

의 운율이 되었고, 내 두뇌의 햇빛에 씻긴 옷자락은 시적인 운율을 받아 크레타의 해안선처럼 웃었다.

여러 날 여러 주일이 흘러가는 사이에 나는 어서 날이 밝아서 원고지 앞에 쭈그리고 앉아, 내 주인공이 오늘은 무엇을 하고, 어디로 가서, 돛에 바람을 담뿍 머금고 수평선에서 잔뜩 불어오는 빛과 어둠의 힘들과 어떻게 싸우는지 보려고 항상 초조해했다. 앞에서 무엇이 기다리는지는 나도 몰랐다. 나는 그것을 알아내기 위해 마음속에서 신화를 펼쳐 내며 기다렸다. 나는 이성의 지시가 없이 글을 썼으며, 머리가 아니라 사타구니 근처에 자리 잡은 다른 힘이 나를 지배했다. 그 힘이 내 손을 이끌었고, 두뇌는 뒤를 따라가며 질서를 이룩했다.

나는 그토록 깊은 공감을 느끼며 누에의 말없는 고민과 안도감을 경험한 적이 없었다. 누에가 먹은 모든 뽕나무 잎사귀들이 드디어 변화를 일으켜 비단실이 되면, 창조의 과정이 시작된다. 머리를 이리저리 흔들면서 누에는 발작적인 경련을 일으켜 꽁무니를 내밀고는 가느다란 비단실을 한 가닥 한 가닥 뽑아서 인내와 신비로운 지혜로 하얗고 황금빛인 자신의 관을 짠다.

벌레 전체가 비단실로, 육체 전체가 영혼으로 변하는 과정보다 더 절박한 의무나, 더 감미로운 고민은 없다고 나는 믿는다. 그리고 또한 신의 일터를 지배하는 법칙을 그보다 더 충실하게 따를 길도 없다.

크레타의 섬광

　창조를 하는 동안 작가는 줄곧 배 속의 아들에게 영양분을 주는 여인처럼 입덧을 하게 된다. 나는 아무도 만날 수가 없었다. 조금만 소리가 나도 온몸이 떨렸고, 아폴론에게 태형을 당한 듯 벗겨진 신경은 공기에 닿기만 해도 상처를 받았다.

　팔보격의 운율은 줄지어 요란하게 밀려왔고, 원고지 위로 퍼져 나갔다. 의자에 붙어 앉아서 나는 오디세우스의 모험과 시련을 경험하는 중이었다. 그는 돌아오지 못할 위대한 여행을 떠나기 위해 닻을 올렸으며, 자그마한 그의 섬과, 하찮은 아내와, 단순하고 마음 착한 아들은 이제 그에게 너무나 답답해졌다. 역겨움을 느낀 그는 홀홀 털고 떠났다. 그는 스파르타에 들러 나름대로 역시 평화로운 삶을 답답하게 여기던 헬레네를 납치했다. 크레타로 내려가 야만인들과 합세한 그는 타락한 궁전을 불태웠다. 하지만 이 위대한 섬까지도 답답하게 느껴져 숨이 막힌 그는 다시 남쪽으로 떠났다. 나 또한 그의 배에 몸을 싣고, 뱃머리의 인어 장식을 앞세우며, 그와 함께 항해했다. 내 머리는 완전히 동그란 지구가 되었고, 나는 우리들이 찾아보았거나 아직 찾아갈 항구들을 — 세상의 끝에 이르는 곳들까지 모두 표시해 놓았다. 나는 모든 것을, 완전히 모든 것을 알았고, 모든 것을 알았기 때문에 길을 안내했다. 무서운 여로가 내 머릿속에서 아주 뚜렷하게 빛났지만, 환상을 단 한 방울도 흘리지 않고 모두 어휘에 담으려는 노력은 벅찼다!

작가는 눈에 보이지 않는 힘든 문제와, 자기보다 훨씬 우수한 본질과 싸움을 벌인다. 우리들의 가장 깊은 비밀, 표현할 참된 가치를 지닌 유일한 비밀은 표현되지 않고 항상 그대로 남기 때문에, 가장 위대한 승리자까지도 패배자로 나타난다. 이런 비밀은 예술의 구체적인 외형에 절대로 굴복하지 않는다. 우리들은 모든 어휘 속에서 질식당한다. 꽃 피는 나무와, 영웅과, 여인과, 샛별을 보면 우리는 소리친다 ― 아! 무엇이 우리들의 기쁨을 이보다 더 잘 수용하겠는가. 〈아!〉를 분석해 본 다음에 우리들은 그것을 사상과 예술로 변형시켜서 인류에게 전하고, 우리들이 죽어 없어질 때 함께 사라져 버리지 않기를 바라지만, 나중에 보면 그것이 헛바람과 허세로만 가득 찬 뻔뻔스럽고 마스카라로 화장한 값싼 어휘로 몰락해 버리지 않던가!

하지만 슬프도다, 우리들에게서는 유일하게 불멸한 부분인 〈아!〉를 인류에게 전할 다른 방법이 없지 않은가! 어휘! 어휘! 슬프도다, 나에게는 다른 구원의 길이 없었다. 내가 거느리는 군사라고는 스물네 개의 글자, 스물네 개의 납 인형 병사들뿐이었다. 나는 전원 동원령을 내려 군대를 일으켜서 죽음과 싸우리라고 생각했다.

죽음을 물리칠 힘이 없음을 나는 잘 안다. 하지만 인간의 보람은 승리가 아니라 승리를 위한 투쟁에서 비롯한다. 더욱 어려운 얘기지만, 또한 나는 승리를 위한 투쟁에서조차 보람이 존재하지 않음을 안다. 인간의 보람은 오직 한 가지, 어떤 보상도 받지 않으며 용감하게 살다가 죽음으로써 얻는다. 그리고 또한 나는 보상이 존재하지 않는다는 확실성이 등골을 오싹하게 하지 않고 오히려 기쁨과, 자부심과, 남자다운 용기를 불어넣어야 한다는, 더욱 힘든 세 번째 조건도 알았다.

글을 써가면서 나는 원하지 않아서 피하려고 했던 두 단어가 자꾸만 떠올라 사라지려고 하지 않음을 깨달았다. 〈신〉과 〈오름〔上昇〕〉이라는 단어였다. 지상(至上)의 키마이라, 지상의 희망, 아니면 지상의 확실성 — 신은 무엇일까? 아니면 지상의 불확실성인가? 비록 오랫동안 투쟁을 했어도 나는 아직 이 비극적인 질문에 대해서 명확한 해답을 얻지 못했다. 신에 대한 명상을 하며 내 영혼이 그때그때 느끼던 용기와, 신뢰와, 좌절의 양상에 따라 대답은 자꾸만 달라졌다. 나는 〈키마이라〉, 〈희망〉, 〈확실성〉이라는 세 세이렌들 가운데 어느 마녀 앞에 걸음을 멈추고 영혼을 바쳐야 할지 확신을 가지지 못했다. 세 노래가 모두 똑같이 나를 매혹시켰으며, 어느 노래를 들어도 나는 더 앞으로 나아가 죽고 싶은 욕망을 점점 덜 느끼게 되었다.

하지만 평생 동안 나는 오직 하나의 길만이, 오름길만이 신에게로 이끌어 감을 분명히 알았다. 밑으로 내려가거나 평탄한 길이 아니라 오직 오름길만이. 사람들이 너무 자주 사용해서 더럽혀진 〈신〉이라는 어휘의 내용을 조금도 선명하게 파악하지 못했던 무능력 때문에 나는 자주 주저했지만 신에게로 올라가는 길, 그러니까 인간 욕망의 가장 높은 산봉우리를 향한 길에 대해서는 전혀 주저하지 않았다.

그뿐 아니라 나는 신의 세 가지 피조물인 나비가 되려는 벌레와, 본성을 초월하려고 물에서 뛰어오르며 나는 듯한 물고기와, 배 속에서 비단실을 뽑아내는 누에에게 늘 매혹되었다. 나는 항상 내 영혼이 가야 하는 길을 상징한다고 상상했던 그들과 언제나 신비로운 일치감을 느꼈다. 접시의 한쪽에는 틀림없이 크레타에서 전파된 상징인 나비를, 그리고 다른 쪽에는 유충을 새긴 미케나이의 무덤에서 발견된 섬세한 황금 저울을 처음 보았을 때 내가 느꼈던 기쁨은 말로 표현하기가 어렵다. 나에게는 나비가 되려는 유충의 열망이 항상 유충에게는, 그리고 인간에게는 가장 절박하면서도 정당한 의미로 여겨졌다. 신은 우리들 유충을 만들고, 우리들은 스스로 노력하여 나비가 되어야만 한다.

나는 스스로 키운 날개를 쳐서 바다 위로 솟아오르는 날치를 크노소스의 벽화에서 보았을 때도 똑같은 기쁨과 흥분을 경험했다. 나는 지극히 먼 조상들에게서 내 모습을 의식했다. 수천 년이 흐른 지금 나는 그들의 발자취를 충실히 뒤따르며 크레타의 흙을 날개로 변형시키려고 했다.

그리고 언젠가 그리스의 어떤 섬 작은 시골 예배소에서 나는 어느 신자가 가시나무 틀에 끼워 놓은 성모의 성상을 보았다. (정말로 보았을까? 아니면 보았다고 꿈을 꾸었을까?) 사람들이 누에 알을 가시나무 틀에 뿌려 놓았고, 알에서 깨어난 작고 신기한 벌레들이 날마다 뽕잎을 먹었다. 누에들은 내가 성상을 보았던 날 그들의 의무를 완수해서, 뽕잎을 비단실로 바꾸어 놓았다. 하얀 고치로 이루어진 틀이 성모상을 둘러쌌다. 나는 속으로 생각했다 ─ 오, 봄이 되어 고치들이 터지고, 농부들이 〈영혼〉이라고 부르는 복슬복슬하고 하얀 나비들이 깨알 같고 반짝이는 눈으로 성모를 에워싼 광경을 보게 된다면 얼마나 좋을까!

독실한 기독교인이라면 이런 말을 했으리라. 〈당신이 본 것은 꿈이 아니었소. 당신은 누에가 아니라 우리들 인간을 봤답니다. 이 땅에서의 의무를 끝내기만 하면 우리들은 무덤으로 들어갔다가 거기에서 영혼이 날개를 치며 나와서는 영원히 성모 주변을 둘러싸죠. 신은 우리들에게 눈을 주었고, 그 눈으로 우리들은 신이 우리들에게 갈 길을 가르쳐 주기 위해 보내 주신 누에를 봅니다. 성스럽고 예언적인 상징들은 잠깐 동안 우리의 마음을 어지럽히지만, 우리들은 믿음을 통해 희망을 확신으로 바꿔 놓는 다음 단계로 나아가지 못합니다.〉

아침에는 세상이 눈부시고 아지랑이가 피어올랐다. 밤중에 심한 소나기가 쏟아졌으므로, 말라붙었던 땅은 천국의 물을 받아 신선해졌다. 창가로 간 나는 감미롭고 향기로운 땅과 바다를, 태양의 광채로 하얗게 씻겨 찬란하게 반짝이는 하늘을 보았다. 한 덩어리 땅처럼 내 가슴도 마찬가지로 신선해졌고, 말라붙었던 땅처럼 밤의 소나기를 몽땅 받아들였다. 내가 느낀 기쁨은 어찌나 컸던지, 그날은 원고지 앞에 앉아 세상을 시구로 바꿔 놓기가 불가능했다. 나는 문을 열고 밖으로 나갔다.

때는 8월로 가장 너그럽고 사랑스러운 달이었으며, 자신이 좋아하는 포도밭 그리스에서 영원히 포도주를 짜는 사티로스는 포도주를 만드느라고 침전물이 여기저기 튄 모습으로, 턱이 둘이고 뱃가죽이 세 겹이며 꼬리를 꼿꼿하게 세운 거룩한 모습으로, 달콤한 과일을 한 아름 안고 포도밭과 참외밭을 산책하면서, 건장한 가장(家長)답게 은혜를 베푼다.

우리들의 참된 불멸의 토박이 신들은 이런 모습이다. 그런 태양 밑에서, 그런 바다 앞에서, 그런 산들 사이에서, 배도 나오지 않고 기쁨도 알지 못하며 이마에 포도 잎사귀들이 달라붙지 않은 다른 신들이 어찌 태어나고 번창하겠는가? 그리고 그리스의 아들딸들이 이렇게 속된 천국하고는 거리가 먼 다른 천국을 어찌

믿겠는가?

나는 포도원으로 들어갔다. 햇볕에 타지 않기 위해 하얀 머릿수건을 얼굴에 단단히 여민 젊은 처녀들이 포도주를 짰다. 누가 지나갈 때 머리를 드는 그들을 보면, 햇빛 속에서 깜박이는 남자들에 대한 환상으로 가득 찬 커다랗고 새까만 두 눈만이 보인다.

나는 내 육체가 마음대로 어느 길이나 따르도록 허락했다. 내가 육체를 이끌지 않고 그것이 나를 인도한다는 사실이 나는 무척 즐거웠다. 나는 자신감이 생겼다. 그리스의 빛으로 목욕을 하고 나면, 육체는 눈멀고 다듬지 않은 물질이 아니라 빛을 발산하는 풍요한 영혼으로 충일하고, 자유롭게 내버려 두면 그것은 스스로 결정을 내리며, 이성의 간섭을 받지 않으면서 올바른 길을 찾는다. 바꾸어 얘기하자면, 영혼은 보이지 않는 공허한 혼령이 아니므로, 나름대로 육체의 확실성과 따스함을 어느 정도 스스로 갖추어서, 마치 세상을 쓰다듬을 손과 입과 콧구멍이 달리기라도 한 듯, 사람들이 육체적인 쾌락이라고 일컫는 기쁨을 맛본다. 인간은 흔히 그의 모든 인간성을 그대로 유지할 만한 일관성이 결여되었다. 그는 스스로 자신을 토막 내어 잘라 버린다. 그는 때때로 영혼으로부터, 때때로 육체로부터 해방되기를 원한다. 두 가지를 다 즐기려는 욕심은 무서운 형벌처럼 여겨진다. 하지만 이곳 그리스에서는 이 두 가지의 우아하고 불멸하는 요소가 뜨거운 물과 찬물처럼 함께 섞이고, 영혼은 육체에게서, 그리고 육체는 영혼에게서 무엇인가를 취하게 된다. 그것들이 친해짐으로써 이곳 그리스의 신성한 타작마당에서는 인간이 몸을 절단하지 않고 완전한 모습으로 살거나 여행한다.

도중에 수도꼭지를 발견하고 나는 걸음을 멈추었다. 가느다란 쇠사슬에 놋쇠 잔이 달렸다. 나는 목이 말랐다. 물을 마시니 온몸이 시원했고, 뼛속까지 정신이 들었다. 나는 잠시 동안 올리브나무 밑에 서서 쉬었다. 귀뚜라미들이 나무에 찰싹 달라붙어 노래를 부르다가, 이 거대한 귀뚜라미를 보더니 놀라서 잠잠해졌다. 작은 당나귀에 포도를 잔뜩 실은 농부 두 사람이 왔다. 「안녕하십니까!」 가슴에 손을 얹으며 그들이 나에게 인사를 했다. 포도 줄기가 그들의 수염에 붙었고, 길에서는 온통 포도 액 냄새가 풍겼다. 앞에는 풍파에 새하얘진 울타리 너머로 검은 십자가들과 삼나무들이 보였는데, 그곳은 우리 아버지를 포함하여 죽은 사람들이 쉬는 묘지였다. 나는 올리브나무 잎사귀를 하나 따서 깨물었다. 입 안이 쓴맛으로 가득해졌다.

나는 올리브나무의 그늘을 나와 다시 길로 나서서 걸음을 재촉했다. 그러자 나는 발길이 어디로 이끌어 가는지를 알아챘는데 — 아몬드처럼 생긴 커다란 눈에 두터운 입술이 탐욕스럽고, 허리는 반지처럼 가느다란 옛적 조상들에게로, 수천 년 전에 힘차고 강인한 신 황소와 놀았던 조상들에게로 가는 중이었다.

어느 종교적인 경건함도 자신의 뿌리인 조상들이 잠든 땅을 밟을 때처럼 심오하고 순수한 경건함에 비견할 수는 없을 것이다. 땅에 닿는 발은 뿌리를 내려 흙으로 파고 들어가 죽은 자의 위대하고 불멸한 뿌리와 엉키려고 한다. 흙과 카밀레의 짙은 향기가 침묵으로, 또한 영원한 법칙에 기꺼이 순응하려는 욕망으로 가슴속을 가득 채운다. 그렇지 못하고 만일 죽음의 달콤한 열매가 아직 내면에서 영글지 않았다면 사람들은 화가 나서 반항하며, 그토록 이른 시기에 삶의 커다란 고민과 투쟁과 빛을 빼앗기기 싫다면서 반발한다. 그런 경우라면, 발에서 뿌리를 뻗어 내리기 전에 조상의 뼈와 두뇌로 이루어진 흙을 서둘러 씩씩하게 밟고 지나가서, 다시 신성한 체육관으로, 빛으로 뛰쳐나가야 한다.

크노소스의 옛 땅을 거닐면서 내가 느꼈던 감격은 삶과 죽음으로 휘몰아치며 어찌나 벅차게 풍요했는지, 나로서는 명확히 파악할 수조차 없었다. 슬픔과 죽음 대신에, 평온함 대신에, 준엄한 계명이 썩어 버린 입들로부터 쏟아져 나왔다. 나는 서늘한 어둠으로 나를 끌어내리기 위해서가 아니라, 무엇인가 붙잡고 매달려 나와 더불어 빛으로 솟아 나와 다시금 싸움을 시작하기 위해 죽은 자들이 내 발에 줄줄이 매달리는 기분을 느꼈다. 위 세계의 풀밭에서 살아 울부짖는 황소들과, 바다의 소금기와, 풀 냄새와 더불어 꺼지지 않는 목마름과 기쁨이 수천 년에 걸쳐 땅의 껍질로 스며들어 죽은 자들을 죽지 못하게 막았다.

나는 벽에 그린 투우 장면에서 여자의 민첩함과 우아함을, 남자의 꿋꿋한 힘을, 그들이 대담무쌍한 눈초리로 맞서며 미친 듯한 황소와 장난치는 광경을 구경했다. 그들은 동양의 종교에서 얘기하듯 사랑하기 때문에 한 몸이 되기 위해서, 또는 겁이 나서 감히 쳐다볼 용기가 없기 때문에 소를 죽이지는 않았다. 오히려 그들은 증오하지 않고 존경하는 마음으로, 서두르지 않고 끈질기게 소와 놀이를 벌였다. 어쩌면 고마움까지도 느꼈는지 모른다. 고마웠던 까닭은 황소와의 성스러운 싸움이 크레타의 힘을 돋우었을 뿐 아니라, 전율에 휘말리지 않으면서 짐승의 무서운 힘과 자신의 힘을 가늠하기 위해서 — 갖추기에 무척이나 어려운 용맹성과, 의지력의 수련과, 사나우면서도 침착한 동작의 정확성과, 신체적인 민첩성과 우아함을 투우가 길러 주었기 때문이었다. 이렇듯 크레타인들은 공포를 변모시켜서, 이성이 부재한 전능함과의 직접적인 접촉을 통해 인간의 미덕이 자극을 얻게끔 하여, 적이 아니라 동지라고 여겼던 소를 죽이지 않으면서도 정복하는 환희의 경기로 바꾸어 놓았다. 황소가 없었다면 몸은 그런 유연함과 힘을 얻지 못했을 터이며, 영혼은 그토록 용감하지 못했으리라.

짐승을 마주 보고 그토록 위험한 경기를 벌일 만한 인내심을 지니려면 인간의 육체와 영혼에 대해 분명히 대단한 훈련이 필요했으리라. 하지만 일단 훈련을 받고 경기의 느낌에 익숙해지면 그의 모든 동작은 간단하고, 확실해지고, 여유를 가지며, 주저하지 않고 두려움을 맞이한다.

벽에 그려 놓은 (오늘날 우리들이 신이라고 일컫는) 소와 인간의 옛 싸움을 보면서 나는 혼잣말을 했다. 「저것이 크레타의 섬광이니라.」

그리고 갑자기 해답이 내 머릿속으로, 또한 마음과 사타구니로 스며들었다. 이것이 내가 추구하던 바요 원하던 바이다. 나는 나자신의 오디세우스를, 그의 눈을 크레타의 섬광으로 가득 채우리라. 우리 시대는 잔혹했다. 지하의 어두운 힘인 황소가 풀려 나오고 땅의 껍질이 갈라졌다. 겸손, 조화, 균형, 행복, 삶의 감미로움 — 이러한 모든 미덕과 기쁨에 우리들은 용감히 작별을 고해야 했으니, 그것들은 과거나 미래의 다른 시대에 속했다. 모든 시대는 저마다 독특한 양상을 지닌다. 우리 시대의 양상은 잔혹성이어서, 나약한 영혼들은 감히 마주 쳐다보지도 못했다.

내가 시를 쓰느라고 동원한 팔보격의 운율을 타고 항해하던 오디세우스는 절벽 끝에 자랑스럽게 꿋꿋이 서서, 희망과 두려움뿐 아니라 교만함까지도 없는 크레타의 섬광을 성취하고, 심연을 보아야 했다.

그날 이후로 내 삶은 달라졌고, 그래서 나는 이때를 〈크레타 섬광의 날〉이라고 이름지었다. 내 영혼은 어디에 서서 어떻게 시선을 던져야 할지 알아냈다. 나를 괴롭히던 무서운 문제들이 차분히 가라앉아, 마치 봄이 오고 봄철의 가시덤불이 꽃으로 뒤덮이듯 미소를 지었다. 예기치 못하던 때늦은 회춘이었다. 옛날 중국의 현인처럼 나는 수염이 새하얗고 노쇠한 호호백발 할아버지로 태어난 듯싶었다. 세월이 흐름에 따라 수염은 회색이 되더니 점점 검은 빛깔로 변하다가 빠져 버렸고, 나이가 더 들어 가면서 보드라운 사춘기의 솜털이 두 뺨에 돋아났다.

내 젊은 시절은 불안과 악몽과 회의뿐이었고, 성숙은 절름발이 해답에 지나지 않았다. 별과, 인간과, 사상으로 눈을 돌려 봐도 혼돈뿐이었다. 그리고 그 한가운데서 빨간 발톱이 달린 파랑새인 신을 찾아냈을 때 내가 겪어야 했던 고뇌! 길을 하나 골라 끝까지 따라가서 보니 — 심연이었다. 겁이 나서 돌아선 내가 다른 길을 따라가서 보니, 끝에는 또다시 심연이었다. 다시 물러나 새로이 여행을 해도 똑같은 심연이 불쑥 앞에서 입을 벌렸다. 이성의 모든 길은 나를 심연으로 이끌어 갔다. 내 젊음과 성숙은 허공에서 전율과 희망의 두 말뚝 주위를 맴돌았지만, 이제 나이가 들자 나는 두려움을 느끼지 않으며 조용히 심연 앞에 선다. 나는, 아니 내가 아니라 내 손으로 빚는 오디세우스는 더 이상 도망치지 않았고, 더 이상 자신을 부끄럽게 행동하지 않았다. 나는 심연을 차분히 맞게끔 그를 창조했고, 그를 창조하며 나는 그와 닮으려고 노력했다. 나 자신이 창조되는 중이었다. 나는 내 모든 열망을 오디세우스에게 맡겼으니, 그는 인간의 미래가 흘러들어가도록 내가 파내는 틀이었다. 내가 열망했으나 달성하지 못했던 모든 것을 그는 달성하리라. 그는 미래를 창조하는 어둡고 밝은 힘들을 끌어내는 마력이었다. 믿음은 산을 움직이니, 그를 믿으면 그가 오리라. 누가 오는가? 내가 창조한 오디세우스가. 그는 원형(原型)이었다.

창조자의 책임은 커서, 그는 미래를 설득하고 억지로나마 결론을 내리게 하는 길을 열어야 한다.

나는 파도가 의기양양하게 솟구쳐 햇빛 속에서 한순간 빛나다가 서둘러 죽으며, 바닷가의 자갈밭에서 키득거리며 웃는 크레타의 바다를 쳐다보았다. 나는 내 피가 파도의 율동에 따라 마음을 떠나서 손가락과 머리끝까지 퍼져 나감을 느꼈다. 나는 바다가 되었고, 머나먼 곳에서의 모험이 가득 찬 끝없는 항해가 되었으며, 검붉은 돛을 펴고 심연의 위로 항해하며 자랑스럽게 절망하는 시가 되었다. 그리고 시의 꼭대기에는 뱃사람의 모자가, 모자 밑에는 햇볕에 그을은 울퉁불퉁한 이마와 새까만 두 눈과 소금물을 뿌려 허옇게 된 입이, 그리고 더 밑에는 키를 잡은 커다랗고 굳은살이 박인 두 손이 있었다.

그는 — 우리들은 — 더 이상 답답한 고향 땅에 남지 않기로 했다. 섬에서 가장 반항적인 사람들을 고르고, 집에서 가져갈 만한 물건을 챙겨 우리들은 배를 타고 떠났다. 어디로? 바람이 불어 우리들에게 갈 길을 알려 주리라. 남쪽으로! 우리들과 마찬가지로 안락함과, 미덕과, 편안한 삶에 답답해져서 에우로타스 강둑에 앉아 슬퍼하는 헬레네에게로. 통치자들의 사타구니에서 잉태하는 힘이 없어져 버렸기 때문에 시들어 가며 바다 한가운데서 두 팔을 들고 아이를 낳고 싶어 야만인들을 손짓해 부르는 크레타의 위대한 섬으로. 아프리카로, 세상의 끝으로, 만년설(萬年雪)의 나라로, 죽음으로!

처음에는 발톱이 빨간 파랑새가 앞장을 섰지만, 곧 지쳐 버리자 텅 빈 하늘에 길잡이 새를 혼자 남겨 두고 우리들은 계속 나아갔다. 때때로 위대한 불멸의 영혼들이 우리 배의 삭구를 발톱으로 움켜잡고는 유혹하려고 노래를 불렀지만, 우리들이 웃음을 터뜨리면 그들은 겁이 나서 달아났다. 때때로 우리들은 바다 밑바닥에서 솟구치는 무서운 고함 소리를 들었다. 「서라! 어디로 가느냐? 그만하면 됐다!」 그러면 우리들은 뱃전에서 몸을 내밀고 마주 소리쳤다. 「아니다, 아직 모자란다, 아직 모자라! 꼼짝하지 말아라!」 그러던 어느 날 저녁, 죽음이 찾아와 뱃머리에 도사리고 앉았다. 그는 우리들과 옷차림이 같아서 여우 모전(毛氈, felt)을 걸쳤고, 빨간 방울 술이 달린 뾰족한 파란 모자를 썼으며, 수염은 새하얗고, 얼굴과 가슴과 팔과 허벅지에는 상처가 아문 흔적이 깊었다. 그는 다정하게 우리들에게 미소를 지었다. 우리들은 미소의 뜻을 알았다. 우리들은 드디어 항해의 마지막에 이르려는 참이었다.

갑판에 길게 누워 우리들은 눈을 감았고 보았다 ─ 우리들이 지나온 대륙과 바다 위에서, 우리들이 만난 남자들과 입을 맞추었던 여자들의 위에서, 땅과 물과 불과 육체의 위에서는 구름으로 배를 만들었으며, 우리의 뱃속에서 뽑아낸 비단실로 대륙과 바다와 사람들을 만든 또 하나의 항해가 이루어졌다. 그리고 또 그 위로, 가장 높은 곳에서는 구름의 배가 흩어지고 비단실들이 녹아 버렸다. 세상의 유령들이 사라지고, 가장 높은 곳에서는 암흑보다도 더 검고, 눈부시고, 침묵하고, 붙박인 태양만 남았다. 그것은 아마 신일지도 모른다고 우리들은 생각했다. 혹시 신일지 누가 알겠는가……. 우리들은 신에게 인사를 하기 위해 손을 들려고 했지만 그럴 수가 없었다.

크레타의 바닷가에서 내가 『오디세이아』를 쓰는 동안에 지옥의 힘들은 두 번째의 커다란 전쟁을 준비했다. 인류에게 광증의 바람이 불어닥쳤고, 지구의 기초가 삐걱거렸으며, 원고지 위에 엎드려 파도와 사람들과 지옥의 힘들이 내는 소음을 들으며 나는 공포에 휘말리지 않으려고, 소중한 목숨을 살리기 위해 나의 영혼에 매달렸다. 나는 살육과 눈물, 그리고 오늘날의 유인원 너머에서 살았던 인간을 찾아내어 정리가 잘 되고 조화를 이루는 단어로 유혹하려고 애썼다. 비록 그는 공중에 매달린 유령처럼 꼼짝하지 않았어도, 나는 몸을 수그리고 글을 쓰는 동안 내 피가 그에게로 흘러들어감을 느꼈다. 나는 속이 비어 가고, 그는 가득 찼으며, 그의 몸은 조금씩 단단해져 움직이며 나에게로 오기 시작했다.

나는 깊은 꿈에 빠졌다. 땅에 닿아 견고한 진실의 가장 낮은 켜가 사라졌고, 강한 바람에 펄럭이는 불처럼 대기를 높이 핥아 대는 진실의 가장 높은 층은 인간의 영혼이었다.

나는 하루 종일 일하고 밤새도록 잤다. 나는 해시계나 마찬가지여서 평생 밤에 일을 해본 적이 없었다. *Sine sole sileo*(태양이 없으면 나는 조용하다). 꿈과 침묵이 이어지고, 내 마음속에서 컴컴한 문을 여는 밤은 이튿날 일을 하도록 나를 준비시킨다.

이럴 때 나에게 가장 훌륭한 선물은 시간이다. 쓸데없는 잡담으로 시간을 낭비하거나 공연히 돌아다니며 빈둥거리는 사람들을 보면 나는 길모퉁이로 가서 거지처럼 손을 내밀고는 구걸하고 싶다. 「선량한 기독교인들이여, 적선하는 뜻에서 1시간이건 2시간이건 마음 내키는 대로, 여러분이 잃어버리는 시간을 조금씩만 나한테 적선하십시오.」

마침내 하루가 기울었다. 나는 팔짱을 끼고, 머리를 벽에 기대어 지는 해를 지켜보았다. 나는 기쁨이나 슬픔, 피로감은 느끼지 않았다. 마치 배 속이 비어 버린 듯, 마치 피를 모두 쏟아 버린 듯, 마치 알에서 깨어날 때 올리브나무 줄기에다 귀뚜라미가 남겨 놓는 딱딱한 투명 껍질처럼 안도감만 느꼈을 뿐이다. 빨간 돛을 단 자그마한 쪽배가 고기잡이에서 돌아오는데, 갑판에서 번득이는 물고기들이 보인다. 앞에 보이는 작은 섬은 오랑캐꽃으로 잔뜩 뒤덮였다. 산꼭대기에서는 왜소하고 한적한 교회가 달걀처럼 하얗게 빛났으며, 풍파에 바랜 흰 벽에는 빛이 매달려 떠나려고 하지 않았다.

나는 오른쪽에서 자갈들이 덜그럭거리는 소리를 들었는데, 누군가 서둘러 자갈밭을 뚜벅뚜벅 건너 다가오는 모양이었다. 나는 눈을 돌렸다. 보랏빛 황혼 속에서 뾰족한 모자가 번득였고, 시큼한 인간의 땀 냄새가 하늘에 가득했다. 앉아 있던 기다란 돌 의자에서 한쪽으로 비키며, 나는 그가 앉을 자리를 내 옆에 마련해 주었다.

「어서 오십시오.」 내가 말했다. 「기다리고 있었습니다.」

허리를 굽혀 그는 파도에 밀려 올라온 바다풀을 집어 입에 물었다.

「자, 왔어요.」 그가 말했다. 「이렇게 만나게 되어 반갑습니다.」

파랗고 포근한 밤이 하늘에서 내려오고 바다에서 올라왔다. 우리 뒤쪽의 땅에서는 밤새들이 올리브나무들 사이로 날아다녔고, 어두운 침묵 속에서 죽음을 모르는 사랑과 굶주림의 커다란 두 외침이 울렸다. 올망졸망한 덤불 속 깊이 숨은 자그마한 금수들도 역시 배가 고팠고, 사랑을 원했으며, 땅에서는 거창한 만가(輓歌)가 들려왔다.

조용히 앉았던 우리들은 자신의 가슴이 차분하게 두근거리는 소리를 들었다. 모든 숨겨진 밤의 열망들이, 모든 상충하는 목소리들이 우리의 몸속을 지나며 조화를 이루어 가는 듯싶었다.

내 기쁨과 감미로움이 어찌나 컸던지 갑자기 눈에는 눈물이 흐르기 시작했으며, 가슴속에서는 신비로운 옛말이 북받쳐 입술로 올라왔다.

죽음과 태어남은 하나라네, 젊은이,
기쁘고 가슴 아픈 하나라네.
돌아오고 떠나는 하나라네,
만나고 헤어지는 하나라네.

나는 오른쪽에 잠자코 앉아 있던 친구에게 얼굴을 돌렸다.
「우린 항해 중인가요, 오디세우스 선장님?」 내가 물었다. 「아니면 도착했나요? 시간은 영원으로 변한 듯 멈춘 듯싶으며, 공간은 땅과 바다를 그려 놓은 옛날 양피지처럼 돌돌 말려 내 손아귀에 들어 있군요. 구원 —— 우리들이 구원이라 일컬으며 하늘로 팔을 뻗어 구하려는 것은 내 귀에 꽂은 박하나무 가지가 되었어요. 냄새가 나지 않는가요?」
그는 심호흡을 하더니 미소를 지었다. 「당신은 구원으로부터 구원이 되었군요.」 그가 말했다. 그의 목소리는 바닷바람으로 거칠어지고 굳어 버렸다. 「당신은 구원으로부터 구원되었으니, 그것이 인간의 가장 훌륭한 공훈이죠. 당신이 거쳐야 할 희망과 두려움의 과정은 끝났으니, 당신은 심연 위로 몸을 내밀고는 거꾸로 비친 세상의 환영을 보고도 무서워하지 않았습니다. 소중한 친구인 우리들은 함께 심연 위로 몸을 내밀고도 무서워하지 않았죠. 기억이 납니까?」
무서운 여행이 내 머릿속에서 떠올랐고, 바다가 마구 울부짖으며 기억이 더 널리 뻗어 나가자, 우리들이 아들과 아내와 조국과 안락한 생활을 뿌리치던 광경과, 우리들이 미덕과 진리를 남겨두고 신의 카립디스[1]와 스킬레[2] 사이를 무사히 지나고, 망망대해로 나가 돛을 잔뜩 펼치고 용감하게 심연을 향해 나아가던 광경이 거듭거듭 눈에 보였다.

「멋진 여행이었어요.」 감개무량해서 그의 무릎을 만지며 내가 말했다. 「이제 우린 도착했군요.」

「도착이라뇨?」 그가 놀라서 물었다. 「그게 무슨 뜻이죠?」

「나는 알아요. 그건 이제 우리들이 떠나리라는 뜻입니다.」

「그래요, 이제 우린 떠납니다. 배도 없고, 바다도 없고, 육체도 없이.」

「자유롭게요.」

「아니죠, 자유로부터 자유가 되어, 그 너머로.」

「그 너머요? 어디요? 내 머리는 그걸 파악할 능력이 없어요.」

「자유를 넘어서 말예요. 용기를 내요!」

「난 당신을 따르기가 두렵습니다. 내 힘은 거기까지만 미치고, 더 이상은 못 가요.」

「상관없습니다. 당신은 맡은 의무를 제대로 수행해서 당신보다 훌륭한 아들을 낳았어요. 당신은 여기 남아 부표 노릇을 해요. 난 더 나아갈 테니까.」

몸을 일으키며 그는 허리띠를 조이고 어둠 속을 뚫어지게 응시했다. 별 하나가 굴러 나와 눈물처럼 밤의 뺨을 타고 흘러내렸다. 땅에서 바람이 일었고, 파도는 잠이 깨는 말처럼 침묵 속에서 울었다. 그는 손을 내밀었다.

---

1 시칠리아 앞바다의 위험한 소용돌이.
2 메시나 해협의 이탈리아 쪽 해안의 큰 바위에 살던 머리가 여섯이고 다리가 열둘인 괴녀.

「떠나시려고요?」 나 자신의 영혼이 떠나기라도 하는 듯 나는 소리쳤다.

몸을 굽혀 그는 내 오른쪽 어깨와, 왼쪽 어깨와, 다음에는 양쪽 눈에 입을 맞추었다. 그의 입술에는 하얀 소금물이 덮였다. 그는 미소를 지었고, 목소리는 다정하고 장난스러웠다.

「40년 동안이나 헤매어도 신을 찾지 못했던 고행자가 있었죠. 어떤 시커먼 물체가 가운데 나타나 그의 앞을 가로막았어요. 하지만 어느 날 아침에 알고 보니 그것은 그가 너무나 좋아해서 선뜻 버릴 마음이 없었던 낡은 털옷이었지요. 그것을 버리자 그는 당장 앞에 나타난 신을 보았어요⋯⋯. 이봐요, 당신이 나에게는 낡은 털옷이죠. 잘 가요!」

나는 두려웠다. 그의 마지막 말은 멀리, 아주 멀리 건너편 둑에서 들려오는 듯싶었다. 나는 벌떡 일어나 어둠 속에서 찾아보았다. 아무도 없었다.

에필로그

    사랑하는 할아버지여, 나는 당신의 손에 입을 맞춘다. 나는 당신의 오른쪽 어깨에 입을 맞추고, 왼쪽 어깨에 입 맞춘다. 내 고백은 끝났으니 당신이 심판하라. 나는 날마다 살아가는 자질구레한 얘기를 회고하지는 않았다. 그것들은 허섭스레기이니까. 당신은 그런 쓰레기는 심연의 쓰레기통으로 던져 버렸고, 나도 그랬다. 크고 작은 슬픔과, 크고 작은 기쁨이 곁들여진 삶은 때때로 나에게 상처를 주었고, 때로는 나를 어루만져 주었다. 하찮은 일상적인 일들은 우리들을 버렸고, 우리들은 그것들을 버렸다. 그런 일상은 되돌아가서 심연으로부터 건져 올릴 가치가 없다. 내가 아는 사람들이 망각 속에 묻힌다 하더라도 세상은 아무것도 상실하지 않는다. 나와 같은 시대에 살았던 사람들과의 접촉은 내 삶에 거의 영향을 주지 못했다. 나는 그들을 이해하는 데 실패했거나 경멸했기 때문에, 또한 아마도 사랑받을 만한 가치를 지닌 사람을 별로 많이 만날 기회가 없었기 때문에, 나는 많은 사람을 사랑하지는 않았다. 비록 그럴 생각이 없었어도 몇몇 사람에게 해를 끼치기는 했지만, 나는 누구도 증오하지 않았다. 그들은 참새 같았으며, 나는 그들을 독수리로 만들어 놓고 싶었다. 나는 그들을 평범함과 일반성으로부터 풀어 주려는 노력을 시작했지만, 그들이 인내하는 능력이 얼마나 되는지 따져 보지도 않고 밀어 대기만 했으며, 그래서 그들은 땅으로 추락하여 으스러지기만 했다. 위대한 세이렌들과 그리스도와 붓다와 레닌처럼 죽은 다음에도 불멸한 자들만이 나를 매혹시켰다. 젊었을 적부터 나는 그들의 발치에 앉아 사랑이 넘치는 그들의 유혹적인 노래에 귀를 기울였다. 나는 그들 가운데 어느 누구도 전혀 거부하지 않으면서, 이들 세이렌들로부터 구원을 받으려고 평생 투쟁했으며, 서로 싸우는 그들의 세 가지 소리를 결합시켜 조화롭게 변형시키려고 투쟁했다.

나는 여인들을 사랑했다. 다행히도 나는 살아오는 동안에 우연히 놀랄 만한 여자들을 만났다. 이 여인들, 특히 마지막 여인만큼 내 투쟁을 많이 도와주고 나에게 보탬이 되었던 사람은 없었다. 하지만 사랑에 괴로워했던 육체에 나는 노아의 아들들이 술 취한 아버지에게 덮어 주었던 이불을 덮는다. 나는 에로스와 프시케에 대한 조상들의 전설을 좋아하는데, 할아버지지여, 분명히 당신도 그런 얘기를 좋아했다. 등불을 밝혀 어둠을 쫓아 버리고는, 껴안고 뒤엉킨 두 몸을 구경한다는 행위란 부끄럽고도 위험한 일이다. 사랑하던 반려자 헤로니마 데 라스 퀘바스를 사랑의 신성한 구석에 숨겨 두었던 당신은 그것을 알았다. 내 헤로니마에 대해서 나도 똑같은 행동을 한다. 용맹한 운동선수, 비정한 삭막함 속의 시원한 샘물, 커다란 위안! 굶주림과 헐벗음 — 그렇다, 훌륭한 아내만 곁에 있다면 굶주림과 헐벗음은 아무것도 아니라는 크레타인들의 말이 옳다. 우리들은 착한 아내를 두었는데, 당신 아내의 이름은 헤로니마였고, 내 아내의 이름은 엘레니이다. 할아버지지여, 그것은 얼마나 커다란 행운이었던가! 그들을 쳐다보며 우리들이 태어난 날의 축복을 마음속으로 되새기던 날이 얼마나 많았던가!

하지만 아무리 사랑하더라도 우리들은 여자가 빗나간 길로 이 끌어 가도록 가만히 내버려 두지는 않았다. 우리들은 꽃을 뿌린 그들의 길을 따르지 않고, 그들을 데리고 우리들의 길로 함께 갔다. 아니, 우리들이 그들을 끌고 가지는 않았고, 용감한 반려자들은 스스로 오름길을 따라왔다.

우리들이 평생 추구했던 바는 오직 험하고, 용맹하며, 파괴하지 못할 환상 ── 본질이었다. 그것을 위해서 우리들은 신과 인간이 준 독을 얼마나 많이 마셨으며, 얼마나 많은 피와 땀과 눈물을 흘렸던가! 평생 동안 악마는 우리들을 평화롭게 내버려 두려고 하지 않았다. (그것은 악마였던가, 아니면 천사였던가?) 그는 은근히 다가서서는 우리들에게 귓속말을 했다. 「소용없도다! 소용없도다! 소용없도다!」 그는 도중에 우리들을 꼼짝 못하게 붙잡아 세우려고 했지만, 우리들은 머리를 젖히고, 이를 악물며 대답했다. 「그렇지 않아도 우리들은 이 말을 하게 될 기회가 오기를 기다렸다! 우린 보수를 받으려고 일을 하지는 않으니까, 당장 대가를 얻기 원하지 않는다. 우리들은 허공에서 희망을 초월하고, 천국을 초월해서 싸운다!」

우리들이 추구하던 본질은 여러 이름으로 알려졌으니, 그것은 우리들의 추구가 이루어지는 동안 줄곧 가면을 바꾸었다. 때때로 우리들은 그것을 지상(至上)의 희망이라고, 때로는 지상의 절망이라고, 때로는 인간 영혼의 정상이라고, 때로는 사막의 신기루라고, 때로는 파랑새와 자유라고 일컫는다. 그리고 때로는 인간의 마음이 중심이고 불멸성이 테를 이루며 둘러싼 완전한 원처럼, 세상의 모든 희망과 눈물을 지녔으며 〈신〉이라는 무거운 이름을 우리들이 멋대로 붙여 준 원처럼 여겨졌다.

모든 순수한 인간은 그의 내면에, 가장 깊은 그의 마음속에 신비한 중심을 지녔으며, 다른 모든 만물이 그 주위를 맴돈다. 이 신비한 소용돌이는 그의 사상과 행동에 통일성을 부여하고, 그로 하여금 우주 조화를 발견하거나 창조하게 도와준다. 어떤 사람에게는 사랑이 중심이고, 또 어떤 사람에게는 인정이나 아름다움이 중심이며, 또 다른 어떤 사람에게는 지식에 대한 갈망이나 황금과 권력에 대한 욕망이 중심이다. 그들은 다른 모든 대상의 상대적인 가치를 검토하고, 그것을 중심되는 정열에 종속시킨다. 절대적인 군주가 자신의 내면을 다스린다고 느끼지 못하는 인간은 불운하다. 다스림을 받지 않는 무질서한 삶은 사방으로 흩어진다.

우리들의 중심은, 할아버지시여, 눈에 보이는 세계를 휩쓸어 용맹과 책임감의 높은 단계로 상승시키려던 중심은 신과의 싸움이었다. 어느 신 말인가? 우리들이 끊임없이 다다르려고 하지만 항상 벌떡 일어나 더 높이 올라가 버리는 인간 영혼의 험악한 산봉우리가 신이다. 「인간이 신과 싸운다는 얘기냐?」 어느 날 친지 몇 사람이 비웃듯 말했다. 나는 그들에게 대답했다. 「아니, 그럼 누구하고 싸워야 돼요?」 정말로 누구와 싸워야 하는가?

그렇기 때문에 우리들의 삶은 전체가 상승, 절벽, 고독이다. 우리들은 많은 동료 투쟁자와, 많은 사상과, 거대한 일행과 함께 출발한다. 하지만 우리들이 올라가도 정상이 이동하여 자꾸 멀어지면 다른 투쟁자들과, 희망과, 사상은 숨이 차서 더 높이 올라갈 마음이나 능력이 없어져, 우리들에게 작별을 고한다. 움직이는 정상에서 눈을 떼지 않았던 우리들만 남았다. 우리들은 언젠가는 정상이 움직이지 않아서 우리들이 거기에 다다르게 되리라는 순진한 확신이나 교만에 마음이 흔들리지 않으며, 그곳에 도달한다 할지라도 높은 그곳에서 행복과, 구원과, 천국을 찾으리라고는 믿지 않는다. 우리들에게는 올라간다는 행위 바로 그 자체가 행복이요, 구원이요, 천국이기 때문에 올라갔다.

나는 인간의 영혼에 감탄했으니, 천국이나 지상에서 그토록 위대한 힘은 또 없다. 의식하지도 못하는 사이에 우리들은 내면에 전능함을 지니고 살아간다. 하지만 우리들은 육체와 비계의 무게에 눌려 영혼을 파괴하고, 우리들이 무엇이며 무엇을 이룩할 능력을 지녔는지 알지 못한 채 죽는다. 세상의 시작과 끝을 직접 보면서도 눈이 멀지 않는 어떤 다른 힘이 세상에 존재하겠는가? 태초에는 (비계와 육체에 짓눌린 영혼들이 주장하듯) 〈말씀〉이나, 〈행동〉이나, 삶을 받아들일 흙을 잔뜩 움켜쥐고 창조하는 신이 존재하지 않았다. 태초에는 불이 있었다. 그리고 끝에는 불멸성이나 보상, 천국이나 지옥이 존재하지 않는다. 끝에는 불이 있다. 이렇게 두 가지 불의 사이를, 할아버지시여, 우리들은 여행했고, 불의 계명을 따르며 육체를 불꽃으로, 사상을 불꽃으로, 희망과 절망과 명예와 불명예와 영광을 불꽃으로 바꿔 놓기 위해 싸웠다. 당신이 앞장서고 내가 뒤를 따랐다. 육체의 본질과는 달리 우리들의 내적인 불길은 세월이 흐를수록 점점 더 강렬하게 타오른다는 진리를 당신은 나에게 가르쳤다. (나는 진리를 당신에게서 보았고, 그래서 나는 당신을 존경했으니) 당신은 나이를 먹을수록 점점 더 사나워졌고, 심연에 가까워질수록 더욱 용감해졌다. 성자들과, 통치자들과, 수사들의 시체를 당신의 섬광이 타오르는 도가니에 집어넣고 금속처럼 녹여서, 당신은 그들의 녹을 털어내고, 순수한 황금인 영혼으로 순화시켰다. 어떤 영혼 말인가? 불꽃 말이다. 이 불꽃을 당신은 우리들을 탄생시킬 불, 그리고 우리들을 집어삼킬 불과 결합시켰다.

신중한 자들은 우리들이 천사의 날개를 지나칠 정도로 크게 만들었으며, 인간의 경계선 너머로 화살을 쏘려 했다고 비난했다. 하지만 인간의 경계선 너머로 화살을 쏘려고 했던 자는 우리들이 아니라, 우리들을 충동질하던 내면의 악마였는데, 빛을 가져왔으니 그를 사탄이라고 해두자. 우리들이 모르는 곳으로 벗어나기를 원하던 자는 그였다. 우리들은 더 높게라는 목표밖에 알지 못했다. 용이 잡아먹으려는 공주를 말의 꽁무니에 태운 성 게오르기우스와 마찬가지로, 악마가 속에 담고 다니던 삶은 모든 생명체의 내면에서 숨이 막혀 죽을지도 모르는 위기를 맞았으며, 그래서 삶은 스스로 구제받기 위해 도망치려고 했다. 원숭이들도 그들 내면의 우주가 지닌 충동적인 추진력을 분명히 똑같은 형태로 느꼈으므로 고통스러워 비명을 지르면서도 뒷다리로 일어서려고 했으며, 다른 원숭이들이 아무리 조롱해도 개의치 않고 막대기 두 개를 비벼 불꽃을 일으키려고 했다. 그렇게 해서 유인원이 태어났고, 인간이 태어났으며, 할아버지시여, 인간으로부터 스스로 구원을 받고 더 나아가려는 무자비한 불굴의 힘이 우리들의 가슴을 쳤다. 우리들이 인간 세계에서 왜 그토록 몸부림치며 괴로워했다고 생각하는가? 「우리들은 더 이상 전진하지 않겠다.」 그들이 소리쳤다. 「날개를 꺾어 버리고, 화살을 그렇게 높이 쏘지 마라. 너는 신을 두려워하지 않고, 이성에 귀를 기울이지 않는다. 앉아라!」 하지만 우리들은 묵묵히 노력을 계속했다. 우리들은 날개를 가꾸고 활줄을 당겼다. 우리들은 속을 터놓아 악마가 지나가게 했다.

　「나는 네가 그린 천사들이나 성자들이 마음에 들지 않아.」 어느 날 톨레도의 종교 재판소장이 당신을 꾸짖었다. 「사람들이 그들에게 기도를 드리는 대신 그들을 숭배하게 만들기 때문이지. 아름다움은 우리의 영혼과 신 사이에서 장애물이 되어 앞을 가로막아.」

당신은 웃으면서 속으로 생각했다 — 하지만 나는 사람들이 기도를 하게 만들고 싶지 않다. 내가 사람들로 하여금 기도하게 만들고 싶어 한다고 누가 그러던가? ……하지만 당신은 말이 없었다.

그러자 이번에는 화가이며 친한 친구가 〈폭풍 같은 톨레도 칼〉을 보고 「당신은 규칙을 짓밟았다」고 말했다. 「이것은 예술이 아니야. 당신은 이성의 경계선을 넘어 광증(狂症)의 영역으로 들어섰어.」

(어째서 분노를 터뜨리지 않았는지는 모르겠지만) 당신은 미소를 지으며 대답했다. 「내가 예술품을 만들었다고 누가 그러던가? 나는 예술품을 만들지 않았고, 아름다움에는 관심이 없어. 이성이나 규칙이 나에게는 너무 답답해. 나는 물고기처럼 나는 안전하고 편안한 물에서 뛰쳐나와 광증으로 가득 찬 보다 가벼운 하늘로 들어가지.」

당신은 잠깐 동안 침묵을 지키면서 당신이 그린 톨레도를 쳐다보았다. 톨레도는 검은 구름에 둘러싸이고, 번갯불에 파괴되었으며, 탑과 성당과 궁전들은 바위 덩어리의 형태를 떨쳐 버리고 벗어나 어지러운 광채를 내는 유령들처럼 암흑 속에서 모습을 드러냈다. 톨레도를 쳐다보던 당신은 콧구멍을 벌름거리며 유황 냄새를 맡았다. 얼마 동안 말없이 생각에 잠겨 있다가 당신은 모든 손톱과 발톱으로 가슴을 파헤치며 고통스럽게 소리를 질렀다. 「내 마음속에는 어떤 악마가 들어 있는가? 누가 톨레도에 불을 질렀는가? 광증과 죽음으로 가득 찬, 아니 자유로 가득 찬 바람을 나는 들이마신다.」

신적인 광증을 이해할 능력을 갖추었던 사람이라고는 오직 (수사이기도 했다는 사실은 제쳐 두어도 상관이 없을) 시인이었던 호르텐시오 펠릭스 파라비치노 신부였다. 밀어닥치는 어둠과, 광포한 우레와, 거대한 날개와, 시체가 녹아 타오르는 촛불이 된 성자들을 보고 그는 어느 날 물감으로 얼룩진 당신의 손을 잡고 입을 맞추었다. 「당신은 눈도 불꽃으로 만들어 놓았어요.」 그가 말했다. 「당신은 자연을 초월했고, 영혼은 신과 당신의 창조물 가운데 어느 쪽을 살려 둘 가치가 있는지 판단을 내리지 못하는군요.」 마지막 말을 하는 그의 목소리가 떨렸다.

당신은 모욕과 찬사를 듣고도 마음이 흔들리지 않은 채 미소를 지었다. 자주 화를 내는 척했지만, 당신 얼굴의 분노는 피상적인 폭풍이었고, 속은 그냥 잔잔하기만 했다. 위대한 비밀을 알았던 당신은 희망이나 두려움이나 헛된 자기 기만을 내면에 지니지 않았다. (혹시 신의 두 가지 면모일지도 모를) 선과 악이라는 두 개의 거대한 환상과 사람들은 싸움을 벌인다. 가장 무지한 사람들은 선과 악이 적이라고 말한다. 다른 사람들은 한 걸음 더 나아가서 선과 악이 같은 편이라고 말한다. 또 어떤 사람들은 모든 진실을 파악하는 경지에서 세상의 삶과 죽음이 벌이는 시합을 둘러보고는, 그들이 이루는 조화에 기뻐하며 말한다 — 선과 악은 하나이다.

하지만 우리들은, 할아버지시여, 중요한 비밀을 안다. 아무도 믿지 않더라도 개의치 않고 우리들은 그 비밀을 공개한다! 사람들이 믿지 않는다면 더욱 좋다. 인간은 허약하니 위안이 필요하다. 만일 믿는다면 식은땀이 나리라. 어떤 비밀 말인가? 〈하나〉는 존재하지 않는다는 비밀이다.

어느 날 나는 당신이 그린 성자들과, 사도들과, 귀족들을 보려고 톨레도의 할아버지 집으로 찾아갔다. 당신은 그들이 육체의 짐을 벗고 당장이라도 불꽃으로 변할 듯한 모습으로 그려 놓았다. 그보다 더 활활 타오르는 불꽃을 나는 평생 보지 못했었다. 육체는 이렇게 패배하는 모양이라고 생각했으며, 흙으로 빚은 발이나 손이 아니라, 노랗거나 검은 머리카락이 아니라, 가죽 속에서 투쟁하는 고귀한 본체, 어떤 사람들은 영혼이라 부르고 어떤 사람들은 불꽃이라 부르던 본체는 이렇게 와해되지 않고 보존된다고 나는 생각했다.

만일 당신이 아직도 살아서 육신을 벗어 버리지 않았다면, 할아버지시여, 나는 크레타에서 선물로 꿀과, 미지트라[1]와, 오렌지를 가져다주겠으며, 또한 귀에 박하나무 가지를 꽂고 당신이 좋아하는 노래 세 구절을 불러 주며 삼현 악기를 연주하던 마음 착한 하리드헤모스를 데려다 주었으리라.

키를 바람 쪽으로 돌리고, 무슨 일이 닥쳐도 근심하지 말라.
뜻대로 되거나 안 되거나, 걱정할 일이 무엇이더냐!

해야 할 일이 눈앞에 닥쳤으니, 키를 잡고 두려워 말라.
뜻을 위해 젊음을 바치고, 눈물은 절대로 흘리지 말라.

나는 번갯불의 아들, 천둥의 손자여서,
마음대로 벼락치고 천둥치고, 마음대로 우박을 뿌린다.

하지만 당신은 불꽃으로 변했다. 어디서 당신을 찾고, 어디서 당신을 보고, 당신으로 하여금 크레타를 기억해서 무덤으로부터 소생하게 하려면 어떤 선물을 가져다줘야 하는가? 오직 불꽃만

1 연하고 하얀 치즈.

이 당신의 눈에 들었다. 오, 내가 불꽃이 되어 당신과 어울리기만 한다면 얼마나 좋으랴!

당신은 톨레도라는 이 터전에서 37년을 지냈다. 37년 동안 당신은 내가 지금 밟고 선 언덕에서 타구스 강의 흙탕물이 이중 반달문으로 된 알칸타라 다리 밑으로 흘러 도망쳐서 바다로 흘러들어가 죽는 모습을 지켜보았다. 당신의 마음은 강과 더불어 흘렀고, 당신의 인생도 함께 흘러 죽음으로 쏟아져 들어가 사라졌다. 가슴 아프고 반항적인 외침이 당신 마음속에서 용솟음쳤다. 여태껏 나는 아무것도, 아무것도 하지 못했다고 당신은 주먹을 불끈 쥐며 생각했다. (당신은 한숨을 짓지 않았고 화를 냈다.) 나는 아무것도 하지 못했다. 기껏 물감과 화폭으로 영혼이 무엇을 이룩하겠는가? 이곳 세상의 끝에 쭈그리고 앉아서 물감을 섞고, 붓장난을 하고, 성자들과 십자가에 못 박힌 그리스도를 그려 봤자 속이 시원치 않다. 이런 그림들은 내 영혼의 짐을 덜어 주지 못한다. 세상은 답답하고, 삶도 답답하고, 신도 답답하니, 나는 내 본분에 어울리는 세상을 내 마음대로 만들기 위해 불과, 바다와, 바람과, 바위를 주물렀어야 한다!

해가 지기 시작했고, 지붕은 황금빛이 되었으며, 강은 컴컴해졌고, 저녁 별이 산에서 쏟아져 내렸다. 당신 집에는 등불들을 밝혔으며, 충성스럽고 늙은 하녀 마리아 고메즈가 식탁을 차렸다. 잠든 시간이나 깨어 있는 시간이나 당신의 다정한 반려자였던 헤로니마는 앞마당으로 나와 놀라지 않도록 무척이나 조심스럽게 당신의 손을 잡았다. 「이젠 날이 저물었어요.」 그녀가 말했다. 「하루 종일 아무것도 먹지 않고 일만 하셨어요. 몸이 가엾다는 생각도 안 들어요? 이리 오세요……」

하지만 이제 당신은 세상의 창조를 중단하고는 크레타로 뛰어갔다. 크레타의 산을 성큼성큼 넘어가며 당신은 부드러운 목소리를 듣지 못하고, 하얀 손길을 느끼지 못했다. 당신은 아직 스무 살도 채 못 되었다. 대기에는 백리향 향기가 가득했다. 즐기던 노래 세 구절을 부르며, 까마귀처럼 새까만 머리에는 자락이 기다란 수건을 두르고, 귓전에는 금잔화를 꽂고, 당신은 대수도원장이 부탁한 「카나Cana의 결혼」을 그리려고 유명한 브론디시 수도원으로 가는 길이었다.

당신의 마음은 파랑, 진홍, 초록 물감으로 넘쳐흘렀다. 신랑과 신부는 머리가 둘 달린 독수리들을 새겨서 장식한 높은 의자에 앉았다. 피로연 식탁이 준비되어 손님들은 먹고 마셨으며, 삼현악기를 연주하는 사람은 가운데 앉아 연주를 곁들여 가며 유쾌한 결혼식 노래를 불렀다. 술을 마셔서 뺨이 불그레한 그리스도가 일어나 악사의 이마에 은화를 붙여 주고…….

갑자기 멀리서 들려오는 듯한 아득하고 사랑스러운 목소리가 들려왔다. 당신은 목소리를 들었다. 「갑니다.」 당신이 말했다. 미소를 지으며 당신은 자비롭게 당신을 땅으로 돌려보내려는 여인의 뒤를 따랐다. 하지만 「카나의 결혼」은 당신 머릿속에서 잔치를 벌였고, 종을 단 크레타의 삼현 악기 연주자는 당신 속에서 흐느꼈으며, 날마다 먹던 식사는 결혼 잔치 같았다! 당신은 악사 두 사람을 거느렸고, 오 신랑이여, 당신은 그들을 불러 식사를 하는 동안 피리와 기타를 연주하게 해서 보잘것없는 음식과 포도주가 카나의 결혼 잔치가 되게 했다. 그리고 식사가 끝난 다음 (머릿속으로 그려 본 그림이 생각났겠지만) 당신도 일어나서 어른다운 너그러움을 보이느라 악사들의 이마에 금전 두 닢을 붙여 주었다.

당신은 영주처럼 살았다. 당신은 영주였다. 검약을 비웃기만 했던 당신은 예술로 번 돈을 모두 탕진했다. 친구들과 적들은 다

같이 당신을 꾸짖고 비판했다. 「방이 스물넷이나 되는 집이 왜 필요해요?」 그들이 물었다. 「악사들은 왜 필요하고요? 다른 사람들처럼 겸손하게 성상을 짊어지고 돌아다니며 성당과 수도원에 팔기나 하지 그래요?」

그들은 당신이 콧대가 높고, 교만하며, 괴팍하다고 말했다. 당신은 한마디라도 당신이 나쁘다는 얘기를 들으면 벌컥 화를 냈고, 그림 하나에 금화 몇 닢을 받고 싶으냐는 질문만 들어도 격분했다. 「내 그림은 팔 물건이 아니오.」 당신은 대답했다. 「돈 주고도 못 사는 물건이니까요. 내 그림 같은 예술 작품은 아무리 많은 돈을 줘도 얻을 수가 없어요. 그냥 맡겨 두는 셈 치죠. 기분이 내키면 언제라도 내가 금화를 돌려주고 그림을 찾아가겠소.」

「고향이 어디요?」 재판관들이 당신에게 물었다. 「왜 톨레도로 왔나요? 당신 누구요?」 하지만 당신은 그들의 말을 가로막았다. 「난 대답할 의무가 없어요.」 당신이 말했다. 「그러니 난 대답하지 않겠소.」 하지만 그들이 억지로 묻지 않을 때면, 당신은 그림 밑에 큼직하게 이름을 써넣고는, 당당한 자부심을 느끼며 그 아래에다 〈크레타인〉이라고 덧붙였다.

그리고 코에서 독을 뿜는 필립 왕이 당신이 그린 성 마우리시우스의 모습을 보고 화를 냈을 때, 당신은 애원하거나 기가 죽지 않았고, 입술만 깨물었다. 대신에 당신은 분노와, 자존심과, 불굴의 예술을 챙겨 가지고 톨레도로 달려갔다.

그것은 위대한 순간이었다. 순수하고 의로운 양심이 저울의 한쪽 접시에 놓였고 다른 쪽 접시에는 제국이 놓였는데, 저울이 기울어진 쪽은 인간의 양심인 당신에게로였다. 당신의 양심은 최후의 심판 때 하느님 앞에 서더라도 심판을 받지 않으리라. 인간의 존엄성과, 순수함과, 용맹은 신까지도 두려워하는 터이니까, 심판은 당신의 양심이 하리라.

자신을 억제하지 못하는 나를 용서하라, 할아버지시여. 당신이 에스코리알[2]의 문턱을 성큼성큼 넘어 머리를 높이 들고, 세상의 크고 작은 이들을 코웃음치며 뒤에 남겨 놓고 떠난 숭고한 순간에 대해서, 나는 너무나 벅찬 감격을 느꼈기에, 그 순간이 흘러가 사라지지 않도록 시구로 붙잡아 두려고 감히 시도를 했다. 나는 검은 잉크와 붉은 잉크로 경의를 나타내는 시를 써서 공중에 매달아 놓는다 ─.

> 찌는 듯한 염열 아래 바위턱에
> 도사려 앉은 왕, 벌레는,
> 네모반듯하고 높다랗게 그를 둘러싼
> 쓸쓸한 무덤을 쌓는 석공들을
> 느긋한 시선으로 둘러본다.
> 거칠게 깎은 헐벗은 바위에서
> 화강암은 골방, 궁전, 무덤이 되어,
> 알몸을 드러내며 아우성친다.
> 거품이 일던 입은 썩었고, 옳지 못한
> 재판관의 창백한 얼굴과 쪼그라든
> 시체는 천천히 부패하니 ─
> 불쑥 산등성이로부터
> 굶주린 독수리가 기뻐 소리지르며
> 감각 없는 시체로 내려오는데,
> 30년 전에 벌써 악취를 맡았구나.

10

2 필립 2세가 수도원 터로 지정한 곳.

젊고 훤칠한 크레타인은
그의 이성을 버리고 날아간 독수리가
왕을 덮치리라고 예감한다.
깊숙한 귓구멍 속에서는 아직도
꿈의 신전으로부터 그를 몰아낸   20
분노가 넘치는 채찍 소리가 울린다.
〈왕은 성 마우리시우스를 거부한다!〉
하늘이 진동하고 떨리니 ──
사방에 불꽃, 무기와 천사들,
신의 품에서 열광한 가슴에 불붙고
창날은 햇빛에 빛나는 백합처럼 휘돌고,
뜨거운 바위에서 꽃들이 피어나고,
방패는 유약, 홍옥, 에메랄드가 빛나고
사자처럼 쫓아가 태워 버리고,
하늘에서는 희미한 모습 드러내며   30
장정들이 유령처럼 줄지어 행군한다.
미친 듯 힘찬 손가락으로
질긴 크레타의 고무를
한 덩이 짓이겨 주무르니
손에는 영원한 향기가 서리며,
한낮의 대기는 바위 위에서 어른거린다.
가냘픈 경비병이 돌아보니
새로운 창조가 빛 속에 번득여
신비로운 형태 아득하기만 하더라.
힘들어 삐걱이며 날개를 펼치면   40
인간의 육중한 요새에

유폐되어 힘 잃은 육체가
떨쳐 나오고, 담청색 창문이
하늘을 향해 열리도다.
새와 천사들이 이성의 대장간으로
달려가면, 빨간 사과처럼
왕의 불길한 소식이 맺히고
순결한 하늘의 고미다락방에서
이성의 독수리가 크레타의 머리로
불을 머금고 대천사처럼 소리 없이 내려온다.   50
저녁 비 내린 다음의 노을처럼
아이들, 수사들, 처녀들 지나가고
야윈 영주들과 아들을 신으로 섬기는
어머니들도 뒤따라 지나간다.
시작하고 싶어 두 손이 근질거리고,
막연한 욕망에 숨이 막히니
공중의 보이지 않는 화폭에다
한 뼘 두 뼘 끝없이 재어 본다.
손이 붓도 잡기 전에 머릿속에서
물감은 짙게 흘러 힘차게 반짝인다.   60
씩씩한 천사들이 뛰어내리고,
혜성들이 무더기로 머리에서 쏟아진다.
너덜너덜해진 전투의 깃발처럼
사도들이 그의 이성에 횃불을 밝히는데,
손에는 열쇠와, 불과, 소중히 아끼는
거대한 뱀을 조각한 잔을 들었더라.
불덩어리처럼 쏟아져 내리는

신을 느끼며 십자가에 매달린
젊은이는 비명을 지른다.
부글부글 끓는 세상, 신의 은총은 70
사자의 혓바닥처럼 탐욕스럽게
바위들을 핥는다. 그의 양쪽에는
태어나지 않은 무리가 모여들어
힘차게 춤춘다. 손가락에서 튀는 불꽃
하늘하늘한 불길이 두 가닥씩
사람처럼 커다란 초에 붙는다.
진주빛 달무리처럼
천국의 광채로 손짓해
떨리는 대지가 그를 부른다.
〈나는 육체를 기꺼이 버릴 터이니 80
저 높은 구름 속의 자석인 신이여
나를 천국의 무도장으로 부르소서.
독을 품은 현삼(玄蔘)처럼 왕은
끔찍한 횃대에서 나를 몰아내고
빛을 본 그는 공포에 떠는도다.
저주받으라! 그리고 알아야 한다 ―
예술은 순종하지 않고 다스리니
형식을 파괴하는 악마이더라.
내시의 더러운 물건으로
음모(陰毛)를 쓰다듬기나 하라.〉 90
태양을 향해 몸을 돌리더니 그는
고귀한 보석처럼 단단한 시선을
고행하는 바위에 고정시킨다.

그는 물푸레나무 냄새를 맡았고
애무를 받은 암사자 크레타가
그의 국부에 엎드려 어둠을 보낸다.
자랑스럽고 남자다운 깊은 근심과
욕망이 그의 가슴을 두드리니
꽃 핀 사향초 속에서 벌 떼가 윙윙거리고
사랑하는 브론디시가 그의 머리에 떠오른다.　　　　100
불타오르는 프실로리티에서 김이 오르고
차가운 물이 대리석 분수대에 쏟아지며
다리를 높이 올리고 삼현 악기 연주자는
힘찬 곡을 간지럽게 울린다.
바닷물은 입술에 찝질한데, 그는 아직도
오 숨겨진 비밀을, 카스트로 항구를
떠나기 전에, 고행자가,
나이 먹은 스승이 거듭 다짐하는
예언을 듣는다. 〈키리아코스여,
예언의 불로 성스러워진 그대는　　　　110
풍요의 구렁텅이나 왕궁의
고깃국 가마솥에 빠지지 마라.
미지의 길을 태워 버리고 나아가라!〉
오 변덕스럽고 자랑스러운 마음이여,
간사한 희망이 비천한 꿈과 감미로움을
제공하면, 너는 왜 숨어 버리고,
사납게 채찍질해 우리들을 쫓지 않는가?
돌아오라, 마음이여! 돌아오라!
그의 영혼은 표범처럼 뛰놀았다.

고독이, 안식처가 요새처럼 이루어졌다.
신의 이마가 별처럼 불타오르고
그는 돌아서서 도망쳤다.
정력을 불어넣는 사랑의 노래가
그의 의지력을 시험하러 왔다 ──

할 일이 눈앞에 있으니, 키를 잡고 두려워하지 말고,
뜻을 위해 젊음을 바치고, 눈물은 절대로 흘리지 말라.

나는 젊음을 위해 눈물을 흘렸던가? 아니다!
참다가 숨이 막히니, 이제는 못 견디겠다!
오 마음이여, 우리들이 할 일은
때묻지 않은 자유의 날개를 힘차게 펼쳐
하늘에서 타버리는 것이니라!
손에는 칼을, 빛을 들었노라!

자유와 거룩한 고독을 찾으러
태양이 오르는 크레타로 향하라!
재빨리 그는 오른쪽으로, 머나먼
안식처 아버지의 집으로 방향을 바꾼다.
프실로리티의 멋진 정상이
그의 이성 위에서 수건처럼 펄럭이고,
메사라 평원의 포근한 과수원들은
널리 푸르게 펼쳐진다.
하지만 갑자기 무서운 두 손에 잡혀
그는 벌떡 일어난다. 날개 소리가,

솟구치는 날개 소리가 들린다.

오 거룩한 광채! 그의 눈에서는 별들이
넘친다. 초록과 황금빛 불꽃이
형체도 없이 그의 머리를 핥고
유황불은 그의 뱃속을 태운다.
대천사가 물푸레나무 냄새를
훈훈한 남풍에 풍기며 덤벼들어
젊은이의 건장한 가슴을 움켜잡고,
땅을 박차 곧장 위로 솟구쳐서
푸른 창공으로 날아간다.   150
사납게 쏟아지는 빛을 받아 젊은이는
창백하다. 크레타 머릿수건을 단단히 묶고
입을 꽉 다물고 까만 눈을 부릅떠서
뜨거운 태양을 그가 노려보니,
저 아래 대지가 녹아내린다.
눈부시게 빛나는 태양의 무덤 속에
시체가 하나, 일개미들이 깨끗이 파먹는다.
고지에 바람이 요란하고, 길은 구불거리고,
천사처럼 뱃머리에 웅크린 그는
욕망의 정상에서 빛을 거둔다.   160
보이지 않던 땅이 웅장하게 솟아오른다.
대천사 같은 마음은 그를
미개척의 정상으로, 야만적 자유의
유일한 희망으로, 세계의 가장 찬란한
고미다락방으로, 비밀의 고향
크레타로 밀어 올린다.

나는 톨레도의 좁은 골목들을 하루 종일 방황했다. 벼락이 떨어진 듯 대기에서는 유황 냄새가 진동했다. 사자가 그쪽으로 지나간 듯, 당신이 지나간 지 3천 년이 흘렀어도 바람은 아직 들짐승의 냄새가 났다. 위대한 영혼이 머리 위에서 날개를 친다고 느끼며 거니는 기쁨과 두려움은 얼마나 강렬한가!

밤에 잠자리에 들면, 할아버지시여, 내 뱃속은 당신의 입김으로 가득했고, 잠이 나를 멀리 데려갔다. 그것은 잠이었던가, 아니면 돛을 올린 세대박이 돛배였던가? 배를 타고 선장에게 어디로 갈 예정이냐고 물으려는 순간, 우리들은 크레타의 메갈로카스트로에 정박했다. 날개 달린 베네치아 돌 사자들은 오후 햇살에 장밋빛이 되었고, 성 마가의 깃발은 거대한 탑 위에서 나부꼈으며, 부둣가에서는 포도주와 올리브기름과 레몬과 오렌지 냄새가 났다. 항구의 대문 옆 게로니모네 술집은 베네치아와 제네바의 술취한 선원들과 선창가를 자주 드나들던 염치없는 여자들이 몰려들어 시끄러웠다. 구운 게와 굴이 안주로 나왔고, 우리들은 술잔을 연거푸 비우면서 말없이 서로를 물끄러미 쳐다보기만 했다.

당신은 스무 살, 나는 열일곱, 우리들은 둘 다 젊었다. 같은 여자를 사랑하기는 했어도 우리들은 다정한 친구여서 다투지 않았다. 밤이면 우리들은 둘 다 그녀의 닫힌 창 밑에서 함께 노래를 불렀는데, 당신은 피리를 불고 나는 기타를 치면서, 사랑의 노래로 아픈 마음을 달랬다. 당신의 굵고 힘찬 목소리와 아직 성숙하지 못한 내 목소리가 함께 어울렸고, 닫힌 창문 뒤에서 여인이 마음대로 선택하도록 했다. 동틀 녘이면 우리들은 헤어졌는데, 잠도 자지 않고 붓을 들어 당신은 — 항상 그렇듯이 — 틀에서 뛰쳐나올 정도로 날개가 거대한 천사들을 그렸고, 나는 피로에 지쳐 집으로 가서 잠들어, 창문이 열리고 빨간 사과가 내 손바닥으로 떨어지는 꿈을 꾸었다.

그리고 이튿날 새벽이면 당신이 떠날 터이기에, 우리들은 술집에 앉아 말없이 서로 물끄러미 쳐다보기만 했다. 우리들은 이별의 고통을 잊으려고 술을 마셨다.

술집을 나서기 위해 우리들이 자리에서 일어난 것은 자정이 다 되어서였다. 우리들은 시큼한 말레비지아 포도주를 마셨고, 마음이 열리고 가지를 뻗더니 온 세상을 덮었다.

「세상은 우리들 차지랍니다, 메네기 형님.」내가 말했다. 「갑시다.」

우리들은 비틀거리지 않으려고 서로 허리를 껴안았다. 나는 목에서 당신의 숨결을 느꼈다. 얼마 동안이나, 얼마 동안이나? 나는 궁금했다. 몇 시간만 지나면 동이 트고, 사랑하는 숨결은 나를 떠나 다시는 돌아오지 않으리라! 하지만 나는 젊었다. 나는 고통을 참았고, 눈물을 흘리지 않았다.

우리들은 항구의 문을 지나 오른쪽으로 접어들어 도시를 둘러싼 성벽으로 올라갔다. 보름달이 구슬프게 하늘에 걸렸다. 가장 큰 별들만이 달의 광채를 이겨 내면서 침묵하는 희뿌연 하늘에서 반짝였고, 크레타의 바다는 오른쪽에서 함성을 질렀다.

당신은, 사랑하는 동반자여, 걸음을 멈추고 팔을 내밀었다. 「저걸 봐.」당신이 말했다. 「바닷물을 보라구. 성벽을 집어삼키고 베네치아인들을 몰아내려고 덤벼들지. 모르겠니? 잘 봐. 저건 파도가 아냐, 메네가키.」(그것은 장난삼아 당신이 나에게 붙여 준 애칭이었다.) 「저것들은 말이고, 무시무시한 기병대야!」

나는 웃었다. 「저건 말들이 아니고 파도예요, 메네기.」

당신은 머리를 저었다. 「너는 흙으로 빚은 눈을 통해 보지만, 나는 다른 눈으로 본단다. 너는 육체를 보지만 나는 영혼을 보지.」

「아마 그런 까닭에 우리들은 그토록 친한 친구가 되었고, 헤어지기가 싫은 모양이에요. 영혼이 육체와 헤어지고 싶어 하던가요?」

우리들은 이별을 생각하며 가슴이 메었다.

「그만 해.」 내 팔을 잡으며 당신이 말했다. 「이별에 대한 얘기는 하지 말자.」

달빛을 받으며 우리들은 꽤 오랫동안 거닐었지만, 이별에 대한 생각이 머리를 떠나지 않았다. 우리 두 사람은 눈물을 흘리지 않기 위해 생각을 다른 데로 돌려 보려고 애썼다. 우리들은 창피해서 울지 않았고, 성자들의 전설을 읽었던 우리 두 사람은 가장 사랑하는 사람들로부터 영원히 헤어질 때도 눈물을 흘리지 않았던 그들의 강인함을 부러워하며 그들과 똑같이 행동하겠다고 다짐했다.

「무슨 생각을 하지?」 침묵을 쫓아 버리려고 당신이 물었다.

「아무 생각도 안 해요.」 감정을 감추려고 애쓰며 내가 말했다. 「아, 그래요, 크레타의 바다가 얼마나 거친지를 생각해 봤어요. 이왕 말이 나왔으니까 얘긴데, 난 바다로 내려가 빠져 죽는 한이 있더라도 파도와 싸워 보고 싶어요.」

「젊음은 스스로 불멸하다고 생각해서 죽음에 도전하지.」 당신은 그렇게 말하면서 바닷가로 내려가지 못하게 말리려는 듯 내 손을 꼭 잡았다.

당신의 손이 무척 다정하게 느껴져서 나는 기분이 좋았다. 당신을 상실하게 될 고통은 더욱 심해졌지만, 나는 무관심한 태도를 보였고, 우리들이 헤어진다는 사실을 잠시나마 잊기 위해 일상적인 얘기로 화제를 바꿔 보자고 제안했다.

「그런 외국 땅에서 어떻게 살아갈 작정이죠, 메네기?」 내가 물었다. 「당신은 아는 사람이 하나도 없는데다 아직 이름도 유명해지지 못했어요. 마누소스 형님이 드린 돈도 많지 않은데, 당신은 씀씀이가 커요. 돈을 곧 다 써버리고 나면 그다음에는 어떻게 하죠? 걱정되지 않아요?」

「그런 걱정은 하지 마라, 메네가키야.」 당신이 대답했다. 「돈이 아무리 없어도 난 넉넉하고, 아무리 많아도 모자라니까. 무슨 소린지 알겠니?」

「아뇨.」

당신은 어린아이처럼 웃었다. 「나도 무슨 소린지 몰라. 어쨌든 그래.」

하지만 당신은 내가 초조해하는 것을 눈치 챘다. 내 어깨에 손을 얹고 당신은 안심을 시켰다. 「난 고생하지 않을 테니까 걱정 마라, 메네가키야. 나는 포부가 크고, 위대한 능력을 지녔어. 나는 내 영혼이 승리하거나 패배할 때까지, 내가 찾아갈 유럽의 가장 빼어난 자들과 겨루겠어. 두고 봐라, 두고 봐. 그리고 놀라지 마라. 난 우선 미켈란젤로와 경쟁하겠어. 언젠가 나는 그가 로마에서 그린 〈최후의 심판〉을 작은 복제품으로 봤단다. 작품이 마음에 들지 않더구나.」

달빛을 받은 당신 눈은 불꽃을 뿜었고, 목소리는 격해졌다. 파도를 돌로 쳐서 힘을 알아보고 싶었던지, 당신은 허리를 굽혀 돌멩이를 집어서 바다로 던졌다.

「왜 그런 눈으로 나를 쳐다보지? 내가 술을 너무 많이 마셔서 취했다고 생각하니? 난 취하지 않았어. 아냐, 난 취하는 게 싫어. 미켈란젤로는 육체를 부활시키고, 세상은 다시 시체로 가득 차지. 난 그런 건 못마땅해. 난 다른 〈최후의 심판〉을 그리겠어. 두 층으로 나누어서, 아랫부분에서는 무덤들이 열리고, 인간의 몸만큼 커다란 벌레들이 대기의 냄새를 맡으려는 듯 머리를 들고 초조하게 기어 나오지. 위쪽은 그리스도야. 그리스도 혼자뿐이지. 그는 허리를 굽혀 벌레들에게 입김을 불어넣고, 하늘은 나비들로 가득 찬단다. 그것이 부활의 의미여서 —— 벌레들은 우리들에게 돌아와 영원한 벌레가 되는 대신, 나비로 변신하는 거야.」

눈을 들어 나는 마술적인 달빛을 받은 당신의 얼굴을 보았다. 불타는 당신의 머리를 둘러싼 대기에는 나비들이 가득 찼다.

(그가 얘기하던 「최후의 심판」이 지나치게 이교도적이라고 느껴져서) 나는 입을 열어 얘기하려고 했지만, 곧 날이 밝아 오고 우리들은 머지않아 헤어져야만 할 터이기에, 당신은 늦기 전에 비밀을 얘기해 주려고 마음이 급했다. 당신은 이제 나에게 얘기하는 말투가 아니었고, 거닐면서 혼자 독백하는 것 같았다.

「사람들은 성령이 비둘기의 형태로 사도들의 머리에 내려앉는 그림을 그리지. 수치스럽기 때문일까? 그들은 성령이 그들을 태워 버린다고 느낀 적이 한 번도 없을까? 잡아먹어도 되는 순진한 새를 그들은 어디서 찾아냈을까? 어떻게 그것을 우리들에게 혼이라고 내놓을 엄두가 났을까? 아냐, 성령은 비둘기가 아니라, 성자와 순교자와 위대한 투쟁자들의 머리를 발톱으로 움켜잡고는 재로 만들어 버리는 불, 인간을 잡아먹는 불이지. 죽여서 잡아먹어도 된다고 상상할 수 있는 비둘기를 성령이라고 생각하는 자들은 비겁한 인간들이야.」

당신은 웃었다.

「신의 가호가 따른다면, 언젠가 나는 사도들의 머리 위에서 날아다니는 성령을 그릴 텐데, 그러면 넌 알게 되겠지.」

얘기를 중단하고 당신은 공중에다 〈성령 강림〉을 미리 그림으로 그려 보려는 듯 팔을 아래위로 흔들었다.

「불을 빛으로 바꿔 놓으면 안 될까요?」 내가 물었다. 하지만 당신의 표정이 어두워지자 나는 공연한 질문을 했다고 당장 후회했다.

「넌 빛이라면 미치는구나!」 이맛살을 찌푸리며 당신이 대답했고 ─ 나를 쳐다보는 눈초리를 보고 나는 얼핏 당신이 화가 났다고 생각했다.

「왜 그렇게 조바심을 하지? 그건 너하곤 전혀 상관이 없는 일인데. 여기는 구름이 아니라 지구이고, 지구는 살과 비계와 뼈로 이루어진 물체야. 우린 그걸 불로 바꿔 놓아야지. 거기까지는 우리들 뜻대로 되겠지만, 더 이상은 안 돼. 그만하면 충분하니까! 죽은 나무의 그루터기나, 잎사귀나, 굉장히 눈부신 임금의 비단 옷 속에도 불이 숨어 들어가 잠들었는데 ─ 잠들어서 인간이 깨워 주기를 기다리지. 불을 깨운다는 것! 그것이 인간의 의무야! 불은 바위와, 사람과, 천사를 꿰뚫어. 내가 그리고 싶은 건 활활 타오르는 불이란다. 나는 잿더미를 그리고 싶지 않아. 난 화가이지 신학자가 아니니까. 내가 그림으로 그리고 싶은 순간이란 신의 피조물들이 재가 되기 직전에 불타오르는 순간이야. 내가 늦지 않게 도착하기만 한다면, 내가 제시간에 도착하기만 한다면 더 이상 바랄 게 없어. 그것들이 잿더미가 되기 전에 도착하고 싶기 때문에 네가 보다시피 난 이렇게 숨을 몰아쉬며 서두르는 거야.」

「그만 해요!」 내가 소리쳤다. 나는 당신의 몸이 불길에 휩싸였다고 느꼈다. 「그만 하라구요. 난 무서워요.」

「무서워하지 마라, 메네가키야. 불은 성모여서 불멸하는 아들을 낳느니라. 어떤 아들이냐고? 빛이지. 삶은 연옥이어서 우리들이 타버려. 우리들이 준비한 불꽃을 받아 빛으로 바꿔 놓는 건 천국이 맡아서 할 일이란다. 그런 일은 천국에 맡겨 두자고.」

당신은 다시 입을 다물었지만, 그것도 잠시뿐이었다. 「인간은 그런 식으로 신과 함께 일한다는 사실을 알아 두기 바란다. 크레타 사람들은 나더러 이단자라는데…… 마음대로들 떠들라고 해. 내 성경에는 다른 성경이 잊었거나 감히 못 하는 얘기가 적혀 있어. 내 성경의 〈창세기〉를 읽어 주마 — 하느님은 세상을 만들고 일곱째 날은 쉬었더라. 그때 신은 마지막 피조물인 인간을 불러 말했다. 〈내 축복을 받고 싶다면, 아들아, 내 말을 듣거라. 나는 세상을 만들었지만, 미처 다 끝내지는 못했도다. 나는 중간에서 일을 집어치웠느니라. 네가 창조를 계속하라. 세상에 불꽃을 당겨 불로 만들어서 내 앞에 내놓으라. 나는 그것을 빛으로 바꿔 놓겠노라〉.」

맑은 공기와 심각한 얘기로 우리들은 머릿속이 걷히기 시작하는 듯한 기분을 느꼈다. 우리들은 바위에 앉아 바다를 물끄러미 쳐다보았다. 동쪽 수평선의 언저리에서는 이미 하늘이 벗겨지기 시작했다. 밑에서는 시커먼 바다가 여전히 우르렁거렸다. 잠깐 시선을 돌려 보니, 메네기 당신은 불길에 휩싸인 모습이었다.

「당신은 비정한 재판관입니다.」 내가 말했다. 「당신은 영혼을 구하기 위해 육체를 괴롭히고 죽입니다.」

「넌 그걸 영혼이라고 하지만, 난 불꽃이라고 부르지.」 당신이 대답했다.

「나는 육체를 사랑해요. 육신도 신이 내려 주셨으니까 역시 신성하게 생각되죠. 그리고 또 이런 얘기를 한다고 화를 내지는 마세요 — 육체는 영혼에게서 광채를 받고, 영혼은 육체에서 얻은 솜털이 났어요. 그것들은 좋은 이웃이나 친구로 지내는 두 젊은 여인들처럼 조화와 균형을 이루며 함께 살아요. 당신은 이런 성스러운 균형을 깨뜨리죠.」

「균형은 정체를, 정체는 죽음을 의미한단다.」

「하지만 그렇다면 삶이란 끊임없는 거부예요. 당신은 균형을 이룸으로써 붕괴를 막는다는 가능성을 부정해요. 당신은 그것을 파괴해 버리고 불확실한 대상들을 추구하죠.」

「나는 확실한 대상을 추구해. 나는 가면들을 찢어 버리고 살이 떠오르게 하지. 나는 이렇게 생각해 ── 살덩어리 밑에는 틀림없이 어떤 불멸성이 존재한다. 내가 추구하고 그리려는 바가 그것이지. 가면이나 살이나 아름다움 따위 다른 것들은 모두 기꺼이 티치아노[3]나 틴토레토[4] 같은 사람들에게 넘겨주고, 그들이 그런 걸 즐기기만 바라지!」

「당신은 티치아노나 틴토레토를 능가하고 싶은가요? 〈둥지를 너무 높은 곳에 지으면 나뭇가지가 부러진다〉라는 크레타의 연가를 잊지 마세요.」

당신은 머리를 설레설레 흔들었다.

「아냐, 난 누구도 능가하고 싶지 않아. 난 홀로 고립되어 존재하니까.」

「당신은 자존심이 대단하군요, 메네기. 사탄처럼요.」

「아냐, 난 홀로 존재할 따름이야.」

「조심하세요! 신은 교만과 고립을 벌합니다.」

대답을 하는 대신 당신은 아우성치는 바다를 마지막으로 둘러보고, 아직도 잠든 도시를 물끄러미 쳐다보았다. 첫닭이 울었다. 당신은 몸을 일으켰다.

「가자.」 당신이 말했다. 「날이 밝았어.」

당신은 내 허리를 끌어안았고, 우리들은 다시 걷기 시작했다. 당신은 우물우물 뭐라고 중얼거렸다. 당신은 분명히 무엇인가를

---

3 Vecellio Tiziano(1488?~1576). 이탈리아 문예부흥을 이끌었던 화가.
4 Tintoretto(1518~1594). 베네치아파의 최후를 장식한 천재 화가.

나에게 알려 주려고 했지만 주저했다. 결국 당신은 털어놓고야 말았다.

「가슴 아픈 얘기를 하나 하겠어, 메네가키. 용서해라. 나더러 취했다고 해도 좋아.」

나는 웃었다. 「정신이 말짱할 때 못 한 얘기가 남았으면 술 취한 지금이 좋은 기회이니까 얘기하세요. 얘기를 하는 건 당신이 아니라 말레비지아 포도주이니까요…… 어때요?」

당신의 굵은 목소리는 희미하게 동이 터오는 속에서 지극히 고통스럽게 들렸다.

「어느 날 밤 내가 신에게 물었어. 〈하느님, 언제 사탄을 용서하시겠나이까?〉 그랬더니 신이 대답하더구나. 〈그가 나를 용서할 때.〉 이해하겠어? 언젠가, 누가, 신의 가장 훌륭한 동료가 누구냐고 물으면, 넌 사탄이라고 말해야 해. 아버지가 살찐 송아지를 잡고, 두 팔을 벌리고 기다려 주는 탕자가 누구냐는 질문을 받아도, 너는 사탄이라고 말해야 해.

내가 뜻한 바를 다 이룰 수 없거나 때가 너무 늦어지면 내 투쟁을 네가 이어받아야 하기 때문에 나는 가장 깊은 비밀을 너한테 알려 주는 거란다. 두려워하지 말고 투쟁을 계속해야 하며, 크레타인이 크레타인에게 전해 주는 말, 〈뜻을 위해 젊음을 바치고, 눈물은 절대로 흘리지 말라〉고 하는 말을 기억해라. 그게 바로 남자가 된다는, 참된 사나이가 된다는 뜻이지. 그것이 거룩한 불꽃의 궁극적인 욕망이란다.

나한테 약속해 주겠어? 약속하겠니? 용기를 잃지 않겠다고? 뒤를 돌아다보면서 이런 소리는 않겠지? 〈번영과 여인의 포옹과 영광은 멋지다〉라고…… 왜 넌 말이 없지?」

「당신이 나에게 맡긴 책임은 힘에 겨워요, 메네기. 인간의 책임

712

이 조금 덜 고달프면 안 되나요?」

「그래도 되기는 하겠지만, 너하고 나는 달라. 세 종류의 인간이, 세 가지의 기도가 존재하니까. 첫째, 나는 당신이 손에 쥔 활이올시다, 주님이여. 내가 썩지 않도록, 나를 당기소서. 둘째, 나를 너무 세게 당기지 마소서, 주님이여. 나는 부러질지도 모릅니다. 셋째, 나를 한껏 당겨 주소서, 주님이여. 내가 부러진들 무슨 상관이겠나이까!

선택은 스스로 하라구!」

나는 잠에서 깨어났다. 근처 산토 토메 성당의 종들이 아침 기도 시간을 알리느라고 울렸으며, 하루가 시작되었다. 길거리에서 떠드는 소리가 들려왔고, 여자들의 신발 뒤축이 자갈로 포장된 거리에서 딸그락거렸으며, 마당에서는 어린 수탉이 우렁차게 울었다. 톨레도가 잠에서 깨어나는 중이었다. 꿈이 아직 눈앞에서 사라지지 않아서, 나는 내 마음을 두려움으로 가득 채워 잠에서 깨어나게 한 마지막 말이 아직도 귀에 쟁쟁했다. 선택은 스스로 하라!

사랑하는 할아버지시여, 내가 톨레도에서 잠들었다가, 당신이 살던 동네 근처에 크레타인이 가까이 왔다는 냄새를 맡았고, 당신이 무덤에서 솟아 나와 꿈이 되어 나를 찾아왔던 밤 이후로 — 한순간인지 3백 년인지 알 길이 없지만 — 얼마나 많은 시간이 흘렀던가? 사랑의 분위기 속에서 한순간과 영원을 누가 구분할 수 있겠는가? 그때부터 하나의 생애가 흘러갔다. 검은 머리카락이 희어졌고, 관자놀이가 꺼졌으며, 시력은 희미해졌다. 나는 신이나 악마, 누구의 손에서 활이 당겨졌는지를 전혀 알지 못했다. 하지만 나보다 훨씬 위대하고 순수한 힘이 계속해서 겨누어 화살을 쏘았다고 느꼈으므로 나는 기뻐했다. 모든 나무는 십자가를 만들 수 있기에 모든 나무가 참된 십자가에서 온다. 마찬가지로, 모든 육체는 활이 될 수 있기에 모든 육체가 거룩하다. 내 생애 전체는 비정하고 만족을 모르는 손에 들린 활이다. 눈에 보이지 않는 손들이 얼마나 자주 그 활을 부러질 지경으로 당기고, 또 힘껏 당겼는가! 「부러져라!」 그때마다 나는 소리쳤다. 어쨌든 당신은 나에게 선택하라고 명령했으며, 할아버지시여, 나는 선택했다.

나는 선택했다. 이제 언덕 꼭대기에 노을이 아련하게 비친다. 그림자들이 길어졌고, 하늘에는 죽은 혼들이 가득하다. 싸움이 끝나려고 한다. 나는 이겼는가, 아니면 패배했는가? 비록 상처투성이지만 그래도 아직 내가 혼자 힘으로 서서 버틴다는 사실만큼은 분명하다.

내 마음은 상처로 가득하다. 나는 최선을 다했다. 할아버지시여, 당신의 말대로 능력 이상으로 노력했고, 나는 당신이 나를 부끄럽게 여기지 않기를 바랐다. 이제 싸움이 끝났으니 나는 당신 옆에 누워 흙이 되어서, 우리 두 사람이 함께 최후의 심판을 기다릴 터이다.

나는 당신 손에 입을 맞춘다, 할아버지시여. 나는 당신의 오른쪽 어깨에 입을 맞추고, 왼쪽 어깨에 입을 맞춘다.

인사를 받으소서, 할아버지시여!

『영혼의 자서전』에 관하여
엘레니 카잔차키

　니코스 카잔차키스는 신에게 10년만 더, 그의 일을 완수하여 할 말을 모두 다 하고 〈속이 텅 빌 수 있도록〉 10년만 더 달라고 요구했다. 그는 죽음이 찾아오면 뼈만 한 자루 추려 가기를 바랐다. 10년이면 충분하다고 그는 생각했다.

　그러나 카잔차키스는 〈속이 텅 빌〉 인간이 아니었다. 나이 일흔넷이더라도 늙기는커녕, 예방 접종을 맞은 비극적인 최후의 모험 이후에까지도, 그는 스스로 다시 젊어졌다고 생각했다. 프라이부르크의 위대한 두 전문의들인 혈액학자 하일마이어와 크라우스도 같은 의견이었다.

　마지막 한 달 내내 하일마이어 교수는 찾아올 때마다 의기양양하게 소리쳤다. 「이 사람은 정말 건강합니다! 그의 피는 내 피만큼이나 깨끗해졌어요!」

　「왜 그렇게 뛰어다니고 야단이에요!」 그가 대리석 부스러기를 박은 시멘트 바닥에서 미끄러져 뼈라도 부러질까 봐 걱정이 되어 나는 자꾸만 니코스에게 잔소리를 했다.

　「걱정 마, 레노치카, 난 날개가 달렸으니까!」 그가 대답했다. 굴복할 줄 모르는 영혼과 체력에 대해서 그가 지녔던 자신감은 누구나 느낄 수 있었다.

가끔 그는 한숨을 지었다. 「아, 당신한테 받아쓰게 할 수만 있다면 얼마나 좋을까!」 그러고는 연필을 움켜쥐고 왼손으로 글을 쓰려고 애썼다.

「왜 그렇게 서둘러요? 누가 쫓아오기라도 하나요? 최악의 위기는 지났어요. 며칠만 지나면 당신은 마음껏 글을 쓰게 될 거예요.」

그는 얼굴을 돌리고 말없이 한참 동안 나를 쳐다보곤 했다. 그러더니 한숨을 지으면서, 「난 하고 싶은 말이 너무나 많아. 나는 세 개의 웅대한 주제, 세 개의 새로운 소설 때문에 또다시 고통을 받게 되었어. 하지만 난 우선 『영혼의 자서전』을 끝마쳐야 해.」

「끝마치게 될 테니까 걱정 마세요.」

「난 다시 고쳐 쓸 생각이야. 종이하고 연필 좀 가져다주겠어? 어디 어떻게든 해봐야 되겠으니까.」

그러나 우리 두 사람의 노력은 채 5분도 가지 않았다.

「불가능해! 난 받아쓰게 할 줄을 모르겠어. 난 연필을 손에 쥐어야만 생각이 머리에 떠올라.」

조상(祖上), 부모, 크레타, 어린 시절…… 아테네, 크레타, 여행 …… 시켈리아노스, 빈, 베를린, 프레벨라키스, 모스크바…….

나는 지금 우리 생애의 또 다른 중요한 순간을, 파리의 다른 병원에서 있었던 일을 회상한다. 니코스가 또다시 병이 심해져서 의사들은 모두 어쩔 줄을 모른다. 모두들 희망을 잃었는데, 오직 카잔차키스만 변함없이 침착했다.

「레노치카, 연필 좀 가져다주겠어?」

아직도 환상에 젖은 그는 성자의 입을 통해 프란체스코 수도회의 기도문을 받아쓰라고 띄엄띄엄 불러 준다. 「나는 아몬드나무에게 말했노라. 〈누이여, 신의 얘기를 해다오.〉 아몬드나무에 꽃이 활짝 피었다.」

우리들이 중국으로 떠나기 전에 그는 『영혼의 자서전』 원고를 어느 젊은 화가에게 맡겼는데, 그는 그 젊은 화가를 〈산파〉라고 불렀으니, 동틀 녘이면 화가가 신과 인간과 예술에 관한 온갖 문제를 가지고 찾아와 니코스의 서재로 올라가서는 한없이 철학적인 얘기를 늘어놓았고, 그러면 니코스는 젊은이의 정열과, 그의 예술에 대한 격렬한 사랑을 칭찬하며 〈해산〉을 했기 때문이다. 그는 사상을 〈낳고〉 짐을 벗어 버렸다.

「집에 불이 날지도 모르지.」 니코스가 그에게 말했다. 「그러니 원고를 차라리 자네한테 맡기겠어. 지금 불에 타버리면 난 그 원고를 결코 다시는 쓸 수 없을 테니까. 아직 끝내지 못했다는 게 무척 부끄러운 일이야.」

하지만 어찌 그가 원고를 끝낼 수 있었겠는가? 여행을 떠나기 전 마지막 몇 달 동안에 그가 마무리지을 만한 무슨 일이 남아 있었겠는가?

그는 우리들이 빈에서 돌아온 1956년 가을에 『영혼의 자서전』을 집필하기 시작했다. 기분 전환을 하고 싶을 때면 그는 카크리디스 교수와 함께 번역하던 호메로스의 『오디세이아』에 매달렸다.

「내가 절름발이가 되어 하데스로 내려가지 않으려면 어떻게 해서든지 그 일을 끝내야 해.」 그는 반쯤은 비꼬는 투로, 그리고 반쯤은 걱정스럽게 자주 말했다.

바로 요 몇 달 동안에 그가 번역한 『오디세이아』의 영문판 원고의 일부가 번역하기 힘든 단어들을 잔뜩 나열한 목록들과 더불어 가끔 도착했다. 얼마나 많은 시간과 얼마나 많은 고된 일이

『오디세이아』를 위해 소모되었던가! 그리스어로 된 수많은 그의 다른 작품들의 출판은 말할 것도 없다. 손질이나 보완해야 할 문장들과, 원고를 잃어버린 『러시아』와, 프랑스 방송국의 피에르 시프리오가 그에게 졸라 대던 「대담」과, 영화 작업과, 네루의 초청을 받아서 준비는 했지만 예방 접종을 많이 해야 할 일이 걱정되어 떠나지 않았던 인도 여행도 있었다.

그렇다, 그는 『영혼의 자서전』을 때맞춰 끝내지 못했으니, 다른 원고들처럼 고쳐 쓸 시간이 없었기 때문이다. 하지만 그는 제1장 전부와 마지막 부분 가운데 하나인 「『오디세이아』의 싹이 내 마음속에서 열매를 맺었을 때」를 퇴고(推敲)하여 죽기 전에 발표하려고 잡지 『네아 에스티아』로 보냈다. 그 이외에도 그는 원고를 읽고 여기저기 연필로 고치거나 첨삭을 가했다.

혼자 남은 나는 이제, 제1장을 읽기 시작하던 무렵 무척이나 포근하게 내리던 가을의 석양을 어린아이처럼 다시금 회상한다.

「읽어 봐요, 레노치카, 내가 들을 수 있게 읽어 봐!」

시각(視角), 후각, 촉각, 미각, 청각, 지성 — 나는 내 연장들을 거둔다. 밤이 되었고, 하루의 일은 끝났다. 나는 두더지처럼 내 집으로, 땅으로 돌아간다. 지쳤거나 일을 할 수가 없기 때문은 아니다. 나는 피곤하지 않다. 하지만 날이 저물었다……

나는 목이 메어 더 읽지 못했다. 니코스가 죽음에 대해서 얘기하기는 이때가 처음이었다.

「당신은 왜 당장 죽을 사람처럼 글을 쓰나요?」 정말로 낙심하여 내가 소리쳤다. 그리고 속으로 나는 생각한다. 왜 그는 오늘 죽음을 받아들이기로 했을까?

「여보, 난 죽지 않을 테니까 겁내지 말아요.」 그는 조금도 주저하지 않고 대답했다. 「내가 10년을 더 살아야 한다고 우리들이 그러지 않았어? 난 10년이 더 필요해!」 이제 그의 목소리는 나지막해졌다. 그는 손을 내밀어 내 무릎을 만졌다. 「자, 어서 읽어요. 내가 뭐라고 썼는지 봅시다.」

나한테는 그렇지 않다고 부인했지만, 아마도 마음속으로 그는 알았었는지도 모른다. 바로 그날 밤에 그는 이 부분의 원고를 봉투에 넣어 편지와 함께 친구인 판델리스 프레벨라키스에게 보냈으니까 말이다. 〈엘레니는 눈물이 쏟아져서 읽지를 못했다네. 하지만 죽음에 익숙해진다는 것은 그녀를 위해서, 그리고 나를 위해서도 좋은 일이니까……〉

보아하니 그의 마음속에 숨어 있던 악마는 그로 하여금 그토록 쓰고 싶어 했던 「파우스트 3부」를 포기하고, 그 대신에 자서전의 용골(龍骨)을 짜도록 자극했는지도 모른다.

『영혼의 자서전』에는 사실과 허구가 뒤섞여 있는데, 진실이 대부분이고 최소한의 환상이 가미되었다. 날짜가 바뀐 곳도 많다. 다른 사람들에 대해서 얘기를 할 때는 항상 본디 사실은 달라지지 않았고, 그가 보았거나 들은 그대로이다. 자신의 개인적인 모험에 대한 얘기를 할 때는 약간의 사소한 수식을 보태었다.

그러나 한 가지 사실만은 분명하다. 만일 다시 쓸 시간이 주어졌더라면 그는 『영혼의 자서전』을 고쳐 썼으리라. 정확히 어떻게 고쳐 썼을는지 우리들은 모른다. 그가 잊어버렸던 새로운 사실들을 날마다 기억해 냈음을 미루어 보면, 지금보다 훨씬 다채롭게 썼으리라. 또한 그는 현실의 틀에 내용을 맞추었으리라고 나는 믿는다. 실제로 그의 삶은 신성함, 인간의 고뇌, 기쁨, 그리고 고통으로 — 한마디로 표현하자면 〈고귀함〉으로 가득했다. 왜 그가 이러한 삶을 바꾸었겠는가? 나약함과, 도피와, 고통의 어려운 순간들을 그가 갈망하지는 않았을 터이다. 그와는 반대로 카잔차키스로 하여금 더 높이 오르려고 다시 나아가게끔, 날이 저물기 시작했으므로 힘든 일의 연장들을 던져 버리기 전에 어떻게 해서든지 오르리라고 자신에게 약속했던 정상에 이르게끔 도와준 힘은 바로 이런 어려운 순간들이었다.

「내가 하는 행동으로 나를 판단하지 말고, 인간의 관점에서도 나를 판단하지 말아요.」 투쟁적이었던 그는 언젠가 나에게 이렇게 요구했다. 「신의 관점에서 ─ 내 행동 뒤에 숨은 목적에 의해서 나를 판단해야 하오.」

우리는 카잔차키스를 그렇게 판단해야 한다. 그가 무엇을 했느냐, 또는 그가 한 행동이 가장 숭고한 가치를 지녔느냐 아니냐가 아니라, 그가 무엇을 하기를 원했느냐, 또는 그가 원하던 행동이 그를 위해서, 그리고 우리들을 위해서 숭고한 가치를 지녔느냐를 판단해야 한다.

적어도 나는 그 가치가 존재했다고 믿는다. 그의 곁에서 살아온 33년 동안 나는 그가 저지른 나쁜 행동 때문에 부끄러움을 느꼈던 순간이 단 한 번도 없었다. 그는 정직했고, 꾸밈이 없었고, 결백했으며, 다른 사람들에게는 한없이 다정했으나 자신에게만은 가혹했다. 그가 고독에 빠져 들었다고 해도, 그것은 다만 그가 해야 할 일이 막중했고, 죽음이 가까웠기 때문이었다.

컴컴한 곳에서 새까만 두 눈을 동그랗게 뜨고 그는 가끔 나에게 이렇게 말했다. 「난 베르그송의 말대로 하고 싶어 ─ 길모퉁이에 나가 서서 손을 내밀고 지나가는 사람들에게 구걸을 하는 거야. 〈적선하시오, 형제들이여! 한 사람이 나에게 15분씩만 나눠 주시오.〉 아, 약간의 시간만, 내가 일을 마치기에 충분한 약간의 시간만이라도 얻었으면 좋겠소. 그런 다음에는 죽음의 신이 얼마든지 찾아와도 좋아요.」

저주받을지어다! 죽음의 신은 찾아와서, 젊음의 꽃이 처음으로 피어나려는 니코스를 꺾어 버렸다. 그렇다, 친애하는 독자여, 웃지 마라. 그대가 그토록 사랑했고, 그토록 그대를 사랑했던 사람인 니코스 카잔차키스는 그가 시작한 모든 일이 꽃피고 열매를 맺으려는 때에 꺾였고, 그렇기 때문에 그대는 웃으면 안 된다.

1961년 6월 15일
제네바에서

옮긴이의 말
안정효

니코스 카잔차키스Nikos Kazantzakis를 내가 지극히 우연하게 발견한 것은 1980년 여름, 한국 근대사에서 가장 시대착오적인 전두환의 군사 독재 정권이 나름대로의 새로운 출발을 하려고 광주에서 막 학살을 끝낸 무렵, 광화문 네거리 동아일보사의 주차장 건너편 구멍가게처럼 작고 컴컴한 길거리 헌책방에서였다.

한 달가량에 걸쳐 내가 두어 번 더 들른 다음에 장사가 안 되어서인지 일찌감치 문을 닫아 버린 광화문 헌책방은, 당시 내가 잘 드나들던 명동 뒷골목의 외서점(外書店)들처럼 미군 부대에서 훔쳐 내다 파는 싸구려 소설들이 아니라, (아마도 주인이었겠지만) 누군가 한 권씩 힘들여 골라 사서 정성껏 읽은 다음 책장에 차곡차곡 모아 두었다가 피치 못할 무슨 사정으로 팔아 치우기로 한 듯, 정말로 좋은 고전 작품과 양서들이 가득했다. 그리고 이곳에서 나는 첫날 카잔차키스를 샀고, 얼마 후 집에서 읽어 보고는 깜짝 놀랐다. 『그리스인 조르바』라는 소설을 쓴 작가라고 이름밖에는 알지 못했던 카잔차키스의 세계를 그제야 뒤늦게 발견했기 때문이었다.

단 하나의 삶을 받아 살아가는 과정에서 인간이 이룩하는 커다란 얘기가 이 한 권의 책에 담겨 있다. 피와, 땀과, 눈물이 얼룩진 영혼의 궤적을 기록하면서, 카잔차키스는 불멸한 인간의 투쟁과 위대성을 주제로 내놓는다. 크레타에서 태어나 그리스 조상들의 찬란한 문화적 배경을 섭렵하여 자기 나름대로 정신적인 영토를 이루어 나가는 작가가 이제 죽음을 맞으려는 준비를 해가며 써놓은 글에서, 우리들은 무척 놀라운 삶의 모양을 목격한다. 〈신〉과의 투쟁으로 점철된 인생을 여기에 쏟아 놓고, 카잔차키스는 그 잿더미에 아쉬움이 없다. 강렬하게 한 세상을 살았고, 죽음을 두려워하지 않으며 팔 벌려 맞아 흙으로 돌아가려는 한 작가의 고해에서 우리들은 삶과, 투쟁과, 죽음을 배운다. 그것은 대단히 인상적인 교훈이다. 그리고 우리들은 카잔차키스의 위대성을 뒷받침하는 힘이 과연 무엇이었는지를 궁금해하기에 이른다.

니코스 카잔차키스는 1885년 2월 18일 크레타에서 태어나 아테네 대학교에서 법률을 공부했지만, 『영혼의 자서전』에서 보듯이, 〈오름〉의 꿈과 투쟁을 추구하며 평생 방랑했다. 그는 파리에서 철학자 앙리 베르그송에게 공부했으며, 독일과 이탈리아에서 문학과 미술을 공부했다. 예술에 탐닉하며 보낸 그의 삶은 보리스 파스테르나크의 젊은 시절을 연상시키는데, 다른 점이라면 카잔차키스는 예술이나 사상보다 종교적인 삶의 의미를 찾는 성향이 훨씬 강했다는 사실이다.

카잔차키스는 스페인, 영국, 러시아, 이집트, 이스라엘, 중국, 일본 등지를 두루 여행했으며, 그 머나먼 여로에서 정신적인 결실이 많았고, 철학 논문과 희곡(비극)과 여행기와 서사시 및 서정시를 풍성하게 수확했다. 특히 3만 3천3백33행으로 이루어진 시 『오디세이아』는 작가가 평생에 걸쳐 살아간 정신적인 여행을 서사시의 형태로 적은 작품인데, 창작 과정을 이 책의 마지막 부분에서 자세히 설명한다.

1945년에 그는 그리스의 정무장관으로 얼마 동안 일했으며, 1947년부터 2년 동안 유네스코의 고전 번역 국장을 지내기도 했다. 그는 서구의 고전을 그리스어로 번역하기도 했는데, 특히 단테의 『신곡』과 괴테의 『파우스트』 번역이 유명하다.

1951년에 노벨 문학상 후보에 올랐다가 『바라바 *Barabbas*』의 작가로서 스웨덴의 소설가이며 시인인 라게르크비스크 Pär Lagerkvist에게 차석으로 영광을 물려준 그는 30편이 넘는 소설과, 희곡과, 철학 저서를 집필했다. 특히 소설로 국제적인 명성을 얻은 그의 작품들 가운데 『그리스인 조르바』, 『수난』, 『미할리스 대장』 등은 여러 나라에서 번역되었다. 그의 작품을 살펴보면 원시적인 신비주의에서 가장 발달된 사실주의에 이르기까지 여러 영향을 받았으며, 한편으로는 카뮈 같은 작가들에게 큰 영향을 주기도 했다. 특히 그의 작품에서 두드러지게 드러나는 성격은 비관주의와 허무주의이다. 활력과 변화를 자유자재로 구사하는 대가라고도 알려진 그는 1957년 10월 26일 독일에서 사망했으며, 11월 5일 크레타에 묻혔다.

『영혼의 자서전』을 처음 번역하여 선보인 것은 1981년으로서, 얌전하기 짝이 없는 잡지 『샘터』 표지에 실었던 농부의 그림이 레닌을 닮았다고 해서 편집장이 중앙정보부에 끌려가 무척 시달리다 나왔던 살벌한 시대였기 때문에, 뒷부분에서 러시아와 레닌을 〈칭송〉하는 상당히 많은 부분을 부득이 삭제해야 했었다. 이번에 다시 손질하는 과정에서 본래 작품을 그대로 되살려 놓게 되었다는 사실이 무엇보다도 기쁘다. 이 책의 대본은 1973년 Faber and Faber 출판사에서 출간한 *Report to Greco*를 이용했다.

니코스 카잔차키스 연보

1883년 출생   2월 18일(구력)* 크레타 이라클리온에서 태어남. 당시 크레타는 오스만 제국의 영토였음. 아버지 미할리스는 바르바리(현재 카잔차키스 박물관이 있음) 출신으로, 곡물과 포도주 중개상을 함. 뒷날 미할리스는 소설 『미할리스 대장 *O Kapetán Mihális*』의 여러 모델 가운데 하나가 됨.

1889년 6세   크레타에서 터키의 지배에 대항하는 반란이 일어났으나 실패함. 카잔차키스 일가는 그리스 본토로 피하여 6개월간 머무름.

1897~1898년 14~15세   크레타에서 두 번째 반란이 일어남. 자치권을 얻는 데 성공함. 니코스는 안전을 위해 낙소스 섬으로 감. 프랑스 수도사들이 운영하는 학교에 등록. 여기서 프랑스어에 대한 그의 사랑이 시작됨.

1902년 19세   이라클리온에서 중등 교육을 마치고 법학을 공부하기 위해 아테네 대학교에 진학함.

1906년 23세   대학을 졸업하기도 전에 에세이 「병든 시대 I arrósteia tu aiónos」와 소설 「뱀과 백합 Ofis ke kríno」 출간함. 희곡 「동이 트면 Ximerónei」을 집필함.

*그리스는 구력인 율리우스력을 사용하다가, 1923년 대다수의 국가가 현재 사용하고 있는 그레고리우스력을 받아들이면서 그해 2월 16일을 3월 1일로 조정하였다. 구력의 날짜를 그레고리우스력으로 환산하려면 19세기일 때는 12일을, 20세기일 때는 13일을 더하면 된다.

1907년 24세 「동이 트면」이 희곡 상을 수상하며 아테네에서 공연됨. 커다란 논란을 일으킴. 약관의 카잔차키스는 단번에 유명 인사가 됨. 언론계에 발을 들여놓음. 프리메이슨에 입회함. 10월 파리로 유학함. 이곳에서 작품 집필과 저널리즘 활동을 병행함.

1908년 25세 앙리 베르그송의 강의를 듣고, 니체를 읽음. 소설 『부서진 영혼*Spasménes psihés*』을 완성함.

1909년 26세 니체에 관한 학위 논문을 완성하고 희곡 「도편수O protomástoras」를 집필함. 이탈리아를 경유하여 크레타로 돌아감. 학위 논문과 단막극 「희극: 단막 비극Komodía」과 에세이 「과학은 파산하였는가I epistími ehreokópise?」를 출간함. 순수어*katharévusa*를 폐기하고 학교에서 민중어*demotiki*를 채용할 것을 주장하는 솔로모스 협회의 이라클리온 지부장이 됨. 언어 개혁을 촉구하는 선언문을 집필함. 이 글이 아테네의 한 정기 간행물에 실림.

1910년 27세 민중어의 옹호자 이온 드라구미스를 찬양하는 에세이 「우리 젊음을 위하여Ya tus néus mas」를 발표함. 고전 그리스 문화에 대한 추종을 극복해야만 한다고 역설하는 드라구미스가 그리스를 새로운 영광의 시기로 인도할 예언자라고 주장함. 이라클리온 출신의 작가이며 지식인인 갈라테아 알렉시우와 결혼식을 올리지 않은 채 아테네에서 동거에 들어감. 프랑스어, 독일어, 영어와 고전 그리스어를 번역하는 것으로 생계를 유지함. 민중어 사용 주창 단체들 중 가장 중요한 〈교육 협회〉의 창립 회원이 됨.

1911년 28세 10월 11일 갈라테아 알렉시우와 결혼함.

1912년 29세 교육 협회 회원을 대상으로 한 긴 강연에서 베르그송의 철학을 그리스 지식인들에게 소개함. 이 강연 내용이 협회보에 실림. 제1차 발칸 전쟁이 발발하자 육군에 자원하여 베니젤로스 총리 직속 사무실에 배속됨.

1914년 31세 시인 앙겔로스 시켈리아노스와 함께 아토스 산을 여행함. 여러 수도원을 돌며 40일간 머무름. 이때 단테, 복음서, 불경을 읽음. 시켈리아노스와 함께 새로운 종교를 창시할 것을 몽상함. 생계를 위해 갈라테아와 함께 어린이 책을 집필함.

1915년 32세 시켈리아노스와 함께 다시 그리스를 여행함. 〈나의 위대한 스승 세 명은 호메로스, 단테, 베르그송〉이라고 일기에 적음. 수도원에 은거하며 책을 한 권 썼으나 현재 전해지지 않음. 아마도 아토스 산에 대한 책인 듯함. 「오디세우스Odisséas」, 「그리스도Hristós」, 「니키포로스 포카스 Nikifóros Fokás」의 초고를 씀. 10월 아토스 산의 벌목 계약을 위해 테살로니키로 여행함. 이곳에서 카잔차키스는 제1차 세계 대전 중 영국군과 프랑스군이 살로니카 전선에서 싸우기 위해 상륙하는 것을 목격함. 같은 달, 톨스토이를 읽고 문학보다 종교가 중요하다고 결심하며, 톨스토이가 멈춘 곳에서 시작하리라고 맹세함.

1917년 34세 전쟁으로 석탄 연료가 부족해지자 기오르고스 조르바라는 일꾼을 고용하여 펠로폰네소스에서 갈탄을 캐려고 시도함. 이 경험은 1915년의 벌목 계획과 결합하여 뒷날 소설 『그리스인 조르바Víos ke politía tu Aléxi Zorbá』로 발전됨. 9월 스위스 여행. 취리히의 그리스 영사 이안니스 스타브리다키스의 거처에 손님으로 머무름.

1918년 35세 스위스에서 니체의 발자취를 순례함. 그리스의 지식인 여성 엘리 람브리디를 사랑하게 됨.

1919년 36세 베니젤로스 총리가 카잔차키스를 공공복지부 장관에 임명하고, 카프카스에서 볼셰비키에 의해 처형될 위기에 처한 15만 명의 그리스인들을 송환하라는 임무를 맡김. 7월 카잔차키스는 자신의 팀을 이끌고 출발. 여기에는 스타브리다키스와 조르바도 끼여 있었음. 8월 베니젤로스에게 보고하기 위해 베르사유로 감. 여기서 평화 조약 협상에 참여함. 피난민 정착을 감독하기 위해 마케도니아와 트라케로 감. 이때 겪은 일들은 뒷날 『수난O Hristós xanastavrónetai』에 사용됨.

1920년 37세 8월 13일 드라구미스가 암살됨. 카잔차키스는 큰 충격에 휩싸임. 11월 베니젤로스가 이끄는 자유당이 선거에서 패배함. 카잔차키스는 공공복지부 장관을 사임하고 파리로 떠남.

1921년 38세 1월 독일 드레스덴, 라이프치히, 예나, 바이마르, 뉘른베르크, 뮌헨을 여행함. 2월 그리스로 돌아옴.

1922년 **39세**   아테네의 한 출판인과 일련의 교과서 집필을 계약하며 선불금을 받음. 이로써 해외여행이 가능해짐. 5월 19일부터 8월 말까지 빈에 체재함. 여기서 이단적 정신분석가 빌헬름 슈테켈이 〈성자의 병〉이라고 부른 안면 습진에 걸림. 전후 빈의 퇴폐적 분위기 속에서 카잔차키스는 불경을 연구하고 붓다의 생애를 다룬 희곡을 집필하기 시작함. 또한 프로이트를 연구하고「신을 구하는 자Askitikí」를 구상함. 9월 베를린에서 그리스가 터키에 참패했다는 소식을 들음. 이전의 민족주의를 버리고 공산주의 혁명가들에 동조함. 카잔차키스는 특히 라헬 리프슈타인이 이끄는 급진적 젊은 여성들의 세포 조직으로부터 영향을 받음. 미완의 희곡『붓다Vúdas』를 찢어 버리고 새로운 형태로 쓰기 시작함.「신을 구하는 자」에 착수하면서 공산주의적인 행동주의와 불교적인 체념을 조화시키려 시도함. 소비에트 연방으로 이주할 것을 꿈꾸며 러시아어 수업을 들음.

1923년 **40세**   빈과 베를린에서 보낸 시기에는 아테네에 남아 있던 갈라테아에게 보낸 편지를 통해 많은 자료를 남겼음. 4월「신을 구하는 자」를 완성함. 다시『붓다』집필을 계속함. 6월 니체가 자란 나움부르크로 순례를 떠남.

1924년 **41세**   이탈리아에서 3개월을 보냄. 이때 방문한 폼페이는 그가 떨쳐 버릴 수 없는 상징의 하나가 됨. 아시시에 도착함. 여기서『붓다』를 완성하고, 성자 프란체스코에 대한 평생의 흠앙을 시작함. 아테네로 가서 엘레니 사미우를 만남. 이라클리온으로 돌아와, 망명자들과 소아시아 전투 참전자들로 이루어진 공산주의 세포의 정신적 지도자가 됨. 서사시『오디세이아Odíssia』를 구상하기 시작함. 아마 이때「향연Simposion」도 썼을 것으로 추정됨.

1925년 **42세**   정치 활동으로 체포되었으나 24시간 뒤에 풀려남.『오디세이아』1~6편을 씀. 엘레니 사미우와의 관계가 깊어짐. 10월 아테네 일간지의 특파원 자격으로 소련으로 떠남. 그곳에서의 감상을 연재함.

1926년 **43세**   갈라테아와 이혼. 갈라테아는 뒷날 재혼한 뒤에도 갈라테아 카잔차키라는 이름으로 활동함. 카잔차키스는 다시금 신문사 특파원 자격으로 팔레스타인과 키프로스로 여행함. 8월 스페인으로 여행함. 독재자 프리모 데 리베라와 인터뷰함. 10월 이탈리아 로마에서 무솔리니와 인터뷰함. 11월 훗날 카잔차키스의 제자로서 문학 에이전트이자 친구이며 전기 작가가 되는 판델리스 프레벨라키스를 만남.

1927년 [44세] 특파원 자격으로 이집트와 시나이를 방문함. 5월 『오디세이아』의 완성을 위해 아이기나에 홀로 머무름. 작업이 끝나자마자 생계를 위해 백과사전에 실릴 기사들을 서둘러 집필하고 『여행기 *Taxidévondas*』 첫 번째 권에 실릴 글을 모음. 디미트리오스 글리노스의 잡지 『아나예니시』에 「신을 구하는 자」가 발표됨. 10월 말 혁명 10주년을 맞이한 소련 정부의 초청으로 다시 러시아를 방문함. 앙리 바르뷔스와 조우함. 평화 심포지엄에서 호전적인 연설을 함. 11월 당시 프랑스에서 큰 인기를 얻고 있던 그리스계 루마니아 작가 파나이트 이스트라티를 만남. 이스트라티를 비롯한 몇몇 사람들과 함께 카프카스를 여행함. 친구가 된 이스트라티와 카잔차키스는 소련에서 정치적, 지적 활동을 함께하기로 맹세함. 12월 이스트라티를 아테네로 데리고 옴. 신문 논설을 통해 그를 그리스 대중에게 소개함.

1928년 [45세] 1월 11일 카잔차키스와 이스트라티는 알람브라 극장에 모인 군중 앞에서 소련을 찬양하는 연설을 함. 이는 곧바로 가두시위로 이어짐. 당국은 연설회를 조직한 디미트리오스 글리노스와 카잔차키스를 사법 처리하고 이스트라티를 추방하겠다고 위협함. 4월 이스트라티와 카잔차키스는 러시아로 돌아옴. 키예프에서 카잔차키스는 러시아 혁명에 관한 영화 시나리오를 집필함. 6월 모스크바에서 이스트라티와 동행하여 고리키를 만남. 카잔차키스는 「신을 구하는 자」의 마지막 부분을 수정하고 〈침묵〉 장을 추가함. 「프라우다」에 그리스의 사회 상황에 대한 논설들을 기고함. 레닌의 생애를 다룬 또 다른 시나리오에 착수함. 이스트라티와 무르만스크로 여행함. 레닌그라드를 경유하면서 빅토르 세르주와 만남. 7월 바르뷔스의 잡지 『몽드』에 이스트라티가 쓴 카잔차키스 소개 기사가 실림. 이로써 유럽 독서계에 카잔차키스가 처음으로 알려짐. 8월 말 카잔차키스와 이스트라티는 엘레니 사미우와 이스트라티의 동반자 빌릴리 보드보비와 함께 남부 러시아로 긴 여행을 떠남. 여행의 목적은 〈붉은 별을 따라서〉라는 일련의 기사를 공동 집필하기 위해서였음. 두 친구의 사이가 점차 멀어짐. 12월 빅토르 세르주와 그의 장인 루사코프가 트로츠키주의자로 몰려 처벌된 〈루사코프 사건〉이 일어나 그들의 견해차는 마침내 극에 달함. 이스트라티가 소련 당국에 대한 분노와 완전한 환멸을 느낀 반면, 카잔차키스는 사건 하나로 체제의 정당성을 판단하기는 어렵다는 입장이었음. 아테네에서 카잔차키스의 러시아 여행기가 두 권으로 출간됨.

1929년 ⁴⁶세 카잔차키스는 홀로 러시아의 구석구석을 여행함. 4월 베를린으로 가서 소련에 관한 강연을 함. 논설집을 출간하려 함. 5월 체코슬로바키아의 한적한 농촌으로 들어가 첫 번째 프랑스어 소설을 씀. 원래 〈모스크바는 외쳤다*Moscou a crié*〉라는 제목이었으나 〈토다 라바*Toda-Raba*〉로 바뀜. 이 소설은 작가의 변화한 러시아관을 별로 숨기지 않고 드러내고 있음. 역시 프랑스어로 〈엘리아스 대장*Kapetán Élias*〉이라는 소설을 완성함. 이는 『미할리스 대장』의 선구가 되는 여러 작품 중 하나임. 프랑스어로 쓴 소설들은 서유럽에 자신의 존재를 드러내려는 최초의 시도였음. 동시에 소련에 대한 자신의 달라진 관점을 반영하기 위해 『오디세이아』의 근본적인 수정에 착수함.

1930년 ⁴⁷세 돈을 벌기 위해 두 권짜리 『러시아 문학사*Istoria tis rosikis logotehnias*』를 아테네에서 출간함. 그리스 당국은 「신을 구하는 자」에 나타난 무신론을 이유로 그를 재판에 회부하겠다고 위협함. 계속 외국에 머무름. 처음에는 파리에서 지내다가 니스로 옮긴 뒤, 아테네 출판사들의 의뢰로 프랑스 어린이 책을 번역함.

1931년 ⁴⁸세 그리스로 돌아와 아이기나에 머무름. 순수어와 민중어를 포괄하는 프랑스-그리스어 사전 편찬 작업에 착수함. 6월 파리에서 식민지 미술 전시회를 관람함. 여기서 『오디세이아』에 나오는 아프리카 장면의 아이디어를 얻음. 『오디세이아』의 제3고를 체코슬로바키아에서 은거하며 완성함.

1932년 ⁴⁹세 재정적 어려움을 타개하기 위해 프레벨라키스와 공동 작업을 구상함. 여러 편의 영화 시나리오와 번역을 구상했으나 대체로 실패함. 카잔차키스는 단테의 『신곡』 전편을, 3운구법을 살려 45일 만에 번역함. 스페인으로 이주하여 그곳에서 작가로 살기로 하고 그 출발로서 선집에 수록될 스페인 시의 번역에 착수함.

1933년 ⁵⁰세 스페인 인상기를 씀. 엘 그레코에 관한 3운구 시를 지음. 훗날 『영혼의 자서전*Anaforá ston Gréko*』의 전신이 됨. 스페인에서 생계를 해결하지 못하고 아이기나로 돌아옴. 『오디세이아』 제4고에 착수함. 단테

번역을 수정하면서 몇 편의 3운구 시를 지음.

1934년 51세 돈을 벌기 위해 2, 3학년을 위한 세 권의 교과서를 집필함. 이 중 한 권이 교육부에서 채택되어 재정 상태가 잠시 나아짐. 『신곡』이 아테네에서 출간됨. 『토다 라바』가 프랑스 파리의 『르 카이에 블루』지에서 재간행됨.

1935년 52세 『오디세이아』 제5고를 완성한 뒤 여행기 집필을 위해 일본과 중국을 방문함. 돌아오는 길에 아이기나에서 약간의 땅을 매입함.

1936년 53세 그리스 바깥에서 문명(文名)을 확립하려는 시도로서, 프랑스어로 소설 『돌의 정원Le Jardin des rochers』을 집필함. 이 소설은 그가 동아시아에서 겪은 일들을 바탕으로 함. 또한 미할리스 대장 이야기의 새로운 원고를 완성함. 이를 〈나의 아버지Mon père〉라고 부름. 돈을 벌기 위해 왕립 극장에서 공연 예정인 피란델로의 「오늘 밤은 즉흥극Questa sera si recita a soggetto」을 번역함. 직후 피란델로풍의 희곡 「돌아온 오셀로O Othéllos xanayirízei」를 썼는데 생전에는 이 작품의 존재가 알려지지 않았음. 괴테의 『파우스트』 제1부를 번역함. 10~11월 내전 중인 스페인에 특파원으로 감. 프랑코와 우나무노를 회견함. 아이기나에 집이 완성됨. 그가 장기 거주한 첫 번째 집임.

1937년 54세 아이기나에서 『오디세이아』 제6고를 완성함. 『스페인 기행 Taxidévondas: Ispanía』이 출간됨. 9월 펠로폰네소스를 여행함. 여기서 얻은 감상을 신문 연재 기사 형식으로 발표함. 이 글들은 뒷날 『모레아 기행 Taxidévondas: O Morias』으로 묶어 펴냄. 왕립 극장의 의뢰로 비극 「멜리사Mélissa」를 씀.

1938년 55세 『오디세이아』 제7고와 최종고를 완성한 뒤 인쇄 과정을 점검함. 호화판으로 제작된 이 서사시의 발행일은 12월 말일임. 1922년 빈에서 걸렸던 것과 같은 안면 습진에 걸림.

1939년 56세 〈아크리타스Akritas〉라는 제목으로 3만 3,333행의 새로운 서사시를 쓸 계획을 세움. 7~11월 영국 문화원의 초청으로 영국을 방문함. 스트랫퍼드어폰에이번에 기거하며 비극 「배교자 율리아누스Iulianós o paravátis」를 집필함.

1940년 57세 『영국 기행*Taxidévondas: Anglia*』을 쓰고 「아크리타스」의 구상과 「나의 아버지」의 수정 작업을 계속함. 청소년들을 위한 일련의 전기 소설을 씀(『알렉산드로스 대왕*Megas Alexandros*』, 『크노소스 궁전*Sta palatia tis Knosu*』). 10월 하순 무솔리니가 그리스를 침공함. 카잔차키스는 그리스 민족주의에 대한 새로운 애증에 빠짐.

1941년 58세 독일이 그리스를 점령함. 카잔차키스는 집필에 몰두하여 슬픔을 달램. 『붓다』의 초고를 완성함. 단테의 번역을 수정함. 〈조르바의 성스러운 삶〉이라는 제목의 새로운 소설을 시작함.

1942년 59세 전쟁 기간 동안 아이기나를 벗어나지 못함. 다시 정치에 뛰어들기 위해 가능한 한 빨리 작품 집필을 포기하기로 결심함. 독일군 당국은 카잔차키스에게 며칠간의 아테네 체재를 허락함. 여기서 이안니스 카크리디스 교수를 만나 호메로스의 『일리아스』를 공동 번역하기로 합의함. 카잔차키스는 8월과 10월 사이에 초고를 끝냄. 〈그리스도의 회상〉이라는 제목으로 예수에 대한 소설을 쓸 계획을 세움. 이것은 뒷날 『최후의 유혹*O teleftaíos pirasmós*』의 전신이 됨.

1943년 60세 독일 점령 기간의 곤궁함에도 불구하고 정력적으로 작업을 계속함. 『그리스인 조르바』와 『붓다』의 두 번째 원고 및 『일리아스』의 번역을 완성함. 아이스킬로스의 〈프로메테우스〉 3부작을 모티프로 한 희곡 신판을 씀.

1944년 61세 봄과 여름에 희곡 「카포디스트리아스*O Kapodístrias*」와 「콘스탄티누스 팔라이올로구스*Konstandínos o Palaiológos*」를 집필함. 〈프로메테우스〉 3부작과 함께 이들 희곡은 각각 고대, 비잔틴 시대, 현대 그리스를 다룸. 독일군이 철수함. 카잔차키스는 곧바로 아테네로 가서 테아 아네모이안니의 환대를 받고 그 집에서 머무름. 〈12월 사태〉로 알려진 내전을 목격함.

1945년 62세 다시 정치에 뛰어들겠다는 결심에 따라, 흩어진 비공산주의 좌파의 통합을 목표로 하는 소수 세력인 사회당의 지도자가 됨. 단 두 표 차로 아테네 학술원의 입회가 거부됨. 정부는 독일군의 잔학 행위 입증 조사를 위해 그를 크레타로 파견함. 11월 오랜 동반자 엘레니 사미우와 결혼. 소풀리스의 연립 정부에서 정무 장관으로 입각함.

1946년 63세 사회 민주주의 정당들의 통합이 실현되자 카잔차키스는 장관직에서 물러남. 3월 25일 그리스 독립 기념일에 왕립 극장에서 그의 희곡 「카포디스트리아스」가 공연됨. 공연은 커다란 파문을 일으켰고, 우익 민족주의자들은 극장을 불태우겠다고 위협함. 그리스 작가 협회는 카잔차키스를 시켈리아노스와 함께 노벨 문학상 후보로 추천함. 6월 40일간의 예정으로 해외여행을 떠남. 실제로는 남은 생을 해외에서 체류하게 되었음. 영국에서 지식인들에게 〈정신의 인터내셔널〉을 조직할 것을 호소하였으나 별관심을 끌지 못함. 영국 문화원이 케임브리지에 방 하나를 제공하여, 이곳에서 여름을 보내며 〈오름길〉이라는 제목의 소설을 씀. 이 역시 『미할리스 대장』의 선구적 작품이 됨. 9월 프랑스 정부의 초청으로 파리에 감. 그리스의 정치 상황 때문에 해외 체재가 불가피해짐. 『그리스인 조르바』가 프랑스어로 번역되도록 준비함.

1947년 64세 스웨덴의 지식인이자 정부 관리인 뵈리에 크뇌스가 『그리스인 조르바』를 번역함. 몇 차례의 줄다리기 끝에 카잔차키스는 유네스코에서 일하게 됨. 그의 일은 세계 고전의 번역을 촉진하여 서로 다른 문화, 특히 동양과 서양의 문화 사이에 다리를 놓는 것이었음. 스스로 자신의 희곡 「배교자 율리아누스」를 번역함. 『그리스인 조르바』가 파리에서 출간됨.

1948년 65세 자신의 희곡들을 계속 번역함. 3월 창작에 전념하기 위해 유네스코에서 사임함. 「배교자 율리아누스」가 파리에서 공연됨(1회 공연으로 끝남). 카잔차키스와 엘레니는 앙티브로 이주함. 그곳에서 희곡 「소돔과 고모라Sódoma ke Gómora」를 씀. 영국, 미국, 스웨덴, 체코슬로바키아의 출판사에서 『그리스인 조르바』 출간을 결정함. 카잔차키스는 『수난』의 초고를 3개월 만에 완성하고 2개월간 수정함.

1949년 66세 격렬한 그리스 내전을 소재로 한 새로운 소설 『전쟁과 신부I aderfofádes』에 착수함. 희곡 「쿠로스Kúros」와 「크리스토퍼 콜럼버스 Hristóforos Kolómvos」를 씀. 안면 습진이 다시 찾아옴. 치료차 프랑스 비시의 온천에 감. 12월 『미할리스 대장』 집필에 착수함.

1950년 67세 7월 말까지 『미할리스 대장』에만 몰두함. 11월 『최후의 유혹』에 착수함. 『그리스인 조르바』와 『수난』이 스웨덴에서 출간됨.

1951년 68세 『최후의 유혹』 초고를 완성함. 「콘스탄티누스 팔라이올로구스」의 개정을 마치고 이 초고를 수정하기 시작함. 『수난』이 노르웨이와 독일에서 출간됨.

1952년 69세 성공이 곤란을 야기함. 각국의 번역자들과 출판인들이 카잔차키스의 시간을 점점 더 많이 빼앗게 됨. 안면 습진 또한 그를 더 심하게 괴롭힘. 엘레니와 함께 이탈리아에서 여름을 보냄. 아시시의 성자 프란체스코에 대한 사랑이 더욱 깊어짐. 눈에 심한 감염이 일어나 네덜란드의 병원으로 감. 요양하면서 성자 프란체스코의 생애를 연구함. 영국, 노르웨이, 스웨덴, 네덜란드, 핀란드, 독일에서 그의 소설들이 계속적으로 출간됨. 그러나 그리스에서는 출간되지 않음.

1953년 70세 눈의 세균 감염이 낫지 않아 파리의 병원에 입원함(결국 오른쪽 눈의 시력을 잃음). 검사 결과 수년 동안 그를 괴롭힌 안면 습진은 림프샘 이상이 원인인 것으로 나타남. 앙티브로 돌아가 수개월간 카크리디스 교수와 함께 『일리아스』의 공역을 마무리함. 소설 『성자 프란체스코*O ftohúlis tu Theú*』를 씀. 『미할리스 대장』이 출간됨. 『미할리스 대장』 일부와 『최후의 유혹』 전체에서 신성을 모독했다는 이유로 그리스 정교회가 카잔차키스를 맹렬히 비난함. 당시 『최후의 유혹』은 그리스에서 출간되지도 않았음. 『그리스인 조르바』가 뉴욕에서 출간됨.

1954년 71세 교황이 『최후의 유혹』을 가톨릭교회의 금서 목록에 올림. 카잔차키스는 교부 테르툴리아누스의 말을 인용하여 바티칸에 이런 전문을 보냄. 〈주여 당신에게 호소합니다.〉 같은 전문을 아테네의 정교회 본부에도 보내면서 이렇게 덧붙임. 〈성스러운 사제들이여, 여러분은 나를 저주하나 나는 여러분을 축복합니다. 여러분께서도 나만큼 양심이 깨끗하시기를, 그리고 나만큼 도덕적이고 종교적이시기를 기원합니다.〉 여름 『오디세이아』를 영어로 번역하는 키먼 프라이어와 매일 공동 작업함. 12월 「소돔과 고모라」의 초연에 참석하기 위해 독일 만하임으로 감. 공연 후 치료를 위해 병원에 입원함. 가벼운 림프성 백혈병으로 진단됨. 젊은 출판인 이안니스 구델리스가 아테네에서 카잔차키스 전집 출간에 착수함.

1955년 72세 엘레니와 함께 스위스 루가노의 별장에서 한 달을 보냄. 여기서 그의 정신적 자서전인『영혼의 자서전』을 쓰기 시작함. 8월 카잔차키스와 엘레니는 군스바흐의 알베르트 슈바이처 박사를 방문함. 앙티브로 돌아온 뒤,『수난』의 영화 시나리오를 구상 중이던 줄스 다신의 조언 요청에 응함. 카잔차키스와 카크리디스가 공역한『일리아스』가 그리스에서 출간됨. 어떤 출판인도 나서지 않았기 때문에 비용은 모두 번역자들이 부담함. 『오디세이아』의 수정 재판이 아테네에서 엠마누엘 카스다글리스의 감수로 준비됨. 카스다글리스는 또한 카잔차키스의 희곡 전집 제1권을 편집함. 〈왕실 인사〉가 개입한 끝에『최후의 유혹』이 마침내 그리스에서 출간됨.

1956년 73세 6월 빈에서 평화상을 받음. 키먼 프라이어와 공동 작업을 계속함. 최종심에서 후안 라몬 히메네스에게 노벨 문학상을 빼앗김. 줄스 다신이『수난』을 바탕으로 한 영화를 완성. 제목을 〈죽어야 하는 자Celui qui doit mourir〉로 붙임. 전집 출간이 진행됨. 두 권의 희곡집과 여러 권의 여행기, 프랑스어에서 그리스어로 옮긴『토다 라바』와『성자 프란체스코』가 추가됨.

1957년 74세 키먼 프라이어와 작업을 계속함. 피에르 시프리오와의 긴 대담이 6회로 나뉘어 파리에서 라디오로 방송됨. 칸 영화제에 참석하여「죽어야 하는 자」를 관람함. 파리의 플롱 출판사가 그의 전집을 프랑스어로 펴내는 데 동의함. 중국 정부의 초청으로 카잔차키스 부부는 중국을 방문함. 돌아오는 비행 편이 일본을 경유하므로, 광저우에서 예방 접종을 함. 그런데 북극 상공에서 접종 부위가 부풀어 오르고 팔이 회저 증상을 보이기 시작함. 백혈병을 진단받았던 독일의 병원에 다시 입원함. 고비를 넘김. 알베르트 슈바이처가 문병 와서 쾌유를 축하함. 그러나 아시아 독감이 쇠약한 그의 몸을 순식간에 습격함. 10월 26일 사망. 시신이 아테네로 운구됨. 그리스 정교회는 카잔차키스의 시신을 공중(公衆)에 안치하기를 거부함. 시신은 크레타로 운구되어 안치됨. 엄청난 인파가 몰려 그의 죽음을 애도함. 훗날, 묘비에는 카잔차키스가 생전에 준비해 두었던 비명이 새겨짐. *Den elpízo típota. Den fovúmai típota. Eímai eléftheros*(나는 아무것도 바라지 않는다. 나는 아무것도 두려워하지 않는다. 나는 자유다).

열린책들 세계문학 036 **영혼의 자서전** 하

옮긴이 안정효 1941년 서울에서 태어났다. 서강대학교 영문학과를 졸업한 뒤 「코리아 헤럴드」 기자, 한국 브리태니커 편집부장 등을 역임했다. 지은 책으로 『하얀 전쟁』, 『은마는 오지 않는다』, 『헐리우드 키드의 생애』 외 다수의 소설 작품과 『걸어가는 그림자』, 『인생 4계』, 『글쓰기 만보』, 『신화와 역사의 건널목』 등이 있다. 니코스 카잔차키스의 『최후의 유혹』, 『오디세이아』, 『전쟁과 신부』, 가브리엘 가르시아 마르케스의 『백년 동안의 고독』, 버트런드 러셀의 『권력』, 알렉스 헤일리의 『뿌리』, 조르지 아마두의 『가브리엘라, 정향과 계피』, 저지 코진스크의 『잃어버린 나』 등 150권가량의 작품을 번역했으며, 제1회 한국번역문화상을 수상했다.

지은이 니코스 카잔차키스 **옮긴이** 안정효 **발행인** 홍예빈
발행처 주식회사 열린책들 **주소** 경기도 파주시 문발로 253 파주출판도시
전화 031-955-4000 **팩스** 031-955-4004
홈페이지 www.openbooks.co.kr **이메일** literature@openbooks.co.kr
Copyright (C) 주식회사 열린책들, 2008, 2009, *Printed in Korea.*
ISBN 978-89-329-0953-0 04890 **ISBN** 978-89-329-1499-2 (세트)
발행일 2008년 3월 30일 초판 1쇄 2008년 8월 20일 초판 2쇄 2009년 11월 30일 세계문학판 1쇄 2024년 10월 10일 세계문학판 19쇄

이 도서의 국립중앙도서관 출판예정도서목록(CIP)은 서지정보유통지원시스템 홈페이지(http://seoji.nl.go.kr)와 국가자료공동목록시스템(http://www.nl.go.kr/kolisnet)에서 이용하실 수 있습니다.(CIP제어번호 : CIP2009003360)

열린책들 세계문학
Open Books World Literature

그런데 아주 겁나는 문제가 하나 있어서 보스한테 물어봐야 겠습니다. 뭔고 하니 마음에서 생긴 겁니다. 요놈 때문에 밤이나 낮이나 마음이 불편해요. 보스, 그게 뭔지 아십니까? 바로 나이를 먹는다는 겁니다. 하늘이여, 우릴 도와주소서. 죽는다는 건 아무것도 아니에요. 꽥 하고 촛불도 꺼지고 뭐 그런 거 아닙니까? 하지만 늙는 건 창피한 일이란 겁니다. 나이 먹는 걸 인정하는 건 정말이지 창피한 노릇입니다. 그래서 사람들이 눈치 못 채게 별짓을 다 하는 거죠. 뛰고 춤출 때는 등이 아파도 멀쩡한 것처럼 뛰놀고, 술 먹고 취해서 세상이 빙그르르 돌아도 주저앉지 않아요. 더워서 바닷물에 뛰어들고는 감기가 걸려 콜록콜록 기침이 나와도 꾹 삼켜 버리고 말아요.

— 《그리스인 조르바》(더클래식, 2020) 중에서

불안한 노후,
나만의 길을 찾아 떠나는 여정

조기 퇴직을 결심하기 몇 해 전부터 노후의 삶을 고민했다. 회사를 그만두고 싶지만 준비해 놓은 것이 없으니, 지푸라기라도 잡는 심정으로 '노후 준비' 키워드로 검색이 되는 책을 손에 잡히는 대로 읽었다. 책을 읽고 내린 결론은 '돈'이었다. 돈만 있으면 노후의 행복도 살 수 있을 것만 같았다. 아끼고, 모으고, 투자하고…. 그래 이만하면 됐다 싶은 순간 사직서를 냈다.

세계여행을 꿈꾸며 맞이한 퇴직이 어쩐지 순탄하다 싶었다. 건조한 봄바람에 불씨가 산등성이로 무자비하게 퍼지듯 세상은 미증유의 코로나바이러스가 창

궐하기 시작했고 여행은 언감생심, 꼼짝없이 집 안에 갇혀 지내는 나날이 이어졌다. 인터넷 TV가 싫증이 날 즈음부터는 서재에 틀어박혀 전에 읽었던 책을 읽고 또 읽었다.

중년이 되어 다시 읽은 책 속에는 전에는 보이지 않았던 글귀들이 매직 아이처럼 굵은 볼드체로 튀어나오는 순간이 있다. 《그리스인 조르바》를 읽으며 조르바가 주인공에게 '죽는 것은 한순간이니 무섭지 않지만, 늙는다는 것이 두렵다.'라고 고백하는 장면이 그랬다. 특별히 할 일도 없이, 그야말로 하루하루 덧없이 시간을 흘려보내는 '지금 이 순간?'이라는 현실적 자각이 갑자기 묵직하게 머리 위로 내려앉았다.

"앞으로 나는 어떻게 살 것인가?"

회사는 그만두어 의무적으로 할 일이 없는 데다 시간은 흘러 40대 후반이 50대가 되었다. 이대로 죽는 날만 기다리며 노후를 맞이해야 한다는 사실이 조르바처럼 너무도 두렵게 다가왔다.

노후 준비를 돈으로만 생각했는데 남아도는 시간에 찾아오는 권태 리스크, 불시에 병에 걸리는 건강 리스크, 아무도 안심할 수 없는 치매 리스크, 언제 어떻게 될지 모르는 죽음 리스크까지, 결국 나는 제대로 된 노후 준비를 하나도 하지 못한 것이다.

삶의 재미나 보람, 가치가 없어지면 사는 게 힘들어진다. 생각보다 인생은 길고 할 일이 많다는 사실을 휴식기를 가지며 깨달았다. 그리고 서서히 거시적인 사회 정책이 아니라 노후의 일상이라는 미시적 관점에 초점을 두면서 보이지 않던 것들이 눈에 들어왔다. 꿈이나 목표, 할 일, 돈, 건강, 친구가 없는 노후 생활은 불가능하다는 뼈저린 깨달음도 함께였다.

나이 듦은 우리 삶의 일부다. 하루하루 아주 조금씩 신체적인 변화, 환경적인 변화를 겪는다. 이러한 노화의 메커니즘을 이해하고 어떤 일상을 보내야 좋을지 각자의 상황에 맞추어 대비하는 일이 중요하다. 그리고 언젠가 맞이할 인생을 마감하는 순간까지 모든 과정을 혼란 없이 살아가기 위해서는 지금의 현실을 정확히 진단하고 자신만의 노후 전략을 세워 두어야 한다.

우리 마음속 어딘가에 불씨처럼 피어오르는 노후에 대한 불안감을 조금이라도 덜어냈으면 좋겠다는 생각으로 이 책을 쓰기 시작했다. 노후 준비는 부담이 되는 것도, 두려워할 것도, 큰마음을 먹을 일도 아니다. 나에게 잘 어울리고 꼭 맞는 옷을 찾아 입는 일처럼 여러 시행착오를 거치며 자기 방식대로 삶의 방향키를 잡으면 된다. 다만 그 시간이 이르면 이를수록 좋다는 점만은 강조하고 싶다.

　노후에 맞이할 다양한 위험을 피하기 위해 그동안 공부해 온 노하우를 하나로 모으고 공유해야겠다고 마음먹었다. 제대로 된 길잡이가 필요하다는 사실을 몸소 체험했기 때문이다. 이 책이 나이 듦과 노후의 일상을 설계하는 데 도움이 되는 참고서가 되었으면 좋겠다. 또한 이 책을 통해 많은 사람이 노후의 불안과 스트레스에서 벗어나 즐거운 노후를 맞이했으면 하는 바람이다.

이영자

차 례

I. 나이 듦 — Aging

III. 돈 — Finance

IV. 일상 — Life style

V. 돌봄 — Care

VI. 죽음 — Death

I

나이 듦

Aging

나이 듦의
기술

끝이 아닌 두 번째 시작

우리는 누구라도 시간이 흐르면 나이가 들고 노년기를 맞이한다. 그 과정에서 신체적·정서적 변화를 경험하고, 가정과 사회에서의 역할이 점차 줄어들면서 역할 상실로 인한 무기력함을 느끼기도 한다. 사회적 역할에서 한걸음 물러나게 되면 무엇을 해야 할지, 그리고 어떤 존재로서 자신의 의미를 찾아야 할지 정체성에 대해 고민하는 시기가 온다.

외모를 비롯한 신체 변화는 피할 수 없지만, 사람마다 나이 드는 속도와 방식이 다르다. 이러한 변화를 어떻게 받아들이고 준비하느냐에 따라 노후의 삶의 질이 결정된다. 나이가 들어도 운동이나 식습관과 같은 작은 변화를 통해 노화의 속도를 늦출 수 있고, 그동안 해 보지 못했던 일들에 도전하며 삶의 깊이를 더하고 내면의 성장을 이룰 수 있다. 이를 위해서는 나를 둘러싼 환경의 변화를 기꺼이 수용하려는 적극적인 자세가 필요하다.

나이 든다는 것이 곧 쇠퇴를 의미하지는 않는다. 해를 거듭할수록 자신이 살아오면서 겪었던 다양한 경험과 깨달음이 쌓여 삶에 대한 지혜와 통찰력이 깊어지기 때문이다. 이러한 통찰력은 창의적인 발상이나 문제 해결 능력에 빛을 발한다. 그뿐 아니라 사회를 바라보는 시각이 더 넓어지고, 인간관계에 있어서도 이해와 공감을 나눌 여유가 생긴다.

무엇보다 자기 한계를 받아들이고 자신과 타협하는 힘이 생긴다. 그동안 경쟁과 성취, 목표 달성을 위해 스스로를 채찍질해 왔다면, 이제는 그런 완벽함을 추구하지 않아도 된다. 어디에도 얽매일 필요가 없는 시간을 오롯이 자신만을 위해 쓰며 새로운 가능성과 성

장의 기회를 찾을 수 있다. 노후에 대한 두려움을 덜어
내고 새로운 가능성을 발견하는 기술을 배우면 나이
듦은 훨씬 더 긍정적이고 의미 있는 과정이 될 것이다.
나이 듦은 끝이 아니라 또 다른 시작이다.

나이 듦에도 연습이 필요하다

우리는 수동적으로 무언가를 배우고 습득하는 데 익숙
하다. 학교는 우리가 사회인으로 살아가는 데 필요한
기초 지식은 물론, 직업 교육에 이르기까지 자립적이
고 책임감 있는 사람으로 성장하도록 돕는다.

　　사회에 나와 조직에 속하면, 선배나 상사가 규정과
조직 문화를 전수하며 그곳의 구성원으로 자리잡을 수
있도록 이끈다. 각종 업무 매뉴얼이 잘 갖추어져 있어,
물어볼 사람이 없어도 스스로 처리할 수 있는 시스템
이 마련되어 있다. 이처럼 중년까지의 삶은 비교적 촘
촘한 교육과 훈련, 준비로 채워져 있다.

　　그러나 노년기는 다르다. 인생의 중요한 전환기임
에도 불구하고 아무도 우리에게 나이 드는 법을 가르
쳐 주지 않는다. 퇴직 이후의 삶, 신체 기능의 변화, 일

상의 패턴, 돌봄과 죽음에 대한 불안 등 이 모든 변화를 맞이하는 방식은 고스란히 개인이 감당해야 할 몫으로 남는다.

이제는 부모님이나 선배들의 변화를 지켜보며 지레짐작만 하는 간접 체험에서 벗어나 나이 듦을 자연스러운 현상으로 받아들이고, 자기만의 성장 기회로 삼기 위한 능동적인 배움이 필요하다. 노년기의 삶은 우리가 어떻게 준비하고 그 시간을 보내느냐에 따라 완전히 달라질 수 있기 때문이다. 지금까지 살아온 삶을 바탕으로 이제는 '나 중심'의 관점에서 삶을 재설계하는 연습을 해야 한다.

나이가 들어가는 과정은 인생의 또 다른 국면을 맞이하는 것일 뿐이다. 변화를 어떻게 받아들이느냐에 따라 나이 듦은 쇠퇴가 아니라 더 깊은 의미와 아름다움을 지닌 멋진 성장의 기회가 될 것이다.

사람마다 다른 속도로 흐르는 시간

《어떻게 시간을 지배할 것인가》(클라우디아 해먼드, 위즈덤하우스, 2014)에서는 나이가 들수록 마음속 시간에 가 속도가 붙는 이유를 일상적이고 반복되는 활동이 많아지고 신선한 경험이 줄어들기 때문이라고 설명한다. 우리는 새로운 기억의 수에 따라 시간이 얼마나 흘렀는지를 가늠하곤 하는데, 며칠이 지나도 새로운 경험이 없으면 마치 시간이 압축된 듯한 착각을 하게 된다는 것이다.

어떤 사람은 하루가 짧다고 느끼지만, 또 어떤 사람은 하루가 길고 지루하다고 느낀다. 누구에게나 똑같이 주어지는 24시간이지만 이처럼 체감하는 속도가 다른 이유는 기억의 강도 때문이다. 나이가 들수록 뇌의 자극으로 분비되는 도파민 양이 감소해 신경 회로에 전달되는 자극과 기억의 강도가 모두 약해져 심리적으로 느끼는 시간의 흐름에 차이가 생긴다. 이러한 심리적 시간은 개인의 삶의 방식, 건강 상태, 사회적 관계에 따라 달라진다.

예를 들어 A씨는 새벽에 일어나 운동하고, 낮에는 새로운 취미에 도전하며, 오후에는 낯선 분야의 책을 읽거나 지인을 만나 대화를 나눈다. A씨의 하루는 짧고 빠르게 지나간다. 반면 B씨는 대부분의 시간을 TV 앞에서 보내고, 누구와도 대화하지 않은 채 거의 집 안에서만 머문다. B씨에게는 하루가 유난히 길고 반복적인 시간으로 느껴진다. 하지만 반년이나 일 년이 지나 뒤돌아보면, A씨는 다양한 일상의 경험이 차곡차곡 쌓여 풍성한 기억으로 남는 반면, B씨는 특별한 기억이 없어 시간이 훌쩍 지나갔다고 느낀다.

　노년기의 시간은 시계가 재는 시간보다 마음이 재는 시간이 더 중요하다. 하루하루 좋은 일, 새롭고 즐거운 경험을 만들어 가겠다는 마음가짐이 필요하다. 나이를 이유로 주저하지 말고, 일상에서 작은 변화와 보람을 느끼는 소소한 행복을 찾아보자.

건강 수명을
늘려야 한다

생각의 차이

첫 번째 질문, "당신은 몇 살까지 살고 싶으십니까?"

이 질문을 받으면 대부분의 사람은 잠시 고민할 것이다. 80세? 85세? 사실 100세 시대라고 하지만 정작 '100세'라고 답하는 사람은 많지 않다.

두 번째 질문, "당신의 부모님은 몇 살까지 살았으면 좋겠습니까?"

이 질문에는 많은 사람이 망설임 없이 '100세'라고 할 것이다. TV에 나오는 사람 중에 90세에도 여전히 정정하게 지내는 경우가 많다. 심지어 활발하게 SNS 활동을 하는 시니어도 있다. 나의 부모님만큼은 장수하여 그들처럼 건강하게 100세까지 살기를 바라는 마음일 테다.

그렇다면 왜, 나는 85세 정도가 적당하다고 생각하면서 부모님은 100세까지 살기를 바라는 것일까? 이 질문에 대한 답을 찾기 위해 잠시 멈추어 생각해 본다.

자신에게 '몇 살까지 살고 싶으냐?'고 물으면 경제적 여건, 건강 상태, 노후의 삶의 질 같은 현실적인 요소를 고려하지 않을 수 없다. 나이가 들수록 경제적 부담이나 신체적 쇠약으로 인해 더 이상 자유로운 삶을 누릴 수 없으리라는 불안감도 들기 마련이다.

반면 부모님이 100세까지 살기를 바라는 마음은 전혀 다른 감정에서 비롯된다. 부모님이 오래 살면 그만큼 더 많은 시간을 함께 보낼 수 있다는 희망을 품을 수 있고, 그들의 건강하고 행복한 모습을 보면서 자신이 느끼는 노후의 불안을 떨칠 수 있기 때문이다.

결국, 두 질문의 대답은 노년기에 대한 관점 차이에서 비롯한 것이다. 나에게는 현실적인 고민과 불안이 더 크게 작용하지만, 부모님은 오래도록 함께하고 싶은 소중한 존재인 동시에 내 삶의 선행자로서 건강하게 장수하기를 바라는 마음이 담겨 있다. 나의 85세와 부모님의 100세라는 답변의 차이는 단순한 나이의 문제가 아니라, 노년기 삶의 의미와 존재의 소중함을 어떻게 바라보느냐의 차이가 아닐까 싶다.

몸이 먼저 늙을까, 마음이 먼저 늙을까?

《인생은 왜 50부터 반등하는가》(조너선 라우시, 부키, 2021)에서는 진정한 행복이 중년에 최저점을 찍은 뒤, 노년으로 갈수록 다시 상승한다고 말한다. 조너선의 이론은 빅데이터 분석을 통해 도출된 연구 결과에 근거한다. 기존의 인간 발달 이론은 성장기를 지나 젊었을 때 인생의 절정에 도달하고, 이후 점차 쇠퇴한다고 보았다. 그러나 조너선은 이러한 관점을 뒤집으며 인생의 만족도가 50대 이후부터 다시 높아지는 'U자 곡선' 형태가 보편적이라고 주장한다. 그는 이러한 U자 곡선이 다양한 문화권과 세대에서 공통적으로 나타나는 현상이라고 설명한다.

발달 심리학자들 역시 나이에 따른 '유동성 지능'

과 '결정성 지능'에 대한 꾸준한 연구를 통해 나이가 들수록 판단력이 떨어진다는 편견을 뒤집었다. 유동성 지능은 새로운 문제를 해결하고 논리적으로 추론하며 정보를 빠르게 처리하는 능력을 뜻하는데, 일반적으로 20대 초반에 정점을 찍은 뒤 서서히 감소한다. 반면 결정성 지능은 교육이나 삶의 경험을 통해 축적된 지식과 어휘, 일반 상식을 활용하는 능력으로 성인기 이후에도 지속적으로 증가하여 60~70대에 최고 수준에 도달하거나 유지되는 경우가 많다.

고령자의 경우 삶의 경험과 지식이 더해져 결정성 지능은 나이가 들수록 높아지는 경향을 보인다. 물론 나이가 많다고 모두 같은 수준으로 지혜와 연륜이 쌓이는 것은 아니지만, 중요한 점은 결정성 지능이 생애 전반에 걸쳐 계속 발달한다는 사실이다.

그렇기에 기억력 감퇴나 치매처럼 앞으로 닥칠지 모를 두려움에 마음을 소모할 필요는 없다. 나이가 들어 생기는 신체적 변화와 호르몬 변화에 따른 감정의 변화는 자연스러운 현상이다. 우리가 어떻게 준비하느냐에 따라 변화의 방향은 긍정적으로 바뀔 수 있다. 나이가 들어가는 과정에서 중요한 것은 변화를 받아들이는 유연한 마음과 건강한 신체를 유지하려는 노력이다. 매일 자신을 돌보며 좋은 생각, 좋은 음식, 좋은 운동을 게을리하지 말자.

기대 수명과 기대 여명

'우리가 몇 세까지 살 수 있을까?'라는 질문에 대한 객관적인 답은 국가데이터처에서 발표한 기대 수명과 기대 여명에서 찾을 수 있다. '2023년의 기대 수명'이란 2023년에 태어난 아이가 앞으로 몇 세까지 살 수 있는지를 보여 주는 평균 생존 연수를 의미한다. 2023년 출생아 기대 수명은 평균 83.5세로 남성은 80.6세, 여성은 86.4세다.

한편, '기대 여명'은 특정 연령(x세)의 사람이 앞으로 얼마나 살 수 있을지를 예상하는 생존 가능한 햇수를 말한다. 예를 들어 2023년 기준으로 40세 남성의 평균 기대 여명이 41.6년이라면, 81.6세까지 생존할 가능성이 크다고 볼 수 있다. 50세 여성은 평균 기대 여명이 37.6년으로 약 87.6세까지 살 것으로 예상된다.

2023년 평균 기대 여명과 생존 예상 연령

연령별	남자		여자	
	기대 여명(년)	생존 예상 연령(세)	기대 여명(년)	생존 예상 연령(세)
40세	41.6	81.6	47.2	87.5
50세	32.3	82.3	37.6	87.6
60세	23.4	83.4	28.2	88.2
70세	15.2	85.2	19.0	89.0
80세	8.3	88.3	10.7	90.7

국가데이터처 보도자료, 〈2023년 생명표〉(2024.12.4.)를 바탕으로 저자 재구성 ●

기대 수명과 기대 여명은 의학 기술의 발전, 생활 환경의 개선, 그리고 개개인의 건강 관리 의식이 향상됨에 따라 지속적으로 증가하고 있다. 특히 AI와 같은 첨단 기술을 바탕으로 한 예방 의학의 발전은 장수의 가능성을 더욱 높이고 있다. 코로나19처럼 예기치 못한 변수가 없다면, '인생 100세 시대'는 이미 눈앞의 현실인 것이다.

그렇다면 점점 길어지는 노년기를 어떻게 준비해야 할까? 건강은 물론 경제적 준비와 정서적 안정도 중요하지만, 노년기의 삶의 질을 높이기 위해서는 단순히 오래 사는 것을 넘어서 건강하고 행복한 삶을 추구해야 한다. 어떻게 의미 있는 삶을 살아갈 것인가에 대한 고민이 필요한 이유다. 우리 미래의 건강과 삶의 방식을 세밀하게 설계하는 일은 내일을 위한 투자이자, 노후를 준비하는 가장 기본적인 과정이 될 것이다.

문제는 건강 수명이다

특별한 사고나 질병이 없는 한, 우리가 80세 이상을 살 것은 분명하다. 문제는 죽는 순간까지 두 발로 걸어 다니고 자기 손으로 밥을 차려 먹을 수 있을 만큼 건강을 잘 유지할 수 있느냐는 점이다.

80세가 넘은 어느 날, 기다렸다는 듯이 조용히 눈을 감고 생을 마감하는 경우는 드물다. '잠을 자다 그대로 죽는 것이 소원'이라는 사람이 많지만, 현실은 대부분 노쇠로 인한 질병으로 여기저기가 아프고 제대로 움직이지 못하다가 병원에서 생을 마친다.

건강 수명이란 건강하게 자립해 생활하는 평균 기간을 뜻한다. 즉, '평균 수명 – 질병이나 부상으로 활동하지 못한 기간 = 건강 수명(자립 생활 기간)'으로 볼 수 있다. 기대 수명이 단순히 생물학적으로 얼마나 오래 살 수 있는지를 의미한다면 건강 수명은 질병이나 부

기대 수명과 건강 수명

국가데이터처 보도자료, 〈2023 한국의 사회지표〉(2024.3.26.)

상 없이 스스로 생활할 수 있는 기간을 의미한다. 국가 데이터처가 2024년에 발표한 자료에 따르면 2022년 기준 우리나라의 건강 수명은 평균 65.8세이다.

65.8세라니, 생각보다 너무 젊지 않은가?

그러나 대개 이 시점을 지나면서 급속한 노화로 여기저기 아프기 시작하고 노쇠와 질병 등으로 활동이 불편해진다. '노는 것도 젊어서 놀아야 한다.'라는 말이 통계적으로 입증된 셈이다.

물론, 이는 어디까지나 평균적인 수치일 뿐이다. 80세가 넘어도 젊은이 못지않게 건강한 사람이 있고,

은퇴한 지 얼마 되지 않은 60대임에도 몸이 허약해져 제대로 움직이지 못하는 사람도 있다.

중요한 것은 우리가 건강 문제에 너무 소홀하다는 점이다. 중년이라면 이제부터라도 진지하게 자신의 노년기 건강을 챙겨야 한다.

인간은 나이가 들면 자연스럽게 쇠약해지고 신체 기능이 떨어지기 마련이다. 당연한 사실이지만 제 발등에 불이 떨어지기 전까지는 이를 실감하지 못한다. 마흔을 넘기면서 체력이 급격히 떨어지고, 어딘가 아프기 시작하면 그제야 '술을 끊을까, 담배를 끊을까?' 하며 허둥지둥한다.

고작 66세밖에 되지 않았는데 건강이 좋지 않아 생활에 제약을 받는다면 얼마나 비참하겠는가? 게다가 그런 상태로 20년 이상 살아야 한다면, 생각만으로도 끔찍하다.

매년 평균 수명과 기대 여명은 늘어나고 있다. 하지만 내가 맞이할지도 모를 100세 시대에 우리의 노후는 과연 안전할까? 이제부터라도 건강을 유지하기 위해 운동과 식습관을 바꾸고 정기적인 건강 검진으로 질병을 미리 예방하는 일이 중요하다. 노후를 준비한다는 것은 단순히 늙음을 대비하는 것이 아니라, 건강하고 자립적인 삶을 이어 가기 위한 준비임을 기억하자.

나이 든 내 모습을
상상하라

크로노스의 굴레를 벗고 내 시간의 주인 되기

젊을 때는 하루가 짧고, 1년은 길다.
나이가 들면 1년은 짧고, 하루가 길다.

이 말은 나이가 들수록 시간이 흐르는 속도가 다르게 느껴진다는 사실을 잘 표현한 말이다. 젊을 때는 해야 할 일이 끝없이 이어지고 늘 시간에 쫓겨 하루가 금세 지나간다. 반대로 나이가 들면 1년은 훌쩍 지나가지만 정작 하루하루는 길고 느리게 흐른다. 그래서 오늘이 내 인생에서 가장 젊은 날이라고 실감하는지도 모른다.

은퇴는 '크로노스의 굴레'에서 벗어나는 순간이다. 그리스 신화에서 크로노스(Chronos)는 흐르는 시간을 의인화한 존재로, 사람들을 끊임없이 이어지는 시간의 흐름에 묶어 두는 듯한 상징으로 비유되곤 한다. 젊었을 때 우리는 직장과 사회가 요구하는 생산성과 효율성의 시계 리듬에 맞춰 살아야 했다. 하지만 은퇴 후에는 그 굴레에서 벗어나 비로소 자기만의 시간표를 만들 자유를 얻게 된다.

비록 정기적인 수입은 줄지만 시간만큼은 부자처럼 마음껏 쓸 수 있다. 수입이 줄었다고 다시 돈을 벌기 위해 노동 시장에 나선다면 모처럼 찾아온 소중한 기회를 놓칠 수밖에 없다. 경제적으로 여유가 있다면 지금이야말로 한 번뿐인 인생을 후회 없이 살아갈 기회라고 여겼으면 한다.

조금만 세상의 무게 중심을 자기 자신에게로 옮기면 삶의 우선순위가 달라진다. 시간을 주도할 기회가 찾아온 이 순간을 꽉 붙들어 두자. 젊었을 때처럼 무리

하게 목표를 높게 세울 필요도, 누군가와 경쟁할 필요
도 없다. 오롯이 자신의 즐거움에 몰두하여 하루하루
를 만족스럽게 보낸다면 그것으로 충분하다.

깊고 풍요로운 노후를 위해서는 지금부터 자신이
원하는 삶의 방식이 무엇인지 꼼꼼히 확인하고 조금씩
가치관의 중심을 바꾸는 연습이 필요하다. 목표 달성
이나 결과보다 과정을 즐기며 자기 삶에 집중하는 나
만의 멋진 노후를 그려 보자.

누구와 함께 나이 들고 싶은가

장수하신 할머니에게 90년을 살며 가장 힘들었던 일이
무엇이었냐고 여쭤 본 적이 있다.

"너희 아빠가 죽었을 때지…."

망설임 없이 대답하시며 눈시울을 붉히던 할머니
의 모습을 잊을 수가 없다. 일제 강점기와 6·25전쟁까
지 겪으며 파란만장한 삶을 살아오신 분이었지만, 막
내아들을 먼저 떠나보낸 일만큼은 그 어떤 고통보다
힘드셨던 모양이다.

오래 산다는 건 그런 일이다. 아내나 남편을 먼저

떠나보내는 일은 어쩌면 자연스러운 순서일지 모르지만, 자녀를 먼저 보내야 하는 경우도 적지 않다. 《백살까지 살 각오는 하셨습니까?》(가스가 기스요, 아고라, 2019)에는 자신을 부양하던 딸 부부와 함께 살던 할머니가 딸을 먼저 떠나보낸 후, 70대 사위와 단둘이 살아가는 이야기가 나온다. 백년손님이라는 사위의 삼시세끼를 살뜰히 챙기는 할머니의 모습에 형언할 수 없이 복잡한 감정이 밀려왔다.

오늘날 중년 세대의 특징 중 하나는, 부모를 부양하는 것은 당연하게 여기면서도 정작 자녀에게는 기대고 싶어 하지 않는다는 점이다. 많은 중년이 나이가 들어도 부부 둘이, 혹은 혼자서 속 편히 살기를 원한다. 하지만 현실은 그렇게 녹록지 않다. 건강이나 정서적인 문제뿐 아니라 혼자 사는 노인은 각종 범죄에도 쉽게 노출되기 때문이다.

노후에 나와 함께할 사람은 누구일까? 아내나 남편일까? 딸이나 아들일까? 혹은 형제나 친구일까? 그것도 아니면 혼자 살고 있을까?

삶의 방식은 개인마다 처한 상황이 다르니 그 어떤

선택이든 괜찮다. 다만, 행복한 노후를 위해서는 자신에게 맞는 삶의 밑그림을 그리고, 그에 맞는 관계와 환경을 미리 준비해 두는 것이 필요하다.

어떤 노년을 꿈꾸는가

재미 삼아 요즘 유행하는 생성형 AI 앱으로 미래의 내 얼굴을 그려 보았다. 낯선 듯 익숙한, 마치 오랜만에 만난 먼 친척 같은 모습에 웃음이 절로 나왔다. AI가 그려 준 모습처럼 시간의 무게감을 잘 이겨 내고 늙어 가면 좋겠다는 생각마저 들었다.

'어떤 노년을 꿈꾸는가'는 단순한 상상이 아니라 지금부터 어떻게 살아야 할지를 고민하게 만드는 과정이다. 나이가 들면 살아온 세월의 흔적이 얼굴에 고스란히 남는다고 하지 않는가. 현재의 습관과 마음가짐이 곧 미래의 자기 모습으로 이어진다는 뜻이다.

우리는 나이가 들수록 더 많은 경험과 지혜를 얻게 된다. 자연스럽게 체득하는 부분도 있을 테고, 끊임없는 노력과 성찰을 통해 쌓이는 것도 있을 것이다. 이렇게 쌓인 자기만의 자산을 미래 세대에게 나누어 주는 모습을 상상해 보는 것도 의미 있는 일이다.

벤저민 하디는 《퓨처 셀프》(상상스퀘어, 2023)에서 긍정적인 미래의 모습을 구체적으로 그릴수록 목표가 더욱 분명해지고 현재의 선택과 행동이 달라진다고 말한다. 이는 심리학에서 말하는 '미래의 자아와 연결하기' 기법과도 유사하다. 미래의 자신을 선명하게 떠올릴수록 자기 통제력이 강화되고, 세운 목표를 꾸준히 이어 가는 힘이 커진다고 알려져 있다. 미래의 자신을 구체적으로 상상하는 행위가 현재의 행동을 그 미래와 연결시킨다는 인식이 강화되기 때문이다.

이러한 점을 생각하면, 우리도 자신만의 멋진 노년을 구체적으로 상상해 볼 필요가 있다. 우선 미래의 모습을 떠올릴 수 있는 질문부터 시작해 보자.

• 몇 년 후(10년 후, 20년 후, 30년 후…)의 나인가?
• 그때 나는 어떤 삶의 방식으로 살아가고 있는가?
• 무엇을 즐기고, 어떤 관계 속에서 지내고 있는가?

이 질문에 대답하며 떠올린 미래의 모습은 사람마

다 다르겠지만, 지금의 내가 어떤 방향으로 살아야 할지에 대한 좋은 길잡이가 되어 줄 것이다.

예를 들어, 60대 후반의 나는 아침마다 산책하고 주말에는 운동하거나 테마 여행을 떠나며, 독서와 그림 그리기를 즐기고, 일주일에 한 번은 지역에서 봉사 활동을 한다. 이렇게 구체적인 장면을 떠올리면 자연스레 그 모습을 가능하게 만드는 오늘의 선택을 다시 돌아보게 된다.

이때 떠오른 생각을 기록해 보는 것도 도움이 된다. 그중 가장 효과적인 방법 중 하나가 '미래의 나에게 편지 쓰기'다. 편지는 막연한 상상을 실제 행동으로 옮기는 다리 역할을 한다. 편지에는 다음 내용을 담아 보자.

• 내가 꿈꾸는 미래의 모습
• 그 목표를 이루기 위한 다짐과 기대
• 지금부터 실천할 구체적인 방법

미래의 나에게 편지 쓰기는 긍정적 동기 부여, 자기 성찰, 목표 설정 등과 같은 다양한 장점을 제공한다.

또한 시간을 초월해 나 자신과 대화하는 특별한 경험을 통해, 더욱 의미 있는 삶을 살 수 있도록 인생의 방향을 설계하는 중요한 이정표가 되어 준다.

편지를 쓴 뒤에는 서랍에 넣어 두고 잊어버리지 않도록 주기적으로 다시 꺼내 읽으며 업데이트해 보자. 새로운 목표가 생기거나 방향이 달라졌다면 다시 쓰면 된다. 그렇게 해야 스스로 세운 목표가 여전히 유효한지, 혹은 조정이 필요한지를 꾸준히 확인할 수 있기 때문이다.

건강
Health

나이가 들어서
살이 찌고 키가 줄었나?

사르코페니아를 아십니까?

"어머님, 키가 어떻게 되세요?"

"아, 옛날에는 160이었는데 지금은 줄어서 157이 에요."

건강 검진을 받으러 갔다가 의료진과 어머니가 나누는 대화를 듣고 나도 모르게 웃음이 나왔다. 160cm 였다고 굳이 강조하는 어머니의 모습이 귀여우면서도 한편으로 안쓰럽기도 했다. 가만히 생각해 보니 어머니는 60대 후반이 되면서 다리가 점점 '0' 자 형태로 휘기 시작하더니 70세가 되어서는 허리가 굽고 어깨도 눈에 띄게 좁아졌다.

노화는 개인차가 크다. 어떤 사람은 오래도록 젊음을 유지하며 건강을 잘 지키지만, 또 어떤 사람은 비교적 이른 시기에 체력이 급격히 떨어지고 신체 기능이 눈에 띄게 저하되기도 한다. 사실 손가락 하나만 아파도 일상생활이 얼마나 불편한가? 나이가 들어 신체 기능이 조금씩 약해지면 생활의 질이 큰 폭으로 떨어지기 때문에, 건강을 오래 유지하려면 노화가 일어나는 과정을 정확히 이해해야 한다.

일반적으로 나이가 들면 남녀 모두 외모에 변화가 생긴다. 젊을 때와 달리 나이가 들수록 체내 수분 비율이 점차 감소해 피부 탄력이 떨어지고 잔주름이나 기미, 주근깨가 나타나기 쉽다. 또한 탈모가 시작되거나 흰머리가 하나둘 늘어난다. 50대 후반부터는 근육량이 줄고 자세가 앞으로 굽기 시작하며, 골밀도 감소로 인해 연령이 높아질수록 키가 조금씩 작아지는 현상도 흔하게 나타난다.

이러한 변화는 노화로 인한 '쇠약'에서 비롯된다. 영양 부족, 호르몬 변화, 대사량 감소, 몸속 염증 등이 복합적으로 작용하면서 근육량이 급격히 줄고, 신체 기능이 점점 약해진다.

노화 때문에 일어나는 근육 감소증을 '사르코페니아(Sarcopenia)'라고 부른다. 세계보건기구(WHO)는 2017년부터 사르코페니아에 질병 분류 코드를 부여하고 이를 지속적으로 관리할 것을 권고하고 있다. 근육량이 감소하면 낙상 사고로 인한 골절이나 뇌출혈로 이어져 고령자에게는 매우 치명적이기 때문이다.

다행히도 사르코페니아는 예방과 관리가 가능한 질환이다. 근육은 나이가 들어서도 규칙적인 운동을 통해 유지하거나 어느 정도 회복할 수 있는데 특히 근력 운동과 유산소 운동을 병행하는 것이 중요하다. 이때 단백질이 풍부한 식사와 비타민 D 섭취는 근육의 재생에 도움이 된다.

폐용 증후군만은 피해서 가자

어릴 때 친구를 중년이 되어 다시 만나면 눈앞에 두고도 못 알아보는 경우가 종종 있다. 피부가 반짝반짝 빛이 나고 생기발랄한 모습으로 30대처럼 보이는 친구가 있는가 하면, 머리카락이 희어지고 구부정한 자세로 70대처럼 보이는 친구도 있다. 나이를 잊고 살다가 오랜만에 동년배 친구를 만나면 자연스레 서로의 외모를 비교하고 만다.

나이가 들면 키와 체중 같은 외적 변화뿐 아니라 시각, 청각, 후각, 미각, 촉각 등 감각 기능이 저하되고 혈관, 면역력, 호흡기, 소화기 같은 내부 장기와 척추, 비뇨기, 생식기 기능까지 전반적으로 약해진다. 그야말로 안 아픈 곳이 없고 별 희한한 곳이 다 아프다. 더구나 호르몬 변화로 인한 우울증과 불면증도 어느 날 갑자기 불청객처럼 찾아온다.

똑같이 나이를 먹는데도 어떤 사람은 30대처럼 보이고, 어떤 사람은 70대처럼 보이는 이유는 유전적 요인도 있겠지만, 꾸준한 자기 관리와 올바른 생활 습관의 차이 때문이다. 즉, 좋은 음식을 챙겨 먹고 적당히 운동하며, 몸에 해로운 스트레스를 피하려는 노력과 습관의 결과인 것이다. 남에게 자랑하기 위해서가 아니라 노후에 스스로 조금 더 편하게 살기 위해, 자기 관리는 선택이 아닌 필수다.

그 이름도 무시무시한 '폐용 증후군'이라는 말을 들어 본 적이 있는가? 폐용 증후군은 신체 활동이 줄어들면서 여러 생리적 기능이 급격하게 떨어지는 상태를 말한다. 특히 고령자가 질병이나 낙상 등으로 장기간 누워 지내면, 단 1~2주 만에도 근육량이 크게 줄고 전신 기능이 약해질 수 있다.

실제로 노년기에 약 2주간만 누워 지내도 근력과 근육량이 뚜렷하게 감소하는 것으로 나타났다. 그뿐 아니라 장기간 입원하거나 요양을 하게 되면 욕창, 기립성 저혈압, 요실금, 변비 같은 합병증 위험도 높아진다. 이런 상황이 누적되면 신체 기능이 빠르게 쇠약해지며 노후의 삶은 더욱 힘들고 불편해진다.

폐용 증후군을 예방하는 가장 효과적인 방법은 몸을 꾸준히 사용하는 것이다. 가능한 한 많이 걷고, 무리하지 않는 범위에서 근육을 단련하고, 일상에서 자주 몸을 움직이는 습관을 들이는 것이 최고의 예방법이다. 우리 몸은 움직이지 않으면 점점 더 움직일 수 없게 된다. 늙어 갈수록 몸은 '아껴 쓰는 것'이 아니라 '자주 써야 하는 것'임을 기억해야 한다.

활력을 유지하는 333 법칙

식습관 개선, 스트레스 관리, 충분한 수면, 적정한 운동, 금연과 금주 등 노화를 늦추고 건강한 삶을 유지하기 위한 조언은 많다. 여기서는 일상에서 쉽게 실천할 수 있지만 자칫 간과하기 쉬운 활력 유지와 쇠약 예방의 세 가지 비밀, '333 법칙'을 소개한다.

첫 번째는 하루 세 번, 3분 이상, 식후 3분 이내에 하는 양치질이다. 의외라고 생각할 수 있지만, '333 양치질'은 노후 건강을 좌우하는 핵심 요소 중 하나다. 장수하는 사람들은 양치질을 꼼꼼히 하고, 정기적으로 치과 검진을 받으며, 음식을 꼭꼭 씹어 먹는다는 공통점이 있다.

입은 우리 몸에 세균이 들어오는 관문이다. 그래서 입속에는 다양한 세균이 살고 있다. 여러 연구에 따르면 잇몸이나 치주 질환 같은 구강 문제는 뇌졸중, 치매, 심장병, 당뇨 등을 유발하는 요인 중 하나로 알려져 있다. 또한 치아가 부실하거나 빠져 음식을 제대로 씹지 못하면 영양 불균형이 생길 수 있고, 음식을 잘못 삼켜 기관지나 폐로 들어가면 흡인성 폐렴으로 이어질 위험도 크다. 따라서 식사 후에는 꼼꼼하게 양치질하는 습관을 들이는 것이 중요하다. 그리고 1년에 한 번은 치과에 가서 치석 제거(스케일링)를 받는 것이 좋다. 건강보험이 적용되므로 적은 비용으로 치석을 제거하고 검진도 받을 수 있다.

두 번째는 주 3회, 30분 이상, 3개월 이상 지속하는 운동이다. '333 운동'은 걷기, 달리기, 자전거 타기와 같은 유산소 운동을 일주일에 3회, 최소 30분씩, 3개월 이상 꾸준히 하는 것을 말한다. 운동은 무리하지 않고 일상 속에서 자연스럽게 이어가는 과정이 중요하다.

여기에 근력 운동을 병행하면 훨씬 효과적이다. 거창하게 시작할 필요는 없다. 간단한 스트레칭이나 요가, 집 주변 산책, 계단 오르기, 차 대신 걷기 같은 작은 습관부터 시작하면 된다. 이렇게 꾸준히 몸을 움직이면 활력이 쌓이고 노화로 인한 쇠약을 늦출 수 있다.

세 번째는 세 명 이상의 친구와 3개월마다 세 번 이상 만나기다. '333 인적 자본'에 투자하기는 인간관계의 힘을 뜻한다. 인간관계는 눈에 보이지 않지만 중요한 사회적 자산이 된다. 그동안 돈 버는 일에만 투자

활력 유지 333 법칙

333 운동
주 3회
30분 이상
3개월 지속

333 양치질
하루 3번
3분 이상
식후 3분 이내

333 인적 자본
3명 이상
3개월마다
3번 이상 만나기

**활력 유지
쇠약 예방**

했다면 이제는 사람에 대한 투자를 아끼지 말아야 할 시기다.

　외딴섬에 홀로 떨어져 사는 사람처럼 사회와의 관계를 끊고 집 안에만 머무는 생활은 쇠약으로 가는 지름길이다. 친구나 가족과 좋은 관계를 유지하고, 사회 활동에 꾸준히 참여하는 일은 신체 건강뿐 아니라 정신적 웰빙(Well-being)을 지키는 핵심이다.

　취미 생활, 재능 기부, 자원 봉사, 단시간 근로 등 자신의 상황에 맞추어 온라인이든 오프라인이든 사회와 연결 고리를 만들고 잘 유지해야 한다. 특히 은퇴한 후에는 오래된 친구들과 정기적인 모임을 갖거나 친척간의 행사에도 빠지지 않고 참석하는 편이 좋다.

어느 날 나에게 문제가 생겼을 때, 그들이 바로 알아차리고 연락할 수 있도록 다양한 인적 자본에 투자하여 나만의 인간관계 그물망을 촘촘하게 엮어 두자.

먹는 걸 바꾸면
삶이 달라진다

물만 먹어도 살이 찌는 이유

40대가 되면 뱃살이 찌기 시작하는데 이를 '나잇살'이라고 부른다. 나이가 들면 어느 정도 살이 있어야 여유로워 보인다며 자연스러운 변화로 받아들이기도 하지만, 이를 방치하면 그 '조금의 여유'가 속절없이 불어나 건강을 위협하는 원인이 된다.

"많이 먹지도 않는데 배가 나와요."

"간식이나 야식도 안 먹는데…."

"예전과 같은 양을 먹는데 왜 갑자기 살이 찔까요?"

이런 말에는 다 이유가 있다.

우리 몸은 섭취한 음식물을 분해하거나 합성하여 몸을 구성하는 성분과 에너지를 만들고, 남은 것은 몸 밖으로 배출한다. 이러한 일련의 과정을 '대사 활동'이라고 하는데, 나이가 들수록 자연스레 기초 대사량이 감소하면서 에너지로 소비되지 못한 물질이 지방으로 쌓인다.

기초 대사량이 감소하기 때문에 젊었을 때와 같은 양을 먹는다면 당연히 체내에 지방이 더 쉽게 쌓일 수밖에 없다. 여기에 호르몬 변화도 영향을 미친다. 여성은 갱년기에 접어들면서 에스트로겐 수치가 낮아지고 남성은 테스토스테론 수치가 낮아지면서 복부 비만이 심해진다.

허리 주변은 물론 허벅지, 팔뚝, 얼굴에도 살이 붙는다. 작년에 산 바지가 작아져 꽉 끼거나, 소화가 잘되지 않아 허리가 늘어나는 고무 밴드 바지를 찾게 된다면 이미 '빨간 불'이 켜진 것이다. 편한 옷을 입으면 이제 많이 먹어도 부담이 없고, 결국 살이 더 찌게 되는 악순환에 빠진다.

이처럼 40대 이후 체중이 늘어나는 것은 단순히 나

이가 들어 생기는 자연스러운 현상이 아니라, 여러 생리적 변화와 생활 습관이 복합적으로 작용한 결과임을 명심해야 한다. 따라서 적절한 운동, 균형 잡힌 식사, 스트레스 관리가 무엇보다 중요하다.

복부 비만에서 탈출하기

대사 증후군(Metabolic syndrome, 메타볼릭 증후군)이라는 말을 들어본 적이 있을 것이다. 그 대표적인 증상은 복부 비만이다. 초기에는 단순히 배에 살이 찌는 것 외에는 뚜렷한 증상이 없어 가볍게 여기기 쉽지만, 중년 이후 삶의 질을 떨어뜨리는 가장 큰 위험 요인 중 하나다. 고혈압, 고지혈증, 당뇨병 등 여러 질환을 일으키기도 하며 이들 질환은 완치가 어려워 '만성 질환'으로 분류된다. 만성 질환은 혈관 장애로도 이어져 협심증, 심혈관 질환, 뇌졸중처럼 언제, 어디서, 어떻게 터질지 모를 폭탄을 안고 사는 것과 같다. 건강한 삶을 유지하며 원하는 방식으로 인생을 마무리하기 위해서는 반드시 대사 증후군을 예방해야 한다.

　대사 증후군은 잘못된 생활 습관이 오랜 시간 쌓인

결과로 나타나는 만큼, 일상 속 작은 실천이 무엇보다 중요하다. 잘 알려진 것처럼 가공식품 줄이기, 균형 잡힌 영양 섭취, 충분한 수면, 스트레스 관리, 금연과 절주, 규칙적인 운동, 정기 건강 검진과 같은 습관 하나하나가 몇 년 뒤의 건강을 좌우한다. 지금부터 시작하는 올바른 습관이 미래에 큰 차이를 만든다는 사실을 꼭 기억하자.

국민건강보험공단에서 2년에 한 번씩 시행하는 건강 검진을 형식적으로라도 받는 사람이 많다. 검진을 받았다면 결과표만큼은 꼼꼼히 살펴보자. 허리둘레, 중

대사 증후군 진단 기준
(다음 항목 중 3개 이상 해당되면 대사 증후군)

☐ **허리둘레**: 남자 90cm 이상, 여자 80cm 이상
☐ **중성 지방**: 150mg/dL 이상
☐ **고밀도지단백 콜레스테롤**: 남자 40mg/dL 미만
　　　　　　　　　　　　　　　　여자 50mg/dL 미만
☐ **혈압**: 130/85mmHg 이상, 또는 고혈압약 복용 중
☐ **공복 혈당**: 100mg/dL 이상, 또는 혈당조절약 복용 중

서울대학교병원 누리집, 건강정보 - 의학정보 - 대사 증후군 내용을 중심으로 저자 재구성 ◄

성 지방, 고밀도지단백 콜레스테롤, 혈압, 공복 혈당 수치는 반드시 확인해야 한다. 위험 수치를 넘었다면 말할 것도 없고, 그 근처라면 이미 '경고장'을 받은 것이다. 결과표를 보고 궁금한 점이 있다면 인터넷 검색보다 하루라도 빨리 병원에 가서 의사와 직접 상담하는 것이 좋다.

복부 비만에서 벗어나기 위한 첫걸음은 식습관을 바꾸는 것이다. 나이가 들수록 기초 대사량이 감소하는 것은 피할 수 없지만, 그 감소 폭이 생각보다 크지 않다는 점에 주목할 필요가 있다. 결국 관리하기 나름이라는 뜻이다. 줄어든 기초 대사량을 보완하기 위해서 실천할 수 있는 식습관은 다음과 같다.

• 무심코 마시는 탄산음료는 무설탕 차나 물로 바꾸기
• 식사 전, 소스 없는 샐러드로 포만감 먼저 채우기
• 밥공기를 작은 것으로 바꾸어 섭취량 줄이기
• 외식이나 배달 음식 줄이고 집밥 비중 늘리기
• 밀가루, 단 음식, 짠 음식은 의식적으로 피하기
• 손 닿는 곳에 생수를 두고 수시로 마시기

또 한 가지 중요한 것은 먹는 태도다. 나이가 들수록 배불리 먹어야 한다는 생각에서 벗어나자. 실제 우리 건강에 적합한 적정 식사량은 자기 위의 70% 정도•라고 한다. 음식 재료 본연의 맛을 즐기면서 천천히 씹고 식사는 가능한 느긋하게 하는 것이 좋다. 그리고 식사 후에는 단 10분이라도 산책을 하자. 가벼운 산책만으로도 지방 축적을 예방할 수 있다.

옷을 맵시 있게 입으려면 최소한 표준 체중을 유지하거나 그보다 약간 마른 편이 좋다고 한다. 나이가 들수록 체형이 보기 싫게 변하는 것은 어쩌면 '나이 탓'이 아니라 나이를 이유로 늘어나는 체중을 방치한 데 더 큰 원인이 있는지도 모른다.

아침엔 사과, 저녁엔 파인애플

우리 몸속 장에는 외부 자극을 방어하는 면역 조직이 매우 발달해 있어, 건강을 지키는 데 중요한 역할을 한다. 따라서 피부 건강, 뇌 건강, 전반적인 신체 건강을

• 《식사만 바꿔도 젊어집니다》(마키타 젠지, 북드림, 2022)

유지하기 위해서는 무엇보다 장을 튼튼하게 관리하는 것이 중요하다. 유산균이 인기를 얻고 있는 이유다. 그런데 장 건강을 위해 유산균만큼이나 예로부터 사랑받아 온 과일이 있다. 먹으면 예뻐진다는 과일, 바로 사과다. 아침 사과가 '금사과'로 불리는 이유는 사과에 들어 있는 펙틴이라는 수용성 섬유소가 독소를 배출하고 장을 깨끗하게 청소해 주기 때문이다.

우리 장 속에는 유익균과 유해균이 공존한다. 패스트푸드, 가공식품, 술과 같은 나쁜 음식을 자주 먹으면 유해균이 증가하고 반대로 채소, 과일, 섬유소를 충분히 먹으면 유익균이 활성화된다. 나쁜 음식을 먹었다면 곧바로 장에 좋은 음식을 먹어 열세에 몰린 유익균을 도와야 한다. 그래서 매일 아침 꾸준히 사과 반쪽을 먹으면 유익균이 활발해지고 몸속 독소를 배출하는 데 도움이 된다. 요즘에는 사계절 내내 사과를 구할 수 있으니, 아침에 꼭 사과를 먹는 습관을 들여 보자.

가을철에 나오는 배 또한 보석 같은 과일이다. 배에는 피로 해소와 면역력 강화에 도움이 되는 비타민 C, 뼈 건강을 지켜 주는 비타민 K, 신진대사를 촉진하는 비타민 B군이 풍부하다. 여기에 칼륨과 마그네슘 같은 필수 미네랄도 들어 있으며, 칼로리는 낮고 수분이 많아 다이어트에도 도움이 된다. 배가 고플 때는 간식으로 단맛이 도는 배를 먹어 보자.

아침이 사과라면, 저녁은 파인애플이다. 파인애플은 천연 소화제나 다름없다. 나이가 들수록 소화가 잘 안 되고 속이 더부룩하다는 사람이 많다. 특히 저녁 식사는 아침이나 점심보다 칼로리가 높고 위에 부담을 주기 쉽다. 조금 과하게 먹었다면 디저트로 파인애플을 추천한다. 파인애플에 들어 있는 브로멜린(Bromelin) 성분이 소화를 도와 다음 날 속이 한결 편안하다.

아무리 잘생기고 예쁜 사람이라도 나이가 들면 비슷하게 늙어 간다. 깊은 주름과 푸석해진 피부는 화장으로도 가릴 수 없다. 그래서 나이가 들수록 피부가 맑고 빛나는 사람이 미남, 미인으로 불린다. 40대부터는 식사 때마다 몸에 좋은 과일과 채소를 곁들여 먹는 습관을 들여야 한다.

하루에 최소 다섯 가지 색깔의 과일과 채소를 먹겠다는 목표를 세워 보자. 색깔마다 대표 식품, 주요 성분

하루 5색 과일·채소 챌린지

색깔	대표 과일·채소	주요 성분	주요 효능
빨강	토마토, 빨간 파프리카, 비트, 붉은 고추, 딸기, 수박, 석류, 체리	리코펜, 안토시아닌	항산화 작용, 심혈관 질환·암 예방 도움
주황 · 노랑	당근, 호박, 노란 파프리카, 귤, 망고, 오렌지, 파인애플, 레몬	베타카로틴, 비타민 C	면역력 강화, 피부·시력 보호, 세포 손상 방지
초록	시금치, 브로콜리, 케일, 오이, 키위, 아보카도	엽록소, 엽산, 비타민 K, 식이섬유	염증 완화, 소화 건강 개선, 간 기능 도움
보라 · 남색	가지, 적양배추, 자색 고구마, 포도, 블루베리, 아로니아	안토시아닌, 폴리페놀	혈관 건강, 노화 억제, 뇌 기능 향상
흰색	마늘, 양파, 배, 콜리플라워, 무	알리신, 퀘르세틴	항균·항염 작용, 폐·장 건강, 면역력 향상, 콜레스테롤 개선

과 효능이 달라 여러 색의 음식을 골고루 섭취하면 건강에 도움이 된다. 샐러드나 스무디처럼 다양한 방법으로 즐기다 보면, 자연스레 피부 건강과 면역력 강화에도 효과를 볼 수 있을 것이다.

우리 몸은 아프기 전에
반드시 신호를 보낸다

자가 진단은 금물

너도나도 의사인 시대다. 정보의 홍수 덕에 몸에 이상이 생기면 제일 먼저 인터넷을 찾아보고, 스스로 병명을 진단하는 사람들이 늘어나고 있다. 그뿐 아니라 어떻게 하면 낫는지 치료 방법까지 인터넷에 의존한다. 그러나 이것만큼 위험한 일도 없다.

증상이 명확하게 몸 밖으로 드러났다면, 그것은 이제 '이상 신호'가 아니라 '위험 신호'이기 때문이다. 다양한 가능성을 열어 두고 우리 몸의 상태를 냉정하게 관찰해야 한다.

중년이 되면 작은 움직임에도 몸이 예민하게 반응한다. 아침에 눈을 뜨면 바로 일어나기보다, 잠시 누운 채 기지개를 켜고 복식 호흡을 하며 머리끝부터 발끝까지 몸 상태를 살펴보자. 이런 작은 습관만으로도 몸이 보내는 미세한 신호를 놓치지 않을 수 있다. 문제는 이 신호를 느끼고도 대수롭지 않게 넘기는 데 있다.

실제로 병을 방치해 더 큰 병으로 키우는 경우가 많다. 대상 포진을 단순 피부 발진으로 알고 치료 시기를 놓쳐 만성 신경통으로 이어지거나, 걸을 때 숨이 차는 것을 방치했다가 중증 협심증으로 악화되는 사례도 있다. 돌발성 난청은 2~3일만 방치해도 청력을 잃을 수 있다.

며칠만 지나면 괜찮아지겠지, 하는 안이한 태도가 가장 위험하다. 특히 가족 중에 암, 당뇨, 고혈압과 같은 질환이 있다면 가족력에 따라 자신도 발병 위험이 높을 수 있으니 반드시 정기적인 검진이 필요하다.

요즘은 집마다 체온계나 혈압계처럼 손쉽게 건강을 관리할 수 있는 기구들이 있다. 손목에 차고 운동량과 건강 상태를 확인할 수 있는 스마트워치도 보편화되었다. 몸에서 이상 신호를 느끼면 바로 체온과 혈압을 확인하고, 수치에 문제가 없더라도 증상이 계속된다면 귀찮아하지 말고 병원을 가자.

중년이 되면 집 근처 병원 한두 곳을 정해 놓는 것도 좋다. 주기적으로 혈압, 혈당, 콜레스테롤 수치를 확인하고 내 몸이 보내는 미세한 이상 신호를 금세 알아차릴 수 있도록 하자.

고혈압, 침묵의 살인자

친구 A는 늘 두통에 시달렸다. 40대 초반부터 진통제를 달고 살았는데, 한 알로는 효과가 없어서 하루에 두 알씩 여러 번 복용하곤 했다.

"회사 스트레스 때문에 머리가 지끈지끈 아파 죽겠어."

늘 그렇게 호소하던 그는 결국 견디다 못해 병원을 찾았다.

"아니, 이 상태로 어떻게 혼자 병원에 오셨어요? 이대로라면 언제, 어디서 쓰러질지 모릅니다."

간호사는 혈압을 여러 번 재더니 깜짝 놀라 말했

고혈압

혈압이 140/90
mmHg 이상

정상 혈압

혈압이 120/80
mmHg 미만

저혈압

혈압이 90/60
mmHg 미만

다. 병원을 다녀온 그는 그날 바로 CT 촬영과 뇌혈관 검사까지 받았다고 했다. 이제 죽는 날까지 매일 혈압약을 먹어야 한다는 푸념은 덤이었다.

일반적으로 혈압이 120/80mmHg 미만이면 정상 범위로 본다. 혈압이 오르는 이유는 무척 다양하고 일시적인 경우도 있어, 고혈압을 제때 발견하지 못하고 지나치는 경우가 많다. 그래서 40대 이후에는 정기적으로 혈압을 체크하는 습관이 중요하다. 가정에서도 자동 혈압계로 손쉽게 혈압을 측정할 수 있고, 주민센터나 은행, 병원 등에도 누구나 이용할 수 있는 자동 혈압계가 비치되어 있다. 혈압계가 눈에 띌 때마다 혈압을 한 번씩 재 보자.

성인은 보통 수축기 혈압이 140mmHg 이상이거나 확장기 혈압이 90mmHg 이상이면 고혈압으로 진단

한다. 고혈압이 위험한 이유는 혈관에 지속적인 부담을 주어 뇌졸중, 심근 경색, 동맥 경화처럼 뇌와 심장에 치명적인 영향을 미치기 때문이다. 고혈압을 방치하면 최악의 경우 혈관이 막히거나 터져 사망에 이를 수 있다.

고혈압을 침묵의 살인자라고 부르는 이유는 증상이 거의 없기 때문이다. 하지만 우리 몸은 이상이 생기면 반드시 신호를 보낸다. 단지 우리가 그 신호를 가볍게 넘기기 때문에 문제가 커지는 것이다. 국가데이터처에 따르면, 우리나라 사망 원인 1위는 암이지만, 2위 심장 질환, 4위 뇌혈관 질환, 8위 고혈압성 질환 등으로 모두 혈압과 관련되어 있다.

가벼운 두통, 어지러움, 목덜미의 뻣뻣함, 가슴 두근거림, 눈앞이 잠깐 흐려지는 느낌, 아침에 얼굴이 붓는 일 등은 고혈압의 초기 신호일 수 있다. 하지만 이런 증상은 스트레스, 피로, 감기, 근육통으로 착각해 놓치기 쉽다. 중년이라면 이런 사소한 증상도 무시하지 말고, 몸이 보내는 이상 신호로 민감하게 받아들여야 한다. 몸 상태가 평소와 다르다면 '왜 그러지?' 하고 즉시 병원을 찾아가 전문의의 진료를 받는 것이 좋다.

2024년 사망 원인 순위 추이

(단위: 인구 10만 명당 명)

순위	사망 원인	사망률	2023년 순위 대비
1	악성신생물(암)	174.3	-
2	심장 질환	65.7	-
3	폐렴	59.0	-
4	뇌혈관 질환	48.2	-
5	고의적 자해(자살)	29.1	-
6	알츠하이머병	23.9	-
7	당뇨병	21.7	-
8	고혈압성 질환	16.1	-
9	간 질환	15.3	⬆(+2)
10	패혈증	15.1	⬇(−1)

국가데이터처 보도자료, 〈2024년 사망 원인 통계 결과〉(2025.9.25.) ◀—

고혈압을 예방하기 위해서는 건강한 식습관과 꾸준한 운동이 필수다. 특히 염분 섭취를 줄이고, 기름진 음식을 피하며, 과일과 채소를 충분히 섭취해야 한다. 또 하루 30분 정도의 가벼운 걷기나 유산소 운동은 혈압 관리에 큰 도움이 된다.

골절, 목숨이 위태롭다

65세 이상 인구의 3분의 1이 1년에 한 번 이상 낙상을 경험한다. 낙상 사고가 가장 많이 발생하는 장소는 바로 집 안이다. 화장실에서 넘어지거나 높이 50cm 정도의 낮은 침대나 소파에서 일어나다가 엉덩방아를 찧는 것만으로도 고관절이 골절될 수 있다.

많은 사람이 골절을 단순한 뼈 부상으로 여기지만 고령자에게 골절은 생명을 위협하는 심각한 문제다. 젊은이와 달리 고령자는 회복에 시간이 오래 걸리고, 장시간 누워 지내면서 발생하는 합병증이 치명적일 수 있다. 욕창은 물론 폐렴, 요로 감염, 뇌졸중, 심근 경색, 폐색전증 같은 질환이 추가적으로 발생하기도 한다. 고려대학교의료원 누리집에 따르면 고관절 골절은 뼈가 저절로 붙지 않기 때문에 제대로 치료하지 않으면 2년 안에 사망할 가능성이 약 70%에 달한다고 한다.

특히, 노년기에는 골다공증으로 인해 골밀도가 낮아지면서 골절 위험이 커진다. '조용한 뼈 도둑'으로 불리는 골다공증은 자각 증상이 거의 없고, 어느 날 갑작스러운 골절로 모습을 드러낸다. 중년 이후에는 남녀 모두 정기적인 골밀도 검사, 칼슘과 비타민 D 섭취, 햇볕 쬐기, 규칙적인 운동을 통해 골밀도를 유지하는 것이 중요하다. 골다공증은 미리 예방하고 관리할 수 있는 질환이므로, 조기 진단과 적절한 관리로 큰 부상을 막을 수 있다.

골다공증으로 인한 골절을 예방하기 위해서는 근력 강화 운동을 꾸준히 하는 것이 좋다. 운동은 뼈의 강도와 균형 감각을 유지하는 데 도움이 된다. 근육이 강해지면 골절 위험을 줄일 수 있을 뿐 아니라, 넘어졌을 때 몸을 지탱하는 순발력도 높아져 부상을 최소화할 수 있다. 가벼운 걷기, 스트레칭, 요가처럼 체중을 실어 주는 운동이 효과적이다.

고령자의 낙상이 주로 집 안에서 발생하기 때문에 실내 환경도 매우 중요하다. 욕실에는 미끄럼 방지 매트를 깔고, 복도나 침실에는 야간 조명을 켜 두자. 집 안의 불필요한 장애물을 치우고, 카펫이나 러그는 미끄러지지 않도록 고정하는 것이 좋다. 외출할 때는 편한 신발을 신는 것만으로도 낙상 위험을 크게 줄일 수 있다. 높은 굽이나 미끄러운 밑창은 피하고, 발목을 잘 지지해 주는 신발을 선택하는 것이 안전하다.

고령자에게 골절은 단순히 뼈가 부러져 생기는 부상만의 문제가 아니다. 스스로 움직일 자유, 혼자서 생활할 존엄, 그리고 살아갈 의지까지 앗아갈 수 있다. 나이 들어서도 오래도록 독립적이고 자율적인 삶을 유지하기 위해서는 골절 예방이 최우선 과제다.

건강한 몸을 위한 6가지 습관

아프면서 오래 사는 것은 불행한 일이다. 식물인간 상태로 침대에 누워 지내야만 한다면 사는 것이 무슨 가치가 있을까. 누구라도 소변줄을 차고 휠체어에 앉아 생활하거나, 위에 구멍을 뚫고, 코에 튜브를 꽂은 채로 노년기를 보내고 싶지는 않을 것이다.

젊을 때 몸을 혹사했으니, 나이 들어 생긴 만성 질환 하나둘쯤이야 당연하다고 가볍게 넘길 문제가 아니다. 만성 질환은 생각보다 일상생활에 많은 제약을 주며 삶의 질을 크게 떨어뜨린다. 10년 후, 20년 후의 자신의 모습을 그려 보고, 지금부터라도 건강한 습관을 하나씩 실천해 보자.

비만 관리

비만은 만병의 근원이다. 고혈압, 당뇨병, 심장 질환 등 다양한 질병을 유발하고 관절에도 부담을 주어 활동을 어렵게 만든다. 나이가 들수록 신진대사가 떨어지기 때문에, 체중 관리는 더욱 중요하다. 표준 체중을 유지하려면 꾸준한 노력이 필요하다. 체중 관리야말로 만성 질환을 예방하는 첫걸음이다.

운동

운동은 건강을 지키는 가장 기본적인 습관이다. 특히 식사 후 가벼운 산책은 소화를 돕고 기분 전환에도 좋다. 주말에는 '동네 한 바퀴'라는 마음으로 가볍게 걷기부터 시작해 보자. 운동은 심혈관과 근육을 강화할 뿐 아니라, 정신 건강에도 긍정적인 영향을 준다.

금주와 금연

음주와 흡연은 간, 심장, 폐 등 주요 장기를 손상시키며 나이가 들수록 그 영향은 더 심각해진다. 중년 이후에는 이 두 가지를 끊는 것이 건강을 지키는 가장 확실한 방법이다. 흡연은 폐질환을 유발하고 음주는 간 질환, 고혈압, 심혈관 질환 등을 악화시킨다. 방법은 단 하나,

당장 끊자!

자극적인 음식 피하기

나이가 들수록 짜고 매운 음식을 찾는다. 과도한 염분과 향신료는 위장 장애는 물론 고혈압, 당뇨, 심혈관 질환을 악화시킬 수 있다. 음식의 간을 약하게 하여 재료 본연의 맛을 즐기는 식습관을 들이자. 중년 이후에는 고지방, 고염분, 고당분 음식을 줄이고 채소, 과일, 통곡물을 충분히 섭취하는 것이 좋다.

정서적 안정

정신 건강은 신체 건강만큼 중요하다. 우울증이나 불안 등 정신적 스트레스는 몸의 면역력을 떨어뜨린다. 스트레스 해소를 위한 명상이나 요가처럼 마음을 다스리는 활동으로 심리적 안정을 찾아보자. 긍정적인 마인드는 건강한 몸의 시작이다.

정기적인 건강 검진

중년 이후에는 건강 검진을 정기적으로 받아야 한다.

암, 고혈압, 당뇨, 심혈관 질환 등 주요 질환은 조기 발견이 생명을 지킨다. 가족력이나 나이에 맞는 검사 항목을 확인하고 정기적인 검진과 치료로 건강한 노후를 준비하자.

마음과 뇌는
건강한 삶을 여는 열쇠

코르티솔의 경고, 스트레스가 뇌를 늙게 한다

코르티솔(Cortisol)은 흔히 '스트레스 호르몬'으로 불린다. 스트레스를 받을 때 분비량이 증가하기 때문이다. 이 호르몬은 콩팥의 부신 피질에서 분비되며 외부 자극에 맞서 몸이 최대의 에너지를 낼 수 있도록 혈압과 혈당을 조절하는 역할을 한다.

원래 코르티솔은 아침에 높고 저녁에 낮아지는 자연스러운 하루 리듬을 갖는데, 스트레스가 길게 이어지면 이 리듬이 깨지면서 몸이 쉬어야 할 때에도 긴장 상태가 유지된다. 이런 상태가 반복되면 체력 소모가 심해지고 만성 피로와 수면 장애까지 나타난다. 일시적인 스트레스 상황에서는 코르티솔이 몸을 보호하는 긍정적인 기능을 하지만, 스트레스가 장기간 지속되면 혈당과 혈압이 상승하고 면역력이 약해져 각종 질병 위험도 높아진다.

또한 과도한 코르티솔은 산화 스트레스 증가로 피부 장벽 기능을 약화시키고 피부 노화를 앞당긴다. 무엇보다도 코르티솔이 과하게 분비되는 상태가 지속되면 기억을 담당하는 해마의 기능 저하와 연결될 수 있다는 연구가 있다.

해마 기능이 떨어지면 기억력, 집중력, 감정 조절 능력이 함께 약해지며, 결국 스트레스가 뇌 건강에 부정적 영향을 줄 수 있다는 의미다. 세로토닌처럼 기분을 조절하는 호르몬 분비도 방해받아 불안감이나 우울증이 나타나기도 한다. 그래서 두통, 불면증, 불안 등으로 병원을 찾는 환자에게 의사들이 가장 먼저 스트레스를 의심하는 것이다.

사소해 보이는 스트레스라도 장기간 지속되면 몸과 마음 모두에 큰 부담이 된다. 특히 뇌는 다른 기관보다 스트레스에 더 민감하다. 과도한 스트레스는 기억력과 인지 기능을 약화시키며, 감정과 생리 기능을 조절하는 뇌 영역이 위축되면서 불안, 예민함, 우울, 충동적 행동 등이 나타나기도 한다.

스트레스 없는 일상은 거의 불가능에 가깝고 그때그때 스트레스를 풀기도 쉽지 않다. 결국 중요한 것은 코르티솔의 분비를 어떻게 조절하느냐이다. 스트레스를 건강하게 다스리는 습관은 뇌세포의 노화를 늦추고, 전반적인 신체 건강을 지키는 데 도움이 된다. 일상에서 코르티솔을 낮추고 마음을 안정시키는 데 효과적인 방법 몇 가지를 소개한다.

자기 감정을 수용하고 불완전함 인정하기

- 자신에게 완벽함을 강요하지 않기
- 실수와 불완전함을 자연스럽게 받아들이기
- 감정을 억누르지 말고 솔직하게 표현하기

통제 가능한 것과 불가능한 것 구분하기

- 통제할 수 없는 일에 에너지를 낭비하지 않기

- 남의 평가나 의견에 과하게 신경 쓰지 않기
- 결과보다는 과정에 집중하기

문제 해결에 초점 맞추기

- 문제 자체보다 해결책 먼저 찾기
- 하나의 정답에 머물지 않고 다양한 방법 모색하기
- 실패를 성장에 대한 밑거름으로 활용하기

건강한 인간관계 유지하기

- 필요 이상으로 남에게 맞추지 않기
- 부정적인 영향을 주는 사람과 거리 두기
- 마음이 통하는 사람과 시간을 보내며 정서적 안정 유지하기

현재 중심의 삶에 집중하기

- 과거 후회보다 오늘의 작은 결정에 의미 두기
- 지금의 삶을 즐기려고 노력하기
- 알 수 없는 미래의 불안에 집착하지 않기
- 매일의 작은 즐거움과 고마움을 발견하기

중년 우울증, '마음 감기'가 아니다

"만사가 귀찮아요. 무기력합니다."
"피곤한데 밤에 잠이 안 와요."
"자도 자도 계속 잠이 쏟아져요."
"밑도 끝도 없이 감정이 복받쳐 눈물이 나요."
"이것 저것 다 짜증 나고 하루 종일 화가 나요."
"소화가 안 되고 어지럽고 아무 의욕이 없어요."

중년이 겪는 이런 증상들은 단순한 피로나 스트레스 때문만은 아닐 수 있다. 나이가 들수록 신경 전달 물질 불균형, 호르몬 변화, 환경 요인들이 복합적으로 작용해 중년 우울증을 일으킬 수 있기 때문이다. 이 시기의 우울증은 외부로 드러나는 증상보다 내면에서 더 깊고 단단하게 뿌리를 내린다. 보통 2~3일이면 지나가야 할 불편한 증상이 2주 이상 지속된다면 반드시 주위의 도움을 받아야 한다.

우리는 보통 우울증을 슬픔이나 무기력으로 생각하지만, 중년 우울증은 훨씬 복합적인 모습으로 나타난다. 중년은 인생의 변곡점으로 이 시기에 찾아온 우울증은 삶의 전반에 장기적인 영향을 미칠 수 있다. 여성은 폐경기를 겪으며 수면 장애, 불안, 집중력 저하를 경험하고, 남성은 퇴직을 전후해 사회적 압박감, 성취감 저하, 인생에 대한 회의감으로 의욕 상실과 울화, 절망감을 느낀다.

이러한 증상을 '마음 감기' 정도로 가볍게 여기기 쉽지만, 중년 우울증은 단순한 감정 기복이 아니라 치료가 필요한 질환이다. 특히 남성은 스스로 해결하려는 경향이 강해 치료 시기를 놓치는 경우가 많다. 실제로 한국생명존중희망재단 누리집의 통계에 의하면 중년 남성의 자살률은 여성의 두 배에 달한다.

초기의 우울 증상이 악화되지 않도록 평소와 다른 감정 변화를 느낀다면 작은 습관부터 바꿔 보자. 생활 속 작은 변화가 심리적 안정감을 주고 우울감을 떨치는 긍정적인 효과를 줄 수 있다.

햇볕 쬐기

오전에 15~30분 정도 햇볕을 쬐는 것만으로도 세로토닌 분비가 활발해져 기분 전환에 큰 도움이 된다. 햇볕을 쬐며 산책이나 스트레칭, 가벼운 유산소 운동을 병행하면 효과가 더욱 크다. 운동은 뇌의 화학적 균형을 맞추고, 전반적인 에너지를 높여 일상의 활력을 되찾게 해준다.

식단 관리

우울증은 뇌의 신경 전달 물질과 밀접하게 연결되어 있어 식단 관리가 중요한 역할을 한다. 특히 오메가 3 지방산(연어, 고등어), 비타민 B군(달걀, 시금치, 통곡물), 마그네슘(견과류, 바나나)이 풍부한 음식은 기분 조절과 뇌기능 안정에 도움이 될 수 있다.

디지털 디톡스

스마트폰이나 SNS의 과도한 사용은 감정적 피로도를 높일 뿐 아니라 눈 건강에도 해롭다. 지속적인 디지털 자극은 뇌를 과도하게 활성화시켜 오히려 스트레스를 쌓이게 한다. 실내에서 화면만 바라보는 대신, 밖으로 나가 몸을 움직이며 자연과 교감하는 시간을 늘리자.

규칙적인 수면 패턴

매일 같은 시간에 잠자리에 들고, 일정한 시간에 일어나는 것만으로도 감정의 기복을 줄일 수 있다. 수면 부족은 우울 증상을 악화시키므로 하루 7~8시간의 충분한 수면을 확보하자.

감정 일기 쓰기

자기편 하나 없이 홀로 세상에 남겨진 것 같은 외로움이 느껴질 때, 자신의 솔직한 감정을 글로 쓰다 보면 마음이 한결 가벼워진다. 하루 한 줄이라도 진솔한 감정을 적는 습관은 자신의 상태를 객관적으로 인식하고 감정의 흐름을 조절하는 데 도움이 된다.

하루 30분 뇌를 젊게 하는 습관

치매를 예방하고 뇌 건강을 지키기 위해 많은 사람이 건강 기능 식품을 섭취한다. 그러나 전문가들은 영양제보다 스트레스 관리, 운동, 수면, 식단 조절이 뇌 건강에 훨씬 더 실질적인 도움을 준다고 강조한다.

우리 뇌의 기억 담당인 해마를 구성하는 신경 세

포는 나이가 들어도 계속 증식한다고 알려져 있다.[*] 이러한 뇌에 산소와 영양분을 공급하여 해마를 자극하는 데에는 유산소 운동이 가장 효과적이다. 운동은 단순히 체력을 키우거나 체중 감량에 도움이 될 뿐 아니라, 뇌 건강에도 놀라운 효과를 발휘한다.

뇌 건강은 특별한 약이나 영양제보다도 평범한 일상 속의 작은 실천에서 비롯된다는 점을 꼭 기억하자. 중년기부터 뇌를 젊고 활기차게 유지하려면 자신에게 맞는 건강한 습관을 이어 가는 것이 중요하다. 유산소 운동 외에도 간단하면서 꾸준히 실천할 수 있는 뇌 건강을 위한 좋은 습관 몇 가지를 소개한다.

명상과 복식 호흡

조용한 공간에서 10~30분간 깊은 복식 호흡과 함께 몸과 마음을 비우는 명상은 스트레스를 해소하고 집중력과 감정 조절 능력을 향상시킨다. 일상 속에서 긴장되는 상황이 생길 때도 잠시 멈춰 깊게 숨을 들이쉬고 내

● 《도쿄대 고령사회 교과서》(도쿄대 고령사회 종합연구소, 행성B, 2019)

쉬는 심호흡이 큰 도움이 된다.

손쓰기

그림 그리기, 색칠하기, 글쓰기, 악기 연주, 공예 등 손을 움직여 무언가를 만드는 활동은 뇌의 여러 영역을 동시에 자극한다. 창작 활동과 연관된 취미를 시작해도 좋고, 부담스럽다면 좋은 글이 담긴 책을 사서 필사에 도전해 보자. 단순한 손의 움직임이지만 뇌의 기억과 감정 회로를 고르게 깨워 준다.

대화 나누기

가족, 친구, 동료와 나누는 짧은 대화도 뇌 건강에 도움이 된다. 소소한 일상의 대화는 언어 능력과 공감 능력을 자극하고, 사고의 유연성을 높인다. 스트레스로 머리가 무겁게 느껴질 때, 가까운 사람과의 가벼운 수다만으로도 뇌는 활력을 되찾는다.

나이가 들수록
예방 접종이 필수다

별 희한한 곳이 다 아프다

"아니, 어제는 등 뒤가 따끔따끔하더라고. 아파트 베란다에서 이것저것 키우다 보니 벌레에 물렸나 했지. 그런데 오늘 아침에는 젖가슴 밑이 콕콕 쑤시기에 아무래도 이상해서 옷을 벗어 봤더니, 세상에, 그런 난리가 없어. 똥글똥글하게 생긴 게 그냥 온몸에 쫙 퍼져서 아주 징글징글해. 나이가 드니까 별 희한한 병이 다 생긴다니까."

얼마 전에 병원을 다녀온 어머니의 이야기다. 병명은 대상 포진이었다. 의사는 "그래도 빨리 발견하고 오셔서 다행이에요. 조금만 늦었으면 만성 신경통으로 오랫동안 고생하셨을 거예요."라고 말했다고 한다.

중년 이후에 발생하는 대상 포진은 면역력이 떨어지거나 갑작스러운 온도 변화가 있을 때 발생하기 쉽다. 젊은 사람에게도 생길 수 있지만, 특히 60대 이상에서 자주 발생하는 질병이다.

대상 포진이 무서운 이유는 무엇보다 참을 수 없는 통증 때문이다. 의학 통증 척도(SF-MPQ)에 따르면 대상 포진의 통증 점수는 22점으로 수술 후의 통증(15점)이나 산통(18점)보다 더 심하다고 알려져 있다. 그러니 대상 포진으로 의심할 증상이 나타났을 때는 즉시 병원을 찾아야 한다.

중년 이후 흔히 겪는 또 다른 변화가 바로 눈이다. 눈은 우리 몸에서 가장 먼저 노화가 시작되는 기관이다. 그래서 중년이 되면 눈물샘 기능 저하나 비문증으로 고생하는 사람이 많고, 녹내장이나 황반변성, 백내장과 같은 여러 안과 질환을 앓기도 한다.

어느 날 갑자기 오십견 증상이 나타나기도 한다. 팔 한쪽이 올라가지 않아 불편하다는 느낌이 드는 증상인데 어깨 관절 주위의 염증이나 근육 손상 등 다양한 원인으로 생길 수 있다. 이처럼 갑작스러운 통증이나 불편함이 생기면 반드시 병원에서 정확한 진단을 받는 것이 중요하다.

　사람마다 개인차가 있겠지만, 중년이 되면 예전에는 상상도 못 했던 부위에서 아픔이나 불편함을 겪게 된다. 몸이 보내는 신호를 무시하지 말고, 조금이라도 이상하다면 병원을 찾아 전문의한테 진료를 받아야 한다. 나이가 들수록 신체 변화가 많아지기 때문에 질병을 예방하거나 조기에 발견하려면 자신을 돌보는 일에 더욱 신경 써야 한다.

예방 접종은 큰 병을 막는 첫걸음

아기가 태어나면 병원이나 보건소에서 신생아 예방 접종 일정을 관리할 수 있도록 건강 수첩을 나누어 준다. 아기에게 필요한 예방 주사 종류와 시기가 다양하고, 여러 번에 걸쳐 맞아야 하는 백신도 있어 별도의 관리가 필요하기 때문이다. 그래서 부모들은 예방 접종 일정을 놓치지 않으려고 건강 수첩을 꼼꼼히 확인하며 관리한다.

그러나 성인이 되면 접종하는 백신은 독감이나 간염 정도로 좁아지고, 독감 주사조차 매년 챙겨 맞지 않는 사람이 많다. 하지만 독감, 폐렴, 대상 포진, 파상풍과 같은 백신은 제때 맞아 두면 큰 병을 예방하는 데 도움이 된다.

나이가 들수록 면역력이 떨어지는 것은 자연스러운 변화다. 그래서 중년기부터는 예방 접종이 선택이 아니라 필수에 가깝다. 면역력이 약해진 상태에서 새로운 질병에 노출되면 피해가 더욱 커질 수 있기 때문이다. 실제로 몇 년 전 코로나19가 유행했을 때도 고령일수록 치사율이 높아지는 것으로 나타났다. 이는 단순히 면역력 저하 때문만이 아니라 고령층은 기저 질환을 앓고 있는 경우가 많아 감염에 더 취약했기 때문이다.

위험을 피할 수 있다면 미리 대비하는 것이 최선이다. 주사 맞기를 두려워 말고 자신이 예방 접종 대상자인지 꼼꼼히 확인해 보자. 예방 접종으로 큰 병을 막을 수 있다면 그것이 바로 건강을 지키는 첫걸음이다. 예방 접종은 건강한 노년기를 위한 가장 간단하고도 확실한 대비책이다.

나에게 필요한 예방 접종 알아보기

나이가 들어서도 예방 접종이 중요한 이유는 질병 발생 자체를 줄이고, 혹시 감염되더라도 증상과 합병증을 최소화할 수 있어서이다. 특히 독감, 폐렴, 대상 포진, 파상풍·디프테리아·백일해 등은 중년 이후 적극적으로 예방해야 할 대표 질환이다.

주의해야 할 것은 예방 접종이 건강을 지키는 데 중요한 역할을 하지만, 일부 사람에게는 부작용을 일으킬 수 있다는 점이다. 코로나19 백신 접종 후 부작용 사례가 있었던 것처럼, 드물게 독감 백신을 맞은 뒤에 예기치 못한 이상 반응이 나타나는 경우가 있다.

예방 접종을 안전하게 받기 위해서는 자신의 건강 상태를 정확하게 의료진에게 알려야 한다. 접종 전에 의사가 기본적인 사항을 확인하지만, 본인도 미리 현재 건강 상태, 과거 질병 이력, 복용 중인 약, 이전 예방 접종 여부, 알레르기 유무 등을 정리해 두면 부작용을 최소화할 수 있다.

독감 (성인, 매년 10월~12월)

독감이 심한 감기라고 알고 있는 사람이 많다. 하지만 독감은 인플루엔자 바이러스가 폐에 침투해 일으키는 급성 호흡기 질환으로 감기와는 다르다. 독감은 주로 12월에서 다음 해 3~4월까지 유행하며 예방 주사를 맞으면 약 2주 후에 항체가 형성된다.

독감 백신은 그해 전 세계·국내에서 유행할 가능성이 높은 인플루엔자 바이러스 균주를 예측해 만든다. 백신은 포함하는 바이러스 종류에 따라 3가 또는 4가형이 있으며, 일반적으로 3가 백신은 A형(H1N1, H3N2) 두 종과 B형 하나(Victoria 계열)를, 4가 백신은 여기에 B형의 다른 계열(Yamagata)을 더해 총 4종의 바이러스에 대응한다. 그러나 최근 들어 전세계적으로 Yamagata형 바이러스가 장기간 검출되지 않아, 일부에서는 3가 백신만을 접종 대상으로 삼고 있다. 65세 이상은 보건소나 지정 병원에서 무료로 접종할 수 있다.

예방 주사를 맞으면 백신과 유행 균주가 일치할 경

우, 건강한 성인은 약 70~90%의 예방 효과가 있다고 알려져 있다. 고령자의 예방 효과는 30~40%에 지나지 않지만, 중증화를 막아 입원 예방 50~60%, 사망 예방 80%의 효과를 보인다.

폐렴구균 (65세 이상)

우리나라의 주요 사망 원인 중에 증가 폭이 뚜렷한 질병이 바로 폐렴이다. 폐렴은 폐에 염증이 생기는 질환으로, 주로 세균이나 바이러스 등에 감염되어 발생한다. 독감과 폐렴은 전파 경로가 비슷하고 호흡기 감염증 등과 유사한 증상을 보인다는 공통점이 있다. 따라서 독감 예방 주사를 맞을 때 폐렴구균 백신을 동시에 접종하면 폐렴 합병증으로 인한 입원과 치사율을 크게 줄일 수 있다.

폐렴구균은 폐렴과 뇌척수막염을 일으키는 세균으로, 특히 고령일수록 폐렴 위험성이 높기 때문에 예방 접종을 꼭 맞도록 하자. 폐렴구균 백신에는 단백결합백신과 다당백신이 있다. 과거에는 13가 단백결합백신과 23가 다당백신이 널리 사용됐지만, 최근에는 혈청

형을 더 넓힌 단백결합백신(예: 15가, 20가, 21가)도 성인에게 권고된다. 65세 이상은 23가 백신을 무료로 맞을 수 있다.

대상 포진 (50세 이상)

대상 포진은 어렸을 때 수두를 앓은 뒤 그때 몸 안의 신경절에 잠복해 있던 수두-대상 포진 바이러스가 나이가 들거나 면역력이 감소하면서 다시 활성화되어 발생하는 질환이다.

연령이 높아질수록 발병률과 대상 포진 후 신경통의 빈도가 함께 증가하는 것으로 알려져 있다. 앞서 말한 것처럼 대상 포진은 치료 후에도 통증이 지속되는 '대상 포진 후 신경통'이라는 합병증을 남길 수 있는데, 이러한 신경통은 일상생활은 물론 삶의 질에도 큰 영향을 미치기 때문에 예방이 최선이다.

대상 포진의 발생 위험과 신경통은 연령과 밀접한 관련이 있으므로, 50세 이후 특히 60세 전후에는 적극적인 예방 접종이 필요하다. 예방 접종을 받았다 하더라도 약 50%는 증상이 나타날 수 있으나 예방 접종을 마친 사람은 대상 포진이 발병하더라도 훨씬 가볍게 지나가거나 신경통의 강도가 낮다.

파상품·디프테리아·백일해 (성인, 10년마다)

파상풍은 상처를 통해 몸에 들어온 파상풍균이 신경계를 침범해 신경독으로 인한 근육의 긴장성 연축(오그라들었다 펴지는 현상)을 일으키는 질환이다.

디프테리아는 급성 독소 매개성 호흡기 감염병이며, 백일해는 '백 일 동안 기침'이라는 뜻에 걸맞게 보르데텔라 백일해균에 의해 발생하는 호흡기 질환이다.

파상풍·디프테리아 백신의 경우 과거에 3회 예방 접종을 완료한 사람은 10년마다 파상풍·디프테리아 백신(Td)을 접종해야 하는데, 이 중 1회는 백일해가 포함된 백신(Tdap)으로 접종하는 것이 권장된다.

간염 (성인)

우리나라 중년층 사망 원인의 선두권을 꿋꿋이 지키는 질병 중 하나가 바로 '간암'이다. 대한간암학회에 따르면 우리나라 간암 환자의 5년 생존율은 약 40%에 그치는 것으로 나타났다. 간암의 주요 원인은 음주, 비만, 당뇨, 그리고 B형·C형 간염 바이러스에 의한 것으로 알려져 있다. 이 가운데 C형 간염은 아직 백신이 없지만, A형과 B형 간염은 예방 접종으로 막을 수 있어 성인에게 중요한 백신이다. 특히 우리나라 간암 환자의 약 80~90%가 B형 또는 C형 간염 바이러스 감염자이므로 반드시 예방이 필요하다.

B형 간염 백신을 맞지 않은 성인은 반드시 예방 접종을 받아야 한다. 특히 간염 고위험군 중 백신 미접종자는 0개월(첫 접종), 1개월, 6개월 간격으로 총 3회 접종이 필요하다.

A형 간염 역시 고위험군은 6~18개월 간격으로 2회 접종해야 한다. 고위험군이 아니더라도 40세 미만은 항체 검사 결과 없이, 40세 이상은 항체 검사 후 항체가 없을 경우 백신 접종을 권고하고 있다.

나만의 건강 수첩 만들기

얼마 전에 편두통이 심해 통증의학과에 다녀왔다. 편두통을 자주 앓던 터라 '조금만 지나면 괜찮아지겠지.'

하고 대수롭지 않게 여기다가, 왼쪽 귀 뒤편으로 찌릿찌릿하던 통증이 왼쪽 얼굴과 눈까지 떨리고 마비되는 것 같아 더는 안 되겠다 싶었다.

증상을 이야기하자 의사는 작은 인체 모형을 가리키며 신경계 구조를 설명한 후, 언제부터 증상이 있었는지 물었다.

"글쎄요. 조금 오래됐는데 한 10년쯤 됐을까요?"

편두통이 있을 때마다 진통제를 먹고 넘기다 보니 정확히 언제부터 아팠는지 기억나지 않았다. 대학 시절에도 가끔 두통이 있었던 것 같지만, 본격적으로 심해진 것은 직장 생활을 시작한 뒤였으니 20년 전쯤일지도 모른다.

마비 증상이 나타난 것도 2주 전인지, 3주 전인지 가물가물했다. 지금도 내 몸의 변화를 제대로 기억하지 못하는데, 80대가 되면 어떨지 안 봐도 불 보듯 뻔하다. 다리나 허리가 언제부터 아프기 시작했는지 기억해 낼 리가 없다.

의료 기관에서 진료를 받은 적이 있다면 병원에 다녀온 기록을 쉽게 조회할 수 있다. 국민건강보험 누리집에서 개인 민원을 신청하면 보험 급여 내역을 볼 수 있다. 그러나 병원 이름과 날짜, 진료비 정도만 알 수 있어 어디가 어떻게 아파서 갔는지 상세한 상황은 여전히 개인의 기억에 의존해야 한다. '나만의 건강 수첩'이 필요한 이유다.

병원에 가기 싫어하는 사람 중에는 의외로 의사와 마주하는 것이 불편하다는 이유를 드는 경우가 많다. 대부분 의사가 권위적이고 딱딱할 것이라는 편견 때문이다. 그러나 요즘 의사들은 친절하고 환자와의 소통을 중요시하기 때문에 그런 걱정은 할 필요없다.

다만 자신의 상태를 정확히 설명하기 어려울 것 같다면 글로 정리해 가는 것도 하나의 방법이다. 언제부터 아팠는지, 어느 부위가 어떻게 아픈지, 병원에 가기 전이나 대기하는 동안 궁금한 점을 미리 메모해 두자. 종합 병원은 특히 의사와 한 번 상담을 마치면 다시 만나기까지 시간이 오래 걸린다. 메모를 해 가면 뒤돌아나와서 '이것도 물어볼걸…' 하고 후회하는 일이 적어진다.

40대부터는 사소한 변화라도 자신의 건강 상태를

기록해 두어야 한다. '나만의 건강 수첩'을 만들면 몸의 변화를 한눈에 확인할 수 있어 유용하다. 컴퓨터나 휴대전화에 저장해도 좋고, 작은 수첩에 직접 적어도 된다. 현재 몸 상태, 복용 중인 약, 평소와 다른 변화, 병원 진료 기록 등을 간단히 메모해 두면 건강 관리에 큰 도움이 된다.

우리나라는 주치의 제도가 없고 영국처럼 전자의무기록이 통합되어 있지도 않다. 그래서 자신의 몸 상태나 질병 이력을 아는 사람은 자기 자신뿐이다. 특히 80대가 되면 의사가 하는 말을 제대로 이해하기 어렵고, 자신의 증상을 제대로 전달하기도 힘들 수 있다.

어느 날 갑자기 의식이 없는 급박한 상황에서 병원에 실려 갈 경우, 복용 약이나 과거 병력에 대한 정보가 없으면 수술이나 치료가 늦어질 수도 있다. 이럴 때 의사에게 건강 수첩만 보여 줘도 치료가 훨씬 수월해진다.

건강 수첩에는 현재 건강 상태를 간략히 기록하되, 월별 혹은 분기별로 정해 놓고 주기적으로 갱신하는 것이 좋다. 요즘은 대부분 건강 보조 식품을 몇 가지씩 복용하므로, 자신이 먹는 보조 식품의 종류를 함께 기록해 두면 유용하다. 또한 사람마다 체질이 다르므로, 알레르기 유발 물질이나 특이 사항도 함께 적어 두면 필요할 때 도움이 된다.

그리고 병원에 다녀왔다면, 어디가 아팠고 어떤 처방을 받았는지도 함께 기록해 두자. 예를 들어, 나는 2020년부터 원인 모를 두드러기와 피부염에 시달리고 있는데, 처방받은 약 중에 아디팜정은 나에게 맞지 않는지 졸림이나 환각 같은 부작용이 있어 이후로는 처방받지 않는다. 또한 2022년 1월 전후로 노안이 심해졌다는 사실도 기록을 통해 알 수 있었다. 이처럼 건강수첩은 몸의 변화를 명확하게 추적하고, 병원에서 받은 처방이나 중요한 정보를 잊지 않게 도와주는 중요한 도구다.

나이가 들수록 약의 중복 처방에도 주의해야 한다. 고혈압, 당뇨, 허리디스크, 위염, 관절염 등 여러 만성 질환을 앓고 있는 경우, 다니는 병원이 제각각 다르면 성분이 같은 약을 중복으로 처방받을 가능성이 커진다. 이렇게 되면 허용치보다 많은 약을 먹게 되어 오히려 몸에 독이 될 수 있다.

나만의 건강 수첩, ○○○○년 ○○월 [예시]

1. 나의 건강 정보	키:　　　　　　　혈압: 몸무게:　　　　　허리둘레: 혈액형:　　　　　맥박:
2. 건강 상태 및 특징	체중 변화: 피로감: 식사·수면 상태: 알레르기(약, 음식, 백신 등):
3. 가족의 질병 이력	부모, 형제, 조부모 질환:
4. 현재 아픈 곳	언제부터: 어떤 증상: 통증 부위와 강도:
5. 이전에 아팠던 곳	병원 내원 이력: 수술 이력 등:
6. 현재 먹고 있는 약	약 이름: 용량: 복용 이유: (잘 모르면 약 봉투 사진 첨부)
7. 현재 먹고 있는 　건강식품 　(영양 보조제)	이름: 하루 복용량: 복용 이유: (잘 모르면 사진 첨부)
8. 예방 접종 이력	백신 이름: 접종 시기: (잘 모르면 정부24 예방 접종 확인 등)
9. 최근 건강 검진 결과	검사 날짜: 주요 결과:
10. 의사에게 물어볼 　　질문	1~3가지 구체적으로:

건강 수첩의 구체적인 내용 예시

일자		병원	증상
2021년 (만47세)	1월 27일	○○ 내과	전날 회식, 밤새 토함(주사 및 약 처방)
	2월 9일	○○ 내과	몸살감기, 근육통 심함, 목이 쉼, 열은 없는데 식은땀, 머리가 띵함, 콧물이 뒤로 넘어감(약처방)
	8월 상태		두드러기가 작년부터 계속됨(알레그라정, 아디팜정 복용) → 아디팜정은 부작용(어지러움, 헛소리 등) 발생, 복용 중지
	10월 12일	○○ 내과	피부염-발목, 발등, 정강이, 허벅지, 손목, 팔 안쪽에 생김, 가려움. 잘 아물지 않음(원인 불명, 스테로이드 약 처방)
	10월 24일	○○ 통증 클리닉	왼쪽 찌릿 하는 편두통, 찌릿할 때마다 목, 턱, 눈꺼풀 위까지 통증, 머리카락을 만지기만 해도 아픔(주사 치료 및 약 처방)
2022년 (만48세)	1월 17일	○○ 안과	쉽게 눈이 피로함, 노안 및 심한 근시, 시력 교정 수술 권유 받았으나 무서워서 안 함
2023년 (만49세)	3월 16일	○○ 피부과	환절기 얼굴이 가렵고 부음(매년 반복), 발목과 손 등에 생긴 피부염(겐트리손 처방) → 겐트리손은 잘 듣지만 스테로이드가 무서움
	9월 상태		머리숱이 많이 빠짐. 새벽에 자주 깸. 몸이 뜨거워지고 식은땀, 왼쪽 팔 안 올라감, 왼쪽 새끼손가락 가끔 저림 등
	12월 12일	○○ 신경외과	왼손 새끼와 약손가락 마비(약 처방) 신경 검사, 근전도 검사 후 말초신경손상 판정
2024년 (만50세)	5월 24일	세브○○ 비뇨기과	혈뇨(핏덩이), 미세혈관 터짐(약 처방)
	7월 9일	용인 ○○ 안과	비문증(양쪽 눈 모두), 동공확장술 안구 건조증이 심함(점안액 및 약 처방)

여러 가지 약을 먹어야 한다면 약국이라도 한 곳으로 정하는 것이 좋다. 다만 병원 근처의 약국이 아니면 처방받은 약이 없을 수도 있어, 가장 좋은 방법은 약 봉투를 건강 수첩과 함께 보관하는 것이다. 그리고 의사를 만나 처방받기 전에 건강 수첩과 현재 먹고 있는 약 봉투를 같이 보여 주면 중복 처방을 예방할 수 있다.

현재 보건복지부와 한국보건의 료정보원은 개인 건강기록앱 'PHR (Personal Health Record)'을 개발해 언제, 어느 병원에 갔고, 어떤 약을 처방 받았는지 쉽게 확인할 수 있도록 지원하고 있다. 다른 건강관리 앱과 연동해 생활 속 건강 데이터를 자동으로 연계할 수 있는 것도 큰 장점이다.

개인 정보 활용 동의 문제나 고령자의 정보 이용 능력 차이에 대한 논란은 여전히 존재하지만, 자신의 건강 기록을 간편하게 확인할 수 있다는 점에서 매우 유용하다.

하지만 전 생애에 걸친 건강 관리가 가능한 것은 아니며, 건강 검진 결과는 최근 10년, 진단·약물 처방·

검사·수술 내역 등은 최근 3년치 정보만 제공된다. 실시간 정보 제공이 되지 않는 점도 단점이다. 따라서 이러한 건강 관리 앱의 한계를 보완하기 위해서는 여전히 자신의 건강 수첩을 꼼꼼하게 기록해 두는 편이 가장 안전한 방법이다.

III

돈
Finance

돈이 전부는 아니지만,
없으면 불안하다

노후 불안의 80%는 돈에서 온다

누구라도 퇴직 후에는 돈 걱정 없이 편안하고 행복한 노후를 꿈꾼다. 많은 사람이 '노후 준비는 곧, 돈 모으기'라고 생각하는 이유다. 퇴직과 동시에 가장 먼저 끊기는 것이 바로 '현금 흐름'인데, 월급과 같은 고정 수입이 사라진다는 것은 우리가 당연하게 여겼던 일상의 기반이 흔들린다는 뜻이기도 하다.

퇴직하면 수입은 줄어드는데 아파트 대출금과 같은 부채가 남아 있거나, 자녀의 학업이나 결혼 등 큰돈이 들어갈 일이 있다면 불안할 수밖에 없다. 예기치 않게 들어가는 부모의 간병비, 자신의 의료비, 생활비, 경조사비까지 노후에는 생각보다 돈이 들어갈 일이 참으로 많다.

평균 수명은 점점 늘고 있지만, 그에 걸맞은 노후 자금을 마련하지 못한 채 퇴직을 맞이하는 사람이 많다. 노후 자금을 준비해야 한다는 사실을 알면서도 빠듯한 월급으로 대출금과 자녀 양육비, 교육비, 부모 돌봄비, 생활비까지 감당하다 보면, 자신의 노후 준비는 늘 뒤로 밀리기 마련이다. 더구나 주택 대출 상환에 부족한 금액을 퇴직금으로 메우다 보니, 은퇴 후에도 계속 일을 해야 하거나 얼마 되지 않는 국민연금에 기댈 수밖에 없다.

국민연금공단 누리집에 공개된 2025년 3월 기준 자료에 따르면, 노령 연금 수급자의 평균 수령액은 약 59만 원 정도이며, 100만 원 이상을 받는 사람은 전체의 13.3%에 지나지 않는다. 더구나 2025년 기초 연금액은 최저 생활비에도 미치지 못하는 약 34만 원이 조금 넘는 금액으로, 평균 노령 연금에 평균 기초 연금액을 합쳐도 채 100만 원이 되지 않는다. 2025년 기초 연

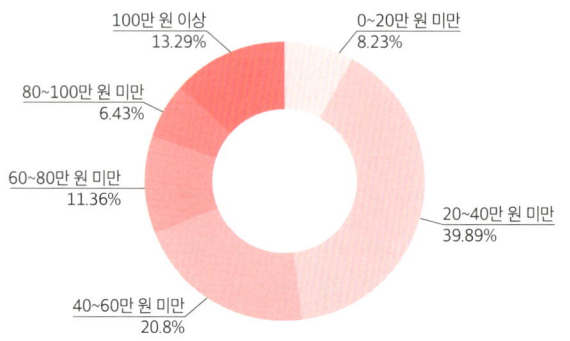

2025년 3월 기준 국민연금 금액별 수급자 비율

100만 원 이상
13.29%

0~20만 원 미만
8.23%

80~100만 원 미만
6.43%

60~80만 원 미만
11.36%

20~40만 원 미만
39.89%

40~60만 원 미만
20.8%

국민연금공단 누리집, 〈2025년 3월 기준 국민연금 통계〉

금 소득 인정액 기준은 단독가구 기준 월 228만 원, 부부가구 기준 월 364만 8,000원이며, 실제 소득과 재산(부동산, 예금 등 환산), 기타 생활 수급 지원금 등 전반을 합산 평가해 산정한다. 이처럼 현재의 연금액은 최소한의 생활을 꾸리기에 턱없이 부족할뿐더러 예상치 못한 생활비나 의료비를 감당할 수준이 아니어서, 실제로 많은 고령자들이 경제적 불안에 시달리고 있다.

한편, 65세 이상의 고령자 1인당 연평균 의료비는 약 543만 원으로, 월평균 약 50만 원 가까운 금액을 의료비로 지출하는 것으로 나타났다.• 물론 평균값은 몇 몇 상위 10%, 하위 10%의 지출이 반영되어 실제보다 부풀려져 있을 수도 있다. 그러나 적은 연금 수령액과 증가하는 생활비, 의료비 부담은 여전히 은퇴 이후에도 노동시장으로 다시 나가야 하는 이유가 되고, 이는 노후 불안을 가중시키는 원인으로 작용한다.

문제는 노후의 경제적 빈곤으로 인한 불안이 단순한 돈 문제에 그치지 않고 심리적인 고립감이나 자존감 상실, 이로 인한 우울증으로 이어지기도 한다는 점이다. 결국 노후를 위한 경제적 준비는 단지 돈을 모으는 일에 그치지 않고 심리적 안정과 삶의 질을 지키기 위해 매우 중요한 부분이라는 사실을 잊지 말아야 한다. 넘치지 않더라도 최소한 빈곤에 빠지지 않을 만큼의 자금 준비는 건강하고 안정된 노후를 위한 안전한 길이다.

은퇴 이후 자산, 집 한 채의 올가미

"이제 퇴직하면 좀 쉬어야지."

많은 사람이 이렇게 은퇴 후의 여유를 꿈꾸지만,

● 건강보험심사평가원·국민건강보험(2024), 〈2023년 건강보험통계연보〉

막상 퇴직한 사람들은 "쉬고 싶어도 불안해서 못 쉬겠어."라고 말하곤 한다. 그 불안의 정체는 바로 '돈'이다. 매월 꼬박꼬박 들어오던 월급 대신 연금을 받지만, 생활비로 쓰기에 급급해 여유롭게 쓸 수 있는 돈이 부족해진 탓이다.

퇴직하고 나니 남은 건 '집 한 채'뿐이라는 사람이 많다. 그마저도 대출금 상환이 끝난 집이라면 다행이지만, 퇴직 후에도 부채가 남아 있다면 매월 나가는 이자와 원리금 상환은 큰 부담으로 작용한다. 그래서 퇴직 전에 어떻게든 부채를 없애려고 그동안 모아 둔 적금과 퇴직금까지 끌어모아 대출금을 갚으려고 한다.

실제로 최근 국가데이터처에서 퇴직연금 중도 인출 사유를 분석한 결과를 보면, 52.7%가 주택 구입, 27.5%가 주거 임차를 위해 해지한 것으로 나타났다.[•] 다시 말해, 주거를 목적으로 퇴직연금을 중도에 해지하는 비율이 약 80%에 달한다는 뜻이다. 이처럼 퇴직금마저 대출금 상환에 쓰고 나면, 노후 생활비에 보태

• 국가데이터처 보도자료, 〈2023년 퇴직연금통계 결과〉

연령대별 자산 유형별 구성비

■ 저축액 ■ 전월세 보증금 ■ 거주 주택 ■ 거주 주택 이외 □ 기타 실물 자산

연령대	저축액	전월세 보증금	거주 주택	거주 주택 이외	기타 실물 자산
39세 이하	19.9	21.5	36.8	14.3	7.5
40~49세	18.0	9.4	44.1	23.3	5.3
50~59세	20.5	4.8	41.7	27.7	5.2
60세 이상	15.9	2.9	42.5	35.2	3.5

국가데이터처, 〈2024년 가계금융복지조사 결과〉

야 할 퇴직연금은 사라지고 마는 셈이다.

우리나라의 자산 구조는 부동산 비중이 상대적으로 높은 편이다. 국가데이터처에서 발표한 연령대별 자산 유형을 살펴보면, 모든 연령대에서 주거 관련 자산의 비중이 높고, 연령이 높아질수록 '전월세보증금'은 줄고 '거주 주택' 자산의 비중은 높아지는 것으로 나타났다. 특히 60세 이상은 부동산의 비중이 높다 보니 비상금으로 활용할 수 있는 저축액은 전체 자산의 15.9%에 불과하다. 그러나 부동산은 현금화가 쉽지 않아 예기치 않은 지출이나 의료비, 긴급한 생활비가 필요할 때 어려움을 겪을 수밖에 없다. 생활비가 부족하

다고 지금 살고 있는 집을 서둘러 처분하기도 쉽지 않은 일이다.

직장인일 때 목표가 '내 집 마련'이었다면, 이제는 노후에 그 집에서 어떻게 안정적으로 살아갈지를 고민해야 한다. 집이 전부인 인생에서 '삶이 중심이 되는 인생'으로의 전환이 필요하다. 어쩌면 우리는 돈이 없어서 불안한 게 아니라, 쓸 수 있는 돈이 부족해서 불안한지도 모른다.

행복한 노후는 얼마면 가능할까?

노후는 언젠가 우리가 맞이하게 될 미래지만 기대보다는 걱정이, 여유보다는 준비가 먼저 떠오른다. 행복하고 안정된 노후를 보내기 위해서는 과연 얼마나 필요한지 고민하게 된다. 삶에 대한 기대보다 경제적인 불안이 더 큰 탓이다. 행복한 노후 생활을 누리는 데 '돈'이 전부는 아니지만, 경제적인 여유는 우리 미래의 삶의 질을 좌우하는 가장 큰 요소다.

많은 사람이 '돈 걱정 없는 삶'은 돈이 아주 많은 삶이라고 오해한다. 물론 어느 정도의 자산은 필요하지만, 현재 자신의 상황에 맞게 노후의 삶을 계획하고 통제할 수 있으면, 돈이 많지 않아도 노후가 불안하지 않다. '나는 지금 돈이 없어서 불안하다.'라고 느끼는 사람은 정말 돈이 없어서일 수도 있고, 자신의 돈이 어떻게 움직이고 있는지 그 흐름을 몰라서일 수도 있다.

자신의 수입과 지출 구조를 정확히 파악하고, 미래의 소득과 지출을 예상해 보자. 60세 이후 혹은 65세 이후의 소득원과 예상액을 대략 계산해 보고 예상 지출액을 적어서 비교해 보면, 무엇을 어떻게 준비해야 할지 윤곽이 드러날 것이다.

국가데이터처가 금융감독원, 한국은행과 공동으로 전국의 2만여 표본 가구를 대상으로 조사한 '2024년 가계금융복지조사' 결과를 보면, 60세 이후의 주요 소득원은 근로소득, 사업소득, 재산소득과 공적·사적 이전소득으로 나뉜다. 근로를 계속하는 경우 월평균 199만 원, 사업소득은 월평균 80만 원 수준으로 나타났고, 연금 중심으로 생활한다면 공적 이전소득은 월평균 96만 원, 자녀나 친척에게 받는 용돈 등 사적 이전소득은 월평균 약 15만 원 선이었다.

60세 이상 소득 원천별 가구소득 평균

(단위: 만 원)

가구소득	연평균 금액	월평균 금액
근로소득(단시간 근로, 프리랜서 포함)	2,392	199
사업소득	964	80
재산소득(배당금, 이자, 임차료 등)	827	69
공적 이전소득(연금 등)	1,151	96
사적 이전소득(용돈 등)	179	15

국가데이터처, 〈2024년 가계금융복지조사 결과〉 p.30의 〈표 4-7〉 수정 ●

그렇다면 노후에 필요한 생활비는 어느 정도일까? 여러 기관에서 유사한 조사를 진행하고 있어 금액 차이가 조금씩 나지만, 앞서 소개한 가계금융복지조사에서는 월평균 생활비로 60대 1인 가구는 약 158만 원, 2인 가구는 약 259만 원을 지출하고 있었다. 이러한 객관적인 수치를 자신의 상황과 비교해 볼 수도 있겠지만, 실제로 필요한 금액은 개인의 생활 방식, 거주 지역, 가족 구성, 소비 패턴, 건강 상태 등에 따라서도 크게 달라진다. 따라서 노후 생활비에 대한 불안을 줄이기 위해서는 현재 자신의 상황에 맞게 기준을 세우는 것이 중요하다.

가장 먼저 예상되는 수입과 지출을 계산해야 한다.

노후에 필요한 생활비 지출 항목

항목	구체적인 내역	월 지출액
식비·생활비	외식비, 의류비, 주거 소모품비 등	
주거비	월세, 관리비, 상하수도, 전기, 가스, 난방비 등	
교육비	자녀 교육 혹은 본인 교육비 등	
의료비	병원 진료, 의약품, 건강 보조 식품 등	
교통비·통신비	차량 유지비, 대중 교통비, 스마트폰, 인터넷 등	
보험료	실비보험, 자동차보험 등	
세금	소득세, 재산세 등	
취미·문화비	여행, 취미, 영화, 도서 구입 등	
기타(경조사 등)	선물, 경조사비 등	

수입 항목은 근로소득이나 사업소득, 금융소득, 연금 등을 떠올릴 수 있다. 적정 생활비를 계산하기 위해서는 현재 한 달에 지출하는 항목들을 살펴보고, 앞으로 들어갈 비용을 세밀하게 산출해 보면 도움이 된다. 이렇게 계산한 노후 소득과 지출을 비교하여 부족한 부분이 있다면 매월 현금 수입원을 어떻게 확보할지, 줄일 수 있는 지출은 없는지 점검해 두어야 한다.

모으는 기술보다
덜 쓰는 기술

현명한 소비 습관 기르기

돈을 많이 모은 사람들의 공통된 특징 중 하나는 자기만의 소비 철학이 있다는 점이다. 지출도 습관이다. 습관이 무서운 이유는 자기도 모르게 소비를 반복하면서 그것을 스스로 합리화하기 때문이다. 월급이 적을 때 '버는 만큼 쓰는 습관'이 들면, 월급이 올라도 그에 맞추어 씀씀이가 커진다. 지금이라도 자신의 소비 패턴을 뒤돌아보고 불필요한 지출이 없는지 점검해 봐야 한다.

현명한 소비 습관을 들이기 위해서는 무엇보다 '지출 관리'가 필수이다. 가계부 앱을 사용하든, 노트에 직접 적든, 자신의 소비 습관을 확인하려면 먼저 어디에 얼마를 썼는지 기록하고 점검하는 일부터 시작해야 한다. 지출한 용도를 알면 다음에 돈을 쓸 때 더 신중해지고 유사한 물건을 또 사는 중복 소비를 줄일 수 있다.

매일 무심코 쓰는 '작은 소비'도 확인해 보자. 커피, 배달 음식, 편의점 간식, 소형 가전 렌탈, 각종 구독 서비스 등은 소비라고 인식하기 어려울 만큼 무감각하게 쓰는 돈이지만, 이러한 지출이 모이면 큰 구멍이 된다. 사소한 지출이라도 방심하면 한 달에 수십만 원이 훌쩍 새나갈 수 있다. 새고 있는 작은 돈이 없는지 잘 살펴보자.

'기분 전환용 소비'에도 주의가 필요하다. 나이가 들수록 감정 소비가 많아지기 때문이다. 우울해서, 외로워서, 허전해서, 혹은 스트레스를 풀고 싶어서 사는 물건은 잠깐 기분을 좋게 만들지만, 대부분 사 놓고 후회하는 경우가 많다. 감정은 물건으로 채워지지 않는다. 소비가 감정을 대신하고 있는 것은 아닌지 한 번쯤 의심해 보자.

호사(好事)는 작게 누리자. 고가의 물건을 사고 나

서 '가끔 이 정도는 나에게 선물할 수 있지.' 하며 스스로를 합리화할 때가 있다. 물론 자신을 위한 보상은 필요하지만 자주 반복되면 그것은 보상이 아니라 사치이자 과소비다. 향 좋은 커피 한 잔, 곁에 오래 두고 읽을 책 한 권, 보고 싶던 연극 한 편처럼 지출은 작아도 기쁨과 만족이 오래 남는 소비를 선택하자.

나이가 들수록 '의무 소비'의 기준도 명확히 세워야 한다. 퇴직 후에도 줄기는커녕 자녀, 부모, 친지, 지인 등에게 쓰는 각종 경조사비나 선물, 모임 비용은 오히려 늘어나는 경우가 많다. 아무런 기준 없이 모두 챙기다 보면 금전적인 부담이 커질 수밖에 없다. 의무감에 떠밀려 지출하지 말고 적정한 선을 정해 통제할 수 있어야 한다.

마치 구두쇠처럼 무조건 돈을 아끼라는 말이 아니다. 꼭 필요하지도 않은 물건을 사거나 다른 사람에게 보여 주기 위해, 혹은 무료한 시간을 달래려고 무의식적으로 지갑을 여는 습관을 버리라는 것이다. 나이가 들수록 의미 없는 충동 소비를 줄이고, 진짜 필요한 곳에 돈을 쓰는 현명한 소비 습관이 필요하다. 좋은 소비 습관이란, 돈을 내 삶의 가치와 우선순위에 맞게 잘 사용하는 데에 있다.

슬기로운 신용카드 사용법

우리 일상에서 현금이 점점 사라지고 있다. 예전에는 지갑을 열어 현금을 확인하고 그에 맞춰 쓰거나, 얼마를 썼는지 바로 알 수 있어 소비를 통제하기가 쉬웠다. 하지만 지금은 신용카드, ○○페이 같은 간편결제가 일반화되면서 실제 돈의 흐름을 체감하기 더 어려워졌다. 현금처럼 얼마 남았는지, 부족하지 않은지를 고민하지 않아도 되고, 조금 과하게 썼더라도 다음 달 소비를 줄이면 된다는 식으로 어물쩍 넘어가기도 한다.

　고가의 물건을 살 때는 할부라는 매력적인 서비스도 있다. 300만 원을 10개월 할부로 결제하면 한 달에 30만 원만 내면 되니 심리적 부담이 줄어들 수밖에 없다. 그러나 신용카드는 현재 있는 돈이 아니라 미래의 돈을 빌려 쓰는 것이다. 다시 말해 카드값은 '부채'이자 '빚'이다. 지금 당장은 통장 잔고에 변화가 없어 지출 감각이 무뎌지지만, 자칫 잘못하면 다음 달에 갚아야 할 카드값이 그다음 달로 이월되며 경제적 압박을 받을 수도 있다.

이러한 문제는 특히 노후에 더 심각해진다. 퇴직 후에는 정기적인 소득이 줄어들거나 끊기기 때문에 기존의 소비 습관을 그대로 유지하면 자칫 채무 누적으로 이어져 리볼빙 결제나 카드론, 현금서비스 등 고이율 상품에 의존하게 되는 악순환이 발생할 수 있다. 게다가 노년기에는 의료비, 생활비 등의 지출이 늘어날 가능성도 높아 신용카드 사용에는 더욱 신중하고 절제된 자세가 필요하다.

물론 신용카드가 단점만 있는 것은 아니다. 신용카드와 간편결제 시스템은 매우 편리하여 앞으로도 더욱 보편화될 것이다. 노후에도 자신의 소비 성향에 맞는 신용카드를 선택하여 할인 혜택을 받거나 포인트를 적립하면 현금처럼 쓸 수 있다. 다만 신용카드를 슬기롭게 사용하기 위해서는 몇 가지 원칙을 기억해야 한다.

카드 개수 줄이기

여러 장의 신용카드를 가지고 있으면 연회비 부담이

커지고 관리도 어렵다. 주유, 쇼핑, 외식, 문화, 여행 등 자신의 소비 패턴에 맞추어 꼭 필요한 카드만 남기고 정리하는 것이 좋다. 노년기에는 가족 카드를 활용해 소비를 하나로 통합 관리하는 것도 효율적이다.

신용 한도의 30% 이내로 사용하기

신용카드 사용은 신용 등급에 직접적인 영향을 미친다. 한도 대비 30% 이하로 사용하면 신용 등급 상승에 긍정적이며 오래 사용한 카드를 꾸준히 유지하면 신용 관리에 도움이 된다.

매월 전액 결제하기

신용카드 사용의 가장 핵심적인 원칙은 매월 청구된 금액을 깔끔하게 전액 결제하는 것이다. 리볼빙 결제는 청구액 중 일부만 내고 나머지는 다음 달로 미루는 방식인데 상황에 따라 다르더라도 이자율이 연 15~20%로 매우 높다. 할부 결제 역시 이자율을 꼼꼼하게 확인해야 한다. 자동이체를 설정해 결제일을 놓치지 않도록 관리하는 것도 중요하다.

현금서비스 자제하기

현금서비스나 카드론은 일반 결제보다 더 높은 이자율이 적용되고 사용한 즉시 이자가 발생한다. 노후에는 수입이 불규칙하고 상환 능력이 떨어져 장기적인 재정 악화로 이어질 수 있으니, 정말 긴급한 상황이 아니라면 현금서비스는 피하는 것이 좋다.

카드값을 매월 일정 금액으로 유지하기

매월 카드 사용액을 일정 수준으로 유지하려는 노력은 안정적인 재정 관리의 출발점이다. 자신의 고정 수입과 고정 지출을 고려해 적절한 카드 사용 한도를 설정하고, 사용 내역을 주기적으로 점검해 갑작스러운 지출 증가나 카드값 부담을 줄여야 한다.

지금부터 시작하는 똑똑한 세테크

'숨만 쉬어도 세금이 나간다.'라는 말이 있을 만큼, 세금은 우리 일상과 밀접하게 맞닿아 있다. 세금을 제대로 이해하지 못하면 손해 보는 시대가 되었고, 세금을 줄이는 절세 전략을 재테크 수단으로 여기는 인식이 확산하며 '세테크'라는 용어가 일상화되었다. 특히 노후에는 수입이 제한적인데도 예기치 않은 세금을 내야 할 상황이 생기면 당황스럽고 부담스러울 수밖에 없어, 노후 자산 관리의 핵심 요소 중 하나로 똑똑한 세테크가 주목받고 있다. 절세는 단순히 비용을 아끼는 게 아니라 그만큼 실제 수익이 증가하는 효과가 있어 전략을 잘 세우면 수입을 늘리는 것과 비슷한 경제적 가치를 누릴 수 있다.

연금 활용으로 세금 절약과 노후 소득 확보

퇴직 전부터 준비할 수 있는 대표적인 세테크는 개인 연금이다.

• 연금저축: 연간 600만 원까지 납입액에 대해 세액공제를 받을 수 있고, 공제율은 총급여 5,500만 원 이하(종합소득 4,500만 원 이하)면 16.5%, 그 이상이면 13.2%다. '소득공제'가 아니라 '세액공제'라는 점을 기억해 두자.

• IRP(개인형 퇴직연금): 연금저축과 IRP를 합산해 연 900만 원까지 세액공제가 가능하다. 예를 들어 연금저

축 600만 원＋IRP 300만 원 혹은 IRP 900만 원처럼 자신의 세액공제 한도에 맞춰 채워 넣는 구조다.

재직 중에는 연말정산에서 세액공제 혜택을 받고, 퇴직 후에는 국민연금으로 부족한 부분을 채워 주는 안정적인 소득원으로 쓸 수 있다.

비과세·분리과세 금융상품 활용

• ISA(개인종합자산관리계좌): 계좌 개설 후 3년 이상 유지해야 비과세 혜택이 적용된다. 계좌 내에서 발생한 이자·배당소득 중 일반형은 200만 원까지, 서민·농어민형은 400만 원까지 비과세되며, 초과분은 9.9%로 분리과세된다. 또한 만기 시 계좌 잔액을 연금계좌로 전환하면 추가 세제 혜택을 받을 수 있다.

• 비과세 종합저축: 일정 요건을 충족하는 경우, 1인당 원금 5,000만 원 한도 내에서 이자·배당소득이 전액 비과세된다. 가입 대상은 만 65세 이상이면서 기초연금 수급자인 거주자, 장애인, 국가유공자 등이며, 직전 3개년도 과세기간 중 금융소득종합과세 대상(연간 금융소득 합계액 2,000만 원 초과)이었던 경우 가입이 제한된다.

• **금융소득과 세금 부담**: 개인이 얻는 이자·배당소득 등 금융소득이 연간 2,000만 원을 초과하면, 다른 종합소득(근로·사업·연금 등)과 합산되어 '금융소득종합과세' 대상이 된다. 이 경우 누진세율(6.6%~49.5%)이 적용되므로, 배우자나 자녀 명의로 일부 투자나 저축을 분산하는 전략이 유리할 수 있다.

[실천 팁] 은행이나 증권사에 가능한 비과세·분리과세 상품이 무엇인지 확인하고, 소액이라도 꾸준히 투자하며 절세 혜택을 누리자.

증여와 상속 계획

노후 자금에 여유가 있다면, 자녀에게 필요한 시점에 맞춰 미리 증여하는 것도 세테크다.

10년 단위 증여재산 공제 한도 [현행]

- 배우자: 6억 원
- 직계존속(부모·조부모): 5,000만 원
- 직계비속(자녀·손자녀): 5,000만 원
- 기타 친족(6촌 이내 혈족, 4촌 이내 인척): 1,000만 원

여기에 2024년부터 도입된 혼인·출산 증여재산 공제가 있다. 혼인일 또는 자녀 출생·입양일 기준 2년 이내에 부모 등 직계존속에게서 증여받으면 기존 5천만 원 공제와 별도로 최대 1억 원까지 추가 공제가 가능하다. 다만 '혼인 1억 + 출산 1억'으로 각각 1억씩 두 번 받는 게 아니라, 두 사유를 합쳐 최대 1억 원까지만 공제된다는 점을 꼭 기억해야 한다.

[실천 팁] 자녀 결혼, 출산, 주택 마련 같은 큰 지출 시점에 맞춰 분산 증여하면 세금 부담을 줄이면서도 무리하지 않을 수 있다.

생활 속에서 바로 하는 세테크

· 지금 들고 있는 연금·금융상품의 공제 가능 여부 다시 점검하기
· 연말정산 때 보험료, 의료비, 기부금 같은 세액공제 항목 빠짐없이 챙기기
· 예금·적금·배당주 등 금융소득이 많아질 것 같으면 가족에게 분산하는 방안 등 세무 전문가와 상의하기
· 증여는 '필요할 때마다'가 아니라 계획을 세워 10년

단위로 하기
• 부동산은 보유·임대·양도 때 세금이 각각 다르므로 다주택자는 사전에 세무사 등 전문가와 상담하기

세테크는 자산이 많은 사람만 하는 게 아니다. 자신에게 맞는 절세 전략을 짜 놓으면 노후의 현금 흐름이 원활해진다. 지금부터라도 자산 현황을 점검하고 활용할 수 있는 세금 혜택이 있는지 꼼꼼히 챙겨 보자.

은퇴 후의
현금 흐름 만들기

3층 연금, 아니 4층 연금

노후 생활비를 국민연금에만 기대는 사람이 많다. 그러나 2025년 국민연금의 소득대체율은 약 40%대에 그친다. 이는 퇴직 전 평균 소득의 절반도 채 되지 않는 수준만 보장된다는 뜻이다. 안정적인 노후 생활을 기대하기에는 턱없이 부족할 뿐 아니라 미래의 의료비, 주거비, 물가 상승률 등 다양한 변수까지 고려하면 노후 생활이 빠듯해질 수밖에 없다.

게다가 국민연금에 가입하지 않은 사람도 적지 않다. 프리랜서, 학생, 취업 준비생, 가정주부 등을 포함해

18세부터 59세까지 국민연금 적용 대상자 가운데 약 3명 중 1명은 국민연금에 가입하지 않았거나 보험료를 내지 않고 있다. 국민연금의 최소 가입 기간은 10년(120개월)이며 연속적이지 않아도 누적 기간으로 인정된다. 직장 가입자가 아니어도 지역 가입자로 전환해 보험료를 낼 수 있으니, 최소한의 노후 안전망으로 국민연금에 가입해 두는 것이 좋다.

금융감독원이 운영하는 통합연금포털에서는 국민연금, 퇴직연금, 개인연금을 통합해 조회할 수 있는 '내 연금 조회' 서비스를 제공하고 있다. 이를 통해 자신의 연금 가입 기간과 수령 예정액을 확인하고 부족한 부분을 어떻게 보완할지 정기적으로 점검하면 좋다. 공무원·사학·별정우체국 연금 등 직역 연금의 최소 가입 기간도 대체로 10년(군인연금은 20년)인데, 국민연금에서 직역 연금으로 또는 그 반대로 이동한 경우에는 공적연금 연계 제도를 신청하면 가입 기간을 합산할 수 있다.

우리가 가입하는 연금은 보통 3층 구조로 이루어진다. 직장인이라면 노후에 필요한 생활비를 기준으로

1층 국민·직역 연금 50%, 2층 퇴직연금 30%, 3층 개인연금 20% 비율로 준비하면 된다. 퇴직금을 미리 찾았거나 퇴직금이 없는 프리랜서나 자영업자라면 1층 국민·직역 연금 50%, 3층 개인연금 50%로 구성하는 것이 좋다. 또한 국민·직역 연금과 퇴직연금이 예상 생활비에 못 미친다면, 개인연금의 비중을 높이는 방식으로 보완해야 한다.

은퇴가 가까워졌거나 이미 은퇴한 경우라면 4층 연금인 주택연금도 고려 대상이다. 주택연금

주택연금	
개인연금	20%
퇴직연금	30%
국민·직역 연금	50%

은 한국주택금융공사가 시행하는 역모기지 제도이다. 주택을 소유하고 있지만 소득이 부족한 고령자가 집에 거주하면서 주택을 담보로 매월 일정 금액의 연금을 받는 제도이다. 배우자 생존 시까지 연금 지급이 계속되므로 자산 구조와 노후 계획에 따라 3층 연금 체계에 주택연금이라는 4층을 더해 안정적인 노후 현금 흐름을 설계할 수 있다.

노후를 위한 연금 준비는 빠를수록 좋다. 아직 시

간이 있다고 미루기보다는 지금부터라도 체계적으로 준비해야 한다. 소득이 있는 시기에 연금 자산을 꾸준히 쌓아 가고, 정기적으로 자신의 연금 상태를 점검해 부족한 부분이 없는지 확인해 두어야 한다.

연금만으로는 부족하다, 두 번째 월급 만들기

많은 사람이 정년을 곧 근로활동의 끝이라고 생각하지만, 현실은 조금 다르다. 국가데이터처가 발표한 가계금융복지조사에 따르면, 2024년 3월 말 기준 가구주의 예상 은퇴 연령은 68.3세, 실제 은퇴 연령은 62.8세로 나타났다. 일반 직장인의 정년이 60세인 점을 고려하면, 상당수가 은퇴 후에도 일정 기간 근로소득을 이어 가고 있다는 의미다. 평균 수명이 길어지면서 노후 생활비에 대한 부담이 커지고 있어 안정적인 노후를 위해서는 연금 이외에도 다양한 수입원 확보가 필요하다.

그렇다고 섣부른 투자는 큰 손실을 안길 수 있어 자신의 투자 성향과 감수할 수 있는 위험 수준을 고려하여 신중하게 계획을 세워야 한다. 노후의 투자 판단은 직감이나 주변의 조언에 의존하기보다는 금융 전문가의 도움을 받도록 하자. 무리한 재테크보다는 보유한 자산을 지키면서 안정적인 수익을 창출할 방법을 찾아야 한다.

가장 먼저 떠올릴 수 있는 방법은 부동산을 활용한 월세 수입이다. 거주 주택 외에 작은 오피스텔이나 상가 등을 활용하면 매월 안정적인 임대 수익이 생긴다. 초기 자금이 필요하고 공실이나 유지 보수와 같은 위험 요소도 있지만, 적절한 입지를 선정하고 체계적인 관리가 뒷받침되면 장기적으로 꾸준한 현금 흐름을 만들 수 있다. 퇴직 전에 임대용 부동산을 보유해 두는 것이 이상적이지만, 그렇지 않다면 퇴직 후에 거주 중인 주택을 임대하고 비교적 임차료가 저렴한 곳으로 이주하는 방식도 하나의 전략이다. 이를 통해 기존 자산을 활용하면서 월세 수입원을 확보할 수 있어 생활비 부담을 줄일 수 있다.

다음으로는 이자나 배당금 같은 금융소득이 있다. 국채, 우량 회사채, 정기예금 등은 비교적 위험이 낮고 원금 손실 가능성이 적어 노후 자산 운용에 적합하다. 수익률은 높지 않지만, 원금을 지키며 이자 수익을 얻을 수 있다는 장점이 있다. 또한 배당주에 투자하면 주가 상승에 따른 자본이득뿐 아니라, 정기적으로 지급되는 배당금도 기대할 수 있다. 배당 성향이 높고, 실적이 안정적인 우량 기업의 주식을 장기간 보유하면 은퇴 후에도 꾸준한 수익원이 된다.

요즘 주목받는 금융상품 중 하나는 ETF(상장지수펀드)다. ETF를 활용하면 하나의 펀드로 여러 자산에 나누어 투자하는 효과를 얻을 수 있다. 특히 고배당주에 투자하는 ETF나 채권형 ETF는 직접 종목을 고르지 않아도 소액으로 다양한 자산에 분산 투자할 수 있다.

일부 ETF는 매월 또는 분기 단위로 배당을 지급하고, 주식처럼 시장에서 자유롭게 사고팔 수 있어 현금 유동성이 높다는 장점이 있다. 다만 모든 ETF가 배당을 자주 주는 것은 아니므로, 투자 전 배당 정책과 운용 방식을 꼼꼼히 확인해야 한다.

배당소득과 이자소득은 모두 과세 대상이므로, 연간 금융소득 합계가 2,000만 원을 초과하면 다른 소득과 합산되어 금융소득종합과세 대상이 될 수 있다. 투자 시기와 상품에 따라 수익이 변동될 수 있으니 여러 자산에 나누어 투자하고 위험 수준을 스스로 관리하는 태도도 필요하다.

노후의 경제적 안정은 한 번에 큰 수익을 내는 것보다 적더라도 안정적으로 수입이 들어오는 구조를 만드는 것에서 출발한다. 은퇴를 맞이하기 전부터 자신의 상황에 맞는 현실적인 수입원을 하나씩 준비해 보자.

삶의 의미를 더하는 파트타임과 소일거리

은퇴 후에도 경제적 필요, 자아실현, 여유 시간 활용 등의 이유로 새로운 일자리를 원하는 사람이 많지만, 현실의 벽은 매우 높다. 노동시장에서 중년층과 노년층의 경쟁을 피할 수 없고, 고령자를 위한 맞춤형 일자리도 많지 않기 때문이다. 연령 제한, 체력 부담, 경력 단절 등 다양한 장애물이 있고, 어렵게 일자리를 구하더라도 과거의 경력을 충분히 인정받지 못하거나 빠르게 변화하는 디지털 환경 적응에 어려움을 겪기도 한다.

그래서 많은 사람이 비교적 업무의 강도가 낮고 스트레스가 적은 시간제 근무나 소일거리를 찾아 노후의 현금 흐름을 유지하면서도 자아실현과 사회적 연결의 기회를 찾으려고 한다. 노후의 소일거리는 단순히 돈을 버는 수단을 넘어 삶의 의미를 더하는 중요한 활동이다. 자신의 수입 목표, 생활 방식, 흥미, 체력 등을 균형 있게 고려해 적합한 일자리를 찾는다면, 은퇴 후의 시간도 풍성하고 활기차게 보낼 수 있다. 큰 수입을 기대하기는 어렵지만, 적은 금액이라도 꾸준히 들어오는 수입이 있다면 생활비 보조, 취미 생활, 예비비 마련 등에 실질적인 도움이 된다.

노년기에 적합한 일자리는 신체적 부담이 적고 시간 조절이 자유로우며, 자기의 경험, 지식, 재능을 살릴 수 있는 것이라면 더욱 좋다. 이런 일은 만족감과 보람을 느끼게 해 주어 근로를 지속할 동기를 부여한다. 예를 들어, 온라인을 통해 유튜브나 블로그 활동을 하며 학습, 컴퓨터, 악기 등을 가르치거나 취미를 살려 수공예품을 제작해 판매하는 방법이 있다. 또한 매장 판매 보조, 도서관 책 정리, 택배 분류, 시험감독관, 아파트 경비원, 시간제 돌봄 서비스처럼 비교적 단순하면서도 꾸준히 할 수 있는 일자리도 있다. 온라인 설문조사 참여, 리뷰 작성, 걸음 수 측정과 연동되는 포인트 적립

등 이른바 '앱테크'를 활용한 소일거리도 생각보다 다양하다.

이 밖에도 정부, 지자체, 민간 기업이 운영하는 '공공근로' 형태의 노인 일자리 사업이 있다. 대표적으로 노인 일자리 공익형 사업은 만 65세 이상 기초연금 수급자 또는 직역연금 수급자(배우자 포함)가 대상이며, 지역 환경 정비나 취약계층 지원, 공공시설 봉사 같은 지역사회 공익을 위한 활동에 참여하는 형태다.

또한 일부 지자체에서 자체 운영하는 공공 일자리 사업은 선발 기준이 조금 더 다양해 저소득층, 장기실업자, 경력 단절 여성, 기초생활수급자, 차상위계층 등에게 우선순위를 두기도 한다. 소득이나 재산 기준을 적용하는 지자체도 있지만 지역에 따라 달라 일률적인 기준이 있는 것은 아니다.

모집 시기와 자격 조건은 지역별로 차이가 있으니, 가까운 주민센터, 노인복지관, 시니어클럽, 대한노인회 지회 등에 문의하면 가장 정확한 정보를 얻을 수 있다.

노후의 일자리는 단순한 생계 수단이 아니라 삶의 리듬을 유지하고 사회와 연결되는 통로가 될 수 있다.

조건이 좋은 완벽한 일자리를 찾으려 하기보다 자신의 상황에 맞는 지속 가능한 일을 선택하는 것이 중요하다. 금액이 적더라도 꾸준히 할 수 있는 일이야말로 노후를 지탱하는 진정한 힘이 된다.

돈 앞에서도
흔들리지 않는 삶

노후를 위협하는 의료비와 간병비

서랍 정리를 하다가 한참 지난 병원 영수증을 발견하고 화들짝 놀랐다. 몇 해 전, 협심증으로 스텐트 시술을 받고 며칠 입원했던 남편의 진료비가 1,000만 원이 넘게 찍혀 있었던 것이다. 물론 건강보험이 적용되어 본인 부담금은 200만 원대였고, 실비보험을 청구해 결국 몇십만 원만 정산했던 기억이 났다. 당시에는 경황이 없어 제대로 살펴보지 못했는데 새삼 병원비가 이렇게까지 많이 들었는지 몰랐다. '만약, 실비보험이 없었다면? 의료보험 보장이 충분하지 않았다면? 아니, 노후에 더 큰 병이 생긴다면 어쩌지?' 하는 현실적인 두려움이 엄습했다.

50대에 접어들면서 노인성 질환을 앓는 부모님을 돌보는 지인들의 이야기를 자주 접한다. 병원비도 부담이지만 가장 심각한 문제는 간병비다. 하루에 13만 원씩 들어가는 간병비를 한 달 30일로 계산하면 390만 원에 달한다. 사고로 인한 골절이나 간단한 수술이라면 입원 기간이 짧아 다행이지만, 장기적인 간병이 필요한 경우에는 큰 부담이 아닐 수 없다. 간병비 부담에 하던 일을 그만두고 직접 부모님을 돌보는 사람도 있는데 신체적·정신적 스트레스까지 더해져 가족 간에 갈등이 발생하는 일도 부지기수다.

건강은 예고 없이 무너진다. 이처럼 예기치 못한 의료비와 간병비는 미리 대비하지 않으면 순식간에 생활 기반이 흔들릴 수 있다. 갑작스러운 상황에 당황하지 않도록 노후의 의료, 재활, 장기 요양에 필요한 비용을 미리 준비해 경제적 충격을 줄여야 한다. 최소한 질병, 사고를 보장하는 의료실비보험에 가입해 두고, 추가적으로 노인성 질환을 보장하는 건강보험 등을 준비하여 가족의 경제적 안전망을 확보해 놓아야 한다.

과거 병력, 현재 건강 상태, 나이, 직업 등에 따라 보험 가입이 거절되거나 조건부로 승인되는 경우가 있으니 가급적 건강할 때 알아보고 준비하자. 보험료가 과도하지 않도록 전문가의 상담을 받아 자신의 상황에 맞게 보장 항목을 설계하고 조정하는 것이 중요하다.

나이가 들수록 간병비와 치료비 부담은 피할 수 없는 현실이다. 더 어려운 점은 병이 생기면 누구나 누군가의 도움이 필요해지고, 그 돌봄의 무게가 고스란히 가족에게 향한다는 사실이다. 경제적 여유가 있을 때 조금씩 준비해 두면, 노후의 불확실성을 줄이고 삶의 질도 지킬 수 있다. 젊고 건강할 때 부담하는 보험료와 나이 들어 아플 때 지출하는 의료비는 비교할 수 없을 만큼 큰 차이가 있다. 노후의 불안은 저절로 사라지지 않는다. 부족한 부분을 미리 채워 두는 것, 그것이 곧 노후의 든든한 울타리가 된다.

자식에게 기대지 않고 손주에게 용돈 주는 여유

부모님 생활비를 매월 드려야 하는 부담을 호소하는

지인들이 의외로 많다. 우리 세대만 해도 부모 부양을 당연하게 여겼지만, 요즘 젊은 세대는 'K-장녀 장남이 되기 싫다.'는 말을 서슴없이 한다. 세대별 인식의 차이는 분명하다. 이러한 변화는 노후의 경제적 자립이 더 이상 피할 수 없는 현실이 되었음을 보여 준다.

노후의 경제적 자립은 단순히 생활을 유지하는 차원을 넘어, 가족 관계의 균형을 지켜주는 중요한 조건이다. 부모가 자녀에게 기대지 않고 스스로 삶을 꾸려 가는 모습은 자녀에게는 든든한 본보기가 되고, 부모 자신에게는 자존감을 지켜 주는 버팀목이 된다. 반대로 부모가 생활비나 병원비를 자녀에게 의지하게 되면 대화 중에 '미안하다.'는 말이 잦아지고, 그만큼 정서적 거리는 멀어진다. 경제적 문제가 사랑의 온도를 식히는 아이러니한 상황이 벌어지는 것이다.

경제적으로 자립한 노후는 자녀에게 부담을 주지 않을 뿐 아니라, 손주에게 적더라도 용돈을 건네며 기쁨을 나눌 수 있는 여유를 준다. 이는 단순한 금전적 나눔이 아니라, 세대 간 애정과 따뜻함을 잇는 상징이 된다. '자식에게는 미안해서 못 받지만, 손주에게 주는 건

기쁘다.'는 말 속에는 자립에서 비롯된 당당함과 베풂이 주는 만족감이 담겨 있다.

실제로 철저한 노후 준비 덕분에 자녀에게 전혀 부담을 주지 않고, 손주의 학원비를 조금 보태며 큰 보람을 느끼는 이도 있다. 반면, 예기치 못한 은퇴로 충분한 준비 없이 노후를 맞아 자녀에게 생활비를 의지하며 자존심의 상처를 경험하는 사람도 있다. 두 사례의 차이는 결국 경제적 자립 여부에서 비롯된다. 한쪽은 자식에게 짐이 되었다는 죄책감으로 대화가 줄고, 다른 한쪽은 여유롭게 베풀며 관계가 더 끈끈해진 것이다.

노후의 경제적 자립이 중요하다는 사실은 누구나 알지만, 그것이 인간관계의 질을 결정한다는 점은 자주 간과된다. 결국 돈 앞에서도 흔들리지 않는 삶이란, 의존 대신 자립을 선택하고 '짐이 되는 존재'가 아니라 '기쁨을 주는 존재'로 살아가는 삶이다.

황혼 연애, 돈은 감정만큼 중요하다

인생은 예측할 수 없이 흘러가기도 한다. 노후에 접어들어 사별이나 이혼을 겪거나, 처음부터 혼자 살아가는 이들도 있다. 어떤 이는 조용히 노년을 맞이하지만, 또 다른 이는 새로운 삶을 위해 연애를 시작하거나 동반자를 만나기도 한다. 자녀가 모두 자립한 뒤 찾아오는 고요한 일상 속에서 누군가와 함께하는 시간은 큰 위로와 행복이 된다.

그러나 황혼 연애는 젊은 시절의 사랑과는 다르다. 감정만으로 관계를 유지하기 어려운 경우가 많고, 그 중심에는 늘 경제적 여건이 자리하고 있다. 데이트 비용, 재산 분배, 자녀와의 상속 갈등과 같은 현실적인 문제들이 감정을 앞지르며, 사랑보다는 안정과 신뢰가 더욱 중요한 가치로 떠오른다.

황혼 연애에도 빈익빈 부익부가 존재한다. A씨는 은퇴 후 연애를 시작했지만, 빠듯한 생활비 탓에 데이트 비용이나 소박한 여행조차 부담이 되어 만남을 이어가기 어려웠다. 반면 B씨는 은퇴 전부터 노후 자금을 꾸준히 마련하고 생활비와 의료비까지 체계적으로 관리했다. 덕분에 황혼 연애를 시작한 뒤에도 서로에게 부담을 주지 않고 오롯이 감정에 집중하며 오래도록 편안한 시간을 나누고 있다.

이 두 사례는 돈이 감정만큼, 때로는 감정보다 더 중요한 역할을 할 수 있다는 점을 보여 준다. 감정은 충분해도 경제적 여력이 부족하면 관계는 쉽게 흔들린다. 상대의 호의가 빚처럼 느껴지거나 생활비를 둘러싼 갈등이 쌓이면 애정은 의무와 부담으로 변하기 때문이다.

황혼 연애에서 경제적 안정은 단순히 생활비를 충당하는 수준을 넘어, 관계의 질을 결정짓는 핵심 요소다. 경제적으로 자립하여 여유가 있으면 서로에게 부담을 지우지 않고, 동반자적 관계와 감정에 집중할 수 있다. 함께 차 한 잔을 마시고, 소박한 여행을 떠나고, 아플 때 서로를 돌보는 시간은 돈에 구애받지 않는 진짜 행복으로 이어진다. 반대로 경제적 준비가 부족하면 사랑의 순간조차 불안과 긴장으로 바뀌기 쉽다.

결국 노후의 사랑에서 돈은 감정을 지켜 주는 안전망이자, 관계를 지속하게 하는 든든한 토대다. 사랑과 돈이 균형을 이룰 때, 황혼 연애는 단순한 로맨스를 넘어 인생 후반부의 행복과 만족으로 이어진다. 나이가 들어서도 사랑과 품위를 지키고 싶다면, 돈에 대한 준비는 결코 소홀히 할 수 없는 필수 과제다.

돈에 휘둘리지 않는 삶의 태도

우리는 평생 돈과 함께 살아간다. 돈에 휘둘리지 않는 삶은 많이 벌고 많이 모으는 데 있는 것이 아니라 어떻게 관리하고, 어떻게 쓰느냐에 달려 있다. 기억에 오래 남는 한 장면이 있다.

몇 해 전, 어느 친척의 팔순 잔치에 갔다. 주인공은 여섯 형제 중 둘째였는데, 장수 집안답게 전국에서 형제들과 배우자, 그들의 자녀들과 손자녀까지 모두 한자리에 모였다. 요즘에는 보기 드문 꽤 북적북적한 축하연이었다. 뷔페식당에서 배부르게 먹고 행사가 마무리되려던 즈음, 주인공이 자리에서 일어났다.

"먼저, 언니 오늘 이렇게 와 줘서 정말 고맙고, 앞으로도 건강하게 오래 삽시다."라며 감사 인사를 전한 뒤 하얀 봉투를 내밀었다. "셋째, 넷째…" 하며 모든 형제의 이름을 하나씩 부르며 감사의 말과 함께 각각에게 봉투를 건넸다. 이어서 참석한 형제의 자녀들과 손자녀들도 일일이 불러 덕담과 함께 용돈 봉투를 전했다. 먼 친척인 우리 부부에게도 행복하게 오래 살라는 덕담과 함께 봉투를 주었다. 감사히 받고 집에 돌아와 열어 보니 생각보다 큰돈이 들어 있어 깜짝 놀랐던 기억이 난다.

무엇보다 그날의 가장 큰 감동은 주인공이 자신의 팔순 생일을 축하받는 자리가 아니라, 가족들에게 감사하는 자리로 만들었다는 점이다. 80년을 함께해 온 가족과 친척들에게 그동안의 고마움과 사랑을 '돈'이라는 수단을 통해 따뜻하게 표현하며 자기 나름의 의미 있는 시간을 보낸 것이다. 그 모습을 보며 '아! 돈은 쓰임새에 따라 이렇게 감동을 줄 수 있구나.' 하고 생각했다.

나이가 들어서도 돈에 집착하는 사람이 있다. 남아 있는 인생이 불안하고 불확실하게 느껴져 돈을 안전망으로 여기기 때문이다. 그러나 그렇게 돈에 끌려다니는 삶은 결국 불안에 지배당하는 삶이 될 수밖에 없다. 이제 중요한 것은 돈을 모으기만 할 것이 아니라, 많든 적든 그 자원으로 어떻게 의미 있는 시간을 보낼 것인가를 고민하는 일이다. 나이가 들면 적당히 밥도 사고 커피도 사야 주변에 사람이 있고, 일상이 평안하다.

　잘 준비된 사람만이 돈 앞에서 당당할 수 있다. 돈은 삶의 기반이 되기도 하고, 때로는 마음의 짐이 되기도 한다. 돈을 단순히 숫자로만 쌓아 두는 것이 아니라, 내 삶을 조금 더 따뜻하고 풍요롭게 만드는 방향으로 쓰이도록 탄탄하게 설계해야 한다.

IV

일상
Life style

소유보다 가치로
채우는 삶

미니멀 라이프, 덜어낼수록 행복하다

작년 4월, 10년 만에 이사를 했다. 안 읽는 책, 안 입는 옷, 안 쓰는 그릇과 가전제품, 온갖 잡동사니를 일주일 내내 정리하며 버렸던 기억이 새롭다. 물건 하나하나에 우리 가족의 지난 시간이 담겨 있어 함부로 떠나보내기가 쉽지 않았다. 그런데 이사한 새집에서 짐을 풀며, '이건 차라리 버리고 올걸…' 싶은 물건이 또 한가득 나왔다.

집은 우리 삶의 기록이고, 집 안의 물건은 우리 삶의 증거다. 누구라도 추억의 시간을 붙잡고 싶어 물건에 집착한다. 지금 당장 쓸 일은 없지만 여행 가서 사온 특산품, 누구에게서 받은 선물, 몇 주년 기념품 등이 수납장과 창고에 가득 차 있다. '지난 2년 동안 안 쓴 물건은 버려라.'라는 청군의 외침에도 '아니, 다음에 반드시 쓸 일이 있을 거야. 또 사려면 아깝잖아.' 하는 백군의 고집이 맞서 줄다리기는 팽팽하기만 하다. 그렇게 물건이 우리 집을 점령해 간다.

나이가 들수록 물건에 대한 집착은 더 심해진다. 그런데 집 안 구석구석에 숨어 있는 물건들은 앞으로도 쓰지 않을 가능성이 높다. 추억이 깃든 물건이라면 사진으로 담아두고, 진짜 필요한 것만 지니는 것이 미니멀 라이프의 핵심이다.

큰마음을 먹고 오래된 책이나 여행 기념품은 모두 사진으로 남기고, 비싸다고 못 버리던 물건들은 중고 장터에 판매하거나 나눔을 했다.

물건을 줄여 나가면서 공간이 넓어지자 의도하지 않았던 자유로움이 찾아왔다. 더 이상 '이 물건을 버리면 후회할까.'라는 고민에 마음이 흔들리지 않아 심리적으로도 여유가 생겼다. 미니멀 라이프는 단순히 물건을 줄이는 것이 아니라, 삶의 본질을 되돌아보고 불필요한 것에서 벗어나 진짜 중요한 것들에 집중하는 삶의 방식이다. 추억을 남기는 방법은 물건뿐만 아니라 사진, 글, 그리고 사람들과의 소통을 통해서도 가능하다. 그런 의미에서 미니멀 라이프는 단순한 정리가 아니라 삶의 질을 높이는 중요한 실천이다.

하나를 사면 둘을 버려라

매년 유행이 바뀌니 사계절에 맞춰 옷을 산다. 같은 디자인이 마음에 들거나 체형에 꼭 맞으면 색깔별로 장만하기도 한다. 부피가 큰 겨울옷도 유행을 타서 긴 패딩이 유행하던 해가 지나면 이내 짧은 패딩으로 바뀐다. 그러다 보니 가족의 패딩만 모아도 옷장 한 칸이 금세 가득 찬다. '유행은 돌고 돈다.'는 말에 옷을 버리지 않고 그대로 쌓아 두기만 하니 옷만 해도 방 하나가 부족할 지경이다.

어디 옷뿐인가? 신발장을 열어 보면, 구두는 색깔과 높이별로 갖추어져 있고, 운동화도 걷기용과 달리기용이 따로 있으며 거기에 등산화, 부츠, 슬리퍼, 아쿠

아슈즈까지 종류가 정말 많다. 예쁘고 마음에 든다고 사고, 할인한다고 사고. 이렇게 사들이는 속도를 멈추지 않으면, 어느새 내가 아니라 물건이 우리 집의 주인이 될지도 모른다.

나이가 들수록 하나를 사면 둘을 버리는 습관을 들여야 한다. 중년이 되면 이미 자신의 소비 습관과 취향이 명확해지기 때문에, 정말 마음에 드는 물건을 하나 샀다면 집에 있는 비슷한 물건은 과감히 정리하자. 마음이 멀어진 물건은 그것을 필요로 하는 사람에게 보내는 것이 더 현명하다.

고급 브랜드라서, 비싼 것이라서, 힘들게 구해서 등 버리지 못한 물건을 끌어안고 있는 이유는 참으로 다양하다. 그러나 옷이든 물건이든 제 역할을 다했다면 깔끔하게 떠나보내자. 그렇게 하면 집 안의 공간이 넓어질 뿐 아니라, 마음의 공간도 훨씬 더 쾌적해진다.

마음 정리, 부모님 집 정리

물건이 많으면 마음도 어수선해진다. 청소할 때마다 한숨이 나오고 필요한 물건을 찾을 때도 괜히 고민이 늘어난다. 집을 정리한다는 것은 마음을 정돈하는 일이기도 하다. 우리 집뿐 아니라 부모님 집도 마찬가지다.

은퇴하신 시아버님이 홈쇼핑에 중독되어 하루에도 몇 번씩 택배를 받는다는 친구의 푸념에 박장대소한 적이 있다. 시간 부자인 부모님이 거실 소파에 앉아 채널을 돌리기 무섭게 쏟아지는 홈쇼핑의 유혹에 빠져 리모컨 버튼을 누르는 모습이 그려졌다.

주로 무엇을 사느냐고 물었더니 세제, 과일, 생선, 고기, 옷, 건강식품, 책, 액세서리까지 품목도 다양했다. 문제는 한 번 주문할 때마다 양이 많아 물건이 점점 쌓이니, 일주일에 한 번 찾아가 정리하는 일이 정말 고역이라고 했다.

잠시 우리 부모님의 집은 어떤지 떠올려 보았다. 어머니는 사형제를 키우셨는데 자녀들의 어릴 적 성적표를 지금까지 모두 간직하고 있다. 족히 20년이 넘은 옷들도 수두룩하고, 쓸모가 없어진 물건도 '아까우니까.', '언젠가 쓸지도 몰라.' 하며 버리지 못하고 있다. 더구나 분양받은 아파트에서 한 번도 이사한 적이 없어 친구의 시댁과는 사정이 다르지만, 물건의 양으로 치면 만만치 않은 상태다.

　부모님도 늙고, 나 역시 늙어 간다. 부모님이 건강하게 오래 사시면 좋지만, 어느 날 갑자기 돌아가시면 남겨진 부모님의 집을 정리하는 일은 결국 나이 든 자녀의 몫이 된다. 형제가 많으면 많아서, 외동이라면 외동이라서 부담이 크다. 부모님의 집 정리는 생각처럼 쉽지 않다.

　시간이 날 때마다 부모님의 집을 살펴보고 '반드시 남기고 싶은 물건', '누군가에게 전하고 싶은 물건' 등이 있는지 부모님과 미리 협의해 두는 것이 좋다. 미루는 시간만큼 후회가 커진다. 마음먹었을 때 하루라도 빨리, 그리고 체력과 기력, 판단력이 남아 있을 때부터 부모님의 집 정리를 시작하자.

갱년기,
또 다른 나를 만나다

나도 처음 마주하는 나

40대에 접어들면서부터 원인 모를 두드러기로 매일 항히스타민제를 먹고 있다. 계절에 따라 생기는 알레르기도 심해져, 어느 날 아침에는 벌에 쏘인 듯 눈 주위가 빵빵하게 부어오르기도 한다. 예전에는 손발이 차고 추위를 몹시 탔는데, 이제는 조금만 움직여도 이마에 땀이 송골송골 맺힌다. 무엇보다 한번 잠들면 누가 업어 가도 모를 만큼 깊이 잤는데, 요즘은 피곤해 잠이 들어도 한밤중에 서너 번씩 깨서 좀처럼 잠을 이루지 못한다. 이유 없이 화가 나거나 우울해지기도 하고 사소한 일에도 주책없이 눈물을 펑펑 쏟는다.

이렇게 갑자기 찾아오는 갱년기는 낯선 나와 마주하는 시간이다. 속마음과 다른 반대 감정을 내보이거나, 가족처럼 편한 사람에게는 이유 없이 짜증을 내기도 한다. 고슴도치처럼 신경을 곤두세우고 사소한 일에도 까칠해진다. 심하면 일상에 흥미를 잃고 삶의 의욕을 상실하기도 한다. 이렇게 내면의 감정이 엇갈리고 기복이 심해지면 내 기분을 혼자서 감당하기 어려운 순간이 찾아오기도 한다.

이처럼 갱년기 때문에 생활 리듬이 흐트러지면 본인뿐 아니라 가족의 일상에도 영향을 미친다. 갱년기 증상은 짧게는 4년, 길게는 10년 이상 지속된다고 하니, 이 힘겨운 전쟁을 가족과 함께 견뎌야 한다. 그렇기에 가족 모두 갱년기에 대한 이해와 지지, 서로를 향한 작은 배려를 잊지 않아야 한다.

호르몬 변화로 찾아오는 갱년기는 힘든 시기이지만 자신을 돌아보고, 새로운 나를 발견할 기회가 되기도 한다. 신체의 변화와 삶의 또 다른 단계가 시작되는 시점이라고 생각하고, 긍정적으로 받아들이려는 마음이 중요하다. 갱년기 극복을 위해서 명상, 운동, 건강한 식습관, 스트레스 관리, 충분한 수면 등 기본적인 생활 습관을 유지하고, 필요하다면 심리 상담이나 호르몬 치료처럼 전문가의 도움을 받는 것도 좋은 방법이다.

오늘은 인생에서 가장 빠른 날

갱년기 하면 여성 갱년기를 떠올리지만 남성도 심한 갱년기를 겪는 경우가 많다. 직장 스트레스나 퇴직으로 인한 역할 변화가 겹치면서 신체적, 정신적 불안함에 시달린다. 남성 갱년기의 대표적인 증상은 '삼대감'이라 불리는 무기력감, 권태감, 우울감이다.

남성 갱년기는 남성 호르몬인 테스토스테론이 감소하면서 40대 후반부터 나타나기 시작한다. 근육 감소나 지방 증가와 같은 신체 변화는 물론 성욕 감소, 극심한 기분 변화, 기억력 감퇴 등 다양한 증상이 동반된다. 이러한 변화가 누적되면 피로감과 무기력감, 그리고 우울감으로 이어지기 쉽다. 일본에서는 남성 갱년기 장애의 사회적, 경제적 영향이 커지면서, 정부가 공식 정책 과제로 지정하기도 했다.

남성 갱년기를 극복하려면 스트레스 해소, 적당한 운동, 술과 담배 줄이기, 저지방 위주의 식습관으로 몸을 바로 세우는 일부터 시작해야 한다. 몸이 어제와 같지 않다고 느껴진다면, 그것이 바로 신호다.

50대가 넘었다면 지나치게 일에 몰두하기보다는 여행, 취미 활동, 가족과의 시간처럼 인생의 즐거움을 찾는 일에 집중하는 것이 좋다. 내가 아니면 안 돌아갈 것 같은 회사도 막상 은퇴하고 나면 '나 없이도 잘 돌아간다.'는 사실을 깨닫는다. 하지만 그때는 이미 늦을지도 모른다. '은퇴하면 해야지.' 하며 미뤄 놓은 일들이 실제로 은퇴 후에는 체력이나 경제적 이유로 실현하기 어려운 경우도 많기 때문이다.

오늘은, 앞으로의 인생에서는 가장 빠른 날이다. 중년은 이제 누구의 눈치를 보지 않아도 좋을 나이지 않은가. 지금 당장 시간을 쪼개서 즐길 거리를 찾아보자. 세상의 중심에서 벗어나 '나' 중심으로 관점을 바꾸고 새로운 나를 발견하기 위한 여행을 떠나 보자.

● 아시아 경제(2025.6.16.), 〈일본, 정부 차원에서 '남성 갱년기' 대책 만든다〉

쇼펜하우어의 고슴도치 딜레마

독일의 철학자 쇼펜하우어는 인간의 내면에 존재하는 두 가지 상반된 욕망, 즉 자립과 타인과의 일체감 사이의 갈등을 '고슴도치의 딜레마'라는 우화로 설명했다.

> 어느 추운 날이었다. 한 무리의 고슴도치가 서로의 체온으로 몸을 데워 얼어 죽지 않으려고 한 덩어리로 뭉쳤다. 그러나 서로 몸을 맞대자마자 예리한 가시에 찔리고 말았다. 그들은 떨어질 수밖에 없었다. 시간이 조금 지나자, 그들은 다시 몸을 따뜻하게 데워야 했다. 할 수 없이 다시 한 덩어리로 뭉쳤지만, 또 가시에 찔리는 고통을 맛보았다. 고슴도치들은 두 고통 사이를 오가며 붙었다 떨어지기를 반복했다. 그러다 고슴도치들은 결국 서로 적당히 거리를 두는 법을 터득했다. 요컨대 추위도 막고 가시에 찔리는 것도 막는 최적의 거리 말이다.
>
> 《철학 오디세이》(미하엘 비트쉬어, 북앤월드, 2013) ●——

이 우화는 갱년기를 겪는 이들의 감정 변화와도 맞닿아 있다. 갱년기는 단순히 신체의 변화뿐 아니라 타인과의 관계에도 깊은 영향을 미친다. 신체 변화로 인한 예민함과 감정 기복으로 인해 전에는 아무렇지 않게 넘겼을 말 한마디에 상처받고, 오랜 친구의 무심함에 갑작스레 소외감을 느끼기도 한다. 반면 예전보다 더 깊은 유대감을 원하기도 하지만, 그 욕망이 지나치면 오히려 관계에 부담을 주고 갈등을 일으키기도 한다.

어쩌면 갱년기란 결국, '고슴도치의 거리'를 다시 배우는 시기인지도 모른다. 내면의 갈등과 인간관계의 균형을 재조정하는 것이다. 혼자는 외롭고 함께 있으면 피곤한 것이 모든 인간관계의 진리다. 참고 넘어가는 것이 나을 때도 있지만, 억눌린 감정은 시간이 지나면 눈덩이처럼 불어나 더 큰 갈등의 불쏘시개가 되기도 한다. 그러니 감정을 앞세우기보다 솔직하게 힘든 것을 털어놓고 대화해 보자. 인생은 짧다. 고슴도치처럼 갈등을 피하면서도 서로에게 따뜻함을 줄 수 있는 최적의 거리를 찾는 일이 관계를 오래 지켜 내는 비밀일 것이다.

황혼 이혼의 해법은 거리 두기

"나는 너희 엄마가 이런 사람인 줄 몰랐다. 완전히 딴사람 같아."

결혼 30주년을 맞이한 지인의 아버님이 가정법원 앞까지 다녀온 후, 자녀들에게 털어놓은 말이다.

부부만큼 속속들이 서로를 잘 아는 사람도 없다. 연애할 때는 배우 뺨치는 연기로 본성을 숨기고 결혼했다 하더라도 보통 1~2년이면 실체를 들키기 마련이다. 그런데 30년을 같이 살았어도 다른 사람 같다고 느끼는 이유가 무엇일까?

온갖 정이 떨어져 더는 못 살겠다며 이혼을 결심하는 심정은 이해하지만, 과연 그것이 최선의 선택인지는 잠시 되돌아볼 필요가 있다. 억지로 같이 살라거나 감히 이혼이 옳다 그르다 하는 문제가 아니다. 남성과 여성의 호르몬 불균형으로 인한 극심한 갱년기 증상, 오랜 세월 익숙함에서 오는 권태감, 은퇴 후 함께하는 시간 등이 길어지면서 사소한 말 한마디가 휘발유를 부은 듯 부부 싸움의 불꽃은 활활 타오른다. 그렇게 '황혼 이혼'이라는 재를 남기기도 한다.

나이가 들수록 서로의 고집을 꺾기는 쉽지 않다. 애정의 온도가 영하로 떨어지고 불만만 쌓이는 상황이라면 거리 두기가 해법이 될 수 있다. 불필요한 감정 소모를 줄이고 물리적인 공간을 분리해 보자. 잠깐씩 떨어져 지내거나, 각방을 쓰는 것도 방법이다.

인생의 긴 시간을 함께 보낸 배우자만큼 좋은 친구를 다시 만나기는 어렵다. 황혼 이혼이라는 결말에 쉽게 끌려가지 말고, 서로를 구속하지 않는 적당한 거리를 유지하며, 함께 늙어 가는 모습을 조용히 지켜보자. 나이가 들수록 삼강오륜의 '부부유별(夫婦有別: 남편과 아내 사이의 도리는 서로 침범하지 않음에 있음을 이른다)'이라는 덕목을 떠올려 볼 만하다.

취침, 식사, 여가 등 모든 시간을 함께 보내기보다 각자의 시간을 존중하는 것이 더 현명할 수 있다. 하루에 한 끼만 같이 한다는 편안한 마음으로 서로의 하루를 지켜봐 주자. 또한 집안일도 한 사람이 도맡기보다 각자 맡아 하는 방식으로 부담을 나누면 좋다.

마음 쉼터, 오롯이 혼자가 되는 시간

방송에서 한 아내가 남편이 화장실에만 들어가면 좀처럼 나오지 않는다고 말했다. 남편은 그곳이 유일하게 마음의 평안을 얻을 수 있는 공간이라고 했고, 이를 들은 사람들은 웃프다고 했다. 화장실에서 잠시 숨을 고르며 평온을 찾는 이들이 의외로 많다. 아이가 있는 집에서는 부부가 각자의 방을 갖기 쉽지 않다. 누구나 자신만의 공간을 원하지만 현실은 그렇지 못하다.

신혼집 집들이를 갔다가 놀란 적이 있다. 알콩달콩하게 꾸며진 집을 구경하다가 침대가 따로 떨어져 있는 것을 보고 의아해했더니, 요즘 젊은 부부들은 1인용 침대를 사서 각자 쓰기도 하고 붙여서 2인용으로 쓰기도 한다. 부부라 해도 잠드는 시간과 깨는 시간이 다르고, 자주 뒤척이거나 코를 심하게 고는 사람도 있다. 어떤 이유로든 상대방의 잠을 방해하고 싶지 않아 찾은 배려의 결과라는 것이다. 부부 싸움을 해도 절대 각방은 안 된다고 배우며 자란 나로서는 '유레카!'라고 외치고 싶은 순간이었다.

집은 누구에게나 안락함을 주는 공간이어야 한다. 기나긴 노후를 평온하게 보내기 위해서는 집 안 어딘가에 마음이 편안해지는 '나만의 쉼터'를 만드는 것이 좋다. 가족이 함께 쓰는 공용 공간뿐 아니라, 지친 심신을 편히 쉬게 해줄 개인적인 휴식 공간이 필요하다. 독립한 자녀의 방을 자신의 방으로 바꾸거나, 베란다를 홈카페처럼 꾸미거나, 거실 한구석이어도 좋다. 의자

하나를 놓아 두더라도 다른 사람의 방해를 받지 않고 쉴 수 있는 나만의 쉼터면 충분하다.

　　노후를 준비하는 중년, 혼자 사는 사람에게도 나만의 쉼터를 마련해 두면 마음의 안정과 행복을 느낄 수 있다. 외부의 소음에서 벗어나, 내면의 평화를 유지하고 자신을 돌볼 수 있는 작은 쉼터가 필요하다. 진정한 자유로움은 외부에서 오는 것이 아니라, 나만의 공간에서 내면의 소리에 귀 기울일 때 비로소 얻을 수 있기 때문이다.

어디에서
살까?

편안하게 머물 수 있는 공간

중년기부터는 은퇴 후 노년기에 어디에서 살지 미리 고민해 두어야 한다. 은퇴나 질병 등으로 활동 범위가 줄어들면 어쩔 수 없이 노년기의 일상은 집 중심으로 이루어진다. 그래서 노후 준비는 '집'으로 시작한다고 해도 과언이 아니다.

노년기의 집은 단순한 주거공간을 넘어 삶의 질과 안정성을 높이는 중요한 요소다. 경제적, 신체적, 정서적 안정을 고려한 지역과 주거의 형태를 미리 결정해 두면, 변화하는 환경에 유연하게 대처할 수 있을 뿐 아니라 안심하고 편안한 노후 생활을 즐길 수 있다.

젊은 시절에는 학교나 직장을 염두에 두고 집을 골랐다면, 이제는 노후의 쾌적한 생활을 위해 자기만의 개성을 살린 공간을 찾아야 한다.

앞으로 다가올 인생의 변곡점을 꼼꼼하게 그려 보고 어디에서 사는 것이 가장 최선일지, 가능하면 여러 지역과 주거 형태를 직접 둘러보며 후보지를 미리 정해 두는 것이 좋다.

노년기 생활의 거점이 될 지역과 주거 형태는 단순한 물리적 공간을 넘어서 삶의 질과 안정성에 많은 영향을 미친다. 노년기에 '어디에서 살지'를 고민해야 하는 이유 7가지를 소개한다.

경제적 안정

노후에는 한정된 수입으로 생활하게 되므로 주택 자금을 미리 계획하면 경제적인 부담을 덜 수 있다. 예를 들어, 은퇴 시기를 주택담보대출 상환이 끝나는 시점에 맞추거나, 대출 없이 구입 가능한 적정 가격대의 집을 선택하면 경제적 부담을 최소화할 수 있다.

신체적 편안함

나이가 들수록 점차 이동이 불편해지거나 계단을 오르내리기 힘들어질 수 있다. 이런 점을 고려해 단층 주택이나 엘리베이터가 있는 아파트, 배리어 프리 설계가 적용된 집을 선택하는 편이 안전하다. 집의 구조와 위치가 노후 생활에 편안함을 줄 수 있는지 미리 신중하게 살펴야 한다.

편리한 생활 환경

쾌적한 자연환경이나 교통의 편리함도 중요한 요소다. 병원, 약국, 슈퍼마켓 같은 편의 시설이 가까이 있으면 외출은 물론, 응급 상황에도 신속하게 대응할 수 있다. 또한 조용하고 평화로운 생활을 원한다면 대도시의 소음에서 벗어난 중소 도시도 좋은 선택지이다.

사회적 관계 유지

마음이 맞는 사람들과 유대 관계를 지속할 수 있는 곳에 집을 마련하는 것이 좋다. 친구나 가족과 가까이 살며 사회적 네트워크를 유지하면 고립을 예방할 수 있

노년기, 어디에서 살지 고민해야 하는 이유 7가지

여유 있는 선택과 기회
경제적 안정
정서적 안정
신체적 편안함
생활비 절감
편리한 생활 환경
사회적 관계 유지

다. 이웃 사람과의 교류는 외로움을 줄여 주고 우울증을 예방한다. 더불어 정서적 안정과 삶의 만족도를 높인다.

생활비 절감

노후에 생활할 집을 미리 마련해 두면 월세나 임대료 부담에서 벗어날 수 있다. 특히 에너지 효율이 좋은 집을 선택하면 냉난방비나 전기세 같은 유지 비용도 절감된다. 교통비, 공공요금, 세금 혜택, 주택 관리비 등을 미리 계산할 수 있어 노후 생활비를 더욱 효율적으로 쓸 수 있다.

정서적 안정

집은 누구에게나 편안하게 쉴 수 있는 공간이자 정서적인 안정감을 주는 최적의 쉼터이다. 어떤 집에서 가장 마음이 편안한지, 그 공간을 자신답게 꾸미려면 무엇이 필요한지 미리 고민하는 과정은 노년기를 훨씬 풍요롭게 만든다.

여유 있는 선택과 기회

노년기에 급하게 집을 구하면 선택의 폭이 좁아진다. 지금부터 여러 형태의 주거지를 찾아보고 적합한 후보지를 정해 놓으면 좋은 집을 구할 기회가 많아지고, 자신에게 맞는 집을 여유롭게 찾을 시간도 있다.

여유로운 시골 생활 vs 활기찬 도시 생활

나이가 들수록 자신이 살던 지역이나 장소에서 벗어나기가 어렵다. 고령자는 새로운 환경 변화에 매우 취약하기 때문이다. 도시인지, 시골인지, 아파트인지, 단독주택인지, 이웃과의 거리는 어느 정도가 적당한지, 자신의 가치관은 어떻게 담을지 등 '집'을 중심축에 놓고 고려해야 할 요소는 넘치도록 많다.

은퇴한 선배들을 보면 각자의 가치관에 따라 여전히 도시에서 활발하게 생활하거나, 시골에 멋진 집을 짓고 자연을 만끽하며 사는 사람도 있다. 도시와 시골 생활은 장단점이 명확하다.

도시는 편의 시설과 문화 시설이 잘 갖추어져 있지만, 주거 비용이 높고 소음과 혼잡스러움이 따른다. 반면 시골은 맑은 공기와 자연을 즐기면서 조용하고 평화로운 생활이 가능하지만, 교통이 불편하고 서비스 자원이 부족하다.

시골에서 유유자적하게 자연의 풍요로움을 만끽하

도시 VS 시골

	도시	시골
장점	• 편리한 대중교통 • 의료 및 복지 서비스 접근 용이 • 쇼핑 및 문화 활동 다양 • 사회적 교류 기회 많음	• 자연환경, 공기 질이 좋음 • 저렴한 주거 비용 • 조용하고 평화로운 생활 • 이웃 간의 연대감 형성 가능
단점	• 소음과 혼잡 • 높은 주거 비용 • 공기 오염 • 자연환경 부족	• 대중교통 불편 • 의료 및 복지 서비스 부족 • 문화 및 상업시설 부족 • 사회적 교류 부족

고 사계절의 변화를 피부로 느끼며 살고 싶더라도 한 번도 그렇게 살아본 적이 없다면 완전한 이주보다는 시골의 빈집을 잠시 빌려 생활하는 체험살이를 권장한다. 현실과 이상은 크게 다를 수 있기 때문이다. 불편함을 감수할 수 있다면 시골 생활이 가능하겠지만, 무료함을 견디기 어렵다면 다시 도시로 돌아올 수밖에 없다. 실제로 시골로 거점을 옮겼다가 도시로 되돌아온 사례도 많다. 마침 시골과 도시 생활의 차이를 실감 나게 정리해 놓은 글이 있어 소개한다.

시골과 도시 생활의 가장 큰 차이는 두 가지다. 가장 먼저 체감하게 되는 것이 '일상의 불편함'이다. 시골 생활을 하려면 편의 시설이 모여 있는 곳까지 시간을 내서 다녀야 하는 것을 기본적으로 감내해야 한다. 시골 생활에 익숙지 않은 도시인들은 어두컴컴한 밤길이 무섭거나 모기, 지네, 거미 등 곤충이 싫고, 잡초 뽑기, 나무 심기 등 정원 일이 귀찮을 수 있다.

또 하나는 프라이버시를 중시하는 도시와 달리 농촌은 이웃과의 공동체 생활이 필수적이라는 것이다. 지역 모임 참여에 소극적이거나 이웃과 사귀는 것을 꺼리고 힘들어하는 사람은 시골 생활이 적성에 맞지 않는다.

일본 은퇴전문가들은 '도시에서는 돈으로 물건이나 각종 서비스를 사지만, 시골에서는 돈보다 자력으로 무엇을 만들거나 문제를 해결하려는 자세가 요구된다'라며 '이런 것들을 귀찮아하느냐, 즐기느냐가 귀농 생활 체질인지 아닌지를 가늠하는 키포인트'라고 입을 모은다.

《초고령사회 일본 은퇴자가 사는 법》(김웅철, 부키, 2024)

귀농이나 귀촌 관련 정보와 체험담은 인터넷에 넘쳐난다. 지방자치단체마다 귀농이나 귀촌 희망자를 유치하기 위해 다양한 지원 정책을 내놓고 있어 조금만 찾아보면 많은 정보를 얻을 수 있다. 그중 농림축산식품부에서 운영하는 귀농귀촌 대표 플랫폼 '그린대로' 누리집에는 관련 정보가 체계적으로 잘 정리되어 있어 시골 생활을 꿈꾸는 사람에게는 큰 도움이 된다.

60세에 은퇴하더라도 살아갈 시간은 여전히 길다. 나에게 꼭 맞는 환경과 집을 찾는 일은 인생 제2막을 더욱 즐겁고 쾌적하게 살아가기 위한 기반이다. 시간이 나는 주말에는 드라이브 삼아 시골이든 도시든 마음에 드는 곳을 둘러보자. 아는 만큼 보이고 보는 만큼 알게 될 것이다.

편리한 아파트 vs 그림 같은 단독 주택

나이가 들수록 라이프 스타일이 달라지고, 신체 기능이 변화함에 따라 생활 공간이 삶의 만족도에 미치는 영향이 점점 커진다. 집에 대한 기준과 가치는 사람마다 다르지만, 대체로 생활하기 편리한 아파트형과 아름답게 꾸민 단독 주택형으로 나뉜다.

아파트의 장점은 보안이나 쓰레기 처리와 같은 주거 환경 기반이 잘 갖춰져 있고 자산 가치 상승을 기대할 수 있는 점이다. 반면 층간 소음, 높은 관리비, 부동산세 부담 등은 단점으로 꼽힌다. 단독 주택의 장점은 완벽한 독립 공간과 프라이버시 보장, 개인의 취향에 따라 실내 장식과 실외 정원을 자유롭게 꾸밀 수 있다는 점이다. 그러나 매도 시 환금성이 떨어지고 유지 보수가 까다롭다는 단점이 있다.

젊을 때는 투자 목적, 자녀 교육, 직장과의 거리 같은 현실적 요건을 고려해 집을 마련하지만, 노후에는 이러한 제약이 사라진다. 비로소 내 마음 가는 대로 집을 고르고 꾸밀 기회가 오는 것이다. 이제 자신의 성향과 예산을 고려해 집을 선택하는 일만 남았다. 내가 좋

아파트 vs 단독 주택

	아파트	단독 주택
장점	• 관리 용이 • 안전한 보안 시스템 • 운동 시설 등 편리한 공동 시설	• 내부·외부 공간 활용 자유 • 프라이버시 보장 • 개인 맞춤 설계 가능
단점	• 층간 소음 • 야외 공간 부족 • 관리 비용 부담 • 개인 취향 반영 어려움	• 보안 취약 • 수리 및 유지 비용 발생 • 매매 시장의 유동성 불확실

아하는 것들로 집 안을 채우고 활동하기 편리한 대로 동선을 짜서 나만의 맞춤형 집을 만들어 보자.

다만, 아파트든 단독 주택이든 지금까지의 생활 환경을 그대로 유지한다면 노년기에는 불편함이 따를 수 있다. 우리는 어느 날 갑자기 늙는 것이 아니라 중년기부터 서서히 신체 기능이 저하된다. 따라서 주거 형태의 장단점뿐 아니라 노년기에도 살기 좋은 환경인지를 먼저 살펴보아야 한다.

사람과 물리적 환경의 관계가 시간이 흐르며 변하는 현상을 환경심리학이나 환경행동학에서는 '환경 이행'이라고 부른다.ᐧ 예를 들어 평소에 어렵지 않던 계단 오르내리기가 부쩍 힘들어졌다면, 이는 그 사람과 환경의 관계가 바뀌고 있다는 신호다. 이전에는 불편함이 없던 일이 어느 순간 위험하게 느껴진다면, 그 원인을 찾아 개선해야 한다. 그래야 자연스러운 환경 이행을 거치며 안전한 생활이 가능해진다.

집 안의 문턱을 제거하거나 욕실에 미끄럼 방지와 손잡이 설치, 온도가 급격히 변하는 환절기를 대비한 히트쇼크(Heat shock)** 예방, 싱크대나 세면대의 높이 조절 등 집 안 곳곳을 노년기 신체 변화에 맞는 안전한 주거 환경으로 바꾸어야 한다. 지금보다는 앞으로 10년, 20년 후를 내다보고 편안함을 느끼며 살아갈 수 있도록 자신에게 적합한 주거 환경을 미리 설계해 두자.

실버타운도 좋은 대안이다

한때 많은 사람이 퇴직 후에 동남아시아의 여러 나라로 은퇴 이민을 떠났다. 빠듯한 돈으로 한국에서 사느

• 《도쿄대 고령사회 교과서》(도쿄대 고령사회 종합연구소, 행성B, 2019)
•• 급격한 온도 변화로 혈압이 급변하며 발생하는 현상으로, 실신·심근경색·뇌졸중을 유발할 수 있으며 겨울철 욕실·목욕탕·온천에서 특히 흔하다.

니 적은 생활비로도 호화롭게 살 수 있다는 말에 마음이 끌린 것이다. 사실 연금만으로 재벌처럼 살 수 있다는 이야기는 매력적이지만, 나이 든 사람에게 외국살이는 생각만큼 호락호락하지 않다. 언어나 생활 방식 같은 문화 차이, 의료 서비스에 대한 불안감, 그리고 낯선 환경에서 오는 스트레스 등은 큰 걸림돌이 될 수 있다. 무리하게 은퇴 이민을 선택하기보다는 추운 계절에 따뜻한 나라에서 한두 달씩 장기 체류하는 방향을 추천한다.

최근에는 우리나라의 실버타운도 빠르게 성장하고 있어 연금만으로도 우아하게 생활할 수 있는 선택지가 늘어나고 있다. '실버타운' 하면 돈 많은 부자들이나 가는 곳으로 생각할 수 있지만, 1인 기준 월 100만 원 이하(식비 포함)로도 입주 가능한 곳도 있다.

실버타운은 고령자에게 맞춘 인테리어와 수영장, 온천, 도서관, 체육시설 등 다양한 부대 시설을 갖추고 있으며 병원, 백화점, 마트를 오가는 셔틀버스를 운행하기도 한다. 무엇보다 식사와 청소 같은 가사 부담이 줄어드는 것만으로도 생활이 한층 여유로워진다.

요양이나 돌봄이 필요한 경우 관련 서비스를 함께 제공하는 곳도 있다. 따라서 노후의 삶을 구체적으로 상상하며 플랜 A, 플랜 B, 플랜 C처럼 여러 가지 시나리오를 세워 두는 것이 중요하다. 돌봄이 필요한 순간이 생각보다 빨리 찾아올 수도 있으니, 미리 대비해 두어야 당황하지 않고 자연스럽게 받아들일 수 있다.

실버타운의 장점은 편리한 생활 기반 외에도 고립감을 줄여 주는 사회적 활동, 동료와의 교류, 다양한 건강 관리 프로그램, 24시간 보안 시스템을 갖추고 있어 안전한 환경을 제공한다는 점이다. 반면 초기 입주 비용과 매월 발생하는 생활비는 경제적 부담이 될 수 있으며, 시설 중심의 생활로 활동 범위가 좁아질 가능성도 있다. 또한 시설에서 제공하는 프로그램에 의존하게 되면서 자립성이 감소할 수 있고, 일부 시설에서는 생활이 지나치게 규격화되거나 프로그램 참여를 의무화해 자율성이 침해될 위험도 있다.

이처럼 실버타운을 선택할 때는 여러 요소를 고려해야 한다. 위치, 시설, 서비스 품질뿐 아니라 건강 관리, 사회 활동, 안전 시스템 등을 꼼꼼히 따져 보아야

실버타운의 장단점

실버타운의 장점	실버타운의 단점
· 편리한 생활 기반 · 사회적 교류와 연결망 확보 · 건강 관리 프로그램 · 안전한 환경	· 초기 입주 비용 및 월 생활비 부담 · 활동 범위 제한 · 자립성 감소 위험 · 자율성 침해 논란

한다. 무엇보다 자신이 원하는 생활 방식에 맞는 시설을 선택하는 것이 중요하며, 비용 부담이 감당 가능한지를 충분히 검토해야 한다.

실버타운과 관련해서는 《한경무크: 실버타운 올가이드》(문성택·유영란, 한국경제신문, 2025)를 추천한다. 중년 부부가 직접 전국의 실버타운을 조사해 정리한 책으로 호텔형 고급 시설부터 가성비 높은 실버타운까지 폭넓게 다루며, 실질적인 선택 기준과 노하우를 제시한다. 건강할 때 노후의 일상을 구체적으로 그려 보고 여러 대안을 마련해 두면 노후가 한층 편안해진다.

은퇴하고
놀면 뭐하니?

건강과 돈 다음은 권태 리스크

노후에는 건강과 돈 외에도 남아도는 '시간'이 문제다. 중년이 되면 친구나 동료들과 "퇴직하면 뭐 할 거야?"라는 대화를 자주 나누지만 결국 하나같이 "당분간은 빈둥거리며 푹 쉬고 싶어!"로 마무리된다.

시간에 얽매이는 직장인들은 언제나 실컷 놀아 보고 싶은 게 소원이다. 늦잠 자기, 그동안 못 본 영화나 드라마 한 번에 정주행하기, 세계여행은 물론 현지에서 서너 달씩 살아 보기 같은 꿈을 꾸기도 한다.

《60세에 집을 짓다(60歲で家を建てる)》(유야마 시게

유키, 마이니치신문출판, 2016)라는 책을 읽다가 '은퇴하고 꿈꾸던 여행, 영화 감상과 같은 여유로운 시간 보내기는 2년이면 질린다.'라는 이야기를 접했을 때는 설마했다. 그런데 막상 회사를 그만두고 놀아 보니 1년쯤 지나자, 거짓말처럼 좀이 쑤시기 시작했다.

시간 부자가 되어 시간을 지배하는 게 아니라 그저 시간을 허비하고 있는 기분이었다. 조금 과장하면 '마치 죽을 날만 기다리는 쓸모없는 잉여 인간'이 된 듯했다. 사람은 역시 적당한 일이 있어야 삶의 긴장감을 유지할 수 있는 모양이다.

은퇴 직후의 시간은 젊은 시절 여러 제약으로 못한 일을 마음껏 할 수 있는 인생의 황금기이기도 하다. 연세대 김형석 명예교수는 한 인터뷰에서 "오래 살아 보니 60~75세가 인생에서 가장 좋을 때였다."라고 말했다. 75세 무렵이 되면 대체적으로 활동력이 크게 떨어지기 때문이다. 그래서 은퇴 직후 15년은 그저 빈둥거리며 보내기에는 너무 아까운 시간이다. 노는 일도 습관이 되면 게을러지고 만사가 귀찮아진다. 인생이 따분해지니 빨리 늙을 수밖에 없다.

은퇴 후에는 '진정한 나'와 마주할 수 있는 시간이 생긴다. 이 황금 같은 시간을 그저 죽을 날만 기다리며 보내기에는 너무 아깝다. 중년기부터 자신의 노후 일상을 그려 보고, 건강과 취향을 고려해 하루에 몇 시간, 일주일에 2~3일이라도 몰두할 수 있는 즐길 거리나 삶을 더욱 풍요롭게 만들어 줄 일을 찾아보자.

사람은 아무 일 없이 보내는 무료한 시간을 견디기 힘들어하는 존재다. 빨리 늙고 싶지 않다면, 노는 삶 속에서도 즐겁게 몰입할 무언가를 찾아야 한다. 지금 당장은 아무 일도 하지 않고 쉬고 싶을지 몰라도, 결국 할 일 없이 보내는 일상에 스며드는 권태가 노년기의 가장 큰 위협임을 잊지 말아야 한다.

은퇴 후, 무엇을 할 것인가

노년기의 삶은 우리의 생각보다 길다. 60세에 은퇴한다고 가정하면, 평균 수명까지 짧게는 20년, 길게는 40여 년의 시간이 남는다. 그렇다면 이 시간을 무엇을 하며 보낼 것인가. 사실, 하루하루 사는 게 바빠 이 질문의 답을 곰곰이 고민해 본 사람은 드물 것이다. 그저 막연하게 은퇴하면 멀리 여행을 다니거나, 농촌에서 한 달 살기를 하거나, 재능 기부나 봉사 활동을 해 볼까 하는 생각을 하지만 별다른 준비를 하지는 않는다.

은퇴 직후에는 그 나름의 쉼표가 필요하기도 하다. 그러나 매일 소파에 기대어 먹고, 자고, TV 화면만 바라보는 생활은 얼마 지나지 않아 시들해진다. 취미나 특기가 없고 딱히 흥미로운 일도 없어, 도대체 뭘 해야 좋을지 막막해하는 사람도 많다. 이들은 취미도 일, 특기도 일인 사람들이다. 평생을 '나' 중심이 아니라 '가족'이나 '회사' 중심으로 살아왔다는 증거다. 그렇다면 더더욱 이제부터는 모든 관점을 온전히 '나'에게로 옮기고, 잊고 살았던 자신의 본모습을 일깨워 보자. 세상에는 소소하지만 재미있는 일들이 넘친다.

은퇴 후에는 자기만의 속도로 시간을 조절할 수 있어 새로운 취미나 배움에 도전하기 좋다. 무엇부터 시작해야 할지 막막할 때는 물리적 거리와 심리적 부담이 적은 것부터 알아보고 천천히 흥미를 넓혀 가면 된다. 무엇을 해야 할지 전혀 감이 잡히지 않는다면 먼저 어린 시절을 떠올려 보자.

- 밥 먹는 시간도 잊을 만큼 푹 빠졌던 것은 무엇인가?
- 좋아했지만 포기해야 했던 일은 없는가?
- 남들보다 더 잘했던 것은 무엇인가?

이런 질문에 차근차근 답하다 보면 '이것 한번 해 볼까?' 하는 단서가 생긴다. 실제로 어린 시절 붓글씨를 잘 쓰던 기억으로 65세에 서예를 시작하거나 수학여행 때 카메라를 메고 온 친구가 부러웠던 마음으로 70세에 사진을 배우기 시작한 사람도 있다. 꾸준히 일기를 쓰던 사람은 자서전 쓰기에 도전하고 마라톤, 수영 같은 운동이나 바이올린, 색소폰, 피아노, 가야금 같은 악기를 배우는 사람도 적지 않다. 심지어 농담처럼 "아내가 먼저 죽고 나면 밥은 내 손으로 해 먹어야 하니까." 하며 요리를 배우기 시작한 사람도 있다.

외국어도 마찬가지다. '이제 와서 영어를 배워 어디다 써!'라고 말할지 모르겠지만, 천만의 말씀이다. 해외로 자유 여행을 떠날 수 있고, 자막 없이 영화를 볼 수도 있으며, 국제 경기나 행사에 자원봉사자로 활동할 수도 있다. 더구나 영어 단어 암기는 치매 예방에도 도움이 된다. 이처럼 특기가 없어도 도전할 수 있는 일들이 많다. 시작해 보고 맞지 않으면 그만두고 다른 취미를 찾으면 될 일이다. 다른 사람과 순위를 매겨 가며 경쟁할 일도 없으니 쉬엄쉬엄 긴 호흡으로 오래 즐길 수 있는 일을 찾아보자.

새로 시작하기 좋은 7가지 활동

장수하는 사람들의 공통점은 꾸준히 무언가를 한다는 것이다. 70세에 뜨개질을 배우기 시작해 매년 겨울에 장갑을 떠서 기부하는 할아버지 이야기를 들은 적이 있다. 할아버지와 뜨개질은 언뜻 어울리지 않는 조합 같지만, 누구의 눈치를 볼 것도 없이 자신이 하고 싶은 일에 도전하는 것이 중요하다. 시간이 가는 줄도 모르고 몰두할 좋은 취미가 있으면 노년기에도 얼마든지 자기실현과 삶의 보람을 찾을 수 있다. 그리고 무엇보다 심심할 틈이 없다.

　새로운 일을 시작하기가 쭈뼛쭈뼛 망설여지더라도 눈 딱 감고 첫걸음을 내디뎌 보자. 쑥스러운 마음으로 강의실 문을 여는 순간, 마치 새 학기를 맞은 신입생처럼 가슴이 설렐지도 모른다. 익숙함을 벗고 새로움을 맞이하는 그 순간이 변화의 시작이다. 새로운 경험은 때로는 낯설지만, 그 낯섦이 곧 삶을 확장하는 힘이 된다. 지금껏 도전하지 못했던 일이라도 마음만 열면 새로운 시작이 가능하다. 그런 의미에서 '새로 시작하기 좋은 7가지 활동'을 소개한다.

자원봉사

자원봉사는 특별한 기술이나 재능이 없어도 시작할 수 있다. 다양한 연령대의 사람들과 교류할 기회가 생기고, 누군가에게 도움이 되는 일을 하면서 보람을 얻는 즐거운 경험이 될 것이다. 1365 자원봉사포털 누리집에는 여러 지역과 다양한 분야의 자원봉사 모집 공고가 올라와 있으니, 나의 도움이 필요한 곳이 있는지 확인해 보자.

예술 및 창작 활동

그림 그리기, 사진 촬영, 글쓰기, 캘리그래피, 공예 등 예술적인 취미는 창의력을 자극하고 마음의 안정을 준다. 어쩌면 숨겨져 있던 예술적 재능을 발견할지도 모른다. 창작 활동은 하나씩 작품을 완성해 가는 성취감도 크다. 성인 학습자를 위한 강좌가 다양하게 마련되어 있으니, 초보자라도 부담 없이 도전해 보자.

운동 및 건강 관리

걷기, 달리기, 자전거 타기 같은 가벼운 운동은 물론 전국의 둘레길 트레킹이나 단거리 마라톤에 도전해 보는 것도 좋다. 요가, 골프, 탁구, 테니스, 수영 등 평소에 하고 싶었던 운동이 있다면 배우는 즐거움도 같이 느낄 수 있다. 다만, 무리하지 않도록 자신의 건강 상태를 확인하고 운동의 강도를 조절해야 한다.

학습 및 취미 수업

IT 기술, 악기, 외국어, 요리 등 무엇이든 좋다. 각 지역의 주민센터나 평생학습관, 문화센터 등에는 저렴한 비용으로 들을 수 있는 다양한 강좌가 개설되어 있다. 무언가를 배우는 과정은 자신감을 키우고 성취감을 느끼게 하며, 뇌를 활발하게 자극하는 데에도 도움이 된다.

텃밭, 정원 가꾸기

씨를 뿌리고, 잡초를 뽑고, 물을 주는 노력 끝에 얻는 수확의 기쁨은 매우 크다. 도시에서도 5평 정도의 텃밭을 분양받을 기회가 많으니 상추, 고추, 토마토처럼 재배가 쉬운 작물에 도전해 보자. 작은 텃밭이나 화초를 가꾸는 일만으로도 뿌듯함을 느낄 수 있고, 자연 친화적인 활동을 통해 정서적 안정감도 얻을 수 있다.

여행

여행은 새로운 사람들을 만나고 다양한 문화를 배우는 좋은 기회가 된다. 해외여행뿐 아니라 국내 곳곳을 탐방해 보자. 로컬 맛집을 찾아가고, 느리게 걸으며 낯선 풍경을 즐기는 것도 좋은 경험이다. 여행을 다녀온 과정을 잘 정리해 두었다가 SNS에 올리거나 책으로 엮어 내는 크리에이터 활동으로 발전시킬 수도 있다.

모임 참여

독서, 음악, 영화 등 관심 있는 분야의 모임에 참여해 새로운 사람들을 만나고 정보를 나누는 것도 좋다. 오

프라인 모임이 부담스럽다면 온라인 모임을 활용할 수 있다. 가까운 도서관에서 열리는 독서 모임이나 관심 분야 세미나에 참여하고 음악, 연극을 좋아하는 사람끼리 공연을 보러 가는 팬클럽 활동도 좋다.

멈춤 이후의 시간 재설계

은퇴하고 일에서 벗어나면 마치 여름방학처럼 자유로운 시간이 찾아온다. 푹 쉬고 싶다면 충분히 휴식하는 것도 좋지만, '1년 혹은 2년'처럼 기간을 정해 두고 쉬는 것이 좋다. 이 시간을 앞으로 하고 싶은 일을 찾아가는 유예 기간으로 생각하면, 무한정 나태해지는 것을 막을 수 있고, 하고 싶던 일이나 새로운 도전에 나서는 전환도 빨라진다.

별다른 준비 없이 은퇴한 사람들은 넘치는 시간을 주체하지 못해 매일 뒷산에 오르거나, 도서관에 얼굴 도장을 찍으며 출근해 신문을 읽는다. 어제와 똑같은 오늘, 오늘과 똑같은 내일의 반복이다. 그러나 그마저도 오래가지 못한다는 게 함정이다.

중년부터 시작해 노후에도 이어 갈 수 있는 '나만

의 일'을 무엇으로 삼을지 차근차근 떠올려 보자. 무엇이든 시작이 가장 어려운 법이지만, 준비도 없이 좋은 결과를 기대할 수는 없다. '취미를 갖고 싶다.', '보람 있는 일을 하고 싶다.'는 막연한 바람에서 한 걸음 더 나아가야 한다. 과연 그 일이 무엇인지, 스스로에게 묻고 진지하게 답을 찾는 과정이 필요하다. 가능하면 은퇴 후 휴식을 취하는 동안에 '그 무엇'을 발견하는 것이 좋을 것이다.

은퇴 후 시간을 의미 있게 보낼 '그 무엇'에 정답은 없지만, 도움이 될 만한 기준이 있다.

자신 있는 일, 하고 싶은 일, 좋아하는 일. 이 세 가지 기준을 종이에 적고 자신의 상황을 천천히 써 내려가 보자. 세 기준이 모두 겹치는 공통 영역이 가장 이상적이겠지만, 한 가지만 발견해도 그와 관련된 여러 가능성을 확장할 수 있다. 직장에 다니는 동안 본격적으로 시작하지 못하더라도 마음속에 담아 두면 자연스레 관련된 주제에 관심을 두기 마련이니, 무엇보다 '그 무엇'을 찾는 일부터 시작하자.

출발점은 자기 내면을 들여다보고 쑥스러워 감춰

자신 있는 일
(능력)

하고 싶은 일
(열정)

좋아하는 일
(보람)

두었던 자신과 정면으로 마주하는 일부터다. 지금까지
의 경험, 막연하게 해보고 싶었던 것, 좋아했던 일들을
정리해 보자.

자신 있는 일(능력)

그동안 사회생활을 통해 익힌 기술이다. 남들보다 뛰
어나지 않아도 된다. 단순하고 사소한 것이더라도 내
가 잘하는 것을 떠올려 보자. 자료 검색이나 손 글씨 쓰
기처럼 무엇이든 좋다. 우선 네모 칸을 가득 채워 보자.

하고 싶은 일(열정)

도전해 보고 싶었거나 마음속에 담아 두었던 일들이

나의 잠재력 발견법 예시

자신 있는 일(능력)	하고 싶은 일(열정)	좋아하는 일(보람)
• 컴퓨터·워드·PPT • 자료 검색 및 분석 • 일본어·영어·한자 • 이야기 들어 주기 • 예쁜 글씨 쓰기	• 탁구·테니스·수영 • 자전거·바이크 • 트레킹·순례길 • 서예·캘리그라피 • 외국에서 살아 보기 • 문화·여행 가이드 • 농어촌 슬로우 라이프 • 가죽 공예 • 인기 가수 콘서트 가기 • 마술 배우기	• 클래식·명화 감상 • 드라마·애니메이션 보기 • 음악 듣기 • 독서 • 스포츠 관전 • 맛집 탐방 • 일기 쓰기 • 보드게임 • 막걸리 즐기기

다. 중년 여성 중에는 아이돌 팬클럽 활동을 하며 삶의 활력을 찾고 새로운 사회관계를 맺는 경우도 있다. 시간이 어떻게 가는 줄도 모를 만큼 몰두할 수 있는 일이 무엇인지 찾아보자.

좋아하는 일(보람)

평소에 자주 하며 즐거움을 느꼈던 것이다. 일이든 취미든 좋아하는 것을 할 때, 일상의 스트레스가 풀리고 내면의 만족감이 채워진다. 사소한 것이라도 좋아하는 것들을 적어 보자.

세 가지 영역을 채우고 나면 이제 무엇을 해야 할지 찾는 일이 한결 수월해진다. 예를 들어, '자신 있는 일'에 일본어·영어가 있고 '하고 싶은 일'에 문화·여행 가이드가 있다면, 외국인을 대상으로 다양한 활동을 할 수 있다. 언어 실력이 높다면 통번역도 가능하고 자원봉사자로 재능 기부도 할 수 있다.

꼭 남에게 보여 주기 위한 일이 아니더라도, 좋아하는 작가나 작품 중 한국에 소개되지 않은 책을 찾아 자신만의 목소리로 번역해 보는 것도 좋다. 번역은 저작권이 만료된 작품의 원문을 무료로 공개하는 곳을 이용하면 된다. 영어라면 프로젝트 구텐베르크, • 일본어라면 아오조라문고 •• 같은 사이트가 대표적이다. 짧은 글이라도 번역해 개인 블로그에 올리거나 전자책으로 출판하면 큰 성취감을 얻을 수 있다.

'독서'라는 키워드 하나로도 여러 목표를 세울 수 있다. 연간 독서 목표량을 정하거나 감상문 쓰기, 온라인 서점이나 출판사의 리뷰어로 활동하기, 더 나아가

• 프로젝트 구텐베르크 https://www.gutenberg.org
•• 아오조라문고 https://www.aozora.gr.jp

독서 관련 자격증을 따서 방과 후 수업이나 지역 도서 관에서 강사나 자원봉사자로 활동하는 길도 있다. 중요한 것은 부담 없이 시작할 수 있는 '나만의 키워드'를 찾는 일이다. 거기서부터가 출발이다. 자신을 제대로 이해하면 노후의 삶이 훨씬 풍요로워질 것이다.

디지털 리터러시 – 나도 연결될 수 있다

코로나19를 겪으며 '비대면' 서비스가 일상화되었다. 대형마트나 백화점에 가는 대신 온라인 쇼핑을 하고, 식료품과 음식은 배달 서비스를 이용하며, 온라인 교육과 원격 근무도 더 이상 낯설지 않다. 우리 사회가 빠르게 디지털화되면서 은행, 병원, 식당 등에서도 아날로그 방식의 대면 서비스는 점차 사라지고 있다.

그뿐만이 아니다. 집 안 풍경도 빠르게 바뀌고 있다. 이제 스마트폰 하나로 조명, TV, 공기청정기, 에어컨은 물론 커튼까지도 조절할 수 있다. 사람 간의 소통 역시 화상 통화, 메신저, SNS가 주류를 이루고 있다. 이미 우리의 일상 곳곳에 디지털 기술이 깊숙이 들어와 있으며 나이가 들수록 불안한 건강, 돌봄, 안전 문제까지도 디지털 기술에 의존해야 하는 시대가 되었다. 이처럼 빠르게 변화하는 환경에 적응하려면 디지털 기술을 배우고 익혀야 사회와 연결될 수 있다.

그러나 〈2024년 디지털 정보 격차 실태조사〉에 따르면 나이가 들수록 디지털 정보화 수준은 꾸준히 감소하는 것으로 나타났다. 50대부터 서서히 떨어지기 시작해 70대 이상에서는 일반 국민의 절반 수준인 51.4%까지 하락한다. 고령층은 디지털 환경 적응에 많은 어려움을 겪고 있는 것이다.

실제로 음식점에서 셀프 주문, 결제 시스템이 보

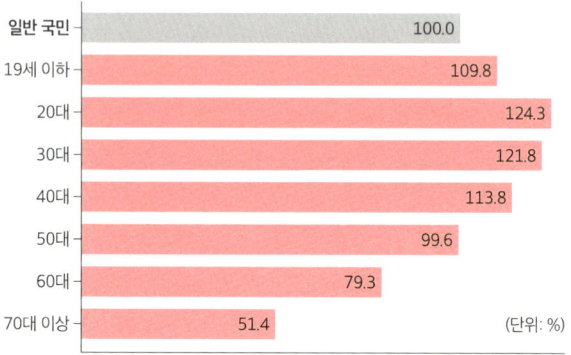

연령별 디지털 정보화 수준

구분	수준
일반 국민	100.0
19세 이하	109.8
20대	124.3
30대	121.8
40대	113.8
50대	99.6
60대	79.3
70대 이상	51.4

(단위: %)

과학기술정보통신부·한국지능정보사회진흥원, 〈2024 디지털 정보 격차 실태조사 보고서〉

편화되면서 키오스크 디지털 기기에 익숙하지 않은 사람들은 단순한 메뉴 선택조차 스스로 해결하기 어려워 서비스를 이용하지 못하는 상황이 생긴다. 은행과 병원의 온라인 예약 시스템도 마찬가지다. 이제 일상생활 유지를 위해서는 빠르게 발전하는 디지털 기술을 익히고, 다양한 서비스와 연결하는 능력이 필요하다.

기기를 다루는 일을 제대로 익혔다면 디지털 기술을 활용해 정보를 얻고, 자신에게 맞게 관리하여 창의적 활동으로까지 확장해 보자. 이런 능력을 '디지털 리터러시(Digital literacy)'라고 하는데, 넘쳐나는 정보 속에서 정확하고 신뢰할 수 있는 자료를 선별, 활용하는 역량을 말한다. 거짓 정보에 휘둘리지 않고 나와 세상을 연결하는 매개체로서 디지털 활용 역량을 키우는 것은 이제 선택이 아닌 필수다.

디지털 기술을 익히면 노후의 시간이 한층 즐거워지고 새로운 기회를 창출할 수도 있다. 예를 들어 스마트폰 촬영과 영상 편집을 배워 온라인 강의를 하거나, SNS 마케팅을 익혀 온라인 스토어를 운영하거나, 유튜브를 통해 세대와 지역을 넘어 다양한 사람들과 소통할 수 있다. 꼭 거창한 목표를 세우지 않더라도 개인 블로그를 열어 소소한 일상을 기록해 보자. 취미나 관심사를 공유하는 온라인 친구를 만드는 것도 좋다. 디지털 기술과 연결되는 순간, 우리 삶의 반경은 더 넓어지고 다채로워질 것이다.

돌봄
Care

노인,
죽음의 그늘

살날이 얼마 남지 않은 노인들이 왜 자살할까?

최근 보건복지부와 한국생명존중희망재단이 발간한 《2024 자살예방백서》를 펼쳤다가 깜짝 놀라 순간 숨을 삼켰다. 책의 첫 장에는 OECD 회원국의 연령대별 자살률을 비교한 그래프가 실려 있었는데, 10대를 제외한 모든 연령대에서 우리나라가 1위를 차지하고 있었기 때문이다. '대한민국에서 살기가 힘들다.'는 말을 자주 듣긴 했지만, 이렇게 통계로 마주하니 충격이었다.

우리나라의 연령대별 자살률을 자세히 보면 특히 70대 이상 고령층, 그중에서도 80대의 자살률이 두드

우리나라 연령대별 자살 현황

- OECD 평균
- 대한민국
- 가장 높은 나라

아이슬란드

대한민국 대한민국 대한민국 대한민국 대한민국 대한민국 대한민국

10대 20대 30대 40대 50대 60대 70대 80대 이상

WHO의 '2024 Mortality Database'를 활용하여 한국생명존중희망재단에서 산출

러진다. 80세 이상 고령층의 자살률은 10대의 8.4배에 달한다.

"왜? 앞으로 살날이 얼마 남지 않은 노인들이 굳이 자살을 택하는 것일까?"

이 질문의 답을 찾기 위해 자살의 주요 동기를 살펴보았다. 2022년 경찰청 변사자 통계에 따르면 자살 동기 중 '정신적·정신과적 문제'가 가장 많았고 뒤이어 '경제생활 문제', '육체적 질병 문제' 순으로 나타났다.

• 보건복지부·한국생명존중희망재단,《2024 자살예방백서》

이 결과만 봐도 고령층이 자살에 매우 취약한 상태에 놓여 있음을 알 수 있다. 나이 들수록 쇠약으로 인한 건강 문제, 한정된 소득, 사회적 고립으로 인해 우울증 등 정서적 불안에 빠지기 쉽기 때문이다.

세대를 막론하고 자살의 근본 원인은 '절망감'이다. 스스로 존엄성을 지키기 어려워진 고령자가 '나는 이제 쓸모없는 존재'라고 느끼면 자살 충동에 사로잡힐 수 있다. 한 70대 남성이 요실금으로 이불에 실수하고, 며느리에게 그런 모습을 보여야 하는 현실을 견디지 못해 스스로 목숨을 끊은 사례가 있었다. 기저귀 착용이나 요실금 같은 신체적 문제는 남성에게 더 큰 자존감의 위협이 될 수 있다. 단순한 부끄러움을 넘어 가족에게 짐이 되는 존재라는 생각을 불러일으킬 수 있기 때문이다. 어쩌면 자신의 건강이 되돌릴 수 없는 상황에 놓였다는 끔찍한 절망감이 그를 덮쳤는지도 모른다.

사람은 희망의 빛이 보이지 않을 때 극단적인 생각으로 내몰린다. 누구나 살면서 견디기 힘든 고통과 절망을 겪지만, 그 모든 어려움을 버텨 내며 어른이 되고 노후를 맞이한다. 그런데 인생의 마지막 페이지를 채울 그 짧은 시간조차 견디기 어려울 만큼, 질병과 그로 인한 우울증은 우리를 불행의 나락으로 떨어뜨린다.

노화는 어느 날 갑자기 찾아오는 것이 아니라 서서히 진행된다. 그렇기에 우리는 늦기 전에, 노화로 인해 쇠약해질 때 어떻게 살아갈지 미리 준비해야 한다.

중년이 되면 '평생 볼 사람과 그렇지 않은 사람을 구분하라.'는 말이 있다. 심리적 불안을 털어놓을 수 있는 상대가 있다는 것은 돈보다 더 큰 재산이다. 극단적인 이야기지만, 기저귀를 차고 만나서도 마음 편히 수다를 떨 수 있는 친구, 그런 사람도 미리 만들어 두자.

'간병 살인'만은 피해 가고 싶다

뉴스에서 '간병 살인'이라는 단어를 들을 때마다 참담함이 느껴진다. 자살이나 교통사고 같은 죽음과는 차원이 다르기 때문이다. 그 말 속에는 안타까움과 참혹함이 동시에 담겨 있다. 죽음의 형태 중에서도 최악이라 할 만하다. '30대 딸이 60대 어머니를, 70대 아들이 90대 아버지를, 80대 남편이 70대 아내를….' 간병에 지쳐 일어난 가족의 비극이 그대로 드러난다. 더구나 살인한 가해자도 자살하는 경우가 많아 간병 살인은 한 사람의 문제로 끝나지 않는다.

복지 제도가 아무리 잘 정비되어 있어도, 가족이 제도 밖에서 직접 돌보는 사각지대는 여전히 남아 있다. 돈이 없어서만은 아니다. 개인의 가치관, 그리고 준비와 예방의 문제다. 요양원 환경이 아무리 개선되었다고 해도 요양원은 요양원일 뿐이라며 입소를 거부하거나, 자신이 사는 모습을 남에게 보이기 싫다며 재가 돌봄서비스를 받지 않는 등 돌봄이 필요한 상황 자체를 감추는 사례도 있다. 그래서 비극이 일어난 뒤에야 이웃들은 "치매 환자가 있는 줄 몰랐다.", "그렇게 심각한 상황일 줄은 전혀 몰랐다."며 놀라움을 금치 못한다.

2024년 3월 기준 우리나라의 치매 환자 수는 100만 명을 넘어섰다. 추정 치매 유병률은 7.4%이며 나이가 많을수록 급격히 높아져 75~79세는 19.24%, 80~84세는 27.13%, 85세 이상은 38.02%에 달한다. 즉, 75세 이상은 10명 중 약 2명, 80세 이상은 10명 중 약 3명, 85세 이상은 10명 중 약 4명이 치매를 앓고 있다고 추정할 수 있다.

추정 치매 환자 연령별 구성 비율

60~64세
2.55%

65~69세
4.52%

70~74세
8.52%

75~79세
19.24%

85세 이상
38.02%

연령별

80~84세
27.13%

전국, 60세 이상
• 추정 치매 환자 수: 1,010,400.2명
• 추정 치매 유병률: 7.40%

중앙치매센터 누리집 ●───

치매 환자를 돌보는 일은 무척 힘겨운 일이다. 인지 능력, 감정 조절 능력, 행동 패턴이 아주 다양하게 변화하기 때문에, 돌봄자는 하루 24시간 긴장을 놓을 수 없다. 사랑하는 가족이 점점 약해져 가는 모습을 지켜보는 것 자체도 큰 고통이다. 돌봄자는 육체적, 정신적, 경제적 부담을 동시에 짊어지며, 특히 환자가 부모일 경우 자신의 미래를 투영하게 되어 커다란 절망감과 불안에 휩싸일 수도 있다.

삶의 기본인 의식주를 스스로 해결하지 못하고 타

인의 도움이 필요해지는 순간, 진짜 '불행'이 시작된다. 본인과 가족 모두 끝이 보이지 않는 불확실성 속에서 불안이 극에 달한다. 이미 상황이 발생하고 난 이후에는 하루하루 버티기조차 힘들어 다른 대안을 찾을 여유가 없다. 그렇기에 조금이라도 건강하고 여유 있을 때 요양과 돌봄에 대해 알아 두면, 가족에게 돌봄이 필요해진 순간 요긴하게 활용할 수 있다.

집에서 가족이 직접 환자를 돌보는 것만이 최선은 아니다. 환자도 전문 인력과 프로그램이 갖춰진 환경에서 생활하는 편이 더 편안하고 안전할 수 있기 때문이다. 그러니 퇴직하고 여유 시간이 생기면 요양원 견학을 다녀 보거나, 요양원에서 자원봉사를 해 보는 것도 좋다. 부동산을 살 때 임장하는 것처럼 요양원도 똑같다. 자료만 놓고 보면 뭐 하나 나무랄 것 없어 보이는 곳이지만, 막상 실제로 가서 보면 다른 점이 눈에 들어올 수도 있다.

국민건강보험 노인장기요양 누리집에서는 '장기요양기관 찾기' 서비스를 제공한다. 우선 집에서 가까운 곳에 견학 신청을 하고 시설 운영 방식을 직접 확인해 보자. 방의 구조, 식사, 프로그램, 접근성, 일상 공개 여부 등 궁금한 점을 미리 리스트로 만들어 가서 하나하나 꼼꼼히 살펴보고 나만의 점수를 매겨 보자. 시설에 따라서는 입소 대기가 꽤 긴 경우도 있으니, 그런 부분도 함께 챙겨 두는 것이 좋다.

'고독사'라는 쓸쓸한 죽음

'고독사'라는 용어는 1970년대 일본에서 혼자 살던 고령자의 사망이 뒤늦게 발견되는 사건이 늘어나면서 쓰이기 시작했다. 고독사는 살아 있는 동안 사회적으로 고립된 상태에서 살던 사람이 자살이나 병사 등으로 홀로 죽음을 맞이하고, 일정 시간이 지난 후에 발견된 경우를 말한다.

우리 사회에서도 고독사 수는 계속해서 증가하고 있으며, 이에 대한 관심도 높아지고 있다. 특히 1인 가구 고독사 비율은 매년 늘어나 2023년 기준 35.5%에 달한다.•

• 국가데이터처, 〈인구 총조사〉(2024)

고독사는 단순히 '혼자 산다'는 이유만으로 발생하는 것이 아니다. 고립, 외로움, 신체적·정신적 어려움이 복합적으로 얽혀 나타나는 현상이다. 특히 고령의 1인 가구는 상대적으로 고독사의 위험이 크기 때문에 각별한 경각심이 필요하다.

혼자 사는 사람은 갑작스러운 질병이나 사고가 생겼을 때 바로 옆에서 도움을 줄 사람이 없다. 물론 가족이나 친구 혹은 구급차를 부르면 된다고 생각하겠지만, 그것조차 불가능할 정도로 돌발적인 상황이 벌어지기도 한다. 누군가 곁에 있다면 응급조치라도 받을 수 있지만, 혼자 사는 사람은 쓰러져 골든타임을 놓치고 사망하는 사례가 적지 않다.

사망 후에도 누군가에게 발견되기까지는 시간이 걸린다. 그 사이 시신은 부패하기 시작한다. 《죽음의 격차》(니시오 하지메, 빈티지 하우스, 2019)에서 '한겨울 사망 후 바람이 잘 통하는 방에 시신이 방치되었다면 이때는 부패보다 미라화가 진행된다. 체내 수분이 일정 정도 빠져나가면 부패가 진행되지 않기 때문이다. 여름에 사망한 경우, 시신은 일반적으로 1개월만 지나도 백골화된다. 원인은 여름에 활발히 활동하는 파리다. 파리가 활동하는 시기에 사망했다면 야외만이 아니라 실내에서도 반드시 파리가 와서 주검에 알을 깐다.'라고 사후의 주검에 관해 설명하고 있다. 시신이 부패하는 과정을 상상하기도 싫지만, 이는 실제로 벌어지는 현실이다.

혼자 사는 사람이 키우던 반려동물도 문제다. 요즘은 개, 고양이뿐 아니라 다양한 동물을 키우는 사람들이 늘고 있다. 고독사가 빈번한 일본에서는 반려동물이 같이 사망한 채로 발견되기도 하고, 최악의 경우 키우던 개, 고양이가 시신 일부를 먹어 버리는 사례도 있다. 사람과 동물이 서로 의지하며 살아가지만, 돌봄이 끊기면 결국 둘 다 비극적인 결말을 맞을 수밖에 없다.

이런 불편한 이야기를 하는 이유는 불안감이나 공포감을 조성하려는 목적이 아니다. 혼자 사는 사람일수록 두 배, 세 배로 신중하게 자기 삶과 죽음을 준비해야 한다는 점을 강조하기 위함이다. 평소에 가족, 친구, 동호회 등을 통해 사회적 관계망을 촘촘하게 만들어 두는 일이 무엇보다 중요하다. 또 지자체에서 제공하는 안부 확인 서비스나 첨단 기술을 활용한 스마트 돌봄 서비스도 적극적으로 이용해 보자.

죽음은 아무도 예측할 수 없다. 그렇기에 자신이 납득할 수 있는 죽음을 맞이할 수 있도록 준비하는 과정이 필요하다. 삶의 마지막을 어떤 모습으로 맞이할지 스스로 고민하고 미리 대비하는 것, 그것이 곧 자신의 삶에 품격을 더하는 일이다.

마지막은
요양원일까?

노인요양시설에 들어가느니 차라리 죽는 게 낫다?

《백 살까지 살 각오는 하셨습니까?》(가스가 기스요, 아고라, 2019)에서 어느 78세 남성이 "노인요양시설에서 유치한 동작을 따라 해야 한다면 차라리 죽는 게 낫다."라고 말한 인터뷰를 읽고 복잡한 생각이 들어 책을 덮었던 기억이 있다. 그 말이 이해되면서도 마음 한편으로는 '왜?'라는 의문이 떠나지 않았다.

노인요양시설 입소를 꺼리는 이유를 객관적으로 설명한 자료를 찾기 어려워, 다소 오래된 조사이지만 우리보다 고령화가 앞선 일본의 여론조사 결과를 참고

해 보자. 이 조사는 일본의 장기요양보험(개호보험) 제도와 노인 돌봄 서비스에 대해 국민이 어떻게 인식하고 있는지를 파악하기 위해 실시되었다. 〈개호보험제도에 관한 여론조사〉(일본 내각부, 전국 20세 이상 3,272명 응답, 2010)에서 '집에서 돌봄 서비스를 받고 싶은 이유' 항목은, 사실상 시설 입소를 꺼리는 이유와도 연결된다. 복수 응답으로 조사된 주요 응답 비율은 다음과 같다.

> 1위 현재 사는 곳에서 계속 생활하고 싶다 (82.8%)
> 2위 시설에서는 자유로운 생활을 할 수 없다 (32.7%)
> 3위 다른 사람과 공동생활을 하고 싶지 않다 (29%)
> 4위 시설에서 다른 사람의 돌봄을 받는 게 싫다 (28.6%)

결과를 보면 나이가 들어 몸이 불편해지더라도 지금 사는 집에서 계속 생활하고 싶다는 응답이 82.8%에 달한다. 그 이유는 아마도 자기 마음대로 생활할 수 있는 자유로움 때문일 것이다. 내 집에서는 다른 사람의 간섭이나 눈치를 보지 않고, 원하는 방식으로 살아갈 수 있어서다.

2위부터 4위까지의 응답을 보면 '시설에서는 내 마

음대로 살 수 없다.'라는 의식이 뚜렷하게 드러난다. 몸을 제대로 움직일 수 없어 간병을 받아야 하는 상황이 오면 누구라도 자존감에 큰 상처를 입는다. 더구나 시설에 들어가면 식사, 취침, 목욕 시간이 모두 정해져 있어 내 마음대로 시간을 통제할 수 없고, 심지어 다인실이라면 좁은 방에서 낯선 사람과 함께 생활해야 한다. 몸이 불편하면 원치 않는 신체 부위를 남에게 드러내야 하는 상황도 생긴다.

현재 노인요양시설에서 생활하는 사람들은 대개 의지할 가족이 없거나, 있더라도 여러 사정으로 제대로 된 돌봄을 받을 수 없어 마지막 선택으로 '시설'을 결정한 사람이 많다. 매일 규칙적으로 생활하고, 자격을 갖춘 전문가에게 의료와 복지 서비스를 받을 수 있다는 장점이 있음에도 이러한 긍정적인 면이 부각되지 않은 이유는 입소자 대부분이 노인장기요양보험의 1~2등급을 받은 중증 환자들이기 때문이다. 요양시설을 살짝만 엿보고, 가고 싶지 않다고 느끼는 것은 환경이나 프로그램 자체보다 그러한 상황에 놓인 사람들의 모습에서 오는 거부감일 수도 있다.

건강한 사람의 눈에는 사람들이 휠체어에 앉아 박수를 치거나 어린아이 같은 율동을 따라하는 모습이 유치하게 보일 수도 있다. 그러나 오히려 그런 활동을 공개적으로 운영하는 시설이라면 믿을 만한 시설이다. 대부분의 입소자가 누워만 있는 시설은 언뜻 평온해 보이지만, 오히려 위험할 수 있다.

사람이 누워만 있으면 편할 것 같지만 살이 눌리는 곳에 욕창이 생기고 몸이 붓는다. 아무리 제시간에 맞춰 기저귀를 간다고 해도 요로 감염이나 결석 등이 생기기 쉽고, 혈관 장애로 심장마비가 올 수도 있다. 겉으로 보기엔 단조롭더라도 휠체어에 앉아 노래하고, 손을 움직이는 활동이 신체 건강과 생명 유지에 훨씬 더 이롭다.

노인요양시설을 부정적으로만 보아서는 안 된다. 누구나 늙고 병드는 시기가 온다. 다만 그 기간이 짧을지 길지의 차이일 뿐이다. 옷을 갈아입지 못하고 음식을 만들지 못하는 것은 그나마 양호하다.

대소변을 가리지 못하고 온종일 누워 지내며 생긴 욕창의 고름이 흘러나오는 것을 누가 치워 줄 수 있을까? 과연 배우자나 자녀 혹은 사위나 며느리가 그 일을 감당할 수 있을까?

결론은 분명하다. 노인요양시설에서 유치한 동작을 따라 하지 않아도 될 나만의 노후 준비를 지금부터 해 두면 된다. 삶의 마지막을 어떻게 맞이할지는 우리가 스스로 선택할 수 있는 몇 안 되는 중요한 문제다. 그 준비는 바로 지금부터 시작해야 한다.

노노케어의 현실

요양시설에 들어가기는 싫고, 집에서 혼자 생활하기는 어려울 것 같고, 돌봄 로봇은 아직 먼 미래의 이야기다. 그렇다면 혼자 살다가 넘어져 꼼짝 못 하게 되면 누가 나를 돌볼 것인가? 가장 먼저 병원이 떠오를 것이다. 집 안에서 넘어졌다면 스마트폰을 손에 들고 있지 않아도 음성 인식을 통해 119에 신고할 수 있다. 집 밖에서라면 지나가던 누군가에게 발견될 확률이 높다. 결국 이런 과정을 거쳐 최종적으로 병원으로 옮겨져 도움을 받게 된다.

노년에도 남에게 신세 지기 싫어 혼자 살고 싶다는

사람이 많지만, 나이가 들면 아는 사람이든 모르는 사람이든 누군가에게 도움을 받아야 한다는 사실에는 변함이 없다. 병원에서 아무리 좋은 서비스를 받는다고 해도 병원은 병원일 뿐이다. 혼자서 화장실에 가지 못하거나 물 한 모금 마시고 싶어도 사람을 불러야 한다. 아무리 천사 같은 간호사라도 수시로 부르기는 쉽지 않은 일이다. 개인 간병인을 고용하면, 한 달에 400여만 원에 달하는 비용을 감당하기도 쉽지 않다.

혼자 사는 사람은 퇴원 후의 삶도 문제다. 외래 진료를 받으러 병원에 갈 때 누가 데려다줄 것인가? 집안일은 또 누가 할 것인가? 혼자서 잘 살고 잘 해낼 수 있을 것 같지만, 다리나 팔이 부러져 움직일 수 없는 상황이 되면, 일상의 다양한 장벽에 부딪히고 만다.

그렇다면 과연 노부부의 생활은 안전할까? '노노(老老)케어'라는 용어를 들어본 적이 있을 것이다. 노노케어는 건강한 노인이 병이나 여러 사유로 도움이 필요한 노인을 돌보는 일, 즉 '노인이 노인을 돌본다.'는 말이다. 일반적으로 노노케어는 고령자가 고령의 배우자를 돌보는 형태로 나타난다.

《죽음의 격차》(니시오 하지메, 빈티지하우스, 2019)에는 노노케어의 위험성을 보여 주는 사례가 등장한다.

자택 욕실에서 80대 남성이 주검으로 발견되었다. 남성은 치매인 아내를 간병하는 그야말로 노노 간병 중인 상태였다. 아내를 헌신적으로 간병하고 나이를 먹어도 금실 좋게 사는 부부의 모습을 이웃 주민도 자주 볼 수 있었다고 한다.

남성의 시신이 우리 법의학 교실로 실려 온 것은 어느 초여름 날이다. 두 사람이 사는 연립주택의 욕실, 그 욕조 속에서 남성은 숨을 거두었다고 한다. 발견한 현장 상황을 미뤄 '익사'가 의심되었다.

하지만 현장에 입회했던 경찰은 발견 당시 상황이 상상하기도 어려운 기이한 상태였다고 말했다.

왜 그런 상황이 되었는지 구조된 아내에게 물어도 알 수 없었는데, 아무래도 아내가 욕조에 들어가 나오지 못하게 되자 남편이 꺼내려다 발이 미끄러져 욕조 속으로 들어간 것 같다고 한다. 그것도 미끄러진 찰나에 우연히 남성은 아내 밑에 깔려 욕조 밑으로 가라앉았고, 그대로 아내가 남편을 눌러 익사한 것 같다고 전했다.

부부와 연락이 끊기자 걱정이 된 친척의 신고로 경찰관이 집을 찾아갔다. 놀랍게도 발견 당시 아내는 욕조 속에서 남편 위에 앉은 그대로의 상태였다고 한다.

일본뿐 아니라 우리나라에서도 노노케어가 불러온 비극적인 사건이 잇따르고 있다. 배우자가 갑자기 쓰러져도 치매에 걸린 상대는 상황을 제대로 인지하지 못해 신고는커녕 자기가 먹어야 할 약이나 식사를 제대로 못 해서 같이 사망하는 사례도 있다.

이처럼 나이가 든다는 것은 자기 인생에서 가장 큰 불안정성, 불확실성과 마주하는 일이다. 치매에 걸리거나 질병으로 쓰러지면 누가 나를 돌볼 것인가? 결국 답은 사람이다. 삶의 마지막 단계를 어떻게 맞이할 것인지, 그리고 그 순간을 누구와 함께할 것인지에 대한 준비가 필요하다.

돌봄 로봇 시대가 올 것인가

"나중에 나이 들어 치매에 걸리면 나는 아마 로봇에게 돌봄을 받게 될 거야."

몇 년 전만 해도 모임에서 이렇게 말하면 모두 농담처럼 생각하며 웃음을 터뜨렸다. 하지만 이제는 고개를 끄덕이며 긍정하는 사람이 많아졌다. 사실 말이 그렇지 사람이 아닌 로봇 품에 안겨 돌봄을 받는다고 생각하면 가슴 한구석이 서늘해진다.

〈성큼 다가온 돌봄 로봇 시대〉(동아일보, 2017. 7. 4.)

이 글은 내가 오래전에 신문에 기고했던 글이다.

돌봄 로봇에 대해서는 기대와 불안감이 공존한다. 하지만 혼자 사는 사람이라면, 어쩌면 로봇의 등장을 간절히 기다리고 있을지도 모른다. 앞서 소개했던 《백 살까지 살 각오는 하셨습니까?》에서도 80대의 혼자 사는 남성이 "나는 사람이 아니라 로봇에게 돌봄을 받았으면 좋겠습니다."라며 솔직한 심정을 털어놓는 장면이 있다.

혼자 사는 시간이 길어질수록 사람들은 자기만의 방식에 익숙해지고 내 공간 안에 다른 사람이 들어오는 걸 허락하기가 쉽지 않다. 아파서 거동하지 못하게 되면 어떻게 할지 불안감은 크지만, 그렇다고 다른 사람에게 온전히 자신을 내보이기는 두렵고 창피하며 자존심이 상한다. 그래서 감정이 없는 로봇에게 돌봄을 받는 일이 덜 부끄럽다는 결론에 도달한 것이다. 게다가 리모컨이나 음성으로 작동한다면 스스로 얼마든지 통제할 수 있다는 자신감도 담겨 있다.

사실 돌봄 관련 시장은 오래전부터 인력난이 예고되어 왔다. 이유 중 하나는 돌봄을 지원하는 전문 인력들이 무척 힘들게 일하지만, 월급은 적고 암묵적인 희생을 요구하는 곳이라는 인식이 퍼져 젊은이들이 복지 분야의 일자리를 기피하기 때문이다. 여기에 인구 구조가 역삼각형 형태로 바뀌며 돌봄을 필요로 하는 고령층이 젊은 층보다 많아졌다는 것도 한몫한다. 이러한 상황 속에서 어쩌면 돌봄 로봇은 필연적으로 등장할 수밖에 없는 존재인지도 모른다.

수요가 있으면 대안이 생겨나기 마련이다. 이미 인공지능을 탑재한 가정용 로봇은 우리 생활 깊숙이 들어와 있다. 약 먹는 시간을 알려 주거나 말동무가 되어 주는 로봇, 기초 건강 상태를 체크하는 단순 로봇을 넘어서 이동과 식사를 돕는 로봇, 심지어 배설을 자동으로 처리하는 로봇까지 등장했다. 아직 우리가 상상하는 사람 같은 로봇의 모습은 아니지만 돌봄 로봇에 관한 연구는 활발하게 진행 중이어서 언젠가는 에어컨이나 냉장고처럼 대형 가전제품 시장에 돌봄 로봇이 등장할 날도 머지않았다.

그러나 중요한 점은 '언젠가'라는 말이다. 이는 지금을 살아가는 중장년층이 마냥 돌봄 로봇을 기다릴 수만은 없다는 의미이기도 하다.

현실을 돌아보면 갑작스러운 뇌출혈로 쓰러져 신체의 일부가 마비되거나, 치매로 점점 본래의 모습을 잃어 가는 가족이나 친족의 모습이 보인다. 이는 멀지 않은 미래의 자신이기도 하다. 돌봄 로봇이 '짜잔!' 하고 나타나 모든 문제를 해결해 주면 좋겠지만, 아직은 먼 이야기다. 따라서 현실을 직시하고 스스로 무엇을 준비해야 할지 고민하는 것, 그것이야말로 진짜 현명한 대비다.

고령자 실종 시대가
왔다

나는 누구, 여긴 어디?

몇 해 전, 새벽 6시가 조금 넘어 지하철 2호선을 탔을 때였다. 하루를 빨리 시작한 사람들은 제각기 이어폰을 꽂고 스마트폰을 쳐다보거나 눈을 감고 모자란 잠을 청하고 있었다. 이른 시간이라 군데군데 빈자리도 많아 누군가가 조금만 움직여도 그 소리가 차량 안에 울릴 만큼 고요함과 적막이 감돌았다. 다음 역에서 내려야겠다며 일어서는 순간, 차가운 공기를 가르며 다급한 목소리가 들려왔다.

"아저씨, 여기 어디예요? 이거 어디로 가요?"

문 옆에서 졸던 중년 남성이 놀라 고개를 들었다.

"이거 시청 쪽으로 가요. 근데 여기가….'"

"아니, 나는 지금 어디로 가고 있는 거예요?"

"예에?"

순간, 나뿐 아니라 주변의 승객들도 모두 그쪽을 바라보았다. 그곳에는 옷차림이 단정하고 옅은 화장에 머리도 곱게 빗은 평범한 할머니와 졸음기 달아난 놀란 표정의 아저씨가 있었다.

"할머니 어디 가시는지 모르세요?"

"몰라요. 내가 왜 여기 있어요?"

"아이코, 이거 큰일이네…. 어디서 내릴지 기억이 안 나세요?"

목적지에 도착한 나로서는 할머니의 뒷이야기를 알지 못한다. 마음씨 좋아 보이던 아저씨가 경찰에 신고했으리라 짐작만 할 뿐이다. 아마도 할머니는 치매로 인한 단기 기억 상실 상태였을 것이다. 아침에 일어나 누군가를 만나기 위해 곱게 단장하고 나섰는데 하필이면 전철 안에서 기억을 잃은 것이다.

요즘에는 아이를 찾는 방송보다 실종된 어르신을

찾는 안내 방송이 더 자주 들린다. 코로나19 안전 문자
가 사라진 뒤, 긴급 문자는 대부분 실종 어르신을 찾는
알림이다. 고령자 실종 시대가 온 것이다.

오래 사는 게 무서운 이유

'이 세상에는 두 종류의 인간만이 존재한다. 그중 하나
는 지금 치매에 걸린 사람이고, 또 다른 하나는 언젠가
치매에 걸릴 사람이다.'● 이런 극단적인 표현이 있을
만큼 치매는 누구나 걸릴 수 있는 질병이다.

　아프지 않고 살면 좋겠지만 나이가 들면 몸 어딘가
고장 나기 마련이다. 죽을 때까지 남에게 의지하지 않
고 싶어도 세월은 조금씩 우리의 몸을 갉아먹는다. 뇌
가 고장날 수도, 뼈가 약해질 수도 있다. 오래 살면 당
연히 겪게 되는 일이다. 그중에서도 많은 사람을 두렵
게 하는 것이 바로 '치매'다. 완벽한 치료약이 아직 없
다는 점도 두렵지만, 무엇보다 흐리게 풀린 눈동자와

● 《부모님도 나도 치매는 처음인데, 어떻게 하지?》(와다 히데키, 느낌이 있는 책, 2020)
●● 느린 걸음걸이나 자세 변형, 무표정한 얼굴 등이 특징으로 치매와 혼동되기도 하지만, 파킨슨병
은 뇌의 특정 부위에서 도파민을 분비하는 신경 세포가 서서히 소실되는 질병으로 현재 증상을 완
화하는 여러 약물 치료법이 개발되어 있다.

치매의 원인 및 주요 증상

유형	원인	주요 증상
알츠하이머형 치매	뇌 속 베타-아밀로이드와 타우 단백질의 비정상적 축적으로 신경 세포 손상 및 사멸	초기에는 최근 기억 상실, 단어 찾기 어려움, 시간·공간 혼란 등이 나타나고 진행되면 과거 기억 소실, 인지 기능·판단력 저하 등이 나타남
혈관성 치매	뇌로 가는 혈류가 줄어들거나 막히는 뇌혈관 질환으로 뇌 손상 발생	손상 부위에 따라 증상이 다양하게 변할 수 있음. 집중력 저하, 감정 기복, 언어 장애 등 다양
루이소체 치매	뇌신경 세포에 루이소체라는 비정상 단백질의 침착	초기에는 환시가 나타나고, 진행할수록 인지장애, 느린 걸음, 무표정 등 파킨슨병**과 유사 증상 동반
전측두엽 치매	뇌의 전두엽과 측두엽의 손상	초기에는 언어 장애나 성격 변화, 충동적 행동, 사회적 규범 위반 등이 두드러짐. 기억 손실보다 행동 변화가 먼저 보이는 경우도 많음

멍한 표정으로 아무것도 기억하지 못한 채 껍데기처럼 살아가는 모습이 떠오르기 때문이다.

세계보건기구(WHO)는 치매를 여러 유형으로 구분한다. 대표적으로 알츠하이머형 치매, 혈관성 치매, 루이소체 치매, 전측두엽 치매가 있다. 이 가운데 알츠하이머형 치매가 전체 환자의 약 60~70%를 차지한다. 알츠하이머는 뇌 속의 베타-아밀로이드라는 단백질이 쌓이면서 신경 세포를 파괴해 발생한다. 문제는 이 단백질이 쌓이는 동안 별다른 증상이 없어, 치매가 본격적으로 나타나기까지 무려 20~30년이 걸린다는 점이다. 즉, 80세에 나타난 치매 증상은 40~50대부터 서서히 진행된 결과라고 볼 수 있다. 그래서 중년이라 해도 젊다며 방심하지 말고, 생활 습관을 관리해야 한다. 그것이 바로 치매 예방의 첫걸음이다.

작은 습관이 나를 구한다

세계적 의학 학술지 〈랜싯(The Lancet)〉의 치매 예방 위원회는 치매 예방 권고안을 발표했다.

치매 위험 요인 14가지는 생활 습관(과도한 음주, 흡연, 신체 활동 부족), 건강 상태(비만, 고혈압, 당뇨, 뇌손상, 청력과 시력의 손실 등), 환경적 요인(교육 부족, 사회적 고립, 대기 오염)에 이르기까지 폭넓게 분포한다. 하지만 이를 관리하고 개선하면 치매를 최대 45%까지 예방하거나 발병을 늦출 수 있다고 한다. 치매는 아직 뚜렷한 치료법이 없으니, 전 세대가 위험 요인을 줄이기 위한

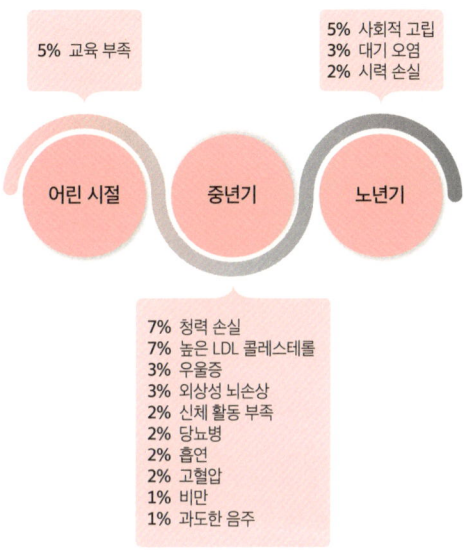

치매 위험 요인과 예방 가능성

5% 교육 부족

5% 사회적 고립
3% 대기 오염
2% 시력 손실

어린 시절   중년기   노년기

7% 청력 손실
7% 높은 LDL 콜레스테롤
3% 우울증
3% 외상성 뇌손상
2% 신체 활동 부족
2% 당뇨병
2% 흡연
2% 고혈압
1% 비만
1% 과도한 음주

〈랜싯〉 치매 예방 권고안 ●━━━

노력을 시작해야 한다. 한꺼번에 모든 습관을 바꾸려 하면 오히려 부담이 된다. 치매 예방을 위해 지금 당장 할 수 있는 일부터 시작해 보자.

배우자!

머리를 끊임없이 사용하는 일은 치매 예방에 효과적이

다. 나이가 들어서도 새로운 것을 배우고 익히려는 태도가 중요하다. 신선한 자극과 적당한 긴장은 뇌를 젊게 유지시킨다. 하루에 단 10분이라도 낯선 일에 도전해 보자. 머리와 손, 몸을 함께 쓰는 활동이라면 무엇이든 좋다.

끊자!

흡연은 그 자체로 건강의 적이다. 나 자신뿐 아니라 가족과 주변 사람에게까지 피해를 준다. 게다가 심혈관이나 호흡기 질환, 치매 등에 부정적인 영향을 미치는 주요 요인으로 알려져 있으며, 세포의 재생을 방해해 노화의 속도도 빨라진다. 건강한 노년기 삶을 위해서는 지금 당장 담배를 끊어야 한다.

바꾸자!

건강한 식단은 좋은 약이다. 현재 식단에서 탄수화물과 지방의 비율을 조금 줄이고 채소, 우유, 콩, 해조류, 과일, 생선, 감자, 달걀처럼 영양소가 풍부한 음식의 양을 늘려 보자. 특히 제철에 나는 채소와 과일은 맛과 영양이 풍부하다. 계절의 리듬에 맞춰 식탁을 바꾸는 것, 그것이 건강을 지키는 가장 자연스러운 방법이다.

운동하자!

우리 몸은 움직이지 않으면 근육이 줄고 굳어 버린다. 하지만 막상 운동을 시작하려고 하면 막막하게 느끼는 경우가 많다. 매일 꼬박꼬박 한 시간씩 걷는 것도 좋지만, 달성하기 힘든 목표를 세우면 쉽게 포기하고 만다. 식사 후 산책하기, 한 정거장 걷기, 아침에 10분 요가 하기, 1~2층 계단은 걷기처럼 일상에 살짝 변화를 주는 일부터 시작하면 좋다. 요즘은 지역 주민센터나 체육센터에서 저렴한 비용으로 탁구나 배드민턴 같은 생활체육을 배울 수 있는 곳도 많다.

만나자!

나이가 들수록 더 자주 밖으로 나가야 한다. 사회적 고립은 치매 위험을 1.26배 높이는 것으로 나타났다.[•] 주

● 《치매 전문의도 실천하는 치매 예방법》(엔도 히데토시, 현대지성, 2021)

위 사람들과 교류하지 않고 혼자 지내는 사람일수록 우울증의 발생 위험도 높아진다. 가족, 친족, 이웃사촌, 친구, 동료 등 기존의 인적 네트워크 외에도 새로운 사람을 만나는 일에 적극적으로 마음을 열어야 한다. 하루 한 통의 안부 전화나 짧은 메시지라도 주고받는 사람과의 연결이 곧 뇌의 활력이 된다.

누가 나를
돌볼 것인가

기침만 해도 갈비뼈가 부러진다

가까운 지인의 어머니는 아파트 베란다에서 꽃을 키우는 일이 가장 큰 즐거움이었다. 아침에 일어나면 나가서 물을 주고, 낮에는 햇볕을 잘 받게 요리조리 화분의 위치를 옮기기도 했다. 그런데 어느 날 퇴근한 친구가 베란다에 쓰러져 있는 어머니를 발견해 구급차를 부르는 소동이 있었다.

다행히 의식은 있었지만 상황은 긴박했다. 구급차 안에서 자초지종을 들어 보니, 쪼그리고 앉아 화분을 돌보고 일어서다가 '뚝' 하는 소리와 함께 넘어져서 꼼짝도 할 수 없었다고 한다. 더구나 스마트폰을 거실에 두고 나와서 쓰러진 채로, 친구가 퇴근해서 집에 올 때까지 몇 시간이나 고통 속에서 버틴 것이다.

병원에서는 '골다공증으로 인한 골절'이라는 진단이 내려졌다. 골반 주위의 뼈가 상체의 무게를 견디지 못하고 부러진 것이다. 그저 앉았다 일어섰을 뿐인데 뼈가 부러지다니, 상상하기 어렵지만 고령자에게는 흔히 일어나는 일이다.

집 안에서 쓰러지더라도 이처럼 함께 생활하는 가족이 있으면 그나마 발견할 수 있어서 다행이다. 하지만 혼자 사는 사람이었다면 어떻게 되었을까? 나이가 들면 기침만 해도 갈비뼈가 부러진다는 말이 있는데 결코 과장이 아니다. 평범한 하루라도 고령자에게는 언제 위기가 닥쳐올지 아무도 모른다. 특히 혼자 사는 경우에는 작은 실수나 순간적인 균형 상실이 큰 사고로 이어질 가능성이 크다.

그래서 '만약 이런 일이 나에게 닥친다면 어떻게 대처할까?'를 미리 떠올려 보고 준비해 두는 것이 무엇보다 중요하다.

- 스마트폰에 손이 닿지 않아 119나 지인에게 도움을 요청할 수 없다.
- 누군가 발견해 병원으로 옮겨졌지만, 보호자가 없어 수술이나 치료가 늦어진다.
- 입원 시에 필요한 세안 도구나 개인 물품을 챙길 수 없다.
- 입원하면 집에서 기르던 반려동물을 돌볼 수 없다.
- 응급 상황을 넘기고 퇴원 시 혼자 걸을 수 없어 병원의 외래 진료를 받거나 집안일을 할 수 없다.

예기치 못한 위험은 언제든 닥칠 수 있다. 그렇기에 혼자 사는 사람이라면 이러한 상황을 미리 상상하고 대비책을 세워 두는 것이 필요하다. 조금만 주의를 기울이고 대책을 세워 놓으면 혼자라도 안전하게 생활할 수 있다.

혼자 쓰러졌을 때, 생존 체크리스트

혼자 사는 사람이 쓰러졌을 때 발생할 수 있는 문제들에 대해, 구체적인 대응 방법을 살펴보자.

도움을 요청할 수 있는 장치

- 스마트폰을 항상 몸에 지닐 수 있도록 목걸이형 케이스를 이용한다.
- 스마트폰과 연동된 스마트워치를 사용한다.
- 음성 인식으로 위기 상황을 전달할 수 있는 긴급 통보 시스템을 설치한다.
- 움직임을 감지할 수 있는 센서를 설치한다.

치료 지연을 막는 대비책

- 긴급 상황에 연락할 사람을 미리 정하고, 현관문 안쪽에 '긴급 시 연락처'라고 크게 붙여 둔다.
- 스마트폰의 단축 번호 1번에 보호자 연락처를 저장해 둔다.
- 보호자가 되어 줄 가족이나 친족이 없는 경우, 성년후견제도를 통해 미리 후견인을 정해 임의후견계약[*]을 맺는다.

● 임의후견계약은 성인이 장래에 판단 능력이 저하될 가능성에 대비해, 자신의 재산 관리나 신상보호 사무를 미리 정한 사람에게 위탁하는 계약이다. 이 계약은 공정증서로 체결해야 하며, 가정법원이 임의후견감독인을 선임한 때부터 효력이 발생한다.

입원 준비물

- 건강할 때 세면도구, 일회용품 등 입원에 필요한 물품을 미리 가방에 챙겨 두고, 계절이 바뀔 때마다 점검한다.
- 가방은 눈에 잘 띄는 곳에 둔다.

반려동물 돌봄 대비

- 동물병원이나 반려동물 위탁관리 업체의 정보를 미리 파악해 둔다.
- 반려동물을 산책시키며 알게 된 이웃 등 신뢰할 수 있는 사람에게 미리 부탁해 둔다.

퇴원 후 생활 지원

- 지역 행정복지센터에 문의해 긴급돌봄제도 등 이용 가능한 서비스를 확인한다.
- 보호자, 후견인에게 부탁하거나 간병인, 가사도우미를 고용할 수 있는 기관이나 업체를 미리 알아 둔다.

혼자라도 마지막까지 타인에게 폐를 끼치지 않고

평온하게 살다가 가면 좋겠지만, 나이가 들면 크든 작든 누군가의 도움을 받아야 한다는 사실에는 변함이 없다. 이렇게 미리 정리해 두면 혼자 사는 사람뿐 아니라 부부 세대에게도 유익하다. 건강할 때 준비해 두면 위기 상황에서도 당황하지 않고 차분하게 대처할 수 있다. 겉보기엔 단순한 준비지만, 위기 상황에서는 엄청난 도움이 된다. 그러니 걱정된다면 지금 바로 시작하자.

돌봄의 마지막 선택지

돌봄은 결국 사람의 손이 필요한 일이다. 아파서 쓰러지거나 치매에 걸린다면 혼자서는 절대로 생활할 수 없다. 누군가가 나를 돌봐야 하는데 문제는 그 사람이 누구냐는 것이다. 요즘은 가족 수가 적고 그마저도 가족 간의 물리적, 심리적 거리가 멀어져 안타깝지만 가족을 먼저 떠올리기 어려운 시대다. 이제 그 누군가는 친족일 수도, 법적으로 지정한 후견인일 수도 있다.

보호자

위급할 때 나를 돌봐 줄 가족이 있다면 그것만으로도

큰 복이다. 자녀든 조카든 달려와 줄 사람이 있다는 사실만으로도 큰 힘이 된다. 하지만 보호자가 여럿이라면, 긴급 상황에서 혼란을 줄이기 위해 핵심 인물을 미리 정해 두는 것이 좋다. 갑자기 쓰러졌을 때, 물리적 거리가 가장 가깝다는 이유로 먼저 달려온 사람이 큰 수술을 결정해야 한다면, 그 사람에게는 심리적으로 큰 부담이 된다. 가족 모임 등이 있을 때 자신의 보호자가 누구인지 미리 밝혀 두고 그 사람의 판단을 우선하도록 합의해 두는 편이 안전하다.

또한 도움을 받은 뒤에는 반드시 감사의 마음을 전해야 한다. 예전에 용돈을 많이 주었으니, 이 정도는 당연하다고 생각해서는 안 된다. 그때는 그때고, 지금은 지금이다. 자신의 시간을 내어 달려와 준 사람에게는 고마움을 담은 말 한마디와 작은 보상이라도 전하자.

임의후견인

우리나라 민법에는 임의후견제도가 있다. 이는 고령자가 불의의 사고나 질병으로 사무 처리 능력을 잃었을 때를 대비해, 신뢰하는 사람을 미리 후견인으로 정해 두는 제도다. 치매 환자가 늘면서 각 지역의 치매안심센터에서는 후견 상담과 신청 지원을 담당하고 있으며, 실제 공공 후견 서비스는 시·군·구 등 지방자치단체가 제공한다.

임의후견계약은 절차가 다소 복잡하고 비용이 들어 이용률이 낮지만, 건강할 때 직접 후견인을 결정하고 맡길 내용을 스스로 정할 수 있다는 것은 큰 장점이다.

시설

누구나 죽는 날까지 자기 집에서 편안히 살고 싶어 한다. 그러나 신체적·정신적 이유로 요리, 장보기, 청소, 세탁 같은 가사를 더는 감당할 수 없다면 결국 집을 떠날 수밖에 없다. 그때는 자녀나 친척의 집으로 가거나 시설을 선택하게 된다. 시설의 종류는 무척 다양하다. 일상생활이 가능한 경우 식사만 제공하는 아파트 형태의 복지주택이 있고, 요양 등급을 받아야 들어갈 수 있는 시설도 있다. 그 중간 형태인 노인공동생활가정, 이른바 그룹홈도 대안이 된다.

이러한 시설은 위급한 상황에서 급히 찾기 시작하면 이미 늦다. 어떤 종류의 시설이 있는지, 시설의 환경은 어떠한지, 입소 자격과 비용은 어떤지 등을 미리 알아두면 안심이 된다. 결국 선택의 폭은 건강 상태와 재정 능력에 따라 달라진다. 부모님을 위해서든, 미래의 나 자신을 위해서든 다양한 시설을 살펴보고 직접 견학해 보는 일이 필요하다.

VI

죽음
Death

품위 있게
죽을 권리

알랭 들롱은 안락사를 선택했다

프랑스 배우 알랭 들롱은 2019년 뇌졸중을 앓았다. 나이가 들어서도 중후한 매력으로 많은 사람에게 사랑받았던 그는, 70대에도 젊은 모델과 동거할 만큼 건강했지만 뇌졸중을 계기로 자신의 마지막을 깊이 고민한 것으로 보인다. 결국 알랭 들롱은 스위스 국적을 취득하고 그곳에서 안락사를 선택하겠다고 밝혔다. 스위스는 세계에서 안락사가 가능한 몇 안 되는 국가 중 하나다.

그렇다면 알랭 들롱처럼 누구라도 원하면 안락사를 선택할 수 있을까? 그렇지는 않다. 안락사가 허용되는 국가에서도 그 기준은 매우 엄격하다. 나라마다 조금씩 차이가 있지만, 일반적으로는 의학적으로 회복 불가능한 상태에서 극심한 고통을 겪고 있으며, 더는 인간으로서의 존엄한 생활이 불가능하다고 판단할 때만 허용된다. 단순히 '주변 사람에게 폐를 끼치고 싶지 않으니 죽겠다.'는 이유로 선택할 수는 없다.

사실 고령자가 의식 없이 몇 년이나 병상에 누워 무의미한 연명치료를 받는 것보다, 회복 가능성이 전혀 없다면 치료를 중단하는 편이 나을지도 모른다. 그러나 환자가 의식이 없는 상태라면 가족이 치료 중단을 결정하기는 쉽지 않다. 치료 중단은 곧 죽음을 의미하기 때문에 가족에게는 감당하기 어려운 부담이 된다.

무의미한 치료에 들어가는 의료비는 차치하더라도 연명치료 자체는 환자에게도 큰 고통이다. 《50부터 준비하는 우아한 엔딩》(마츠바라 준코, 동아엠앤비, 2021)에 의하면 연명치료를 받다가 숨진 사람의 시신은 자연사한 사람보다 무겁다고 한다. 몸속에 수액이나 영양분 등 수분이 가득 차서다. 또 연명치료를 받은 사람의 얼굴은 일그러지는 경우도 있어 가족조차 놀랄 정도지만,

자연사한 이들은 대체로 온화한 표정을 띤다고 한다.

가족은 서로의 관계가 너무 가까워서 죽음 앞에 서는 오히려 솔직해지기 어렵다. 그래서 가능하면 아직 건강할 때 연명치료에 대한 자신의 의향을 미리 밝혀 두는 편이 안전하다. 우리나라에서는 2016년 〈호스피스·완화의료 및 임종 과정에 있는 환자의 연명의료 결정에 관한 법률〉이 제정되었다. 흔히 '존엄사법' 또는 '연명의료결정법'으로 불리는 이 법의 제정으로 회생 가능성이 없고 임종 과정에 있는 환자들이 스스로의 결정에 따라 존엄하게 삶을 마무리할 수 있는 기반이 마련된 것이다. 아직 연명의료 중단이라는 소극적 안락사만 허용되지만, 존엄한 죽음을 선택할 수 있는 길이 열렸다는 점에서 큰 의미가 있다.

웰빙Well-being의 완성은 웰다잉Well-dying이다

곰곰이 생각해 보면 인간이란 참으로 나약한 존재다. 자연재해나 우연한 사고로 속수무책 죽음을 맞이하기 때문이다. 매년 조금씩 차이는 있지만, 교통사고로 인한 사망자만 해도 연간 약 3,000명이나 된다. 결국 사람으로 태어난 이상 죽음은 늘 우리 곁에 있는 셈이다. 오늘의 모습 그대로 내일을 맞이할 수 있을지조차 장담할 수 없다.

'죽는 복도 타고난다.'는 말이 있다. 요즘 고령자들 사이에서 자주 회자되는 숫자 '9988234'도 떠오른다. 99세까지 팔팔(88)하게 건강히 살다가 2~3일 가볍게 아프고 4일째 편안히 생을 마감하고 싶다는 바람이 담긴 숫자다. 하지만 실제로 그렇게 조용한 죽음을 맞는 사람은 1%도 되지 않는다. 대부분은 짧게는 1~2년, 길게는 5년 이상 질병과 고통 속에서 삶을 마무리한다.

우리 부모 세대는 죽음을 입 밖에 꺼내는 것조차 금기시했다. 예전에는 부모가 죽으면 당연히 자녀가 장례를 치렀기에 죽음에 대한 걱정이 덜했지만, 지금은 자녀 수도 적고 혼자 사는 사람도 많아졌다. 그래서 이제는 스스로 살아온 세상과 잘 이별하기 위한 준비가 필요해졌다.

죽음은 삶의 끝이 아니라 하나의 과정이다. 인간으로 태어난 이상 삶의 종착역은 죽음이기 때문에 살아 있는 동안 잘 사는 것(Well-being)이 중요하듯, 삶의 마무리도 잘 죽는 것(Well-dying)에 달려 있다. 죽음을 막연히 두려워하기보다는 건강할 때 후회가 적도록 자신의 마지막을 준비해야 한다.

그렇다면 마지막 순간까지 타인에게 의지하지 않거나 의지하더라도 최소한의 자존감을 지키며 죽음을 맞이하기 위해서는 무엇을 준비해야 할까? 유언장, 사전연명치료의향서, 상조회 가입, 장지 선택 등 남은 가족에게 부담을 덜 주기 위한 준비도 중요하다. 하지만 삶의 마지막 준비는 그렇게 단편적이고 간단하지 않다.

노화와 죽음은 되돌릴 수 없는 과정이므로 자신의 가치관에 따라 생의 마지막을 스스로 결정해야 한다. 후회 없는 삶을 정리하기 위해서는 사회적 관계와 경제적 마무리를 해 두면, 자신에게 어울리는 품위 있는 죽음을 맞이할 수 있다.

육체적 생명의
마무리

호스피스는 죽으러 가는 곳이 아니다

매년 10월 둘째 주 토요일은 '호스피스의 날'이다. 세계 호스피스·완화의료 동맹(Worldwide Palliative Care Alliance)에서 호스피스의 이념을 널리 알리고, 사회적 관심을 촉구하기 위해 지정했다. 일반적으로 호스피스 병동이나 병원에 입원했다고 하면 많은 사람이 '죽음이 가까운 상태'로 오해하곤 한다. 그러나 호스피스는 죽음을 기다리는 곳이 아니다.

호스피스는 죽음을 앞둔 환자가 위안과 안락을 얻으며 남은 시간을 평온하게 보낼 수 있도록 돕는 곳이다. 단순한 의료적 지원을 넘어서 통증 관리뿐 아니라 심리적, 사회적, 영적 돌봄까지 아우르는 포괄적 서비스를 제공한다. 이를 통해 환자가 스스로 죽음을 받아들일 수 있도록 돕고, 남겨진 가족을 위한 심리 지원과 임종 돌봄 서비스도 함께 제공한다.

현재 우리나라의 호스피스 전문병원은 말기 암 환자만 입원이 가능하다. 하지만 만성 호흡부전이나 만성 간경화 등 다른 말기 질환 환자는 가정형 호스피스나 자문형 호스피스를 이용할 수 있다. 가정형은 호스피스 팀이 집으로 방문해 서비스를 제공하는 방식이고 자문형은 일반 병동이나 외래 진료 중에 상담, 지원을 받는 형태이다.

어느 쪽이든 환자의 통증 완화와 사회적, 심리적 지원을 통해 환자가 여생을 평온하게 보내며 잠들 듯 임종을 맞이할 수 있게 돕는다는 점은 같다. 인생의 마지막 순간을 이러한 돌봄 속에서 눈을 감을 수 있다면 그보다 더 바람직한 일은 없을 것이다.

간혹 노부부가 함께 살다가 한 사람이 세상을 떠난 직후, 남은 배우자도 며칠 안에 뒤따라 세상을 떠났

호스피스에서 제공하는 주요 서비스

통증 및 신체적 돌봄	통증, 호흡 곤란, 구토, 부종, 불면 등의 신체적 증상 완화
심리적 돌봄	환자와 가족의 불안, 우울, 슬픔 등 정서적 고통 완화
사회적 돌봄	경제적, 사회적인 어려움 파악 후 필요한 자원 지원
영적 돌봄	삶의 의미 회복, 죽음에 대한 두려움 완화
임종 돌봄	임종 시 신체적, 심리적 고통 완화 가족의 임종 준비 지원
가족 돌봄	사별 후 남은 가족의 불안, 우울 등의 극복 지원

건강보험심사평가원 누리집 ●━━━

다는 이야기를 들어 본 적이 있을 것이다. 이와 같은 사례는 종종 '상심 증후군(Broken Heart Syndrome)'으로 설명된다. 극도의 스트레스와 긴장이 관상동맥 경련을 일으켜 심장 기능이 마비되는 심부전이 발생한다. 또한 사랑하는 사람을 잃은 충격으로 불안과 우울증에 시달리는 경우도 흔하다. 이런 상실의 고통을 치유해 주는 의료 서비스가 바로 그리프 케어(Grief Care)다. 사별한 가족이 겪을 수 있는 다양한 형태의 어려움을 극복할 수 있도록 돕는 전문 프로그램으로, 호스피스의 중요한 서비스에 포함되어 있다.

호스피스의 진정한 가치는 치료가 아닌 생명의 마지막을 함께하는 돌봄에 있다. 실낱같은 희망에 매달려 무리하게 의료적 치료를 받는 것보다 호스피스를 통해 평온하게 죽음을 맞이하는 것도 인생을 마무리하는 좋은 선택의 하나일 것이다.

연명치료는 무의미한 시간의 연장일까?

연명치료는 말 그대로 근본적인 치료나 회복이 어려운 환자의 생명을 연장하기 위한 조치다. 심폐소생술, 기관 절개, 인공호흡기 착용, 영양 공급, 수분 보급, 투석, 수혈 등을 들 수 있다. 연명치료는 조금이라도 생명을 연장할 수 있지만, 한번 시작하면 도중에 치료를 멈추기 어려워 환자와 가족 모두 끝을 알 수 없는 고통의 싸움에 빠지게 된다.

앞서 '알랭 들롱은 안락사를 선택했다'는 이야기를 하며 연명치료를 받다가 생을 마친 사람의 모습을 언급했다. 겉보기에 편안해 보이는 인공호흡기도 실제로는 고통스럽다. 의식이 조금이라도 남아 있는 환자는 무의식적으로 인공호흡기를 잡아 빼려 하기도 한다.

40, 50대쯤 되었다면 가족이나 친척 중에 연명치료를 받는 사람을 직접 보았을 수도 있다. 그들의 모습을 떠올리며 연명치료를 받고 싶지 않다고 생각하는 사람도 있을 것이다.

최근 들어 매년 연명치료를 받지 않겠다며 '사전연명의료의향서'를 작성하는 사람이 늘고 있다. 이유는 다양하다. '남은 가족에게 부담을 주고 싶지 않다.', '죽을 때 덜 고통스럽고 싶다.'는 마음에서다. 한 번 작성했다고 해서 반드시 그대로 유지해야 하는 것은 아니다. 마음이 바뀌면 언제든지 철회하거나 다시 작성할 수 있다.

임종 시기가 가까워졌을 때 의사와 함께 '연명의료계획서'를 작성할 수도 있는데, 이때 환자가 밝힌 의사는 사전에 작성한 사전연명의료의향서보다 우선하게 되어 있다. 이를 작성했다고 해서 모든 치료를 거부한다는 의미가 아니다. 자신이 어떤 치료를 원하고 어떤 치료를 거부할지 명확히 해 두는 것일 뿐이다. 이렇게 정리해 두면 의식을 잃은 상황에서라도 본인의 의사가 반영될 수 있고, 가족들이 어려운 결정을 내리게 되는 부담을 덜어 줄 수도 있다.

사전연명의료의향서는 19세 이상이면 누구나 작성할 수 있다. 신분증을 가지고 보건복지부의 지정을 받은 사전연명의료의향서 등록 기관을 방문하면 된다. 작성 비용은 '무료'이므로 비용을 요구하는 곳은 정식 기관이 아닐 수 있어 피하는 것이 좋다.

국립연명의료관리기관 누리집에 사전연명의료의향서를 작성할 수 있는 기관 목록이 올라와 있으니, 집에서 가까운 곳을 미리 검색해 보고 가는 것이 가장 안전하다. 일반적으로는 지역 보건소나 건강보험관리공단 지사 사무실이 접근성이 좋다. 이렇게 등록된 사전연명의료의향서는 연명의료 정보처리시스템에 보관되며 법적인 효력을 인정받는다.

아직 제도가 시행된 지 얼마 지나지 않아 문제점도 남아 있다. 우선 환자가 사전연명의료의향서를 작성했더라도 가족들이 연명의료를 강력히 요구하면, 의료진이 이를 거절하기 어렵고, 환자 본인도 적극적으로 치료를 받겠다고 마음이 바뀌는 일도 잦다.

또한, 병원별로 관련 시스템이 제대로 갖춰지지 않

아 환자가 '인공호흡기는 착용하지 않는다.'고 밝혀도 의향서를 확인하지 못해 그대로 연명치료가 시행되는 사례도 있다. 더 큰 문제는 병원에 '의료기관윤리위원회'가 없으면 연명의료 중단 결정을 내릴 수 없다는 점이다. 특히 고령 환자가 많은 중소형 요양병원 중에는 윤리위원회가 설치되지 않은 곳이 많아 환자의 의지와 다르게 연명치료가 이어지는 일이 발생한다.

이러한 시스템적인 문제는 점진적으로 개선될 것으로 보인다. 그렇기에 연명치료에 대한 의향만큼은 아직 스스로 판단을 내릴 수 있을 때 미리 정해 두는 것이 좋다. 우선 사전연명의료의향서를 작성하고 가까운 사람들에게 자신의 죽음과 관련한 생각을 전달해 두자. 또한 의료 치료를 받는 과정이라면, 의사와 충분히 상의해 연명치료에 대한 의향을 명확히 전해 두는 것이 좋다.

장례는 어떻게? 장지는 어디로?

죽음 이후의 절차는 남겨진 가족이 감당해야 할 일이지만, 당사자가 미리 준비하고 의사를 남겨 두면 훨씬 차분하고 질서 있게 진행할 수 있다. 장례 방식, 장지 선택, 장례 절차에 대한 결정은 단순한 선택이 아니라 '어떤 모습으로 세상과 작별할 것인가.'에 대한 자기 선언이기도 하다.

장례 방법

오늘날 장례 방식은 다양하다. 전통적으로는 매장이 일반적이었으나, 현재는 화장이 보편화되었다. 화장 후에는 봉안당에 모시거나, 자연장처럼 자연 친화적인 방식을 택하기도 한다. 봉안은 매장보다 관리가 용이하고 공간이 절약된다는 장점이 있고, 수목장은 숲이나 공원 속에 자연스럽게 묻혀 자연과 하나 된다는 의미를 갖는다. 자신이 원하는 방식을 미리 정해 두면 갑작스러운 상황에서도 가족들이 덜 혼란스러울 수 있다.

장례 절차

우리나라의 장례는 보통 3일장이 주를 이루지만 상황에 따라 1일장처럼 간소하게 치르거나, 종교적 의식에 따라 진행하기도 한다. 종교장이 필요한 경우에는 미리 교회, 사찰, 성당 등 관련 기관의 연락망을 확인해 두는 것이 좋다. 또 다른 중요한 준비 요소로는 영정 사진을 들 수 있다. 최근에는 생전의 환한 웃음이 담긴 사진을 사용하는 경우가 많은데, 본인이 원하는 사진을 미리 지정해 두는 것도 의미 있는 준비다.

장례를 맡길 사람

가족이나 친척 중 누가 장례를 주관할지, 또는 전문 장례 업체에 맡길지를 미리 상의해 두는 것이 좋다. 막상 상황이 닥치면 결정권을 두고 갈등이 생기기도 한다. 따라서 신뢰할 수 있는 사람과 미리 협의해 두면 불필요한 혼란을 피할 수 있다.

장례 비용

장례에는 적지 않은 비용이 든다. 장례식장 임대료, 화장 비용, 봉안당 사용료 등을 합치면 수백만 원에서 천만 원 이상이 들기도 한다. 사전에 상조회에 가입하거나, 별도의 장례 비용을 마련해 두는 것이 가족의 부담을 줄이는 방법이다.

알리고 싶은 사람, 알리고 싶지 않은 사람

간혹 잘 알지 못하거나 오래전에 인연이 끊긴 사람의 부고 문자를 받는 경우가 있다. 남은 가족은 연락처에 있는 사람들과 고인의 관계를 정확히 알 수 없기 때문에, 결국 명단 전체에게 알릴 수밖에 없다. 연락처를 정리하기도 전에 갑작스러운 죽음을 맞는 사람들이 많기 때문이다.

죽음을 알리고 싶은 사람의 명단을 미리 정리해 두면 가족이 부고를 전할 때 큰 도움이 된다. 반대로 알리고 싶지 않은 사람이 있다면 그 의사 또한 명확히 남겨 두는 것이 좋다. 이는 단순한 연락처 관리가 아니라, 마지막 순간에 누구와 인연을 이어 가고 싶은지, 또 어떤 관계를 정리하고 싶은지에 대한 중요한 선택이다.

장례와 장지에 대한 준비는 다소 무겁게 느껴질 수 있지만, 이 과정을 미리 정리해 두면 남겨진 이들에게는 큰 도움이 된다. 마지막 순간을 어떻게 맞이할지, 그리고 어떻게 기억되고 싶은지를 스스로 결정하는 일은 삶의 마지막을 완성하는 중요한 준비다.

이별 준비 노트

한국장례문화진흥원 누리집

참고로 한국장례문화진흥원 누리집에서는 '이별 준비 노트' 서비스를 제공한다. 양식을 내려받아 보관하거나 온라인에서 직접 작성할 수 있다. 법적 효력은 없지만, 내가 원하는 장례 방식을 미리 전달하는 의미로 활용할 수 있다.

경제적 자산의
마무리

내가 없는 가족의 모습을 상상하라

우리나라에서는 남편이 아내보다 먼저 세상을 떠나는 경우가 많다. 이는 남성의 평균 수명이 여성보다 짧고, 기성세대의 부부는 대부분 남편이 아내보다 나이가 많기 때문이다. 그래서 일반적으로 남편은 아내보다 먼저 세상을 떠나고, 아내는 남편과 사별한 후 약 15~16년을 홀로 살아간다. 반면 남편이 혼자 남는 기간은 평균 9~10년 정도라고 한다. 이러한 수치를 고려하면 이상적인 부부의 노후를 위해서는 연상 여성과 연하 남성의 조합이 현실적인 선택인지도 모른다.

아무리 사랑하는 부부라도 같은 날, 같은 시간에 죽을 수는 없다. 그렇다면 결론은 하나다. 노후 준비는 나만을 위한 것이 아니라 남겨질 배우자를 위한 배려까지 포함되어야 한다. 혼자 남아 살아갈 배우자를 위해 많든 적든 분쟁의 소지가 되는 재산, 생활비 마련에 대한 대책을 반드시 세워 두어야 한다.

요즘 세대는 결혼해서도 수입을 하나로 관리하지 않고 각자 독립적으로 운영한다고 하지만 기성 세대들은 그렇지 않은 경우가 대다수이다. 특히 집이나 토지처럼 큰 재산은 대체로 남편의 명의로 되어 있다. 이런 방식은 불행히도 상속 문제로 인한 분쟁을 일으킬 가능성이 크고, 그로 인해 남은 가족들에게 갈등과 상처를 남길 수 있다.

죽기 전에 모든 일들을 깔끔하게 정리하고 떠날 수 있으면 좋겠지만 그러지 못하는 것이 현실이다. 물질적 재산의 많고 적음을 떠나서 슬픔 속에 남겨진 가족이 또 다른 상처를 입지 않도록 준비해야 한다. 이는 가족이 겪을 감정적인 고통과 불안을 최소화할 수 있도록 돕는 마지막 배려이자 책임이다.

유산 정리는 유언장으로

유언장은 법적 효력을 지닌 문서다. 서면으로 작성하는 유언장은 반드시 자필로 작성해야 하며 성명, 주민등록번호, 주소, 이름, 작성 연월일 등을 적고 도장까지 찍어야 유효한 것으로 인정될 수 있다. '인정될 수 있다.'라고 표현한 이유는 유효성을 둘러싼 변수가 많기 때문이다. 자필로 작성했더라도 사후에 '검인'이라는 절차가 필요한데, 이 과정이 까다로워 공증을 받아 두는 것이 가장 안전하다.

그뿐 아니라 타이핑이나 대필로 작성하거나, 도장이 아닌 단순 서명만 하면 자칫 무효가 될 수 있다. 자필 유언장 외에도 녹음, 공정증서, 구수증서, 비밀증서 등 다양한 방식이 있는데 각 방식마다 법적 요건이 달라 이를 제대로 갖추지 않으면, 유언을 남겼더라도 분쟁이 생길 수 있다.

번거롭기는 해도 재산이나 상속에 관한 명확한 의사 표시를 남겨 둔다면, 사후에 발생할 갈등을 최소화하는 데 중요한 역할을 한다. 다음은 자필 유언장의 예시이다.

유 언 장

유언자 성명 :
주민등록번호 :
주　　　소 :
전 화　번 호 :

유언 내용

(1)

(2)

(3)

작성일자 : ○○○○년 ○○월 ○○일

유언자 성명 및 날인

특히 주의해야 할 점은 주소를 작성할 때, 현재 거주지가 아닌 주민등록상의 주소지를 적어야 하고, 작성일은 '○○○○년 ○○월 ○○일'처럼 정확한 날짜를 표기해야 한다. 내용을 작성한 후에 틀린 곳이 있거나 문자, 숫자를 삽입 혹은 삭제할 때는 수정 부분에 자필로 서명하고 그 위에 도장을 찍어야 한다. 수정 사항이 많거나 내용이 바뀔 때는 새로 유언장을 작성하면 되는데, 그러면 기존의 유언장은 무효가 된다.

문화적 차이긴 하지만 미국에서는 성인의 절반 이상이 유언장을 쓴다고 한다. 유언장을 작성하다 보면 자신이 어디에 가치를 두고 있는지, 혹은 무엇을 소중하게 여기는지 알 수 있어 삶을 성찰할 기회가 되기도 한다.

사회적 관계의
마무리

디지털 장의사

아침에 눈을 뜨면 가장 먼저 스마트폰으로 뉴스를 보고, 멀리 떨어진 친구들과는 페이스북이나 인스타그램과 같은 SNS로 소통한다. 이제 우리는 인터넷 없는 세상을 상상하기 어렵다. 그런데 우리가 죽고 난 뒤, 인터넷에 남아 있는 개인 정보는 어떻게 되는 것일까? 어쩌면 생전에 올린 사진이나 게시물이 계속 재생산되고 퍼져나갈지도 모른다.

사실 우리는 자신이 어떤 사이트에 가입되어 있는지 일일이 기억하지도 못한다. 가입했다는 사실 자체를 잊어버린 곳도 있고, 비밀번호를 잊어 방치한 사이트도 있을 것이다. 여기저기 잠시 필요해서 달아 놓은 댓글도 있을 테고, 블로그나 카페 활동을 위해 올린 게시글도 있다. 세상을 떠난 뒤에도 이런 기록이 온라인에 그대로 남아 있다는 사실은 무척 찜찜한 일이다. 그래서 요즘은 인터넷상의 모든 흔적을 정리하거나 삭제하고 싶어 하는 사람이 늘어나고 있다.

수요가 있으면 공급이 따르는 법이다. 최근에는 '잊힐 권리(Right to be forgotten)'에 대한 인식이 확산하면서 우리나라에도 이른바 디지털 장의사가 등장했다. '온라인 장의사' 또는 '인터넷 장의사'라고도 불리는 이들은 인터넷에 남은 개인 정보, 게시글, 댓글 등을 찾아 삭제하거나 정리해 주는 서비스를 제공한다. 과거의 흔적을 지워준다는 의미에서 장의사라는 이름이 붙은 것이다.

아직은 정보통신망법과 개인정보보호법 등으로 제도적 제약이 많지만, 법적 논의가 활발하게 이루어지고 있어 머지 않아 인터넷 기록도 깔끔하게 정리하고 떠날 수 있는 날이 올 것이다. 물론 살아 있는 동안 스스로 온라인 정보를 모두 삭제하고 정리할 수 있다면 좋겠지만, 방대한 기록을 일일이 찾아 지우기란 쉽지 않다. 적당한 시점이 오면 디지털 장의사의 도움을 받는 것도 나쁘지 않다.

참고로 한국인터넷진흥원 누리집의 'e프라이버시 클린서비스'를 주기적으로 이용하는 것을 추천한다. 이 서비스는 사용자가 가입한 웹사이트 중 이용하지 않는 계정의 탈퇴를 대행해 주는 공공서비스다. 또한 SNS도 사적인 내용은 주기적으로 점검하고 기록을 남겨 두고 싶지 않은 내용은 비공개 기능을 활용하는 것도 방법이다.

삶이 가벼워지는 유품 정리

죽음을 생각하면 집 정리가 쉬워진다. 아무리 가족이라도 보여 주기 민망한 물건이 있기 마련이다. 낡았지만 마음에 쏙 들어 오래 입은 속옷, 누군가와 주고받은 편지나 메모, 이상한 표정으로 찍힌 사진, 진솔한 감정을 꾹꾹 눌러 담아 쓴 일기나 수첩…. 누구나 이런 흔적만큼은 스스로 정리하고 싶을 것이다.

주인이 아니면 쓸모없는 물건들도 있다. 가족 누구도 좋아하지 않지만 혼자만의 취향으로 모아온 수집품, 취미로 즐기며 사 모은 도구들, 계절별로 한가득 쌓여 있는 옷들처럼 말이다. 부모님이 돌아가신 후 유품 정리를 해 본 사람은 안다. 혼자 지냈다 하더라도 살림살이는 모두 갖춰져 있기 마련이라, 가구와 가전제품, 이불, 식기류, 화분, 큰 액자까지 처리해야 할 물건들이 너무도 많아서 놀라곤 한다.

남겨진 유품을 정리하는 일은 감정적으로도 매우 힘든 과정이다. 오랜 시간 함께한 물건들 속에는 그 사람의 인생이 고스란히 담겨 있기 때문이다. 그래서 유품 정리는 단순한 청소가 아니라 마음의 무게와 마주하는 과정이기도 하다. 요즘은 가족이 직접 나서지 않더라도 유품 정리 업체가 말끔하게 처리를 해주기도 하지만, 유품 정리 역시 스스로 할 수 있는 삶의 마무리 중 하나다.

소중한 추억이 담긴 물건은 사진으로 남기고, 가치 있는 것이라면 미리 자녀나 친구들에게 나누어 주거나, 필요한 사람에게 기부하는 것이 훨씬 낫다. 이 과정에서 가족 간의 유대감이 깊어지고, 그 물건에 대한 기억을 함께 나누며 서로의 마음속에 따뜻한 흔적을 오래 간직할 수 있다. 이는 단순히 물리적인 자원의 분배를 넘어서 사랑과 추억을 나누는 의미 있는 일이 될 것이다.

부담 없이 물건을 정리하기 위해서는 계획을 세워 조금씩 진행하는 방법이 효율적이다. 한 번에 너무 많은 것을 하려 하지 말고, 일주일에 하나씩 구역을 정하거나 유형을 정해서 정리하는 방법이다. 예를 들어 첫 번째 주에는 옷과 신발, 두 번째 주에는 주방용품, 세 번째 주에는 책처럼 단계별로 조금씩 나누어 정리하면 부담이 덜하다.

세계적으로도 '죽음을 준비하는 정리'는 하나의 문화로 자리 잡고 있다. 일본에서는 '단샤리(斷捨離)'라는 생활 철학이 유행했는데, 필요 없는 것을 끊고, 버리고, 집착에서 벗어나 마음의 여유를 찾는 방법이다. 스웨덴에는 '죽음 청소(döstädning)'라는 개념이 있다. 살아 있는 동안 스스로 물건을 정리해 두어, 가족이 나중에 짐을 떠안지 않도록 하는 실천이다. 두 개념 모두 결국 남에게 부담을 남기지 않고 자기 삶을 더 가볍게 만든다는 점에서 일맥상통한다.

누구라도 추억을 붙잡고 싶은 마음 때문에 물건을 쉽게 버리지 못한다. 그 속에는 다시 없을 소중한 시간과 기억이 담겨 있으니 함부로 떠나보내기 어렵다. 그러나 필요 없는 물건을 정리하고 정말 중요한 것만 남기는 일은 삶의 마지막을 준비하는 가장 의미 있는 과정이 될 것이다.

마지막 인사

사람은 언제나 떠날 준비가 되어 있어야 한다. 그러나 우리는 늘 바쁘다는 이유로, 혹은 아직 시간이 충분하다는 착각으로 해야 할 말을 미루곤 한다. 고맙다는 말, 미안하다는 말, 사랑한다는 말. 그 말들을 끝내 하지 못한 채 죽음을 맞는다면, 떠나는 이에게도 남겨진 이들에게도 깊은 아쉬움이 남을 수밖에 없다.

죽음을 준비한다는 것은 재산이나 물건을 정리하는 일에 그치지 않는다. 마음을 정리하는 일이며, 마지막 순간에 후회를 남기지 않기 위한 용기다. 오래된 오해를 풀지 못한 채 떠난다면, 남은 이는 평생 그 짐을 안고 살아야 한다. 반대로 단 한마디의 사과와 화해가 있었다면, 그 기억은 상처가 아니라 따뜻한 위로로 남을 수 있다.

사과는 약함이 아니라 용기이고, 감정을 표현하는 일은 부담이 아니라 선물이다. 평생 마음속에만 품어온 말을 꺼내는 순간, 상대가 받아들이지 못하더라도 스스로는 훨씬 가벼워진다. 후회 없는 이별의 준비는 이런 작은 실천에서 시작된다.

죽음을 앞둔 이들이 가장 많이 하는 후회 중 하나는 '그 말을 하지 못했다.'는 것이다. 하지 못한 고백, 전하지 못한 사랑, 나누지 못한 감사. 그러나 우리는 아직 살아 있기에, 그 후회를 미리 막을 기회가 있다. 오늘 할 수 있는 말을 오늘 건네는 것, 그것이야말로 가장 확실한 준비다.

삶의 마지막 순간에 "더는 남길 말이 없다."고 말할 수 있다면, 그것만으로도 평온한 이별이 될 것이다. 후회 없는 작별은 거창한 준비가 아니다. 하루하루 조금 더 솔직해지고, 조금 더 따뜻해지는 데서 시작된다.

죽음은 누구에게나 언젠가 찾아온다. 그러나 그것을 어떻게 맞이할지는 우리가 선택할 수 있다. 사랑과 고마움을 전하고, 미안함을 풀며, 마지막 순간에 남기고 싶은 마음을 미리 나누는 것. 그것이야말로 가장 아름다운 작별이며, 남은 생 동안 우리가 준비해야 할 마지막 과제다.

엔딩노트, 후회 없는 준비

엔딩노트를 유서처럼 받아들여 별로 달갑지 않게 생각하는 사람도 있다. 물론 한 치 앞도 모르는 게 인간의 숙명이기는 하나, 엔딩노트는 꼭 죽음을 위한 것이 아니라 현재의 나를 돌아보는 기록으로 이해하는 편이 옳을 듯하다. 자신이 그동안 어떤 삶을 살아왔고, 앞으로 어떤 삶을 살아가고 싶은지를 성찰하게 해 주는 중요한 기회가 되기 때문이다. 엔딩노트를 작성하는 것은 단지 죽음을 대비하는 일이 아니라, 살아 있는 동안 더 충실한 삶을 살기 위한 과정이라고 할 수 있다.

　죽음을 준비하는 일은 일종의 마음공부다. 죽음은 누구에게나 찾아오는 보편적인 일이며 인간이라면 피해 갈 수 없는 통과의례다. 탄생이 그러했듯이 죽음도 내 의지대로 조절할 수 있는 영역이 아니기에 사후 처리는 남은 이들의 몫이 된다. 우리가 할 수 있는 일은 그저 '내가 떠난 뒤' 사랑하는 이들이 혼란과 당혹스러움을 조금이라도 덜 겪도록 미리 메시지를 남기는 일 뿐이다.

요즘에는 연령대와 관계없이 엔딩노트를 작성하는 사람이 늘고 있다. 사회적 분위기가 점점 더 개인의 선택과 자유를 존중하는 방향으로 변화하면서, 엔딩노트는 자신을 돌아보고 미래를 준비하는 삶의 점검표로 중요한 의미를 갖게 되었다. 누구라도 엔딩노트를 통해 자신의 생각과 감정을 정리하고, 남은 시간을 어떻게 보낼지 방향을 찾으며 자신의 삶을 다시 돌아보는 좋은 계기를 만들 수 있다.

엔딩노트는 한 번 쓰고 끝내는 기록이 아니다. 삶이 변하듯 생각과 감정도 변하기 때문에, 그때그때 수정하고 덧붙이며 계속 이어 가는 것이 중요하다. 그래서 엔딩노트는 시작이 빠를수록 좋다. 용지 교체가 가능한 수첩이나 수정이 쉬운 노트를 준비해 생각날 때마다 조금씩 채워 나가자.

엔딩노트를 써야겠다고 마음먹었지만, 막상 쓰려면 무엇을, 어떻게, 어떤 순서대로 적어야 할지 막막할 수도 있다. 하지만 정답은 없다. 사람마다 소중하게 생각하는 가치나 처한 상황이 다르기 때문이다.

다만 두 가지만 기억하면 된다. 죽음을 떠올리며 자신의 삶과 감정을 정리할 것, 그리고 만일을 대비해 소중한 이들에게 메시지를 남길 것.

이를 위해 나의 현재 상황과 전하고 싶은 말로 구분해서 작성하는 것이 좋다. 현재 상황에는 자기소개, 경제 상황, 건강 상태를 중심으로 작성하고, 전하고 싶은 말 부분에는 가족과 지인에게 남기는 마지막 인사, 연명치료와 장례 희망 사항 등을 중심으로 작성하면 단순하면서도 깔끔한 엔딩노트가 완성될 것이다.

한 번 더 강조하지만 정답은 없다. 유언장에 담을 내용까지 모두 기록해도 좋고, 죽기 전에 꼭 남기고 싶은 말만 정리해 두어도 충분하다. 여기에 소개한 '엔딩노트에 담으면 좋을 내용(예시)'에 제시한 항목 중에서도 자기에게 맞거나 맞지 않는 부분이 분명히 있을 테고, 더 추가하고 싶은 항목이 있을 수도 있다. 자신의 상황에 맞게 내용과 범위를 조정하면 된다.

엔딩노트를 쓰다 보면 자연스레 자신뿐 아니라 주변 사람들까지 차분히 돌아보게 된다. 일상에 치여 무심코 지나쳤던 감정과 기억들이 떠오르고, 내 삶에서 소중한 사람들이 어떤 존재였는지, 또 그들에게 나는 어떤 의미였는지를 생각하게 된다. 이런 과정은 기록을 넘어서 관계를 다시 바라보고 마음을 정리하는 소중한 시간이다.

삶의 끝자락을 준비하는 일처럼 느껴질 수도 있지만, 실은 새로운 시작을 위한 준비이기도 하다. 엔딩노트는 진정한 나를 찾아 떠나는 내면의 여행이자, 앞으로의 시간을 다짐하는 과정이며, 남겨진 이들에게는 따뜻한 울림을 전하는 의미 있는 일이 된다.

엔딩노트에 담으면 좋을 내용 예시

나는 누구인가

- 이름
- 자기소개 (가족, 친구와 동료, 소속 등)
- 작성일

나의 현재 상황

경제 상황

- 부동산: 소재지, 저당권 유무
- 예금: 은행명, 예금 종류, 신용카드
- 보험: 회사명, 상품명, 만기일 및 금액
- 주식: 회사명, 주식·펀드
- 회원권: 회사명
- 회비: 모임명, 총무 이름 및 연락처
- 기타: 귀금속, 미술품 등
- 부채: 은행, 사람
- ＊주의: 비밀번호나 도장 위치는 절대 기재하지 않음

건강 상태

- 주요 병력 또는 복용 중인 약
- 담당 병원명과 의사 연락처(필요 시)
- 알레르기, 특이 사항

전하고 싶은 말

- 가족·지인에게
- 친구·동료에게
- SNS·온라인 공간

돌봄과 연명치료

- 갑자기 쓰러졌을 때 알릴 사람
- 입원 희망 병원 또는 담당 의사
- 돌봄 – 판단 능력이 없어졌을 때: 돌봄 희망 장소
- 회복 가능성이 없을 때: 마지막을 보내고 싶은 장소
- 연명치료 의사 표시: 인공호흡기 여부, 치료 중단 시점 등
- 장기기증 여부

장례와 사후 희망

- 장례 방법: 화장, 자연장, 매장 등
- 장례 절차: 1일장, 3일장, 종교장(관련 정보)
- 장례를 맡기고 싶은 사람
- 죽음을 알리고 싶은 사람
- 제사 유무
- 유품·유산 정리 원칙 (예: 가족에게 일괄 위임)

알아 두면 쓸모 있는 누리집 정보

건강

- 국가건강정보포털 https://health.kdca.go.kr/healthinfo/
- 국민건강보험공단 https://www.nhis.or.kr
- 국립정신건강센터 https://www.ncmh.go.kr
- 질병관리청 예방접종도우미 https://nip.kdca.go.kr

복지, 지원

- 복지로(노인복지 서비스 검색) https://www.bokjiro.go.kr
- 문화누리 https://www.mnuri.kr

취업

- 고용24 https://www.work24.go.kr/cm/main.do
- 서울시 일자리포털
  https://job.seoul.go.kr/hmpg/main/main.do?sso=ok

노후 준비, 연금, 금융 사기

- 중앙노후준비지원센터 https://csa.nps.or.kr/main.do
- NPS 국민연금 https://www.nps.or.kr
- 금융소비자 정보포털 파인 https://fine.fss.or.kr

여가, 배움, 자원봉사

- 서울도시농업 https://cityfarmer.seoul.go.kr/
- 국가평생교육진흥원(NILE) https://www.nile.or.kr
- 귀농귀촌 그린대로 https://www.greendaero.go.kr/
- 1365 자원봉사포털 https://www.1365.go.kr/vols/main.do

치매, 요양

- 중앙치매센터 https://www.nid.or.kr/main/main.aspx
- 노인장기요양보험 https://www.longtermcare.or.kr

연명치료, 장례

- 개인정보 포털(잊힐 권리)
  https://www.privacy.go.kr/front/contents/cntntsView.do?contsNo=260
- 국립연명의료관리기관(사전연명의료의향서) https://www.lst.go.kr
- 한국장례문화진흥원 https://www.kfcpi.or.kr

인생 2막은 나다움을 되찾는
고요한 혁명이다

나이 듦은 누구에게나 예정된 삶의 과정입니다. 하지만 그 시간을 어떤 얼굴로, 어떤 이야기로 채워갈지는 오롯이 우리의 몫입니다. 바쁜 일상과 눈앞의 문제들에 쫓기다 보면 가장 중요한 '나의 노후' 준비는 늘 뒷전으로 밀려나기 마련이죠.

"당신은 어떻게 나이 들고 싶은가?"

이 책은 이 질문에 대한 답을 찾아가는 여정입니다. 단순한 노후 정보의 나열이 아닌, '나 중심'으로 삶의 가치를 재설계하는 일이 행복한 노년의 출발점임을 일깨웁니다. 무엇보다 이 책의 힘은 노년의 삶을 단편

적으로 보지 않고 시간의 흐름에 따라 스스로 준비할
수 있도록 체계적인 로드맵을 제시한다는 점입니다.

나이 듦, 건강, 돈, 일상, 돌봄, 죽음이라는 여섯 가
지 여정을 따라가다 보면, 삶의 후반부에서 누릴 수 있
는 깊은 평온에 닿게 됩니다. '불안'에서 출발해 '지식
과 계획'을 거쳐 '안도와 안정'으로 나아가는 과정 속
에서, 우리는 인생의 마지막 단계까지 스스로를 주도
적으로 설계하도록 돕는 강력한 사고의 틀과 정신적
무장 그리고 마음의 안온함을 얻게 됩니다. 책장을 넘
길수록 '노후'라는 단어에 드리워져 있던 두려움은 옅
어지고, 그 자리에 새로운 가능성이 스며듭니다.

오래 가려져 있던 나만의 취향과 삶의 속도를 되찾
고자 하는 이들에게, 이 책은 그 길을 밝히는 확실한 이
정표가 될 것입니다. 삶의 후반을 더 선명하게, 더 의미
있게, 그리고 무엇보다 '나다운 방식'으로 살고 싶은 모
든 분께 이 책을 자신 있게 추천합니다.

강영숙
한국사회복지행정학회 회장
국립군산대학교 교수

내일이 불안한 당신을 위한 완벽한 노후 수업
내 방식대로 나이 들기

초판 1쇄 발행 2026년 1월 19일

글쓴이 이영자 | **펴낸이** 황정임
총괄본부장 김영숙 | **편집** 김선의 김로미 정지연 | **디자인** 이선영 김태윤
마케팅 이수빈 윤인혜 노슬기 | **경영지원** 김하리 | **제작** 이재민

펴낸곳 초록서재(도서출판 노란돼지) | **주소** (10880) 경기도 파주시 교하로875번길 31-14 1층
전화 (031)942-5379 | **팩스** (031)942-5378
홈페이지 yellowpig.co.kr | **인스타그램** @greenlibrary_pub
등록번호 제406-2015-000137호 | **등록일자** 2015년 11월 5일

© 이영자, 2026
ISBN 979-11-92273-40-2 13190

초록서재는 여린 잎이 자라 짙은 나무가 되듯,
마음과 생각이 깊어지는 책을 펴냅니다.